ULLSTEIN

Das Buch

Der junge Ned Wilcox, dessen Vater vor einem Jahr im Polizeidienst ums Leben gekommen ist, jobbt im Sommer 2002 bei genau derselben Polizeieinheit. Er fühlt sich wohl im Kreise der ehemaligen Kollegen seines Vaters, da sie ihm helfen, seinen schmerzlichen Verlust zu verarbeiten. Doch schon bald beschäftigen Ned andere Dinge: Als er durch die Fenster eines alten Schuppens blickt, entdeckt er darin einen mit einer Plane abgedeckten Wagen, der offenbar schon lange dort steht. Plötzlich hört er ein schleifendes Geräusch und traut seinen Augen nicht: Die Plane ist vom Wagen gerutscht. Und Ned wird das komische Gefühl nicht los, dass der alte Buick, der darunter zum Vorschein gekommen ist, die Plane abgeschüttelt hat, um ihn beobachten zu können ...

Der Autor

Stephen King wurde 1947 in Portland, Maine, geboren. Schon als kleiner Junge begann er mit dem Schreiben von Kurzgeschichten. Der Durchbruch gelang ihm 1973 mit seinem ersten Roman *Carrie*. Seither hat er um die 50 Romane und über 100 Kurzgeschichten verfasst und gilt weltweit unbestritten als der »erfolgreichste Horrorschriftsteller aller Zeiten« (FAZ). Für *Der Buick* absolvierte Stephen King eine »Schnupperlehre« bei der Pennsylvania State Police. Er lebt mit seiner Frau Tabitha in Bangor, Maine.

Von Stephen King sind in unserem Hause bereits erschienen:

Achterbahn – Riding the Bullet
Danse Macabre
Duddits – »Dreamcatcher«
»es«
Friedhof der Kuscheltiere
In einer kleinen Stadt – »Needful Things«
Langoliers
Das Mädchen (schwarz)
Das Mädchen (weiß)
Das Spiel
Stark – »The Dark Half«
Regulator (unter dem Pseudonym Richard Bachman)

Stephen King

Der Buick

Roman

Aus dem Englischen
von Jochen Schwarzer

Ullstein

Besuchen Sie uns im Internet:
www.ullstein-taschenbuch.de

Umwelthinweis:
Dieses Buch wurde auf chlor- und säurefreiem Papier gedruckt.

Ullstein Verlag
Ullstein ist ein Verlag des Verlagshauses Ullstein Heyne List GmbH & Co. KG.
1. Auflage September 2003

Titel der amerikanischen Originalausgabe: *From a Buick 8* (Scribner, New York)
Übersetzung: Jochen Schwarzer
Umschlaggestaltung: Thomas Jarzina, Köln
Titelabbildung: ZERO Werbeagentur, München
Gesetzt aus der Sabon
Satz: Pinkuin Satz und Datentechnik, Berlin
Druck und Bindearbeiten: Ebner & Spiegel, Ulm
Printed in Germany
ISBN 3-548-25702-X

Dies ist für
Surendra und Geeta Patel.

Jetzt: *Sandy*

Curt Wilcox' Sohn kam in dem Jahr nach dem Tod seines Vaters oft zu uns in die Polizeikaserne, wirklich oft, aber nie hat ihm jemand gesagt, er solle nicht im Wege stehen, oder ihn gefragt, was zum Teufel er denn hier schon wieder zu suchen hätte. Uns war klar, was er hier wollte: Er klammerte sich an die Erinnerung an seinen Vater. Polizisten verstehen eine ganze Menge von Trauer; ja, die meisten von uns kennen sich damit besser aus, als uns lieb ist.

Es war Ned Wilcox' letztes Jahr auf der Statler High School. Aus der Footballmannschaft war er ausgestiegen; als er sich entscheiden musste, entschied er sich für die Troop D. Kaum zu glauben, dass ein junger Mann so was macht: statt der Spiele am Freitag- und der Partys am Samstagabend lieber unbezahlte Arbeit zu leisten, aber genau das hat er getan. Ich glaube, niemand von uns hat mit ihm über diese Entscheidung gesprochen; aber er nötigte uns Respekt damit ab. Er hatte eben einfach beschlossen, dass die Zeit der Spiele für ihn vorbei war. Erwachsene Männer sind zu solchen Entscheidungen oft nicht fähig; Ned aber traf sie in einem Alter, in dem er noch nicht mal legal an alkoholische Getränke oder Zigaretten kam. Ich glaube, sein Dad wäre stolz auf ihn gewesen. Nein, das glaube ich nicht nur, das weiß ich.

Da der Junge so oft bei uns war, war es wohl unvermeidlich, dass er sah, was draußen im Schuppen B steht, und jemanden fragte, was das sei und was es dort zu suchen habe. Und es war nur wahrscheinlich, dass er damit zu mir kam, denn ich war der beste Freund seines Vaters gewesen, zumindest sein bester Freund bei der Polizei. Vielleicht wollte ich sogar, dass es so kam. Was dich nicht umbringt, macht dich härter, heißt es ja immer. Sollte die Katze ihre Neugier doch stillen.

Was mit Curtis Wilcox passiert war, ist schnell erzählt. Ein altbekannter Suffkopf hier aus dem County, den Curt schon sechs- oder achtmal festgenommen hatte, hatte ihn auf dem Gewissen. Der Alki, Bradley Roach, wollte keinem was zuleide tun; das wollen Alkis meistens nicht. Dennoch würde man sie natürlich am liebsten den ganzen Weg bis Rocksburg in ihren dummen Arsch treten.

An einem heißen Spätnachmittag im Juli '01 winkte Curtis einen großen Sattelzug rechts ran, der vom vierspurigen I-87 abgefahren war, weil der Trucker den Raststättenfraß von Burger King und Taco Bell nicht mehr sehen konnte und rechtzeitig zum Abendessen zu Hause sein wollte. Curt hatte sich vor der stillgelegten Jenny-Tankstelle an der Kreuzung State Road 32 und Humboldt Road postiert – also genau an der Stelle, an der viele Jahre zuvor dieser verdammte alte Buick Roadmaster in unserem Teil des bekannten Universums aufgetaucht war. Man kann das natürlich als Zufall bezeichnen, wenn man will, aber ich als Polizist glaube nicht an Zufälle, nur an Verkettungen von Ereignissen, die immer länger und brüchiger werden, bis sie dann durch ein Missgeschick oder schlichte menschliche Niedertracht irgendwann abreißen.

Neds Vater folgte dem Sattelzug, weil der einen »Schlapper« hatte. Als er vorbeifuhr, sah Curt, dass sich von einem der hinteren Reifen Gummi löste wie von einem großen, schwarzen Feuerrad. Viele selbständige Fernfahrer verwenden runderneuerte Reifen – bei den Dieselpreisen heutzutage bleibt ihnen auch kaum etwas anderes übrig – und manchmal löst sich bei denen das Profil. Man sieht ständig Kringel und Brocken davon auf dem Highway liegen, entweder direkt auf der Fahrbahn oder auf den Standstreifen geweht – wie die abgelegte Haut riesiger, prähistorischer, schwarzer Schlangen. Es ist gefährlich, hinter so einem Schlapper herzufahren, vor allem auf einer zweispurigen Straße wie der SR-32, einem hübschen, aber vernachlässigten Highway-Abschnitt zwischen Rocksburg und Statler. Curt wollte dafür sorgen, dass der Fahrer des Sattelzugs den Reifen wechselte, ehe ein Stück vom Profil einem nichts ahnenden Autofahrer hinter ihm die Windschutzscheibe einschlug. Auch wenn es nur daran abprallte, konnte sich der Fahrer doch so erschrecken, dass er von der Straße abkam, an einen Baum fuhr oder sogar die Böschung hinab in den Redfern Stream stürzte, der Kurve um Kurve fast sechs Meilen lang an der SR-32 entlangfließt.

Curt schaltete sein Blaulicht an und der Trucker fuhr wie ein braver Junge rechts ran. Curt hielt direkt hinter ihm, meldete über Funk seinen Standort, gab dann durch, worum es ging, und wartete, bis Shirley das bestätigt hatte. Dann stieg er aus und ging zu dem Laster.

Wäre er direkt zu dem Fahrer gegangen, der sich aus dem Seitenfenster lehnte und sich zu ihm umsah, dann würde er heute vermutlich noch auf Erden weilen. Doch er blieb stehen und betrachtete das lose Profil an dem letzten Reifen hinten links, zog sogar daran, um zu sehen, ob er es abbekam. Der Trucker sah das alles und bezeugte es später vor Gericht. Dass Curt dort stehen blieb, war das vorletzte Glied in einer Verkettung von Ereignissen, die seinen Sohn zur Troop D führten und schließlich dafür sorgten, dass er einer von uns wurde. Das allerletzte Ereignis bestand darin, dass sich Bradley Roach nach rechts beugte, um sich noch ein Bier aus dem Sixpack zu nehmen, das vor dem Beifahrersitz seines alten Buick Regal stand (nicht *der* Buick, sondern ein *anderer* Buick – ja, es ist schon komisch, wie sich die Dinge, wenn man auf Katastrophen oder Liebesaffären zurückblickt, aufzureihen scheinen wie die Planeten in einem persönlichen Horoskop). Keine Minute später hatten Ned Wilcox und seine Schwestern keinen Daddy und Michelle Wilcox keinen Ehemann mehr.

Recht bald nach der Beerdigung begann Curts Sohn sich hier in unserer Basis blicken zu lassen. Wenn ich in diesem Herbst nachmittags zur Schicht kam oder auch nur mal nach dem Rechten sah (wenn man das Sagen hat, fällt's einem schwer, einfach mal wegzubleiben), sah ich den Jungen meistens zu allererst. Während seine Freunde drüben auf dem Floyd B. Clouse Field hinter der High School Football spielten, gegen Dummys anrannten und einander Fünf gaben, kehrte Ned in seiner grüngoldfarbenen High-School-Jacke auf dem Rasen vor der Kaserne ganz alleine das Laub zu großen Haufen zusammen. Er winkte mir zu und ich winkte zurück: Grüß dich, Junge. Wenn ich geparkt hatte, ging ich manchmal vorne herum und schwatzte kurz mit ihm. Dann erzählte er mir etwa, wie blöde sich seine Schwestern in letzter Zeit aufführten, und lachte darüber. Aber auch wenn er über sie lachte, merkte man, dass er sie liebte. Manchmal ging ich aber auch gleich hinten rein und erkundigte mich bei Shirley nach dem Stand der Dinge. Ohne Shirley Pasternak würde die Verbrechensbekämpfung hier im westlichen Pennsylvania zusammenbrechen, das steht mal fest.

Im Winter sah man Ned dann oft mit dem Schneegebläse hinten auf dem Parkplatz, auf dem die Trooper ihre Privatfahrzeuge abstellen. Eigentlich sind die Gebrüder Dadier, zwei Gauner hier aus der Gegend, für unseren Parkplatz zuständig, aber die Troop D befindet sich im Lande der Amish, am Rande der Short Hills, und bei einem schweren Sturm versinkt der Parkplatz gleich wieder unter Schnee, wenn sie mit ihrem Pflug weggefahren sind. Diese Schneewehen sehen aus wie ein riesiger weißer Brustkorb. Aber Ned bekam sie in den Griff. Da stand er dann, auch bei fünfzehn Grad unter null, wenn der Sturm von den Hügeln her toste, in einem Schneemobilanzug, mit seiner High-School-Jacke drüber, gefütterten Polizeihandschuhen aus Leder an den Händen und einer Skimaske überm Gesicht. Ich winkte ihm zu. Er winkte kurz zurück und machte sich dann wieder mit dem Gebläse über die Schneewehen her. Anschließend kam er oft auf einen Kaffee oder eine heiße Schokolade herein. Die Kollegen gingen hin und unterhielten sich mit ihm, fragten ihn nach der Schule und ob er die Zwillinge denn auch im Griff habe (seine Schwestern waren im Winter '01 zehn Jahre alt, glaube ich). Sie fragten, ob seine Mutter irgendwas bräuchte. Manchmal war ich auch dabei, wenn es ruhig war in der Kaserne und nicht allzu viele Schreibarbeiten anlagen. Bei diesen Gesprächen ging es nie um seinen Vater, obwohl es bei diesen Gesprächen eigentlich nur um seinen Vater ging. Sie verstehen schon.

Das Laubharken und Schneeräumen war eigentlich Arky Arkanians Aufgabe. Arky war der Hausmeister. Aber er war auch einer von uns und wurde nie sauer deswegen und war nicht eigen mit seinem Job. Und was die Schneewehen anging, war Arky bestimmt drauf und dran, Gott auf Knien für diesen Jungen zu danken. Arky war damals schon sechzig, und auch seine Footballzeit war längst vorbei – wie auch die Zeit, als er noch bei minus fünfzehn Grad (minus dreißig, wenn man den Windchillfaktor mitrechnete) anderthalb Stunden draußen zubringen konnte, ohne dass es ihm groß was ausgemacht hätte.

Und dann freundete sich der Junge mit Shirley an, also mit Police Communications Officer Pasternak. Als dann der Frühling kam, saß Ned immer häufiger bei ihr in ihrer kleinen Leitstelle mit den Telefonen, dem Gehörlosentelefon, der Standortübersichtskarte (auch »D-Karte« genannt) und dem Computerterminal, das den Mittelpunkt unserer hektischen kleinen Welt bildet. Sie zeigte ihm die einzelnen Telefone (das wichtigste ist das rote, über das die Notrufe eingehen). Sie erklärte ihm, dass die Anrufrückverfolgung einmal wöchentlich überprüft werden musste und wie das gemacht wurde, und dass der Dienstplan jeden Tag bestätigt werden musste, damit man wusste, wer auf den Straßen von Statler, Lassburg und Pogus City Streife fuhr, wer vor Gericht erscheinen musste und wer dienstfrei hatte.

»Mein schlimmster Albtraum wäre es, einen Officer zu verlieren, ohne dass ich es mitbekäme«, hörte ich sie eines Tages zu Ned sagen.

»Ist das schon mal passiert?«, fragte Ned. »Dass man ... einfach jemanden verliert?«

»Ja, einmal«, sagte sie. »Vor meiner Zeit. Schau mal her, Ned. Ich hab dir die Funk-Codes kopiert. Wir verwenden die nicht mehr, aber die Trooper schon noch. Wenn du in der Leitstelle arbeiten willst, musst du die kennen.«

Dann kam sie wieder auf die vier Grundfragen bei ihrem Job zu sprechen und zählte sie ihm noch einmal auf: Ort und Art des Vorfalls, gegebenenfalls Anzahl der Verletzten und Art der Verletzungen und der nächste verfügbare Wagen. Wo, was, Verletzungen, wen schicken – das war ihr Mantra.

Ich dachte: *Demnächst übernimmt er das noch. Sie will, dass er die Leitstelle übernimmt. Ihr ist klar, dass sie ihren Job los ist, wenn Colonel Teague oder sonst einer aus Scranton reinkommt und sieht, was er da macht, und trotzdem will sie, dass er es übernehmen kann.*

Und ob man's glaubt oder nicht: Eine Woche später saß Ned doch tatsächlich am Pult von PCO Pasternak in der Leitstelle, erst nur, wenn sie mal auf Toilette war, dann aber immer häufiger und auch länger, wenn sie sich einen Kaffee holte oder auf dem Hof eine rauchen war.

Als der Junge zum ersten Mal merkte, dass ich ihn ganz alleine da sitzen sah, zuckte er zusammen und lächelte mich dann schuldbewusst an, als wäre ich seine Mutter und hätte ihn dabei erwischt, wie er die Hand unterm Pulli seiner Freundin hatte. Ich nickte ihm zu und ging, ohne zu überlegen, weiter meiner Wege. Shirley hatte die Leitstelle der Statler Troop D einem Jungen überlassen, der sich gerade dreimal pro Woche rasieren musste, und fast ein Dutzend Trooper draußen im Einsatz wurden in diesem Moment von hier aus dirigiert, aber deshalb verlangsamte ich meinen Schritt nicht und blieb schon gar nicht stehen. Wir sprachen ja immer noch über seinen Vater. Shirley und Arky ebenso wie ich und die anderen State Trooper, mit denen Curtis Wilcox über zwanzig Jahre lang gedient hatte. Auch wenn wir nicht über ihn sprachen, war er immer gegenwärtig. Und manchmal ist es besser, sich das einfach nur anmerken zu lassen, statt viele Worte darum zu machen.

Als er mich nicht mehr sehen konnte, blieb ich aber doch stehen. Und stand dann da. Und lauschte. Am anderen Ende des Raums, vor den Fenstern zur Straße hinaus, stand Shirley Pasternak mit einem Styroporbecher Kaffee in der Hand und sah mich an. Neben ihr stand Phil Candleton, der gerade Dienstschluss hatte und schon in Zivil war. Auch er sah mich an.

In der Leitstelle meldete sich das Funkgerät. »Zwölf für Statler«, sagte eine Stimme. Sprechfunk verzerrt die Stimmen, aber ich kenne meine Männer. Es war Eddie Jacubois.

»Hier Statler, ich höre«, antwortete Ned ganz ruhig und gelassen. Falls er Angst hatte, Mist zu bauen, war es ihm nicht anzuhören.

»Statler, ich habe hier einen VW Jetta, Kennzeichen vierzehn-null-sieben-drei-neun-Foxtrott aus PA, an der County Road 99 angehalten. Ich brauche einen 10–28, verstanden?«

Shirley lief hinüber. Ein wenig Kaffee schwappte ihr aus dem Becher. Ich hielt sie am Ellenbogen zurück. Eddie Jacubois war da draußen auf einer County Road, hatte gerade wegen irgendeines Vergehens – vermutlich überhöhte Geschwindigkeit – einen Jetta angehalten und wollte nun wissen, ob über Wagen oder Halter irgendwas vorlag. Er wollte das wissen, weil er gleich aus dem Streifenwagen steigen und zu dem Jetta gehen würde. Er wollte es wissen, weil er, wie jeden Tag, sein Leben aufs Spiel setzen würde. War der Jetta vielleicht gestohlen? War er im Verlauf des vergangenen halben Jahres an einem Unfall beteiligt gewesen? Hatte der Halter wegen häuslicher Gewalt vor Gericht gestanden? Hatte er jemanden erschossen, beraubt oder vergewaltigt? Stand da auch nur ein einziger Strafzettel noch aus?

Eddie hatte ein Recht, das zu erfahren, wenn die Datenbank es hergab. Aber Eddie hatte auch ein Recht zu erfahren, warum sich da eben ein High-School-Schüler mit den Worten *Hier Statler, ich höre* gemeldet hatte. Ich fand, es war Eddies Entscheidung. Hätte er entgegnet *Wo zum Teufel steckt Shirley?*, dann hätte ich ihren Arm losgelassen. Aber wenn Eddie mitspielte, wollte ich sehen, was der Kleine tat, wie er sich schlug.

»Wagen zwölf, bleiben Sie dran.« Falls Ned jetzt ins Schwitzen geriet, war es ihm immer noch nicht anzuhören. Er wandte sich zum Computermonitor und rief Uniscope auf, die Suchmaschine, die wir bei der Pennsylvania State Police verwendeten. Er tippte schnell, aber sauber, und drückte dann auf ENTER.

Es folgte eine kurze Stille, und Shirley und ich standen schweigend Seite an Seite und hofften, dass der Junge nicht plötzlich erstarrte, vom Pult aufsprang und aus dem Raum stürmte. Vor allem aber hofften wir, dass er an den richtigen Stellen den richtigen Code eingegeben hatte. Es schien sehr lange zu dauern. Ich weiß noch, dass ich draußen einen Vogel zwitschern hörte und in der Ferne ein Flugzeug dröhnen. Es blieb Zeit, an die Verkettungen von Ereignissen zu denken, von denen manche Leute behaupten, sie ergäben sich rein zufällig. Eine dieser Verkettungen war gerissen, als Neds Vater auf der Route 32 umgekommen war, und hier bildete sich nun gerade eine neue. Eddie Jacubois – nicht eben einer der Hellsten, wie ich leider sagen muss – war nun über so eine Verkettung mit Ned Wilcox verbunden. Und ebenso verbunden damit war ein VW Jetta. Und der Fahrer dieses Jettas.

Dann: »Statler für zwölf.«

»Zwölf, ich höre.«

»Der Jetta ist zugelassen auf William Kirk Frady aus Pittsburgh. Frady ist … äh … Augenblick …«

Es war sein einziger Aussetzer, und ich hörte ihn hastig in Papieren blättern, während er nach der Karte suchte, die Shirley ihm gegeben hatte, der Karte mit den Funk-Codes drauf. Er fand sie, überflog sie und warf sie mit einem ungeduldigen Seufzer beiseite. Währenddessen wartete Eddie geduldig in seinem Streifenwagen zwölf Meilen weiter westlich. Er sah vielleicht Einspänner der Amish oder ein Farmhaus, bei dem an einem Vorderfenster die Gardine beiseite gezogen war, was bedeutete, dass die dort wohnende Amishfamilie eine Tochter in heiratsfähigem Alter hatte, oder er schaute hinüber zu den dunstverhangenen Hügeln Ohios. Aber deutlich sah er wohl nichts von all dem. Deutlich sah Eddie in diesem Moment einzig und allein den Jetta, der vor ihm auf dem Seitenstreifen der Straße stand und dessen Fahrer für ihn weiter nichts als eine Silhouette vorm Lenkrad war. Wer war dieser Fahrer? Ein Reicher? Ein Armer? Ein Bettler? Ein Dieb?

Schließlich sagte Ned es einfach, und das war genau richtig so. »Wagen zwölf, Frady ist dreifach vorbestraft wegen Alkohol am Steuer. Verstanden?«

Ein Trinker – das war der Jetta-Fahrer. Vielleicht war er gerade mal nüchtern, aber wenn er zu schnell gefahren war, war das eher unwahrscheinlich.

»Verstanden, Statler.« Vollkommen lakonisch. »Hat er grade 'ne gültige Pappe?«

»Äh …« Ned starrte wie gebannt die weißen Buchstaben auf dem blauen Monitorhintergrund an. *Direkt vor deiner Nase, Kleiner, siehst du's denn nicht?* Ich hielt den Atem an.

Dann: »Bestätige, Wagen zwölf. Er hat seit drei Monaten seine Fahrerlaubnis wieder.«

Ich atmete aus. Auch Shirley atmete weiter. Das waren gute Neuigkeiten für Eddie. Frady durfte fahren und war daher wahrscheinlich eher nicht durchgeknallt. So jedenfalls die Faustregel.

»Zwölf. Ich schreite jetzt ein«, sagte Eddie. »Verstanden?«

»Verstanden. Bitte Eigensicherheit beachten. Ich bleibe dran«, erwiderte Ned. Ich hörte ein Klicken und dann einen lauten, gedehnten Seufzer. Ich nickte Shirley zu, und sie setzte sich wieder in Bewegung. Dann strich ich mir über die Stirn und war nicht direkt verwundert, dass sie schweißnass war.

»Na, wie läuft's denn so?«, fragte Shirley in ruhigem, normalem Tonfall, um auszudrücken, dass es, soweit sie wusste, im Westen nichts Neues gab.

»Eddie Jacubois hat sich gemeldet«, sagte Ned. »Ein 10-28.« Das bedeutet: Anfrage bei der Zentrale. Als Trooper weiß man, dass es in neun von zehn Fällen auch bedeutet, dass der Zentrale irgendein Vergehen gemeldet wird. Neds Stimme klang jetzt nicht mehr so ruhig, aber na und? Jetzt durfte sie ein wenig zittern. »Er hat da auf der County Road 99 jemanden in einem Jetta. Ich habe das geklärt.«

»Erzähl mir, wie«, sagte Shirley. »Wie hast du das gemacht? Schritt für Schritt, Ned. So schnell du kannst.«

Ich ging weiter. Phil Candleton fing mich an meiner Bürotür ab. Mit einer Kopfbewegung deutete er auf die Leitstelle. »Wie hat der Kleine das gemacht?«

»Gut hat er das gemacht«, sagte ich und ging an ihm vorbei in mein Büro. Erst als ich mich setzte, merkte ich, dass mir die Beine zitterten.

Seine Schwestern Joan und Janet waren eineiige Zwillinge. Sie hatten einander, und in ihnen hatte ihre Mutter auch etwas von ihrem verstorbenen Mann: Curtis' blaue, leicht nach oben geneigte Augen, sein blondes Haar und seine vollen Lippen (auf der High School hatte Curt den Spitznamen »Elvis« gehabt). Und auch in ihrem Sohn, bei dem die Ähnlichkeit noch auffälliger war, hatte Michelle etwas von ihrem Mann. Ein paar Fältchen um die Augen, und Ned hätte ausgesehen wie sein Vater, als der damals bei der Polizei angefangen hatte.

Das war es, was sie hatten. Und Ned hatte uns.

Eines Tages im April kam er übers ganze Gesicht strahlend in die Kaserne. Dieses Strahlen ließ ihn jünger und liebenswerter aussehen. Ich weiß noch, wie ich dachte, dass wir alle jünger und liebenswerter aussehen, wenn wir unser wahres Lächeln zeigen – wenn wir uns wirklich freuen und nicht nur aus Höflichkeit lächeln. Das fiel mir an diesem Tag auf, weil Ned nicht oft lächelte, und schon gar nicht so strahlend. Ich hatte das vermutlich bis dahin nicht bemerkt, weil er stets höflich, zuvorkommend und aufmerksam war, mit anderen Worten: jemand, den man gern um sich hatte. Doch erst als er an diesem seltenen Tag so freudestrahlend lächelte, fiel einem auf, wie ernst er eigentlich sonst war.

Er stellte sich mitten in den Raum und alle Gespräche verstummten. Er hatte ein Blatt Papier in der Hand. Obendrauf prangte ein kompliziert aussehendes goldenes Siegel.

»Pitt!«, sagte er und hielt das Blatt mit beiden Händen hoch wie ein Kampfrichter bei der Olympiade die Wertung. »Ich bin an der Pitt angenommen! Und ich kriege sogar ein Stipendium! Es reicht nicht ganz, aber fast!«

Alle applaudierten. Shirley drückte ihm einen dicken Schmatz auf den Mund und der Junge errötete bis zu den Haarspitzen. Huddie Royer, der an diesem Tag frei hatte und nur so bei uns rumhockte und sich über einen Fall aufregte, in dem er vor Gericht aussagen musste, ging los und kam mit einer Packung Little-Debbie-Törtchen wieder. Arky schloss den Limoautomaten auf, und wir schmissen eine Party. Es ging nur eine Stunde lang oder so, aber dennoch war es schön. Alle schüttelten Ned die Hand, das Annahmeschreiben der Pitt wurde (zweimal, glaube ich) im Raum herumgereicht, und ein paar Kollegen, die gerade zu Hause waren, kamen vorbei, nur um mit ihm zu reden und ihm zu gratulieren.

Dann ging natürlich der Alltag weiter. Es ist zwar ruhig hier im westlichen Pennsylvania, aber tot ist es nicht. In Pogus City (wenn das eine City ist, bin ich der Erzherzog Franz Ferdinand) brannte ein Farmhaus und auf dem Highway 20 war ein Einspänner der Amish umgekippt. Die Amish bleiben zwar lieber unter sich, aber in solchen Fällen nehmen sie gern etwas Hilfe von außen an. Dem Pferd war nichts passiert; das war schon mal die Hauptsache. Die schlimmsten Kutschenunfälle ereignen sich freitag- und samstagnachts, wenn die jüngeren Amish gern mal hinterm Stall einen picheln. Manchmal lassen sie sich von einer »weltlichen Person« eine Flasche Schnaps oder eine Kiste Iron-City-Bier kaufen, und manchmal trinken sie auch ihr eigenes Zeug, einen wirklich mörderischen Maiswhiskey, den man seinem schlimmsten Feind nicht einschenken würde. Das gehört eben dazu; das ist unsere Welt und größtenteils mögen wir sie, auch die Amish mit ihren großen, gepflegten Farmen und den orangefarbenen

Warndreiecken hinten an ihren kleinen, gepflegten Einspännern.

Und es liegen immer Schreibarbeiten an – der übliche Stapel in doppelter und dreifacher Ausfertigung in meinem Büro. Das wird jedes Jahr schlimmer. Ich weiß überhaupt nicht mehr, warum ich mich mal für diesen Posten beworben habe. Die Prüfung zum Sergeant Commanding habe ich auf Tony Schoondists Vorschlag hin abgelegt, also muss ich damals wohl einen Grund dafür gehabt haben, aber mittlerweile fällt mir der nicht mehr ein.

Gegen sechs ging ich auf den Hof, eine rauchen. Wir haben da am Parkplatz eine Bank, von der man einen hübschen Ausblick nach Westen hat. Ned Wilcox saß schon auf der Bank, sein Schreiben von der Pitt in Händen, und Tränen liefen ihm übers Gesicht. Er sah mich kurz an, schaute dann wieder weg und rieb sich mit der Hand die Augen.

Ich setzte mich zu ihm, wollte ihm schon einen Arm um die Schultern legen und ließ es dann doch bleiben. Wenn man bei so was erst überlegen muss, kommt es einem meistens geheuchelt vor, es auch zu tun. Ich habe nie geheiratet, und was ich über das Vatersein weiß, könnte man auf einen Nagelkopf schreiben, und dann wäre da noch Platz für das Vaterunser. Ich steckte mir eine Zigarette an und nahm ein paar Züge. »Es ist schon gut, Ned«, sagte ich schließlich. Das war das Einzige, was mir einfiel, und ich hatte keine Ahnung, was ich damit sagen wollte.

»Ich weiß«, erwiderte er sofort mit gedämpfter, tränenerstickter Stimme und sagte dann gleich hinterher: »Nein, ist es nicht.«

Statt *»No, it isn't«* sagte er *»No, it ain't«*, und als ich ihn dieses Wort, dieses *ain't* verwenden hörte, wurde mir klar, wie sehr er litt. Irgendetwas hatte ihn zutiefst getroffen. Es war ein Wort, das er sich eigentlich längst abgewöhnt hatte, damit man ihn nicht in einen Topf warf mit den Hinterwäldlern von Statler County, den Assis von Patchin und Pogus City. Selbst seine Schwestern, die acht Jahre jünger waren als er, sagten wahrscheinlich nicht mehr *ain't,* und zwar aus den gleichen Gründen. *Ain't – mein Kind, das sagt man nicht; sonst macht dein Dad ein bös' Gesicht.* Ach ja, was denn für ein Dad?

Ich rauchte und schwieg. Am anderen Ende des Parkplatzes standen hinter einem gemeindeeigenen Streusalzhügel eine Reihe von Holzgebäuden, die entweder mal auf Vordermann gebracht oder abgerissen gehörten. Dort war früher der Maschinen- und Fuhrpark der Gemeinde untergebracht gewesen. Statler County hatte seine Schneepflüge, Straßenhobel, Bulldozer und Planierraupen zehn Jahre zuvor gut eine Meile weiter in ein neues Backsteingebäude verlegt, das wie ein Hochsicherheitstrakt aussah. Geblieben waren nur der Salzhügel (den wir nun selber peu à peu abtrugen – früher war dieser Hügel ein richtiger Berg gewesen) und ein paar baufällige Holzgebäude. Eins davon war der Schuppen B. Die schwarzen Lettern überm Tor – so ein breites Garagentor, das sich an einer Schiene hochfahren ließ – waren verblichen, aber noch lesbar. Dachte ich an den Buick Roadmaster darin, als ich dort neben dem weinenden Jungen saß, ihn am liebsten in den Arm genommen hätte und nicht wusste, wie ich das anstellen sollte? Ich weiß es nicht. Aber man weiß ja schließlich auch nicht immer, woran man so alles denkt. Freud mag viel Quatsch verzapft haben, aber damit hatte er Recht. Ich weiß nicht, ob es so was wie ein Unterbewusstsein gibt, aber auf jeden Fall schlägt in unserem Kopf ein Puls genau wie in unserer Brust, und dieser Puls trägt ungeformte, nichtsprachliche Gedanken mit sich, die wir meist selbst nicht verstehen, die aber oft sehr wichtig sind.

Ned wedelte mit dem Brief. »*Ihm* will ich das zeigen. *Er* wollte auf die Pitt, als er jung war, aber *er* konnte es sich nicht leisten. *Er* ist der Grund dafür, dass ich mich da überhaupt *beworben* habe!« Schweigen. Und dann, so leise, dass ich es fast nicht hörte: »So eine verdammte Scheiße, Sandy.«

»Was hat deine Mutter gesagt, als du ihr den Brief gezeigt hast?«

Da lachte er, unter Tränen, aber aufrichtig. »*Gesagt* hat sie nichts. *Geschrien* hat sie, wie die Frauen im Fernsehen immer, wenn sie gerade eine Reise auf die Bermudas gewonnen haben. Und dann hat sie geweint.« Ned sah mich an. Er weinte nicht mehr, aber seine Augen waren rot und verquollen. In diesem Moment sah er viel jünger aus als achtzehn. Das reizende Lächeln war für einen Moment wieder da. »Also, sie hat sich toll verhalten. Sogar J&J haben sich toll verhalten. Und ihr auch. Als Shirley mich geküsst hat … Mann, da ist mir heiß und kalt geworden.«

Ich lachte und dachte, dass es Shirley eventuell genauso ergangen war. Sie mochte ihn, er war ein hübscher Junge, und vielleicht hatte sie schon mit dem Gedanken gespielt, einen auf Mrs. Robinson zu machen. Es war eher unwahrscheinlich, aber undenkbar war es nicht. Von ihrem Mann war damals schon seit fast fünf Jahren keine Rede mehr.

Neds Lächeln schwand. Er wedelte wieder mit dem Annahmeschreiben. »Ich wusste schon, dass es eine Zusage ist, als ich's aus dem Briefkasten genommen habe. Irgendwie wusste ich das einfach. Und da habe ich ihn wieder so vermisst. So richtig schlimm.«

»Ich weiß, wie das ist«, sagte ich, wusste es aber natürlich nicht. Mein Vater war noch am Leben, war ein rüstiges, stets gut gelauntes Lästermaul von vierundsiebzig Jahren. Und meine Mutter war mit ihren siebzig Jahren auch noch mopsfidel.

Ned seufzte und schaute zu den Hügeln hinüber. »Es ist einfach so *dumm,* wie er umgekommen ist«, sagte er. »Wenn ich mal Kinder habe, kann ich ihnen nicht mal erzählen, dass ihr Opa bei einer Schießerei gestorben ist, als er Bankräuber gestellt oder verhindert hat, dass die Miliz das Gerichtsgebäude in die Luft sprengt. Nichts in der Richtung.«

»Nein«, pflichtete ich bei. »Nichts in der Richtung.«

»Ich kann nicht mal erzählen, dass er achtlos war. Er hat einfach nur … Da kam einfach nur ein Besoffener vorbei und hat …«

Er beugte sich vor und keuchte wie ein alter Mann mit Bauchkrämpfen. Jetzt legte ich ihm wenigstens eine Hand auf den Rücken. Er gab sich solche Mühe, nicht zu weinen, und das ging mir nah. Er gab sich solche Mühe, ein Mann zu sein, was auch immer das für einen achtzehnjährigen Jungen bedeuten mag.

»Ned. Es ist schon gut.«

Er schüttelte vehement den Kopf. »Wenn es einen Gott gäbe, dann hätte das irgendeinen Sinn gehabt«, sagte er und sah zu Boden. Meine Hand lag immer noch auf seinem Rücken, und ich spürte, wie sie sich hob und senkte, als hätte Ned gerade einen Wettlauf hinter sich. »Wenn es einen Gott gäbe, hätte das irgendeinen Grund gehabt. Aber es hatte keinen. Ich kann jedenfalls keinen entdecken.«

»Wenn du mal Kinder hast, Ned, dann sag ihnen, dass ihr Großvater bei der Erfüllung seiner Pflicht gestorben ist. Komm mit ihnen her und zeig ihnen, dass sein Name auf unserer Gedenktafel steht.«

Er schien mich nicht zu hören. »Ich habe da diesen Traum. Es ist ein ganz schrecklicher.« Er hielt inne, überlegte, wie er es sagen sollte, und erzählte dann einfach weiter. »Ich träume, dass das alles nur ein Traum war. Weißt du, was ich meine?«

Ich nickte.

»Ich wache weinend auf und schaue mich im Zimmer um, und die Sonne scheint. Die Vögel singen. Es ist Morgen. Ich rieche Kaffee von unten und denke: ›Ihm ist nichts passiert. O danke, lieber Gott, meinem Vater ist nichts passiert.‹ Ich höre ihn nicht reden oder so; ich weiß das nur einfach. Und ich denke, was für ein Blödsinn es war zu glauben, er wäre an einem Laster entlanggegangen, um den Fahrer auf loses Profil hinzuweisen, und dann hätte ihn irgendein Säufer über den Haufen gefahren. So ein Schwachsinn fällt einem doch bloß in einem blöden Traum ein, in dem einem alles so *real* vorkommt ... Und dann schwinge ich die Beine aus dem Bett ... manchmal sehe ich meine Fußknöchel noch in einem Lichtfleck ... es fühlt sich sogar warm an ... und dann erwache ich wirklich, und es ist dunkel, und obwohl ich mich in die Decke gehüllt habe, ist mir kalt, ich zittere vor Kälte, und da weiß ich dann, dass dieser Traum wirklich ein Traum war.«

»Das ist schrecklich«, sagte ich und erinnerte mich daran, dass ich als Junge auch mal so einen Traum gehabt hatte. Darin ging es um meinen Hund. Ich wollte Ned davon erzählen, ließ es dann aber bleiben. Ein Hund ist kein Vater.

»Es wäre ja nicht so schlimm, wenn ich das jede Nacht träumen würde. Dann würde ich, glaube ich, auch im Schlaf schon wissen, dass es nicht nach Kaffee duftet und dass es nicht mal Morgen ist. Aber dann kommt der Traum nicht ... und kommt wieder nicht, und wenn er dann schließlich kommt, lasse ich mich wieder davon reinlegen. Ich bin so froh und erleichtert, dass ich sogar überlege, was ich ihm Gutes tun könnte ... ihm zum Beispiel den Golfschläger zu kaufen, den er sich zum Geburtstag gewünscht hat ... und dann wache ich auf. Ich lasse mich immer wieder davon reinlegen.« Vielleicht lag es daran, dass er an den Geburtstag seines Vaters dachte, der in diesem Jahr nicht und auch sonst nie wieder gefeiert werden würde, dass ihm nun wieder die Tränen kamen. »Ich hasse es einfach, mich reinlegen zu lassen. Das ist wieder genauso wie damals, als mich Mr. Jones aus dem Geschichtsunterricht geholt hat, um es mir zu sagen

– nur noch schlimmer. Denn ich bin allein, wenn ich im Dunkeln aufwache. Mr. Grenville – das ist der Vertrauenslehrer bei uns in der Schule – sagt, die Zeit heilt alle Wunden, aber es ist jetzt fast ein Jahr her, und immer noch habe ich diesen Traum.«

Ich nickte. Ich dachte an Ten-Pound, meinen Hund, den ein Jäger erschossen hatte, und wie er da unter einem weißen Himmel in einer Blutlache lag und steif wurde, als ich ihn fand. Ein weißer Himmel, der einen schneereichen Winter verhieß. In *meinem* Traum lag da jedes Mal, wenn ich nah genug kam, ein anderer Hund, nicht Ten-Pound, und jedes Mal empfand ich wieder diese Erleichterung. Zumindest bis ich dann erwachte. Und als ich so an Ten-Pound dachte, dachte ich für einen Moment auch an unser ehemaliges Kasernenmaskottchen. Mister Dillon hatte er geheißen, nach dem Sheriff aus der Fernsehserie, den James Arness gespielt hat. Ein guter Hund.

»Das Gefühl kenne ich, Ned.«

»Ja?« Hoffnungsvoll sah er mich an.

»Ja. Und glaub mir: Das wird mit der Zeit besser. Aber er war dein Vater, kein Schulfreund oder Nachbar. Nächstes Jahr um diese Zeit wirst du vielleicht immer noch davon träumen. Vielleicht wird dieser Traum auch in zehn Jahren noch ab und zu wiederkommen.«

»Das ist ja entsetzlich.«

»Nein«, sagte ich. »Das ist die Erinnerung.«

»Wenn es wenigstens einen Grund gehabt hätte.« Er sah mich ernst an. »*Irgendeinen* Grund. Verstehst du?«

»Natürlich.«

»Gibt es da irgendeinen Grund?«

Ich überlegte, ihm sagen, dass ich mich mit Gründen nicht auskannte, nur mit Verkettungen von Ereignissen und damit, wie sie sich Glied um Glied aus dem Nichts bildeten und sich in die Welt verwoben. Manchmal kann man so eine Verkettung packen und sich daran aus der

Dunkelheit ziehen, aber meistens verfängt man sich eher darin. Wenn man Glück hat, bleibt man nur darin hängen. Und wenn man Pech hat, erdrosselt man sich.

Ich ertappte mich dabei, dass ich wieder über den Parkplatz zum Schuppen B sah. Und ich dachte, wenn ich mich an das gewöhnen konnte, was dort in der Dunkelheit stand, konnte sich Ned Wilcox auch an ein Leben ohne Vater gewöhnen. Schließlich kann man sich an fast alles gewöhnen. Das ist das Beste am Leben, schätze ich mal. Und es ist natürlich auch das Entsetzliche daran.

»Sandy? Gibt es einen? Was glaubst du?«

»Ich glaube, dass du da den Falschen fragst. Ich verstehe was von Polizeiarbeit und von Hoffnung und davon, für die GZR was auf die hohe Kante zu legen.«

Er grinste. Bei der Troop D sprachen alle ganz ernsthaft über die GZR, als wäre das irgendeine spezielle Polizeieinheit. In Wirklichkeit stand es für die »goldenen Zeiten des Ruhestands«. Ich glaube, Huddie Royer hat sich das mit den GZR einfallen lassen.

»Und ich verstehe etwas davon, Beweisketten intakt zu erhalten, damit einem kein neunmalkluger Verteidiger vor Gericht die Beine wegtreten kann und man dasteht wie ein Vollidiot. Aber davon mal abgesehen, bin ich auch bloß ein verwirrter Amerikaner.«

»Wenigstens bist du ehrlich«, sagte er.

Aber war ich das denn? Oder wich ich einfach nur dieser verdammten Frage aus? Ich kam mir in diesem Moment nicht besonders ehrlich vor. Ich kam mir vor wie jemand, der nicht schwimmen kann und einen Jungen sieht, der sich in tiefem Wasser abstrampelt. Und wieder fiel mein Blick auf den Schuppen B. *Ist es kalt hier drin?*, hatte der Vater dieses Jungen damals, vor langer Zeit, gefragt. *Ist es kalt hier drin, oder bilde ich mir das nur ein?*

Nein, das hatte er sich nicht nur eingebildet.

»Woran denkst du, Sandy?«

»Ach, an nichts Besonderes«, sagte ich. »Was machst du denn diesen Sommer?«

»Hm?«

»Was machst du diesen Sommer?« Golf spielen in Maine oder Boot fahren auf dem Lake Tahoe kam nicht in Frage, das war mal klar. Auch mit dem Stipendium würde Ned fürs College so viel Patte brauchen, wie er nur kriegen konnte.

»Mal wieder Grünanlagen und Sportstätten, schätze ich mal«, sagte er mit deutlichem Mangel an Begeisterung. »Da hab ich letzten Sommer auch gejobbt, bis … na, du weißt schon.«

Bis sein Dad … Ich nickte.

»Tom McClannahan hat mir letzte Woche geschrieben, dass er mir eine Stelle freihält. Er meinte was von Little League trainieren, aber damit will er mich bloß ködern. Hauptsächlich werd ich einen Spaten schwingen und Rasensprenger installieren, genau wie letztes Jahr. Ich schaufle gern und hab nichts dagegen, mir die Hände schmutzig zu machen, aber Tom …« Statt es auszusprechen, zuckte er mit den Achseln.

Ich wusste, was Ned da lieber nicht aussprach. Es gibt zwei Arten noch arbeitsfähiger Alkoholiker: Die einen brechen vor lauter Bosheit extra nicht zusammen, und die anderen sind einfach so reizend, dass ihnen manche Leute auch dann noch Rückendeckung geben, wenn es eigentlich schon überhaupt nicht mehr zu verantworten ist. Tom war einer von der ersten Sorte und bildete den letzten Spross eines Familienstammbaums voller feister Provinzpromis, der bis weit ins 19. Jahrhundert zurückreichte. Die McClannahans hatten einen Senator hervorgebracht, zwei Repräsentantenhausabgeordnete, ein halbes Dutzend Abgeordnete des Landesparlaments von Pennsylvania und zahllose Sesselpuper in der Verwaltung von Statler County. Tom war, nach allem, was man hörte, ein fieser Boss, der keine Ambitionen hatte, politisch weiter aufzusteigen. Lieber erzählte er Jungs wie Ned, denen man beigebracht hatte, nett und höflich zu sein, dass sie gefälligst gehorchen und mal richtig ranklotzen sollten. Zufrieden zu stellen war er dabei natürlich nie.

»Antworte noch nicht auf diesen Brief«, sagte ich. »Ich will erst noch jemanden anrufen.«

Ich dachte, das würde ihn neugierig machen, aber er nickte nur. Ich sah ihn mir an, wie er mit seinem Annahmeschreiben auf dem Schoß dasaß, und fand, dass er eher wie ein Junge aussah, der an seinem Wunsch-College keinen Studienplatz bekommen hatte, und nicht wie einer, der auch noch ein üppiges Stipendium erhielt.

Auf den zweiten Blick sah er dann aus wie einer, der nicht nur keinen Platz am College hatte, sondern dem auch ein Platz im Leben verwehrt war. Dem war nicht so – das bewies unter anderem der Brief von der Pitt –, aber ich hatte keinen Zweifel, dass er sich in diesem Moment genauso vorkam. Ich weiß nicht, warum man sich nach einem Erfolg oft niedergeschlagener fühlt als nach einem Misserfolg; ich weiß nur, dass es so ist. Und man bedenke, dass er gerade mal achtzehn war – genau im Hamlet-Alter.

Ich sah wieder zum Schuppen B hinüber und dachte an das, was darin stand. Nicht dass auch nur einer von uns wusste, was es wirklich war.

Am nächsten Morgen rief ich Colonel Teague in unserem regionalen Hauptquartier in Butler an. Ich erläuterte ihm die Lage und wartete dann, während *er* irgendwo anrief, vermutlich in Scranton, wo die großen Tiere hocken. Teague war bald wieder dran und hatte gute Nachrichten für mich. Dann sprach ich noch mit Shirley, aber das war kaum mehr als eine Formalität; sie hatte den Vater schon sehr gemocht, und an dem Sohn hatte sie nun einen Narren gefressen.

Als Ned an diesem Nachmittag nach der Schule zu uns kam, fragte ich ihn, ob er nicht den Sommer über lieber – gegen Bezahlung – die Arbeit in der Leitstelle erlernen wolle, statt sich Tom McClannahans Gezeter anzuhören. Einen Moment lang schaute er benommen ... fast schon wie weggetreten. Dann aber strahlte er übers ganze Gesicht. Ich dachte schon, er würde mich umarmen. Und er hätte es wohl auch getan, wenn ich ihm am Abend zuvor tatsächlich einen Arm um die Schultern gelegt hätte. Doch so ballte er nur die Fäuste, hob sie neben seine Wangen und stieß ein *»Ja!«* aus.

»Shirley nimmt dich gern als Lehrling an und Butler hat es offiziell genehmigt. Das ist natürlich was anderes, als für McClannahan einen Spaten zu schwingen, aber –«

Jetzt umarmte er mich tatsächlich und lachte dabei, und ich hatte nichts dagegen. An so was könnte ich mich gewöhnen.

Als er sich umdrehte, stand Shirley da, flankiert von zwei Troopern: Huddie Royer und George Stankowski. In ihrer grauen Uniform wirkten sie alle bierernst. Huddie und George trugen ihren Diensthut und sahen damit mindestens zwei Meter fünfzig groß aus.

»Du hast nichts dagegen?«, fragte Ned Shirley. »Wirklich nicht?«

»Ich werde dir alles beibringen, was ich weiß«, sagte sie.

»Ach ja?«, meinte Huddie. »Und was lernt er dann in der zweiten Woche?«

Shirley verpasste ihm einen Knuff mit dem Ellenbogen. Sie traf ihn zielgenau oberhalb des Griffs seiner Beretta. Huddie keuchte übertrieben auf und schwankte hin und her.

»Wir haben da was für dich, Kleiner«, sagte George. Er sprach ganz ruhig und schenkte Ned seinen besten »Sie sind vor einem Krankenhaus neunzig gefahren«-Blick. Eine Hand hielt er hinterm Rücken verborgen.

»Was?«, fragte Ned und klang dabei, trotz seiner offensichtlichen Freude, ein wenig ängstlich. Hinter George, Shirley und Huddie hatten sich ein paar weitere Trooper eingefunden.

»Das darfst du *nie* verlieren«, sagte Huddie ganz ruhig und ernst.

»Was denn? Was?« Noch beklommener.

George holte hinter seinem Rücken eine kleine weiße Schachtel hervor und überreichte sie dem Jungen. Ned betrachtete sie, sah dann die Trooper an, die sich um ihn versammelt hatten, und öffnete sie schließlich. Darin lag ein großer Sheriffstern aus Plastik mit dem Aufdruck DEPUTY DAWG.

»Herzlich willkommen bei der Troop D, Ned«, sagte George. Er gab sich Mühe, weiter ernst zu wirken, aber es gelang ihm nicht. Schallend lachte er los, und bald lachten sie alle und schüttelten Ned die Hand.

»Sehr witzig«, sagte Ned. »Ein echter Brüller.« Er lächelte, war aber, glaube ich, wieder den Tränen nah. Man sah es ihm nicht an, merkte es aber trotzdem. Das war fast wie ein Geruch, der von seiner Haut ausging. Und Shirley Pasternak merkte das wohl auch. Als sich der Junge dann entschuldigte und aufs Klo ging, machte er das vermutlich, um seine Fassung wiederzuerlangen oder sich zu vergewissern, dass er nicht träumte, oder beides. In schwieriger Lage bekommt man manchmal mehr Hilfe, als man je erwartet hätte. Und manchmal reicht es trotzdem nicht.

Es war schön, Ned in diesem Sommer dabeizuhaben. Alle mochten ihn und ihm gefiel es bei uns. Vor allem liebte er es, mit Shirley in der Leitstelle zu sitzen. Es ging dabei auch um Codes, aber hauptsächlich lernte er, wie er zu reagieren hatte und wie man mit mehreren Anrufen gleichzeitig klarkam. Bald beherrschte er das gut, versorgte die Streifenwagen wie aus der Pistole geschossen mit den angeforderten Informationen, griff virtuos wie ein Barpianist in die Computertastatur und fungierte, wenn nötig, als Verbindungsmann mit anderen Dienststellen, wie zum Beispiel nach den schweren Gewittern, die Ende Juni eines Abends über das westliche Pennsylvania hereinbrachen. Gott sei Dank hatten wir keine Tornados, aber wir hatten Sturmböen, Hagel und Blitzeinschläge.

Ein oder zwei Tage darauf geriet er das einzige Mal fast in Panik, als nämlich ein Typ vor dem Friedensrichter von Statler County mit einem Mal ausrastete, im Gerichtssaal herumlief, sich die Kleider vom Leib riss und etwas von wegen »Jesus Penis« brüllte. So nannte er ihn tatsächlich; ich habe das irgendwo in den Akten. Vier einzelne Trooper meldeten sich, zwei, die vor Ort waren, und zwei, die schnellstens hinwollten. Während Ned noch überlegte, wie er das am besten regelte, kam ein Funkspruch von einem Trooper aus Butler, der auf dem Highway 99 die Verfolgung eines ... und *Blurk!* war die Verbindung abgerissen. Ned nahm an, dass der Kollege mit seinem Streifenwagen verunglückt war, und damit behielt er Recht (dem Trooper aus Butler, einem Polizeischüler, war nichts passiert, aber den Wagen hatte er zu Schrott gefahren, und der Verdächtige, den er gejagt hatte, war entkommen). Ned rief nach Shirley, wich vor dem Computer, den Telefonen und dem Mikro zurück, als wären sie plötzlich glühend heiß. Sie übernahm schnell, nahm sich aber doch noch die Zeit, ihn kurz zu umarmen und auf die Wange zu küssen, ehe sie sich auf den Stuhl setzte, von dem er aufgesprungen war. Es kam niemand um, und es wurde auch niemand ernstlich verletzt, und Mr. Jesus Penis wurde zur Beobachtung ins Statler Memorial eingewiesen. Es war das einzige Mal, dass ich Ned so nervös und durcheinander erlebte, aber das schüttelte er schnell ab und lernte daraus.

Alles in allem war ich beeindruckt.

Und Shirley unterrichtete ihn liebend gern. Das kam

eigentlich nicht überraschend: Indem sie es ohne offizielle Erlaubnis getan hatte, hatte sie ja schon bewiesen, dass sie willens war, ihren Job dafür zu riskieren. Ihr – und uns allen – war bewusst, dass Ned nicht vorhatte, eine Polizeilaufbahn einzuschlagen; jedenfalls hatte er nie etwas in der Richtung gesagt; aber das war Shirley egal. Und uns war klar, dass es ihm hier bei uns gefiel. Er mochte den Druck und die Anspannung, genoss das richtig. Da war dieser eine Patzer, ja, klar, aber im Grunde freute es mich, dass das passiert war. Es war gut zu wissen, dass dies für ihn nicht einfach nur ein Computerspiel war. Ihm war klar, dass er auf seinem elektronischen Schachbrett lebendige Menschen hin und her bewegte. Und wenn es auf der Pitt nicht so lief – wer weiß? Er war jedenfalls schon besser als Matt Babicki, Shirleys Vorgänger.

Anfang Juli – ich glaube, es war am ersten Todestag seines Vaters – sprach mich der Junge auf den Schuppen B an. Er klopfte an meine Tür, die ich meistens offen stehen lasse, und als ich hochsah, stand er da in einem ärmellosen Steelers-T-Shirt und einer alten Bluejeans, aus deren Gesäßtaschen Putzlappen baumelten. Ich wusste sofort, worum es ging. Vielleicht wegen der Putzlappen, aber vielleicht sah ich es ihm auch an den Augen an.

»Ich dachte, du hättest heute frei, Ned.«

»Ja«, sagte er und zuckte mit den Achseln. »Da sind bloß noch ein paar Sachen, die ich erledigen wollte. Und … tja … wenn du mit rauskommst, eine rauchen, würde ich dich gerne was fragen.« Er hörte sich ziemlich aufgeregt an.

»Na dann mal los«, sagte ich und stand auf.

»Bestimmt? Ich meine, wenn du keine Zeit hast –«

»Ich habe Zeit«, sagte ich, obwohl ich eigentlich keine hatte. »Gehn wir.«

Es war früher Nachmittag an einem ganz normalen Hochsommertag hier im Lande der Short Hills und der Amish: bedeckt und heiß; und die Hitze wurde noch verstärkt durch eine klebrige Schwüle, die den Horizont hinter einem Dunstschleier verbarg und unsere Weltgegend, die mir sonst so weitläufig vorkommt, klein und verblichen wirken ließ wie ein altes, fast verblasstes Foto. Aus dem Westen kam Donnergrollen. Bis zum Abendessen würden weitere Gewitter aufziehen – seit Mitte Juni hatten wir mindestens an drei Tagen pro Woche welche gehabt –, aber jetzt war es nur heiß und schwül, und der Schweiß brach einem aus, sobald man die klimatisierten Räume verließ.

Zwei Gummieimer standen vor dem Tor von Schuppen B, einer mit Seifenlauge und einer mit klarem Wasser. Aus einem ragte der Griff eines Gummiwischers. Wenn Curts Sohn etwas anfing, machte er es auch ordentlich. Shirley und Phil Candleton saßen gerade auf der Raucherbank, und beide warfen sie mir einen wissenden Blick zu, als wir an ihnen vorbei auf den Parkplatz gingen.

»Ich hab bei der Kaserne die Fenster geputzt«, erklärte mir Ned, »und als ich damit fertig war, bin ich mit den Eimern rüber zum Müllplatz.« Er deutete auf die Fläche zwischen den Schuppen B und C, wo zwischen einer Menge Unkraut ein paar rostige Schneepflugscharen und alte Traktorreifen lagen. »Und dann hab ich mir gedacht, was soll's, putz ich schnell noch die Schuppenfenster, ehe ich das Wasser wegkippe. Die von Schuppen C waren dreckig, aber die von Schuppen B waren eigentlich ziemlich sauber.«

Das erstaunte mich nicht. Durch die kleinen Fenster vorn am Schuppen B hatten zwei (vielleicht gar drei) Generationen Trooper geguckt, von Jackie O'Hara bis Eddie Jacubois. Ich wusste noch, wie die Männer damals an diesen Schuppentoren gestanden hatten wie Kinder vor einem Gruselkabinett. Auch Shirley hatte dort schon gestanden, wie auch ihr Vorgänger Matt Babicki – kommt her, Kinder! Schaut euch dieses lebendige Krokodil an! Seht seine Zähne! Wie sie schimmern!

Neds Dad war damals mit einem Seil um die Taille hineingegangen. Dann Huddie natürlich und Tony Schoondist, der ehemalige Sergeant Commanding. Tony, dessen Nachnamen niemand auf Anhieb richtig schrieb, weil er so merkwürdig ausgesprochen wurde (*Shane*-dinks), war schon seit vier Jahren in einem Pflegeheim, als Ned offiziell bei uns zu arbeiten anfing. Viele von uns waren im Schuppen B gewesen. Nicht weil wir wollten, sondern weil wir gelegentlich mussten. Curtis Wilcox und Tony Schoondist waren richtige Fachmänner geworden, waschechte Buickologen, und Curt war es auch, der das runde Thermometer mit der großziffrigen Anzeige darin aufgehängt hatte, das man auch von außen ablesen konnte. Um alles zu sehen, musste man nur die Stirn an eine der Glasscheiben lehnen, die in etwa ein Meter siebzig Höhe im Tor eingelassen waren, und die Hände seitlich ans Gesicht legen, um nicht geblendet zu werden. Das war die einzige Form von Reinigung, die diesen Fenstern je widerfahren war, bevor Curts Sohn zu uns kam: das gelegentliche Abwischen mit der Stirn derer, die gekommen waren, das lebendige Krokodil zu sehen. Oder, nüchterner gesagt, den verhüllten Umriss von etwas, das fast aussah wie ein Buick 8. Er war verhüllt, weil wir eine Plane darüber geworfen hatten wie ein Tuch über eine Leiche. Nur dass die Plane gelegentlich heruntcrglitt. Es gab keinen Grund dafür, aber ab und zu geschah das. Denn das da drin war keine Leiche.

»Guck mal!«, sagte Ned, als wir dort waren. Er sprach es »Guckma« aus, wie ein begeisterter kleiner Junge. »Was für ein schickes altes Auto, hm? Noch hübscher als der Bel-Aire von meinem Dad! Das ist ein Buick – das seh ich an den Bullaugen und dem Kühlergrill. Dürfte so Baujahr ’55 sein, oder was meinst du?«

Er war Baujahr '58 – jedenfalls laut Tony Schoondist, Curtis Wilcox und Ennis Rafferty. Doch im Grunde genommen war er alles andere als ein '58er. Er war auch kein Buick. Und auch kein Auto. Er war *ganz* was anderes, wie wir in meiner vergeudeten Jugend zu sagen pflegten.

Währenddessen plapperte Ned weiter.

»Aber er ist tipptopp in Schuss, das sieht man schon von hier. Es war so *eigenartig*, Sandy! Ich hab reingeguckt, und erst hab ich nur den Umriss gesehen, weil die Plane noch drüber war. Dann hab ich angefangen, die Fenster zu putzen, und dann war da dieses Geräusch, oder eigentlich waren es zwei Geräusche, erst ein *Wusch* und dann ein *Fopp*. Die Plane ist von dem Auto gerutscht, während ich die Fenster geputzt habe! Als wollte es, dass ich es sehe, oder so! Ist das nicht wirklich eigenartig?«

»Ja, das ist ziemlich eigenartig«, sagte ich. Ich lehnte die Stirn (wie ich es schon so oft getan hatte) an die Fensterscheibe und schirmte meine Augen mit den Händen ab. Ja, es sah durchaus wie ein alter Buick aus, alt, aber tipptopp in Schuss, genau wie der Junge gesagt hatte. Der unverkennbare Buick-Kühlergrill aus den Fünfzigern, der für mich wie das Maul eines Chromkrokodils aussah. Weißwandreifen. Hintendran die Fenderskirts – *Wow, Baby,* hieß es früher immer, *too cool for school.* Wenn man so in den dunklen Schuppen schaute, hätte man wahrscheinlich angenommen, der Wagen sei schwarz. In Wirklichkeit war er nachtblau.

Buick hatte 1958 durchaus nachtblaue Roadmaster hergestellt – Schoondist hatte das überprüft –, bloß eben nicht so einen. Der Lack sah leicht uneben und irgendwie brüchig aus, wie bei einem selbst gebauten Auto.

Das ist ein Erdbebengebiet da drin, sagte Curt Wilcox.

Ich zuckte zurück. Obwohl er seit einem Jahr tot war, hatte er mir direkt ins linke Ohr gesprochen. Er oder irgendwas sonst.

»Was ist?«, fragte Ned. »Du siehst aus, als hättest du einen Geist gesehen.«

Einen gehört habe ich, hätte ich fast gesagt. Doch stattdessen sagte ich: »Ach, nichts.«

»Bestimmt? Du bist zusammengezuckt.«

»Nur ein leichtes Frösteln, weiter nichts.«

»Und was ist jetzt mit diesem Wagen? Wem gehört der?«

Was für eine Frage. »Das weiß ich nicht«, sagte ich.

»Und wieso steht er da im Dunkeln? Mann, wenn ich so einen schönen Oldtimer hätte, würde ich den doch nicht in so einen dreckigen, alten Schuppen stellen.« Dann fiel ihm etwas ein. »Ist das, äh, das Auto von einem Verbrecher? Ein Beweisstück?«

»Man könnte es als beschlagnahmt bezeichnen. Wegen Treibstoffdiebstahls.« So nannten wir das. Das war nicht viel, aber wie Curtis immer gesagt hatte, reichte ein einziger Nagel, wenn man seinen Hut aufhängen wollte.

»Treibstoffdiebstahl?«

»Benzin im Wert von elf Dollar.« Ich brachte es nicht übers Herz, ihm zu sagen, wer dieses Benzin gezapft hatte.

»*Elf Dollar?* Weiter nichts?«

»Tja«, sagte ich. »Wenn man seinen Hut aufhängen will, reicht dafür ein einziger Nagel.«

Er sah mich verdutzt an. Schweigend erwiderte ich seinen Blick.

»Können wir da reingehen?«, fragte er schließlich. »Uns das mal näher ansehn?«

Ich lehnte die Stirn an die Fensterscheibe und las das Thermometer ab, das vom Deckenbalken hing, so rund und fahl wie das Gesicht des Monds. Tony Schoondist hatte es bei Tru-Value in Statler gekauft und selbst bezahlt, nicht aus der Portokasse der Troop D, und Neds Vater hatte es an den Balken gehängt.

Obwohl es hier draußen, wo wir standen, mindestens

dreißig Grad waren und jedermann weiß, dass es in einem schlecht gelüfteten Schuppen dann eigentlich noch heißer sein müsste, zeigte die große rote Nadel des Thermometers dreizehn Grad Celsius an.

»Das geht jetzt nicht«, sagte ich.

»Wieso denn nicht?« Und dann, als hätte er gemerkt, dass es unhöflich, vielleicht gar unverschämt gewesen war, so zu fragen: »Was ist denn damit?«

»Das wäre jetzt gefährlich.«

Mehrere Sekunden lang sah er mich aufmerksam an. Dabei wichen das Interesse und die lebhafte Neugier aus seinem Blick, und er wurde wieder zu dem Jungen, den ich so oft gesehen hatte, seit er zu uns in die Kaserne kam – am deutlichsten an dem Tag, als die Pitt ihn angenommen hatte: der Junge, der da weinend auf der Raucherbank gesessen hatte und wissen wollte, was jeder Junge wissen will, wenn plötzlich ein geliebter Mensch von der Bühne des Lebens gezerrt wird: Warum ist das passiert? Warum ist es mir passiert? Hatte das alles einen Grund, oder war es nur ein schrecklicher Zufall? Und wenn es einen Grund hatte – was mache ich dann? Und wenn es keinen hatte – wie ertrage ich das?

»Geht es um meinen Vater?«, fragte er. »War das der Wagen von meinem Dad?«

Seine Intuition war unheimlich. Nein, es war nicht das Auto seines Vaters gewesen ... wie hätte es das auch sein können, da es überhaupt kein Auto war? Ja, es war der Wagen seines Vaters gewesen. Und meiner auch ... und Huddie Royers ... und Tony Schoondists ... und Ennis Raffertys. Ja, vielleicht vor allem Ennis' – auf eine Weise, die wir nie verstanden haben, nie verstehen *wollten*. Ned hatte gefragt, wem der Wagen gehörte, und ich nehme mal an, die korrekte Antwort wäre gewesen: der Troop D der Pennsylvania State Police. Er gehörte allen gegenwärtigen und ehemaligen Kollegen, die wussten oder gewusst hatten, was da im Schuppen B unter einer Plane stand. (Nur dass der Buick die Plane gelegentlich abschüttelte.) Doch fast die ganzen Jahre, die wir den Buick in unserem Gewahrsam hatten, hatte er vor allem Tony und Neds Dad gehört. Sie waren seine Kuratoren gewesen. Sie waren die Buickologen.

»Nein, er hat nicht direkt deinem Dad gehört«, sagte ich und wusste schon, dass ich mit der Antwort zu lange gezögert hatte. »Aber er wusste davon.«

»Was gibt es denn da zu wissen? Wusste meine Mom auch davon?«

»Heute wissen nur noch wir davon«, sagte ich.

»Die Troop D, meinst du?«

»Ja. Und dabei bleibt es auch.« Ich hielt eine Zigarette in der Hand und konnte mich kaum erinnern, sie angesteckt zu haben. Ich ließ sie fallen und trat sie aus. »Das ist allein unsere Sache.«

Ich atmete tief durch.

»Aber wenn du's wirklich wissen willst, werd ich's dir erzählen. Du bist jetzt einer von uns ... stehst uns jedenfalls nah genug für 'n kleines Geheimnis.« Sein Vater hatte das immer gesagt, und solche Sprüche bleiben irgendwie hängen. »Du darfst sogar reingehn und ihn dir anschaun.«

»Und wann?«

»Wenn es da drin wärmer wird.«

»Das verstehe ich nicht. Was hat denn die Temperatur da drin damit zu tun?«

»Ich habe heute um drei Feierabend«, sagte ich und zeigte auf die Raucherbank. »Treffen wir uns da, wenn es nicht regnet. Und wenn es regnet, gehen wir nach oben oder in den Country Way Diner, wenn du Hunger hast. Ich glaube, dein Vater hätte gewollt, dass du davon erfährst.«

Stimmte das? Ich hatte eigentlich keinen Schimmer. Aber der Drang, es ihm zu erzählen, war stark genug, um als intuitive Ahnung durchzugehen, vielleicht sogar als Befehl aus dem Jenseits. Ich bin nicht religiös, aber irgendwie glaube ich an solche Dinge. Und ich dachte auch an den alten Spruch: Was dich nicht umbringt, macht dich härter. Sollte die Katze ihre Neugier doch stillen.

Aber ist man denn je zufrieden, wenn die Neugier gestillt ist? Meiner Erfahrung nach eher selten. Aber ich wollte nicht, dass Ned im September so auf die Pitt ging, wie er im Juli war, als sein im Grunde sonniges Gemüt nur ab und zu aufblitzte wie eine Glühbirne, die nicht richtig eingeschraubt war. Ich fand, er hatte das Recht, ein paar Antworten zu bekommen. Auf manche Fragen gibt es keine Antwort, das ist mir klar, aber mir war danach, es zu probieren. Mir war, als *müsste* ich es probieren, trotz aller Risiken.

Erdbebengebiet, hatte mir Curtis Wilcox ins Ohr geflüstert. *Das ist ein Erdbebengebiet da drin. Pass bloß auf.*

»Wieder ein leichtes Frösteln, Sandy?«, fragte mich der Junge.

»Es war wohl doch kein Frösteln«, sagte ich. »Aber irgendwas war da.«

Es regnete nicht. Als ich nach draußen ging, um mich mit Ned auf der Bank mit Blick auf den Parkplatz und den Schuppen B zu treffen, saß Arky Arkanian dort, rauchte eine Zigarette und plauderte mit dem Jungen über die Pittsburgh Pirates. Als er mich sah, machte Arky Anstalten zu gehen, aber ich sagte ihm, er solle bleiben. »Ich will Ned von dem Buick erzählen, den wir da drüben haben«, sagte ich zu Arky und deutete mit einer Kopfbewegung auf den baufälligen Schuppen. »Und wenn er dann die Männer in den weißen Kitteln rufen will, weil der Sergeant Commanding der Troop D nicht mehr alle Tassen im Schrank hat, kannst du mir beistehen. Du warst schließlich dabei.«

Arkys Lächeln schwand. Die schwache, heiße Brise, die

aufgekommen war, verwuschelte sein stahlgraues Haar. »Und du meinst, das ist ’ne gute Idee, Sarge?«

»Neugier bringt die Katze um«, sagte ich. »Aber –«

»– gestillte Neugier bringt sie wieder«, sagte Shirley hinter mir. »Darf ich mich dazusetzen? Oder ist hier heute Männerrunde?«

»Keine Frauendiskriminierung auf der Raucherbank«, sagte ich. »Komm, setz dich.«

Sie setzte sich neben Ned, lächelte ihm zu und nahm ein Päckchen Parliment aus ihrer Handtasche. Wir schrieben das Jahr Zwei-Null-Null-Zwei, und wir wussten es alle besser, und das schon seit Jahren, und trotzdem rauchten wir weiter einen Sargnagel nach dem anderen. Erstaunlich. Oder vielleicht auch nicht so erstaunlich, wenn man bedenkt, dass wir in einer Welt lebten, in der State Trooper von Betrunkenen an Sattelzügen zermalmt wurden und in der an ganz realen Tankstellen hin und wieder alles andere als reale Buicks auftauchten. Aber darum ging es mir in diesem Moment nicht.

Ich hatte eine Geschichte zu erzählen.

Damals

Im Jahre 1979 war die Jenny-Tankstelle an der Kreuzung State Road 32 / Humboldt Road noch in Betrieb, hatte aber schon schwer zu kämpfen; die OPEC machte den kleineren Firmen später dann ganz den Garaus. Pächter und Mechaniker war Herbert »Hugh« Bossey, der an diesem Tag aber in Lassburg beim Zahnarzt war – Hugh Bossey hatte einen Mordsverbrauch an Snickers und Cola. WG. ZAHNSCHMERZEN KEIN MECHANIKER IM DIENST stand auf dem Schild, das an ein Werkstattfenster geklebt war. Tankwart war ein Schulabbrecher namens Bradley Roach, der gerade mal zwanzig Jahre alt war. Er war es, der zweiundzwanzig Jahre und ungezählte, abertausende Biere später ankam und den Vater eines Jungen umbrachte, der damals noch nicht geboren war. Er war es, der ihn an der Seitenwand eines Sattelaufliegers von Freuhof zermalmte, ihn wie eine Spindel abspulte, ihn fast gehäutet ins Gestrüpp schleuderte und seine blutigen Kleider, wie durch einen Zaubertrick gewendet, auf dem Highway zurückließ. Doch das steht jetzt alles noch in weiter Ferne. Wir sind in der Vergangenheit, im Zauberlande Damals.

Gegen zehn Uhr an einem Julimorgen – ja, wiederum Juli, der Monat Juli und Curtis Wilcox lassen uns in dieser Geschichte nicht los – saß Brad Roach im Kassenhäuschen der Jenny-Tankstelle, die Füße auf dem Pult, und las *In-*

side View. Auf dem Titel war eine fliegende Untertasse abgebildet, die bedrohlich über dem Weißen Haus schwebte.

Die Klingel in der Werkstatt schellte, als an der Auffahrt ein Fahrzeug über den Luftschlauch fuhr. Brad blickte hoch und sah ein Auto – genau das, das dann so viele Jahre lang im dunklen Schuppen B stehen sollte – neben der zweiten der beiden Zapfsäulen halten, der mit dem Aufdruck HI TEST. Es war ein schöner nachtblauer Buick, zwar alt (er hatte einen mächtigen, verchromten Kühlergrill und an den Seiten die charakteristischen Bullaugen), aber tipptopp in Schuss. Der Lack funkelte, die Windschutzscheibe funkelte, die verchromte, geschwungene Zierleiste an der Seite funkelte, und noch ehe der Fahrer die Tür aufmachte und ausstieg, wusste Bradley Roach, dass mit dem Wagen etwas nicht stimmte. Er konnte nur nicht sagen, was genau es war.

Er warf die Zeitung aufs Pult (wäre der Chef nicht in der Stadt gewesen, um für seine süßen Sünden zu büßen, hätte er sie überhaupt nicht aus der Schublade nehmen dürfen) und stand auf, und in diesem Moment machte auf der anderen Seite der Zapfsäulen der Fahrer des Buick Roadmaster die Tür auf und stieg aus.

Es hatte in der Nacht viel geregnet, und die Straßen waren noch nass (in einigen Senken am Westrand von Statler sogar noch überflutet), aber gegen acht war die Sonne herausgekommen, und um zehn war es schon heiter und warm. Trotzdem trug der Mann, der da aus dem Wagen stieg, einen schwarzen Regenmantel und einen breiten schwarzen Hut. »Er sah aus wie ein Spion aus einem alten Film«, sagte Brad gut eine Stunde später zu Ennis Rafferty und ließ damit seine Fantasie ein wenig schweifen. Der Regenmantel war tatsächlich so lang, dass er fast durch die Pfützen auf dem Beton schleifte, und er blähte sich hinter dem Buickfahrer, als der zur Seite der Tankstelle ging, auf das Rauschen des Flusses dahinter zu. Der Fluss, der

Redfern Stream, rauschte an diesem Morgen sehr laut; die nächtlichen Regenfälle hatten ihn beträchtlich anschwellen lassen.

Brad, der annahm, dass der Mann in dem schwarzen Regenmantel und mit dem schwarzen Schlapphut zur Toilette wollte, rief ihm zu: »Die Tür ist offen, Mister ... Wie viel Düsentreibstoff darf's denn sein?«

»Voll tanken«, sagte der Kunde. Seine Stimme gefiel Brad Roach überhaupt nicht. Den Polizisten vor Ort sagte er später, der Mann habe sich angehört, als hätte er den Mund voll Marmelade. Brad war an diesem Tag eindeutig poetisch gestimmt. Vielleicht lag es daran, dass Hugh den ganzen Tag lang nicht da war.

»Öl nachsehen?«, fragte Brad. Da war der Kunde schon an der Ecke der kleinen weißen Tankstelle angelangt. Angesichts seiner Eile nahm Brad an, dass er wirklich dringend was abzuladen hatte.

Doch der Mann blieb stehen und drehte sich ein wenig zu Brad um. Gerade genug, dass Brad eine blasse, fast wächserne Wange sah, ein dunkles, mandelförmiges Auge fast ohne erkennbares Weiß und eine schwarze, lockige Haarsträhne neben einem eigenartig geformten Ohr. An das Ohr erinnerte sich Brad später am deutlichsten. Etwas daran beunruhigte ihn zutiefst, entsetzte ihn vielleicht sogar, aber er konnte nicht genau erklären, was es war. An diesem Punkt ließ ihn seine Fantasie im Stich. *Irgendwie geschmolzen, als hätte er sich da verbrannt* – besser konnte er es anscheinend nicht beschreiben.

»Öl ist okay!«, sagte der Mann mit seiner erstickten Stimme und verschwand dann mit einem letzten fledermaushaften Aufbauschen seines schwarzen Mantels um die Ecke. Zum Ton seiner Stimme – diesem unangenehmen, gallertartigen, schleimigen Geräusch – kam noch hinzu, dass er mit einem Akzent sprach, der Brad Roach irgendwie russisch vorkam.

Brad ging zu dem Buick, schlenderte an der Beifahrerseite entlang (der Fahrer hatte achtlos geparkt und viel Platz zwischen Auto und Zapfsäulen gelassen) und strich dabei mit einer Hand über die geschwungene Chromzierleiste und den glatten Lack. Es war eine eher bewundernde als dreiste Berührung; oder vielleicht war sie auf harmlose Weise auch ein wenig dreist; Bradley war damals ein junger Mann voll jugendlichem Übermut. Als er sich hinten über den Tankdeckel beugte, hielt er inne. Der Tankdeckel war da, aber das hintere Nummernschild fehlte. Da war nicht mal eine *Halterung* für das Schild und auch keine Löcher zum Festschrauben.

Da wurde Bradley klar, was ihm so komisch vorgekommen war, als die Klingel geläutet und er den Wagen erblickt hatte. Er hatte keine Prüfplakette. Tja, es ging ihn ja nichts an, wenn hinten das Nummernschild und an der Windschutzscheibe die Prüfplakette fehlten; die örtliche Polizei oder ein Statie von der Troop D würden den Typ sehen und ihn dafür drankriegen … oder auch nicht. So oder so – Brad Roach hatte den Wagen nur voll zu tanken.

Mit der Kurbel seitlich an der Zapfsäule setzte er den Zähler auf null, schob dann den Zapfhahn in den Tankstutzen und stellte auf Automatik. Die Glocke in der Zapfsäule fing an zu schellen und währenddessen ging Brad zur Fahrerseite des Buick. Dabei blickte er durch die linken Wagenfenster. Das Innere des Autos kam ihm ungewöhnlich schlicht vor dafür, dass er in den Fünfzigern fast so etwas wie eine Luxuskarosse gewesen war. Die Sitzbezüge waren ebenso nussbraun wie der Bespannstoff des Wagenhimmels. Die Rückbank war leer, die Vorderbank war leer, und es lag auch nichts auf dem Boden – nicht ein einziger Fetzen Papier, von einer Landkarte oder einem zerknüllten Zigarettenpäckchen ganz zu schweigen. Das Lenkrad war anscheinend aus Holz. Bradley fragte sich, ob das bei diesem Modell Standard oder ein Extra gewesen war. Sah nobel aus. Aber warum war es so *groß?* Es fehlten nur seitlich die Spaken, und man hätte es für das Steuer einer schicken Yacht gehalten. Man musste die Arme schon etwas ausstrecken, um es überhaupt greifen zu können. Das musste eine Sonderanfertigung sein, und Brad glaubte nicht, dass es auf langen Strecken sonderlich praktisch war. Nein, das war alles andere als praktisch.

Auch am Armaturenbrett war irgendwas eigenartig. Es schien aus Walnusswurzelholz zu sein, und die verchromten Regler und Apparate – Heizung, Radio, Uhr – wirkten nicht ungewöhnlich ... waren jedenfalls da, wo sie hingehörten ... und auch der Zündschlüssel steckte an der richtigen Stelle (*ganz schön vertrauensselig, was?*, dachte Bradley), doch an dem Ganzen stimmte irgendwas überhaupt nicht. Es war bloß schwer zu sagen, was.

Brad schlenderte zur Vorderseite des Autos, bewunderte den grinsenden, verchromten Kühlergrill (dieser Kühlergrill war eindeutig Buick; wenigstens der stimmte hundertprozentig) und stellte noch einmal fest, dass der Wagen keine Prüfplakette hatte, weder aus Pennsylvania noch von anderswo. Auf der Windschutzscheibe waren überhaupt keine Plaketten oder Aufkleber. Der Besitzer des Buick war anscheinend weder Mitglied der AAA noch der Elks, weder des Lions Clubs noch von Kiwanis. Er förderte weder die Pitt noch die University of Pennsylvania (zumindest hatte er keine Aufkleber dieser Unis an den Fensterscheiben), und seinen Wagen schützten weder Mopar noch Rusty Jones.

Nichtsdestotrotz war es ein ziemlich cooles Auto ... auch wenn ihm sein Chef gesagt hätte, er solle das Fahrzeug nicht bewundern, sondern nur schnell betanken.

Der Buick schluckte Hochleistungsbenzin für elf Dollar. Das war damals, als ein Liter davon für neunzehn Cent zu haben war, eine Menge Kraftstoff. Entweder war der Mann im schwarzen Regenmantel mit fast leerem Tank losgefahren, oder er hatte eine lange Strecke am Stück zurückgelegt.

Dann wurde Bradley klar, dass Letzteres nicht sein konnte. Schließlich waren die Straßen noch nass und standen in den Senken sogar unter Wasser, aber auf der glatten dunkelblauen Hülle des Buick war kein einziger Schlammspritzer zu sehen. Und auch die breiten, luxuriösen Weißwandreifen waren makellos sauber. Bradley Roach erschien das absolut unbegreiflich.

Es ging ihn natürlich so oder so nichts an, aber vielleicht konnte er darauf hinweisen, dass eine gültige Prüfplakette fehlte (Mann, da klebte nicht mal eine *ungültige*). Vielleicht brachte ihm das ein Trinkgeld ein. Vielleicht genug für ein Sixpack. Es war noch ein halbes Jahr hin, bis er selbst legal Bier kaufen durfte, aber wenn man nur wollte, gab es da Mittel und Wege, und Bradley wollte.

Er ging zurück ins Kassenhäuschen, setzte sich, nahm wieder die *Inside View* zur Hand und wartete darauf, dass der Mann im schwarzen Mantel wiederkam. Es war ein verdammt heißer Tag für so einen langen Mantel, aber Bradley dachte, wenigstens das hätte er mittlerweile durchschaut. Der Mann war ein BD, bloß ein wenig anders als die in der Gegend um Statler. Anscheinend aus einer Sekte, die das Autofahren gestattete. BD – so nannten Bradley und seine Freunde die Amish. Bauerndeppen.

Eine Viertelstunde später, als Brad den Artikel »Die Außerirdischen waren hier!« des UFO-Experten Richard T. Rumsfeld (Veteran der US Army) zu Ende gelesen und ausführlich das blonde Mädel von Seite vier betrachtet hatte, das dem Anschein nach in BH und Höschen an einem Bergbach angelte, wurde ihm klar, dass er *immer noch* wartete. Der Typ war anscheinend nicht auf die Toilette gegangen, um nur ein kleines Geschäft zu erledigen; nein, hier ging es eindeutig um eine größere Investition.

Kichernd stellte er sich den Mann vor, wie er da unter

den rostigen Rohren im Dämmerlicht (die einzige Glühbirne war einen Monat zuvor ausgebrannt, und weder Bradley noch Hugh waren bisher dazu gekommen, mal eine neue einzuschrauben) auf dem Klo hockte, den schwarzen Mantel um sich her ausgebreitet, sodass Mäusekötel daran kleben blieben. Dann nahm Brad wieder die Zeitung zur Hand und schlug die Seite mit den Witzen auf. Die beschäftigten ihn weitere zehn Minuten. Einige der Witze waren so komisch, dass Brad sie drei- oder gar viermal las und immer noch dabei kicherte, doch auch die geistreichsten Scherze verlieren irgendwann an Reiz. Er legte die Zeitung wieder aufs Pult und sah auf die Uhr über der Tür. Dahinter, bei den Zapfsäulen, schimmerte der Buick Roadmaster in der Sonne. Fast eine halbe Stunde war vergangen, seit der Fahrer mit erstickter Stimme »Öl ist okay!« gerufen hatte und dann, hinter sich bauschenden schwarzen Stoff, um die Ecke des Gebäudes verschwunden war. War er ein BD? Gab es überhaupt welche, die Auto fuhren? Brad glaubte nicht, nein. Die BD hielten doch alles, was einen Motor hatte, für Teufelswerk, nicht wahr?

Also gut: Dann war er wohl doch keiner. Aber was auch immer er war – wieso kam er nicht wieder?

Mit einem Mal kam ihm die Vorstellung, wie der Typ da hinter der Tankstelle im Dunkeln auf dem Klo hockte, gar nicht mehr so lustig vor. Das Bild vor seinem geistigen Auge hatte sich geändert, und nun saß der Mann zwar immer noch da, den Mantel auf dem schmutzigen Linoleum und die Hose um die Fußknöchel, aber er drückte und grunzte nicht mehr mit hochrotem Kopf. Jetzt hatte er den Kopf gesenkt, und sein Kinn ruhte auf seiner Brust, und sein breiter Hut (der eigentlich wirklich nicht wie ein Hut der Amish aussah) war ihm nach vorn über die Augen gerutscht. Er regte sich nicht. Er *atmete* nicht. Er schiss nicht, nein, er war tot. Herzkasper oder Schlaganfall oder so was in der Richtung. Das war durchaus möglich. Wenn selbst der King of Rock'n'Roll beim Kacken abkacken konnte, konnte das *jeder.*

»Nee«, sagte Bradley Roach leise. »Nee ... das würd er nich ... *nee* ...«

Er nahm wieder die Zeitung zur Hand und versuchte einen Artikel über die fliegenden Untertassen zu lesen, die uns unentwegt observierten, verlor aber sofort den Faden. Er legte die Zeitung hin und sah zur Tür. Der Buick stand immer noch da und schimmerte im Sonnenschein.

Von dem Fahrer keine Spur.

Eine halbe Stunde ... nein, jetzt waren es schon fünfunddreißig Minuten. *Mist.* Bradley griff wieder zu *Inside View* und versuchte einen Artikel über jugendliche Satanisten in Florida zu lesen. Eins der Mädchen hatte mächtig Holz vor der Hütte, aber wenn es nach Bradley Roach gegangen wäre, konnten die anderen getrost zum Teufel gehen.

Weitere fünf Minuten vergingen, und dann ertappte er sich dabei, dass er schmale Streifen von der Zeitung riss und in den Mülleimer trudeln ließ, wo sie wirre Papierhäufchen bildeten.

»Scheiß drauf«, sagte er und stand auf. Er ging zur Tür und dann um die Ecke des kleinen weißen Kassenhäuschens aus Ytongsteinen, in dem er arbeitete, seit er die High School geschmissen hatte. Die Toiletten befanden sich hinten an der Ostseite. Brad überlegte noch, ob er die Sache ohne Umschweife – *Mister? Alles in Ordnung mit Ihnen?* – oder doch eher humorvoll angehen sollte – *Hey, Mister, ich hab da einen Böller, falls Sie einen brauchen.* Wie sich dann herausstellte, kam er nicht dazu, einen dieser sorgsam zurechtgelegten Sprüche anzubringen.

Die Tür zum Herrenklo hatte einen Riegel, der nicht richtig hielt, und wehte, wenn sie nicht von innen verschlossen war, bei jedem starken Luftzug auf, und deshalb stopften Brad und Hugh immer ein zusammengefaltetes Pappstück in den Türschlitz, wenn niemand auf der Toilette war. Wäre der Mann aus dem Buick dort drinnen gewesen, dann hätte er das Pappstück entweder mitgenommen (und wahrscheinlich auf das Waschbecken gelegt, während er sein Geschäft erledigte), oder das Pappstück hätte auf der kleinen Betontreppe vor der Tür gelegen. Letzteres war meistens der Fall, erzählte Brad später Ennis Rafferty; er oder Hugh mussten das Pappstück immer wieder reinstecken, wenn die Kunden weitergefahren waren. Meistens mussten sie auch die Spülung betätigen. Die Leute drückten ihre Würste achtlos in die Welt, wenn sie nicht zu Hause waren. Die Leute waren geradezu *widerlich*, wenn sie nicht zu Hause waren. Nicht alle natürlich, aber erstaunlich viele. So ist das nun mal im Leben, sagte Bradley später wie ein weiser, alter Mann und nicht wie der Zwanzigjährige, der er war, der Pickel am Kinn hatte und in dessen linkem Nasenloch ein ziemlich dicker Popel hing, der sich im Haar dort verfangen hatte wie eine Fliege in einem Spinnennetz.

Das Pappstück war genau da, wo es hingehörte, ragte knapp über dem Riegel, wo es am besten hielt, aus der Ritze zwischen Tür und Türpfosten. Der Mann mochte auf der Toilette gewesen sein und beim Gehen das Pappstück wieder reingesteckt haben, so was passierte hin und wieder schon mal. Es war zwar selten, dass sich Fremde Gedanken machten, kam aber durchaus vor. Doch dann hätte er es ja wohl kaum wieder an genau die gleiche Stelle gesteckt, da er nicht hier aus der Gegend war und diese prima Stelle fünf Zentimeter über dem Riegel nicht kennen konnte.

Trotzdem machte Brad die Tür auf, um mal nachzusehen, und fing dabei das herausfallende Pappstück mit der freien Hand auf – genauso geschickt und beiläufig, wie er dann in späteren Jahren am linken inneren Türgriff seines

Buick immer Bierflaschen öffnete. Wie er es im Grunde seines Herzens gewusst hatte, war niemand in dem kleinen Raum. Keine Anzeichen dafür, dass die Toilette benutzt worden war, und Brad hatte ja auch die Spülung nicht gehört, als er in seinem Kassenhäuschen gesessen und die Zeitung gelesen hatte. Und auch keine Wassertropfen auf den rostigen Rändern des Waschbeckens.

Da kam es Brad in den Sinn, dass der Mann vielleicht nicht um die Tankstelle herumgegangen war, um aufs Klo zu gehen, sondern um sich den Redfern Stream anzusehen, der hier für einen Durchreisenden durchaus einen Blick (oder sogar einen Schnappschuss) wert war, mit dem Felsvorsprung dort am Nordufer und den vielen Weiden darauf, die ihr grünes Laub hängen ließen wie Seejungfrauenhaar (es steckte wirklich ein Dichter in dem Jungen, ein veritabler Dylan Thomas). Doch auch dort am Fluss war von dem Buickfahrer nichts zu sehen. Dort lagen nur ein paar alte Traktorachsen und weiterer Schrott wie rostige Gebeine im Gestrüpp.

Der Fluss rauschte laut, floss breit und schäumend dahin. Er war natürlich nur vorübergehend angeschwollen – Hochwasser gibt es im westlichen Pennsylvania normalerweise nur im Frühjahr –, aber der sonst so ruhige Redfern war an diesem Tag regelrecht ein reißender Strom.

Als Bradley Roach sah, wie hoch das Wasser stand, kam ihm ein entsetzlicher Gedanke. Er sah, wie steil der Hang hinab zum Wasser war. Das Gras war noch feucht vom Regen und wahrscheinlich verdammt rutschig, vor allem, wenn ein nichts ahnender BD auf glatten Ledersohlen anscharwenzelt kam. Als er sich das durch den Kopf gehen ließ, hatte sich diese Möglichkeit schon fast zur Gewissheit verdichtet. Anders ließ sich nicht erklären, dass das Scheißhaus nicht benutzt worden war und der Wagen immer noch voll getankt und mit steckendem Zündschlüssel an der Zapfsäule stand. Mr. Buick Roadmaster war hintenherum gegangen, um sich den Redfern anzusehen, hatte sich dann dummerweise des besseren Blickes wegen auf den Uferhang vorgewagt ... und dann: Schwupp, aus die Maus.

Bradley kämpfte sich zum Ufer hinunter, rutschte dabei trotz seiner Wanderstiefel ein paar Mal weg, fiel aber nicht hin und hielt sich immer in der Nähe irgendwelcher Schrottteile, an denen er sich hätte festhalten können, hätte er den Halt verloren. Unten am Ufer war von dem Mann nichts zu sehen, aber als Brad flussabwärts schaute, sah er gut zweihundert Meter weiter etwas, das sich in einer umgestürzten Birke verfangen hatte. Es schaukelte auf und ab. Es war schwarz. Es konnte der Mantel von Mr. Buick Roadmaster sein.

»Ach, du Scheiße«, sagte er und eilte zurück ins Kassenhäuschen, um die Troop D zu rufen, die von dort aus mindestens zwei Meilen näher dran war als die örtlichen Bullen. Und so

Jetzt: *Sandy*

kamen wir dann ins Spiel«, sagte ich. »Shirleys Vorgänger war ein Typ namens Matt Babicki. Er gab die Meldung an Ennis Rafferty weiter –«

»Wieso an Ennis, Ned?«, fragte Shirley. »So schnell du kannst.«

»Der nächste verfügbare Wagen«, sagte er wie aus der Pistole geschossen. Aber er war nicht bei der Sache und sah sie nicht an. Er ließ mich nicht aus dem Blick.

»Ennis war damals fünfundfünfzig und freute sich schon auf seinen Ruhestand, den er dann nie genossen hat«, sagte ich.

»Und mein Vater war bei ihm, nicht wahr? Sie waren Partner.«

»Ja«, sagte ich.

Es gab noch viel mehr zu erzählen, aber erst mal musste er das hier verdauen. Ich schwieg und ließ ihn sich an den Gedanken gewöhnen, dass sein Vater und Bradley Roach, der Mann, der ihn umgebracht hatte, einander einmal von Angesicht zu Angesicht gegenübergestanden und wie normale Menschen miteinander gesprochen hatten. Es war Curtis gewesen, der Roach zugehört, sein Notizbuch aufgeschlagen und eine Abfolge der Ereignisse skizziert hatte. Ned kannte mittlerweile die normalen Abläufe und wusste, wie wir an neue Fälle herangingen.

Mir schwante, dass es das war, was bei dem Jungen hängen bleiben würde, ganz egal, was ich ihm noch zu erzählen hatte und wie wild und verworren diese Geschichte noch würde: die Vorstellung, wie der Totschläger und sein Opfer da beisammen standen, keine vier Minuten Fußmarsch von der Stelle entfernt, an der sich ihre Wege zweiundzwanzig Jahre später noch einmal und dann mit einem tödlichen Knall kreuzen würden.

»Wie alt war er da?«, fragte Ned fast flüsternd. »Mein Dad – wie alt war er an dem Tag, von dem du da erzählst?«

Er hätte es sich wohl auch selbst ausrechnen können, war aber einfach zu fassungslos dazu. »Vierundzwanzig«, sagte ich. Das war nicht schwer. Bei einem kurzen Leben fällt das Rechnen leicht. »Er war seit gut einem Jahr bei uns. Es war genau wie heute noch: nur in der Nachtschicht zwei Trooper pro Wagen, einzige Ausnahme: Polizeischüler. Und dein Dad war noch Polizeischüler. Deshalb fuhr er tagsüber bei Ennis mit.«

»Ned? Geht's dir nicht gut?«, fragte Shirley. Die Frage war berechtigt. Der Junge war kreidebleich geworden.

»Doch, Ma'am«, sagte er. Er sah erst sie an, dann Arky und dann Phil Candleton. Und alle drei mit dem gleichen Blick: ebenso verblüfft wie vorwurfsvoll. »Was wusstet ihr davon?«

»Alles«, sagte Arky. Seine Stimme hatte einen skandinavischen Singsang, bei der ich immer an den Bandleader Lawrence Welk denken musste; *un-eins, un-swei, Applaus für die bessaubernden Lennon Sisters – sind sie nich süüs?* »Das war kein Geheimnis. Dein Dad und Bradley Roach kamen damals gut miteinander klar. Auch später noch. In den Achtzigern hat Curtis ihn drei- oder viermal festgenommen –«

»Nee, fünf- oder sechsmal«, grummelte Phil. »Das war fast immer auf seiner Streife, weißt du. Mindestens fünf- oder sechsmal. Einmal ist er mit diesem Schwachkopf sogar direkt zu einem Treffen der Anonymen Alkoholiker gefahren und hat dafür gesorgt, dass er da bleibt, aber das hat auch nichts genützt.«

»Dein Dad war Polizist von Beruf«, sagte Arky. »Und so ab Mitte der Achtziger war Bradley Säufer von Beruf. Dann ist er am liebsten immer über die kleinen Landstraßen gekurvt. Das machen viele von denen.« Arky seufzte. »Und bei den beiden Berufen war's klar, dass sie immer mal wieder aneinander gerieten.«

»Immer mal wieder«, wiederholte Ned fasziniert. Sein Zeitverständnis hatte anscheinend gerade eine ganz neue Dimension hinzugewonnen.

»Aber das war alles rein geschäftlich. Außer vielleicht das mit dem Buick. Das verband sie über all die Jahre hinweg.« Mit einer Kopfbewegung deutete er auf den Schuppen B. »Ned, dieser Buick hing zwischen ihnen wie Wäsche auf 'ner Leine. Niemand hat den Buick je geheim gehalten – jedenfalls nicht so richtig –, aber ich würd mal sagen, es ist trotzdem irgendwie ein Geheimnis.«

Shirley nickte. Sie nahm Neds Hand und er sträubte sich nicht.

»Die meisten Leute ignorieren ihn«, sagte sie. »Wie sie alles ignorieren, was sie nicht verstehen ... jedenfalls so lange es geht.«

»Aber manchmal kann man's sich nicht leisten, etwas zu ignorieren«, sagte Phil. »Das war uns klar, sobald ... na, lass dir das von Sandy erzählen.« Ned sah wieder mich an. Sie alle sahen mich an. Ned aber am neugierigsten.

Ich atmete tief durch und erzählte weiter.

Damals

Ennis Rafferty holte das Fernglas aus seiner Angelkiste, die er während der Saison immer dabeihatte. Dann gingen Curt Wilcox und er runter an den Redfern Stream, um mal zu sehen, was es zu sehen gab.

»Und was soll *ich* jetzt machen?«, fragte Brad, als sie fortgingen.

»Auf den Wagen aufpassen und über Ihre Story nachdenken«, sagte Ennis.

»*Story?* Was soll das heißen – *Story?*« Er klang ein klein wenig nervös. Ennis und Curt antworteten nicht.

Sie stiegen den unkrautbewachsenen Hang hinab, beide ständig bereit, den anderen festzuhalten, falls er ausrutschen sollte, und Ennis sagte: »Mit dem Wagen stimmt was nicht. Das hat sogar Bradley Roach gemerkt, und der hat IQ-mäßig nicht viel zu bieten.«

Curt nickte, noch ehe der ältere Mann ausgesprochen hatte. »Das ist wie in diesem Spielbuch, das ich als Kind hatte. FINDE ZEHN FEHLER AUF DIESEM BILD.«

»Ja, genau!« Ennis gefiel die Idee. Er mochte den jungen Mann, der ihm als Partner zugeteilt war, und war sicher, dass er, wenn er erst mal ein wenig Routine hatte, einen guten Trooper abgeben würde.

Mittlerweile waren sie am Ufer angelangt. Ennis nahm das Fernglas, das ihm an einem Riemen um den Hals hing. »Keine Prüfplakette. Keine *Nummernschilder.* Und erst das Lenkrad! Curtis, hast du gesehen, wie groß das ist?«

Curt nickte.

»Das Radio hat keine Antenne«, fuhr Ennis fort, »und auf dem Lack sind keine Schlammspritzer. Wie kann der denn über die Route 32 gefahren sein, ohne auch nur ein bisschen Schlamm abzukriegen? Wir sind doch überall durch Pfützen gefahren. Bei uns ist der Dreck bis auf die Windschutzscheibe gespritzt.«

»Keine Ahnung. Hast du die Bullaugen gesehen?«

»Hä? Klar. Aber alle alten Buicks haben Bullaugen.«

»Ja, aber damit stimmt was nicht. Es sind vier auf der Beifahrerseite, aber nur *drei* auf der Fahrerseite. Meinst du, Buick hat je ein Modell herausgebracht, das rechts und links unterschiedlich viele Bullaugen hatte? Ich nämlich nicht.«

Ennis schaute seinen Partner verblüfft an, hob dann das Fernglas und schaute flussabwärts. Schnell fand er das schwarze, auf und ab schaukelnde Ding, dessentwegen Brad zum Telefon gerannt war, und stellte es scharf.

»Was ist das? Ist das ein Mantel?« Curt hielt sich eine Hand über die Augen, die erheblich besser waren als die von Bradley Roach. »Ist es nicht, oder?«

»Nee«, sagte Ennis, immer noch spähend. »Sieht aus wie ... wie eine Mülltonne. Glaube ich. So eine schwarze Plastikmülltonne, wie's die bei Tru-Value zu kaufen gibt. Aber vielleicht irre ich mich ja auch. Hier. Guck du mal.«

Er reichte das Fernglas weiter, und nein, er irrte sich nicht. Was Curtis dort sah, war tatsächlich eine Mülltonne aus schwarzem Plastik, die wahrscheinlich während des Wolkenbruchs der vergangenen Nacht vom Trailerpark oben auf dem Felsvorsprung heruntergespült worden war. Es war kein schwarzer Mantel, und man fand auch nie einen schwarzen Mantel und auch keinen schwarzen Hut und auch nicht den Mann mit dem blassen Gesicht und der schwarzen Haarsträhne neben dem eigenartig geformten Ohr. Die Trooper mochten bezweifeln, dass es diesen Mann überhaupt *gab* – Ennis Rafferty entging die auf dem Pult liegende *Inside View* nicht, als er dann später zur weiteren Vernehmung mit Mr. Roach ins Kassenhäuschen ging –, aber den Buick *gab* es. Er stand dort zweifelsohne neben den Zapfsäulen in der Landschaft rum. Nur dass Ennis Rafferty und Curtis Wilcox, als dann der städtische Abschleppwagen kam, um ihn mitzunehmen, nicht mehr glaubten, dass es überhaupt ein Buick war.

Da wussten sie mittlerweile überhaupt nicht mehr, was es war.

Dienstältere Polizisten dürfen schon mal ihren Ahnungen folgen, und Ennis hatte so eine Ahnung, als er mit seinem jüngeren Partner zurück zu Brad Roach ging. Brad stand neben dem Roadmaster, der auf der einen Seite drei hübsch verchromte Bullaugen hatte und auf der anderen vier. Ennis' Ahnung besagte, dass die Absonderlichkeiten, die ihnen bisher aufgefallen waren, nur die Schlagsahne auf dem Eisbecher waren. Wenn dem so war, konnte Mr. Roach später desto weniger ausplaudern, je weniger er jetzt sah. Und deshalb überließ er Curt den stehen gelassenen Wagen, obwohl er äußerst neugierig darauf war, und geleitete Bradley ins Kassenhäuschen. Von dort rief Ennis einen Abschleppwagen, der den Buick zur Troop D bringen sollte, wo man ihn vorläufig auf den Parkplatz hinter der Kaserne abstellen konnte. Außerdem wollte er Bradley vernehmen, solange dessen Erinnerungen noch verhältnismäßig frisch waren. Später, dachte Ennis, würde er noch ganz in Ruhe Gelegenheit haben, sich diesen seltsamen Fang anzusehen.

»Der ist wohl nur ein bisschen umgebaut«, war alles, was er zu Curt sagte, ehe er mit Bradley ins Kassenhäuschen ging. Curt guckte skeptisch. Umbauen war eines, aber das hier war einfach verrückt. Ein Bullauge entfernen und das Loch so fachmännisch zuspachteln, dass man an der Stelle überhaupt nichts mehr sah? Das normale Buick-Lenkrad durch eines ersetzen, das aussah, als stammte es aus einem Kajütboot? Das sollten Umbauten sein?

»Ach, schau ihn dir halt mal an, während ich das hier regle«, sagte Ennis.

»Darf ich mir den Motor ansehn?«

»Nur zu. Aber Pfoten weg vom Lenkrad, damit wir Fingerabdrücke nehmen können, wenn wir welche brauchen. Und sieh dich vor. Hinterlass nirgendwo deine eigenen Fingerabdrücke.«

Sie waren wieder bei den Zapfsäulen angelangt. Brad Roach sah den beiden Polizisten gespannt entgegen; dem, den er zweiundzwanzig Jahre später umbringen würde, und dem, der noch an diesem Abend spurlos verschwinden sollte.

»Und? Was meinen Sie?«, fragte Brad. »Liegt er da unten tot im Fluss? Ertrunken? Das ist er doch, oder?«

»Nein, es sei denn, er wäre in die Mülltonne gekrochen, die da an dem umgestürzten Baum festhängt, und wäre da drin ertrunken«, sagte Ennis.

Brad machte ein langes Gesicht. »Ach, du Scheiße. Ist da weiter nichts?«

»Tut mir Leid. Und für einen erwachsenen Mann wäre es auch ziemlich eng da drin. Trooper Wilcox? Haben Sie Fragen an diesen jungen Mann?«

Da er noch in der Ausbildung war und Ennis ihn noch unterrichtete, stellte Curt Bradley ein paar Fragen, vor allem, um sicherzugehen, dass er nüchtern und zurechnungsfähig war. Dann nickte er Ennis zu, der Bradley auf die Schulter klopfte, als wären sie alte Freunde.

»Gehn wir doch rein – was meinen Sie?«, schlug Ennis vor. »Trinken wir 'n Schluck Kaffee und schaun mal, ob wir schlau aus der Sache werden.« Dann geleitete er Brad hinein. Brad wollte eigentlich nicht gehen. Er wollte hier bleiben und Officer Wilcox dabei helfen, diesen eigenartigen Buick genauer zu untersuchen, wollte sehen, wie eigenartig er denn nun wirklich war. Doch das ließ Ennis natürlich nicht zu. Der Arm, den er Bradley Roach ganz freundschaftlich um die Schultern gelegt hatte, war sehr kräftig und schob Brad einfach weiter in Richtung Kassenhäuschen, und die ganze Zeit über redete Trooper Rafferty wie ein Wasserfall.

Was Trooper Wilcox anging: Der war gut eine Dreiviertelstunde lang mit dem Buick allein, ehe der städtische Abschleppwagen mit seinen orangefarbenen Lichtern auftauchte. Eine Dreiviertelstunde ist nicht viel Zeit, aber es reichte, um aus Curtis einen lebenslangen Buickologen zu machen. Wahre Liebe gibt es nur auf den ersten Blick, hat meine Mutter immer gesagt.

Ihm blieb jedenfalls genug Zeit, um das Ausmaß der Absonderlichkeit des Buick wenigstens ansatzweise zu erfassen und eine vorläufige Liste seiner Verstöße gegen das, was gemeinhin als »normal« gilt, zu erstellen.

Ennis saß am Steuer, als sie hinter dem Abschleppwagen und dem Buick zurück zur Troop D fuhren. Der Buick hing mit hoch erhobener Nase am Haken, und seine hintere Stoßstange schleifte fast über die Straße. Curt behielt den Buick im Blick und rutschte vor Aufregung hin und her wie ein kleiner Junge, der mal muss. Das abgegriffene, ramponierte Polizeifunkgerät von Motorola zwischen ihnen, das schon wer weiß wie viele Kaffee- und Colaspritzer abbekommen hatte, aber einfach unverwüstlich war, plapperte auf Kanal 23 munter vor sich hin; Matt Babicki und die Trooper im Einsatz tauschten die Funksprüche aus, die den immer währenden Background-Soundtrack ihres Lebens bildeten. Sie hörten es, aber solange ihre Wagennummer nicht genannt wurde, hörten weder Ennis noch Curt zu.

»Das fängt schon mit dem Motor an«, sagte Curt. »Nein, eigentlich sogar schon mit der Motorhaubenverriegelung. Die ist ziemlich weit rechts auf der Fahrerseite, und statt sie reinzudrücken, zieht man sie raus –«

»Das hab ich ja noch nie gehört«, brummte Ennis.

»Warte, warte«, sagte sein junger Partner. »Ich hab sie aber gefunden und die Motorhaube aufgemacht. Der Motor ... Mann, dieser *Motor* ...«

Ennis sah ihn mit einem Gesichtsausdruck an, als hätte er gerade eine Idee gehabt, die zu grauenhaft plausibel war, um sie von der Hand zu weisen. Das gelbe Licht der Drehleuchtfeuer auf der Fahrerkabine des Abschleppwagens pulsierte auf seinem Gesicht. »Wag es nicht, mir zu sagen, dass er gar keinen hat«, sagte er. »Wag es nicht, mir zu sagen, dass da nur ein glühender Kristall drin ist oder irgend so was wie in den fliegenden Untertassen von dieser Dumpfbacke.«

Curtis lachte vergnügt und unbändig. »Nein, nein, er hat einen Motor, aber da stimmt gar nichts. Auf beiden Seiten des Motorblocks steht in großen Chrombuchstaben BUICK 8, als ob sich der, der das gebaut hat, immer daran erinnern wollte, was das eigentlich sein soll. Er hat acht Zündkerzen, vier auf jeder Seite, und *das* ist korrekt – acht Zylinder, acht Zündkerzen –, aber er hat keine Verteilerkappe und keinen Verteiler, jedenfalls hab ich keinen gesehen. Und auch keine Lichtmaschine.«

»Raus aus dem Wagen!«

»Ennis, ich will tot umfallen, wenn ich lüge.«

»Und wohin gehen die Zündkabel?«

»Die verlaufen in einer großen Schleife wieder zurück in den Motorblock, soweit ich das sehen konnte.«

»Raus!«

»Doch! Hör mal, Ennis! Hör doch mal zu!« Mit anderen Worten: Unterbrich mich nicht und lass mich ausreden. Curtis Wilcox rutschte auf seinem Sitz hin und her, behielt aber die ganze Zeit über den Buick im Blick, der vor ihnen abgeschleppt wurde.

»Also gut, Curt. Ich höre.«

»Er hat einen Kühler, aber soweit ich das sehen konnte, ist da nichts drin. Kein Wasser und kein Frostschutzmittel. Er hat auch keinen Keilriemen, was irgendwie schon klar ist, denn er hat ja auch keinen Lüfter.«

»Öl?«

»Er hat ein Kurbelgehäuse, und der Ölmessstab ist ganz normal, bloß dass keine Markierungen dran sind. Er hat eine Batterie, eine von Delco, aber jetzt kommt's, Ennis: *Die ist überhaupt nicht angeschlossen.* Die Batterie hat gar keine Kabel.«

»Du beschreibst ein Auto, das unmöglich fahren könnte«, sagte Ennis ganz nüchtern.

»Das musst du mir nicht sagen. Ich hab den Zündschlüssel rausgezogen. Er hängt an einer ganz normalen Kette, aber da ist kein Anhänger mit Initialen oder so was dran.«

»Sonst noch Schlüssel?«

»Nein. Und der Zündschlüssel ist gar kein richtiger Schlüssel. Das ist nur ein Metallstäbchen, etwa so lang.« Curt hielt Daumen und Zeigefinger in Schlüssellänge auseinander.

»Also ein Rohling, oder was?«

»*Nein.* Es sieht überhaupt nicht aus wie ein Schlüssel. Es ist nur ein Stahlstäbchen.«

»Hast du probiert, ihn umzudrehen?«

Curt, der bis dahin förmlich zwanghaft erzählt hatte, antwortete nicht sofort darauf.

»Erzähl schon«, sagte Ennis. »Ich bin dein Partner, um Himmels willen. Ich werd dich schon nicht beißen.«

»Also gut, ja, ich hab's versucht. Ich wollte sehen, ob dieser verrückte Motor funktioniert.«

»Natürlich funktioniert er. Jemand ist ja damit gefahren, oder etwa nicht?«

»Roach hat das behauptet, aber als ich unter die Motorhaube geguckt hatte, hab ich mich gefragt, ob er nicht gelogen oder sich das vielleicht nur eingebildet hat. Aber die Frage ist noch nicht geklärt. Das Schlüsselding lässt sich nämlich nicht umdrehen. Als wäre das Zündschloss blockiert.«

»Und wo ist der Schlüssel jetzt?«

»Der steckt.«

Ennis nickte. »Gut. Und als du die Tür aufgemacht hast – ist da die Innenbeleuchtung angegangen? Oder hat er gar keine?«

Curtis hielt inne und überlegte. »Doch. Er hat eine Innenbeleuchtung und die ist angegangen. Das hätte mir auffallen müssen. Aber wie kann die angehen? Wie kann die leuchten, wenn die Batterie gar nicht angeschlossen ist?«

»Die Innenbeleuchtung könnte eigene kleine Batterien haben.« Aber seinem Tonfall war anzuhören, dass er das nicht glaubte.

»Und was ist mit dem Stromkreis zwischen Tür und Innenbeleuchtung? Hat der auch eigene Batterien?«

Doch Ennis hatte keine Lust mehr, über die Innenbeleuchtung zu spekulieren. »Was noch?«

»Das Beste hab ich mir für den Schluss aufgehoben«, sagte Curtis. »Ich musste drinnen was anfassen, aber ich habe ein Taschentuch genommen, und ich weiß, was ich berührt habe, also geh mir nicht auf den Senkel damit.«

Ennis sagte nichts, warf dem Jungen aber einen Blick zu, der besagte, dass er selber entschied, wann er Curt auf den Senkel ging und wann nicht.

»Die Armaturen sind alle nur Imitate; die stecken da alle nur zur Schau. Die Knöpfe am Radio lassen sich nicht drehen und auch nicht der Knopf, der die Heizung regelt. Der kleine Hebel, mit dem man den Defroster einschaltet, lässt sich nicht bewegen. Starr wie ein Pfahl in Beton.«

Ennis folgte dem Abschleppwagen über die Auffahrt, die hinten auf den Parkplatz der Troop D führte.

»Und was noch? Noch was?«

»Ennis, *das ganze Ding stinkt zum Himmel!*« Das ließ Ennis aufhorchen, denn Curtis redete sonst nicht so. »Weißt du noch – dieses große Lenkrad? Ich glaube, das ist auch ein Imitat. Ich hab versucht, es zu bewegen – nur mit den Handkanten, krieg dich wieder ein –, und es lässt sich nach links und rechts drehen, aber nur ein kleines bisschen. Vielleicht ist es nur arretiert wie die Zündung, aber …«

»Aber das glaubst du nicht.«

»Nein.«

Der Abschleppwagen hielt vor dem Schuppen B. Das Heulen der Hydraulik erklang, und der Buick senkte sich wieder auf seine Weißwandreifen. Der Fahrer des Abschleppwagens, der alte Johnny Parker, machte den Haken los und schnaufte dabei an der Pall Mall vorbei, die er sich in den Mund geklemmt hatte. Währenddessen saßen Ennis und Curt im Streifenwagen D-19 und sahen einander an.

»Was zum Teufel haben wir denn hier?«, fragte Ennis schließlich. »Ein Auto, das nicht fahren kann und das man unmöglich bis an die Zapfsäulen der Jenny-Tankstelle an der Route 32 hätte steuern können. Keine Nummernschilder. Keine Prüfplakette …« Da fiel ihm etwas ein. »Fahrzeugschein? Hast du danach geguckt?«

»Nicht an der Lenksäule«, sagte Curt und machte ungeduldig die Tür auf. »Und auch nicht im Handschuhfach, denn es gibt kein Handschuhfach. Da ist ein Griff und auch ein Knopf, aber der Knopf lässt sich nicht reindrücken, und der Griff lässt sich nicht rausziehen, und das Fach geht nicht auf. Das ist alles nur Show, genau wie die anderen Armaturen auch. Das Armaturenbrett an sich ist schon Quatsch. In den Fünfzigern hatte kein Auto ein Armaturenbrett aus Holz, zumindest kein amerikanisches Auto.«

Sie stiegen aus und standen dann da und betrachteten das Heck des verwaisten Buick. »Der Kofferraum?«, fragte Ennis. »Geht *der* auf?«

»Ja. Der ist nicht abgeschlossen. Wenn man auf den Knopf drückt, geht er auf wie bei einem ganz normalen Auto. Aber es stinkt da drin.«

»Nach was?«

»Irgendwie sumpfig.«

»Irgendwelche Leichen?«

»Keine Leichen und auch sonst nichts.«

»Kein Ersatzreifen? Nicht mal ein Wagenheber?«

Curtis schüttelte den Kopf. Johnny Parker kam zu ihnen und zog sich dabei die Arbeitshandschuhe aus. »Sonst noch was, Leute?«

Ennis und Curt schüttelten den Kopf.

Johnny ging wieder und blieb dann noch kurz stehen. »Was zum Henker ist denn das überhaupt? Soll das 'n Scherz sein?«

»Das wissen wir noch nicht«, sagte Ennis.

Johnny nickte. »Na, sagt Bescheid, wenn ihr's rausfindet. Neugier bringt die Katze um, gestillte Neugier bringt sie wieder. Alles klar?«

»Alles klar«, sagte Curt. Das mit der Neugier und der Katze gehörte bei der Troop D einfach dazu, war allmählich zu einer alltäglichen Redewendung geworden.

Ennis und Curt sahen dem alten Mann nach. »Willst du mir noch was sagen, bevor wir mit Sergeant Schoondist darüber reden?«, fragte Ennis.

»Ja«, sagte Curtis. »Das ist ein Erdbebengebiet da drin.«

»Ein Erdbebengebiet? Was zum Teufel soll denn *das* bedeuten?«

Also erzählte Curtis Ennis von der Sendung, die er in

der Woche zuvor auf PBS gesehen hatte. Mittlerweile hatten sich mehrere Leute dazugesellt, darunter Phil Candleton, Arky Arkanian, Sandy Dearborn und auch Sergeant Schoondist selbst.

Thema der Sendung war die Vorhersage von Erdbeben gewesen. Die Wissenschaft sei noch weit davon entfernt, eine todsichere Methode dafür zu entwickeln, erzählte Curtis, aber die meisten Forscher seien überzeugt, dass sich das irgendwann machen ließe. Denn es gab ja durchaus Vorwarnungen. Tiere spürten sie und recht oft auch Menschen. Hunde wurden unruhig, bellten und wollten nach draußen. Rinder liefen im Stall herum oder überrannten die Umzäunung ihrer Weiden. Käfighühner flatterten manchmal so verzweifelt, dass sie sich die Flügel brachen. Manche Leute behaupteten, fünfzehn oder zwanzig Minuten vor dem eigentlichen Beben ein hohes Summen aus der Erde gehört zu haben (und wenn das schon Menschen hören konnten, hörten die meisten Tiere es bestimmt noch viel deutlicher). Außerdem wurde es kalt. Nicht jeder nahm diese Kälteschübe vor einem Erdbeben wahr, aber viele Menschen durchaus, und diese sujektiven Berichte ließen sich sogar durch meteorologische Daten belegen.

»Willst du mich verscheißern?«, fragte Tony Schoondist.

»Nein, tatsächlich«, erwiderte Curt. »Zwei Stunden vor dem großen Erdbeben von 1906 war es in San Francisco plötzlich drei Grad kälter geworden; das war eine bewiesene Tatsache. Und das obwohl alle Wetterbedingungen gleich geblieben waren.«

»Faszinierend«, sagte Ennis. »Aber was hat das mit dem Buick zu tun?«

Mittlerweile waren genug Trooper dazugekommen, um einen kleinen Zuhörerkreis zu bilden. Curtis sah sich unter ihnen um, und ihm war klar, dass er jetzt vielleicht ein halbes Jahr lang mit dem Funkspitznamen »Erdbeben-

Kid« leben musste, aber er war zu aufgedreht, als dass ihm das etwas ausgemacht hätte. Er erzählte ihnen, dass er, während Ennis im Kassenhäuschen der Tankstelle Bradley Roach vernommen hatte, hinter dem eigenartigen übergroßen Lenkrad gesessen und aufgepasst hatte, alles nur mit den Handkanten zu berühren. Und als er dort saß, hörte er plötzlich ein sehr hohes Summen. Er habe es auch *gespürt,* erzählte er ihnen.

»Es kam wie aus dem Nirgendwo – so ein hohes, ununterbrochenes Summen. Es ging mir bis in die Zahnplomben. Ich glaube, wenn es noch stärker gewesen wäre, hätte es wirklich die Münzen in meiner Tasche zum Klimpern gebracht. Es gibt einen Begriff dafür, den haben wir, glaube ich, mal in Physik gelernt, aber ich kann mich beim besten Willen nicht mehr dran erinnern.«

»Ein Oberton«, sagte Tony. »Das ist, wenn zwei Dinge gemeinsam schwingen. Stimmgabeln zum Beispiel oder Weingläser.«

Curtis nickte. »Ja, genau, das ist es. Ich weiß nicht, wodurch es ausgelöst wird, aber es ist sehr stark. Es schien mir mitten in den Kopf zu dringen, wie das bei den Stromleitungen oben auf dem Bluff manchmal ist, wenn man direkt darunter steht. Das klingt jetzt verrückt, aber nach einer Minute oder so hat sich dieses Summen fast angehört wie *Stimmen.*«

»Ich lag mal mit einem Mädel da oben auf dem Bluff«, sagte Arky sentimental. »Und da haben auch zwei Dinge gemeinsam geschwungen.«

»Heb dir das für deine Memoiren auf«, sagte Tony. »Erzähl weiter, Curtis.«

»Erst dachte ich, es wär das Radio«, sagte Curt. »Denn es hat sich ein bisschen so angehört wie ein altes Röhrenradio, das auf Musik von weither eingestellt ist. Also hab ich mein Taschentuch genommen und wollte es abschalten. Da habe ich dann gemerkt, dass sich die Knöpfe nicht drehen lassen, kein einziger. Das ist genauso wenig ein richtiges Radio, wie ... tja, wie Phil Candleton ein richtiger State Trooper ist.«

»Sehr witzig, Kleiner«, sagte Phil. »Mindestens so witzig wie ein Gummihähnchen oder –«

»Sei still, ich will das hören«, sagte Tony. »Erzähl weiter, Curtis. Und lass die Scherze.«

»Jawohl, Sir. Als ich versucht hab, an den Radioknöpfen zu drehen, ist mir aufgefallen, dass es kalt in dem Auto war. Es ist ein warmer Tag heute, und das Auto stand in der Sonne, aber drinnen war es kalt. Und irgendwie auch klamm. Und da musste ich an diese Sendung über Erdbeben denken.« Curt schüttelte langsam den Kopf. »Ich hatte so ein Gefühl, dass ich ganz schnell raus sollte aus dem Wagen. Das Summen war da schon leiser geworden, aber es wurde immer kälter. Wie in einem Eisschrank.«

»›So ein Gefühl‹«, sagte Tony. »Was denn für ein Gefühl?«

»Ich weiß es nicht, Sir.«

Tony Schoondist, damals Sergeant Commanding der Troop D, ging hinüber zu dem Buick. Er rührte ihn nicht an, beugte sich nur zu einem Fenster hinein. Gut eine Minute lang stand er so vor dem dunkelblauen Wagen, den Rücken vorgeneigt, aber kerzengerade, die Hände auf dem Rücken verschränkt. Ennis stand hinter ihm. Die übrigen Trooper blieben bei Curtis und warteten ab, dass Tony wiederkam. Für die meisten von ihnen war Tony Schoondist der beste Vorgesetzte, den sie gehabt hatten, seit sie die graue Uniform eines Pennsylvania State Troopers trugen. Er war hart, tapfer, fair und, wenn es darauf ankam, auch clever. Wenn ein Trooper erst mal den Rang eines Sergeant Commading erreichte, kam der ganze Verwaltungskram auf ihn zu. Die allmonatlichen Besprechungen. Die Anrufe aus Scranton. Ein Sergeant Commanding war noch ein gutes Stück vom oberen Ende der Karriereleiter entfernt, aber für diese Dinge reichte sein Rang. Schoondist schlug sich gut genug, um diesen Posten zu behalten, aber er und seine Männer wussten, dass er nie höher aufsteigen würde und es auch nicht wollte. Denn bei Tony kamen immer seine Männer zuerst ... und als Shirley Matt Babicki ablöste, seine Männer und seine Frau. Seine Troop, mit anderen Worten. Die Troop D. Das wussten sie nicht, weil er es gesagt hätte, sondern weil er es im täglichen Umgang bewies.

Schließlich kam er wieder zurück zu seinen Männern. Er nahm seinen Hut ab, fuhr sich mit der Hand über seinen kurzen Bürstenhaarschnitt und setzte den Hut dann wieder auf. Mit dem Riemen nach hinten, wie es im Sommer Vorschrift war. Im Winter trug man den Riemen unter der Kinnspitze. So wollte es die Tradition, und wie bei jeder Organisation, die schon lange bestand, gab es bei der PSP jede Menge Traditionen. Bis 1962 brauchten Trooper beispielsweise noch die Erlaubnis des Sergeant Commanding, wenn sie heiraten wollten (und die SCs nutzten diese Macht dazu, jede Menge Polizeischüler und junge Trooper auszusondern, die sie für ungeeignet für diesen Job hielten).

»Kein Summen«, sagte Tony. »Und ich würde auch sagen, dass es da drin ungefähr so warm ist, wie es sein sollte. Vielleicht ein bisschen kühler als draußen, aber ...« Er zuckte mit den Achseln.

Curtis errötete. »Sarge, ich schwöre –«

»Ich glaube dir«, sagte Tony. »Wenn du sagst, das Ding hat gesummt wie eine Stimmgabel, dann glaube ich dir das. Wo kam dieses Summen denn her? Vom Motor?«

Curtis schüttelte den Kopf.

»Aus dem Kofferraum?«

Wieder schüttelte er den Kopf.

»Von unten?«

Ein drittes Kopfschütteln, und jetzt waren Curts Wangen, Hals und Stirn knallrot.

»Woher dann?«

»Aus der Luft«, sagte Curt zögerlich. »Ich weiß, das klingt verrückt, aber ... ja. Es kam einfach aus der Luft.« Er sah sich um, als erwartete er, dass die anderen lachen würden. Taten sie aber nicht.

In diesem Moment kam Orville Garrett dazu. Er war auf einer Baustelle an der Countygrenze gewesen, wo in der Nacht zuvor mehrere Fahrzeuge und Maschinen demoliert worden waren. Hinter ihm her trottete Mister Dillon, das Maskottchen der Troop D. Er war ein Schäferhund, der vielleicht auch einen Collie in seinem Stammbaum hatte. Orville und Huddie Royer hatten ihn als Welpen gefunden, wie er im seichten Wasser des Brunnens einer aufgegebenen Farm an der Sawmill Road paddelte. Vielleicht war der Hund von allein reingefallen, wahrscheinlich aber eher nicht. Manche Leute hatten wirklich ein eigenartiges Verständnis von Spaß.

Mister D war kein richtiger Polizeihund, aber das nur, weil er nicht dazu ausgebildet war. Er war sehr klug und hatte einen ausgeprägten Beschützerinstinkt. Wenn ein böser Bube in Mister Dillons Gegenwart einem D-Trooper gegenüber laut wurde und mit dem Finger fuchtelte, lief der Gefahr, für den Rest seines Lebens nur noch mit Bleistiften in der Nase popeln zu können.

»Was ist los, Jungs?«, fragte Orville, doch ehe ihm jemand antworten konnte, fing Mister Dillon an zu heulen. Sandy Dearborn, der gleich neben dem Hund stand, hatte noch nie im Leben ein solches Heulen gehört. Mister D wich ein Stück zurück und hockte sich dann dem Buick gegenüber hin. Er hatte den Kopf erhoben und das Hinterteil gesenkt. Er sah aus, als würde er kacken, nur dass er das Fell gesträubt hatte. Sämtliche Haare standen ihm zu Berge. Sandy lief es kalt über den Rücken.

»Ach, du liebe Scheiße, was hat er denn?«, fragte Phil mit leiser, ehrfürchtiger Stimme, und dann gab Mister D wieder ein lang gedehntes, bebendes Heulen von sich. Vorsichtig ging er drei oder vier Schritte auf den Buick zu, ohne sich aus der gebeugten, verkrampften Kackhaltung zu lösen, die Schnauze die ganze Zeit über hoch erhoben. Es war schrecklich mitanzusehen, es war, als flößte ihm der Buick fürchterliche Angst ein und riefe ihn gleichzeitig zu sich. Er pirschte sich noch zwei, drei Schritte weiter vor und legte sich dann zitternd und winselnd flach auf den Boden.

»Was soll denn *das?*«, fragte Orv.

»Nimm ihn an die Leine«, sagte Tony. »Bring ihn rein.«

Orv tat wie befohlen und lief gleich los, um Mister Dillons Leine zu holen. Als Orv Mister D angeleint hatte, ging Phil Candleton, der den Hund immer sehr gemocht hatte, mit ihnen hinein, beugte sich dabei hin und wieder zu dem Hund hinunter und beruhigte ihn mit Streicheln und Worten. Später erzählte er, der Hund habe am ganzen Leib gezittert.

Niemand sagte etwas. Es gab auch nichts zu sagen. Sie dachten alle das Gleiche: dass Mister Dillon Curts Behauptungen eindeutig bewiesen hatte. Die Erde bebte nicht, und Tony hatte auch nichts gehört, als er den Kopf zum Fenster des Buick hineingesteckt hatte, aber mit dem Wagen stimmte eindeutig etwas nicht. Das betraf nicht nur die Ausmaße des Lenkrads oder diesen eigenartigen kerbenlosen Zündschlüssel. Es war schwerwiegender.

In den Siebzigern und Achtzigern war die Spurensicherung der Pennsylvania State Police immer auf Achse: Sie fuhr vom Hauptquartier aus zur Troop der jeweiligen Region. Das Hauptquartier der Troop D befand sich in Butler. Es gab keine eigenen Spurensicherungsfahrzeuge; von solch großstädtischem Luxus träumte man nur, und er erreichte das ländliche Pennsylvania erst gegen Ende des Jahrhunderts. Die Spurensicherer fuhren nicht gekennzeichnete

Polizeiautos, beförderten ihre Ausrüstung im Kofferraum und auf der Rückbank und schleppten sie in großen Segeltuchtragetaschen mit dem Emblem der PSP darauf zu den jeweiligen Tatorten. Die Einheiten bestanden aus drei Personen: dem Chef und zwei Technikern. Manchmal hatten sie noch einen jungen Auszubildenden dabei.

Ein solches Team fuhr an diesem Nachmittag bei der Troop D vor. Sie kamen, auf Tony Schoondists persönliches Ersuchen hin, aus Shippenville. Es war ein eigenartig informeller Besuch, eine Fahrzeuguntersuchung etwas abseits der dienstlichen Pflichten. Der Leiter des Teams war Bibi Roth, ein alter Hase (die Männer meinten scherzhaft, Bibi habe sein Handwerk noch auf den Knien von Sherlock Holmes und Dr. Watson erlernt). Tony Schoondist und er kamen gut miteinander klar, und solange die Sache unter ihnen blieb, hatte Bibi nichts dagegen, dem SC der Troop D einen Gefallen zu tun.

Jetzt: *Sandy*

An diesem Punkt unterbrach mich Ned mit der Frage, warum die Spurensicherung bei dem Buick auf so (zumindest für seine Begriffe) eigenartig improvisierte Weise durchgeführt worden sei.

»Weil«, sagte ich, »das einzige Vergehen, das uns in diesem Fall einfiel, Treibstoffdiebstahl war – Benzin im Wert von elf Dollar. Das ist kein Kapitalverbrechen; deswegen ruft man nicht die Spurensicherung.«

»Die haben auf der Fahrt von Shippenville hierher fast genauso viel Sprit verbraucht«, meinte Arky noch.

»Von den Mannstunden ganz zu schweigen«, fügte Phil hinzu.

Ich sagte: »Vor allem, Ned, wollte Tony nichts Schriftliches. Denk dran, dass wir bis dahin noch nichts hatten. Wir hatten nur ein Auto. Ein sehr eigenartiges Auto, zugegeben: eins ohne Nummernschilder, Fahrzeugschein und – das hat Bibi Roth bestätigt – auch ohne Fahrgestellnummer.«

»Aber Roach hatte doch Grund zu der Annahme, dass der Besitzer in dem Fluss hinter der Tankstelle ertrunken war!«

»Naa jaa«, sagte Shirley. »Der angebliche Regenmantel des Fahrers erwies sich als Mülltonne. So weit zum Thema Bradley Roach.«

»Und außerdem«, meldete sich Phil zu Wort, »haben

Ennis und dein Vater auf dem Hang hinter der Tankstelle keine Fußspuren finden können, und dabei war das Gras noch feucht. Wenn der Typ da runtergegangen wäre, hätte er irgendwelche Spuren hinterlassen.«

»Vor allem wollte Tony die Sache intern regeln«, sagte Shirley. »Meinst du, man könnte das so sagen, Sandy?«

»Ja. Der Buick an sich war schon seltsam, aber wir sind damit nicht groß anders umgegangen als mit anderen ungewöhnlichen Vorfällen auch: Wenn wir einen Trooper verlieren – wie letztes Jahr deinen Vater –, oder wenn einer seine Dienstwaffe abgefeuert oder einen Unfall gebaut hat, wie damals, als George Morgan dieses verrückte Arschloch verfolgt hat, das seine Kinder entführt hatte.«

Für einen Moment verfielen wir alle in Schweigen. Polizisten haben Albträume, das kann einem die Frau jedes Troopers bestätigen, und einer unserer Albträume hatte mit George Morgan zu tun. Er fuhr hundertvierzig und hatte das verrückte Arschloch schon fast eingeholt, das gewohnheitsmäßig die Kinder verdrosch, die er entführt hatte und angeblich liebte, und da geschah es.

George hatte ihn schon fast, als da diese ältere Mitbürgerin über die Straße ging, siebzig Jahre alt, lahmer als ein kriechender Ochsenfrosch und stockblind. Das Arschloch hätte sie überfahren, wenn sie drei Sekunden früher losgegangen wäre, und überfuhr sie also nicht. Nein, das Arschloch raste haarscharf an ihr vorbei und hätte ihr mit dem rechten Seitenspiegel fast die Nase eingeschlagen. Und dann kommt George – und rumms. Zwölf Jahre lang hatte er untadelig bei der State Police gedient, war zweimal für seine Tapferkeit belobigt worden und hatte unzählige Auszeichnungen für seine Verdienste um das Gemeinwohl erhalten. Er war seinen Kindern ein guter Vater und seiner Frau ein guter Mann, aber das war alles vorbei, als eine Frau aus Lassburg Cut im falschen Moment die Straße überqueren wollte und er sie mit dem Streifenwagen D-27 totfuhr. George wurde von der Disziplinarstelle entlastet, und auf eigenen Wunsch übernahm er dann einen Schreibtischjob bei der Troop. Wäre es nach den hohen Tieren gegangen, dann hätte er wieder seinen normalen Dienst antreten können, aber es gab da ein Problem: George Morgan konnte nicht mehr Auto fahren. Nicht mal mit seiner Familienkutsche zum Supermarkt. Er kriegte schon das große Zittern, wenn er sich nur ans Lenkrad setzte, und ihm tränten dann derart die Augen, dass er an einer Art hysterischer Blindheit litt. In diesem Sommer arbeitete er nachts in der Leitstelle. Nachmittags trainierte er die von der Troop D gesponserte Baseball-Jugendmannschaft, und das bis hin zum Landesturnier. Anschließend übergab er den Kindern ihren Pokal und ihre Anstecknadeln, sagte ihnen, dass er sehr stolz auf sie sei, fuhr nach Hause (die Mutter eines Spielers nahm ihn mit), trank zwei Bier und pustete sich in der Garage das Hirn raus. Er hinterließ keinen Abschiedsbrief; das tun Polizisten sowieso selten. Ich schrieb dann hinterher eine Presseerklärung. Wenn man sie liest, käme man nie darauf, dass ich sie mit Tränen in den Augen schrieb. Und plötzlich kam es mir sehr wichtig vor, Curtis Wilcox' Sohn einige der Gründe dafür zu vermitteln.

»Wir sind eine Familie«, sagte ich. »Ich weiß, das hört sich kitschig an, aber es ist nun mal so. Sogar Mister Dillon wusste das, und du weißt es auch, nicht wahr?«

Der Junge nickte. Natürlich wusste er das. In dem Jahr nach dem Tod seines Vaters waren wir die Familie, die ihm am meisten bedeutete, die Familie, die er sich aussuchte und die ihm das gab, was er brauchte, um mit seinem Leben weitermachen zu können. Seine Mutter und seine Schwestern liebten ihn, und er liebte sie, aber sie setzten ihr Leben auf eine Art und Weise fort, zu der Ned nicht in der Lage war … zumindest noch nicht. Es hatte damit zu tun, dass er ein Mann war und keine Frau. Es hatte auch damit zu tun, dass er achtzehn war. Und schließlich hatte es mit all den Fragen nach dem *Warum* zu tun, auf die er keine Antworten fand.

Ich sagte: »Was Familien sagen und tun, wenn sie hinter verschlossener Tür bei sich zu Hause sind, und was Familien sagen und tun, wenn sie bei offener Tür draußen im Garten sind ... das kann ganz unterschiedlich sein. Ennis wusste, dass mit dem Buick etwas nicht stimmte. Dein Daddy auch und Tony und ich. Mr. D wusste es ganz bestimmt. Wie dieser Hund geheult hat ...«

Ich verstummte für einen Moment. Dieses Heulen hatte ich später wieder im Traum gehört. Dann fuhr ich fort.

»Aber juristisch gesehen, war er nur ein Gegenstand, dem man nichts anlasten konnte. Wir konnten ja schlecht den *Buick* wegen Treibstoffdiebstahls festnehmen, nicht wahr? Und der Mann, der das Benzin, das im Tank war, bestellt hatte, war längst verschwunden und schwer auffindbar. Also haben wir den Wagen gewissermaßen beschlagnahmt.«

Ned runzelte die Stirn, als verstünde er nicht, was er da hörte. Das konnte ich nachvollziehen. Ich hatte mich nicht so klar ausgedrückt, wie ich es vorgehabt hatte. Oder vielleicht spielte ich auch das beliebte alte Spiel »Es war nicht unsere Schuld«.

»Hör mal«, sagte Shirley. »Nimm mal an, eine Frau hätte an der Tankstelle gehalten, wäre auf die Toilette gegangen und hätte am Waschbecken ihren Diamantverlobungsring liegen lassen, und Bradley Roach hätte den gefunden. Ja?«

»Ja ...«, sagte Ned. Er hatte immer noch die Stirn gerunzelt.

»Und nehmen wir mal an, Roach hätte ihn zu uns gebracht, statt ihn einzustecken und bei einem Pfandleiher in Butler zu versetzen. Wir hätten ein Protokoll aufgenommen und vielleicht den Troopern draußen im Einsatz Fabrikat und Modell des Autos der Frau durchgegeben, falls

Roach uns das hätte nennen können … Aber den Ring hätten wir nicht behalten, oder, Sandy?«

»Nein«, sagte ich. »Wir hätten Roach geraten, eine Zeitungsannonce aufzugeben – *Gefunden: ein Damenring. Wenn Sie glauben, dass es Ihrer ist, rufen Sie bitte diese Nummer an und beschreiben Sie ihn.* Und dann hätte Roach rumgejammert, wie teuer es doch wäre, so eine Anzeige zu schalten – ganze drei Dollar.«

»Und dann hätten *wir* ihn daran erinnert, dass bei so etwas Wertvollem oft ein Finderlohn rausspringt«, sagte Phil. »Und dann hätte *er* sich überlegt, ob er nicht vielleicht doch drei Dollar zusammenkratzen kann.«

»Wenn die Frau aber nicht angerufen hätte und auch nicht wiedergekommen wäre«, sagte ich, »wäre der Ring in Roachs Besitz übergegangen. Das ist das älteste Gesetz überhaupt: Wer's findet, dem gehört's.«

»Also haben Ennis und mein Vater den Buick übernommen.«

»Nein«, sagte ich. »Die *Troop* hat ihn übernommen.«

»Und was ist mit dem Treibstoffdiebstahl? Wurde der je angezeigt?«

»Tja, nun«, sagte ich unbehaglich grinsend. »Elf Dollar waren ja wohl kaum die ganze Schreibarbeit wert. Nicht wahr, Phil?«

»Nee«, sagte Phil. »Und schon gar nicht damals, als eine IBM-Schreibmaschine und Tipp-Ex der neueste Stand der Technik waren. Aber wir haben das mit Hugh Bossey geregelt.«

Ned ging anscheinend ein Licht auf. »Ihr habt das Benzin aus der Portokasse bezahlt.«

Phil schaute sowohl entsetzt als auch belustigt. »Nie im Leben, Junge! Die Portokasse, das sind Steuergelder.«

»Wir haben den Hut rumgehen lassen«, sagte ich. »Jeder, der da war, hat ein bisschen was gegeben. Ganz einfach.«

»Wenn Roach einen Ring gefunden hätte, und niemand hätte Anspruch darauf erhoben, dann hätte er ihm gehört«, sagte Ned. »Hätte ihm also nicht eigentlich auch der Buick gehört?«

»Wenn er ihn behalten hätte, vielleicht«, sagte ich. »Aber er hat ihn ja an uns übergeben, nicht wahr? Und was ihn anging, war die Sache damit erledigt.«

Arky tippte sich mit dem Zeigefinger an die Stirn und warf Ned einen wissenden Blick zu. »Nicht ganz dicht, der Bursche«, sagte er.

Einen Moment lang dachte ich, Ned würde jetzt weiter über den jungen Mann nachbrüten, der dann später seinen Vater umgebracht hatte, aber er schüttelte das ab. Das konnte ich förmlich sehen.

»Erzähl weiter«, sagte er zu mir. »Was ist dann passiert?«

O Mann. Wer kann da schon widerstehen?

Damals

Bibi Roth und seine Kinder (so nannte er sie tatsächlich) brauchten nur eine Dreiviertelstunde dafür, den Buick von vorne bis hinten durchzuchecken. Die jungen Leute nahmen Abdrücke und knipsten Fotos, und Bibi ging mit seinem Klemmbrett herum und deutete ab und zu wortlos mit seinem Kugelschreiber auf etwas.

Als sie gut zwanzig Minuten dabei waren, kam Orv Garrett mit Mister Dillon heraus. Der Hund war angeleint, was auf dem Kasernengelände eigentlich nicht üblich war. Sandy ging zu ihnen. Der Hund heulte und zitterte nicht mehr. Er setzte sich und legte sich den buschigen Schwanz um die Vorderpfoten, aber seine dunkelbraunen Augen waren starr auf den Buick gerichtet und ließen ihn nicht aus dem Blick. Tief aus seiner Brust ertönte ein stetes, kaum hörbares Knurren wie das Brummen eines kräftigen Motors.

»Um Himmels willen, Orvey, bring ihn wieder rein«, sagte Sandy Dearborn.

»Okay. Ich dachte bloß, er wär schon drüber weg.« Dann: »Ich hab mal gehört, dass sich Bluthunde so aufführen, wenn sie eine Leiche wittern. Ich weiß, da ist keine Leiche drin, aber meinst du, in dem Wagen könnte vielleicht jemand gestorben sein?«

»Nicht, dass wir wüssten.« Sandy sah Tony Schoondist aus der Seitentür der Kaserne kommen und zu Bibi Roth schlendern. Ennis war auch dabei. Curt Wilcox fuhr, sehr gegen seinen Willen, schon wieder Streife. Sandy dachte, dass an diesem Nachmittag wohl nicht mal ein hübsches Mädchen es schaffen würde, bei Curt mit einer Verwarnung statt eines Strafzettels davonzukommen. Curt hätte viel lieber Bibi und seinem Team bei der Arbeit zugesehen; und dafür, dass er das nicht durfte, würden nun die Rechtsbrecher von West-Pennsylvania büßen.

Mister Dillon machte das Maul auf und jaulte leise und lang gedehnt, als täte ihm etwas weh. Und das tat es wohl tatsächlich, nahm Sandy an. Orville brachte ihn in die Kaserne. Fünf Minuten später war auch Sandy schon wieder unterwegs, diesmal mit Steve Devoe, zum Schauplatz eines Auffahrunfalls auf dem Highway 6.

Bibi Roth erstattete Tony und Ennis Bericht, während sein Team (das an diesem Tag aus drei Leuten bestand) an einem Picknicktisch im Schatten des Schuppens B saß, Sandwiches aß und Eistee trank, den Matt Babicki ihnen gebracht hatte.

»Danke, dass du dir Zeit dafür genommen hast«, sagte Tony.

»Gern geschehn«, sagte Bibi. »Aber ich hoffe, das war's dann auch. Ich will über diese Sache nichts Schriftliches, Tony. Mein Ruf wäre ruiniert.« Er sah zu seinem Team hinüber – ein alter Mann, der dem legendären Nazijäger Simon Wiesenthal ähnlich sah – und klatschte in die Hände wie Miss Lucy in der *Ding-Dong School.* »Wollen wir in dieser Sache Papierkram, Kinder?« Eines der Kinder, das an diesem Tag dabei war, wurde 1993 zum leitenden Rechtsmediziner von Pennsylvania ernannt.

Sie sahen ihn an – zwei junge Männer und eine außerordentlich schöne junge Frau. Sie hielten Sandwiches in der Hand und runzelten die Stirn. Keiner von ihnen kam auf Anhieb darauf, was Bibi jetzt hören wollte.

»Nein, Bibi!«, soufflierte er ihnen.

»Nein, Bibi!«, riefen sie dienstbeflissen im Chor.

»Was nein?«, fragte Bibi.

»Keinen Papierkram«, sagte der erste junge Mann.

»Keinen Bericht«, sagte der zweite junge Mann.

»Nichts in doppelter und dreifacher Ausfertigung«, sagte die junge, außerordentlich schöne Frau. »Nicht mal in einfacher Ausfertigung.«

»Gut!«, sagte Bibi. »Und mit wem sprechen wir über diese Sache, Kinder?«

Das musste man ihnen nicht vorsagen. »Mit keinem, Bibi!«

»Genau«, pflichtete Bibi bei. »Ich bin stolz auf euch.«

»Das muss doch sowieso ein Scherz sein«, sagte der zweite junge Mann. »Da will Sie jemand reinlegen, Sarge.«

»Diese Möglichkeit behalte ich im Hinterkopf«, sagte Tony und fragte sich, was der zweite junge Mann und was sie überhaupt gedacht hätten, hätten sie gesehen, wie Mister Dillon heulend vorangekrochen war wie ein verkrüppelter Köter. Mister D wollte niemanden hereinlegen.

Die Kinder aßen und tranken weiter und unterhielten sich. Es freute Tony zu hören, dass die außerordentlich schöne junge Frau eine laute, freudige Lache hatte, die nicht so klang, als sei sie sich ihrer Schönheit allzu sehr bewusst. Bibi sah Tony und Ennis Rafferty währenddessen leicht schief lächelnd an.

»Sie sehen, was sie sehen, mit der wunderbaren hundertprozentigen Sehschärfe der Jugend, und sehen es dabei doch nicht«, sagte er. »Junge Leute sind so wunderbare Idioten. Was *ist* das, Tony? Hast du irgendeine Idee? Wissen Zeugen irgendwas?«

»Nein.«

Bibi sah Ennis an, der vielleicht kurz überlegte, ihm zu erzählen, was er über den Buick wusste, es dann aber doch nicht tat. Bibi war ein guter Mann … aber er war eben keiner von ihnen.

»Es ist kein Auto, das ist mal sicher«, sagte Bibi. »Aber ein Scherz? Nein, das glaube ich auch nicht.«

»Irgendwelche Blutspuren?«, fragte Tony, ohne zu wissen, welche Antwort er darauf hören wollte.

»Das können wir zwar erst mit Sicherheit sagen, wenn wir die Proben, die wir genommen haben, mikroskopisch untersucht haben, aber ich glaube nicht. Allerhöchstens winzige Spuren, wenn überhaupt.«

»Was hast du gefunden?«

»Mit einem Wort: nichts. Aus dem Reifenprofil haben wir keine Proben entnommen, denn da steckt weder Dreck noch Schlamm noch Steinchen noch Glas oder Gras drin – und auch sonst nichts. Das habe ich eigentlich für unmöglich gehalten. Henry –«, er deutete auf den ersten jungen Mann, »– hat versucht, einen Kiesel ins Profil zu stecken, aber der ist immer wieder rausgefallen. Was ist das? Kann man sich so was patentieren lassen? Wenn das ginge, Tony, könntest du bald in Ruhestand gehen. Auf eine Tropeninsel deiner Wahl.«

Tony rieb sich ratlos mit den Fingerspitzen die Wange.

»Hör zu«, sagte Bibi. »Jetzt zu den Fußmatten. Normalerweise so richtige Schmutzfänger. Jede eine geologische Untersuchung wert. Normalerweise. Aber nicht in diesem Fall. Ein paar Schmutzflecken und ein Löwenzahnstiel, weiter nichts.« Er sah zu Ennis hinüber. »Vermutlich von den Schuhen Ihres Partners. Sie sagen, er hat sich ans Steuer gesetzt?«

»Ja.«

»Vor dem Fahrersitz. Da haben wir diese wenigen Spuren gefunden.« Bibi schlug die Hände zusammen, wie um zu sagen: *Quod erat demonstrandum.*

»Gibt es Fingerabdrücke?«, fragte Tony.

»Drei Paar. Ich brauche Vergleichsabdrücke von den

beiden Officers und dem Tankwart. Die Abdrücke, die wir am Tankdeckel genommen haben, stammen höchstwahrscheinlich von dem Tankwart. Einverstanden?«

»Höchstwahrscheinlich schon«, sagte Tony. »Überprüfst du die Abdrücke nebenher?«

»Aber gerne doch. Wie auch die Faserproben. Aber sei so nett und komm mir nicht mit irgendwas, wozu man den Gaschromatograph in Pittsburgh bräuchte. Ich gehe der Sache nach, soweit es die Ausrüstung in meinem Keller zulässt. Und das ist ziemlich weit.«

»Bist ein netter Kerl, Bibi.«

»Ja, und auch die nettesten Kerle lassen sich gern mal von ihren Freunden zum Essen einladen.«

»Das Angebot steht. Und? War sonst noch was?«

»Das Glas ist Glas. Das Holz ist Holz ... aber: Ein hölzernes Armaturenbrett ist bei einem Wagen dieses Baujahrs – dieses *vorgeblichen* Baujahrs – völliger Quatsch. Mein älterer Bruder hatte mal einen Buick aus den späten Fünfzigern, einen Limited. Mit dem habe ich fahren gelernt, und ich erinnere mich noch ganz genau an den Wagen. Ein zickiges Biest, aber wunderschön. Das Armaturenbrett war aus gepolstertem Vinyl. Ich würde sagen, dass bei dem hier die Sitzbezüge auch aus Vinyl sind, was bei dieser Marke und diesem Modell stimmen würde. Zur Sicherheit werde ich mal bei General Motors nachfragen. Der Kilometerzähler ... ist sehr amüsant. Ist euch der Kilometerzähler aufgefallen?«

Ennis schüttelte den Kopf. Er wirkte benommen

»Der steht auf null. Wie er wohl auch sollte. Dieser Wagen – dieser *vorgebliche* Wagen – könnte überhaupt nicht fahren.« Er sah von Ennis zu Tony hinüber und dann wieder zu Ennis. »Sagt mir bitte, dass ihr ihn nicht habt fahren sehen, dass ihr nicht gesehen habt, wie er sich aus eigener Kraft auch nur einen Zentimeter weit fortbewegt hat.«

»Nein, das haben wir nicht«, sagte Ennis. Und das entsprach der Wahrheit. Unnötig hinzuzufügen, dass Bradley Roach behauptet hatte, er habe gesehen, wie sich der Wagen aus eigener Kraft bewegt hatte, und dass Ennis, der schon viele Menschen vernommen hatte, ihm glaubte.

»Gut.« Bibi schien erleichtert. Wieder klatschte er wie Miss Lucy in die Hände. »Es wird Zeit, Kinder! Sagt Danke schön!«

»Danke, Sergeant!«, riefen sie im Chor. Die junge, außerordentlich schöne Frau trank ihren Eistee aus, rülpste dezent und folgte dann ihren weiß gekleideten Kollegen zurück zu dem Wagen, mit dem sie gekommen waren. Tony bemerkte fasziniert, dass dabei keiner der drei den Buick auch nur ansah. Für sie war das jetzt ein abgeschlossener Fall, und neue Fälle lagen vor ihnen. Für sie war der Buick nur ein altes Auto, das da in der Sonne noch älter wurde. Was machte es schon, dass Kieselsteine wieder herausfielen, wenn man sie ins Profil eines Reifens drückte, auch wenn man sie so weit oben hineinsteckte, dass die Schwerkraft sie eigentlich hätte festhalten müssen? Was machte es schon, dass der Wagen auf der einen Seite drei Bullaugen hatte und auf der anderen vier?

Sie sehen es und sehen es dabei doch nicht, hatte Bibi gesagt. *Junge Leute sind so wunderbare Idioten.*

Bibi folgte seinen wunderbaren Idioten zu seinem Privatwagen (er fuhr gern, wann immer möglich, in einsamer Pracht bei einem Tatort vor) und blieb dann noch einmal stehen. »Ich habe gesagt: Das Holz ist Holz, das Vinyl ist Vinyl, und das Glas ist Glas. Das habe ich doch gesagt, oder?«

Tony und Ennis nickten.

»Es kommt mir so vor, als wäre der Auspuff dieses vorgeblichen Autos ebenfalls aus Glas. Ich habe natürlich nur von einer Seite druntergeguckt, aber ich hatte eine Taschenlampe, und zwar eine ziemlich starke.« Für einen Moment stand er einfach nur da und betrachtete den vor dem Schuppen B abgestellten Buick, die Hände in den Taschen und wippte auf den Fußballen vor und zurück. »Ich habe noch nie von einem Auto mit gläsernem Auspuff gehört«, sagte er schließlich und ging dann zu seinem Wagen. Fünf Minuten später waren er und seine Kinder fort.

Es behagte Tony nicht, dass der Wagen draußen auf dem Hof stand, nicht nur wegen möglicher Stürme, sondern weil ihn jeder, der dorthin kam, sehen konnte. Er dachte dabei an Besucher, an Mr. und Mrs. Normalbürger. Die State Police diente Mr. Normalbürger und seiner Familie, so gut sie nur konnte; und manchmal kostete das die State Trooper ihr Leben. Sie traute ihnen jedoch nicht hundertprozentig über den Weg. Die Familie Normalbürger war nicht die Familie Troop D. Bei der Aussicht darauf, dass etwas nach draußen dringen könnte, schlimmer noch, dass *Gerüchte* die Runde machen könnten, schauderte es Sergeant Schoondist.

Gegen Viertel vor drei schlenderte er zu Johnny Parkers kleinem Büro (der kommunale Fuhrpark befand sich damals noch nebenan) und überredete Johnny, einen Schneepflug aus dem Schuppen B zu holen und stattdessen den Buick hineinzustellen. Eine Flasche Whiskey besiegelte diesen Deal, und der Buick wurde in die nach Öl riechende Dunkelheit geschleppt, die sein Zuhause werden sollte. Der Schuppen B hatte vorn und hinten jeweils ein Tor, und Johnny schleppte den Buick durch das hintere Tor hinein. Dementsprechend stand er dann all die Jahre lang mit dem Kühler zur Kaserne der Troop D. Das ist etwas, das den meisten Troopern erst im Laufe der Zeit bewusst wurde. Sie dachten nicht ständig darüber nach, hatten es eher im Hinterkopf; es war ein Gedanke, der nie so recht Gestalt annahm, aber auch nie verschwand: dass sein verchromter Kühlergrill sie beständig angrinste.

Achtzehn Trooper arbeiteten 1979 bei der Troop D und wechselten sich in den üblichen drei Schichten ab: sieben bis fünfzehn Uhr, fünfzehn bis dreiundzwanzig und dann die Nachtschicht, in der sie zu zweit im Streifenwagen fuhren. An Freitagen und Samstagen wurde diese Schicht von elf bis sieben gemeinhin »Kotzpatrouille« genannt.

An dem Tag, an dem der Buick kam, hatten die meisten dienstfreien Trooper bis vier Uhr nachmittags davon gehört und waren vorbeigekommen, um ihn sich anzusehen. Sandy Dearborn, der zurück war von dem Unfall auf dem Highway 6 und nun seinen Bericht tippte, sah sie in raunenden Dreier- und Vierergrüppchen hinausgehen, fast wie bei einer Führung. Curt Wilcox hatte mittlerweile Feierabend und leitete viele dieser Führungen, wies auf das fehlende Bullauge links und das übergroße Lenkrad hin und klappte die Motorhaube auf, damit sie den Murks von einem Motor bestaunen konnten, auf dessen Block seitlich BUICK 8 aufgedruckt war.

Auch Orvie Garrett leitete Führungen und erzählte immer wieder, wie Mister D reagiert hatte. Sergeant Schoondist, den das Ding bereits faszinierte (eine Faszination, die ihn nicht wieder losließ, bis der Alzheimer dann sein Gedächtnis löschte), kam so oft heraus, wie er konnte. Sandy hatte das Bild noch vor Augen, wie er dort mit verschränkten Armen am offenen Schuppentor stand. Ennis Rafferty stand neben ihm, rauchte eine der kleinen Tiparillos, die er so mochte, sagte etwas, und Tony nickte. Es war nach drei. Nach drei Uhr – genauere Angaben konnte Sandy später auch beim besten Willen nicht machen.

Die Kollegen kamen, schauten sich den Motor an (die Haube stand da schon die ganze Zeit über offen wie das weit aufgesperrte Maul eines Krokodils) und hockten sich hin und betrachteten den kuriosen Auspuff. Sie sahen sich alles an, berührten aber nichts. Mr. Normalbürger und seine Familie hätten die Finger nicht davon lassen können, aber sie waren schließlich Polizisten. Ihnen war klar, dass der Buick zwar gegenwärtig kein Beweismittel war, dass sich das aber ändern konnte. Vor allem, wenn der Mann, der ihn an der Jenny-Tankstelle hatte stehen lassen, tot aufgefunden wurde.

»Wenn das nicht passiert und sich auch sonst nichts tut, will ich den Wagen hier behalten«, sagte Tony später zu Matt Babicki und Phil Candleton. Da war es schon fünf oder so, und alle drei hatten offiziell schon seit ein paar Stunden Feierabend, und Tony überlegte schließlich doch, nach Hause zu fahren. Sandy war schon gegen vier gegangen. Er wollte vor dem Abendessen noch den Rasen mähen.

»Und wieso ausgerechnet hier, Sarge?«, fragte Matt.

Tony fragte Matt und Phil, ob sie schon mal von dem Riesen von Cardiff gehört hätten. Als sie verneinten, erzählte er ihnen die Geschichte. Diesen Riesen hatte man im Onondaga Valley »entdeckt«, im Norden des Bundesstaats New York. Es war der versteinerte Leichnam eines riesigen menschenähnlichen Wesens, das entweder aus einer anderen Welt stammen musste oder eine Übergangsform zwischen Affe und Mensch darstellte. Dann erwies es sich aber lediglich als Jux, den sich ein Zigarrenfabrikant aus Binghamton namens George Hull gemacht hatte.

»Doch bis Hull das endlich zugab«, sagte Tony, »war schon die halbe Welt gekommen, darunter auch P. T. Barnum, um sich das anzusehen. Bei den Farmen ringsherum wurde das Getreide plattgetrampelt. Es wurde eingebrochen. Es gab einen Waldbrand, weil irgendwelche Idioten in den Wäldern kampierten. Auch nachdem Hull gestanden hatte, dass er den ›versteinerten Menschen‹ in Chicago hatte schnitzen und mit der Bahn ins Onondaga Valley hatte bringen lassen, kamen immer noch Leute. Sie wollten einfach nicht glauben, dass das Ding nicht echt war. Ihr kennt doch den Spruch ›Dümmer als die Polizei erlaubt‹. Der wurde 1869 geprägt und bezieht sich auf die Sache mit dem Riesen von Cardiff.«

»Und was willst du damit sagen?«, fragte Phil.

Tony warf ihm einen leicht gequälten Blick zu. »Was ich damit sagen will? Ich will damit sagen, dass ich in meinem Revier keinen verdammten Riesen von Cardiff dulden werde. Nicht, wenn es sich vermeiden lässt. Und auch keinen Turiner Buick.«

Als sie zurück zur Kaserne gingen, kam Huddie Royer dazu (er hatte Mister Dillon dabei, der nun so brav bei Fuß ging wie bei einer Hundeschau). Huddie schnappte das mit dem Turiner Buick auf und kicherte. Tony warf ihm einen verdrießlichen Blick zu.

»Kein Riese von Cardiff hier in West-Pennsylvania. Merkt euch das und sagt es weiter. Denn das regeln wir nur mündlich; ich hänge zu dem Thema kein Memo ans schwarze Brett. Mir ist klar, dass es Gerede geben wird, aber das wird sich wieder legen. Ich lasse nicht zu, dass kurz vor der Ernte ein Dutzend Farmen der Amish von Schaulustigen plattgetrampelt werden. Ist das klar?«

Es war klar.

Gegen sieben Uhr an diesem Abend hatte sich alles wieder einigermaßen normalisiert. Sandy Dearborn konnte das bestätigen, denn er war nach dem Abendessen wiedergekommen, um sich den Wagen noch mal anzusehen. Als er kam, standen nur noch drei Trooper um den Buick herum. Zwei hatten frei, und einer war noch in Uniform. Buck Flanders, der schon Feierabend hatte, knipste ihn mit seiner Kodak. Das gefiel Sandy eigentlich gar nicht, aber was würde auf den Bildern schon zu sehen sein? Ein Buick, weiter nichts, und zwar einer, der noch nicht alt genug war, um als richtiger Oldtimer durchzugehen.

Sandy hockte sich auf Knie und Hände und spähte mit einer Taschenlampe, die jemand (wahrscheinlich zu eben diesem Zweck) in der Nähe hatte liegen lassen, unter den

Wagen. Aufmerksam betrachtete er den Auspuff. Er sah aus wie aus Hartglas. Dann beugte er sich zum Seitenfenster auf der Fahrerseite hinein (kein Summen, keine Kälte) und ging dann schließlich auf einen Schwatz mit Brian Cole, der während dieser Schicht als SC amtierte, zurück in die Kaserne. Die beiden sprachen über den Buick und dann über ihre Familien und waren eben beim Thema Baseball angelangt, als Orville Garrett ins Büro hereinschaute.

»Hat einer von euch Ennis gesehen? Der Drache ist am Telefon, und sie ist gar nicht glücklich.«

Der Drache war Edith Hyams, Ennis' Schwester. Sie war acht oder neun Jahre älter als er und lange schon verwitwet. Manche bei der Troop D meinten, sie habe ihren Mann umgebracht, indem sie ihn schlicht und einfach ins Grab genörgelt habe. »Die hat keine Zunge im Mund, die hat da ein Filetiermesser«, hatte Dicky-Duck Eliot mal gemeint. Curt, der von ihnen die Dame am häufigsten sah (Ennis war normalerweise sein Partner, und trotz des Altersunterschieds kamen sie gut miteinander klar), war der Meinung, Edith sei der Grund dafür, dass Ennis nie geheiratet hatte. »Ich glaube, im Grunde hat er Angst, dass alle Frauen so sind wie sie«, hatte er mal zu Sandy gesagt.

Nach Schichtende noch mal zur Arbeit zu kommen ist nie eine gute Idee, dachte Sandy, nachdem er zehn Minuten lang mit dem Drachen telefoniert hatte. *Wo steckt er, er hat versprochen, spätestens um halb sieben zu Hause zu sein, ich hab bei Pepper's genau den Braten gekauft, den er sich gewünscht hat, achtundneunzig Cent das Pfund, und jetzt ist der schon so lange im Ofen, dass er zäh ist wie ein alter Stiefel und grau wie Spülwasser, sag's mir gleich, Sandy, wenn er im Country Way oder Tap ist, dann kann ich da anrufen und ihm Bescheid stoßen.* Sie teilte Sandy auch mit, ihr seien die Diuretika ausgegangen und Ennis habe ihr neue mitbringen sollen. Also wo zum Teufel steckte er? Machte er Überstunden? Dagegen wäre ja nichts zu einzuwenden, meinte sie, sie könnten das Geld weiß Gott gut gebrauchen, aber wenigstens könne er doch wohl vorher anrufen und Bescheid sagen.

Sandy saß am Pult der Leitstelle, hielt sich eine Hand vor die Augen und versuchte, auch mal zu Wort zu kommen. Da kam Curtis Wilcox herein, schon in Zivil und ganz der strahlende Sportler. Wie Sandy war er noch mal wiedergekommen, um sich den Roadmaster anzusehen.

»Moment mal bitte, Edith«, sagte Sandy und hielt sich den Hörer vor die Brust. »Hilf mir mal, Curt. Weißt du, wo Ennis hin ist?«

»Wo er hin ist?«

»Was bist du? Ein Echo? Ja, wo er hin ist. Nach Hause ist er nämlich nicht.« Sandy deutete auf den Hörer, den er sich immer noch vor die Brust hielt. »Seine Schwester ist dran. Dieser Feigling von Orville hat mir den Hörer in die Hand gedrückt. Sie quatscht mir die Ohren heiß, und ich könnte mal etwas Hilfe gebrauchen.«

»Wenn er schon weg ist, wieso steht sein Wagen dann noch auf dem Hof?«, fragte Curt.

Sandy sah ihn an. Curtis erwiderte den Blick. Und dann kamen sie beide, ohne ein Wort zu sagen, zur selben Schlussfolgerung.

Sandy wimmelte Edith ab – er sagte ihr, er würde sie zurückrufen oder dafür sorgen, dass Ennis sie anrief. Als das erledigt war, gingen Sandy und Curt auf den Hof.

Ennis' Wagen war nicht zu übersehen – der American Motors Gremlin, über den sie sich immer alle lustig machten. Er stand gleich neben dem Schneepflug, den Johnny aus dem Schuppen B geholt hatte, um Platz für den Buick zu schaffen. Beide Fahrzeuge warfen in der tief stehenden Sonne dieses Sommerabends lange Schatten, die aussahen wie auf den Boden tätowiert.

Sandy und Curt schauten in den Wagen und konnten

nur den üblichen Krimskrams entdecken: Hamburgerpackungen, Limodosen, Tiparilloschachteln, ein paar Landkarten, ein Uniformhemd zur Reserve, das hinten an einem Haken hing, ein Ersatzblock mit Vorladungsformularen auf dem staubigen Armaturenbrett und etwas Angelausrüstung. Dieses ganze Durcheinander wirkte nach der sterilen Leere in dem Buick irgendwie beruhigend auf sie. Noch beruhigter wären sie gewesen, hätten sie Ennis am Steuer sitzen sehen, wie er sich seine alte Pirates-Mütze über die Augen gezogen hatte und ein Nickerchen machte, aber von ihm fehlte jede Spur.

Curt machte kehrt und ging zurück zur Kaserne. Sandy musste ein paar Schritte laufen, um ihn einzuholen und am Arm zurückzuhalten. »Was hast du vor?«, fragte er.

»Tony anrufen.«

»Noch nicht«, sagte Sandy. »Der sitzt gerade beim Abendessen. Wir rufen ihn später an, wenn's sein muss. Und ich hoffe bei Gott, dass es nicht nötig sein wird.«

Zuallererst, noch vor dem Aufenthaltsraum im ersten Stock, sahen Curt und Sandy im Schuppen B nach. Sie gingen einmal um den Buick herum, guckten hinein und schauten auch unter den Wagen. Keine Spur von Ennis Rafferty ... zumindest konnten sie keine entdecken. Aber an diesem Abend bei dem Buick nach einer Spur zu suchen ähnelte natürlich dem Versuch, einzelne Hufabdrücke zu erkennen, nachdem ein ganze Herde vorbeigaloppiert war. Von Ennis gab es keine Spur, aber –

»Ist es kalt hier drin, oder bilde ich mir das nur ein?«, fragte Curt. Sie wollten eben wieder zurück in die Kaserne gehen. Curt hockte auf den Knien und schaute noch ein letztes Mal unter dem Wagen nach. Dann stand er auf und klopfte sich die Hose ab. »Also, ich weiß, *eiskalt* ist es nicht direkt, aber doch kälter, als es eigentlich sein sollte, findest du nicht?«

Sandy war eher warm – Schweiß lief ihm übers Gesicht –, aber das hatte wohl mehr mit seinen Nerven als mit der Temperatur hier im Raum zu tun. Er glaubte, dass Curts Kältegefühl wahrscheinlich noch von dem herrührte, was er am Nachmittag vor der Tankstelle empfunden hatte oder sich eingebildet hatte zu empfinden.

Curt las ihm diesen Gedanken am Gesicht ab. »Du meinst, ich bilde mir das nur ein.«

Sandy sagte, er wisse es nicht.

»Vielleicht ist es kalt hier drin. Und vielleicht bilde ich mir das nur ein. Scheiße, ich weiß es nicht. Sehn wir in der Kaserne nach. Vielleicht pennt er unten im Lager. Wäre ja nicht das erste Mal.«

Die beiden Männer hatten den Schuppen B nicht durch eines der großen Tore betreten, sondern durch die normale Tür an der Ostseite. Dort blieb Curt nun stehen und sah sich noch einmal zu dem Buick um.

Wie Curt dort so neben der Wand mit den Hämmern, Heckenscheren, Harken, Schaufeln und dem Pfostenlochbohrer dran stand (das rote »AA« am Griff war keine Abkürzung für »Anonyme Alkoholiker«, sondern für »Arky Arkanian«), wirkte er verärgert, fast böse. »Das habe ich mir nicht eingebildet«, sagte er mehr zu sich selbst als zu Sandy. »Es *war* kalt. Jetzt nicht mehr, aber eben noch.«

Sandy erwiderte nichts.

»Ich sag dir was«, meinte Curt. »Wenn dieser verdammte Wagen hier noch länger steht, besorge ich für den Schuppen ein Thermometer. Das bezahle ich aus eigener Tasche, wenn's sein muss. Guck mal! Da hat doch einer den Kofferraum nicht richtig zugemacht. Wer das wohl –«

Er verstummte. Sie sahen einander in die Augen, und beide dachten sie augenblicklich dasselbe: *Na, wir sind ja schöne Polizisten.*

Sie hatten in dem Buick und auch darunter nachgesehen und dabei ganz die Stelle vergessen, an der – zumindest im Kino – Mörder am liebsten ihre Leichen versteckten.

Die beiden gingen zum Heck des Wagens und betrachteten die dunkle Ritze zwischen Karosserie und Kofferraumdeckel.

»Mach du das, Sandy«, sagte Curt. Er sprach so leise, dass Sandy ihn kaum verstand.

Sandy wollte es nicht, sah aber ein, dass er es tun musste – Curt war schließlich noch Polizeischüler. Er atmete tief durch und schob dann den Kofferraumdeckel hoch.

Der hob sich viel schneller als erwartet, und es gab ein dumpfes Geräusch, als er ganz aufgeklappt war, so laut, dass die Männer zusammenzuckten. Curt packte Sandys Hand, und seine Finger waren so kalt, dass Sandy fast aufgeschrien hätte.

Das menschliche Gehirn ist eine leistungsfähige und oft unzuverlässige Maschine. Sandy war sich derart sicher, dass sie Ennis Rafferty im Kofferraum des Buick finden würden, dass er ihn für einen Moment tatsächlich dort liegen sah: eine embryonal zusammengekauerte Gestalt, die aussah wie etwas, das ein Mafiakiller im Kofferraum eines gestohlenen Lincoln hinterlassen hatte.

Doch es waren nur einander überlagernde Schatten, was die beiden Trooper da sahen. Der Kofferraum des Buick war leer. Es war weiter nichts drin als die schlichte braune Matte, auf der kein einziges Werkzeug lag und kein einziger Schmierfleck zu sehen war. Nichts, nicht mal ein Kaugummipapier. Einen Moment lang standen sie schweigend da, und dann kicherte oder schnaubte Curt leise niedergeschlagen. »Komm«, sagte er. »Gehn wir hier raus. Und mach diesmal den Kofferraum richtig zu. Ich wär vor Schreck fast gestorben.«

»Ich auch«, sagte Sandy und knallte den Kofferraumdeckel zu. Er folgte Curt zu der Tür neben der Wand mit den Werkzeugen. Curtis sah sich noch einmal um.

»Ist dieses Ding nicht unglaublich?«, sagte er leise.

»Ja«, pflichtete Sandy bei.

»Der Wagen ist nicht geheuer – meinst du nicht auch?«

»Ja, Azubi, das meine ich auch. Aber dein Partner ist nicht da drin. Und er ist auch nicht hier im Schuppen. So viel ist mal klar.«

Curt hatte nichts dagegen, Azubi genannt zu werden. Diese Zeit war für ihn schon fast vorbei, das wussten sie beide. Er betrachtete immer noch den Wagen, der so glatt und kühl und eindrucksvoll dastand. Die Augen hatte er zu blauen Schlitzen zusammengekniffen. »Es ist fast, als würde er reden. Also, das bilde ich mir bestimmt nur ein, aber –«

»Der hupt höchstens.«

»– aber ich kann es förmlich hören. Murmel, murmel, murmel.«

»Hör auf, sonst krieg ich noch Zustände.«

»Hast du die noch nicht?«

Darauf antwortete Sandy lieber nicht. »Gehn wir, ja?«

Sie gingen hinaus, und Curt sah sich noch ein letztes Mal um, ehe er die Tür hinter sich schloss.

Die beiden sahen in der ersten Etage der Kaserne nach, wo es ein Aufenthaltszimmer und hinter einem schlichten blauen Vorhang einen Schlafraum gab, in dem vier Feldbetten standen. Andy Colucci sah sich im Fernsehen eine Sitcom an, und einige Trooper, die Nachtschicht hatten, schliefen. Sandy hörte sie schnarchen. Er zog den Vorhang beiseite und sah nach. Zwei Männer lagen da. Einer machte leise durch die Nase *niek-niek*, und aus dem offenen Mund des anderen tönte es *rrrronk-rrrronk*. Keiner von ihnen war Ennis. Sandy hatte eigentlich auch nicht erwartet, ihn hier zu finden: Wenn Ennis Rafferty ein Nickerchen machte, dann meistens im Lagerraum im Keller, zurückgelehnt auf dem alten Drehstuhl, der perfekt zu dem

Metallschreibtisch aus den Vierzigerjahren passte, der dort unten stand; und das alte Radio auf dem Bord spielte leise Bigbandmusik. An diesem Abend war er aber nicht im Lagerraum. Das Radio war aus, und auf dem Drehstuhl mit dem Kissen auf dem Sitz saß niemand. Und es war auch niemand in den Lagerverschlägen, die nur schummrig beleuchtet waren und fast so beklemmend wirkten wie die Zellen eines Kerkers.

In der Kaserne gab es insgesamt vier Toiletten – zählte man die brillenlose aus rostfreiem Stahl in der Ecke für die bösen Buben mit. Ennis hielt sich auf keiner der drei übrigen versteckt. Er war nicht in der kleinen Küche, nicht in der Leitstelle und auch nicht im Büro des Sergeant Commanding, wo die Tür offen stand und kein Licht brannte.

Mittlerweile hatte sich Huddie Royer zu Sandy und Curt gesellt. Orville Garrett war nach Hause gefahren (wahrscheinlich hatte er Angst gehabt, Ennis' Schwester würde persönlich auftauchen) und hatte Mister Dillon bei Huddie gelassen, sodass der Hund ebenfalls dabei war. Curt erklärte ihm, was sie da taten und warum. Huddie verstand sofort, worum es ging. Er hatte zwar grobe, bäurische Gesichtszüge, war aber alles andere als dumm. Er führte Mister D zu Ennis' Spind und ließ ihn darin herumschnuppern, was der Hund mit großem Interesse tat. In diesem Moment kam Andy Colucci dazu, und auch noch ein paar andere Kollegen, die sich nach Feierabend noch mal den Buick angeschaut hatten, gesellten sich zu ihnen. Sie gingen nach draußen, teilten sich in zwei Gruppen, gingen links- und rechtsherum ums Gebäude und riefen dabei nach Ennis. Es war noch recht hell, aber die Abendröte war schon aufgezogen.

Curt, Sandy, Huddie und Mister D bildeten eine Gruppe. Mister Dillon ging langsam und schnupperte überall, aber als er dann tatsächlich mal aufmerkte und kehrtmachte, führte ihn die aufgenommene Witterung schnurstracks zu Ennis' Gremlin. Eine Sackgasse.

Erst kam es ihnen blöde vor, nach Ennis zu rufen, aber als sie die Suche dann schließlich abbrachen und zurück in die Kaserne gingen, fanden sie es gar nicht mehr blöde. Es war schon unheimlich, wie schnell so etwas in Ernst umschlug.

»Gehn wir doch mit Mister D in den Schuppen und schaun mal, was er da wittert«, schlug Curt vor.

»Kommt nicht in Frage«, sagte Huddie. »Er hat was gegen den Wagen.«

»Also bitte, Mann, Ennis ist mein Partner. Und vielleicht hat der gute alte D ja seine Meinung über den Wagen geändert.«

Doch das hatte der gute alte D keineswegs. Außerhalb des Schuppens war alles noch in Ordnung, ja, er zerrte sogar an der Leine, als die Trooper zu der Tür an der Seite gingen. Er hatte den Kopf gesenkt, und seine Nase schleifte förmlich über den Boden. Noch größer wurde sein Interesse, als sie dann an der Tür angelangt waren. Die Männer hatten keinen Zweifel, dass er deutlich Witterung von Ennis aufgenommen hatte.

Doch als Curtis dann die Tür aufmachte, vergaß Mister Dillon alles, was er gewittert hatte. Augenblicklich fing er an zu heulen und krümmte sich wieder wie unter schweren Krämpfen. Sämtliches Fell stand ihm zu Berge, und er pinkelte krampfhaft auf die Türschwelle und den Betonboden des Schuppens. Kurz darauf aber zerrte er, immer noch heulend, an der Leine, die Huddie hielt, und versuchte auf verrückt widerwillige Weise, in den Schuppen zu gelangen. Er hasste und fürchtete den Wagen, das war ihm am ganzen Leib – und an seinem wilden Blick – anzusehen, wollte aber dennoch unbedingt dorthin.

»Ach, vergiss es! Bloß raus mit ihm!«, rief Curt. Bis dahin hatte er sich sehr gut im Griff gehabt, aber es war ein langer und anstrengender Tag für ihn gewesen, und allmählich war er mit den Nerven am Ende.

»Das ist nicht seine Schuld«, sagte Huddie, und ehe er noch etwas hinzufügen konnte, hob Mister Dillon die Schnauze und heulte wieder … nur dass es sich für Sandy eher wie ein Schrei als wie Geheul anhörte. Der Hund hechtete noch einmal krampfhaft voran und riss dabei an Huddies Arm wie Sturmwind an einer Fahne. Er war jetzt im Schuppen, jaulte und winselte, zerrte sich voran und pinkelte dabei wie ein Welpe überallhin. Er pinkelte vor panischer Angst.

»Ich weiß!«, sagte Curt. »Du hattest von Anfang an Recht, ich entschuldige mich gern schriftlich bei dir, wenn du willst, aber bring ihn jetzt verdammt noch mal hier raus!«

Huddie versuchte Mister D aus dem Schuppen zu zerren, aber er war ein großer Hund, gut vierzig Kilo schwer, und er sträubte sich. Curt musste mit anpacken, damit sie ihn in die richtige Richtung bekamen. Letztlich zerrten sie ihn dann quer aus der Tür, und D wehrte sich und heulte und schnappte die ganze Zeit über in die Luft. Es war, als hätten sie einen Sack voll Stinktiere über den Boden geschleift, sagte Sandy später.

Als der Hund endlich draußen war, knallte Curtis die Tür zu. Augenblicklich entspannte sich Mister Dillon und sträubte sich nicht mehr. Es war, als hätte man in seinem Kopf einen Schalter umgelegt. Er lag noch ein, zwei Minuten lang nach Luft schnappend auf der Seite und sprang dann auf. Die Trooper sah er mit einem verblüfften Blick an, der zu besagen schien: »Was war das denn jetzt, Jungs? Grad ging's mir noch gut, und dann war ich irgendwie weggetreten.«

»Ach, du *heilige* Scheiße«, sagte Huddie leise.

»Bring ihn in die Kaserne«, sagte Curt. »Es war Blödsinn von mir, dich zu bitten, ihn da reinzulassen, aber ich mache mir große Sorgen um Ennis.«

Huddie brachte den Hund zurück in die Kaserne, und Mister D war jetzt wieder so cool wie ein Erdbeer-Milkshake und hielt nur kurz inne, um an den Schuhen der Trooper zu schnuppern, die mitgeholfen hatten, das Gelände abzusuchen. Es waren noch weitere dazugekommen, die gehört hatten, wie Mister D ausgerastet war, und nun sehen wollten, was das ganze Theater sollte.

»Geht rein, Jungs«, sagte Sandy und fügte dann das hinzu, was er am Schauplatz eines Unfalls immer zu den Schaulustigen sagte: »Hier gibt's nichts mehr zu sehn.«

Sie gingen hinein. Curt und Sandy sahen ihnen von der geschlossenen Schuppentür aus nach. Wenig später kam Huddie ohne Mr. D wieder. Als Sandy sah, wie Curt den Knauf der Schuppentür packte, spürte er eine gewisse Angst und Anspannung in sich aufwallen. Es ging ihm zum ersten Mal mit dem Schuppen B so, aber beileibe nicht zum letzten Mal. In den gut zwanzig Jahren, die auf diesen Tag folgten, würde er dutzende Male den Schuppen B betreten, nie jedoch ohne dieses dunkle Aufwallen, nie ohne die Vorahnung beinahe erblickter Schrecken, im Augenwinkel gesehener Abscheulichkeiten.

Nicht, dass sie die Schrecken nicht tatsächlich gesehen hätten. Letztendlich sahen sie eine ganze Menge davon.

Die drei gingen hinein. Ihre Schuhsohlen scharrten über den schmutzigen Betonboden. Sandy drückte auf die Lichtschalter neben der Tür, und im grellen Licht der nackten Glühbirnen stand der Buick da wie das letzte, übrig gebliebene Requisit auf einer sonst leeren Bühne oder wie das einzige Kunstwerk in einer Galerie, die man für die Ausstellung in eine Garage verwandelt hatte. Wie würde man so was nennen?, fragte sich Sandy. *From A Buick 8*, fiel ihm ein, wahrscheinlich weil es von Bob Dylan einen Song mit einem ähnlichen Titel gab. Als sie dort standen, hatte er auch wieder den Refrain im Ohr, und er schien genau dieses Angstgefühl auszudrücken: *And if I fall down dyin, y'know / She's bound to put a blanket on my bed.*

Er stand da, starrte mit seinen Buick-Scheinwerfern und grinste höhnisch mit seinem Buick-Kühlergrill. Er stand da auf seinen breiten, luxuriösen Weißwandreifen, und drinnen war ein Armaturenbrett voller nicht zu bedienender Armaturenimitate und ein Steuer, das fast groß genug war für ein Kaperschiff. Da drinnen war etwas, das ihren Kasernenhund vor panischer Angst heulen ließ und ihn gleichzeitig unwiderstehlich anzog. Wenn es vorhin kalt hier drinnen gewesen war, so war das jetzt vorbei; Sandy sah Schweiß auf den Gesichtern der beiden anderen Männer und spürte ihn auch auf seinem eigenen.

Es war Huddie, der es dann schließlich aussprach, und darüber war Sandy froh. Er spürte es auch, hätte dieses Gefühl aber nie in Worte fassen können; dafür war es einfach zu ungeheuerlich.

»Das Scheißding hat ihn gefressen«, sagte Huddie mit absoluter Gewissheit. »Ich weiß nicht, wie das angehen kann, aber ich glaube, er war noch mal alleine hier drin, um es sich anzusehen, und da hat es ihn ... irgendwie ... gefressen.«

Curt sagte: »Es sieht uns an. Spürt ihr das?«

Sandy betrachtete die gläsernen Scheinwerferaugen. Das höhnisch grinsende Maul voller Chromzähne. Die geschwungenen Zierleisten an den Seiten, die fast glatte Locken geschmeidigen Haars hätten sein können. Er spürte durchaus etwas. Vielleicht war es nur kindliche Ehrfurcht vor dem Unbekannten, die entsetzliche Angst, die Kinder empfanden, wenn sie vor einem Haus standen, von dem sie ahnten, dass es darin spukte. Aber vielleicht war es tatsächlich das, was Curt gesagt hatte. Vielleicht sah das Auto sie an. Schätzte den Abstand ein.

Sie betrachteten es und vergaßen dabei fast zu atmen. Es stand da, wie es in all den folgenden Jahren dort stehen würde, während US-Präsidenten einander ablösten, CDs die Vinylplatten ersetzten, während Aktienkurse stiegen und eine Raumfähre explodierte, während Filmstars Erfolge feierten und starben und während in der Kaserne der Troop D die Trooper kamen und gingen. Es stand leibhaftig da. Und in gewissem Maße empfanden sie alle, was Mister Dillon empfunden hatte: die *Anziehungskraft,* die von dem Wagen ausging. In den darauf folgenden Monaten wurde es zu einem geläufigen Anblick, dass Polizisten dort Seite an Seite vor dem Schuppen B standen. Sie schirmten sich die Augen seitlich mit den Händen ab und schauten durch die Fenster, die in das große Tor eingelassen waren. Sie sahen aus wie Schaulustige an einem Bauzaun. Gelegentlich gingen sie auch hinein (doch nie allein; wenn es um den Schuppen B ging, standen sie einander bei) und sahen dabei fast immer viel jünger aus, als sie waren, wie Kinder, die als Mutprobe nachts auf den Friedhof schlichen.

Curt räusperte sich. Bei diesem Geräusch zuckten die beiden anderen zusammen. Dann lachten sie nervös. »Gehn wir rein und rufen den Sarge an«, sagte er, und diesmal

Jetzt: *Sandy*

hatte ich nichts mehr dagegen und ging mit wie ein braver Junge.«

Ich verstummte. Meine Kehle war völlig ausgedörrt. Ich blickte auf meine Armbanduhr und war nicht unbedingt überrascht, als ich sah, dass schon über eine Stunde vergangen war. Aber das machte nichts; ich hatte ja Feierabend. Und es sah so aus, als würde ich meine Geschichte noch auf der Raucherbank zu Ende erzählen können. Der Himmel war zwar noch trüber geworden, aber das ferne Donnergrollen war südlich an uns vorbeigezogen.

»Ach ja, die alten Zeiten«, sagte jemand, und es klang ebenso wehmütig wie belustigt – was anscheinend nur die Juden und die Iren hinbekommen. »Da waren wir noch jung und geschmeidig, was?«

Ich guckte mich um und sah Huddie Royer, mittlerweile in Zivil, links neben Ned sitzen. Ich hatte gar nicht mitbekommen, dass er sich dazugesetzt hatte. Er hatte noch das gleiche grundehrliche Bauerngesicht wie damals, ’79, doch nun hatte er Runzeln um die Mundwinkel, und sein fast ergrautes Haar war stark zurückgewichen. Er war jetzt ungefähr in dem Alter, in dem Ennis Rafferty damals wie vom Erdboden verschwunden war. Huddie freute sich auf seinen Ruhestand, auf sein Winnebago-Wohnmobil und die Besuche bei seinen Kindern und Enkeln. Er hatte scheint’s überall welche, sogar oben in Manitoba. Wenn man ihn danach fragte – und auch wenn nicht –, zeigte er einem gern eine Landkarte der USA, auf der alle seine geplanten Reiserouten rot markiert waren.

»Ja«, sagte ich. »Wie lange sitzt du denn schon hier, Huddie?«

»Ach, ich bin vorbeigekommen und hab gehört, dass du von Mister Dillon erzählt hast. Ich wollte sichergehen, dass du nicht schlecht über meinen alten Kumpel redest.«

»Würde ich doch nie.«

»Weiß ich doch«, räumte Huddie ein. »Das war ein braves Hündchen, was? Weißt du noch, wie er sich immer auf den Rücken gerollt hat, wenn man zu ihm sagte: Du bist verhaftet?«

»Ja«, sagte ich, und wir lächelten einander wehmütig an.

»Was ist aus ihm geworden?«, fragte Ned.

»Der ist im Hundehimmel«, sagte Huddie. »Eddie Jacubois und ich haben ihn gleich da drüben begraben.« Er zeigte zu der mit Buschwerk bewachsenen Wiese hinüber, die sich nördlich der Kaserne einen Hügel hochzog. »Muss jetzt fünfzehn Jahre her sein, nicht wahr, Sandy?«

Ich nickte. Ja, fünfzehn Jahre, fast auf den Tag.

»Dann war er wohl schon alt, was?«, fragte Ned.

Phil Candleton sagte: »Er war nicht mehr der Jüngste, aber –«

»Er wurde vergiftet«, sagte Huddie mit rauer, empörter Stimme und verfiel dann in Schweigen.

»Wenn du den Rest der Geschichte hören willst –«, setzte ich an.

»Ja, unbedingt«, erwiderte Ned sofort.

»– muss ich mir erst noch die Kehle befeuchten.«

Doch gerade als ich aufstehen wollte, kam Shirley mit einem Tablett heraus, auf dem sie einen Teller mit dick belegten Sandwiches – Schinken-Käse, Roastbeef und Hähnchen – und einen großen Krug Red-Zinger-Eistee hatte. »Bleib sitzen, Sandy«, sagte sie. »Ich mach das schon.«

»Kannst du Gedanken lesen?«

Mit einem Lächeln stellte sie das Tablett auf der Bank ab. »Nein. Aber ich weiß, dass Männer durstig werden, wenn sie reden, und dass sie immer Hunger haben. Auch Frauen haben ab und zu Hunger und Durst, ob du's glaubst oder nicht. Esst, Jungs, und du, Ned Wilcox, isst mir mindestens zwei Sandwiches. Du bist viel zu mager.«

Als ich das voll beladene Tablett sah, musste ich an Bibi Roth denken und daran, wie er mit Tony und Ennis gesprochen hatte, während sein Team – seine Kinder, die damals nicht viel älter waren als Ned jetzt – Eistee trank und Sandwiches aß, die aus derselben Küche stammten, in der sich fast nichts geändert hatte. Auch die Zeit wird von Verkettungen zusammengehalten, glaube ich.

»Jawohl, Ma'am.«

Er lächelte ihr zu, aber das wirkte eher pflichtbewusst als spontan, fand ich. Dann sah er wieder zum Schuppen B hinüber. Das Ding hatte ihn mittlerweile in seinen Bann gezogen, wie im Laufe der Jahre schon so viele Männer. Und einen braven Hund, nicht zu vergessen. Und als ich mein erstes Glas Eistee trank – der schön kalt war und meiner ausgedörrten Kehle wohl tat, mit richtigem Zucker gesüßt und nicht mit diesem faden, künstlichen Zeug –, hatte ich Zeit zu überlegen, ob ich Ned Wilcox gerade überhaupt einen Gefallen tat, ob er überhaupt glauben würde, was jetzt noch kam. Vielleicht würde er einfach aufstehen und wütend und bockig weggehen, weil er glaubte, dass ich mich über ihn und seine Trauer nur lustig machte. Das war nicht auszuschließen. Huddie, Arky und Phil konnten die Geschichte bestätigen – und Shirley auch. Sie war zwar noch nicht bei uns gewesen, als der Buick kam, hatte aber viel gesehen – und auch viel getan –, seit sie Mitte der Achtziger in der Leitstelle angefangen hatte. Doch vielleicht würde der Junge es trotzdem nicht glauben. Es war eben auch ganz schön happig.

Aber jetzt war es für einen Rückzieher schon zu spät.

»Und was ist dann wegen Trooper Rafferty weiter passiert?«, fragte Ned.

»Nichts«, sagte Huddie. »Seine hässliche Visage hat's nicht mal auf 'ne Milchtüte geschafft.«

Ned sah ihn unsicher an, wusste nicht, ob Huddie das ernst meinte oder nicht.

»Nichts ist passiert«, sagte Huddie noch mal, diesmal leiser. »Das ist ja das Fiese, wenn einer verschwindet, Junge. Was mit deinem Vater passiert ist, ist schrecklich, und ich würde dir nie was anderes einreden. Aber wenigstens weißt du es. Das ist doch schon mal was, oder? Du hast einen Ort, wo du hingehen und Blumen niederlegen kannst. Oder dein Annahmeschreiben vom College.«

»Das ist aber nur ein Grab«, sagte Ned auf eine eigenartig geduldige Weise, bei der mir beklommen zumute wurde. »Das ist ein kleiner Flecken Erde, und darunter ist eine Kiste, und in der Kiste ist etwas, das die Uniform meines Vaters trägt, das aber nicht mein Vater ist.«

»Aber du weißt, was mit ihm passiert ist«, beharrte Huddie. »Aber bei Ennis ...« Er spreizte die Hände und drehte dann die Handflächen nach oben wie ein Magier nach einem guten Zaubertrick.

Arky war reingegangen, wahrscheinlich auf Toilette. Jetzt kam er wieder und setzte sich.

»Alles ruhig?«, fragte ich.

«Ja und nein, Sarge. Von Steff soll ich dir ausrichten, dass der Funkverkehr wieder gestört ist. So kleine, kurze Störungen. Du weißt schon, was ich meine. Und das DSS spinnt auch wieder. Der Fernseher kriegt nichts mehr rein.«

Steff war Stephanie Colucci, Shirleys Leitstellenkollegin und die Nichte des alten Andy Colucci. Das DSS war unser kleiner Satellitenempfänger, den wir aus eigener Tasche bezahlt hatten, wie auch die Sportgeräte oben in der Ecke (ein oder zwei Jahre zuvor hatte jemand ein Poster an die Wand neben den Gewichten und Hanteln geheftet, auf dem halb nackte Bikertypen beim Bankdrücken auf dem Gefängnishof in Shabene abgebildet waren – mit dem Spruch darunter: *DIE* SIND IMMER IM DIENST).

Arky und ich sahen einander an und blickten dann hinüber zum Schuppen B. Wenn die Mikrowelle in der Küche jetzt noch funktionierte, dann nicht mehr lange. Vielleicht fielen auch der Strom und das Telefon aus, auch wenn das lange nicht mehr vorgekommen war.

»Wir haben Geld für die blöde alte Ziege gesammelt, mit der er verheiratet war«, sagte Huddie. »Also, meiner Meinung nach war das ziemlich großzügig von der Troop D.«

»Ich dachte, das sollte sie eher zum Schweigen bringen«, sagte Phil.

»*Die* konntest du nicht zum Schweigen bringen«, sagte Huddie. »Die hatte immer das letzte Wort. Das kann dir jeder bestätigen, der ihr mal begegnet ist.«

»Wir haben nicht direkt Geld für sie gesammelt, und sie waren auch nicht verheiratet«, sagte ich. »Sie war seine Schwester – ich dachte, das hätte ich klar und deutlich gesagt.«

»Und ob die verheiratet waren«, beharrte Huddie. »Die waren wie ein altes Ehepaar, so wie die sich immer gekabbelt haben. Sie haben alles gemacht, was Ehepaare so machen – bis auf das Rein-Raus, soweit ich weiß –«

»Also, jetzt ist's aber gut«, sagte Shirley milde.

»Ja«, meinte Huddie. »Tschuldige.«

»Tony hat den Hut rumgehen lassen, und wir haben alle so viel reingetan, wie wir konnten«, erzählte ich Ned. »Und dann hat es Buck Flanders' Bruder – der ist Börsenmakler in Pittsburgh – für sie angelegt. Es war Tonys Idee, es so zu machen, statt ihr einfach nur einen Scheck zu überreichen.«

Huddie nickte. »Das hat er auf der Versammlung damals im Hinterzimmer vom Country Way vorgeschlagen. Was wird mit dem Drachen – das war so ziemlich der letzte Tagesordnungspunkt.«

Huddie wandte sich direkt an Ned.

»Da war uns schon klar, dass Ennis nicht mehr aufzufinden war und auch nicht mit Gedächtnisschwund, weil er was auf den Kopf gekriegt hatte, in irgendein Polizeirevier in Kalifornien oder Alaska marschieren würde. Er war weg. Vielleicht ist er dahin, wohin auch der Typ mit dem schwarzen Mantel und dem schwarzen Hut ist, und vielleicht ist er woanders hin, aber auf jeden Fall war er weg. Es gab keine Leiche, keine Anzeichen für Gewalt, nicht mal irgendwelche *Kleidungsstücke*. Ennis war einfach weg.« Huddie lachte. Es klang bitter. »Oh, und diese Hexe, mit der er zusammengewohnt hat, war fuchsteufelswild. Und halb verrückt war sie ja auch vorher schon.«

»Mehr als nur halb«, sagte Arky selbstgefällig und nahm sich ein Schinken-Käse-Sandwich. »Ständig hat sie angerufen, drei-, viermal am Tag, und Matt Babicki in der Leitstelle hat sich schon die Haare gerauft. Du solltest froh sein, dass sie weg ist, Shirley. Edith Hyams! Was für eine Landplage!«

»Was hat sie denn geglaubt, was passiert wäre?«, fragte Ned.

»Wer weiß«, sagte ich. »Vielleicht, dass wir ihn wegen Pokerschulden umgebracht und dann im Keller verscharrt haben.«

»Ihr habt damals hier *Poker* gespielt?« Ned war fasziniert und entsetzt zugleich. »Mein Vater auch?«

»Also bitte«, sagte ich. »Tony hätte jedem eigenhändig das Fell über die Ohren gezogen, den er hier in der Kaserne beim Pokern erwischt hätte, und sei's nur um Streichhölzer. Und ich würde genau das Gleiche tun. Das war ein Scherz.«

»Wir sind doch hier nicht bei der *Feuerwehr*«, sagte Huddie so verächtlich, dass ich lachen musste. Dann kam er wieder aufs Thema zurück. »Die Alte hat geglaubt, wir hätten was damit zu tun, weil sie uns gehasst hat. Sie hätte jeden gehasst, der Ennis von ihr ablenkt. Oder ist Hass ein zu starkes Wort dafür, Sarge?«

»Nein«, sagte ich.

Huddie wandte sich wieder an Ned. »Er hat seine ganze Zeit und Kraft in die Arbeit gesteckt. Und ich glaube, der Dienst hier und im Streifenwagen – das war eigentlich sein Leben. Er wusste das, und sie hat es gehasst – ›Arbeit, Arbeit, Arbeit‹, hat sie immer gesagt. ›Das ist das Einzige, woran er denkt: seine verdammte *Arbeit.*‹ Und weil sie das so gehasst hat, musste sein Verschwinden irgendwas mit seiner Arbeit zu tun haben.«

Ned schaute verwirrt, vielleicht weil er noch nie erlebt hatte, dass jemand diese Arbeit hasste. Shirley legte ihm behutsam eine Hand aufs Knie. »Irgendwen musste sie hassen, verstehst du? Irgendwem musste sie die Schuld daran geben.«

Ned war blass und sah nachdenklich aus. Vielleicht waren auch ihm ein paar hasserfüllte Gedanken durch den Kopf gegangen. Ihm war ja sicherlich bewusst, dass sein Vater noch am Leben wäre, hätte er die graue Uniform nicht getragen.

Ich sagte: »Edith hat angerufen, Edith hat uns tyrannisiert, Edith hat ihrem Kongressabgeordneten und dem Generalstaatsanwalt geschrieben und eine gründliche Untersuchung des Falls verlangt. Ich glaube, Tony wusste, was uns da alles bevorstand, aber trotzdem hat er ein paar Abende später diese Versammlung einberufen und vorgeschlagen, dass wir uns um sie kümmern. Wenn wir's nicht tun, hat er gesagt, tut's keiner. Ennis hatte nicht viel hinterlassen, und ohne unsere Hilfe wäre sie bald bettelarm gewesen. Er hatte zwar eine Lebensversicherung und ihm stand seine Pension zu – damals wahrscheinlich schon gut achtzig Prozent –, aber von beidem hätte sie lange, lange keinen einzigen Penny gesehen. Denn –«

»– er war ja einfach verschwunden«, sagte Ned.

»Eben. Also haben wir dem Drachen Geld gespendet. Ein paar tausend Dollar insgesamt; die Trooper aus Lawrence, Beaver und Mercer haben auch was beigesteuert. Buck Flanders' Bruder hat es in Aktien von Computerfirmen angelegt, die damals noch ganz neu waren, und letztlich hat sie ein kleines Vermögen damit verdient.

Und was Ennis anging: Da machte hier bei der State Police dann bald die Geschichte die Runde, er wäre nach Mexiko abgehaun. Er hat oft über Mexiko geredet und hat Artikel darüber gelesen. Das wurde bald für bare Münze genommen: Ennis war vor seiner Schwester weggelaufen, ehe sie ihn mit ihrer messerscharfen Zunge ins Grab nörgeln konnte. Sogar Jungs, die es besser wussten – oder es besser hätten wissen können –, fingen nach einer Weile an, diese Geschichte zu erzählen: Jungs, die im Hinterzimmer des Country Way dabei gewesen waren, als Tony Schoondist laut und deutlich gesagt hatte, er glaube, der Buick im Schuppen B habe etwas mit Ennis' Verschwinden zu tun.«

»Hätte nicht viel gefehlt und er hätte gesagt, der Wagen wär ein Transportsystem vom Planeten X«, sagte Huddie.

»Der Sarge war sehr energisch an dem Abend«, sagte Arky und hörte sich jetzt mit seinem Singsang derart nach Lawrence Welk an, dass ich mir eine Hand vor den Mund hielt, um mein Lächeln zu verbergen.

»Und als sie an ihren Abgeordneten geschrieben hat, hat sie nicht erwähnt, was ihr da drüben in der Twilight Zone stehen habt?«, fragte Ned.

»Wie sollte sie?«, entgegnete ich. »Sie wusste nichts davon. Das war der Hauptgrund, weshalb Sergeant Schoondist diese Versammlung einberufen hat. Er wollte uns hauptsächlich daran erinnern, dass Schweigen Gold –«

»Was ist das?«, fragte Ned und erhob sich halb von der Bank. Ich musste nicht hinschauen, um zu wissen, was er sah, schaute natürlich aber dennoch hinüber. Und Shirley, Arky und Huddie sahen auch hin. Man musste einfach hinsehen, konnte nur fasziniert davon sein. Keiner von uns hatte je wie der arme alte Mister D wegen des Roadmasters geheult oder sich eingemacht, aber bei mindestens zwei Gelegenheiten hatte ich geschrien. O ja. Ich hätte mir fast die Lunge aus dem Hals geschrien. Und hinterher dann die Albträume. Mannomann.

Das Gewitter war zwar südlich an uns vorübergezogen – in gewisser Hinsicht aber auch nicht. In gewisser Hinsicht war es im Schuppen B eingesperrt. Von dort aus, wo wir auf der Raucherbank saßen, konnten wir drinnen grelle, lautlose Blitze sehen. Die Fenster im Tor waren so schwarz wie die Acht beim Billard, und dann leuchteten sie mit einem Mal bläulich weiß. Und bei jedem Blitz, das wusste ich, gab das Funkgerät in der Leitstelle ein Geplärr atmosphärischer Störungen von sich. Und statt **17.18 Uhr** zeigte die Uhr der Mikrowelle **ERROR** an.

Doch alles in allem war es diesmal nicht so schlimm. Die Blitze ließen Nachbilder zurück – grünliche Vierecke, die einem vor den Augen schwirrten –, aber immerhin konnte man hinsehen. Bei den ersten drei, vier Westentaschengewittern wäre das nicht möglich gewesen – die Blitze hätten einem die Augen aus dem Kopf gebrannt. Die erste dieser Lightshows hinterließ (wie vielleicht nicht anders zu erwarten) eine der lebhaftesten Erinnerungen meines Lebens. Ich erinnere mich, wie wunderbar und rätselhaft es war, aber ich erinnere mich auch daran, was für Angst ich hatte. State Trooper lassen sich nicht so leicht ins Bockshorn jagen, aber ich glaube, wäre Tony nicht gewesen, die ganze Troop D wäre in panischer Angst geflohen, mit Blaulicht und Sirene, und hätte die Bevölkerung über Lautsprecher aufgefordert, schnellstens die Gegend zu verlassen – ein Nuklearunfall habe sich ereignet, und die ganzen Short Hills seien bald völlig verstrahlt.

Der Geigerzähler, den man am nächsten Tag in Pittsburgh besorgte, zeigte jedoch nur ein völlig normales Strahlungsniveau an, und auch spätere Messungen, die man während dieses Phänomens im Schuppen B vornahm, ergaben nichts Gegenteiliges. Wir wussten zwar nicht, was da geschah, aber wenigstens wussten wir, dass dabei keine radioaktive Strahlung freigesetzt wurde.

Nein, was wir da sahen – was Ned zum ersten Mal sah –, war gar nichts verglichen mit damals. Irgendeine Kraft schwand da allmählich. Auch das wussten wir.

Was aber nicht bedeutete, dass der Buick nicht doch noch ein, zwei böse Überraschungen für uns in petto hatte.

»Großer Gott«, flüsterte Ned und hatte sich schon halb von der Bank erhoben. Vor Verwunderung machte er ein langes Gesicht –

Nein, mehr noch: Bestürzung war es, was ich da an diesem Nachmittag auf seinem Gesicht sah. Und nicht nur Bestürzung allein. Als die erste Schrecksekunde vorüber war, sah ich in seinem Blick die gleiche Faszination wie damals bei seinem Vater. Und bei Tony. Bei Huddie. Bei Matt Babicki und Phil Candleton. Und hatte ich diesen faszinierten Blick nicht auch auf meinem eigenen Gesicht gespürt? So steht man meistens da, glaube ich, wenn man etwas ganz und gar Fremdes sieht, wenn man einen Blick auf die Stelle erhascht, an der die uns vertraute Welt endet und das große Unbekannte beginnt.

Ned wandte sich an mich. »O Gott, Sandy, was ist das? *Was ist das?*«

»Man könnte es als Erdbeben bezeichnen. Ein leichtes Erdbeben. Heutzutage sind sie meistens leicht. Willst du dir das mal aus der Nähe anschaun?«

Er fragte nicht, ob es denn nicht gefährlich sei, fragte nicht, ob es ihm nicht das Gesicht verbrennen oder die Hoden frittieren werde. Er sagt nur: *»Ja!«* Und das überraschte mich nicht im Mindesten.

Wir gingen hinüber, Ned und ich voran und die anderen hinterher. Die unregelmäßig aufflackernden Blitze waren bei dem bedeckten Himmel gut zu erkennen, aber auch im prallen Sonnenschein hätte man sie gesehen. Und als der Buick Roadmaster damals zu uns gekommen war (was, wie mir gerade wieder einfällt, genau zu der Zeit geschah, als das Kernkraftwerk Three Mile Island fast in die Luft geflogen war), hatte er bei einem seiner Ausbrüche wirklich heller gestrahlt als die Sonne.

»Brauche ich eine Sonnenbrille?«, fragte Ned, als wir uns dem Schuppentor näherten. Drinnen hörte ich jetzt wieder das Summen – das gleiche Summen, das Neds Vater bemerkt hatte, als er an der Jenny-Tankstelle hinter dem übergroßen Lenkrad des Buick gesessen hatte.

»Ach was, kneif einfach die Augen zu«, sagte Huddie. »Damals, '78 oder '79, hättest du aber auf jeden Fall 'ne Sonnenbrille gebraucht, das kann ich dir sagen.«

»Wohl wahr«, meinte Arky, als Ned blinzelnd durch eins der Fenster spähte.

Ich stellte mich, fasziniert wie immer, an das Fenster daneben. Treten Sie näher! Schaun Sie es an! Ein lebendiges Krokodil!

Der Roadmaster stand enthüllt da. Die beige Plane, die ihn sonst bedeckte, hatte er irgendwie abgeschüttelt, und sie lag nun zusammengeknüllt auf der Fahrerseite am Boden. Für mich sah er mehr denn je wie ein Kunstwerk aus – dieses imposante Uraltauto mit den geschwungenen Linien, den großen Reifen und dem grinsenden Maul von einem Kühlergrill. Nur hereinspaziert, meine Damen und Herren! Herzlich willkommen zu *From A Buick 8!* Bitte achten Sie aber auf den gebührenden Abstand, denn das hier ist Kunst, die beißt!

Der Wagen stand reg- und leblos da … reglos und tot …

und dann erstrahlte das gesamte Innere in grellem Blitzbirnenviolett. Das übergroße Lenkrad und der Rückspiegel zeichneten sich davor deutlich dunkel ab, wie Umrisse am Horizont bei Artilleriesperrfeuer. Ned, der die Augen zukniff, keuchte auf und hielt sich eine Hand vors Gesicht.

Es blitzte wieder und wieder, und jede dieser lautlosen Detonationen warf Schatten auf den Betonboden und die Bretterwand, an der noch einige Werkzeuge hingen. Das Summen war jetzt ganz deutlich zu hören. Ich richtete den Blick auf das runde Thermometer, das über der Motorhaube des Buick an einem Dachbalken hing, und als das Licht wieder erstrahlte, konnte ich die Temperatur leicht ablesen: zwölf Grad Celsius. Nicht toll, aber auch nicht schlimm. Sorgen musste man sich meistens erst machen, wenn es im Schuppen B kälter als zehn Grad wurde; zwölf Grad war gar nicht mal schlecht. Trotzdem war Vorsicht geboten. Wir waren im Laufe der Jahre zu einigen Schlussfolgerungen über den Buick gelangt und hatten einige Regelmäßigkeiten festgestellt, waren aber doch klug genug, keiner davon allzu weit zu trauen. Denn der Buick war schlau.

Er war gerissen.

Aus dem Wageninnern kam noch ein greller, lautloser Blitz, und dann geschah fast eine Minute lang gar nichts mehr. Ned regte sich nicht. Ich weiß nicht, ob er auch nur atmete.

»Ist es vorbei?«, fragte er schließlich.

»Warte noch«, sagte ich.

Und so standen wir noch zwei Minuten lang da, und als dann immer noch nichts passiert war, wollte ich gerade sagen, wir könnten jetzt eigentlich auch gehen und uns wieder hinsetzen, denn der Buick habe für heute sein Feuerwerk abgebrannt. Doch genau in diesem Moment gab es einen letzten, ungeheuren Blitz. Eine flackernde Lichtranke schoss aus dem Heckfenster des Buick schräg nach oben wie ein Funke aus einem riesigen Zyklotron. Sie stieg in die hintere Ecke des Schuppens, wo auf einem hohen Regal viele Schachteln mit Eisenwarenkrimskrams standen. Diese Schachteln leuchteten geisterhaft mattgelb auf, als wären brennende Kerzen darin und keine verwaisten Schrauben, Muttern und Federn. Das Summen wurde lauter, drang mir bis in die Zähne und brachte buchstäblich meinen Nasenrücken zum Vibrieren. Dann verstummte es. Auch das Licht erlosch. Für unsere geblendeten Augen war es im Schuppen nun stockfinster und nicht mehr nur schummrig. Der Buick war jetzt nur noch ein Trumm von einem Auto mit abgerundeten Ecken, und die Chromverkleidung seiner Scheinwerfer umspielte ein verdächtiges Schimmern.

Shirley atmete gedehnt seufzend aus und trat von dem Fenster zurück, von dem aus sie zugesehen hatte. Sie zitterte. Arky legte ihr einen Arm um die Schultern und drückte sie.

Phil, der an dem Fenster rechts von mir gestanden hatte, sagte: »So oft ich das auch schon gesehen habe, Boss – gewöhnen kann ich mich nicht daran.«

»Was ist das?«, fragte Ned. Die ehrfürchtige Scheu ließ sein Gesicht zehn oder zwölf Jahre jünger wirken und verwandelte ihn in einen kleinen Jungen. »Woher kommt das?«

»Das wissen wir nicht«, sagte ich.

»Wer weiß noch davon?«

»Alle, die in den letzten zwanzig Jahren oder so bei der Troop D gearbeitet haben. Einige vom Fuhrpark wissen davon. Der Chef des Straßenverkehrsamts, glaube ich –«

»Jamieson?«, meinte Huddie. »Ja, der weiß davon.«

»– und Sid Brownell, der Polizeichef von Statler. Aber außer denen nicht allzu viele.«

Wir gingen wieder zurück zur Bank, und die meisten von uns steckten sich eine an. Ned sah aus, als hätte er auch eine Zigarette gebrauchen können. Oder so was in der Richtung. Ein anständiges Glas Whiskey vielleicht. In der Kaserne normalisierte sich die Lage wieder. Steff Colucci, das wusste ich, bemerkte bereits einen besseren Funkempfang, und bald würde auch die Satellitenschüssel auf dem Dach wieder alles reinkriegen – Sportergebnisse und Kriege in Hülle und Fülle und dazu noch sechs Teleshoppingkanäle. Wenn man da nicht das Loch in der Ozonschicht vergaß, half wirklich gar nichts mehr.

»Aber wieso weiß denn sonst niemand was davon?«, fragte Ned. »Eine so große Sache – wie konnte das denn geheim bleiben?«

»So groß ist der Wagen nun auch wieder nicht«, sagte Phil. »Es ist ein *Buick,* Junge. Wenn's ein Cadillac wäre ... tja, das wäre was anderes.«

»Manche Familien können ein Geheimnis bewahren, und manche können das eben nicht«, sagte ich. »Wir können das, und in diesem Fall erschien es uns besonders wichtig. Tony Schoondist hat die Versammlung im Country Way zwei Tage nach dem Auftauchen des Buick und nach Ennis' Verschwinden vor allem einberufen, um uns das klarzumachen. Er sagte, wenn der Buick *tatsächlich* etwas mit Ennis' Verschwinden zu tun hätte, wäre es umso wichtiger, die Sache geheim zu halten.«

»Der hat ihn geschluckt«, sagte Huddie noch mal. Wie er das so sagte, war er sich da anscheinend absolut sicher. »Das hab ich damals geglaubt, und das glaube ich immer noch. Und der alte Sarge hat das auch geglaubt.«

»Hat er das?«, fragte Ned mich.

»Ja. Er hat ihn entweder geschluckt oder irgendwo anders hin befördert. Jedenfalls hat uns Tony an diesem Abend noch ein paar andere Dinge eingeschärft. Es ging natürlich um Ennis' Schwester – wie wir für sie sorgen würden und wie wir mit ihr umgehen sollten, bis sie sich wieder einkriegte.«

»Wenn die sich je eingekriegt hat, hab ich das nicht mitbekommen«, sagte Huddie.

»Er hat uns auch gesagt, wie wir mit irgendwelchen Reportern umgehen sollten, falls sie damit zur Presse ging. Dann hat er uns von Bibi Roths vorläufigem Bericht erzählt und von ein paar Beobachtungen, die er und dein Dad gemacht hatten.«

Arky nickte. »Ja, Tony und Curt. Die haben sich am meisten um das Ding gekümmert. Haben ihn noch mal und noch mal untersucht, haben ihn abgeklopft und drin rumgesucht und dran gekratzt. Haben alles aufgeschrieben und so.« Er klopfte Ned auf die Schulter, wie um ihm zu zeigen, wie stolz er – und wir alle – auf die wissenschaftlichen Leistungen seines Vaters waren. Aber was hatten Tony und Curt denn tatsächlich damit erreicht? Tja, da war das Thermometer, das als primitives Vorwarnsystem diente. Doch davon mal abgesehen, fiel mir eigentlich nichts ein. Aber Ned hatte anscheinend sowieso kaum gehört, was Arky ihm da erzählt hatte. Er sah mit zusammengezogenen Augenbrauen zu dem Schuppen hinüber. Und wie er so die Stirn runzelte, sah er seinem Vater ähnlicher denn je.

»Ich könnte dir in allen Einzelheiten von dieser Versammlung erzählen, Ned – und was mir nicht mehr einfällt, daran erinnern sich Huddie und Phil bestimmt –, aber entscheidend war eigentlich der Tenor bei der Sache. In Kalifornien steht das auf manchen Streifenwagen. Vielleicht sind die Kollegen da drüben ein bisschen vergesslich und müssen sich das aufschreiben. Das haben wir nicht nötig. Weißt du, was ich meine?«

»Dienen und schützen«, sagte Ned.

»Genau. Tony war der Meinung, dass es buchstäblich Gottes Wille gewesen sei, dass ausgerechnet uns dieses Ding in die Hände gefallen war. Wörtlich hat er das nicht gesagt, aber wir haben es schon verstanden. Auch wenn man nicht an Gott glaubt, muss man es doch als Fügung des Schicksals betrachten, denn wer wäre besser als die Pennsylvania State Police dafür gerüstet, sich um etwas derart Gefährliches zu kümmern? Da hatte noch niemand so eine Lightshow miterlebt, aber wir mussten Ennis' Verschwinden bedenken, wir mussten Mister Dillons Reaktion bedenken, und wir mussten auch noch andere Dinge bedenken. Dass an dem Wagen kein Dreck und kein Staub kleben blieben, zum Beispiel. Oder was passierte, wenn man mit einem Taschenmesser oder einem Schlüssel einen Kratzer in den Lack machte. Diese Kratzer war dann sechs oder sieben Stunden später wieder verschwunden.«

»Es kann sich selber reparieren?«

»Ja«, sagte Shirley. Sie hatte sich noch eine Parliament angesteckt und paffte sie hastig und nervös. »Dein Vater hat mich mal dazu gebracht, an einem dieser Experimente teilzunehmen – ich sollte es mit der Videokamera filmen. Ich hab mich von diesem ... von diesem Ding, das sich als Auto verkleidet hat, lieber fern gehalten, geht mir immer noch so, und wenn ich's vom Fenster im Tor aus sehe, ist mir das wirklich nah genug, aber ich war damals gerade die Einzige, die Zeit hatte, und dein Vater konnte einen zu allem Möglichen überreden.«

»Wem sagst du das.« Ned lächelte ein wenig.

Shirley sagte: »Er hat einen langen Kratzer in die Fahrertür gemacht, gleich unter der Zierleiste. Und ich habe ihn dabei gefilmt. Dann haben wir die Kamera einfach weiterlaufen lassen. Das war nicht schwer; sie stand auf einem Stativ. Und eine Viertelstunde später sind wir wiedergekommen. Curt hat gesagt, es wäre sehr wichtig, dass wir beide von Anfang bis Ende an dem Experiment teilnehmen.«

»Das hört sich wirklich ganz nach meinem Dad an.«

»Jedenfalls habe ich gesehen, wie es passiert ist. Es war nichts Dramatisches, nicht wie in einem Film, aber es war wirklich nicht zu fassen. Der Kratzer wurde flacher und an den Rändern dunkler, als wollte er sich dem Lack anpassen. Und irgendwann war er dann einfach verschwunden. Keine Spur mehr davon.«

»Und die Reifen«, sagte Huddie. »Wenn man da einen Schraubenzieher reingehaun hat, kam die Luft rausgezischt, genau wie man's erwarten würde. Bloß dass das Zischen bald in ein Pfeifen überging und ein paar Sekunden später gar nichts mehr zu hören war. Dieser Wagen hat selbst dichtende Reifen. Aber damals, '79, hatte so was noch keiner, höchstens, was weiß ich, irgendwelche Diktatoren in Südamerika vielleicht. Und ich glaube auch nicht, dass es mittlerweile Reifen gibt, die einen Nagel wieder rausstoßen, den man reingehaun hat.«

»Das machen die Reifen von dem Buick?«

»Ja. Nicht gleich, aber nach ein paar Minuten ist er wieder draußen.« Huddie schürzte die Lippen und machte *Fupp*. »Wie wenn man Melonenkerne ausspuckt.«

»Lebt es?«, fragte Ned mich. Er sprach so leise, dass ich ihn kaum verstand. »Ich meine: wenn es sich selber *heilen* kann ...«

»Tony hat immer gemeint, es sei nicht lebendig«, sagte ich. »Das sah er ganz strikt. ›Das ist nur ein Apparat‹, hat er immer gesagt. ›Irgendein verdammtes Ding, das wir nicht verstehen.‹ Dein Dad war genau gegenteiliger Meinung und hat sie zum Schluss genauso vehement vertreten wie Tony seine. Wenn Curtis noch am Leben wäre –«

»Was? Was wäre, wenn er noch am Leben wäre?«

»Ich weiß nicht«, sagte ich. Mit einem Mal fühlte ich mich matt und traurig. Es gab noch viel mehr zu erzählen, aber plötzlich hatte ich keine Lust mehr dazu. Ich fühlte mich dem nicht gewachsen und wurde bei der Aussicht darauf ganz schwermütig, so wie es einem schwer ums Herz wird, wenn man eine anstrengende und öde Arbeit zu erledigen hat – vor Sonnenuntergang noch Baumstümpfe ausreißen, vor dem Regen am Nachmittag noch das Heu einfahren, Böden, die man noch wischen, und Betten, die man noch machen muss. »Ich weiß nicht, was passiert wäre, wenn er noch am Leben wäre.« Ich hatte eine ungefähre Ahnung, wohin Curtis gedanklich tendiert hatte, wusste aber nicht so recht, ob ich Ned davon erzählen wollte. Vielleicht anschließend, nachdem er die ganze Geschichte gehört hatte, aber nicht jetzt.

»Und was glaubst du, Sandy? Lebt es oder nicht?«

»Darüber bin ich mir nie klar geworden.«

»Shirley?«

»Es lebt, glaube ich.«

»Phil?«

»Ich weiß es nicht genau. Aber ich glaube nicht.«

»Huddie?«

»Oh, aber natürlich lebt der Wagen. Wenn ihm einsam ist, schüttelt er die Plane ab, damit die Leute kommen und ihn bewundern. Leute wie du, Kleiner. Und wenn er Hunger kriegt, mal 'ne Kleinigkeit futtern will …« Er zuckte mit den Achseln. »Einmal, als ich da drin war, ist was wirklich Schlimmes passiert. Normalerweise rede ich nicht darüber, aber für dich, Kleiner, werd ich mal 'ne Ausnahme machen. Könnte mir gut tun. Könnte uns beiden gut tun.«

»Und was ist mit den Untersuchungen, die dieser Bibi Roth angestellt hat?«

»Die haben weiter nichts ergeben«, sagte ich. »Was da wie Vinyl aussah, war *fast* so was wie Vinyl – knapp vorbei ist auch daneben. Die Lacksplitter, die Bibi mitgenommen hat, entsprachen keinem der Autolacke, von denen er Proben hatte … obwohl sich so was mit den ganzen Computern heutzutage natürlich viel einfacher und genauer überprüfen lässt. Das Holz war tatsächlich Holz. ›Wahrscheinlich Eiche‹, hat Bibi gesagt, aber mehr wollte er dazu nicht sagen, so sehr Tony ihn auch gedrängt hat. Irgendwas daran gefiel ihm gar nicht, aber er wollte nicht sagen, was.«

»Vielleicht konnte er's nicht sagen«, meinte Shirley. »Vielleicht hat er's nicht gewusst.«

Ich nickte. »Als wären das Armaturenbrett und das Lenkrad aus einer bisher unbekannten Eichenart gemacht. Die Fenster und die Windschutzscheibe sind aus ganz normalem Sicherheitsglas, tragen aber kein Warenzeichen. Mit anderen Worten: Sie wurden nicht an einem Montageband in Detroit eingesetzt.«

»Und die Fingerabdrücke?«

Ich zählte es an meinen Fingern ab. »Ennis, dein Vater, Bradley Roach. Das war's. Keine Abdrücke von dem Mann im schwarzen Regenmantel.«

»Dann hat er wohl Handschuhe getragen«, sagte Ned.

»Sollte man meinen, ja. Brad war sich da nicht sicher, *glaubte* aber, die Finger von dem Typ gesehen zu haben, und angeblich waren sie genauso weiß wie sein Gesicht.«

»Solche Einzelheiten denken sich die Leute aber oft erst hinterher aus«, meinte Huddie. »Auf Augenzeugen kann man sich überhaupt nicht verlassen. Ich halt's da mit Warner Wolfe: ›Das wollen wir doch noch mal in Zeitlupe sehn.‹«

»Bist du fertig mit Philosophieren?«, fragte ich ihn.

Huddie schwenkte eine Hand in meine Richtung. »Erzähl weiter.«

»Blutspuren hat Bibi in dem Wagen nicht gefunden, aber in Faserproben aus dem Kofferraum fanden sich mikroskopisch kleine Spuren organischer Materie. Bibi konnte aber nichts davon identifizieren, und dieses Zeug – ›Seifenschaum‹ hat er dazu gesagt – hat sich aufgelöst. Auf den Objektträgern war nach einer Woche nichts mehr drauf. Nur noch das Färbemittel, das er verwendet hatte.«

Huddie meldete sich wie ein Schuljunge zu Wort. Ich nickte ihm zu.

»Nach einer Woche konnte man auch die Stellen am Armaturenbrett und am Lenker nicht mehr sehen, wo sie rumgekratzt hatten, um ihre Proben zu kriegen. Das Holz ist nachgewachsen wie Haut bei einer Schramme. Bei der Auskleidung vom Kofferraum genau das Gleiche. Dein Dad war völlig von der Rolle, Ned. In jeder freien Minute war er da draußen, ist um den Wagen rumgegangen, hat ihn geknipst ... hat ihn angefasst. Er hat ihn immer wieder angefasst, als wollte er sichergehen, dass er auch wirklich da war.«

»Hat der Sarge auch gemacht«, fügte Arky hinzu.

Nein, das stimmte nicht, dachte ich, sprach es aber nicht aus. Für Curt war es etwas anderes. Letztlich bedeutete ihm der Buick viel mehr als Tony. Und Tony wusste das.

»Erzählst du mir von der Versammlung im Country Way?«, bat mich Ned. »Nicht in allen Einzelheiten, nur ... Mann, was weiß ich.« Er hob in einer ratlosen Geste die Hände. Das hatte etwas lustig Altjüngferliches an sich – *um Gottes willen! Ich doch nicht!* »Das ist bloß alles so ... so *seltsam.*«

Mindestens fünfzehn Trooper waren an diesem Abend dabei gewesen, und mit Huddies und Phils Hilfe bekam ich die meisten Namen zusammen. Ned kannte sie nicht alle persönlich, hatte ihre Namen aber wahrscheinlich schon mal gehört, wenn sein Dad gelegentlich beim Abendessen ein wenig aus dem Nähkästchen geplaudert hatte. Trooper machen das ganz gern. Ihrer Familie erzählen sie natürlich nicht die garstigen Sachen – das Spucken und Fluchen und immer wieder die blutige Sauerei auf dem Highway –, aber manchmal passiert ja auch was Lustiges, wie zum Beispiel, als wir damals gerufen wurden, weil ein junger Amish auf Rollschuhen durch die Innenstadt von Statler fuhr (was es da an Innenstadt halt so gibt) und sich dabei, wie ein Irrer lachend, am Schwanz eines galoppierenden Pferdes festhielt. Oder das eine Mal, als wir mit diesem Typ reden mussten, der in der Culverton Road ein bumsendes Pärchen aus Schnee modelliert hatte. *Aber das ist Kunst!,* hat er immer wieder gebrüllt. Wir versuchten ihm klarzumachen, dass die Nachbarn das anders sahen; die waren empört. Hätte nicht Tauwetter eingesetzt und hätte es keinen Regenguss gegeben, dann wäre die Sache wahrscheinlich bis vor Gericht gegangen. Und dann war da noch dieser Typ, den Eddie Jacubois auf der State Road 32 mit 184 Stundenkilometern blitzte. Normalerweise bringen solche Cowboys beim Blasen mindestens 1,9 Promille zuwege, aber dieser Typ war stocknüchtern. Er erklärte Eddie, er habe kaum noch Benzin im Tank gehabt und sei doch schon fast zu Hause gewesen. Er habe sich gedacht, wenn er nur schnell genug führe, könne er dann den Gang rausnehmen und bis bei sich vors Haus rollen.

Ich erzählte Ned, wie die Männer unaufgefordert Tische zu einem Kreis zusammengestellt hatten und wie Brian Cole und »Dicky-Duck« Eliot die Kellnerinnen hinausgeleitet und hinter ihnen die Tür geschlossen hatten. Die Männer bedienten sich selbst an dem warmen Büfett, das man vorne im Raum aufgebaut hatte. Später gab es dann Bier. Die Trooper, die freihatten, zapften es selbst und auf eigene Rechnung, und Zigarettenmief stieg zur Decke auf. Pete Quinland, dem das Restaurant damals gehörte, hatte ein Faible für den guten alten Frankyboy, und ein steter Schwall von Sinatra-Songs rieselte aus den Deckenlautsprechern auf uns herab, während wir dort aßen und tranken und rauchten und redeten – *Luck Be A Lady, The Autumn Wind, New York New York* und natürlich auch *My Way,* vielleicht der dümmste Popsong des 20. Jahrhunderts. Bis heute muss ich bei diesem Lied – und auch bei jedem anderen von Frank Sinatra – an das Country Way denken und an den Buick im Schuppen B.

Sergeant Schoondist sagte, wir sollten damit rechnen, dass sich die Presse nach zwei Vermissten erkundigen würde: nach dem nicht identifizierten Mann im schwarzen Regenmantel und nach State Trooper Ennis Rafferty. Was den Mann im schwarzen Mantel anging, sollten wir sagen, dass wir weder einen Namen noch eine Beschreibung von ihm hätten und auch keinen Grund zu der Annahme, er hätte gegen irgendwelche Gesetze verstoßen. Mit anderen Worten: nichts von wegen Treibstoffdiebstahl.

(Tony deutete auf mich und sagte: »Falls nötig, Sandy, möchte ich, dass du die Quelle spielst, die nicht genannt werden möchte. In dieser Rolle solltest du dann unbedingt erwähnen, dass unser guter Freund Bradley Roach schon diverse Male wegen Alkoholgeschichten hoppgenommen wurde. Ich will nicht, dass der ernst genommen wird.«)

Erkundigungen nach Ennis hingegen sollten ernst genommen und aufrichtig beantwortet werden, bis zu einem gewissen Punkt jedenfalls. Ja, wir hatten eine Vermisstenmeldung herausgegeben. Ja, es war denkbar, dass sich Ennis einfach aus dem Staub gemacht hatte. Ja, im Grunde, sollten wir sagen, war *alles* denkbar.

(Hier wies Tony Orv Garrett an, die Quelle, die nicht genannt werden möchte, zu spielen. Tony wollte dafür sorgen, dass die richtigen Reporter – also die zwei oder drei hier aus der Gegend, die tatsächlich schreiben konnten – mitbekamen, dass die Troop D alles unternahm, um sich um Trooper Raffertys Schwester zu kümmern, eine reizende Dame, die so zutiefst erschüttert war, dass sie alles Mögliche erzählte.)

Tony schärfte uns ein, dass wir dafür verantwortlich seien, dass der Roadmaster keinen weiteren Schaden anrichten konnte ... immer vorausgesetzt, er hatte bereits Schaden angerichtet. Vor allem sollten wir immer daran denken: Schweigen ist Gold. Ich erzählte Ned, wie eindringlich sein Vater dem beigepflichtet hatte und wie wichtig seine Unterstützung gewesen war. Curtis war zwar noch jung, aber er war Ennis' Partner gewesen, und alle wussten, dass die beiden bestens miteinander klargekommen waren. Jetzt, da Ennis verschwunden war, sahen viele Trooper den Buick als Curts Baby an. Man hätte fast sagen können, er habe ihn geerbt. Schließlich war er mit Ennis vor Ort gewesen. Und Curt sah das auch so.

»Und falls sich irgendjemand nach dem Buick erkundigt, sagt ihr, wir hätten ihn beschlagnahmt«, sagte Tony. »Auf keinen Fall mehr. Wenn doch jemand mehr erzählt, finde ich raus, wer's war, und mache demjenigen die Hölle heiß.« Er sah sich im Raum um, und seine Männer sahen ihn an, und keiner war so dumm zu lächeln. Sie kannten den Sarge lange genug, um zu wissen, dass er nicht scherzte, wenn er so schaute. »Sind wir uns da jetzt einig? Ist jetzt allen klar, wie der Hase läuft?«

Ein allgemeines zustimmendes Gemurmel übertönte Frankyboy kurz, der gerade *It Was A Very Good Year* sang.

Ich erzählte Ned Wilcox, was er meiner Meinung nach wissen musste. Ich erzählte ihm nicht, wie Tonys Augen und auch die Augen seines Vaters gestrahlt hatten. Eine irre, funkelnde Neugierde. Tony konnte Vorträge darüber halten, dass wir verpflichtet seien, den Menschen zu dienen und sie zu beschützen; er konnte den Kollegen erzählen, dass die Männer der Troop D am besten dafür gerüstet seien, sich um etwas derart Gefährliches zu kümmern; er konnte zugestehen, dass wir das Ding später einmal einem sorgfältig ausgewählten Team von Wissenschaftlern, vielleicht unter der Leitung von Bibi Roth, übergeben würden. Er konnte all das erzählen und tat es auch. Und das alles bedeutete einen Dreck. Tony und Curt wollten den Wagen für sich allein, weil sie den Gedanken nicht ertragen konnten, ihn wieder herzugeben. Das war es im Grunde, und alles andere war nur Palaver. Der Roadmaster war fremd und exotisch, war etwas, das mit dem Leben auf dem Planeten Erde (zumindest dem im westlichen Pennsylvania im letzten Viertel des 20. Jahrhunderts) nicht das Mindeste zu tun hatte, und er gehörte *ihnen*. Sie hätten es nicht ertragen, ihn wieder herauszugeben. Hin und wieder habe ich mich gefragt, ob die beiden je so unverblümt darüber gesprochen haben, vielleicht spätabends an einem Werktag, wenn in der Kaserne nichts los war, wenn die Jungs oben pennten oder Videos schauten und dazu Popcorn aus der Mikrowelle aßen und nur sie beide hinter verschlossener Tür in Tonys Büro saßen. Ich habe mich gefragt, ob sie je die schlichte Wahrheit ausgesprochen haben: *So etwas gibt es nicht noch mal, und wir behalten es.* Ich glaube nicht. Denn dazu hätten sie einander im Grunde nur in die Augen sehen müssen. In ihrem Blick hätten sie den gleichen Eifer entdeckt – das Verlangen, es zu berühren und darin herumzuschnüffeln. Oder einfach auch nur drum herumzugehen. Es war ein Rätsel, ein Geheimnis, ein Wunder. Aber der Junge vermisste seinen Vater nicht nur; er war auch wütend auf ihn, weil er gestorben war. In dieser Stimmung hätte er das, was sie getan hatten, vielleicht als Diebstahl angesehen, und das hätte nicht der Wahrheit entsprochen.

Zumindest nicht der ganzen Wahrheit.

Ned hob eine Hand, und ich verstummte, was für mich wirklich eine Wohltat war – ich hatte eigentlich gar nicht auf diese lange zurückliegende Versammlung kommen wollen.

»Willst du damit sagen«, fragte er, »dass kein einziger Wissenschaftler dieses Ding je untersuchen durfte, seit Trooper Rafferty und mein Vater es entdeckt haben? *Kein einziger?* Keine Physiker, keine Chemiker? Das hat nie jemand spektrographisch untersucht?«

»Bibi war noch ein paar Mal da«, sagte Phil, nur ein ganz klein wenig defensiv klingend. »Aber allein, ohne seine Kinder, die er sonst immer dabeihatte. Einmal haben Bibi, Tony und dein Vater so ein Gerät da reingeschoben … das war vielleicht ein Spektrograph. Aber wenn es einer war, weiß ich nicht, was er angezeigt hat. Du, Sandy?«

Ich schüttelte den Kopf. Es war niemand mehr da, der diese Frage hätte beantworten können. Diese und viele andere. Es war niemand mehr da, der hätte erzählen können, was für Experimente durchgeführt wurden und welche Ergebnisse sie gebracht hatten. Bibi Roth war 1998 an Krebs gestorben. Curtis Wilcox, der oft mit einem Notizbuch in der Hand um den Buick herumgegangen war, sich etwas aufgeschrieben und manchmal auch etwas skizziert hatte, war ebenfalls tot. Und Tony Schoondist, der alte Sarge, war, mit Mitte siebzig, zwar noch am Leben, fand aber nicht mehr zurück aus der Hölle geistiger Umnachtung, die Menschen mit Alzheimer vorbehalten ist. Ich erinnere mich an einen Besuch bei ihm, gemeinsam mit Arky Arkanian, in dem Pflegeheim, in dem er jetzt lebte. Das war letztes Jahr, kurz vor Weihnachten. *Ich erinnere mich daran?* Mein Gott, wie sollte ich das auch vergessen? Arky und ich brachten ihm eine goldene St. Christopherusmedaille mit, für die ein paar von uns Älteren zusammengelegt hatten. Mir kam es so vor, als hätten wir den alten Sarge an einem seiner besseren Tage erwischt. Er öffnete die Schachtel ohne große Mühe und schien sich sehr über die Medaille zu freuen. Er machte sogar ganz alleine den Verschluss auf, aber dann rutschte er ihm weg, und Arky musste ihm helfen. Als das schließlich geschafft war, sah mich Tony sehr aufmerksam an, die Augenbrauen zusammengekniffen, und seine trüb blickenden Augen brachten nur noch einen Abklatsch seines früher so durchdringenden Blicks zustande. Für einen Moment schien er tatsächlich er selbst zu sein. Dann traten ihm Tränen in die Augen, und die Illusion verflog.

»Wer seid ihr?«, fragte er. »Fast kann ich mich dran erinnern.« Und dann, so sachlich, als würde er über das Wetter sprechen: »Ich bin in der Hölle, wisst ihr. Das hier ist die Hölle.«

»Ned«, fragte ich, »weißt du, ob dein Vater irgendwelche Notizbücher hinterlassen hat? Solche mit Spiralheftung, wie Schulkinder sie haben?«

Da guckte Ned verkniffen. Er senkte den Kopf und sprach zu einer Stelle irgendwo zwischen seinen Knien. Ich glaube, in diesem Moment wollte er uns nicht ins Gesicht sehen. »Ja, jede Menge. Auch gebundene Notizbücher, von denen meine Mom gesagt hat, das wären wahrscheinlich Tagebücher. Aber in seinem Testament hat er Mom gebeten, alle seine privaten Papiere zu verbrennen, und das hat sie getan.«

Huddie setzte empört an: »Sie hat sie *verbrannt* –!«

Ich gab ihm ein Zeichen, er solle schweigen, und, o Wunder, er schwieg.

»Und ich glaube auch nicht, dass sie vorher in ihnen gelesen hat«, sagte der Junge und sah dabei weiter zu Boden. »Ich glaube, sie hatte Angst davor, was sie da vielleicht finden würde.«

Damit war das also erledigt. Sämtliche Aufzeichnungen, die er vielleicht gemacht hatte, Berichte über Experimente und so weiter, waren futsch. Und vielleicht waren diese Experimente ja sowieso idiotisch gewesen. Sie waren schließlich Polizisten und keine Wissenschaftler.

»Tja, das passt wohl ins Bild«, sagte Huddie. Jetzt klang er eher resigniert als wütend. »Wenigstens passt es zu dem, was ich über Curt und den alten Sarge weiß.«

Ned sah ihn an.

»Die beiden haben den Wissenschaftlern nicht getraut«, sagte er. »Weißt du, wie Tony die immer genannt hat? Die großen Giftversprüher. Er hat gesagt, ihr einziges Lebensziel wäre es, überall Gift zu versprühen und den Leuten zu erzählen, sie könnten davon so viel essen, wie sie wollten, das wäre nämlich Wissen und das würde ihnen nicht schaden – es würde sie frei machen.« Er hielt inne. »Aber es ging da noch um was anderes.«

»Um was?«, fragte Ned.

»Um Verschwiegenheit«, sagte Huddie. »Polizisten können Geheimnisse für sich behalten, und Curt und Tony waren der Meinung, dass Wissenschaftler das nicht können. ›Guck dir doch bloß mal an, wie schnell diese Idioten die Atombombe auf der ganzen Welt verbreitet haben‹, hat Tony mal gesagt. ›Die Rosenbergs haben wir deswegen auf den elektrischen Stuhl geschickt, aber wenn man nicht ganz plemplem ist, weiß man doch, dass die Russen die Bombe zwei Jahre später sowieso gehabt hätten. Und wieso? Weil Wissenschaftler gerne miteinander plaudern. Das nennen sie dann ›kollegial sein‹. Das Ding da draußen im Schuppen B mag ja vielleicht nicht so was wie die Atombombe sein, aber eventuell ja doch. Und eins ist mal sicher: Diese Atombombe gehört *keinem,* solange sie bei uns unter einer Plane steht.‹«

Ich sagte: »Da wussten wir schon von diesen Lichteruptionen. Tony war der Meinung, dass sich der Buick, wie bei einer statischen Entladung, dabei von irgendwas befreit. Aber auch von diesen ganzen Gesichtspunkten mal abgesehen, hatten die Leute in Pennsylvania – nicht nur wir, sondern alle – Ende der Siebziger einen sehr guten Grund dafür, Wissenschaftlern und Technikern nicht über den Weg zu trauen.«

»Three Mile Island«, sagte Ned.

»Ja. Und außerdem verheilen an dem Wagen nicht nur Kratzer, und er ist auch nicht nur staubabweisend. Da ist noch eine ganze Menge mehr.«

Ich verstummte. Wieder hatte ich stumpfsinnige Arbeit vor Augen: reihenweise Betten, die zu machen, stapelweise Geschirr, das abzuwaschen, hektarweise Heu, das zu mähen und einzufahren war. Es war mir alles zu viel. Aber jetzt hatte ich mal damit angefangen.

»Mach schon, erzähl's ihm«, sagte Arky. Er klang fast verärgert, ein angesäuerter Bandleader im Dämmerlicht. »Du hast ihm schon erzählt, dass das alles nur Quatsch war. Jetzt erzähl ihm auch den Rest.« Er sah zu Huddie hinüber und dann zu Shirley. »Auch das von 1988. Ja, sogar das.« Er hielt inne, seufzte und sah zum Schuppen B hinüber. »Jetzt könnt ihr nicht mehr zurück, Jungs.«

Ich stand auf und ging über den Parkplatz. Hinter mir hörte ich Phil sagen: »Nee, nee. Lass ihn gehn, Kleiner. Der kommt gleich wieder.«

Das ist auch so was, wenn man der Sergeant Commanding ist: Die Leute haben tatsächlich meistens Recht, wenn sie so was sagen. Es sei denn, es funkt einem ein Schlaganfall, ein Herzinfarkt, ein betrunkener Autofahrer oder sonst etwas dazwischen, von dem wir Sterblichen hoffen, es sei »höhere Gewalt«. Wer das Sagen hat – wer hart gearbeitet hat, um bis dahin zu kommen, und weiter hart arbeitet, um dort zu bleiben –, sagt nicht einfach scheiß drauf und geht angeln. Nein. Wir, die wir das Sagen haben, machen weiterhin die Betten, spülen das Geschirr ab und bündeln auch weiterhin das Heu, und zwar so gut wir nur können. *Ach, Mann, was würden wir ohne dich bloß machen?*, sagen die Leute. Und die Antwort darauf lautet, dass die meisten von ihnen auch weiterhin das machen würden, was sie wollen: auf die gleiche alte Tour zum Teufel gehen.

Ich stand am Tor von Schuppen B und sah durch eins der Fenster auf das Thermometer. Die Temperatur war auf elf Grad gesunken. Immer noch nicht weiter schlimm – jedenfalls nicht richtig schlimm –, aber doch schon so kalt, dass ich annahm, dass sich der Buick vor Anbruch der Nacht noch ein-, zweimal regen würde. Es hatte also noch keinen Zweck, die Plane wieder drüberzuziehen; das mussten wir dann wahrscheinlich hinterher gleich noch mal machen.

Es lässt langsam nach – das war die allgemeine Ansicht über den Roadmaster, die Lehrmeinung nach Schoondist und Wilcox. Er läuft ab wie ein Uhrwerk, schnurrt aus wie ein Kreisel, piept wie ein Rauchmelder, der nichts mehr merkt. Suchen Sie sich am Grabbeltisch eine Metapher aus. Und vielleicht stimmte es ja. Und vielleicht auch nicht. Im Grunde wussten wir nichts darüber. Dass wir uns einredeten, wir verstünden etwas davon, war nur eine Taktik, damit wir auch weiterhin ohne allzu viele Albträume Tür an Tür damit leben konnten.

Ich ging zurück zur Bank, steckte mir noch eine Zigarette an und setzte mich zwischen Shirley und Ned. Ich fragte ihn: »Willst du hören, wie das war, als wir zum ersten Mal das gesehen haben, was da vorhin passiert ist?«

»Ja, Sir. Natürlich.«

Er guckte so erwartungsvoll, dass es mir ein wenig leichter fiel weiterzuerzählen.

Damals

Sandy war dabei, als es losging, und zwar als Einziger. In späteren Jahren sagte er dann – nur halb im Scherz –, das sei sein einziger Anspruch auf Ruhm. Die anderen kamen bald dazu, aber anfangs war nur Sander Freemont Dearborn da, der mit offen stehendem Mund und zusammengekniffenen Augen an der Zapfsäule stand und sich sicher war, dass in ein paar Sekunden von ihnen allen und von den Amish und den paar anderen Farmern hier in der Gegend nichts weiter mehr übrig sein werde als radioaktiver Staub im Wind.

Es geschah ein paar Wochen, nachdem der Buick in den Besitz der Troop D gelangt war, um den 1. August 1979 herum. Die Berichterstattung in den Zeitungen über Ennis Raffertys Verschwinden ließ bereits nach. Die meisten Artikel über den vermissten State Trooper waren im *Statler County American* erschienen, aber auch die Pittsburgher *Post-Gazette* hatte Ende Juli in ihrer Sonntagsausgabe einen Sonderbericht auf der ersten Seite gebracht. **SCHWESTER DES VERMISSTEN TROOPERS STEHT VOR EINEM RÄTSEL**, lautete die Schlagzeile, und darunter stand: EDITH HYAMS VERLANGT RESTLOSE AUFKLÄRUNG.

Im Großen und Ganzen war alles so verlaufen, wie Tony Schoondist gehofft hatte. Edith glaubte, die Männer von der Troop D wüssten mehr über das Verschwinden ihres

Bruders, als sie zugaben; mit dieser Aussage wurde sie in beiden Blättern zitiert. Zwischen den Zeilen war herauszulesen, dass die arme Frau vor Trauer (und Wut) schon halb den Verstand verloren habe und nun das, was möglicherweise auf ihr eigenes Versagen zurückzuführen war, dringend jemand anderem in die Schuhe schieben wollte. Keiner der Trooper erwähnte ihre scharfe Zunge und ihre ständige Nörgelei, aber Ennis und Edith hatten Nachbarn, die nicht ganz so diskret waren. Die Reporter beider Blätter erwähnten auch, dass die Männer von Ennis' Einheit, trotz der Anschuldigungen, denen sie ausgesetzt waren, etwas unternahmen, um die Frau in bescheidenem Maße finanziell zu unterstützen.

Das wenig schmeichelhafte Schwarzweißfoto von Edith in der *Post-Gazette* trug ihr auch keine Sympathien ein. Sie sah darauf aus wie Lizzie Borden, eine Viertelstunde bevor sie zum Beil griff.

Das erste Lichtbeben ereignete sich bei Anbruch der Dunkelheit. Sandy war an diesem Abend gegen sechs von der Streife zurückgekehrt und wollte noch ein wenig mit dem Staatsanwalt Mike Sanders sprechen. In einem besonders garstigen Fall von Fahrerflucht stand gerade das Gerichtsverfahren an. Sandy war Hauptzeuge der Anklage, und das Opfer war ein Kind, das nun an allen vier Gliedmaßen gelähmt war. Mike wollte sicherstellen, dass der Täter, ein koksender Geschäftsmann, weggeschlossen wurde. Fünf Jahre waren sein Ziel, aber auch zehn waren durchaus möglich. Tony Schoondist saß eine Zeit lang bei dieser Besprechung, die in einer Ecke des Aufenthaltsraums in der ersten Etage stattfand, dabei und ging dann wieder runter in sein Büro, während Mike und Sandy noch letzte Einzelheiten klärten. Anschließend wollte Sandy seinen Streifenwagen voll tanken und dann noch mal für gut vier Stunden aufbrechen.

Als er an der Leitstelle vorbei zur Hintertür ging, hörte er Matt Babicki leise murmeln: »Ach, du Scheißding.« Darauf folgte ein Schlag. »Was *soll* denn der Quatsch?«

Sandy spähte um die Ecke und fragte Matt, ob er vielleicht seine Tage habe.

Matt fand das gar nicht lustig. »Hör dir das an«, sagte er und schaltete sein Funkgerät auf volle Lautstärke. Der Rauschsperreregler, das sah Sandy, war ebenfalls schon bis zum Anschlag aufgedreht.

Brian Cole meldete sich aus Wagen 7, Herb Avery von der Sawmill Road aus Wagen 5 und George Stankowski von Gott weiß woher. Dieser letzte Funkspruch ging fast vollständig in atmosphärischen Störungen unter.

»Wenn das noch schlimmer wird, weiß ich nicht, wie ich Kontakt zu den Jungs halten oder ihnen irgendwelche Informationen durchgeben soll«, klagte Matt. Wie um das zu betonen, schlug er noch mal seitlich auf das Funkgerät. »Und was ist, wenn sich einer mit einer Anzeige meldet? Zieht draußen ein Gewitter auf, Sandy?«

»Es war kein Wölkchen am Himmel, als ich gekommen bin«, sagte Sandy und schaute aus dem Fenster. »Und da ist immer noch keins ... wie du selber sehen könntest, wenn du in der Lage wärst, deinen Hals zu drehen. Ich kann das von Geburt an. Siehst du?« Sandy drehte den Kopf hin und her.

»Sehr witzig. Musst du heute nicht noch irgend 'nen Hund überfahren oder so?«

»Gar kein schlechter Spruch, Matt.«

Als er weiterging, hörte Sandy oben jemanden fragen, ob die Fernsehantenne vom Dach gefallen sei, denn mitten in einer ziemlich guten *Raumschiff Enterprise*-Folge, der mit den Tribbles, sei plötzlich das Bild ausgefallen.

Sandy ging nach draußen. Es war ein warmer, dunstiger Abend. In der Ferne grollte Donner, aber es war windstill und der Himmel war nicht bedeckt. Im Osten wurde es dunkel, und Bodennebel stieg aus dem Gras und reichte einem schon über die Taille.

Er setzte sich in seinen Streifenwagen (den D-14 bei dieser Schicht, der mit der kaputten Kopfstütze), fuhr zu der Amoco-Zapfsäule, stieg aus, schraubte hinter dem herunterklappbaren Nummernschild den Tankdeckel ab und hielt dann inne. Mit einem Mal war ihm bewusst geworden, wie still es war – es zirpten keine Grillen im Gras und nirgends sangen Vögel. Es war einzig und allein ein leises, stetes Summen zu hören, das sich anhörte, als würde man direkt unter einer Überlandleitung oder neben einem Umspannwerk stehen.

Sandy drehte sich um, und in diesem Augenblick wurde die ganze Welt violettweiß. Im ersten Moment dachte er, ein Blitz habe ihn getroffen – ein Blitz aus heiterem Himmel. Dann sah er den Schuppen B so hell erleuchtet wie …

Doch dafür fiel ihm kein Vergleich ein. Er hatte noch nie etwas Ähnliches gesehen.

Hätte er direkt in diese ersten Blitze geschaut, so wäre er vermutlich erblindet – vielleicht nur vorübergehend, vielleicht aber auch dauerhaft. Zu seinem Glück war das vordere Tor von Schuppen B von der Zapfsäule abgewandt. Trotzdem war das Licht derart grell, dass es ihn blendete, denn in der Abenddämmerung war es mit einem Mal so hell wie in der Mittagssonne. Das Licht ließ den Schuppen B, ein einigermaßen solides Holzgebäude, so hauchfein wirken wie ein Gazezelt. Es drang durch jede Ritze, durch jedes leere Nagelloch; unter dem Dachvorsprung strahlte es aus einem Loch, das möglicherweise von einem Eichhörnchen stammte; und am Boden, wo ein Brett abgefallen war, brannte es in einem grellen Streifen hervor. Auf dem Dach gab es ein Abluftrohr, und daraus blitzte und schoss der grelle Schein himmelwärts wie Rauchzeichen aus reinem, violettem Licht. Die Blitze aus den Fenstern in den beiden Schuppentoren verwandelten den Bodennebel in unheimlich leuchtenden Dunst.

Sandy war ganz ruhig. Entsetzt, aber ruhig. Er dachte: *Das war's dann. Das Scheißding explodiert. Jetzt sind wir alle tot.* Wegzulaufen oder in den Streifenwagen zu springen kam ihm überhaupt nicht in den Sinn. Wohin denn weglaufen? Wohin denn fahren? Das war doch lachhaft.

Nein, stattdessen wollte er etwas Verrücktes tun: Er wollte näher heran. Es *zog* ihn dorthin. Anders als Mister D hatte er keine panische Angst davor; er empfand die Faszination, aber nicht die Furcht. Ob es nun verrückt war oder nicht: Er wollte näher heran. Er hörte förmlich, wie es ihn *rief*.

Wie im Traum (und es war durchaus denkbar, dass er träumte, fiel ihm ein) ging er zur Fahrerseite des D-14, beugte sich durch das offene Fenster hinein und nahm seine Sonnenbrille vom Armaturenbrett. Er setzte sie auf und ging auf den Schuppen zu. Die Sonnenbrille half ein klein wenig. Er hielt sich beim Gehen eine Hand vors Gesicht und hatte die Augen zu schmalen Schlitzen zugekniffen. Überall lautlos tosendes Licht, in dem violettes Feuer pulsierte. Sandy sah seinen Schatten von seinen Füßen aus seitwärts schießen, verschwinden, dann wieder losschießen. Er sah das Licht aus den Fenstern im Schuppentor grell auf die Rückseite der Kaserne brennen. Er sah Trooper herauskommen. Sie schoben Matt Babicki beiseite, der in der Leitstelle näher dran gewesen und als Erster rausgekommen war. Im Blitzlicht aus dem Schuppen wirkten ihre Bewegungen abgehackt, bewegten sie sich wie Darsteller in einem alten Stummfilm. Wer eine Sonnenbrille dabeihatte, setzte sie auf. Einige von denen, die keine dabeihatten, machten kehrt und strauchelten halb blind zurück in die Kaserne, um sich eine zu holen. Ein Trooper zog sogar seine Pistole, besah sie sich dann à la *Was will ich denn damit?* und steckte sie wieder ins Holster. Zwei der Trooper ohne Sonnenbrille tappten trotzdem tapfer auf den Schuppen zu, den Kopf gesenkt, die Augen geschlossen und die Hände ausgestreckt wie Schlafwandler, angezogen wie Sandy von dem Trommelfeuer der Blitze und dem leisen, alles durchdringenden Summen. Es zog sie wie Motten ins Licht.

Dann lief Tony Schoondist zu ihnen, ohrfeigte sie, stieß sie zurück, brüllte sie an, sie sollten verdammt noch mal hier abhauen und wieder in die Kaserne gehen, das sei ein Befehl. Er versuchte, seine Sonnenbrille aufzusetzen, und verfehlte dabei immer wieder sein Gesicht. Er bekam sie erst auf, nachdem er sich schon einen Bügel in den Mund und den anderen fast ins linke Auge gesteckt hatte.

Sandy sah und hörte nichts davon. Er hörte nur das Summen. Er sah nur die Blitze, die den Bodennebel in leuchtende Schimären verwandelten. Er sah nur die blitzende violette Lichtsäule, die aus dem kegelförmigen Lüftungsschacht auf dem Dach stieg und wie eine Lanze den Abendhimmel durchschnitt.

Tony packte und schüttelte ihn. Im Schuppen gab es wieder eine lautlose Lichteruption, und sie verwandelte die Gläser von Tonys Sonnenbrille in kleine, blaue Kugelblitze. Er rief, obwohl das gar nicht nötig war, denn Sandy verstand ihn ausgezeichnet. Da war nur das Summen, und jemand murmelte *Allmächtiger!*, doch sonst war es still.

»Sandy! Warst du hier, als das losgegangen ist?«

»Ja!« Er konnte nicht anders als zurückzubrüllen. Die Situation verlangte irgendwie, dass man brüllte. Das Licht blitzte grell, ein lautloses Gewitter. Bei jedem Blitz schien die Rückseite der Kaserne einen Satz nach vorn zu machen, als wäre sie lebendig, und die Schatten der Trooper schossen die mit Holz verkleidete Mauer empor.

»Wie hat das angefangen? Was hat das ausgelöst?«

»Keine Ahnung!«

»Geh rein! Ruf Curtis! Sag ihm, was hier passiert! Sag ihm, er soll auf der Stelle herkommen!«

Sandy widerstand dem Verlangen, seinem Vorgesetzten zu sagen, er wolle lieber hier bleiben und sehen, was als Nächstes geschah. Das war sowieso eine dumme Idee, denn man sah ja gar nichts. Dazu war es zu hell. Auch mit Sonnenbrille noch. Und außerdem wusste er, dass er diesen Befehl zu befolgen hatte.

Er ging hinein, stolperte dabei auf der Eingangstreppe (in diesen grell zuckenden Blitzen konnte man weder Tiefe noch Entfernung abschätzen) und schlurfte, mit den Armen vor sich rudernd, in die Leitstelle. Mit seinem geblendeten, verschwommenen Blick nahm er in der Kaserne nur einander überlagernde Schatten wahr. Deutlich sichtbar waren für ihn in diesem Moment nur die grellen, violetten Blitze, die vor seinen Augen pulsierten.

Matt Babickis Funkgerät gab ein einziges Geplärr atmosphärischer Störungen von sich, aus dem ab und an Stimmen ragten wie die Füße oder Finger Begrabener. Sandy griff zu dem normalen Telefon neben dem Notrufapparat und dachte schon, auch das würde ganz bestimmt nicht funktionieren. Dann bekam er aber ein Freizeichen. Er las Curts Nummer von der Liste am schwarzen Brett ab und wählte sie. Selbst das Telefon schien jedes Mal ängstlich zusammenzuzucken, wenn ein violettweißer Blitz den Raum erhellte.

Michelle ging ran und sagte, Curt sei im Garten und mähe vor Sonnenuntergang noch schnell den Rasen. Sie wollte ihn nicht hereinrufen, das war ihr deutlich anzuhören. Doch als Sandy sie zum zweiten Mal darum bat, sagte sie: »Also gut, warte mal. Gebt ihr denn wirklich nie Ruhe?«

Die Wartezeit kam Sandy endlos lang vor. Das Ding im Schuppen B blitzte weiterhin wie eine Neon-Apokalypse, und jedes Mal schien es den Raum in eine etwas andere

Perspektive zu rücken. Sandy fiel es sehr schwer zu glauben, dass etwas, das derart grelles Licht erzeugen konnte, nicht zerstörerisch war, und doch war er ja noch am Leben. Mit der freien Hand betastete er seine Wangen, suchte nach Verbrennungen oder Schwellungen. Da war nichts.

Zumindest noch nicht, sagte er zu sich selbst. Er wartete weiterhin darauf, dass die Kollegen draußen anfingen zu schreien, weil das Ding im Schuppen explodierte oder schmolz oder etwas ausstieß – etwas Unvorstellbares mit gleißenden, glotzenden Augen. Ein solcher Gedanke war himmelweit von seinen üblichen Polizistengedankengängen entfernt, aber Sandy Dearborn war sich auch noch nie so wenig wie ein Polizist und noch nie so sehr wie ein verängstigter kleiner Junge vorgekommen. Endlich kam Curt ans Telefon. Er klang neugierig und außer Atem.

»Du musst sofort herkommen«, sagte Sandy. »Befehl vom Sarge.«

Curt wusste sofort, worum es ging. »Was macht es denn, Sandy?«

»Es brennt ein Feuerwerk ab. Blitze und Funken. Den Schuppen B kann man gar nicht mehr sehen.«

»Brennt er?«

»Glaube ich nicht, aber das ist unmöglich festzustellen. Man kann nicht reingucken. Es ist zu hell. Komm sofort her.«

An Curts Ende knallte der Hörer auf die Gabel. Sandy ging wieder nach draußen. Wenn sie schon atomar vernichtet wurden, wollte er bei seinen Freunden sein.

Zehn Minuten später kam Curt am Steuer seines liebevoll restaurierten Chevrolet Bel-Aire, den sein Sohn zweiundzwanzig Jahre später erben würde, die Personalzufahrt hochgerast. Als er um die Ecke bog, war er immer noch schnell, und einen entsetzlichen Moment lang glaubte Sandy, Curtis würde mit seiner Stoßstange mindestens fünf

Mann mitnehmen. Doch Curt stieg blitzschnell in die Eisen (er hatte noch die Reflexe eines jungen Mannes) und brachte den Chevy abrupt zum Stehen.

Er stieg aus, schaltete den Motor, nicht aber die Scheinwerfer ab, stolperte über seine eigenen Füße und wäre fast lang hingeschlagen. Er fing sich gerade noch und lief dann auf den Schuppen zu. Sandy bekam eben noch mit, was er in der Hand hielt: eine Schutzbrille fürs Schweißen. Sandy hatte schon viele aufgeregte Menschen gesehen – natürlich, fast jeder Temposünder, den man anhielt, war auf die eine oder andere Weise aufgeregt –, aber noch nie hatte er jemanden gesehen, der derart glühend aufgeregt war wie Curt in diesem Moment. Er hatte Stielaugen, und anscheinend standen ihm die Haare zu Berge ... aber das mochte Einbildung sein und daher kommen, dass er so schnell lief.

Tony fasste nach ihm und hielt ihn zurück, als er an ihm vorbeikam, wobei er fast ein zweites Mal gestürzt wäre. Sandy sah, wie Curt die freie Hand zur Faust ballte und hob. Dann ließ er sie wieder sinken. Sandy wusste nicht, wie nahe dran der Polizeischüler gewesen war, seinen Sergeant zu schlagen, und wollte es auch nicht wissen. Es zählte nur, dass er Tony erkannte (und Tonys Befehlsgewalt) und sich ihm beugte.

Tony griff nach der Schweißerbrille.

Curt schüttelte den Kopf.

Tony sagte etwas zu ihm.

Curt erwiderte etwas und schüttelte entschieden den Kopf.

In den immer noch grellen Blitzen sah Sandy Tony Schoondist nun kurz mit sich hadern, ob er Curt schlicht und einfach befehlen solle, ihm die Schutzbrille auszuhändigen. Doch stattdessen drehte sich Tony um und sah zu seinen versammelten Troopern hinüber. In der ganzen Eile und Aufregung hatte ihnen der SC das gegeben, was sich als zwei Befehle auffassen ließ: Sie sollten vom Schuppen weg und zurück in die Kaserne gehen. Die meisten hatten den ersten Befehl befolgt und den zweiten ignoriert. Tony atmete tief durch und sprach dann mit Dicky-Duck, der zuhörte und nickte und dann in die Kaserne ging.

Die anderen sahen zu, wie Curt zum Schuppen B lief, dabei seine Baseballmütze zu Boden warf und sich die Schutzbrille aufsetzte. So sehr Sandy das jüngste Mitglied der Troop D auch mochte und respektierte, konnte er doch an diesem Vorgehen nichts Heldenhaftes entdecken. Heldenhaft wäre es gewesen, auch angesichts großer Furcht weiterzumachen. Doch Curt Wilcox fürchtete sich an diesem Abend nicht im Mindesten. Er war einfach nur außer Rand und Band vor Aufregung und zwanghafter Neugier. Später sagte sich Sandy dann, dass der alte Sarge Curtis an diesem Abend gehen ließ, weil er keine Möglichkeit sah, ihn zurückzuhalten.

Curt blieb gut drei Meter vor dem Tor stehen, und als aus dem Schuppen ein besonders greller Blitz drang, hob er, trotz der Schutzbrille, die Hände vor die Augen. Sandy sah, wie ihm das Licht in violettweißen Streifen zwischen den Fingern hindurchschien. Im gleichen Moment legte sich Curts Schatten wie die Gestalt eines Riesen auf den Nebel. Dann erlosch das Licht, und durch verschwommene Nachbilder hindurch sah Sandy Curt weiter vorwärts gehen. Er erreichte das Tor und schaute in den Schuppen. So stand er da, bis der nächste Blitz kam. Da schreckte er zurück, war aber gleich wieder am Fenster.

Währenddessen kam Dicky-Duck Eliot von seinem Auftrag zurück. Als Dicky-Duck an ihm vorbeilief, sah Sandy, was er in der Hand hielt. Der Sarge hatte darauf bestanden, dass alle Streifenwagen mit einer Polaroidkamera ausgerüstet waren, und Dicky-Duck war losgelaufen, um so eine Kamera zu holen. Er reichte sie Tony und wich unwillkürlich zurück, als aus dem Schuppen eine weitere lautlose Lichtsalve drang.

Tony nahm die Kamera und lief zu Curtis, der immer noch in den Schuppen spähte und bei jedem Blitz (und jeder Folge von Blitzen) zusammenzuckte. Anscheinend schützte ihn nicht mal die Schweißerbrille ausreichend vor dem, was da drinnen vor sich ging.

Etwas schmiegte sich an Sandys Hand, und fast hätte er aufgeschrien, doch dann sah er, dass es der Kasernenhund war. Mister Dillon hatte wahrscheinlich bis jetzt alles verschlafen, hatte an seiner Lieblingsstelle, auf dem Linoleum zwischen Spüle und Herd, friedlich vor sich hin geschnarcht. Jetzt war er rausgekommen, um zu sehen, was das ganze Theater sollte. An seinen leuchtenden Augen, den aufgestellten Ohren und dem hoch erhobenen Kopf sah Sandy, dass ihm klar war, dass da irgendwas vor sich ging, dass er diesmal aber keine panische Angst hatte. Die Blitze schienen ihm überhaupt nichts auszumachen.

Curtis wollte die Polaroidkamera nehmen, aber Tony gab sie ihm nicht. Sie standen vor dem Tor von Schuppen B und verwandelten sich bei jedem Blitz in zuckende Umrisse. Stritten sie? Das glaubte Sandy nicht. Jedenfalls nicht so richtig. Für ihn sah es eher so aus, als führten sie eine hitzige Debatte, wie zwei Wissenschaftler, die ein neues Phänomen beobachteten. *Oder vielleicht ist das gar kein Phänomen,* dachte Sandy. *Vielleicht ist das ein Experiment, und wir sind die Versuchskaninchen.*

Während er dort bei den anderen stand und den beiden Männern vor dem Schuppen zusah, von denen einer eine große Schweißerbrille trug und der andere eine kastenförmige Polaroidkamera in der Hand hielt, und sich ihre Silhouetten abzeichneten wie auf einer von Laserblitzen durchzuckten Tanzfläche, fing er an zu zählen, wie lange die dunklen Intervalle dauerten. Anfangs hatten die Blitze wie ein Trommelfeuer gewirkt, doch nun gab es eindeutig Pausen dazwischen. Sandy zählte sechs Sekunden ... dann zehn ... sieben Sekunden ... vierzehn ... zwanzig.

Buck Flanders, der neben ihm stand, sagte: »Ich glaube, es hört auf.«

Mister D bellte und wollte loslaufen. Sandy hielt ihn am Halsband zurück. Vielleicht wollte der Hund nur zu Curt und Tony, aber vielleicht wollte er auch zu dem Ding im Schuppen. Vielleicht rief es wieder nach ihm. Was es auch war – das war Sandy egal; Mister Dillon war hier bei ihm am besten aufgehoben.

Tony und Curt gingen zu der Tür an der Seite des Schuppens. Dort lieferten sie sich eine weitere hitzige Debatte. Schließlich nickte Tony – zögerlich, wie Sandy fand – und gab die Kamera heraus. Curt machte die Tür auf, und in diesem Moment blitzte das Ding wieder auf und hüllte ihn in grelles Licht. Sandy rechnete felsenfest damit, dass er nicht mehr da wäre, wenn das Licht erlosch, sich aufgelöst hatte oder in eine ferne Galaxie teleportiert worden war, wo er dann für den Rest seines Lebens bei X-Wing-Fightern das Öl nachsehen oder Darth Vader den schwarzen Arsch blank polieren musste.

Er hatte gerade noch Zeit zu sehen, dass Curt immer noch dort stand und sich eine Hand vor die Schutzbrille hielt. Rechts hinter ihm hatte sich Tony Schoondist von dem grellen Licht abgewandt und schirmte sich mit beiden Händen das Gesicht ab. Sonnenbrillen nützten hier wenig; Sandy trug selber eine und wusste das. Als er wieder sehen konnte, war Curt schon in den Schuppen gegangen.

In diesem Moment wurde Sandy von Mister Dillon abgelenkt, der einen Satz nach vorne machte, obwohl Sandy ihn am Halsband festhielt. Von der vormaligen Ruhe war bei dem Hund nichts mehr übrig. Er knurrte und winselte mit angelegten Ohren und fletschte die Zähne.

»He! Helft mir mal!«, rief Sandy.

Buck Flanders und Phil Candleton packten Mister D am Halsband, doch das änderte zunächst gar nichts. Der Hund kämpfte sich weiter vor und keuchte und sabberte dabei auf den Boden, den Blick starr auf die Schuppentür gerichtet. Normalerweise war er das reizendste Hündchen von der Welt, aber in diesem Moment hätte Sandy gern eine Leine und einen Maulkorb für ihn gehabt. Wenn D jetzt auch noch anfing zu beißen, konnte es gut sein, dass einem von ihnen anschließend ein paar Finger fehlten.

»Mach die Tür zu!«, brüllte Sandy dem Sergeant zu. »Mach die verdammte Tür zu, sonst läuft Mister D da rein!«

Tony guckte verdutzt, sah dann, was los war, und schloss die Tür. Fast augenblicklich wurde Mister Dillon ruhiger. Erst hörte er auf zu knurren, und dann winselte er auch nicht mehr. Er bellte ein paar Mal verblüfft, als wüsste er nicht mehr, was ihn da gerade geritten hatte. Sandy fragte sich, ob es an dem Summen gelegen hatte, das bei offener Tür merklich lauter gewesen war, oder ob der Hund irgendwas gewittert hatte. Er glaubte eher an Letzteres, aber feststellen ließ sich das nicht. Wie er später dann zu einer ganzen Menge Leuten (und auch zu Curtis Wilcox' Sohn) sagte, ging es bei dem Buick nicht darum, was man darüber wusste, sondern darum, was man *nicht* darüber wusste.

Tony sah ein paar Männer herankommen und befahl ihnen, sich fern zu halten. Seine normale Sprechstimme so klar und deutlich zu hören war beruhigend, wirkte aber trotzdem unpassend. Sandy dachte unwillkürlich, dass hier eigentlich Schreie und Rufe im Hintergrund zu hören sein müssten, Explosionen wie aus einem Filmsoundtrack, vielleicht gar Grummeln der empörten Erde selbst.

Tony wandte sich wieder den Fenstern im Schuppentor zu und spähte hinein.

»Was macht er, Sarge?«, fragte Matt Babicki. »Alles in Ordnung mit ihm?«

»Ja, alles in Ordnung«, sagte Tony. »Er geht um das Auto und knipst Fotos. Was machst du denn hier draußen, Matt? Ab in die Leitstelle, um Himmels willen!«

»Das Funkgerät ist ausgefallen, Chef. Atmosphärische Störungen.«

»Na, vielleicht legt sich das ja wieder. Denn das hier legt sich anscheinend.« Für Sandy hörte er sich ganz normal und der Lage gewachsen an – ganz der Sergeant eben –, doch darunter bebte seine Stimme immer noch vor Aufregung. Und als Matt sich abwandte, fügte Tony noch hinzu: »Davon dringt kein Wort nach draußen, klar? Jedenfalls nicht im Klartext. Weder heute noch sonst irgendwann. Wenn du was über den Buick melden musst, sagst du ... sagst du Code D. Hast du verstanden?«

»Jawohl, Sir«, sagte Matt und ging mit hängenden Schultern die Eingangstreppe hoch, als hätte er eine Abreibung bezogen.

»Sandy!«, rief Tony. »Was ist mit dem Hund?«

»Hat sich erledigt. Was ist mit dem Wagen?«

»Anscheinend alles in Ordnung. Es brennt nichts, und es scheint auch nichts explodiert zu sein. Das Thermometer zeigt zwölf Grad. Kalt ist es da drin, sonst nichts.«

»Wenn mit dem Wagen nichts ist, warum knipst er dann Fotos davon?«, fragte Buck.

»Warum? Darum«, sagte Sergeant Schoondist, als würde das alles erklären. Dabei behielt er Curtis im Blick, der weiter um das Auto herumging wie ein Modefotograf um ein Model, Fotos knipste und die Polaroidbilder dann in den Bund seiner alten Khakishorts steckte. Währenddessen gestattete Tony den übrigen, in Vierergruppen näher zu kommen und sich das anzusehen. Als Sandy dran war, fiel ihm auf, dass Curtis' Knöchel jedes Mal grün leuchteten, wenn der Buick aufblitzte. *Strahlung!*, dachte er. *O Gott, er ist verstrahlt!* Dann fiel ihm wieder ein, was Curt gerade zuvor gemacht hatte, und da musste er lachen. Michelle hatte ihn nicht hereinrufen wollen, weil er gerade den Rasen mähte. Und das hatte er immer noch an den Knöcheln: Grasflecken.

»Komm da raus«, murmelte Phil links neben Sandy. Er hielt den Hund immer noch am Halsband, obwohl Mr. D jetzt lammfromm wirkte. »Komm da raus. Treib's nicht auf die Spitze.«

Curt ging zurück in Richtung Tür, als hätte er Phil gehört – oder sie alle, denn sie dachten alle das Gleiche. Aber wahrscheinlich war bloß sein Film alle.

Als er herauskam, legte ihm Tony einen Arm um die Schultern und zog ihn beiseite. Während sie dort standen und miteinander sprachen, gab es ein letztes, mattes, violettes Leuchten. Es war nicht mehr als eine letzte Zuckung. Sandy sah auf seine Armbanduhr. Es war zehn Minuten nach neun. Der ganze Zwischenfall hatte nicht ganz eine Stunde gedauert.

Tony und Curt betrachteten die Polaroidbilder mit einer Neugier, die Sandy nicht nachvollziehen konnte. Vorausgesetzt natürlich, Tony hatte die Wahrheit gesagt und an dem Buick und dem Innern des Schuppens hatte sich tatsächlich nichts verändert. Und für Sandy sah es ganz danach aus.

Schließlich nickte Tony, als wäre jetzt irgendwas geklärt, und ging zurück zu den anderen Troopern. Curt spähte währenddessen noch ein letztes Mal durch die Fenster im Schuppentor. Die Schutzbrille hatte er sich schon in die Stirn geschoben. Tony befahl außer George Stankowski und Herb Avery alle zurück in die Kaserne. Herb war während der Lightshow von der Streife gekommen, vermutlich, weil er mal musste. Er war bekannt dafür, dass er meilenweite Umwege in Kauf nahm, um seinen Stuhlgang auch ja in der Kaserne zu verrichten, und ertrug es ungerührt, dass ihn die anderen damit aufzogen. Er meinte, auf fremden Toilettenbrillen könne man sich alle möglichen Krankheiten holen, und wer das nicht glaube, sei selber schuld. Sandy dachte eher, dass Herb einfach eine Schwäche für die Zeitschriften hatte, die oben auf der Toilette auslagen. Trooper Avery, der zehn Jahre später bei einem Autounfall umkam, war ein *American Heritage*-Fan.

»Ihr beide übernehmt die erste Wache«, sagte Tony. »Sagt sofort Bescheid, wenn ihr irgendwas Merkwürdiges seht. Auch wenn ihr nur glaubt, dass es merkwürdig sein könnte.«

Herb stöhnte auf und fing an zu protestieren.

»Sei still«, sagte Tony und zeigte auf ihn. »Ich will kein Wort mehr hören.«

Herb sah die roten Flecken auf den Wangen des Sergeants und machte augenblicklich den Mund zu. Sandy fand das ausgesprochen vernünftig.

Matt Babicki funkte schon wieder, als die übrigen Männer hinter Sergeant Schoondist her durch den Aufenthaltsraum im Erdgeschoss gingen. Als Matt Wagen 6 aufforderte, seinen Standort anzugeben, war Andy Coluccis Antwort klar und deutlich zu verstehen. Die atmosphärischen Störungen hatten sich gelegt.

In dem kleinen Aufenthaltsraum im ersten Stock waren schnell alle Plätze besetzt, und die als Letzte kamen, mussten mit dem Teppich vorlieb nehmen. Der Aufenthaltsraum unten war größer und verfügte über mehr Sitzgelegenheiten, aber Sandy hielt es trotzdem für eine gute Idee von Tony, die Männer hier oben zu versammeln. Es war eine Familienangelegenheit, nicht Sache der Polizei.

Zumindestens *nicht direkt* Sache der Polizei.

Curtis Wilcox kam als Letzter, die Polaroidfotos in der Hand, die Schweißerbrille immer noch in die Stirn geschoben und Gummischlappen an den grünen Füßen. Auf seinem T-Shirt stand: HORLICKS UNIVERSITY ATHLETIC DEPARTMENT.

Er ging zum Sergeant, und die beiden berieten sich flüsternd, während die anderen warteten. Dann wandte sich Tony wieder der Runde zu. »Es hat keine Explosion gegeben, und Curt und ich glauben auch nicht, dass es irgendwelche Strahlung gab.«

Das wurde mit erleichtertem Seufzen aufgenommen, aber einige Trooper schauten trotzdem noch argwöhnisch. Sandy wusste nicht, wie er schaute; es war kein Spiegel zur Hand. Er wusste nur, dass er argwöhnisch *war*.

»Reicht die mal rum«, sagte Curt und gab jeweils zwei oder drei Polaroidfotos weiter. Einige waren während eines Blitzes aufgenommen, und darauf war fast nichts zu sehen: ein Schimmer vom Kühlergrill und ein Stück vom Dach des Buick. Auf anderen war mehr zu erkennen. Die besten Aufnahmen hatten etwas eigenartig pathetisch Sachliches, was eine besondere Eigenheit von Polaroidfotos ist. *Ich sehe eine Welt, in der es nur Ursache und Wirkung gibt*, schienen sie auszudrücken. *Eine Welt, in der jedes Objekt nur für sich steht und sich hinter den Kulissen keine Götter tummeln.*

»Wie auch normales Filmmaterial und die Strahlenschutzplaketten, die Arbeiter in Kernkraftwerken tragen müssen«, sagte Tony, »bekommt Polaroidmaterial einen Grauschleier, wenn es starker Gammastrahlung ausgesetzt wird. Einige Bilder sind überbelichtet, aber keins hat einen Grauschleier. Mit anderen Worten: Wir sind nicht verstrahlt.«

Phil Candleton sagte: »Nimm's mir nicht übel, Sarge, aber ich find's nicht so toll, dass ich mein Leben und meine Eier der Firma Polaroid anvertrauen soll.«

»Ich fahre morgen gleich nach Pittsburgh und kaufe einen Geigerzähler«, sagte Curt. Er sprach ruhig und vernünftig, seine Stimme aber bebte immer noch ein wenig vor Aufregung. Trotz des coolen »Würden Sie jetzt bitte aus dem Wagen aussteigen, Sir«-Tonfalls war Curt Wilcox kurz davor, außer Rand und Band zu geraten. »Die kriegt man in dem Armeeladen in der Grand Avenue. Ich glaube, die kosten so um die dreihundert Dollar. Ich nehme das

Geld aus dem Eventualfonds, wenn keiner was dagegen hat.«

Es hatte keiner was dagegen.

»Und einstweilen«, sagte Tony, »ist es wichtiger denn je, dass wir die Sache geheim halten. Ich glaube, dieses Ding ist entweder durch einen Glücksfall oder eine Fügung des Schicksals Männern in die Hände gefallen, die dazu tatsächlich in der Lage sind. Einverstanden?«

Zustimmendes Gemurmel.

Dicky-Duck saß im Schneidersitz auf dem Boden und kraulte Mr. Dillon den Kopf. D schlief mit der Schnauze auf den Vorderpfoten. Für das Kasernenmaskottchen war die ganze Aufregung eindeutig vorüber. »Wenn bei dem Geigerzähler die Nadel im grünen Bereich bleibt, bin ich damit einverstanden«, sagte Dicky-Duck. »Andernfalls bin ich dafür, dass wir das FBI rufen.«

»Ja, meinst du denn im Ernst, die können sich besser darum kümmern als wir?«, fauchte Curt. »Herrgott noch mal, Dicky! Die Typen vom FBI kennen doch nur ihre Vorschriften, und –«

»Es sei denn, du willst den Schuppen B mit Blei auskleiden lassen und das auch aus dem Eventualfonds bezahlen«, sagte ein anderer.

»Das ist wirklich eine Schwachsinns–«, setzte Curt an, aber Tony legte eine Hand auf seine Schulter und brachte den Kleinen zum Schweigen, ehe er noch mehr sagen konnte und sich möglicherweise schaden würde.

»Wenn er strahlt«, sagte Tony, »kommt er weg. Das verspreche ich euch.«

Curt sah ihn enttäuscht an. Tony erwiderte den Blick ganz ruhig. *Wir wissen doch, dass er nicht radioaktiv ist,* besagte dieser Blick. *Die Fotos beweisen es. Also wieso regst du dich künstlich auf?*

»Ich bin trotzdem irgendwie der Meinung, dass wir ihn den Behörden übergeben sollten«, sagte Buck. »Die könnten uns vielleicht weiterhelfen ... weißt du ... oder was rausfinden ... irgendwas militärisch Wichtiges ...« Er wurde immer kleinlauter, je mehr er die schweigende Missbilligung um ihn her wahrnahm. Die Pennsylvania State Police hatte jeden Tag in der einen oder anderen Form mit den Bundesbehörden zu tun: mit dem FBI, der Finanzbehörde IRS, den Drogenfahndern von der DEA, mit OSHA, der Arbeitsschutzbehörde, und vor allem mit der Interstate Commerce Commission. Man bekam ziemlich schnell mit, dass die meisten dieser Bundestypen auch nur mit Wasser kochten. Sandys Meinung nach verhielten sich die Feds, *wenn* sie denn mal ein Fünkchen Intelligenz bewiesen, meistens egoistisch und manchmal geradezu böswillig. Die meisten von ihnen waren Sklaven des alltäglichen Trotts, Götzendiener ihrer Dienstvorschriften. Ehe er zur State Police kam, hatte Sandy das gleiche dröge Dienstwegdenken bei der Armee miterlebt. Außerdem war er nicht viel älter als Curtis und also noch so jung, dass er den Gedanken nicht ertragen konnte, den Roadmaster abzugeben. Falls es einmal nötig war, sollte man ihn besser der Wissenschaft übergeben, fand er; vielleicht ein paar Leuten von der Uni, die auf Curtis' Rasenmähhemd für sich warb.

Doch am besten blieb er bei der Troop, bei der grauen Familie.

Buck war verstummt. »Tja, das ist wohl keine so gute Idee«, sagte er schließlich.

»Keine Bange«, sagte jemand. »Mit dem Vorschlag wirst du trotzdem Trooper des Monats.«

Tony wartete ab, bis das Gelächter verklungen war. »Ich will, dass alle, die hier in der Kaserne arbeiten, wissen, was heute Abend vorgefallen ist, damit sie wissen, womit sie rechnen müssen, wenn das noch mal passiert. Sagt das den anderen weiter. Und sagt ihnen auch, dass der Code für den Buick D ist, D wie Dillon. Einfach nur D. Klar? Und wenn wir den Geigerzähler haben, werde ich euch allen mitteilen, was als Nächstes passiert. Dieser Test wird morgen noch vor der zweiten Wache durchgeführt, das garantiere ich euch. Wir werden zwar unseren Frauen, Geschwistern und besten Freunden außerhalb der Polizei nicht erzählen, was wir hier haben, meine Herren, aber *untereinander* werden wir uns *bestens* auf dem Laufenden halten. Das verspreche ich euch. Wir machen das auf die altmodische Tour, durch mündliche Berichterstattung. Über dieses Fahrzeug da draußen – wenn es denn ein Fahrzeug ist – gibt es bisher nichts Schriftliches, und so wird das auch bleiben. Habt ihr das alle verstanden?«

Wieder zustimmendes Gemurmel.

»Ich werde hier bei der Troop D keine Klatschmäuler dulden, meine Herren; es gibt kein Getratsche und kein Bettgeflüster. Habt ihr *das* verstanden?«

Anscheinend schon.

»Guckt mal hier«, sagte Phil und hielt ein Polaroid hoch. »Der Kofferraum ist offen.«

Curt nickte. »Jetzt ist er wieder zu. Der ist bei einem der Blitze aufgesprungen und beim nächsten dann, glaube ich, wieder zugeklappt.«

Sandy hatte kurz ganz deutlich vor Augen, wie sich der Kofferraumdeckel des Buick öffnete und schloss wie ein hungriges Maul. Schaut her! Ein lebendiges Krokodil! Seht es euch gut an, aber steckt ihm um Himmels willen keinen Finger ins Maul!

Curt fuhr fort: »Ich glaube, die Scheibenwischer sind auch kurz angesprungen, aber ich war zu geblendet, um das deutlich zu sehen, und auf den Fotos ist es nicht drauf.«

»Und wieso?«, fragte Phil. »Wieso passiert so was?«

»Ein Spannungsstoß«, mutmaßte Sandy. »Das Gleiche, was auch das Funkgerät in der Leitstelle gestört hat.«

»Die Scheibenwischer vielleicht, aber der Kofferraum

von ’nem Auto lässt sich nicht elektrisch öffnen. Wenn du den aufmachen willst, musst du schon auf den Knopf drücken und die Klappe hochheben.«

Darauf wusste Sandy nichts zu sagen.

»Im Schuppen ist es noch ein paar Grad kälter geworden«, sagte Curt. »Das müssen wir im Auge behalten.«

Die Besprechung war beendet, und Sandy fuhr wieder los auf Streife. Hin und wieder meldete er sich bei der Zentrale und fragte Matt Babicki, ob mit D alles in Ordnung sei. Die Antwort war immer: *Ja, mit D ist alles in Butter.* In späteren Jahren wurde das in den Short Hills rund um Statler, Pogus City und Patchin zu einem ganz üblichen Funkspruch. Dann schnappten es auch ein paar andere Einheiten der State Police auf, sogar drüben in Ohio. Sie dachten, es bedeutete *Ist daheim alles in Butter?* Das amüsierte die Männer der Troop D, denn das bedeutete es ja tatsächlich.

Am nächsten Morgen waren alle bei der Troop D im Bilde und die Dinge gingen wieder ihren gewohnten Gang. Curt und Tony fuhren nach Pittsburgh, einen Geigerzähler besorgen. Sandy hatte frei, kam aber trotzdem zwei-, dreimal vorbei, um nach dem Buick zu sehen. Es war ruhig in dem Schuppen; der Wagen stand dort einfach nur auf dem Betonboden und sah aus wie ein Ausstellungsstück; aber die Nadel des großen roten Thermometers am Deckenbalken sank immer noch weiter. Das fanden alle äußerst unheimlich – diese lautlose Bestätigung, dass dort drin etwas vor sich ging, das ein schlichter State Trooper nicht begreifen, geschweige denn beeinflussen konnte.

Es betrat aber niemand den Schuppen, solange Curt und Tony mit Curts Bel-Aire weg waren – Befehl des Sergeants. Huddie Royer betrachtete den Buick gerade durch eines der Fenster, als die beiden Männer wiederkamen. Er ging zu ihnen, und Curt öffnete auf der Motorhaube seines

Wagens einen Karton und nahm den Geigerzähler heraus.
»Und wo sind eure Raumanzüge?«, fragte Huddie.

Curt sah ihn an. Er lächelte nicht. »Sehr witzig«, sagte er.

Da erst wurde Huddie klar, dass Tony und Curt hier ihr Leben riskierten (aber im Grunde taten das sie alle; die Holzwände von Schuppen B schützten sie nun wirklich nicht vor Strahlung). Er trat einen Schritt zurück und murmelte, es tue ihm Leid.

Doch anscheinend gab es da nichts, was einem von ihnen hätte Leid tun müssen. Curt und der Sergeant blieben eine geschlagene Stunde lang in dem Schuppen, fuhren mit dem Geigerzähler über die gesamte Karosserie des Buick, tasteten mit dem Sensor den Motor ab, gingen damit auch ins Wageninnere und überprüften die Sitze, das Armaturenbrett und das eigenartig große Lenkrad. Curt wagte sich auf einem Rollbrett unter den Wagen, und der Sergeant checkte den Kofferraum, wobei sie besonders vorsichtig vorgingen: Den Kofferraumdeckel klappten sie mit dem Stiel einer Harke auf, die an der Wand gehangen hatte. Die Nadel des Geigerzählers schlug die ganze Zeit über kaum aus. Das stete Ticken, das aus seinem kleinen Lautsprecher drang, nahm nur das eine Mal an Intensität zu, als Tony den Sensor an das Radium-Zifferblatt seiner Armbanduhr legte, um zu überprüfen, ob das Gerät überhaupt funktionierte. Das tat es durchaus, aber bei dem Roadmaster maß es nichts.

Nur einmal machten sie eine kurze Pause und holten sich Pullover aus der Kaserne. Draußen war es heiß, aber im Schuppen B betrug die Temperatur neun Grad Celsius. Das gefiel Sandy gar nicht, und als die beiden herauskamen, schlug er vor, die Schuppentore zu öffnen und etwas warme Luft hineinzulassen. Mr. Dillon schliefe in der Küche, sagte Sandy, und man könne ihn da einschließen.

»Nein«, sagte Tony, und Sandy sah, dass Curtis ebenfalls dagegen war.

»Und wieso nicht?«

»Ich weiß nicht. Nur so 'n Gefühl.«

Gegen drei Uhr an diesem Nachmittag – als sich Sandy gerade unter **2. Schicht / 15–23 Uhr** ins Dienstbuch eingetragen hatte und zu seiner Streife aufbrechen wollte – war die Temperatur im Schuppen B auf acht Grad gesunken. Das waren fünfundzwanzig Grad weniger als draußen, jenseits der dünnen Holzwände.

Und gegen sechs Uhr an diesem Tag – als Sandy gerade in seinem Streifenwagen neben Jimmy's Diner am alten Statler Pike saß, Kaffee trank und Temposündern auflauerte – gebar der Roadmaster zum ersten Mal etwas.

Arky Arkanian sah das Ding, das aus dem Buick gekommen war, als Erster, auch wenn er nicht wusste, was er da sah. Das war gegen sieben Uhr an einem Augustabend des Jahres 1979. In der Kaserne der Troop D war alles ruhig. Hauptsächlich lag das daran, dass Curt und Tony berichtet hatten, dass vom Schuppen B keinerlei Strahlung ausging. Arky war gerade von seinem Trailer oben im Dreamland Park gekommen und wollte in seiner dienstfreien Zeit kurz mal einen Blick auf den beschlagnahmten Wagen werfen. Er hatte ihn ganz für sich allein; zu diesem Zeitpunkt war niemand im Schuppen B. Vierzig Meter entfernt herrschte in der Kaserne die während einer Schicht übliche Ruhe. Matt Babicki hatte schon Feierabend gemacht, und ein jüngerer Kollege saß jetzt in der Leitstelle. Der Sarge war um fünf nach Hause gefahren. Curt, der seiner Frau wegen des Einsatzes vom Vorabend eine Lügengeschichte aufgetischt hatte, trug vermutlich wieder seine Gummilatschen und mähte wie ein braver Junge den Rasen fertig.

Um fünf nach sieben lief der Hausmeister der Troop D (mittlerweile sehr blass, sehr in Gedanken und sehr verängstigt) an dem Jungen in der Leitstelle vorbei in die kleine Küche, um zu sehen, wen er dort fand. Er wollte mit jemandem sprechen, der kein Neuling mehr war, mit jemandem, der sich auskannte. Er stieß auf Huddie Royer, der gerade fast damit fertig war, einen großen Topf Käsemakkaroni zuzubereiten.

Jetzt: *Arky*

»Und?«, fragt der Junge, und in diesem Moment hatte er so viel von seinem Daddy an sich – wie er da auf der Bank saß, wie er einem in die Augen blickte, wie er die Augenbrauen hochzog, aber vor allem diese Hast und Ungeduld. Diese Ungeduld war ganz der Vater. *»Und?«*

»Das ist nicht mein Teil der Geschichte«, sagt Sandy zu ihm. »Ich war nicht dabei. Die beiden hier waren da.«

Da schaut sich der Junge natürlich zu Huddie und mir um.

»Erzähl du das, Hud«, sag ich. »Du bist das gewöhnt mit dem Berichterstatten.«

»Einen Scheiß werd ich tun«, meint er. »Du warst als Erster da. Du hast es als Erster gesehn. Du fängst an.«

»Aach –«

»Also einer von euch fängt jetzt mal an«, sagt der Junge zu uns, und rumms! – haut er sich den Handballen mitten vor die Stirn. Da musste ich lachen.

»Mach schon, Arky«, sagt der Sarge zu mir.

»Ach was«, sag ich. »Ich hab das noch nie erzählt – noch nie richtig wie 'ne Geschichte. Ich weiß nicht, wie sich das anhören würde.«

»Dann gib dir Mühe«, sagt der Sarge, und das hab ich dann auch getan. Erst war's ganz schön schwer – kam mir so vor, als würde der Junge mit seinen Blicken in mir bohren wie mit Nägeln –, und die ganze Zeit hab ich gedacht:

Das glaubt er mir doch sowieso nicht. Aber nach 'ner Weile ging's 'n bisschen besser. Wenn man von was erzählt, das vor langer Zeit passiert ist, hat man es mit einem Mal wieder ganz klar vor Augen. Das kann gut oder schlecht sein, schätz ich mal. Und als ich da an diesem Abend so saß und mit Curtis Wilcox' Sohn sprach, war's wohl beides.

Nach 'ner Weile hat Huddie auch mitgemacht und mir geholfen. Er hat sich an alles Mögliche erinnert, sogar daran, dass Joan Baez im Radio sang. »Der Teufel steckt im Detail«, hat der alte Sarge immer gesagt (meistens wenn einer bei 'nem Bericht was Wichtiges weggelassen hatte). Und die ganze Zeit über saß der Junge da auf der Bank und guckte uns an und kriegte immer größere Augen, während es allmählich dunkler wurde und nicht mehr so roch, wie das im Sommer immer so ist, und über uns die Fledermäuse flogen und weit weg im Süden der Donner grollte. Es hat mich traurig gemacht, dass er seinem Vater so ähnlich sah. Ich weiß nicht, warum.

Er unterbrach uns nur einmal. Er fragte Sandy, ob wir immer noch das –

»Ja«, hat Sandy sofort gesagt. »O ja, das haben wir. Und tausende Fotos. Größtenteils Polaroids. Wenn Polizisten eins können, Kleiner, dann ist es Beweismittel sicherstellen. Und jetzt sei still. Du wolltest es hören; jetzt lass ihn auch erzählen.«

Ich hab gewusst, dass er mich damit meint, und also hab ich weitererzählt.

Damals

Arky hatte seinerzeit einen Ford-Pick-up, einen ganz normalen mit drei Gängen (*mit dem Rückwärtsgang sind es aber vier,* meinte er oft scherzhaft) und quietschender Kupplung. Er parkte ihn immer dort, wo er auch dreiundzwanzig Jahre später immer parkte, nur dass er es da mittlerweile zu einem Dodge Ram mit Automatikgetriebe *und* Allradantrieb gebracht hatte.

Damals, 1979, stand ein alter Schulbus am anderen Ende des Parkplatzes, ein durchgerosteter gelber Kasten, der mindestens seit dem Koreakrieg dort Jahr um Jahr weiter unter Unkraut und Dreck verschwand. Wieso er nicht entfernt wurde, war ein weiteres Rätsel des Lebens. Arky stellte seinen Wagen daneben ab, ging hinüber zum Schuppen B und spähte durch ein Torfenster hinein, wobei er sich mit den Händen die Augen vor dem Sonnenschein aus dem Westen abschirmte. Er kniff die Augen auch ein wenig zu, nur für den Fall, dass der Buick wieder anfing zu blitzen.

Doch der Buick blitzte an diesem Abend nicht, wie er auch an dem Tag nicht geblitzt hatte, an dem Ennis Rafferty verschwunden war. Damals wussten sie noch nicht, dass der Roadmaster manchmal lange nur dastand und gar nichts tat … trotzdem aber gefährlich blieb.

Im Schuppen war die Deckenbeleuchtung an, und der darunter stehende Buick sah für Arky aus wie ein Vorführmodell, wie ein Wagen, der in diesem Licht so schön aussah, dass jeder, der einigermaßen bei Verstand war, sofort den Kaufvertrag unterschrieben hätte, um dann mit diesem Prachtstück nach Hause zu fahren. Es schien alles in Butter – bis auf den Kofferraum. Der stand wieder offen.

Das sollte ich dem Diensthabenden melden, dachte Arky. Er war kein Polizist, war nur der Hausmeister, aber manchmal färbt das Grau der State Police eben ab. Er trat einen Schritt von dem Fenster zurück und sah zufällig das Thermometer, das Curt und der Sergeant an einem Deckenbalken angebracht hatten. Die Temperatur im Schuppen war wieder gestiegen, und zwar nicht zu knapp. Es waren sechzehn Grad dort drin. Arky kam der Buick wie ein eigenartiges Kühlaggregat vor, das sich jetzt selbst wieder abgeschaltet hatte (oder vielleicht bei dem Feuerwerk durchgebrannt war).

Den plötzlichen Temperaturanstieg hatte sonst niemand bemerkt, und Arky war aufgeregt. Er machte schon vor dem Tor kehrt und wollte zur Kaserne laufen. Da sah er das Ding in der Ecke des Schuppens.

Das ist nur ein Haufen alter Lumpen, dachte er, aber irgendwas deutete auf … nun ja, etwas anderes hin. Er ging zurück ans Fenster und schirmte sich die Augen wieder mit den Händen ab. Nein, auf keinen Fall: Das Ding da in der Ecke war kein Haufen alter Lumpen.

Arky empfand ein grippeartiges Schwächegefühl in den Knien und Oberschenkeln. Dieses flaue Gefühl stieg bis in seinen Bauch und dann bis hoch zu seinem Herz und brachte es auf Trab. Einen erschreckenden Moment lang war er fast sicher, gleich ohnmächtig zu werden.

He, du dummer Schwede! Wie wär's mal wieder mit Atmen? Vielleicht hilft das ja.

Arky sog zwei tiefe, trockene Atemzüge ein und scherte sich nicht groß um das Geräusch, das er dabei machte. Sein Vater hatte sich so angehört, als er mit einem Herzanfall auf dem Sofa gelegen und auf den Krankenwagen gewartet hatte.

Er trat von dem Schuppentor zurück und pochte sich mit der Faust auf die Brust. »Komm, du alte Pumpe. Willst du wohl.«

Die Sonne, die in einem großen Kessel Blut versank, blendete ihn. Sein Magen krampfte sich immer mehr zusammen, und er war kurz davor, sich zu übergeben. Die Kaserne schien mit einem Mal zwei, vielleicht gar drei Meilen weit entfernt. Er ging in diese Richtung los und konzentrierte sich darauf, zu atmen und große, gleichmäßige Schritte zu setzen. Etwas in ihm wäre gern losgerannt, aber etwas anderes verriet ihm, dass er dann vielleicht tatsächlich ohnmächtig hingestürzt wäre.

»Die lachen dich doch aus; das ist dir doch wohl klar.«

Doch eigentlich machte er sich keine Sorgen, dass man ihn veralbern würde. Er wollte bloß nicht mit wildem Blick hereinplatzen und Panik verbreiten wie irgendein Normalbürger, der eine verrückte Geschichte auf Lager hatte.

Als er dann drin war, ging es Arky schon ein klein wenig besser. Er hatte zwar immer noch Angst, aber es war ihm nicht mehr zum Kotzen zumute oder danach, Reißaus zu nehmen. Denn er war auf eine Idee gekommen, die ihn ein wenig beruhigte: Vielleicht war das ja alles nur ein Trick, ein Streich. Die Trooper nahmen ihn ununterbrochen auf die Schippe, und hatte er nicht Orville Garrett erzählt, er würde später noch mal wiederkommen, um sich den alten Buick noch mal in Ruhe anzuschaun? Ja, das hatte er. Und vielleicht hatte Orv ja beschlossen, ihn reinzulegen. Von dieser Bande von Komikern, mit der er zusammenarbeitete, versuchte fast ständig einer, ihn in die Pfanne zu hauen.

Dieser Gedanke beruhigte ihn ein wenig, aber im Grunde seines Herzens glaubte Arky nicht daran. Orv Garrett war zwar durchaus ein Scherzbold und für jeden Spaß zu haben, hätte aber nie das Ding im Schuppen für einen Gag genutzt. Das hätte keiner von ihnen gewagt. Nicht solange Sergeant Schoondist so ein Gewese darum machte.

Ach, aber der Sarge war nicht da. Seine Bürotür war zu, und die Milchglasscheibe war dunkel. Aber in der Küche war Licht, und von daher kam auch Musik. Joan Baez sang *The Night They Drove Old Dixie Down.* Arky ging hinein, und dort stand Huddie Royer und gab gerade einen Riesenklumpen Margarine in einen Topf Nudeln. *Die Scheiße wird dir dein Herz nicht danken,* dachte Arky. Huddies Radio – ein kleines mit einem Riemen dran, das er immer dabeihatte – stand neben dem Toaster auf dem Küchentresen.

»Hey, Arky!«, sagte er. »Was machst du denn hier – vier Stunden nach Feierabend? Als hätt ich's mir nicht gedacht!«

»Ist Orv Garrett da?«, fragte Arky.

»Nee, der hat ab morgen drei Tage frei. Der Glückspilz ist angeln gefahren. Willst du 'n Teller Nudeln?« Huddie hielt ihm den Topf hin, sah ihn dabei überhaupt erst richtig an und bemerkte, dass er jemanden vor sich hatte, der sich vor Angst fast in die Hosen machte. »Arky? Was ist denn mit dir los? Bist du krank?«

Arky sackte auf einen Küchenstuhl und ließ die Hände zwischen den Knien baumeln. Er sah zu Huddie hoch und machte den Mund auf, bekam aber kein Wort heraus.

»Was ist denn?« Huddie stellte den Topf Nudeln, ohne ihn noch eines Blicks zu würdigen, auf den Küchentresen. »Hat es was mit dem Schuppen zu tun? Mit dem Buick?«

»Hast du heute Abend Dienst, Hud?«

»Ja. Bis elf.«

»Wer ist noch da?«

»Oben sind vielleicht noch ein paar Jungs. Aber wenn du Vorgesetzte meinst, kannst du aufhören zu suchen. Einen Ranghöheren als mich wirst du heute Abend nicht finden. Also schieß los.«

»Komm mit raus«, sagte Arky. »Guck dir das selber an. Und nimm ein Fernglas mit.«

Huddie holte sich einen Feldstecher aus dem Geräteraum, aber der sollte ihm nichts nützen. Das Ding in der Schuppenecke war zu nah – im Fernglas war es nur ein verschwommener Umriss. Nachdem er zwei, drei Minuten lang an der Scharfeinstellung herumgedreht hatte, gab Huddie es auf. »Ich geh da jetzt rein.«

Arky hielt ihn am Handgelenk zurück. »Gott, nein! Ruf den Sarge an! Lass ihn das entscheiden!«

Huddie, der durchaus stur sein konnte, schüttelte den Kopf. »Der Sarge schläft. Seine Frau hat angerufen und Bescheid gesagt. Und du weißt ja, was das bedeutet: Solange nicht der dritte Weltkrieg ausbricht, darf ihn keiner wecken.«

»Und was ist, wenn das da drin der dritte Weltkrieg *ist?*«

»Ich habe keine Angst«, sagte Huddie. Das war, seinem Gesicht nach zu urteilen, die Lüge des Jahrzehnts, wenn nicht des Jahrhunderts. Er schaute noch einmal hinein. Der nutzlose Feldstecher stand neben seinem linken Fuß auf dem Boden. »Es ist tot.«

»Kann schon sein«, sagte Arky. »Aber vielleicht stellt es sich auch bloß tot.«

Huddie sah sich zu ihm um. »Das ist doch nicht dein Ernst.« Schweigen. »Oder?«

»Ich weiß es nicht. Ich weiß nicht, ob das Ding da tot ist oder nur schläft. Und du weißt das auch nicht. Was ist denn, wenn es will, dass einer reingeht? Hast du daran schon mal gedacht? Was ist, wenn es nur auf dich wartet?«

Huddie ließ sich das durch den Kopf gehen und sagte dann: »Tja, in dem Fall kriegt es eben, was es will.«

Er ging von dem Tor zurück und sah dabei zwar ebenso

verängstigt aus wie Arky, als der in die Küche gekommen war, aber doch auch entschlossen. Ein sturer alter Holländer.

»Arky, hör mir zu.«

»Ja.«

»Carl Brundage ist oben im Aufenthaltsraum. Mark Rushing auch, glaube ich jedenfalls. Sprich nicht mit Loving in der Leitstelle; dem trau ich nicht, der ist noch nicht trocken hinter den Ohren. Aber geh und sag den anderen beiden Bescheid. Und guck mich nicht so an. Das ist wahrscheinlich gar nichts, aber ein wenig Verstärkung kann nicht schaden.«

»Nur für den Fall, dass es nichts ist.«

»Genau.«

»Denn vielleicht ist es ja doch was.«

Huddie nickte.

»Bist du sicher?«

»Mh, mh.«

»Also gut.«

Huddie ging an dem Tor vorbei und um die Ecke und stand dann vor der Tür an der Seite des Schuppens. Er atmete tief ein, zählte in Gedanken bis fünf und atmete dann wieder aus. Dann löste er den Riemen über dem Griff seiner Pistole – damals eine Ruger Kaliber 357.

»Huddie?«

Huddie zuckte zusammen. Hätte er den Finger am Abzug gehabt, dann hätte er bestimmt abgedrückt und sich wahrscheinlich den Fuß zerschossen. Er wirbelte herum und sah Arky an der Ecke des Schuppens stehen. Seine großen dunklen Augen schwammen in seinem abgehärmten Gesicht.

»Himmel Herrgott noch mal!«, schnauzte Huddie. »Was schleichst du mir denn nach?«

»Ich bin nicht geschlichen. Ich bin ganz normal gegangen.«

»Geh rein! Hol Carl und Mark, wie ich's dir gesagt habe!«

Arky schüttelte den Kopf. Er hatte zwar Angst, wollte aber trotzdem dabei sein. Huddie konnte das verstehen. Die Arbeit bei der Polizei färbte eindeutig ab.

»Also gut, du dummer Schwede. Gehn wir.«

Huddie machte die Tür auf und betrat den Schuppen, in dem es immer noch kälter war als draußen. Wie kalt genau es war, merkte keiner der Männer, denn sie schwitzten beide wie die Schweine. Huddie hielt die Waffe im Anschlag. Arky nahm sich einen Rechen von der Wand. Er schlug klappernd an eine Schaufel, und beide zuckten sie zusammen. Für Arky war der Anblick ihrer Schatten an der Wand noch unheimlicher als dieses Geräusch: Sie geisterten wie Koboldsschatten hin und her.

»Huddie –«, setzte er an.

»Pscht!«

»Wenn es tot ist, wieso machst du dann pscht?«

»Lass das Klugscheißern«, flüsterte Huddie.

Er ging über den Betonboden auf den Buick zu. Arky folgte ihm mit pochendem Herzen, den Stiel des Rechens in den schweißnassen Händen. Sein Mund war trocken und fühlte sich irgendwie verbrannt an. Noch nie im Leben hatte er solche Angst gehabt, und dass er nicht wusste, wovor er da eigentlich Angst hatte, machte es nur noch schlimmer.

Huddie ging zum Heck des Buick und spähte in den offen stehenden Kofferraum. Sein Rücken war so breit, dass Arky nichts sehen konnte. »Was ist da drin, Hud?«

»Nichts. Er ist leer.«

Huddie griff nach dem Kofferraumdeckel, zögerte noch einen Moment lang, zuckte dann mit den Achseln und knallte den Deckel zu. Bei diesem Geräusch schreckten sie beide zusammen, und dann sahen sie zu dem Ding in der

Ecke hinüber. Es regte sich nicht. Huddie ging darauf zu, die Waffe wieder im Anschlag. Das Schlurfen seiner Schuhsohlen auf dem Beton war sehr laut.

Das Ding war tatsächlich tot – dessen wurden sich die beiden Männer immer sicherer, je näher sie kamen, aber das machte es auch nicht besser, denn keiner von ihnen hatte je so etwas gesehen. Weder in den Wäldern Pennsylvanias noch in einem Zoo und auch nicht in einer Tiersendung im Fernsehen. Es war anders, *vollkommen* anders. Huddie musste an Horrorfilme denken, die er gesehen hatte, aber das Ding, das da in der Ecke des Schuppens zusammengekauert war, ähnelte im Grunde auch nichts aus diesen Filmen.

Vollkommen anders, dachte er immer wieder, dachten sie beide immer wieder. Alles an ihm schrie förmlich, dass es nicht von hier sei – wobei mit »hier« nicht die Short Hills gemeint waren, sondern der ganze Planet Erde. Ja, vielleicht das ganze Universum oder wenigstens das, was eher mittelmäßige Physikschüler wie die beiden darunter verstanden. Es war, als wäre irgendeine tief in ihre Köpfe eingebaute Alarmsirene mit einem Mal zum Leben erwacht und hätte zu heulen begonnen.

Arky musste an Spinnen denken. Nicht weil das Ding in der Ecke wie eine Spinne ausgesehen hätte, sondern weil … tja … weil Spinnen so *anders* waren. Die vielen Beine – und man wusste nie, was sie gerade dachten und wie es etwas wie sie überhaupt geben konnte. So war es auch mit diesem Ding, nur schlimmer. Ihm wurde schon schlecht, wenn er es nur ansah, und er versuchte, sich einen Reim darauf zu machen, was ihm seine Augen da übermittelten. Er schwitzte am ganzen Körper, sein Herz schlug unregelmäßig, und seine Eingeweide schienen plötzlich schwerer. Er wollte weglaufen. Er wollte nur noch Reißaus nehmen.

»O Gott«, sagte Huddie leise stöhnend. »O Gooott.« Es war, als würde er flehen, das Ding solle verschwinden. Er ließ die Waffe sinken, bis die Mündung auf den Boden gerichtet war. Die Pistole wog nur knapp ein Kilo, aber nicht einmal dieses lächerliche Gewicht konnte sein Arm mehr hochhalten. Auch seine Gesichtsmuskulatur sackte in sich zusammen; er bekam große Augen, und die Kinnlade klappte herunter. Arky würde nie vergessen, wie Huddies Zähne da im Halbdunkel schimmerten. Dann begann er am ganzen Körper zu zittern, und da bemerkte Arky, dass auch er zitterte.

Das Ding da in der Ecke hatte die Ausmaße einer sehr großen Fledermaus, etwa wie jene, die in der so genannten Wunderhöhle in Pogus City nisteten (Führungen drei Dollar pro Person, fragen Sie nach Familienermäßigungen). Seine Flügel verbargen einen Großteil seines Körpers. Sie waren nicht zusammengefaltet, sondern lagen wirr und verknittert übereinander, als hätte es noch versucht, sie zusammenzufalten, und wäre dabei gestorben. Die Flügel waren schwarz oder vielleicht doch eher in einem sehr dunklen, fleckigen Grün gehalten. Was sie vom Rücken des Wesens sehen konnten, war etwas heller grün. Die Bauchregion war käsig weiß, wie die Blüte einer verrottenden Sumpflilie. Der dreieckige Kopf war zur Seite geneigt. Etwas Knöchriges, das vielleicht eine Nase oder ein Schnabel sein mochte, ragte aus dem augenlosen Gesicht. Das Maul stand offen. Ein gelblicher Faden hing heraus, als hätte das Wesen beim Sterben seine letzte Mahlzeit wieder von sich gegeben. Als Huddie das sah, wusste er, dass er jetzt eine ganze Weile keine Käsemakkaroni mehr essen würde.

Unter dem Hinterteil des Kadavers hatte sich eine flache Pfütze aus gerinnendem schwarzem Schleim gebildet. Bei dem Gedanken, dass so etwas Blut sein konnte, war Huddie zum Schreien zumute. Er dachte: *Ich rühre das nicht an. Lieber bringe ich meine Mutter um, als dieses Ding anzurühren.*

In diesem Moment tauchte am Rande seines Gesichtsfelds eine lange Holzstange auf. Er schrie auf und zuckte zurück. »Nicht, Arky!«, rief er, aber da war es schon zu spät.

Später konnte Arky nicht sagen, warum er das Ding in der Ecke unbedingt hatte stupsen müssen – es war einfach ein starkes Verlangen gewesen, dem er nachgegeben hatte, ohne zu wissen, was er da eigentlich tat.

Als das Ende des Rechenstiels die Stelle berührte, an der die Flügel verknittert übereinander lagen, gab es ein Geräusch, das sich wie Papierrascheln anhörte, und stank es plötzlich wie nach altem, verkochtem Kohl. Doch das bemerkten die beiden kaum. Sie erstarrten, als sich die obere Gesichtshälfte des Wesens abzuschälen schien und ein totes, glasiges Auge entblößte, das die Ausmaße einer großen Kugellagerkugel hatte.

Arky schrie auf und wich zurück, ließ scheppernd den Rechen fallen und hielt sich beide Hände vor den Mund. Über seinen gespreizten Fingern traten ihm Angsttränen in die Augen. Huddie blieb einfach wie angewurzelt stehen.

»Das war das Augenlid«, sagte er leise mit heiserer Stimme. »Nur das Augenlid, weiter nichts. Du bist mit dem Rechen drangekommen, du verdammter Idiot. Du bist drangekommen, und es ist aufgeklappt.«

»Herrgott, Huddie!«

»Es ist tot.«

»O Gott, o mein Gott –«

»Es ist *tot!* Klar?«

»Ja ... klar«, sagte Arky mit seinem komischen schwedischen Akzent, der nun noch stärker durchklang als sonst. »Bloß raus hier.«

»Für einen Hausmeister bist du gar nicht so dumm.«

Die beiden Männer gingen langsam und rückwärts zur Tür – sie wollten das Ding nicht aus dem Blick lassen. Sie gingen auch rückwärts, weil sie beide wussten, dass sie sofort losgerannt wären, wenn sie die Tür gesehen hätten. Die Sicherheit, die die Tür versprach. Die Verheißung einer ganz normalen Welt jenseits dieser Tür. Es kam ihnen vor, als wäre der Weg bis dorthin ewig lang.

Arky ging als Erster hinaus und atmete tief die frische Abendluft ein. Huddie kam hinterher und knallte die Tür hinter sich zu. Dann sahen sie einander einen Moment lang einfach nur an. Arky war nicht blass, sondern gleich gelb im Gesicht geworden. Für Huddie sah er aus wie ein Käsetoast ohne Toastbrot.

»Was lachst du denn?«, fragte Arky. »Was ist denn so lustig daran?«

»Nichts«, sagte Huddie. »Ich versuche bloß, nicht hysterisch zu werden.«

»Ja, ich weiß, was du meinst. Rufst du jetzt Sergeant Schoondist an?«

Huddie nickte. Er musste immer noch daran denken, dass es so ausgesehen hatte, als würde sich die gesamte obere Kopfhälfte des Wesens ablösen, als Arky es gestupst hatte. Ihm schwante schon, dass er später oft von diesem Moment träumen würde, und so kam es dann auch.

»Und Curtis?«

Huddie überlegte und schüttelte dann den Kopf. Curt war frisch verheiratet, hatte eine junge Frau. Junge Frauen hatten ihre Männer gern bei sich daheim, und wenn sie zwei Nächte hintereinander nicht bekamen, was sie wollten, waren sie schnell mal gekränkt und fingen an Fragen zu stellen. Das war ganz normal. Wie es für junge, frisch verheiratete Männer auch ganz normal war, diese Fragen dann manchmal auch zu beantworten, selbst wenn sie wussten, dass sie es eigentlich nicht durften.

»Also nur den Sarge?«

»Nein«, sagte Huddie. »Lass uns auch Sandy Dearborn rufen. Sandy ist ein kluger Kopf.«

Sandy stand immer noch bei Jimmy's auf dem Parkplatz, die Blitzpistole auf dem Schoß, als sich sein Funkgerät meldete. »Wagen vierzehn, Wagen vierzehn.«

»Wagen vierzehn, ich höre.« Wie jedes Mal, wenn er seine Wagennummer hörte, blickte Sandy auf seine Armbanduhr. Es war zwanzig nach sieben.

»Äh, komm zur Basis, vierzehn. Wir haben hier einen Code D. Ich wiederhole: Code D. Verstanden?«

»Ein Dreier?«, fragte Sandy. Die Drei bezeichnet bei den meisten Polizeieinheiten der USA einen Notfall.

»Nein, negativ, aber wir könnten Hilfe gebrauchen.«

»Verstanden.«

Er fuhr zehn Minuten vor dem Sarge auf den Hof, der in seinem Privatwagen kam, einem Pick-up von International Harvester, der noch älter war als Arkys Ford. Da hatte sich die Sache schon herumgesprochen, und Sandy sah eine regelrechte Trooper-Versammlung vor dem Schuppen B – viele Männer an den vielen kleinen Fenstern, und alle spähten sie hinein. Brundage, Rushing, Cole, Devoe und Huddie Royer. Arky Arkanian stapfte hinter ihnen im Kreis herum, die Hände tief in den Hosentaschen und Falten auf der Stirn, die aussahen wie Leitersprossen. Er wartete aber nicht darauf, dass ein Fenster frei wurde. Arky hatte, zumindest für einen Abend, wirklich genug gesehen.

Huddie erzählte Sandy, was passiert war, und dann sah sich Sandy das Ding dort in der Ecke lange und aufmerksam an. Er überlegte auch, was der Sergeant anfordern würde, wenn er kam, und stellte die Sachen in einem Karton neben der Tür bereit.

Tony fuhr vor, hielt schräg hinter dem alten Schulbus und lief dann zum Schuppen B. Ohne Umschweife schob er mit dem Ellbogen Carl Brundage von dem Fenster weg, das dem toten Wesen am nächsten war, und schaute selbst hinein, während Huddie ihm Bericht erstattete. Dann rief er Arky herbei und hörte sich dessen Version der Geschichte an.

Sandy fand, dass sich Tonys Grundsätze für den Umgang mit dem Roadmaster, nachdem sie an diesem Abend auf die Probe gestellt worden waren, als vernünftig erwiesen hatten. Während Tony sich von Huddie und Arky Bericht erstatten ließ, kamen immer mehr Kollegen dazu. Die meisten der Männer waren nicht im Dienst. Die wenigen Uniformierten waren, als sie Huddie den Buick-Code durchgeben hörten, nah genug gewesen, um sich das mal anzuschauen. Doch trotzdem gab es kein lautstarkes Stimmengewirr und kein Gedränge und Geschubse, und niemand stellte sich Tonys Ermittlungen in den Weg oder hielt mit vielen dummen Fragen alles auf. Und vor allem gab es keine erhitzten Gemüter und kam keine Panik auf. Wären Reporter dabei gewesen und hätten miterlebt, was für eine atavistische Macht dieses Ding hatte – ein Wesen, das Furcht einflößend und bedrohlich wirkte, obwohl es ganz offensichtlich tot war: Sandy mochte sich gar nicht ausdenken, was dabei herausgekommen wäre. Als er das am Tag darauf Schoondist gegenüber erwähnte, lachte der Sarge. »Der Riese von Cardiff, aber noch tausendmal schlimmer«, sagte er. »*Das* wäre dabei rausgekommen, Sandy.«

Beide, der gegenwärtige und der spätere Sarge, wussten, wie die Presse eine solche Informationspolitik seitens der Polizei bezeichnet hätte – als faschistisch nämlich. Das war sicher etwas übertrieben, aber andererseits bezweifelten sie beide nicht, dass ein derartiges Verhalten vielfältigem Amtsmissbrauch Tür und Tor öffnete. (»Wenn du Bullen sehen willst, die sich nicht im Griff haben, dann schau nach L.A.«, hatte Tony mal gesagt. »Auf drei gute Polizisten kommen da zwei junge Neonazi-Schwachköpfe auf Motorrädern.«) Doch die Sache mit dem Buick war eben wirklich ein Sonderfall – auch das bezweifelte keiner der beiden.

Huddie wollte wissen, ob es richtig gewesen sei, Curtis nicht anzurufen. Er war besorgt, Curt könne sich ausgeschlossen oder übergangen fühlen. Wenn der Sarge wollte, würde er, Huddie, sofort in die Kaserne gehen und zum Telefon greifen. Und zwar gern.

»Curtis ist da bestens aufgehoben, wo er ist«, sagte Tony. »Und wenn man ihm erklärt, warum er nicht gerufen wurde, wird er das verstehen. Und was den Rest von euch angeht ...«

Tony trat vom Schuppentor zurück. Seine Haltung war locker und entspannt, aber sein Gesicht war kreidebleich. Der Anblick dieses Dings da in der Ecke hatte ihm, selbst durch eine Glasscheibe hindurch, genauso zugesetzt wie Huddie und Arky zuvor. Sandy ging es ebenso. Aber er spürte bei Sergeant Schoondist auch große Aufregung und die maßlose Neugier, die er mit Curt teilte, diesen pochenden Unterton, der besagte: *Ja, ist denn das zu fassen?* Sandy hörte das und erkannte es als das, was es war, empfand aber selbst nichts dergleichen, kein Fünkchen Neugier. Und den anderen ging es wohl genauso. Sie wussten um ihre Pflicht, den Buick zu bewachen, aber nur Curt und Tony verspürten auch eine Pflicht – oder vielleicht eher einen inneren Zwang –, ihn zu *erforschen*.

»Alle, die im Dienst sind, hören mir jetzt zu«, sagte Tony. Er hatte sein übliches, leicht schiefes Grinsen aufgesetzt, aber Sandy fand, dass es an diesem Abend etwas gezwungen wirkte. »Wir haben Brände in Statler, Überschwemmungen in Leesburg und eine Serie von Raubüberfällen auf Piggly-Wiggly-Läden in Pogus County; vermutlich stecken die Amish dahinter.«

Das brachte ihm einige Lacher.

»Worauf wartet ihr also noch? Gehet hin, meine Kinder! Ja, wahrlich, ich sage euch: Fasset die Missetäter und bringt sie zur Strecke!«

Es folgte ein allgemeiner Aufbruch der Trooper, die

Dienst hatten, und dann das Aufdröhnen von Chevrolet-Achtzylindermotoren. Die Männer, die freihatten, standen noch kurz vor dem Schuppen herum, aber es musste ihnen niemand sagen, dass sie weitergehen sollten – bitte weitergehen, kommt, Jungs, hier gibt's nichts mehr zu sehn. Sandy fragte den Sarge, ob er auch wieder aufbrechen sollte.

»Nein, Trooper«, sagte Tony. »Du bleibst bei mir.« Dann ging er forschen Schritts zur Schuppentür und blieb dort nur kurz stehen, um sich den Inhalt von Sandys Karton anzusehen: eine Polaroidkamera inklusive Reservefilm, eine Elle, Gummihandschuhe und Plastiktüten. Aus der Küche hatte Sandy auch noch ein paar grüne Plastikmüllbeutel mitgebracht.

»Gute Arbeit, Sandy.«

»Danke, Sir.«

»Bist du bereit?«

»Ja, Sir.«

»Hast du Angst?«

»Ja, Sir.«

»So viel Angst wie ich oder nicht ganz so viel?«

»Das weiß ich nicht.«

»Ich auch nicht. Aber ich habe Angst. Und zwar nicht zu knapp. Fang mich auf, wenn ich ohnmächtig werde.«

»Fall einfach nur in meine Richtung.«

Tony lachte. »Komm. Immer nur rein in die gute Stube, sagte die Spinne zu der Fliege.«

Ob sie nun Angst hatten oder nicht – die beiden ermittelten ziemlich gründlich. Gemeinsam erstellten sie einen Lageplan vom Innern des Schuppens, und als Curt Sandy später deswegen lobte, nickte Sandy und meinte auch, das sei gute Arbeit gewesen. Gut genug sogar, um damit vor Gericht zu bestehen. Trotzdem waren viele Striche darauf ein wenig krakelig. Ihnen zitterten fast von dem Moment an die Hände, als sie den Schuppen betraten, und das hörte erst wieder auf, als sie wieder draußen waren.

Sie machten den Kofferraum auf, weil er offen war, als Arky in den Schuppen geschaut und das Ding in der Ecke entdeckt hatte, und obwohl er genauso leer war wie zuvor, schossen sie Polaroidfotos davon. Ebenso knipsten sie das Thermometer (das mittlerweile ganze einundzwanzig Grad anzeigte), vor allem weil Tony meinte, Curt würde bestimmt gern ein Bild davon haben. Und dann fotografierten sie den Kadaver in der Ecke, und zwar aus jedem nur erdenklichen Blickwinkel. Sämtliche Polaroidbilder zeigten dieses eine unbeschreibliche Auge. Es schimmerte wie frischer Teer. Als er sich darin gespiegelt sah, war Sandy Dearborn zum Schreien zumute. Und alle zwei, drei Sekunden sah sich einer von ihnen zu dem Buick Roadmaster um.

Als sie mit den Fotos fertig waren – bei einigen hatten sie die Elle neben den Kadaver gelegt –, schüttelte Tony einen Müllsack auf. »Hol eine Schaufel«, sagte er.

»Willst du das nicht hier lassen, bis Curt –«

»Trooper Wilcox kann sich das auch unten im Lager angucken«, sagte Tony. Seine Stimme klang eigenartig angespannt, fast erstickt, und Sandy wurde klar, dass sich Tony mit aller Macht gegen eine Übelkeit wehrte. Sandys Magen geriet, vielleicht aus Mitgefühl, ebenfalls etwas ins Schlingern. »Da kann er's sich dann nach Herzenslust ansehn. Und dieses eine Mal muss ich mir keine Sorgen darum machen, dass wir die Beweiskette durchbrechen, denn hiervon wird nie ein Staatsanwalt erfahren. Aber erst mal räumen wir diese Scheiße *weg.*« Er brüllte nicht, klang aber ein klein wenig verärgert.

Sandy nahm eine Schaufel von der Wand und schob das Schaufelblatt unter das tote Wesen. Die Flügel gaben ein bröckelndes, irgendwie entsetzliches Rascheln von sich. Dann klappte einer zur Seite und entblößte eine schwarze, unbehaarte Flanke. Zum zweiten Mal, seit sie den Schuppen betreten hatten, war Sandy zum Schreien zumute. Er hätte nicht sagen können, warum genau, nur dass in seinem Hinterkopf etwas flehte, nicht noch mehr sehen zu müssen, weil die nächste Enthüllung eine zu viel sein könnte, der letzte Tropfen, der das Fass zum Überlaufen brächte – beziehungsweise die krampfhaft aufrechterhaltene Fassung eines Polizisten zunichte machen könnte.

Und die ganze Zeit über hatten sie diesen säuerlichen Kohlgestank in der Nase.

Sandy sah feine Schweißtropfen auf Tony Schoondists Stirn. Einige liefen ihm die Wangen hinab und hinterließen Spuren wie von Tränen.

»Mach schon«, sagte er und hielt den Müllsack auf. »Mach schon, Sandy, tu's da rein, eh ich kotzen muss.«

Sandy kippte es in den Sack und fühlte sich ein wenig besser, als das Wesen von der Schaufel glitt. Und als Tony eine Packung von dem Flüssigkeiten aufsaugenden roten Sägemehl, das sie bei Ölflecken nutzten, geholt und über dem Schleimfleck in der Ecke ausgeschüttet hatte, fühlten sie sich beide besser. Tony knotete den Müllsack mit dem Geschöpf darin zu. Als das erledigt war, gingen sie zur Tür.

Kurz davor blieb Tony stehen. »Fotografier das«, sagte er und zeigte hinter den Buick auf eine Stelle oben am Schuppentor – dem Tor, durch das Johnny Parker den Wagen damals hereingeschleppt hatte. Tony Schoondist und Sandy Dearborn kam es so vor, als wäre das schon Ewigkeiten her. »Und das auch. Und da und da drüben.«

Zunächst sah Sandy nicht, worauf der Sarge zeigte. Er schaute weg, blinzelte ein paar Mal und sah dann wieder hin. Und tatsächlich: drei oder vier dunkelgrüne Flecken, bei denen Sandy an Staub von den Flügeln eines Nachtfalters denken musste. Als Kinder hatten sie einander ernsthaft eingeredet, dieser Mottenstaub wäre ein tödliches Gift, das einen blind machte, wenn man es an den Fingern hatte und sich dann die Augen rieb.

»Dir ist klar, was hier passiert ist, oder?«, fragte Tony, als Sandy die Polaroidkamera hob und auf den ersten Fleck richtete. Die Kamera kam ihm sehr schwer vor, und seine Hände zitterten immer noch, aber er bekam es hin.

»Nein, Sarge, ich, äh … glaube nicht.«

»Dieses Ding da – ob es nun ein Vogel ist oder eine Fledermaus oder ein fliegender Roboter – kam aus dem Kofferraum, als der Deckel aufging. Es ist an das hintere Tor geknallt, das ist der erste Fleck, und ist dann rumgeflattert und von den Wänden abgeprallt. Hast du schon mal einen Vogel gesehen, der in einem Schuppen oder Stall eingesperrt war?«

Sandy nickte.

»Genauso.« Tony wischte sich Schweiß von der Stirn und sah Sandy an. Es war ein Blick, den der jüngere Mann nie mehr vergaß. Noch nie hatte er den Sarge so schutzlos gesehen. So einen Blick, dachte er, hatten kleine Kinder manchmal, wenn ein Erwachsener ins Zimmer kam und sie bei irgendeinem Rabatz unterbrach.

»Mann«, seufzte Tony. *»Scheiße.«*

Sandy nickte.

Tony sah zu dem Müllsack hinunter. »Findest du, es sieht aus wie eine Fledermaus?«

»Ja«, sagte Sandy. Und dann: »Nein.« Nach einer weiteren Pause fügte er hinzu: »Ach, Quatsch.«

Tony lachte bellend auf. Es hörte sich leicht abgespannt an. »Das ist doch mal eine klare Aussage. Wenn du das als Zeuge vor Gericht sagst, kann dich kein Verteidiger auseinander nehmen.«

»Ich weiß es nicht, Tony.« Sandy wusste nur, dass er hier kein Schwätzchen mehr halten und lieber raus an die frische Luft wollte. »Was meinst du?«

»Tja, wenn ich es zeichnen würde, würde es wie eine Fledermaus aussehen«, sagte Tony. »Und auf den Fotos, die wir geknipst haben, wird es auch wie eine Fledermaus aussehen. Aber … ich weiß nicht, wie ich's sagen soll, aber …«

»Es kommt einem nicht *vor* wie eine Fledermaus«, sagte Sandy.

Tony lächelte matt und richtete seinen Zeigefinger wie eine Pistole auf Sandy. »Weise gesprochen, Grashüpfer! Aber die Flecken an der Wand deuten darauf hin, dass es sich wenigstens wie eine Fledermaus verhalten hat oder wie ein eingesperrter Vogel. Es ist hier drin rumgeflattert und dann tot in die Ecke gefallen. Tja, wer weiß; vielleicht ist es sogar vor Angst gestorben.«

Sandy musste an das glotzende tote Auge denken, etwas, das fast zu fremdartig war, um es überhaupt anzusehen, und zum ersten Mal im Leben konnte er sich vorstellen, was Sergeant Schoondist da eben angesprochen hatte. Vor Angst sterben? Ja, das war möglich. Das war durchaus möglich. Und weil der Sarge anscheinend auf eine Erwiderung wartete, sagte er: »Oder vielleicht ist es mit solcher Wucht an die Wand geknallt, dass es sich das Genick gebrochen hat.« Dann fiel ihm noch etwas ein. »Oder – hör mal, Tony – vielleicht hat die *Luft* es umgebracht.«

»Wie bitte?«

»Vielleicht –«

Doch Tonys Augen leuchteten auf, und er nickte. »Klar«, sagte er. »Vielleicht ist die Luft auf der anderen Seite des Kofferraums ganz anders. Vielleicht wäre die für uns wie Giftgas … würde uns die Lunge zersetzen …«

Damit hatte Sandy genug. »Ich muss hier raus, Tony, sonst kotze *ich* nämlich noch.« Doch in Wirklichkeit fürchtete er nicht, sich zu übergeben, sondern zu ersticken. Mit einem Mal war seine Luftröhre wie zugeschnürt.

Sobald sie wieder draußen waren (mittlerweile war es dunkel, und eine sehr wohltuende sommerliche Brise war aufgekommen), ging es Sandy besser. Tony schien es ähnlich zu ergehen; zumindest hatten die Wangen des Sarge wieder ein wenig Farbe angenommen. Huddie und ein paar andere Trooper kamen zu ihnen, als Tony die Schuppentür hinter sich schloss, aber niemand sagte etwas. Ein Außenstehender, der die Zusammenhänge nicht kannte, hätte beim Anblick dieser Gesichter gedacht, der Präsident wäre gestorben oder ein Krieg ausgebrochen.

»Sandy?«, fragte Tony. »Geht's dir jetzt besser?«

»Ja.« Er deutete mit einer Kopfbewegung auf den Müllsack, der da mit seiner eigenartigen Last unten drin wie ein erstarrtes Pendel hing. »Meinst du wirklich, es könnte an unserer Luft gestorben sein?«

»Klar, das ist denkbar. Oder vielleicht auch an dem Schock, sich in unserer Welt wiederzufinden. Also ich könnte auf keinen Fall lange in der Welt leben, aus der dieses Ding kommt; das kann ich dir sagen. Selbst wenn ich die Luft da ...« Tony hielt inne, denn mit einem Mal sah Sandy wieder gar nicht gut aus. »Sandy, was ist denn? Was hast du?«

Sandy wusste nicht, ob er seinem Vorgesetzten sagen wollte, woran er gerade dachte, wusste nicht einmal, ob er es konnte. Er dachte an Ennis Rafferty. Der Gedanke an den vermissten Trooper legte nach dem, was sie gerade im Schuppen B entdeckt hatten, eine Schlussfolgerung nahe, die Sandy nicht in Betracht ziehen wollte. Doch da es ihm einmal in den Sinn gekommen war, war es schwer, nicht mehr daran zu denken. Der Buick diente höchstwahrscheinlich als Schleuse zu einer anderen Welt. Das Fledermauswesen hatte sie in einer Richtung passiert und Ennis Rafferty aller Wahrscheinlichkeit nach in der anderen. War er dort würgend und unter Krämpfen gestorben? Hatten sie dort auch sorgfältig Bilder von ihm geknipst, vielleicht mit dem außerirdischen Pendant einer Elle oder eines Zollstocks neben seiner Leiche, um die Größenverhältnisse zu dokumentieren?

»Sandy, sag was.«

»Es ist nichts, Chef«, erwiderte Sandy und musste sich vorbeugen und mit beiden Händen seine Schienbeine packen. Das war eine gute Methode, um zu verhindern, dass man in Ohnmacht fiel, natürlich immer vorausgesetzt, man hatte noch die Zeit dazu. Die anderen standen dabei und sahen ihm zu, sagten aber immer noch nichts und guckten immer noch à la: Der König ist tot, lang lebe der König.

Schließlich kam die Welt wieder einigermaßen ins Lot, und Sandy richtete sich auf. »Es geht mir gut«, sagte er. »Wirklich.«

Tony sah ihm ins Gesicht und nickte. Er hob den grünen Sack etwas an. »Das kommt in den Verschlag hinten im Lager, in den kleinen, wo Andy Colucci immer seine Wichsvorlagen versteckt.«

Das wurde mit nervösem Gekicher aufgenommen.

»Und diesen Raum darf ab jetzt außer mir, Curtis Wilcox und Sandy Dearborn niemand mehr betreten. Nur mit Genehmigung. Ist das klar, Leute?«

Sie nickten.

»Sandy, Curtis und ich – diesen Fall übernehmen jetzt wir drei.« Er stand aufrecht im Abendlicht da, fast in Habtachtstellung, den Müllsack in der einen und die Polaroidbilder in der anderen Hand. »Das sind Beweismittel. Wofür, weiß ich noch nicht. Wenn einem von euch dazu was einfällt, dann kommt damit zu mir. Irgendwelche Ideen, die verrückt klingen, will ich erst recht hören. Denn die Lage ist auch verrückt. Aber wie dem auch sei – wir werden in diesem Fall ermitteln wie in jedem anderen auch. Noch Fragen?«

Keine Fragen. Aber im Grunde, dachte Sandy, blieben da nichts als Fragen.

»Wir sollten jemanden für den Schuppen einteilen, so oft wir können«, sagte Tony.

»Wachdienst, Sarge?«, fragte Steve Devoe.

»Nennen wir's mal eher Observierung«, sagte Tony. »Komm, Sandy, bleib bei mir, bis ich das Ding verstaut habe. Ich will auf keinen Fall allein in den Keller gehen.«

Als sie dann über den Parkplatz gingen, hörte Sandy Arky Arkanian sagen, Curt würde stinksauer sein, dass man ihn nicht gerufen hatte, wart's mal ab, der springt euch ins Gesicht.

Doch Curtis war viel zu aufgeregt, um wütend zu werden, viel zu sehr damit beschäftigt, der Reihe nach zu ordnen, was er jetzt tun wollte. Er stellte nur eine Frage, ehe er in den Keller rannte, um sich den Kadaver anzusehen: Wo war Mister Dillon gestern Abend gewesen? Bei Orville, sagte man ihm. Orville Garrett nahm Mister D oft mit, wenn er ein paar Tage freihatte; sie fuhren zum Angeln in den Norden.

Sandy Dearborn war es (mit gelegentlicher Unterstützung durch Arky), der Curtis auf den neuesten Stand brachte. Curt hörte schweigend zu und hob die Brauen, als Arky ihm schilderte, dass es den Anschein hatte, als ob sich beim Öffnen des Auges die obere Kopfhälfte ablösen würde. Dann hob er sie noch mal, als Sandy ihm von den Flecken am Tor und an den Wänden erzählte und dass die ihn an Staub von Nachtfaltern erinnert hätten. Er fragte nach Mister D, bekam seine Antwort, schnappte sich dann ein Paar Gummihandschuhe und stürmte die Kellertreppe hinab. Sandy ging ihm nach. Das schien seine Pflicht zu sein, denn Tony hatte ihn ja zum Ko-Ermittler ernannt, aber er blieb im Lagerraum, während Curt in den Verschlag ging, in dem Tony den Müllsack abgestellt hatte. Sandy hörte es rascheln, als Curt den Sack aufknotete, und bei diesem Geräusch bekam er eine Gänsehaut und lief es ihm kalt über den Rücken.

Raschel, raschel, raschel. Stille. Dann noch mal: raschel. Dann, ganz leise: »Allmächtiger!«

Einen Augenblick später kam Curt herausgelaufen, eine Hand vorm Mund. An dem Korridor, der zur Treppe führte, gab es eine Toilette. Trooper Wilcox schaffte es gerade noch rechtzeitig.

Sandy Dearborn saß an dem mit allen möglichen Dingen voll gestellten Arbeitstisch im Lagerraum, hörte ihn kotzen und wusste, dass dieses Kotzen wahrscheinlich nicht viel zu bedeuten hatte. Curtis würde nicht klein beigeben. Der Kadaver des Fledermauswesens hatte ihn ebenso angewidert wie Arky, Huddie und sie alle, aber er würde wiederkommen und ihn sich genauer ansehen – Ekel hin oder her. Der Buick – und alles, was mit dem Buick zusammenhing – war zu seiner Passion geworden. Selbst als er würgend, mit blassen Wangen und einer Hand vorm Mund aus dem Verschlag gekommen war, hatte Sandy die Aufregung in seinem Blick erkannt, gegen die er einfach machtlos war, nur ein klein wenig gemildert durch seinen körperlich empfundenen Ekel. Passion ist die strengste Meisterin.

Aus dem Korridor hörte man fließendes Wasser. Dann verstummte das Geräusch, und Curt kam zurück in den Lagerraum und tupfte sich mit einem Papiertuch den Mund ab.

»Ziemlich widerlich, was?«, meinte Sandy. »Sogar tot noch.«

»Ziemlich widerlich, ja«, pflichtete Curt bei, ging dabei aber schon wieder in den Verschlag. »Das hätte ich mir eigentlich denken können, aber dann hat es mich doch kalt erwischt.«

Sandy stand auf und ging zur Tür. Curt schaute wieder in den Müllsack, griff aber nicht hinein. Zumindest noch nicht. Sandy war erleichtert. Er wollte nicht dabei sein, wenn der Junge es anfasste, ob er nun Gummihandschuhe trug oder nicht. Er konnte nicht mal den Gedanken ertragen, dass er es anfassen könnte.

»War das ein Austausch – was meinst du?«, fragte Curt.

»Was?«

»Ein Austausch. Ennis gegen dieses Wesen hier.«

Für einen Moment antwortete Sandy nicht. Er *konnte* nicht antworten. Nicht weil der Gedanke so entsetzlich war (denn das war er natürlich), sondern weil der Junge so schnell darauf gekommen war.

»Das weiß ich nicht.«

Curt wippte auf den Absätzen vor und zurück und schaute stirnrunzelnd in den Müllsack. »Das glaube ich nicht«, sagte er nach einer Weile. »Ein Austausch findet doch normalerweise gleichzeitig statt, nicht wahr?«

»Normalerweise schon.«

Er schloss den Sack und knotete ihn (mit merklichem Widerwillen) wieder zu. »Ich werde es sezieren«, sagte er.

»Nein, Curtis! *Mensch!*«

»Doch.« Er drehte sich zu Sandy um. Sein Gesicht war blass und sah abgespannt aus, und seine Augen strahlten. »Irgendjemand muss es tun, und ich kann das Ding ja wohl schlecht zur biologischen Fakultät der Horlicks bringen. Der Sarge sagt, wir regeln die Sache strikt intern, und das ist auch richtig so, und wer außer mir sollte das machen?«

Sandy dachte: *Du würdest das auch nicht zur Horlicks bringen, wenn Tony gar nichts davon gesagt hätte, dass wir die Sache intern regeln. Du erträgst es gerade noch, uns dabeizuhaben, wahrscheinlich weil außer Tony im Grunde keiner was damit zu tun haben will. Aber es mit jemand anderem teilen? Mit jemandem, der nicht unser Grau trägt und nicht weiß, wann man den Hutriemen unterm Kinn trägt und wann im Nacken? Mit jemandem, der in diesen Dingen kompetenter ist als du und es dir dann wegnimmt? Nein, das glaube ich nicht.*

Curt zog sich die Handschuhe aus. »Das Dumme ist bloß, dass ich seit dem Schweinefötus in Bio auf der High School an nichts mehr rumgeschnippelt habe. Das ist neun Jahre her, und ich hab da nur ’ne Drei gekriegt. Ich will das nicht verbocken, Sandy.«

Dann rühr es doch gar nicht erst an.

Sandy dachte das, sprach es aber nicht aus. Es wäre sinnlos gewesen.

»Na ja.« Jetzt sprach der Junge nur noch mit sich selbst. »Ich werde mich schlau machen. Mich vorbereiten. Ich habe ja Zeit. Nur nichts übereilen. Neugier bringt die Katze um, gestillte Neugier –«

»Und wenn das gar nicht stimmt?«, fragte Sandy. Er war selbst erstaunt darüber, wie satt er diesen kleinen Spruch mittlerweile hatte. »Was ist, wenn es da gar keine Antworten gibt? Wenn du es nie restlos wirst aufklären können?«

Curt sah ihn beinahe bestürzt an. Dann grinste er. »Was würde Ennis wohl sagen? Ich meine: wenn wir ihn fragen könnten.«

Sandy fand die Frage ebenso gönnerhaft wie taktlos. Er machte den Mund auf, um das zu sagen – um jedenfalls irgendwas zu sagen –, und schwieg dann doch. Curtis Wilcox meinte es nicht böse; er war bloß high vor Adrenalin und Verheißungen, high wie ein Junkie. Und im Grunde war er ja auch noch ein Kind. Das erkannte Sandy, obwohl er selbst nicht viel älter war.

»Ennis würde sagen, dass du vorsichtig sein sollst«, sagte Sandy. »Da bin ich mir sicher.«

»Das werde ich auch«, sagte Curt und ging wieder die Treppe hoch. »O ja, natürlich werd ich das.« Aber das waren nur Worte, genau wie das Gloria, das man runterbeten konnte, um am Sonntagmorgen nicht in die Kirche zu müssen. Sandy wusste das, auch wenn Polizeischüler Wilcox es nicht wusste.

In den folgenden Wochen musste Tony Schoondist (und mussten auch seine Männer) einsehen, dass sie nicht genug Personal hatten, um den Buick draußen im Schuppen rund um die Uhr zu observieren. Und auch das Wetter spielte nicht mit; die zweite Augusthälfte war verregnet und für die Jahreszeit ungewöhnlich kühl.

Auch die Besucher bereiteten ihnen Kopfzerbrechen. Die Troop D lebte ja schließlich nicht im luftleeren Raum dort oben auf ihrem Hügel; der Fuhrpark der Gemeinde war gleich nebenan und die Staatsanwaltschaft ein Stückchen die Straße hinunter. Und dann waren da die Anwälte, da waren die Straftäter, die in der Ecke für böse Buben Däumchen drehten, da waren die gelegentlichen Führungen für Pfadfindergruppen, und da waren all die Leute, die kamen, um Anzeige zu erstatten (gegen ihre Nachbarn, gegen ihren Ehepartner, gegen Einspännerkutscher der Amish, die auf der Straße zu weit links fuhren, und auch gegen die State Trooper selbst), Frauen, die ihren Männern das daheim vergessene Mittagessen oder auch schon mal Karamellbonbons brachten, und manchmal auch nur neugierige Durchschnittsbürger, die mal sehen wollten, wo ihre Steuergelder so blieben. Letztere waren normalerweise überrascht und enttäuscht darüber, wie ruhig es in der Kaserne zuging, wie banal so ein Betrieb lief. Es war so gar nicht wie im Fernsehen.

Eines Tages gegen Monatsende schaute der Wahlkreisabgeordnete von Statler vorbei, in Begleitung seiner zehn oder zwölf besten Medienfreunde, um Hände zu schütteln und ein Statement abzugeben über ein Gesetzesvorhaben zur Förderung der Polizei, das damals gerade im Repräsentantenhaus beraten wurde und das dieser Mann unterstützte. Wie viele US-Abgeordnete aus ländlichen Gegenden sah er aus wie ein Kleinstadtfriseur, der beim Hunderennen einen Glückstag gehabt hatte und vor dem Schlafengehen noch hoffte, einen geblasen zu bekommen.

Neben einem Streifenwagen stehend (Sandy meinte sich zu erinnern, dass es der mit der kaputten Kopfstütze war), erzählte er seinen Freunden von den Medien, wie wichtig doch die Polizei sei, zumal die fabelhaften Männer und Frauen von der Pennsylvania State Police und *vor allem* die fabelhaften Männer und Frauen von der Troop D (das beruhte auf einem leichten Informationsdefizit, denn damals gab es bei der Troop D keine Polizistinnen, doch keiner der Trooper verbesserte ihn, zumindest nicht vor laufenden Kameras). Sie bildeten, sagte der Abgeordnete, die dünne graue Trennlinie zwischen den braven Steuerzahlern und den Mächten der Finsternis, und so weiter und so fort, Gott schütze Amerika, Rhabarber, Rhabarber, Rhabarber. Captain Diment war aus Mercer gekommen, vermutlich, weil jemand gemeint hatte, jemand so Ranghohes würde die ganze Veranstaltung noch etwas aufwerten, und er sagte später leise grummelnd zu Tony Schoondist: »Dieses Haarteil tragende Arschgesicht hat mich gefragt, ob ich mich nicht mal um die Strafzettel seiner Frau kümmern könnte.«

Und die ganze Zeit über – während der Abgeordnete laberte und sein Gefolge ihm folgte und die Reporter berichteten und die Kameras liefen — stand der nachtblaue Buick Roadmaster auf seinen breiten, luxuriösen Weißwandreifen keine hundertfünfzig Meter davon entfernt. Er stand unter dem großen, runden Thermometer, das Tony und Curt an einem Deckenbalken aufgehängt hatten. Er stand da mit null Komma null auf dem Kilometerzähler und nahm keinerlei Staub an. Den Troopern, die davon wussten, kam das so vor, als juckte es sie zwischen den Schulterblättern, an dieser einen Stelle, an die man ... beim besten Willen ... nicht rankommt.

Da war schlechtes Wetter, mit dem man fertig werden musste, da waren alle möglichen Normalbürger, mit denen man fertig werden musste – viele von ihnen kamen, um die

Familie zu loben, gehörten aber nun mal nicht zur Familie –, und da waren die sie besuchenden Polizisten anderer Dienststellen. Letztere stellten in gewisser Hinsicht die größte Gefahr dar, denn Polizisten waren berufsbedingt aufmerksam und neugierig. Was hätten die wohl gedacht, wenn sie einen Trooper in Regenjacke (oder einen gewissen Hausmeister mit schwedischem Akzent) gesehen hätten, der draußen vor dem Schuppen B stand wie ein Gardist vor dem Buckingham-Palast und immer mal wieder zum Schuppentor ging und hineinspähte? Wäre ein sie besuchender Polizist, der das gesehen hätte, neugierig geworden, was da wohl in dem Schuppen stand? Scheißen Bären in den Wald?

Curt löste dieses Problem, so gut es sich lösen ließ. Er schrieb Tony ein Memo in dem Sinne, es sei doch schade, dass die Waschbären immer an den Kasernenmüll gingen und ihn überall verteilten, und Phil Candleton und Brian Cole hätten eingewilligt, eine kleine Hütte zu bauen, in der man die Mülltonnen unterstellen konnte. Curt fände, dass hinterm Schuppen B eine gute Stelle dafür sei. Sergeant Schoondist zeichnete das Memo mit »OK« ab, und dieses Schreiben *kam* in die Akten. In dem Memo wurde allerdings nicht erwähnt, dass die Troop D gar keine Probleme mit Waschbären mehr hatte, seit Arky bei Sears ein paar Plastikmülltonnendeckel mit Schnappverschluss gekauft hatte.

Drei Tage, nachdem das Memo in Tonys Eingangskorb gelandet war, war die Hütte gebaut, gestrichen (in PSP-Grau natürlich) und einsatzbereit. Aus Fertigteilen errichtet und schlicht und zweckmäßig gehalten, war sie gerade groß genug für zwei Mülltonnen, drei Regalböden und einen State Trooper, der auf einem Küchenstuhl saß. Sie erfüllte den doppelten Zweck, die Trooper während der Wache vor a) dem Wetter und b) neugierigen Blicken zu schützen. Alle zehn, fünfzehn Minuten stand der wachhabende

Mann auf, verließ die Hütte und spähte durch eins der Fenster im Schuppentor. Die kleine Hütte war mit Limonade, Knabberzeug, Zeitschriften und einem kleinen verzinkten Eiseneimer ausgestattet. Auf einem Klebeetikett auf dem Eimer stand: ICH KONNTE ES EINFACH NICHT MEHR HALTEN. Das war Jackie O'Haras Beitrag zu der Sache. Die anderen nannten ihn den »irischen Wunderknaben«, und er brachte sie immer wieder unweigerlich zum Lachen – auch drei Jahre später noch, als er in seinem Schlafzimmer lag und an Speiseröhrenkrebs starb. Von dem ganzen Morphium, das er intus hatte, hatte er ganz glasige Augen, erzählte aber trotzdem heiser flüsternd Anekdoten über Padeen, den Irländer, wenn seine alten Freunde ihn besuchten und hin und wieder, wenn die Schmerzen besonders schlimm wurden, seine Hand hielten.

Später gab es dann jede Menge Videokameras bei der Troop D und den anderen Dienststellen der Pennsylvania State Police, denn in den Neunzigerjahren wurden sämtliche Streifenwagen mit Kameras von Panasonic ausgestattet, die auf dem Armaturenbrett angebracht wurden. Die Polizei durfte filmen, wenn sie jemanden anhielt, Tonmitschnitte aber waren weiterhin verboten. Doch das kam alles später. Im Spätsommer 1979 mussten sie sich mit der Videokamera begnügen, die Huddie Royer zum Geburtstag geschenkt bekommen hatte. Sie lag auf einem Regalbrett in der kleinen Hütte, mit Plastikfolie eingewickelt und in einer Schachtel, damit sie nicht feucht wurde. In einer zweiten Schachtel befanden sich Ersatzbatterien und ein Dutzend Leerkassetten, bereits ausgepackt und einsatzbereit. In der Hütte gab es auch eine Schiefertafel, auf der mit Kreide immer eine Zahl geschrieben stand: die gegenwärtige Temperatur im Schuppen. Wenn der Wachhabende eine Veränderung bemerkte, wischte er den letzten Eintrag weg, schrieb den neuen Wert hin und fügte einen Kreidepfeil hinzu, der nach oben oder unten wies. Das waren die einzigen schriftlichen Aufzeichnungen, die Sergeant Schoondist gestattete.

Tony war anscheinend ganz begeistert von dieser Hilfskonstruktion. Curt versuchte, es ihm gleichzutun, konnte seine Sorgen und seinen Frust aber manchmal nicht verbergen. »Wenn das nächste Mal was passiert, schiebt bestimmt gerade niemand Wache«, sagte er. »Wart's nur ab, du wirst schon sehn. So ist das nämlich immer. Eines Tages werden wir keinen Freiwilligen für die Nachtschicht haben, und wenn man dann am nächsten Morgen hinkommt, steht der Kofferraum offen, und da liegt wieder eine tote Fledermaus auf dem Boden. Wart's nur ab.«

Curt versuchte Tony zu überreden, wenigstens einen Dienstplan für die Observierung einzurichten. Es bestünde kein Mangel an Freiwilligen, argumentierte er; es war bloß alles schlecht geplant und organisiert, und das ließe sich leicht ändern. Doch Tony blieb hartnäckig: nichts Schriftliches. Als Curt anbot, freiwillig mehr Wachdienst zu übernehmen, lehnte Tony ab und riet ihm, mal etwas kürzer zu treten. »Du hast auch noch andere Verpflichtungen«, sagte er. »Unter anderem hast du nämlich auch noch eine Frau.«

Curt war so klug, zu dem Thema zu schweigen, solange er noch im Büro des Sergeants war. Später jedoch schüttete er Sandy mit erstaunlicher Bitterkeit sein Herz aus, als die beiden draußen am anderen Ende der Kaserne standen. »Wenn ich einen Eheberater bräuchte, würde ich in die Gelben Seiten gucken«, sagte er.

Sandy schenkte ihm ein eher missmutiges Lächeln. »Ich mach mir 'n bisschen Sorgen, weil du so braune Augen hast«, sagte er.

»Was soll das? Ich hab doch keine braunen Augen.«

»Doch. Du hast mittlerweile so viel Scheiße im Kopf, dass deine Augen schon ganz braun davon werden.«

Curtis starrte ihn an, und oben auf seinen Wangen zeigten sich rote Flecken. »Habe ich hier grade was nicht mitgekriegt, Sandy?«

»Ja.«

»Und *was,* um Himmels willen?«

»Deinen Job und dein Leben«, sagte Sandy. »Und nicht unbedingt in der Reihenfolge. Sieh die Dinge doch zur Abwechslung mal so, wie sie sind. Der Buick wird dir allmählich viel zu wichtig.«

»Zu wichtig ...!« Curt schlug sich auf die ihm eigene Art mit der Handfläche vor die Stirn. Dann drehte er sich um und sah hinüber zu den Short Hills. Schließlich wandte er sich wieder zu Sandy um. »Das stammt aus einer anderen Welt, Sandy – *aus einer anderen Welt.* Wie kann man denn so was überhaupt zu wichtig nehmen?«

»Genau das ist dein Problem«, entgegnete Sandy. »Dass du die Dinge nicht so siehst, wie sie sind.«

Er hatte so das Gefühl, dass Curt mit dem, was er als Nächstes sagen würde, einen Streit vom Zaun brechen würde, und zwar einen erbitterten, und deshalb ging Sandy hinein, ehe Curt etwas entgegnen konnte. Und vielleicht hatte dieses Gespräch ja doch etwas genützt, denn als es September wurde, hörte Curt damit auf, ständig zu verlangen, man solle den Buick besser observieren. Sandy Dearborn versuchte sich nicht einzureden, dem Jungen sei nun doch noch ein Licht aufgegangen – was den Roadmaster betraf, gingen Trooper Wilcox allenfalls grelle, violette Blitze auf. Aber anscheinend hatte er eingesehen, dass er, zumindest vorläufig, so weit gegangen war, wie er gehen konnte. Das war gut so, reichte aber vielleicht noch nicht ganz. Sandy dachte, dass Curtis wohl immer mehr in dem Buick sehen würde, als er war. Aber schließlich gab es ja zwei Arten von Menschen auf dieser Welt, und Curt zählte zu denen, die tatsächlich glaubten, gestillte Neugier ließe Katzen von den Toten auferstehen.

Bald kam er statt mit seiner üblichen Jagd- und Angelzeitschrift mit Biologiebüchern in die Kaserne. Am häufigsten sah man unter seinen Arm geklemmt oder auf dem Klospülkasten liegen: *Twenty Elementary Dissections* von Dr. John H. Maturin, Harvard University Press 1968. Und als Buck Flanders und seine Frau eines Abends bei Curt zum Essen eingeladen waren, beklagte sich Michelle Wilcox über das »widerliche neue Hobby« ihres Gatten. Neuerdings ließe er sich von einem Versandhaus tote Tiere schicken, erzählte sie, und in der Ecke im Keller, in der er noch ein Jahr zuvor eine Dunkelkammer hatte einrichten wollen, stinke es jetzt nach Chemikalien wie in einer Leichenhalle.

Curt fing mit Mäusen und Meerschweinchen an, ging dann zu Vögeln über und arbeitete sich schließlich bis zu einer Ohreule empor. Manchmal brachte er seine Präparate auch zur Arbeit mit. »Ihr habt im Leben echt noch nichts gesehen«, sagte Matt Babicki eines Tages zu Orville Garrett und Steve Devoe, »wenn ihr noch nicht in den Keller gegangen seid, um eine Schachtel Kugelschreiber zu holen, und dann steht da auf dem Fotokopierer ein Glas mit Formaldehyd und einem Eulenauge drin. Mann, da wird man wach.«

Als die Eule gemeistert war, wandte sich Curtis den Fledermäusen zu. Er präparierte acht oder neun Exemplare unterschiedlicher Arten. Einige fing er bei sich hinterm Haus, und die übrigen bekam er von einem Versandhandel in Pittsburgh. Sandy vergaß nie den Tag, an dem ihm Curtis eine südamerikanische Vampirfledermaus zeigte, die er an ein Brett geheftet hatte. Das Vieh hatte einen haarigen, bräunlichen Bauch und samtschwarze, membranartige Flügel. Die winzigen, spitzen Zähne waren zu einem irren Lächeln gebleckt. Die Eingeweide waren fachmännisch tropfenförmig ausgebreitet. Als Sandy den Vampir sah, musste er wieder an das Ding im Schuppen B denken, aber der Anblick dieser Fledermaus war leichter zu ertragen. Sandy fand sie vollkommen normal, verglichen mit dem grünlichen Monster, das er dort drinnen mit der Schaufel vom Boden aufgehoben hatte.

Jedenfalls glaubte Sandy, dass Curts Biolehrer – der ihm damals eine Drei gegeben hatte – gestaunt hätte, wie schnell sein ehemaliger Schüler nun lernte.

Doch wahre Besessenheit kann natürlich aus jedem Dummkopf einen Professor machen.

Während Curt Wilcox bei Dr. Maturin die Kunst des Sezierens studierte, wurde der Buick 8 zum Wohnsitz von Jimmy und Roslyn. Das war Tonys Idee. Sie kam ihm eines Tages in einem Einkaufszentrum, als seine Frau gerade bei Country Casuals Kleidung anprobierte. Im Schaufenster eines Tierladens stach ihm ein extravagantes Schild ins Auge: **KOMMEN SIE HEREIN UND VERFALLEN SIE DER SPRINGMAUSMANIE!**

Tony verfiel der Springmausmanie nicht sofort – seine Frau hätte tausend Fragen gestellt –, sondern schickte vielmehr George Stankowski gleich am nächsten Tag mit Geld aus dem Eventualfonds und dem Befehl hin, ein Wüstenspringmauspärchen und ein passendes Plastikgehege zu kaufen.

»Soll ich auch Futter für sie kaufen?«, fragte George.

»Nein«, antwortete Tony. »Auf keinen Fall. Wir kaufen ein Springmauspärchen und lassen es dann im Schuppen verhungern.«

»Echt? Das finde ich aber irgendwie gemein.«

Tony seufzte. »Ja, kauf Futter für sie, George. Bitte, bitte, bring Futter mit.«

An das Gehege stellte Tony einzig die Anforderung, dass es bequem auf den Vordersitz des Buick passen musste. George kaufte ein hübsches, zwar kein Spitzenmodell, aber doch fast. Es war aus gelbem, durchsichtigem Plastik und bestand aus einem langen Gang und kastenförmigen Zimmern an beiden Enden. Das eine war das Esszimmer der Springmäuse und das andere ihr Fitness-Studio. Im Esszimmer gab es einen Fressnapf und seitlich an der Wand ein Wasserfläschchen. Im Fitness-Studio war ein Laufrad angebracht.

»Die wohnen da besser als manche Menschen«, sagte Orvie Garrett.

Phil, der eben zusah, wie Roslyn in den Fressnapf kackte, meinte: »Besser als du vielleicht.«

Dicky-Duck Eliot, der vielleicht nicht der Allerschnellste war, wollte wissen, warum wir denn jetzt Wüstenspringmäuse in dem Buick hielten. War das nicht irgendwie gefährlich?

»Tja, das werden wir ja sehn«, meinte Tony in eigenartig sanftmütigem Tonfall. »Einfach mal abwarten.«

Bald nachdem die Troop D Jimmy und Roslyn erworben hatte, überschritt Tony Schoondist seinen persönlichen Rubikon und belog die Presse.

Nicht dass der Vertreter der vierten Gewalt in diesem Fall sonderlich imponierend wirkte: nur ein schmächtiger, rothaariger Bursche um die zwanzig, der über den Sommer beim *Statler County American* volontierte und ein oder zwei Wochen später wieder auf die Ohio State University zurückkehren würde. Seine Angewohnheit, einem mit halb offenem Mund zuzuhören, ließ ihn, mit Arkys Worten, wie einen richtigen Dorftrottel aussehen. Aber er war nicht dumm und hatte fast einen ganzen güldenen Septembernachmittag lang Mr. Bradley Roach zugehört. Und Brad hatte dem jungen Reporter anständig einen eingeschenkt über den Mann mit dem russischen Akzent (Brad war sich mittlerweile schon absolut sicher, dass es sich bei dem Typ um einen Russen gehandelt hatte) und das Auto, das er hinterlassen hatte. Der schmächtige Rotschopf, Homer Oosler mit Namen, wollte über die ganze Sache einen Sonderbeitrag schreiben und mit einem richtigen Knüller aufs College zurückkehren. Sandy dachte, dass Oosler dabei vermutlich eine Schlagzeile auf der ersten Seite im Auge hatte, die die Worte **GEHEIMNISVOLLES AUTO** enthielt. Vielleicht sogar **DAS GEHEIMNISVOLLE AUTO DES RUSSISCHEN SPIONS.**

Tony zögerte keinen Augenblick und log einfach drauflos. Er hätte zweifellos auch gelogen, wäre stattdessen der alte, abgebrühte Trevor Ronnick bei ihm aufgetaucht, dem der *American* gehörte und der schon mehr Stories vergessen hatte, als der Rotschopf je schreiben würde.

»Der Wagen ist weg«, sagte Tony, und das war's: gelogen, den Rubikon überschritten.

»Weg?«, fragte Oosler enttäuscht. Er hatte eine große alte Minolta auf dem Schoß. EIGENTUM DES COUNTY AMERICAN, stand in Prägebuchstaben auf einem Aufkleber hinten auf dem Gehäuse. »Wohin?«

»Zentrale Beschlagnahmestelle Pennsylvania«, sagte Tony und erfand diesen einschüchternd klingenden Behördennamen aus dem Stegreif. »In Philadelphia.«

»Und warum?«

»Da werden herrenlose Fahrzeuge versteigert. Natürlich erst, nachdem sie auf Drogen hin durchsucht wurden.«

»Natürlich. Haben Sie darüber irgendwas Schriftliches?«

»Müsste ich eigentlich«, sagte er. »Wir haben alles in den Akten. Ich such's Ihnen mal raus und rufe Sie dann an.«

»Wie lange wird das ungefähr dauern, Sergeant Schoondist?«

»Schon ein Weilchen.« Tony deutete auf seine Ein- und Ausgangskörbe, in denen sich Papiere stapelten. Oosler musste ja nicht wissen, dass es sich dabei größtenteils um den allwöchentlichen Mitteilungsmüll aus Scranton handelte – von den neuesten Pensionsregelungen bis zu den Softballspielplänen für den Herbst –, der im Papierkorb landen würde, noch ehe der Sergeant Feierabend machte. Diese lustlose Handbewegung deutete an, dass sich überall ähnliche Papierstapel türmten. »Man kommt kaum nach mit dem ganzen Kram, wissen Sie. Angeblich wird ja alles besser, wenn wir erst mal Computer kriegen, aber das wird dieses Jahr nichts mehr.«

»Ich gehe aber übernächste Woche zurück aufs College.«

Tony beugte sich auf seinem Stuhl vor und sah Oosler eindringlich an. »Und ich hoffe doch, dass Sie sich anstrengen«, sagte er. »Das Leben ist hart, mein Junge, aber wenn man sich anstrengt, kann man's zu was bringen.«

Ein paar Tage nach Homer Ooslers Besuch gab der Buick wieder ein Trockengewitter von sich. Diesmal geschah es am helllichten Tage, war aber dennoch atemberaubend. Und Curts ewige Sorge, er könne den nächsten Ausbruch verpassen, erwies sich als unbegründet.

Die Temperatur im Schuppen deutete darauf hin, dass sich in dem Buick wieder etwas zusammenbraute: Binnen fünf Tagen sank sie von vierundzwanzig auf fünfzehn Grad Celsius. Der Wachdienst in der kleinen Hütte war mit einem Mal sehr gefragt; alle wollten dabei sein, wenn es geschah – was auch immer »es« diesmal sein würde.

Brian Cole zog schließlich das große Los, aber in gewissem Grade bekamen alle in der Kaserne anwesenden Trooper dieses Ereignis mit. Brian ging gegen zwei Uhr nachmittags in den Schuppen B, um nach Jimmy und Roslyn zu sehen. Die Mäuse waren putzmunter: Roslyn saß im Esszimmer des Geheges, und Jimmy trimmte sich im Laufrad. Doch als sich Brian weiter in den Buick beugte, um den Wasserstand im Fläschchen zu überprüfen, hörte er ein Brummen. Es war ein tiefes, stetes Geräusch, das seine Augen und Zahnplomben vibrieren ließ. Daneben (oder darin) ertönte noch etwas sehr viel Beunruhigenderes: eine Art wortloses Wispern. Ein ganz matter, violetter Lichtschein breitete sich langsam auf dem Armaturenbrett und dem Lenkrad aus.

Immer an Ennis Rafferty denkend, der damals schon seit über einem Monat verschwunden war, ohne eine Nachsendeadresse hinterlassen zu haben, floh Trooper Cole hastig aus der Umgebung des Buick. Er geriet aber nicht in Panik, holte die Videokamera aus der Hütte, schraubte sie auf das Stativ, legte eine frische Kassette ein und überprüfte den Zeitcode (der stimmte) und den Ladestand der Batterien (weit im grünen Bereich). Er stellte das Stativ vor eins der Fenster im Schuppentor, startete die Kamera und vergewisserte sich, dass der Buick durch den Sucher gut zu sehen war. Dann ging er los zur Kaserne, doch da fiel ihm noch etwas ein, und er kehrte zur Hütte zurück. In einem kleinen schwarzen Beutel bewahrten sie dort Kamerazubehör auf, darunter auch einen Polarisationsfilter. Brian steckte ihn vor das Objektiv der Videokamera, ohne dafür eigens auf Pause zu drücken (für einen Moment verbergen die großen, dunklen Umrisse seiner Hände den Buick, und als sie wieder aus dem Bild sind, erscheint der Wagen wie in Dämmerlicht getaucht). Hätte irgendjemand Trooper Cole dabei zugesehen – vielleicht einer der sie immer besuchenden normalen Steuerzahler, der wissen wollte, wo sein Geld abblieb –, so hätte der nie geahnt, wie schnell das Herz des Polizisten schlug. Er war ebenso verängstigt wie aufgeregt, hielt sich aber wacker. Für den Umgang mit dem Unbekannten ist eine gute Polizeiausbildung wirklich hilfreich. Alles in allem vergaß er lediglich eines.

Um sieben Minuten nach zwei stand er an Tonys Bürotür und sagte: »Sarge, ich bin mir ziemlich sicher, dass mit dem Buick irgendwas los ist.«

Tony sah von dem gelben Schreibblock hoch, auf dem er gerade den Entwurf einer Rede kritzelte, die er im Herbst bei einer Tagung zum Thema Verbrechensbekämpfung halten sollte, und fragte: »Was hast du da in der Hand, Bri?«

Brian sah hinunter und stellte fest, dass er den Wasserbehälter der Springmäuse in der Hand hielt. »Ach, was soll's«, sagte er. »Den brauchen sie jetzt vielleicht sowieso nicht mehr.«

Um zwanzig nach zwei war das Brummen auch in der Kaserne deutlich zu hören. Nicht dass noch viele Trooper drinnen waren – die meisten standen Hüfte an Hüfte und Schulter an Schulter an den Fenstern in den beiden Toren von Schuppen B. Als Tony das sah, überlegte er, ob er sie dort wegbefehlen sollte, und entschied sich dann dagegen. Mit einer Ausnahme.

»Arky?«

»Ja, Sir, Sarge?«

»Ich will, dass du sofort den Rasen vor der Kaserne mähst.«

»Den hab ich doch am Montag erst gemäht!«

»Ich weiß. Und mir kam's so vor, als wärst du dabei eine Stunde lang unter meinem Bürofenster hin und her gefahren. Ich will, dass du das genauso wieder machst. Und steck das hier ein.« Er reichte Arky ein Walkie-Talkie. »Und wenn einer kommt, der nicht sehen soll, wie zehn State Trooper in diesen Schuppen glotzen, als würde da drin ein Hahnenkampf abgehalten, dann sagst du mir Bescheid. Verstanden?«

»Ja, alles klar.«

»Gut. Matt! Matt Babicki!«

Matt kam schnaufend angerannt, ganz rot im Gesicht vor Aufregung. Tony fragte ihn, wo Curt sei. Der sei auf Streife, sagte Matt.

»Sag ihm, er soll zur Basis kommen, Code D, aber ohne Sonderrechte, verstanden?«

»Code D ohne Sonderrechte, verstanden.«

Ohne Sonderrechte bedeutet: ohne Blaulicht und Sirene. Curt befolgte diese Anordnung vermutlich, schaffte es aber trotzdem bis Viertel vor drei zur Kaserne. Niemand wagte ihn zu fragen, wie weit er in dieser halben Stunde gefahren war. Wie viele Meilen es auch waren – er kam lebendig und noch vor dem stillen Feuerwerk dort an. Zuallererst nahm er die Videokamera vom Stativ. Bis zum Ende des Feuerwerks stammten die Videoaufzeichnungen nun von Curtis Wilcox.

Auf der Kassette (einer von vielen, die in dem Verschlag hinterm Lagerraum verstaut sind) ist erhalten, was es damals zu sehen und zu hören gab. Das Brummen des Buick ist deutlich vernehmbar, hört sich an wie ein Wackelkontakt in einer Lautsprecherbox und wird im Laufe der Zeit eindeutig lauter. Curt nahm auch das große Thermometer auf, dessen rote Nadel fast genau zwölf Grad anzeigt. Man hört Curt um Erlaubnis bitten, hineingehen und nach Jimmy und Roslyn sehen zu dürfen, und Sergeant Schoondists Stimme erwidert fast sofort, forsch und selbstsicher und keinerlei Debatte duldend: »Erlaubnis verwehrt.«

Als der Zeitcode unten im Bild 15:08:41 anzeigt, steigt von der Windschutzscheibe des Buick ein Schimmern auf, das einem violetten Sonnenaufgang ähnelt. Der Zuschauer könnte dieses Phänomen zunächst noch als technische Panne, optische Täuschung oder irgendeine Art von Reflektion abtun.

Andy Colucci: »Was ist das?«

Unbekannte Stimme: »Ein Spannungsstoß oder –«

Curtis Wilcox: »Wer eine Schutzbrille dabeihat, setzt sie jetzt besser auf. Wer keine dabeihat: Das ist riskant hier. Ich würde ganz schnell hier abhaun. Wir haben –«

Jackie O'Hara (vermutlich): »Wer hat –«

Phil Candleton (vermutlich): »O *Gott!*«

Huddie Royer: »Ich glaube, wir sollten –«

Sergeant Commanding Schoondist, so gelassen wie ein Führer bei einer Naturwanderung: »Setzt die Schutzbrillen auf, Jungs. Zack, zack.«

Um 15:09:24 sprang das violette Leuchten auf sämtliche Fenster des Buick über und verwandelte sie in strahlende lilafarbene Spiegel. Hält man das Band an dieser Stelle an und lässt es dann Bild für Bild weiterlaufen, so kann man auf dem zuvor durchsichtigen Fensterglas tatsächlich Spiegelungen entdecken: die an der Wand hängenden Werkzeuge, die orangefarbene Pflugschar, die an einer anderen Wand lehnt, die von draußen hereinspähenden Männer. Die meisten von ihnen tragen eine Schutzbrille und sehen aus wie Aliens in einem billigen Science-Fiction-Film. Curt kann man daran erkennen, dass die Videokamera seine linke Gesichtshälfte verdeckt. Das Brummen wird immer lauter und lauter, und dann, gut fünf Sekunden, bevor der Buick wieder anfängt, Blitze zu verschießen, verstummt das Geräusch. Der Zuschauer hört ein aufgeregtes Stimmengewirr. Einzelne Stimmen sind nicht zu erkennen, aber anscheinend stellen sie alle Fragen.

Dann verschwindet das Bild zum ersten Mal. Der Buick und der Schuppen sind weg. Man sieht nur noch Weiß.

»Großer Gott, habt ihr das gesehn?«, schreit Huddie Royer.

Draußen hört man sie schreien: *Weg hier!*, *Verdammte Scheiße!* und *O Gott!* Jemand sagt: *Guckt nicht hin!* und ein anderer: *Es blitzt uns tot!* – in dem eigenartig nüchternen Tonfall, den man manchmal auf dem Cockpit-Stimmenrekorder einer verunglückten Maschine hört, wenn ein Pilot, dem klar ist, dass er nur noch zehn oder zwölf Sekunden zu leben hat, unwillkürlich etwas sagt.

Dann kehrt der Buick aus dem Land der Überbelichtung zurück, sieht dabei zunächst wie ein vager Haufen aus und nimmt schließlich wieder seine ursprüngliche Form an. Drei Sekunden später blitzt er erneut. Das grelle Licht schießt in breiten Strahlen aus sämtlichen Fenstern, und das Bild wird wieder weiß. Curt sagt: *Wir brauchen einen besseren Filter,* und Tony erwidert: *Vielleicht beim nächsten Mal.*

Das Phänomen hält noch sechsundvierzig Minuten an und ist vollständig auf Video aufgezeichnet. Zunächst verschwindet der Buick noch bei jedem Blitz in grellem Weiß. Als das Licht dann schwächer wird, kann der Zuschauer inmitten der jetzt eher violetten als weißen lautlosen Lichteruptionen vage eine Auto-ähnliche Gestalt erkennen. Ab und zu verwackelt das Bild, und man sieht einen kurzen, unscharfen Schwenk über menschliche Gesichter, wenn Curt, in der Hoffnung auf irgendeine Offenbarung (oder vielleicht auch nur auf bessere Sicht), zu einem anderen Beobachtungspunkt hastet.

Um 15:28:17 kann man einen gezackten Lichtstrahl beobachten, der von dem geschlossenen Kofferraumdeckel des Buick ausgeht (oder vielleicht auch aus dem Kofferraum). Er schießt an die Decke und scheint von dort, wie das Wasser eines Springbrunnens, seitwärts wegzuspritzen.

Unbekannte Stimme: »Ach, du Scheiße! Hochspannung! Hochspannung!«

Tony: »Quatsch. Da ist keine Hitze und kein Feuer.« Dann, vermutlich zu Curt: »Film weiter.«

Curt: »Worauf du dich verlassen kannst.«

Es folgen noch einige weitere Blitze. Manche schießen aus den Fenstern des Buick hervor, andere aus dem Dach oder dem Kofferraum. Einer schießt unter dem Wagen hervor und ist direkt auf das Schuppentor gerichtet. Bei diesem gibt es erschreckte Schreie, als die Männer davor zurückweichen, aber die Kamera wackelt nicht. Curt war viel zu aufgeregt, um Angst zu haben.

Um 15:55:03 folgt noch ein letztes schwaches Leuchten;

es geht von der Rückbank hinter dem Fahrersitz aus; und dann ist es vorbei. Man hört Tony Schoondist sagen: »Spar dir doch die Batterie, Curt. Die Show ist anscheinend vorüber.« An diesem Punkt wird das Bild vorübergehend schwarz.

Als der Film weitergeht, ist es 16:08:16, und Curt ist zu sehen. Er hat etwas Gelbes um die Taille, winkt vergnügt in die Kamera und sagt: »Ich bin gleich wieder da.«

Tony Schoondist – der jetzt die Videokamera hält – erwidert: »Das will ich dir auch geraten haben.« Er klingt alles andere als vergnügt.

Curt wollte hineingehen und sehen, wie es den Springmäusen ging, vorausgesetzt natürlich, sie waren noch da. Tony verweigerte ihm augenblicklich und hartnäckig die Erlaubnis dazu. Den Schuppen B werde eine ganze Zeit lang niemand mehr betreten, sagte er, nicht solange sie nicht sicher wüssten, dass es nicht gefährlich sei. Er hielt inne, überlegte sich vielleicht, was er da gerade gesagt hatte, und wurde sich bewusst, wie absurd es war: Solange der Buick Roadmaster im Schuppen B stand, würde es immer gefährlich sein, ihn zu betreten. Dann änderte er seine Meinung: »Da geht keiner rein, solange da drinnen nicht mindestens wieder achtzehn Grad herrschen.«

»Es muss aber einer rein«, sagte Brian Cole ganz geduldig, als würde er mit einem nur begrenzt intelligenten Menschen eine ganz einfache Additionsaufgabe besprechen.

»Ich sehe nicht, warum, Trooper«, sagte Tony.

Brian griff in seine Tasche und zog Jimmys und Roslyns Wasserspender heraus. »Sie haben jede Menge Trockenfutter, aber ohne das hier werden sie verdursten.«

»Nein, werden sie nicht. Jedenfalls nicht so schnell.«

»Es kann *Tage* dauern, bis da drin wieder achtzehn Grad herrschen, Sarge. Würdest du gern zwei Tage lang ohne was zu trinken leben?«

»Also *ich* bestimmt nicht«, sagte Curt. Er versuchte vergeblich, sich ein Lächeln zu verkneifen, und nahm Brian das Wasserfläschchen ab. Kurzerhand nahm Tony es nun wiederum *ihm* ab. Dabei sah der Sergeant seinen Forscherkollegen nicht an und behielt stattdessen Trooper Brian Cole im Blick.

»Ich soll einem unter meinem Befehl stehenden Mann gestatten, unter Einsatz seines Lebens ein paar Rassemäusen Wasser zu bringen? Ist es das, was du mir damit sagen willst, Trooper? Ich will bloß sichergehen, dass ich das richtig verstanden habe.«

Wenn er erwartet hatte, dass Brian jetzt erröten oder etwas stammeln würde, dann hatte er sich getäuscht. Brian sah ihn einfach nur weiter auf diese geduldige Art an, als wollte er sagen: *Ja, ja, reagier dich nur an mir ab, Boss. Je schneller du das loswirst, desto schneller kannst du dich wieder entspannen und die richtigen Entscheidungen treffen.*

»Ich fasse es nicht«, sagte Tony. »Einer von uns beiden hat den Verstand verloren. Und wahrscheinlich bin ich es.«

»Das sind nur arme kleine Dinger«, sagte Brian. Sein Tonfall war ebenso geduldig wie sein Gesichtsausdruck. »Und wir haben sie da reingesetzt, Sarge. Das haben die nicht direkt freiwillig gemacht. Wir sind für sie verantwortlich. Also, wenn du willst, mache ich das. Ich habe ja schließlich vergessen, dass –«

Tony hob die Hände gen Himmel, wie um ein Eingreifen Gottes zu erflehen, und ließ sie dann wieder sinken. Röte stieg ihm aus dem Kragen den Hals empor und übers Kinn, bis sie bei den roten Flecken auf seinen Wangen angelangt war. »*Speck*musch!«, murmelte er.

Die Männer hatten ihn das schon öfter sagen hören und waren so klug, sich ein Lächeln zu verkneifen, denn mit diesem kindlichen Gossenwort drückte Sergeant Commanding Anthony Schoondist stets tiefe Zweifel oder Frustration aus. An diesem Punkt neigten viele, wahrscheinlich die meisten Menschen dazu, einfach zu brüllen: »Ach, leckt mich doch am Arsch! Macht doch, was ihr wollt!«, und dann von dannen zu stapfen. Doch wenn man das Sagen hatte und viel Geld dafür bekam, wichtige Entscheidungen zu treffen, kam das nicht infrage. Die Trooper, die sich vor dem Schuppen versammelt hatten, wussten das, und Tony wusste es natürlich auch. Er stand da und schaute auf seine Schuhe. Vom Rasen vor der Kaserne her hörte man das stete Dröhnen von Arkys altem roten Rasenmäher von Briggs & Stratton.

»Sarge –«, setzte Curtis an.

»Junge, tu uns allen mal den Gefallen und sei still.«

Curt verstummte.

Wenig später hob Tony wieder den Kopf. »Das Seil, das du kaufen solltest – hast du das mitgebracht?«

»Ja, Sir. Es ist ein richtig gutes. Das kann man zum Bergsteigen nehmen. Hat jedenfalls der Verkäufer bei Calling All Sports gesagt.«

»Ist es da drin?« Tony wies mit einer Kopfbewegung auf den Schuppen.

»Nein, das hab ich bei mir im Kofferraum.«

»Na, Gott sei Dank. Bring es her. Und hoffentlich müssen wir nie ausprobieren, wie gut es wirklich ist.« Er sah Brian Cole an. »Vielleicht möchtest du ja zum Supermarkt fahren, Trooper Cole, und ein paar Flaschen Evian oder Poland Spring für sie kaufen. Nein, Perrier! Wie wär's mit Perrier?«

Brian erwiderte nichts, sah den Sergeant nur weiter geduldig an. Tony ertrug das nicht und wandte den Blick ab. »*Rasse*mäuse! *Speck*musch!«

Curt holte das Seil, ein dreifach geflochtenes aus gelbem Nylon, das mindestens dreißig Meter lang war. Er machte eine Schlinge hinein, zog sie um seine Taille zu und gab

Huddie Royer dann das aufgerollte Ende. Huddie wog hundertfünfzehn Kilo und machte immer den Ankermann, wenn sie beim Picknick am Unabhängigkeitstag im Tauziehen gegen andere Achtermannschaften der State Police antraten.

»Wenn ich es dir sage«, meinte Tony zu Huddie, »ziehst du ihn raus, als hätte er Feuer gefangen. Und mach dir keine Sorgen, dass du ihm am Türrahmen ein Schlüsselbein oder seinen Dickkopf brechen könntest. Verstanden?«

»Ja, Sarge.«

»Und wenn er hinfällt oder auch nur schwankt wie benommen, wartest du nicht den Befehl ab und ziehst ihn sofort raus, klar?«

»Ja, Sarge.«

»Gut. Freut mich sehr, dass wenigstens einer versteht, worum es bei dieser beschissenen Speckmusch-Mutprobe hier geht.« Er fuhr sich mit der Hand durch seinen Bürstenhaarschnitt und wandte sich dann wieder an Curt. »Muss ich dir sagen, dass du sofort wieder rauskommst, wenn du irgendwas mitkriegst, das faul ist – und sei es *die kleinste Kleinigkeit?*«

»Nein.«

»Und wenn bei dem Wagen der Kofferraum aufgeht, kommst du rausge*flogen*, Curt, hast du gehört?«

»Mache ich.«

»Gib mir die Videokamera.«

Curtis hielt sie ihm hin, und Tony nahm sie ihm ab. Sandy war nicht da – er verpasste das alles –, aber als Huddie ihm später erzählte, er habe den Sarge zum allerersten Mal voller Angst gesehen, war Sandy froh, dass er den ganzen Nachmittag lang auf Streife gewesen war. Manches wollte man eben einfach nicht sehen. Und dazu zählte auch der Anblick, dass sich der eigene Sergeant Commanding vor Angst fast einmachte.

»Ich gebe dir eine Minute in dem Schuppen, Trooper

Wilcox. Dann zerr ich dich raus, ganz egal, ob du nun Zeter und Mordio schreist or *America The Beautiful* singst.«

»Anderthalb Minuten.«

»Nein. Und wenn du noch mal versuchst, mit mir zu feilschen, gebe ich dir nur noch dreißig Sekunden.«

Curtis Wilcox steht im Sonnenschein vor der Tür an der Ostseite des Schuppens B. Das Seil ist um seine Taille geschlungen. Er sieht jung aus auf dem Video, und mit jedem Jahr, das vergeht, sieht er noch jünger aus. Er selbst hat sich diese Kassette immer mal wieder angesehen, und er hat wahrscheinlich ebenso empfunden, wenn er das auch nie gesagt hat. Und er sieht nicht ängstlich aus. Nicht im Mindesten. Nur aufgeregt. Er winkt in die Kamera und sagt: »Bin gleich wieder da.«

»Das will ich dir auch geraten haben«, entgegnet Tony.

Curt dreht sich um und betritt den Schuppen. Für einen Moment sieht er aus wie ein Geist, ist kaum noch zu erkennen, und dann geht Tony mit der Kamera nach vorn, aus dem hellen Sonnenschein heraus, und man kann Curt wieder deutlich sehen. Er geht direkt zu dem Wagen und dann drum herum zum Heck.

»Nein!«, ruft Tony. »Nicht, du Dummkopf! Willst du, dass sich das Seil verheddert? Guck nach den Mäusen, gib ihnen das verdammte Wasser, und dann nichts wie raus da!«

Ohne sich umzusehen, hebt Curt eine Hand, mit dem Daumen nach oben. Das Bild wackelt, als Tony ranzoomt.

Curtis schaut auf der Fahrerseite ins Fenster, erstarrt und ruft: »Ach, du *Scheiße!*«

»Sarge, soll ich –«, setzt Huddie an, und dann sieht sich Curt zu ihnen um. Tony verwackelt wieder das Bild – er kann nicht so gut mit der Kamera umgehen wie Curt –, doch trotzdem kann man Curtis' weit aufgerissene Augen und seinen entsetzten Gesichtsausdruck erkennen.

»Zieh mich nicht raus!«, ruft Curt. »Mach's nicht! Es ist alles in Butter hier!« Und mit diesen Worten öffnet er die Tür des Roadmaster.

»Raus aus dem Wagen!«, ruft Tony hinter der wild wackelnden Kamera hervor.

Curt hört nicht auf ihn und zieht das Plastikapartment der Springmäuse aus dem Wagen, wobei er es vorsichtig hin und her dreht, um es an dem großen Lenkrad vorbeizubugsieren. Mit dem Knie drückt er dann die Tür des Buick zu und kommt schließlich mit dem Gehege in den Armen zurück zur Schuppentür. Mit den kastenförmigen Zimmerchen an beiden Enden sieht es aus wie eine sehr sonderbare Plastikhantel.

»Nimm das auf!«, ruft Curt, förmlich *brodelnd* vor Aufregung. »Nimm das auf!«

Und Tony nahm es auf. Sobald Curt aus dem Schuppen heraus ans Sonnenlicht tritt, zoomt das Bild auf das linke Ende des Geheges. Wir sehen Roslyn, die nicht mehr futtert, sondern munter umherhuscht. Sie bemerkt die Menschen um sie her und wendet sich direkt der Kamera zu, schnuppert mit zitternden Schnurrhaaren und strahlenden, aufmerksam blickenden Augen an dem gelben Plastik. Es sah niedlich aus, aber dafür hatten die Trooper in diesem Moment keinen Sinn.

Die Kamera schwenkt ruckelnd von ihr weg, den leeren Gang entlang auf das ebenfalls leere Springmaus-Sportstudio am anderen Ende zu. Beide Luken des Geheges sind fest verschlossen, und durch das Loch für den Wasserspender käme allenfalls eine Mücke hindurch, aber dennoch ist Jimmy, die Wüstenspringmaus, verschwunden – ebenso verschwunden wie Ennis Rafferty und der Mann mit dem russischen Akzent, der den Buick Roadmaster überhaupt erst in ihr Leben gelenkt hatte.

Jetzt: *Sandy*

Ich hielt inne und trank dann mit vier großen Schlucken ein Glas von Shirleys Eistee. Davon blieb mir ein Eisbrocken mitten in der Stirn, und ich musste erst warten, bis der schmolz. Es ging schon aufs Ende der Geschichte zu – hatte ich mir das nicht vor einer Stunde oder so schon eingebildet? Ich schnaubte.

»Sandy?«, fragte Ned. »Alles klar mit dir?«

»Mir geht's gut. Ich hab nur zu schnell was zu Kaltes getrunken. Man sollte ja meinen, dass ein Mann meines Alters allmählich mal gelernt haben sollte, dass man das nicht macht.«

Irgendwann war Eddie Jacubois dazugekommen. Er trug Zivil und saß am Ende der Bank, und seinem Blick nach bereute er es, sich dazugesetzt zu haben, zögerte aber noch, wieder zu gehen. Ich hatte keine derlei gemischten Gefühle; ich freute mich, ihn zu sehen. Nun konnte er seinen Teil der Geschichte erzählen. Falls nötig, würde ihm Huddie dabei helfen, und Shirley auch. 1988 war sie schon seit zwei Jahren bei uns, und Matt war nur noch eine Erinnerung, die gelegentlich durch eine Ansichtskarte mit Palmen drauf aus dem sonnigen Sarasota aufgefrischt wurde, wo er und seine Frau mittlerweile eine Fahrschule betrieben. Und das sehr erfolgreich, wenn man Matt glauben wollte.

»Ich musste eben dran denken, wie ungeschickt sich Tony mit der Videokamera angestellt hat«, sagte ich.

»Dein Dad hatte das besser im Griff, Ned; der war ein richtiger Steven Spielberg, aber –«

»Könnte ich mir diese Kassetten mal ansehen?«, fragte Ned.

Ich sah Huddie an … Arky … Phil … Eddie. Und der Blick jedes dieser Augenpaare besagte das Gleiche: *Das musst du entscheiden.* Und das stimmte natürlich. Wenn man der Chef ist, trifft man die wichtigen Entscheidungen. Und im Allgemeinen gefällt mir das, wenn ich mal ehrlich sein soll.

»Ich wüsste nicht, was dagegen spräche«, sagte ich. »Es wäre mir nicht recht, wenn du sie aus der Kaserne mitnehmen würdest – sie sind schließlich Eigentum der Troop D –, aber hier? Klar. Du kannst sie dir mit dem Videorekorder oben im Aufenthaltsraum ansehen. Aber bevor du dir die Sachen anguckst, die Tony aufgenommen hat, solltest du 'ne Reisepille nehmen, sonst wird dir schlecht. Hab ich nicht Recht, Eddie?«

Einen Moment lang schaute Eddie über den Parkplatz, aber nicht zu dem Schuppen, in dem der Roadmaster untergestellt war. Sein Blick schien auf der Stelle zu ruhen, an der bis 1982 oder so der Schuppen A gestanden hatte. »Darüber weiß ich nicht viel«, sagte er. »Ich erinnere mich auch nicht groß daran. Die meisten wichtigen Sachen waren schon passiert, als ich hier angefangen habe, weißt du.«

Sogar Ned wusste wohl, dass Eddie log; er war ein unglaublich schlechter Lügner.

»Ich wollte dir bloß sagen, dass ich die drei Stunden nachgearbeitet habe, die ich im Mai freigenommen hab, Sarge – du weißt doch, als ich meinem Schwager geholfen habe, sein neues Atelier zu bauen.«

»Ah«, sagte ich.

Eddie nickte beflissen. »Mh, mh. Ich mache jetzt Feierabend, und ich hab dir den Bericht über die Haschpflanzen, die wir hinten auf dem Feld von Robbie Rennert gefunden haben, auf den Schreibtisch gelegt. Also, ich fahr dann mal nach Hause, wenn's dir nichts ausmacht.«

Damit meinte er, dass er ins Tap wollte, sein zweites Zuhause. Sobald er die Uniform aushatte, ging es in Eddie Js Leben zu wie in einem Song von George Jones. Er wollte schon aufstehen, aber ich legte ihm meine Hand auf den Unterarm. »Das würde es aber, Eddie.«

»Hm?«

»Es würde mir etwas ausmachen. Ich möchte gern, dass du noch etwas bleibst.«

»Boss, ich muss wirklich –«

»Bleib noch ein wenig«, sagte ich. »Du bist diesem Jungen vielleicht auch etwas schuldig.«

»Ich weiß nicht, was –«

»Curtis hat dir doch damals bei den O'Days das Leben gerettet, nicht wahr?«

Eddie zog abwehrend die Schultern hoch. »Also, ich weiß nicht, ob man sagen könnte, dass er mir nun unbedingt –«

»Ach, hör doch auf«, sagte Huddie. »Ich war doch dabei. Und ich war auch mit dir zusammen, als damals, '88, der Tanklaster den Schulbus gerammt hat und wir ganz allein in der Kaserne waren.«

»Ich war auch dabei«, murmelte Shirley. Sie war blass und sah ängstlich aus.

Der Tag, an dem der Tanklaster verunglückt war, und wer dabei gewesen war und wer nicht – das interessierte Ned nicht, zumindest noch nicht. »Mein Vater hat dir das Leben gerettet, Eddie? Wie das?«

Eddie zögerte noch und gab dann nach. »Er hat mich hinter einem Trecker in Deckung gebracht. Die Geschwister O'Day –«

»Die schaurige Saga der Geschwister O'Day erzählen wir ein andermal«, sagte ich. »Heute veranstalten wir hier eher eine kleine Exhumierungsparty, Eddie, und du weißt, wo eine der Leichen begraben liegt. Und das meine ich, wie ich es sage.«

»Huddie und Shirley waren auch dabei. Die können –«

»Ja, das waren sie. Und George Morgan auch, glaube ich –«

»Ja, das stimmt«, sagte Shirley leise.

»– aber na und?« Ich hielt immer noch Eddies Handgelenk und hatte durchaus Lust, fest zuzudrücken. Ich mochte ihn, hatte ihn immer gemocht, und er konnte tapfer sein, hatte aber auch eine feige Ader. Ich weiß nicht, wie diese beiden Charakterzüge nebeneinander in einem Menschen bestehen können, aber so war es; ich habe es schon öfter selbst erlebt. Eddie war vor Angst erstarrt, als Travis und Tracy O'Day mit ihren schicken Milizmaschinengewehren aus den Fenstern ihres Farmhauses das Feuer eröffnet hatten. Curt musste seine Deckung verlassen und ihn an der Jacke in Sicherheit zerren. Der verdammte Idiot Eddie J hätte fast dafür gesorgt, dass sie beide umgebracht wurden. Und jetzt versuchte er sich hier um seinen Teil der anderen Geschichte zu drücken, in der Neds Vater eine so entscheidende Rolle gespielt hatte. Nicht weil Eddie damals irgendwas falsch gemacht hätte – das hatte er nicht –, sondern weil die Erinnerungen daran schmerzlich und Angst einflößend waren.

»Sandy, ich sollte wirklich besser mal die Biege machen. Ich hab noch 'ne Menge zu erledigen, und –«

»Wir erzählen diesem Jungen gerade von seinem Vater«, sagte ich. »Dem Mann, der dir vor sechs Jahren das Leben gerettet hat, falls du das vergessen hast. Und ich finde, Eddie, du solltest jetzt ganz ruhig da sitzen bleiben, vielleicht ein Sandwich essen und ein Glas Eistee trinken und abwarten, bis du mit dem Erzählen dran bist.«

Er ließ sich wieder auf dem Ende der Bank nieder und sah uns an. Ich weiß, was er in den Augen von Curts Sohn sah: Verwirrung und Neugier. Und in unseren Augen? Tja, keine Ahnung. Wir waren schon so ein richtiger Ältestenrat, wie wir da um den jungen Mann herumsaßen und ihm die alten Kriegslieder vorsangen. Und wenn dann alle Lieder gesungen waren? Wäre Ned ein junger Indianerkrieger gewesen, dann hätten wir ihn möglicherweise anschließend zu einer Art Feuertaufe losgeschickt – bringe das richtige Tier zur Strecke, erlebe die entsprechende Vision, während das Herzblut des Tiers noch an deinem Mund klebt, und kehre als Mann wieder. Vielleicht wäre alles viel einfacher gewesen, überlegte ich, wenn Ned anschließend eine Probe hätte bestehen und auf irgendeine Weise Reife und Einsicht hätte zeigen können. Aber so läuft das nun mal heutzutage nicht. Zumindest im Großen und Ganzen nicht. Heutzutage kommt es viel mehr auf Gefühle als auf Taten an. Ich finde, das sollte andersrum sein, aber auf mich hört ja keiner.

Und Eddie? Was sah Eddie in unseren Augen? Groll? Ein Fünkchen Verachtung auch? Vielleicht sogar den Wunsch, *er* hätte den Laster mit dem Schlapper angehalten, und nicht Curtis Wilcox, und Bradley Roach hätte *ihn* stattdessen umgebracht? Der zu Übergewicht neigende Eddie Jacubois, der zu viel trank und dem wohl bald ein zweiwöchiger Aufenthalt beim Sozialbetreuungsprogramm in Scranton bevorstand, wenn er das mit dem Trinken nicht in den Griff bekam? Der Typ, der immer ewig dafür brauchte, seine Berichte abzugeben, und der fast nie die Pointe eines Witzes verstand, wenn man sie ihm nicht erklärte? Hoffentlich sah er nichts davon, denn er hatte ja auch noch eine andere, bessere Seite; aber ich kann nicht mit Sicherheit sagen, dass er nicht doch etwas davon in unseren Augen sah. Vielleicht sogar das alles.

»– den Gesamtzusammenhang?«

Ich wandte mich Ned zu und war froh, von meinen unangenehmen Gedanken abgelenkt zu werden. »Was meinst du?«

»Ich habe gefragt, ob ihr mal darüber geredet habt, was dieser Buick in Wirklichkeit ist, wo er herkommt, was er zu bedeuten hat. Ob ihr jemals über, na, du weißt schon, den Gesamtzusammenhang diskutiert habt.«

»Tja ... es gab da diese Versammlung im Country Way«, sagte ich. Ich wusste nicht so recht, worauf er hinauswollte. »Davon hab ich dir ja erzählt –«

»Ja, aber das hat sich doch eher, na ja, administrativ angehört ...«

»Du wirst gut sein aufm College«, sagte Arky und tätschelte ihm das Knie. »Wer solche Wörter kennt und auch noch aussprechen kann, der wird gut sein aufm College.«

Ned grinste. »Administrativ. Organisatorisch. Bürokratisierung. Entbürokratisierung.«

»Hör auf anzugeben, Kleiner«, sagte Huddie. »Ich krieg schon Kopfschmerzen.«

»Jedenfalls ist die Versammlung im Country Way nicht das, was ich meine. Ihr müsst doch ... Ich meine: Im Laufe all der Jahre *müsst* ihr doch ...«

Endlich verstand ich, was er sagen wollte, und dabei wurde mir auch noch etwas anderes klar: Der Junge würde *nie* vollends begreifen, wie es in Wirklichkeit gewesen war. Wie *alltäglich* es an den allermeisten Tagen gewesen war. An den allermeisten Tagen war das Leben einfach weitergegangen, wie das Leben halt auch weitergeht, nachdem man einen schönen Sonnenuntergang gesehen, köstlichen Champagner getrunken oder schlechte Nachrichten von zu Hause erhalten hat. Wir hatten ein Weltwunder da hinten in unserem Schuppen, aber das änderte nichts daran, wie viele Schreibarbeiten wir zu erledigen hatten, wie wir uns die Zähne putzten oder mit unseren Frauen schliefen. Es hob uns nicht auf eine ganz neue Daseins- oder Bewusstseinsebene. Wir kratzten uns immer noch am Arsch, wenn es da juckte.

»Tony und dein Vater haben bestimmt oft darüber gesprochen«, sagte ich. »Aber nicht bei der Arbeit. Bei der Arbeit rückte der Buick immer mehr in den Hintergrund, wie jeder andere ruhende Fall auch. Er –«

»*Ruhend?*«, brüllte er förmlich. »Er kommt mir aber nicht besonders ruhend vor!«

»Er war es aber immer wieder für längere Zeit«, sagte ich. »Und währenddessen hatten wir Blechschäden und Fahrerflucht und Einbrüche und Drogendelikte und hin und wieder auch einen Mord.«

»Die Geschwister O'Day nicht zu vergessen«, sagte Huddie. »Das waren mal zwei richtig knallharte Amerikaner.«

Ned sah enttäuscht aus, und ich fühlte mich mies, als wäre ich schuld an dieser Enttäuschung. Schon lächerlich, aber so war es. Dann fiel mir etwas ein. »Also, an *ein* Gespräch darüber kann ich mich erinnern. Das war –«

»– bei dem Picknick«, vervollständigte Phil Candleton. »Bei dem Picknick am Labor Day. Das meinst du doch, oder?«

Ich nickte. 1979. Der alte Fußballplatz unten am Redfern Stream. Das Picknick am Labor Day mochten wir alle viel lieber als das am Unabhängigkeitstag; zum einen, weil es ganz in der Nähe stattfand und die Männer ihre Familie mitbringen konnten, wenn sie eine hatten, aber vor allem, weil wir da unter uns waren – nur die Troop D. Und es war auch nett, einfach essen und trinken zu können, ohne dass ein Vertreter ankam und einem neue Radargeräte oder Kevlarwesten aufschwatzen wollte. Das Picknick am Labor Day war ein *richtiges* Picknick.

Phil lehnte den Kopf an die Holzverschalung der Kaserne und lachte. »Mann, das hatte ich ganz vergessen. Wir haben über den verdammten Buick da drüben geredet, Junge, und sonst über gar nichts. Und je mehr wir geredet haben, desto mehr haben wir getrunken. Ich hatte zwei Tage lang Kopfschmerzen.«

Huddie sagte: »Dieses Picknick ist immer schön. Du warst doch letzten Sommer dabei, nicht wahr, Ned?«

»Ja.« Er lächelte. »Die Reifenschaukel, die bis raus auf den Fluss schwingt? Paul Loving ist da runtergefallen und hat sich das Knie verstaucht.«

Da lachten wir alle, und Eddie so laut wie wir anderen auch.

»Das ganze Gerede und dann keine einzige Schlussfolgerung«, sagte ich. »Aber welche Schlüsse hätten wir auch ziehen sollen? Im Grunde nur einen: Wenn es im Schuppen kälter wird, passiert bald was. Nur dass sich auch das nicht als verlässliche Regel erwiesen hat. Manchmal – vor allem in späteren Jahren – ist die Temperatur ein wenig gesunken und dann einfach wieder gestiegen. Manchmal fing das Summen an ... und hörte dann wieder auf, einfach so, als hätte jemand einen Stecker rausgezogen. Ennis ist ohne Lightshow verschwunden, und Jimmy, die Springmaus, ist nach einer absoluten *Wahnsinns*-Lightshow verschwunden, und Roslyn ist überhaupt nicht verschwunden.«

»Habt ihr sie wieder in den Buick gesetzt?«, fragte Ned.

»Nee«, sagte Phil. »Wir sind hier in Amerika, Junge – Freispruch ist Freispruch.«

»Roslyn hat bis an ihr Lebensende oben im Aufenthaltsraum gewohnt«, sagte ich. »Sie war drei oder vier Jahre alt, als sie starb. Tony meinte, das sei die normale Lebenserwartung einer Wüstenspringmaus.«

»Sind da denn noch mehr Dinge rausgekommen? Aus dem Buick?«

»Ja, aber man konnte das Auftauchen dieser Dinge nicht in Zusammenhang bringen mit –«

»Was denn für Dinge? Und was ist mit der Fledermaus? Hat mein Vater sie tatsächlich seziert? Kann ich das mal sehen? Gibt es davon wenigstens Fotos? War es –«

»Ganz ruhig«, sagte ich und hob eine Hand. »Iss ein Sandwich oder so. Entspann dich.«

Er nahm sich ein Sandwich, fing an, daran herumzuknabbern, und sah mich dabei unverwandt an. Für einen kurzen Moment erinnerte er mich an Roslyn, die Springmaus, wie sie mit strahlenden Augen und zuckenden Schnurrhaaren ins Objektiv der Videokamera geschaut hatte.

»Von Zeit zu Zeit sind Dinge aufgetaucht«, sagte ich, »und von Zeit zu Zeit sind andere Dinge – Lebewesen, Testobjekte – verschwunden. Grillen. Ein Frosch. Ein Schmetterling. Eine Tulpe – direkt aus dem Topf, in dem sie wuchs. Aber man konnte weder die Kälte noch das Summen noch die Lightshows mit dem Verschwinden der Testobjekte oder dem Auftauchen dessen in Verbindung bringen, was dein Dad ›die Fehlgeburten des Buick‹ genannt hat. Es gibt da keine eindeutigen Zusammenhänge. Auf die Kälte kann man sich einigermaßen verlassen – es hat nie so ein Feuerwerk gegeben, ohne dass nicht vorher die Temperatur gesunken wäre. Aber wenn es im Schuppen kälter wird, bedeutet das nicht unweigerlich, dass es auch ein Feuerwerk geben wird. Verstehst du, was ich meine?«

»Ich glaube schon«, sagte Ned. »Wolken bringen nicht immer Regen, aber es fällt auch kein Regen aus heiterem Himmel.«

»Das hätte ich jetzt nicht besser ausdrücken können«, sagte ich.

Huddie klopfte Ned aufs Knie. »Du kennst doch die Redensart ›Jede Regel hat eine Ausnahme‹. Tja, und bei dem Buick hier haben wir eine Regel und ein Dutzend Ausnahmen. Der Fahrer ist schon eine davon – du weißt doch: der Mann in dem schwarzen Mantel und mit dem schwarzen Hut auf. Er ist zwar verschwunden, aber nicht in der Nähe des Buick.«

»Seid ihr euch da sicher?«, fragte Ned.

Das erschreckte mich. Dass ein Junge seinem Vater ähnlich sieht, ist nur natürlich. Dass er sich wie sein Vater anhört auch. Doch in diesem einen Moment schufen Neds

Stimme und Aussehen mehr als nur eine Ähnlichkeit. Und ich war auch nicht der Einzige, der das so empfand. Shirley und Arky sahen einander kurz beklommen an.

»Wie meinst du das?«, fragte ich.

»Roach las doch eine Zeitung, oder? Und wie ihr ihn schildert, hat er dazu wahrscheinlich sein ganzes Konzentrationsvermögen gebraucht. Woher wisst ihr also, dass der Mann nicht zu seinem Wagen zurückgekommen ist?«

Zwanzig Jahre lang hatte ich über diesen Tag und seine Folgen nachgedacht. Zwanzig Jahre ... Aber auf die Idee, der Fahrer des Roadmasters könnte zurückgekehrt (vielleicht gar zurück*geschlichen*) sein, war ich nie gekommen. Und soweit ich wusste, war das auch sonst niemandem eingefallen. Brad Roach hatte gesagt, der Mann sei nicht wiedergekommen, und wir hatten das einfach so geglaubt. Und wieso? Weil Bullen eingebaute Lügendetektoren haben und in diesem Fall keine Nadel in den roten Bereich ausgeschlagen war. Die Nadeln hatten nicht mal gezuckt. Warum sollten sie auch? Brad Roach glaubte ja, die Wahrheit zu sagen. Das bedeutete aber noch nicht, dass er auch wusste, was er da sagte.

»Ich schätze mal, da hast du Recht«, sagte ich.

Ned zuckte mit den Achseln, wie um zu sagen: *Tja, da siehste mal.*

»Wir hatten bei der Troop D nie einen Sherlock Holmes oder Inspektor Columbo«, sagte ich. Es hörte sich ziemlich defensiv an, fand ich. Mir war auch eher defensiv zumute. »Nüchtern betrachtet, sind wir nur die Mechaniker des Justizwesens. Einfache Arbeiter, kaum mehr als durchschnittlich gebildet. Wir machen den Telefondienst, stellen nötigenfalls Beweismittel zusammen, und ab und zu treffen wir auch mal Schlussfolgerungen. An guten Tagen sind das durchaus *brillante* Schlussfolgerungen, aber bei dem Buick war alles unlogisch, und daher hatten wir keine Grundlage für Schlussfolgerungen, ob nun brillant oder nicht.«

»Einige meinten, das Ding wäre aus dem All«, sagte Huddie. »Es wäre ... ach, was weiß ich, ein getarntes Aufklärungsraumschiff oder so was. Sie hatten die Idee, Ennis wäre von einem Außerirdischen entführt worden, der mit seinem schwarzen Mantel und Hut so einigermaßen als Mensch durchging. Das war das Thema bei diesem Picknick – dem Picknick am Labor Day, klar?«

»Ja«, sagte Ned.

»Das war wirklich ein eigenartiges Treffen, Kleiner«, sagte Huddie. »Kommt mir so vor, als wären alle viel betrunkener gewesen als sonst immer, und das auch viel schneller, aber keiner ist aus der Rolle gefallen, nicht mal die üblichen Verdächtigen wie Jackie O'Hara oder Christian Soder. Es verlief ganz ruhig, besonders nachdem das Touch-Football-Spiel Hemden gegen Nackte vorbei war.

Ich weiß noch, wie ich mit ein paar Jungs auf einer Bank unter einer Ulme saß, und wir waren alle schon gut angetütert und haben zugehört, wie Brian Cole von den fliegenden Untertassen erzählt hat, die man in New Hampshire über Stromleitungen gesichtet hatte – das war damals erst ein paar Jahre her –, und dass eine Frau behauptet hätte, sie wäre entführt worden und man hätte ihr diese ganzen Sonden und Sender reingesteckt. Heute ist das alles ein alter Hut, in *Akte X* werden ständig Leute entführt, und außerdem gab's da diesen Film, in dem die Außerirdischen auf dem Devil's Bluff in Wyoming landen, aber für uns war das alles neu – nicht das mit den fliegenden Untertassen, aber die Vorstellung, dass Außerirdische Menschen entführen –, und wir haben zugehört wie kleine Kinder, wenn's um ein Spukhaus geht.«

»Hat mein Vater das geglaubt? Dass Außerirdische seinen Partner entführt hätten?«

»Nein«, sagte Shirley. »1988 ist hier was passiert, das so ... so abscheulich und unglaublich war ... so absolut *entsetzlich* ...«

»Was?«, fragte Ned. »*Was,* um Himmels willen?«

Shirley ignorierte die Frage. Ich glaube, sie hörte sie nicht mal. »Und ein paar Tage drauf habe ich deinen Vater ganz direkt gefragt, was er denn nun glaube. Und er hat gesagt, es sei völlig egal.«

Ned sah sie an, als hätte er sie nicht richtig verstanden. »Völlig *egal?*«

»Das hat er gesagt. Er glaubte, dass es im Großen und Ganzen keine Rolle spielte, was der Buick war. In diesem Gesamtzusammenhang betrachtet, von dem du gesprochen hast. Ich habe ihn gefragt, ob er der Meinung sei, jemand würde den Buick benutzen, vielleicht um uns zu beobachten ... ob er so eine Art Fernsehen sei ... und er hat gesagt: ›Ich glaube, man hat ihn vergessen.‹ Ich weiß noch genau, wie klipp und klar er das gesagt hat, als würde er über etwas reden, das ... ich weiß nicht ... so wichtig ist wie ein Königsschatz, der seit der Zeit vor Christi unter der Wüste begraben liegt, oder so *un*wichtig wie eine Ansichtskarte mit einer falschen Adresse drauf, die deshalb unzustellbar war, ›uns geht's fabelhaft, ach, wärt ihr doch hier‹, und dann ist es völlig egal, weil es schon so lange her ist. Es hat mich beruhigt, und gleichzeitig ist es mir bei dem Gedanken kalt über den Rücken gelaufen, dass etwas so Seltsames und Fürchterliches einfach vergessen werden könnte ... verbaselt ... übersehen. Das habe ich ihm gesagt, und da hat dein Dad gelacht. Dann hat er auf den Horizont im Westen gezeigt und gesagt: ›Shirley, was meinst du wohl, wie viele Atomwaffen unsere große Nation von der Grenze nach Ohio bis zum Pazifik an verschiedenen Stellen gelagert hat? Und wie viele davon wird man wohl im Laufe der nächsten zwei-, dreihundert Jahre dort liegen lassen und vergessen?«

Wir schwiegen alle für einen Moment und dachten darüber nach.

»Ich habe überlegt, den Dienst zu quittieren«, sagte

Shirley schließlich. »Ich konnte nicht mehr schlafen. Ich musste immer an den armen alten Mister Dillon denken und war fest entschlossen zu kündigen. Und Curt hat mich überredet zu bleiben und hat es dabei nicht mal gemerkt. ›Ich glaube, man hat ihn vergessen‹, hat er gesagt, und das hat mich beruhigt. Ich bin geblieben, und ich habe es nie bereut. Das ist ein guter Arbeitsplatz, und die meisten Jungs, die hier arbeiten, sind gute Trooper. Das gilt auch für die, die nicht mehr da sind. Wie Tony zum Beispiel.«

»Ich liebe dich, Shirley, bitte heirate mich«, sagte Huddie. Er legte ihr einen Arm um die Taille und spitzte die Lippen. Alles in allem kein hübscher Anblick.

Sie stieß ihn mit dem Ellenbogen weg. »Du bist doch schon verheiratet, du Spinner.«

Da meldete sich Eddie J zu Wort. »Wenn dein Dad irgendwas geglaubt hat, dann, dass die Maschine da drüben aus einer anderen Dimension stammte.«

»Einer anderen *Dimension?* Du machst Scherze«, sagte Ned. Er sah Eddie aufmerksam an. »Nein, du machst keine Scherze.«

»Und er meinte, das wäre alles gar nicht geplant gewesen«, fuhr Eddie fort. »Nicht wie man plant, ein Schiff über den Ozean zu schicken oder einen Satelliten ins All. Ich glaube, er war gewissermaßen der Meinung, dass es den Buick überhaupt nicht gab.«

»Jetzt komme ich nicht mehr mit«, sagte der Junge.

»Ich auch nicht«, sagte Shirley.

»Er hat gesagt …« Eddie rutschte ein wenig auf der Bank hin und her. Er sah wieder zu der mit Gras bewachsenen Stelle hinüber, an der früher der Schuppen A gestanden hatte. »Das war auf der O'Day-Farm, wenn ihr's genau wissen wollt. An jenem Tag. Ihr müsst euch klarmachen, dass wir fast sieben Stunden lang da draußen waren, mit dem Wagen im Mais standen und gewartet haben, dass diese beiden Drecksäcke aus dem Haus kamen.

Es war kalt. Wir konnten den Motor nicht anlassen, und deshalb ging die Heizung nicht. Wir haben über alles Mögliche geredet – über die Jagd, übers Angeln und Bowlen, über unsere Frauen, unsere Pläne. Curt hat gesagt, dass er höchstens noch fünf Jahre bei der PSP bleiben wollte –«

»Das hat er gesagt?« Ned machte große Augen.

Eddie warf ihm einen nachsichtigen Blick zu. »Von Zeit zu Zeit sagen wir das alle mal, Kleiner. Genau wie alle Junkies sagen, dass sie von der Spritze wegkommen wollen. Ich hab ihm erzählt, dass ich in Pittsburgh eine Wachschutzfirma aufmachen wollte und dass ich vorhatte, mir einen neuen Winnebago zu kaufen. Er hat mir erzählt, dass er in Horlicks gern Biokurse besuchen würde und dass deine Mom dagegen war. Sie hat gesagt, jetzt müssten sie erst mal die *Kinder* durch die Schule kriegen und nicht ihn. Er hat sich von ihr 'ne Menge anhören müssen, aber er hat's ihr nicht übel genommen. Denn sie wusste ja nicht, warum er Bio studieren wollte und was ihn daran so interessierte, und er konnte es ihr nicht sagen. So kamen wir dann auf den Buick zu sprechen. Und da hat er gesagt – ich habe das noch ganz deutlich im Ohr –, dass wir es nur deshalb als einen Buick sehen, weil wir es ja schließlich als *irgendwas* sehen *müssten.*«

»Als irgendwas sehen müssen«, murmelte Ned. Er beugte sich vor und rieb sich mit zwei Fingern die Mitte der Stirn, als hätte er Kopfschmerzen.

»Du siehst genauso verwirrt aus, wie ich es damals war, aber irgendwie hab ich verstanden, was er damit meinte. Hier.« Eddie klopfte sich über dem Herzen auf die Brust.

Ned wandte sich wieder an mich. »Sandy, bei diesem Picknick: Habt ihr da über –« Er verstummte.

»Worüber gesprochen?«, fragte ich.

Er schüttelte den Kopf, betrachtete die Reste seines Sandwiches und steckte sich dann den letzten Bissen in den Mund. »Vergiss es. Das ist nicht wichtig. Hat mein Dad denn nun tatsächlich die Fledermaus seziert, die ihr gefunden habt?«

»Hat er. Nach der zweiten Lightshow und vor dem Labor-Day-Picknick. Er –«

»Erzähl ihm von dem Laub«, sagte Phil. »Das hast du noch vergessen.«

Das stimmte. Mann, ich hatte tatsächlich seit sechs oder acht Jahren nicht mehr an das Laub gedacht. »Erzähl du's ihm«, sagte ich. »Du hast es in der Hand gehabt.«

Phil nickte, saß noch einen Moment lang schweigend da und redete dann abgehackt los, als würde er einem Vorgesetzten Bericht erstatten.

Jetzt: *Phil*

»Die zweite Lightshow war mitten am Nachmittag. Klar so weit? Hinterher geht Curt angeseilt in den Schuppen und holt das Springmausdingsbums raus. Wir sehn, dass eins der Viecher weg ist. Dann wird noch ein bisschen geredet und geknipst. Sergeant Schoondist sagt: ›Okay, alle wieder auf eure Plätze, wer hat Dienst in der Hütte?‹ Brian Cole sagt: ›Ich, Sarge.‹

Wir anderen gehen wieder in die Kaserne. Ja? Und ich höre, wie Curtis zum Sarge sagt: ›Ich werde das Ding jetzt sezieren, bevor es verschwindet wie alles andere auch. Hilfst du mir?‹ Und der Sarge sagt: ›Ja, heute Abend, wenn du willst.‹ Curt sagt: ›Wieso nicht jetzt gleich?‹ Und der Sarge sagt: ›Weil du noch nicht mit deiner Streife fertig bist. Du hast noch ’ne halbe Schicht vor dir. Der Bürger verlässt sich auf dich, Junge, und die bösen Buben zittern, wenn sie deinen Wagen hören.‹ So hat er manchmal geredet, wie ein richtiger Prediger.

Curt widerspricht nicht. Er war ja nicht dumm. Er zieht ab. Gegen fünf kommt Brian Cole rein und fragt mich, ob ich mal kurz den Schuppen übernehme, während er aufs Klo geht. Klar, sag ich. Ich gehe raus, gucke in den Schuppen. Lage normal, alles in Butter. Die Temperatur ist um ein Grad gestiegen. Ich gehe in die Hütte. Aber in der Hütte ist es mir zu warm, ja? Da liegt ein L.L.-Bean-Katalog auf dem Stuhl, den nehm ich mir. Als ich ihn gerade in der Hand habe, höre ich ein Geräusch. *Miek-bumm.* So hört sich nur ein Kofferraumdeckel an, wenn er aufspringt. Ich raus aus der Hütte und ans Schuppenfenster. Bei dem Buick steht der Kofferraum offen. Erst dacht ich, das wär Papier, verkohlte Papierfetzen, was da aus dem Kofferraum hochwirbelt. Das ist rumgewirbelt wie in einer Windhose. Aber der Staub auf dem Boden hat sich nicht bewegt. Überhaupt nicht. Die einzige Luft, die sich bewegt hat, kam aus dem Kofferraum. Und dann hab ich gesehen, dass die Papierfetzen alle ziemlich gleich aussahen, und da hab ich mir gedacht, das ist Laub. Und das war's dann auch.«

Ich zog mein Notizbuch aus der Brusttasche, nahm meinen Kugelschreiber und zeichnete das hier:

»Sieht irgendwie wie ein Lächeln aus«, sagte der Junge.

»Eher wie ein *Grinsen*«, sagte ich. »Bloß dass nicht nur eins davon da war. Es waren hunderte. Hunderte schwarze Grinsen, die im Kreis rumgewirbelt sind. Ein paar sind auf dem Dach des Buick gelandet, ein paar wieder in den Kofferraum gefallen. Die meisten flogen auf den Boden. Ich bin zu Tony gelaufen. Er kam mit der Videokamera raus. Er war ganz rot im Gesicht und hat gemurmelt: ›Was jetzt? Was zum Teufel? Was jetzt?‹ – so in der Richtung. Das war schon irgendwie komisch, aber erst hinterher, klar? In dem Moment war das gar nicht komisch, kannst du mir glauben.

Wir haben zum Fenster reingeguckt und die ganzen Blätter auf dem Betonboden gesehen. Da lagen fast so viele wie bei mir immer aufm Rasen nach 'nem schweren Oktobersturm. Bloß da haben sich die Ränder schon gewellt. Dadurch sah das schon weniger nach Grinsen aus und eher wie Laub. Gott sei Dank. Und sie blieben auch nicht schwarz. Vor unseren Augen sind sie weißlich grau geworden. Und sie wurden *dünner.* Da war Sandy schon dabei. Die Lightshow hat er verpasst, aber zur Laubshow kam er pünktlich.«

Sandy sagte: »Tony hatte mich zu Hause angerufen und gefragt, ob ich an diesem Abend so gegen sieben vorbeikommen könnte. Er hat gesagt, Curt und er hätten etwas vor, bei dem ich vielleicht dabei sein wollte. Aber ich habe nicht bis sieben gewartet. Ich bin sofort gekommen. Ich war neugierig.«

»Neugier bringt die Katze um«, sagte Ned und hörte sich dabei derart wie sein Pa an, dass es mir kalt den Rücken runterlief. Dann sah er mich an. »Erzähl weiter.«

»Da gibt's nicht mehr viel zu erzählen«, sagte ich. »Die Blätter sind immer dünner geworden. Ich kann mich täuschen, aber ich meine, wir konnten richtig dabei zusehen.«

»Ja, das stimmt«, sagte Sandy.

»Ich war aufgeregt. Ich hab nicht nachgedacht. Ich bin zur Seitentür gelaufen, und Tony, Mann, der blieb an mir dran wie das Weiß am Reis. Er hat mich am Hals gepackt und zurückgehalten. ›Hey!‹, hab ich gesagt. ›Lass mich los, lass mich los! Das ist Freiheitsberaubung!‹ Und er hat gesagt, ich soll mir das für meinen Auftritt im Comedy Shop in Statesboro aufheben. ›Das ist kein Spaß hier, Phil‹, hat er gesagt. ›Ich habe gute Gründe anzunehmen, dass ich schon einen Officer an dieses gottverdammte Ding verloren habe. Einen zweiten werde ich nicht verlieren.‹

Ich hab ihm gesagt, ich würde mir das Seil umbinden. Ich wollte unbedingt da rein. Warum, weiß ich nicht mehr, aber so war es. Er hat gesagt, er würde nicht losgehen und das verdammte Seil holen. Ich hab gesagt, *ich* würde aber losgehen und das verdammte Seil holen. Er hat gesagt: ›Schlag dir das mit dem Seil aus dem Kopf. Ich verbiete es dir.‹ Also hab ich gesagt: ›Halt mich doch einfach an den Füßen fest, Sarge. Ich will ein paar Blätter rausholen. Ein paar von denen liegen keine anderthalb Meter von der Tür entfernt, nicht mal in der Nähe des Autos. Na, was meinst du?‹

›Ich meine, dass du nicht mehr ganz dicht bist. *Alles da drin* ist in der Nähe des Autos‹, hat er gesagt, aber weil das nicht gerade ein klares Nein war, bin ich losgegangen und hab die Tür aufgemacht. Sofort war da dieser Geruch wie Pfefferminze, aber unangenehm. Und da war noch ein Geruch, der den anderen noch schlimmer machte. Dieser Kohlgestank. Dabei hat sich einem der Magen umgedreht. Ich war fast zu aufgeregt, um das mitzukriegen. Ich war ja noch jünger damals, klar? Ich hab mich flach auf den Bauch gelegt und bin reingekrochen, und der Sarge hat mich an den Waden festgehalten, und als ich gerade ein kleines Stückchen im Schuppen war, hat er gesagt: ›Das ist weit genug, Phil. Wenn du welche kriegen kannst, dann nimm sie. Wenn nicht, dann raus da.‹

Da lagen jede Menge, die weiß geworden waren, und ich bekam etwa ein Dutzend davon zu fassen. Sie waren glatt und weich, aber auf unangenehme Art. Ich musste dran denken, wie sich Tomaten anfühlen, wenn sie von innen verdorben sind. Ein Stück weiter lagen ein paar, die noch schwarz waren. Ich hab mich gestreckt und sie genommen, aber als ich sie berührt hab, sind sie genauso weiß geworden wie die anderen. An den Fingerspitzen hat es ganz leicht gebrannt. Es hat noch mal stärker nach Pfefferminze gerochen, und ich hab was gehört, bild ich mir jedenfalls ein. Wie ein Seufzen, so ein Geräusch, wie eine Limodose es macht, wenn man den Nippel aufreißt.

Ich bin wieder rausgekrochen, und erst ging's mir noch gut, aber dann … irgendwas daran, wie sich diese Dinger angefühlt haben … so glatt und weich, als ob sie …«

Ein paar Sekunden lang konnte ich nicht weitererzählen. Mir war, als würde ich das plötzlich wieder spüren. Aber der Junge sah mich an, und da wusste ich, dass er's um keinen Preis der Welt dabei bewenden lassen würde; also erzählte ich weiter. Jetzt wollte ich das nur noch hinter mich bringen.

»Ich hab Panik gekriegt, klar? Hab mich mit den Ellenbogen und den Füßen abgestoßen. Es war Sommer, und ich hatte ein kurzärmliges Hemd an. Mit dem Ellenbogen bin ich an so ein schwarzes Blatt gekommen, und da hat es gezischt, wie ... also, ich weiß nicht wie. Halt gezischt, klar? Und es hat diesen Gestank nach Pfefferminze und Kohl von sich gegeben und ist weiß geworden. Als wär's erfroren, weil ich es berührt hatte, hab ich später gedacht. In dem Moment hab ich gar nichts gedacht, außer: Verfickte Scheiße, bloß raus hier. Tschuldige, Shirley.«

»Ach wo«, sagte Shirley und tätschelte mir den Arm. Gutes Mädchen. War sie schon immer. In der Leitstelle um Längen besser als Babicki – und auch viel hübscher anzusehn. Ich legte meine Hand auf ihre und drückte sie ein wenig. Dann erzählte ich weiter. War einfacher, als ich gedacht hatte. Schon komisch, wie einem alles wieder einfällt, wenn man darüber redet. Wie die Erinnerungen immer deutlicher werden, je länger man erzählt.

»Ich hab zu dem alten Buick hochgesehn, und obwohl er mitten im Schuppen stand, locker vier Meter von mir weg, kam er mir plötzlich viel näher vor und so groß wie der Mount Everest. Schillernd wie ein Diamant. Ich hatte den Eindruck, dass die Scheinwerfer Augen waren und mich diese Augen ansahen. Und ich konnte ihn flüstern hören. Guck nicht so erstaunt, Kleiner. Wir haben ihn alle schon flüstern hören. Keine Ahnung, was er sagt – ob er überhaupt irgendwas sagt –, aber ich konnte es eindeutig hören. Aber es war in meinem Kopf drin; es kam von innen – wie Telepathie. Vielleicht hab ich mir das auch bloß eingebildet, aber das glaube ich eigentlich nicht. Mit einem Mal war ich wieder wie ein kleiner Junge und hatte Angst davor, was unter dem Bett ist. Der Buick wollte mich entführen, das wusste ich ganz genau. Dahin entführen, wohin er auch Ennis entführt hatte. Und da hab ich Panik gekriegt. Ich hab geschrien: ›Zieh mich raus! Zieh mich raus! Schnell!‹, und das haben sie dann auch gemacht – der Sarge und noch ein anderer –«

»Das war ich«, sagte Sandy. »Du hast uns eine Heidenangst eingejagt, Phil. Erst warst du noch ganz normal, aber dann hast du angefangen zu schreien und dich zu winden und zu sträuben. Ich hab schon damit gerechnet, dass du blutest oder blau im Gesicht bist. Aber dann hattest du bloß ... tja.« Mit einer kleinen Handbewegung forderte er mich auf weiterzuerzählen.

»Ich hatte die Blätter. Jedenfalls das, was noch davon übrig war. Als ich ausgerastet bin, muss ich wohl die Fäuste geballt haben, klar? Ich hab fest zugedrückt. Und als ich dann draußen war, hab ich gemerkt, dass meine Hände ganz nass waren. Die Leute haben geschrien: *Alles in Ordnung mit dir?* und *Was ist da drin passiert, Phil?* Ich knie da, mein Hemd ist hochgezogen bis zum Hals, mein Bauch ist aufgeschürft vom Rausziehen, und ich denke: *Meine Hände bluten. Ich bin damit über den Beton geschleift, und jetzt bluten sie. Deshalb sind sie so nass.* Und dann sehe ich diese weiße Schmiere. Sah aus wie dieser Kleister, den man in der Schule in der ersten Klasse kriegt. Das war alles, was von den Blättern noch übrig war.«

Ich hielt inne und dachte darüber nach.

»Und jetzt erzähl ich dir mal die Wahrheit, ja? Es sah überhaupt nicht wie Kleister aus. Es war, als hätte ich beide Hände voll Stiersperma. Und es hat scheußlich gestunken. Ich weiß auch nicht, wieso. Du kannst natürlich sagen: *Ein bisschen Pfefferminze und Kohl – was ist schon dabei?* Und damit hättest du Recht, dann aber auch wieder nicht. Denn dieser Gestank war mit nichts zu vergleichen. Ich hatte so was jedenfalls noch nie gerochen.

Ich hab mir die Hände an der Hose abgewischt und bin

in die Kaserne, in den Keller. Brian Cole kam gerade von dem Klo da unten. Er hatte Schreie gehört und wollte sehen, was los war. Ich achte überhaupt nicht auf ihn, renne ihn fast über den Haufen, so schnell will ich da rein. Ich wasche mir die Hände und wasche sie mir immer noch, als ich plötzlich wieder dran denken muss, wie das ausgesehen hat, als mir diese wichseweiße Laubschmiere aus den Fäusten getropft ist, und wie warm und weich und irgendwie *glatt* sie war und wie es Fäden gezogen hat, als ich die Hände aufgemacht hab. Und das war's dann. Der Gedanke, wie es Fäden gezogen hat zwischen dem Handteller und den Fingerspitzen. Da hab ich losgekotzt. Aber das war nicht so, wie wenn einem das Essen wieder hochkommt. Es war, als ob der Magen selbst mit hochkam, bis in die Kehle, und mir alles aus dem Mund kippt, was ich in letzter Zeit geschluckt hatte. Wie meine Ma früher immer das Spülwasser übers Verandageländer gekippt hat. Ich will nicht in die Einzelheiten gehen, aber du musst das wissen, wenn du das verstehen willst. Das war nicht wie Kotzen, das war wie Sterben. Das einzige Mal, dass ich so was noch mal erlebt hab, das war, als ich meinen ersten Verkehrstoten gesehen habe. Ich komme da hin, und erst denke ich, da liegt ein Laib Weißbrot auf der gelben Straßenmarkierung auf dem alten Statler Pike. Und dann sehe ich, dass es die obere Hälfte eines Jungen ist. Ein kleiner Junge mit blondem Haar. Und dann sehe ich da diese Fliege auf der Zunge des Jungen. Sie putzt sich gerade die Beine. Das war zu viel. Ich hab gedacht, ich kotz mich tot.«

»Das ist mir auch schon passiert«, sagte Huddie. »Wegen so was muss man sich nicht schämen.«

»Ich schäme mich auch nicht«, sagte ich. »Ich will bloß, dass er das versteht, klar?« Ich atmete tief ein und genoss die gute Luft (keine Pfefferminze und auch kein Kohl). Dann lächelte ich den Jungen an. »Na ja, zum Glück ist das Klo gleich neben dem Waschbecken, und meine Schuhe und der Boden haben kaum was abgekriegt.«

»Und letztendlich«, meinte Sandy, »war's das dann auch mit diesen Blättern. Sie sind geschmolzen wie die Hexe im *Zauberer von Oz*. Eine Zeit lang konnte man im Schuppen B noch Spuren davon sehen, aber ein paar Wochen später waren da nur noch kleine Flecken auf dem Betonboden. Gelblich und ganz blass.«

»Ja, und die nächsten paar Monate hab ich mir zwanghaft die Hände gewaschen«, sagte ich. »An manchen Tagen konnte ich kein Essen anrühren. Wenn mir meine Frau Brote eingepackt hat, hab ich die beim Essen mit 'ner Serviette gehalten und hab mir den letzten Bissen aus der Serviette in den Mund geschüttelt, um bloß nichts davon mit den Fingern zu berühren. Wenn ich ganz allein in meinem Streifenwagen saß, hab ich auch schon mal mit Handschuhen gegessen. Und die ganze Zeit hab ich geglaubt, ich werde krank. Ich hab gedacht, ich krieg diese Zahnfleischkrankheit, bei der einem alle Zähne ausfallen. Aber ich bin drüber weggekommen.« Ich schaute Ned an und wartete, dass er mir in die Augen sah. »Ich bin drüber weggekommen, Junge.«

Er sah mir in die Augen, aber sein Blick war leer. Schon komisch. Als wären seine Augen nur aufgemalt oder so.

Klar?

Jetzt: *Sandy*

Ned sah Phil an. Sein Gesicht wirkte ruhig, aber doch auch abweisend, und ich glaube, Phil merkte das. Phil seufzte, verschränkte die Arme vor der Brust und sah zu Boden, wie um auszudrücken, dass er fertig erzählt habe, dass seine Zeugenaussage beendet sei.

Ned wandte sich an mich. »Und was ist an diesem Abend passiert? Als ihr die Fledermaus seziert habt?«

Er sagte immer wieder Fledermaus dazu, obwohl es keine Fledermaus gewesen war. Das war nur ein Wort, das ich dafür gebraucht hatte. Curtis hätte es als Nagel bezeichnet, an dem ich meinen Hut aufgehängt hatte. Und mit einem Mal war ich wütend auf Ned. Mehr als nur wütend – stinksauer. Gleichzeitig ärgerte ich mich über mich selbst, dass ich so empfand, dass ich es fertig brachte, so zu empfinden. Verstehen Sie: Vor allem war ich wütend darauf, dass mir der Junge erhobenen Hauptes in die Augen sah, solche Fragen stellte und so dumme Annahmen traf wie die, dass ich auch Fledermaus meinte, wenn ich Fledermaus sagte, und nicht irgendein unbeschreibliches, unsägliches Ding, das aus einer Ritze im Weltall gekrochen und dann gestorben war. Aber vor allem war ich wütend darauf, dass er mir erhobenen Hauptes in die Augen sah. Ich weiß, das wirft kein besonders tolles Licht auf mich, aber ich will es auch nicht verhehlen.

Bis dahin hatte er mir hauptsächlich Leid getan. Alles,

was ich getan hatte, seit er zu uns in die Kaserne kam, hatte von diesem bequemen Mitleid hergerührt. Denn während er Fenster geputzt und Laub geharkt und Schnee geräumt hatte, hatte er sich die ganze Zeit über geradezu duckmäuserisch bedeckt gehalten. Man musste nicht mit seinen Blicken fertig werden. Man musste sich selbst keine Fragen stellen, denn Mitleid ist bequem. Nicht wahr? Wer Mitleid hat, ist überlegen. Und nun hatte er den Kopf erhoben, sprach mich auf meine eigenen Aussagen an und guckte so gar nicht mehr duckmäuserisch. Er glaubte, dazu berechtigt zu sein, und das machte mich wütend. Er glaubte, ich wäre ihm etwas schuldig – wir würden ihm das hier draußen nicht aus Gefälligkeit erzählen, sondern weil da eine Schuld abzutragen wäre –, und das machte mich noch wütender. Und dass er damit Recht hatte, machte mich erst so richtig stinksauer. Mir war danach, ihm mit dem Handballen einen Kinnstüber zu verpassen und ihn so von der Bank zu hauen. Er glaubte, ein Recht darauf zu haben, und ich wollte, dass ihm das Leid tat.

In dieser Hinsicht ändern sich unsere Gefühle gegenüber jungen Menschen wohl nie groß. Wenn wir sie nicht mehr bemitleiden können, wenn sie unser Mitleid – nicht mehr unwillig, sondern unduldsam – zurückweisen, bemitleiden wir uns stattdessen selber. Wir wüssten gern, wie es mit unseren lieben Kleinen so weit kommen konnte. Haben wir ihnen nicht Klavierstunden bezahlt und beigebracht, wie man einen Curveball wirft? Haben wir ihnen nicht *Wo die bösen Kerle wohnen* vorgelesen und bei Suchbildern geholfen? Wie können sie es da wagen, uns erhobenen Hauptes in die Augen zu sehen und so voreilige, dumme Fragen zu stellen? Wie können sie es wagen, solche Annahmen zu treffen? Wie wagen sie es, mehr zu wollen, als wir zu geben bereit sind?

»Sandy? Wie war das denn nun, als ihr die Fledermaus –«

»Nicht so, wie *du* es gerne hättest«, sagte ich, und als seine Augen angesichts meines kühlen Tonfalls ein wenig größer wurden, sah ich das nicht unbedingt ungern. »Es war nicht das, was dein Vater sehen wollte. Und Tony auch nicht. Es brachte keine Lösung. Eine Lösung hat es nie gegeben. Alles, was mit dem Buick zu tun hatte, war eine Luftspiegelung, ein Trugbild, wie man das manchmal an heißen Tagen über dem I-87 sieht. Aber auch das stimmt nicht so ganz. Wäre dem so gewesen, dann hätten wir uns wohl irgendwann nicht mehr mit dem Buick beschäftigt – wie man auch einen Mordfall aufgibt, wenn man nach einem halben Jahr einsieht, dass man den Täter nicht fassen wird, dass er einem durch die Lappen gegangen ist. Bei dem Buick und den Dingen, die aus dem Buick kamen, gab es immer irgendwas, woran man sich festhalten konnte. Etwas, das man berühren oder hören konnte. Oder etwas, das man

Damals

»Ouh«, sagte Sandy Dearborn. »*Stinkt* das.«

Er hielt sich die Hand vors Gesicht, bekam dabei aber nur die Atemmaske aus Plastik zu fassen, die er über Mund und Nase trug – so eine, wie Zahnärzte sie aufsetzen, ehe sie auf Erkundung gehen. Sandy wusste nicht, ob sie etwas gegen Krankheitserreger ausrichten konnte; den Gestank hielt sie jedenfalls nicht ab. Es war wieder dieser Kohlgeruch, der die Luft in dem Verschlag hinter dem Lagerraum verpestete, sobald Curt den Bauch des Fledermauswesens aufschnitt.

»Daran gewöhnst du dich«, sagte Curt, und dabei bewegte sich die Atemmaske vor seinem Gesicht auf und ab. Seine und Sandys waren blau, und die des Sergeants war in einem niedlichen Bonbonrosa gehalten. Curtis Wilcox war ein kluger Kerl und hatte mit vielem Recht, aber hinsichtlich des Gestanks irrte er sich. Daran gewöhnten sie sich nicht. Daran konnte man sich nicht gewöhnen.

An Trooper Wilcox' Vorbereitungen jedoch fand Sandy nichts auszusetzen; sie wirkten tadellos. Curt war nach Feierabend kurz nach Hause gefahren und hatte sein Sektionsset geholt. Dann brachte er noch ein gutes Mikroskop mit (das er sich von einem Freund an der Uni geliehen hatte), mehrere Päckchen OP-Handschuhe und zwei sehr helle Tensor-Lampen. Seiner Frau erzählte er, er wolle einen

Fuchs untersuchen, den jemand hinter der Kaserne geschossen hatte.

»Pass bloß auf«, sagte sie. »Der könnte Tollwut haben.«

Curt versprach, Handschuhe zu tragen, und dieses Versprechen hielt er und hielten sie alle drei. Denn das Fledermauswesen hatte ja vielleicht etwas viel Schlimmeres als Tollwut, etwas, das auch lange nach dem Tod seines ursprünglichen Wirts noch virulent blieb. Wenn Tony Schoondist und Sandy Dearborn daran erinnert werden mussten (was wahrscheinlich überflüssig war), so geschah es, als Curt die untere Kellertür hinter ihnen schloss und verriegelte.

»Solange diese Tür verschlossen ist, trage ich hier die Verantwortung«, sagte er. Er klang ganz nüchtern und vollkommen selbstsicher. Hauptsächlich wandte er sich damit an Tony, denn der war doppelt so alt wie er, und wenn jemand bei dieser Sache sein Partner war, dann der Sergeant. Sandy war nur so dabei, und das wusste er auch. »Ist das klar, und sind wir uns da einig? Denn wenn nicht, können wir die Sache gleich wieder abblasen.«

»Ist klar«, sagte Tony. »Du bist hier der General, und Sandy und ich sind nur einfache Gefreite. Dagegen hab ich nichts. Aber um Gottes willen, bringen wir die Sache endlich hinter uns.«

Curt öffnete sein Set, das fast so groß war wie eine Sporttasche. Es war voller chirurgischer Instrumente aus rostfreiem Stahl, die in Chamoisleder eingewickelt waren. Oben drauf lagen die Atemmasken, einzeln in Plastiktüten verpackt.

»Meinst du wirklich, die sind nötig?«, fragte Sandy.

Curt zuckte mit den Achseln. »Vorsicht ist besser als Nachsicht. Nicht dass die Dinger viel nützen. Eigentlich sollten wir Atemschutzgeräte tragen.«

»Irgendwie hätte ich gern Bibi Roth dabei«, sagte Tony.

Curt erwiderte nichts darauf, aber seinem funkelnden

Blick war anzumerken, dass das nun wirklich das Letzte war, was *er* wollte. Der Buick gehörte der Troop D, und also gehörte auch alles, was aus dem Buick kam, der Troop D.

Curt öffnete die Tür zu dem Verschlag, ging hinein und zog an der Kette, mit der man die kleine grüne Hängelampe anschaltete. Im Licht dieser Lampe stand ein Tisch, der nicht viel größer war als ein Erstklässlerpult. Der Verschlag war so klein, dass darin kaum Platz für zwei Personen war. Sandy war das nur recht; er blieb den ganzen Abend lang vor der Türschwelle.

Regale voller alter Akten ragten von drei Seiten in den Raum. Curt stellte sein Mikroskop auf den kleinen Tisch und schloss die eingebaute Lampe an der einzigen Steckdose hier an. Sandy schraubte währenddessen Huddie Royers Videokamera auf das Stativ. Auf der Videoaufnahme dieser Obduktion sieht man ab und zu eine Hand ins Bild ragen, die Curt ein Instrument hinhält. Das ist Sandy Dearborns Hand. Und gegen Ende der Aufnahme hört man laut und deutlich, wie sich jemand übergibt. Das ist ebenfalls Sandy Dearborn.

»Schaun wir uns erst mal die Blätter an«, sagte Curt und zog sich OP-Handschuhe an.

Tony hatte ein paar davon in einer kleinen Plastiktüte. Er reichte sie ihm. Curt öffnete die Tüte und nahm mit einer kleinen Zange die Überreste der Blätter heraus. Man bekam sie nicht einzeln zu fassen; mittlerweile waren sie alle halb durchsichtig und klebten aneinander wie verklumpte Frischhaltefolie. Kleine Tröpfchen sickerten daraus hervor, und die Männer bekamen sofort ihren Geruch mit – diese unangenehme Mischung aus Kohl und Pfefferminze. Es war kein schöner Geruch, aber es war auch nicht unerträglich. Unerträglich wurde es erst zehn Minuten später.

Sandy zoomte heran und filmte, wie Curt geschickt mit

der Zange ein Blattstück aus dieser Masse löste. Er hatte in den vergangenen Wochen viel geübt, und das zahlte sich jetzt aus.

Er legte das Blattstück ohne Umweg über einen Objektträger direkt auf den Objekttisch des Mikroskops. Phil Candletons Laub war gewissermaßen nur der Werbevorspann, und Curt wollte so schnell wie möglich den Hauptfilm sehen.

Trotzdem beugte er sich lange über das Doppelokular und forderte auch Tony auf, sich das anzusehen.

»Was ist denn das Schwarze da, das aussieht wie Fäden?«, fragte Tony, nachdem er sich das mehrere Sekunden lang angeschaut hatte. Die niedlich rosafarbene Atemmaske dämpfte seine Stimme ein wenig.

»Weiß ich nicht«, sagte Curt. »Sandy, gib mir mal das Gerät, das aussieht wie ein Viewmaster. Da sind ein paar Kabel drumgewickelt, und seitlich drauf steht EIGENTUM DER BIOLOGISCHEN FAKULTÄT DER H. U.«

Sandy reichte es ihm über die Videokamera hinweg, die den Eingang weitgehend blockierte. Curt schloss ein Kabel an der Steckdose und das andere unten am Mikroskop an. Er überprüfte etwas, nickte und drückte dann dreimal auf einen Knopf an der Seite des Viewmasterdings, vermutlich, um damit die Blattfragmente auf dem Objekttisch des Mikroskops zu fotografieren.

»Diese schwarzen Dinger bewegen sich nicht«, sagte Tony, der immer noch ins Okular schaute.

»Nein.«

Schließlich hob Tony den Kopf. Sein Blick hatte etwas Benommenes, leicht Ehrfürchtiges. »Ist das ... könnte das so was wie DNA sein?«

Curt lächelte, und das verschob seine Atemmaske etwas. »Das ist zwar ein tolles Mikroskop, Sarge, aber DNA können wir damit nicht sehen. Aber falls du Lust hast, nachts mit mir zur Horlicks zu fahren und einen kleinen Bruch zu wagen: Bei den Physikern haben sie ein fantastisches Elektronenmikroskop, das so gut wie nie benutzt wird –«

»Und was ist das Weiße da?«, fragte Tony. »Das Zeug, in dem die schwarzen Fäden treiben?«

»Eine Nährflüssigkeit vielleicht.«

»Aber du weißt es nicht.«

»*Natürlich* weiß ich das nicht.«

»Die schwarzen Fäden, die weiße Schmiere, wieso die Blätter schmelzen, was das für ein Geruch ist – wir wissen einen Scheißdreck darüber.«

»Stimmt.«

Tony warf ihm einen kühlen Blick zu. »Wir sind doch verrückt, dass wir das überhaupt anrühren – oder etwa nicht?«

»Nein«, sagte Curt. »Neugier bringt die Katze um, gestillte Neugier bringt sie wieder. Willst du dir das mal anschaun, Sandy?«

»Du hast doch Fotos gemacht, oder?«

»Ja, hab ich, wenn dieses Ding so funktioniert, wie es sollte.«

»Dann schau ich mir lieber die Fotos an.«

»Also gut, dann mal weiter zum Hauptereignis des Abends«, sagte Curt. »Vielleicht finden wir da ja mal was raus.«

Der Laubbrocken wanderte zurück in die Plastiktüte und die Plastiktüte zurück in den Aktenschrank in der Ecke. Dieser klapprige grüne Schrank wurde im Laufe der nächsten zwei Jahrzehnte zu einem Depot des Absonderlichen.

In einer anderen Ecke des kleinen Raums stand eine orangefarbene Kühlbox. Darin lag, unter zwei blauen Kälteakkus, wie manche Leute sie zum Campen mitnehmen, ein grüner Müllsack. Tony hob ihn heraus und wartete dann, bis Curt so weit war. Es dauerte nicht lange. Eine Verzögerung ergab sich bloß, weil man ein Verlängerungskabel holen musste, um die beiden Tensor-Lampen anschließen zu können, ohne das Mikroskop oder die angeschlossene Kamera vom Netz zu nehmen. Sandy holte so ein Kabel aus dem Krimskramsschrank am anderen Ende des Flurs. Währenddessen stellte Curt das geborgte Mikroskop in einem Regal ab und baute auf dem Tisch eine Staffelei auf. Darauf befestigte er ein rechteckiges Korkbrett. Darunter stellte er einen kleinen Metalltrog, wie man sie bei besseren Grills findet, bei denen sie dann das tropfende Fett auffangen. Daneben platzierte er einen Glasdeckel mit bunten Reißnägeln.

Sandy kam mit dem Verlängerungskabel wieder. Curt schloss die Lampen an und stellte sie so auf, dass sie seine Arbeitsfläche gleichmäßig strahlend hell ausleuchteten, ohne Schatten zu werfen. Offensichtlich hatte er das alles Schritt für Schritt durchdacht. Sandy fragte sich, wie viele Nächte er wohl wach gelegen hatte, nachdem Michelle schon neben ihm eingeschlafen war; wach gelegen, an die Decke geschaut und über das ganze Procedere nachgedacht; sich immer wieder vor Augen geführt, dass es nur diese eine Gelegenheit gab. Oder an wie vielen Nachmittagen Curt mit seinem Streifenwagen auf der Abzweigung zu irgendeiner Farm gestanden hatte, die Radarpistole auf einen wenig befahrenen Highwayabschnitt gerichtet, und überlegt hatte, wie viele Fledermäuse er noch zur Übung sezieren musste, bis er sich an das eigentliche Objekt heranwagen konnte.

»Sandy? Blenden die Lampen?«

Sandy blickte in den Sucher. »Nein. Vor weißem Hintergrund wahrscheinlich schon, aber nicht vor braunem.«

»Gut.«

Tony knotete die gelbe Schnur auf, die den Müllsack zuhielt. Als er ihn öffnete, nahm der Gestank zu. »Puh!«, machte er und wedelte mit der Hand. Dann griff er hinein und zog eine große Plastiktüte heraus.

Sandy sah über die Kamera hinweg zu. Das Ding in der

Tüte sah aus wie das leicht beschädigte Ausstellungsstück einer Monstrositätenschau. Einer der dunklen Flügel war über den Unterkörper gebreitet, und der andere war ans Innere der Plastiktüte gedrückt, wodurch er an eine Hand erinnerte, die von innen an eine Glasscheibe gepresst wird. Wenn man Betrunkene hoppnahm und sie hinten in den Streifenwagen schloss, drückten sie manchmal genauso die Hände an die Fensterscheibe und schauten dazwischen in die Welt hinaus; ein benommen blickendes, dunkles Gesicht zwischen zwei Seesternen. Das hier sah ein klein wenig ähnlich aus.

»Der Verschluss ist in der Mitte offen«, sagte Curt und nickte missbilligend in Richtung Plastiktüte. »Das erklärt den Gestank.«

Nichts konnte diesen Gestank erklären, fand Sandy.

Curt öffnete die Tüte ganz und griff hinein. Sandy spürte, wie sich sein Magen zusammenkrampfte, und er fragte sich, ob er sich selbst zu dem zwingen könnte, was Curt da gerade tat. Er bezweifelte es. Doch Trooper Wilcox zögerte keinen Augenblick. Als seine behandschuhten Finger den Kadaver in der Tüte berührten, schauderte Tony ein wenig zurück. Seine Füße blieben, wo sie waren, aber sein Oberkörper schwenkte nach hinten, wie um einem Schlag auszuweichen. Und unwillkürlich gab er hinter der niedlich rosafarbenen Atemmaske ein angewidertes Geräusch von sich.

»Alles in Ordnung mit dir?«, fragte Curt.

»Ja«, sagte Tony.

»Gut. Ich breite es aus. Du steckst es fest.«

»Okay.«

»Ist wirklich alles in Ordnung mit dir?«

»Ja, verdammt.«

»Mir ist nämlich auch nicht ganz wohl dabei.« Sandy sah Schweiß über Curts Gesicht rinnen. Die Gummibänder, die seine Maske hielten, wurden feucht davon.

»Verschieben wir das Sensibilitätstraining doch auf ein andermal und bringen die Sache endlich hinter uns – was meinst du?«

Curt hob das Fledermauswesen auf das Korkbrett. Sandy hörte dabei ein eigenartiges, schreckliches Geräusch. Es mochte an seinem übersensiblen Gehör liegen und von dem leisen Rascheln von Kleidung und Handschuhen herrühren, aber das glaubte Sandy nicht. Es war tote Haut, die über tote Haut rieb und dabei ein Geräusch erzeugte, das sich in etwa anhörte wie sehr leise gesprochene Worte einer fremden Sprache. Sandy hätte sich am liebsten die Ohren zugehalten.

Als er dieses sinistre Rascheln hörte, schien gleichzeitig sein Blick schärfer zu werden. Er sah ganz außergewöhnlich klar. Durch die dünnen Handschuhe hindurch, die Curtis trug, konnte er seine rosige Haut erkennen und die flach gedrückten Haarbüschel auf seinen Fingerrücken. Das Weiß der Handschuhe wirkte sehr hell vor dem Torso des Wesens, der einen matten, fahlen Grauton angenommen hatte. Das Maul des Wesens stand offen. Sein schwarzes Auge starrte matt und glasig ins Leere. Es sah so groß aus wie eine Teetasse.

Der Gestank wurde schlimmer, aber Sandy sagte nichts. Curt und der Sergeant standen direkt vor der Quelle dieses Gestanks, und wenn sie es aushalten konnten, dachte er, konnte er es auch.

Curt hob den Flügel, der den Bauch des Wesens bedeckte, und entblößte dabei fahlgrünes Fell und eine kleine geschürzte Höhlung, die vielleicht die Genitalien des Wesens barg. Er hielt den Flügel an das Korkbrett. »Feststecken«, sagte er.

Tony fixierte den Flügel. Er war dunkelgrau und bestand nur aus Haut. Sandy konnte keine Anzeichen von Knochen oder Blutgefäßen erkennen. Curt hielt den Torso fest und hob mit der anderen Hand den zweiten Flügel an.

Sandy hörte wieder dieses quatschende Geräusch. Es wurde allmählich warm im Lagerraum, und in dem Verschlag dahinter musste es noch schlimmer sein. Die Tensor-Lampen.

»Feststecken, Boss.«

Tony fixierte auch den anderen Flügel, und nun hing das Wesen an dem Brett wie ein Vieh aus einem Film mit Bela Lugosi. Nur dass es, wenn man es vollständig sehen konnte, im Grunde gar nicht mehr so sehr nach einer Fledermaus oder einem Flughörnchen aussah – und schon gar nicht nach einem Vogel. Es ähnelte gar nichts mehr. Die gelbe Spitze beispielsweise, die ihm da mitten aus dem Gesicht ragte – war das ein Knochen? Ein Schnabel? Eine Nase? Und wenn es eine Nase war, wo waren dann die Nasenlöcher? Für Sandy sah es eher nach einer Klaue als einer Nase aus und dann doch eher nach einem Dorn als einer Klaue. Und was war mit dem einzigen Auge? Sandy überlegte, ob es auf der Erde irgendein Lebewesen gab, das nur ein Auge hatte, und ihm fiel keines ein. Es musste aber doch so ein Wesen geben, nicht wahr? Irgendwo? In den Dschungeln Südamerikas oder am Grunde des Ozeans?

Und dann hatte das Ding auch keine Füße; sein Körper lief einfach in einem Hintern aus, der wie ein grünlich schwarzer Daumen aussah. Diesen Körperteil des Wesens steckte Curt persönlich an dem Brett fest, wobei er die pelzige Haut vom Körper wegzog und dann eine lose Falte aufspießte. Tony schloss die Arbeit ab, indem er die Achselhöhlen des Wesens mit Reißnägeln an dem Korkbrett befestigte. Jetzt war es Curtis, der unwillkürlich hinter seiner Maske ein angewidertes Geräusch ausstieß. Dann wischte er sich mit dem Unterarm über die Stirn. »Wir hätten den Ventilator mitnehmen sollen«, sagte er. Sandy, dem schon ganz schwummerig wurde, nickte. Entweder wurde der Gestank schlimmer, oder er sammelte sich hier drin.

»Wenn du hier noch was anschließt, springt wahrscheinlich die Sicherung raus«, sagte Tony. »Dann hocken wir mit diesem hässlichen Mistvieh hier in der Dunkelheit. Und gefangen wären wir auch, weil Mr. Meisterregisseur seine Kamera ja mitten in der Tür aufgebaut hat. Mach schon, Curt. Wenn du so weit bist, bin ich auch so weit.«

Curt trat einen Schritt zurück, schnappte ein klein wenig bessere Luft, bemühte sich, die Fassung zu wahren, und ging dann wieder an den Tisch. »Ich messe es nicht«, sagte er. »Das haben wir doch schon im Schuppen erledigt, oder?«

»Ja«, antwortete Sandy. »Vierzehn Zoll, also knapp sechsundreißig Zentimeter lang. Der Körper ist an der breitesten Stelle etwa so breit wie eine Hand. Vielleicht ein bisschen schmaler. Jetzt mach schon, damit wir endlich hier rauskönnen.«

»Gib mir die beiden Skalpelle und die Zangen.«

»Wie viele Zangen?«

Curt warf ihm einen Blick zu à la *Stell dich nicht so blöde an.* »Alle.« Dann wischte er sich noch einmal schnell über die Stirn. Und als Sandy ihm die Instrumente über die Kamera hinweg gereicht hatte: »Guck durch den Sucher zu, ja? Zoom ran bis zum Anschlag. Wir wollen das so gut filmen, wie wir nur können.«

»Das werden trotzdem alle für eine Fälschung halten«, sagte Tony milde. »Das ist dir doch wohl klar, oder?«

»Ich vermute mal, dass nur sehr wenige Leute diese Kassette je zu sehen kriegen«, sagte Curt. Und dann fügte er noch etwas hinzu, das Sandy nie wieder vergaß. Vermutlich sprach Curtis, dem die große geistige Anspannung und das zunehmende körperliche Unbehagen zusehends zu schaffen machten, in diesem Moment seine wahre Meinung aus, und zwar so unverblümt, wie man es selten wagte, weil es einfach zu tief blicken ließ. »Scheiß auf die Öffentlichkeit«, sagte er. »Das machen wir nur für uns.«

»Ich hab es schön groß drauf«, sagte Sandy zu ihm.

»Der Gestank ist zwar schlimm, aber das Licht ist traumhaft.« Der Zeitcode unten auf dem kleinen eingebauten Monitor zeigte 19:49:01 an.

»Ich schneide jetzt«, sagte Curt und fuhr mit dem größeren Skalpell in den Torso des an das Korkbrett gehefteten Wesens. Seine Hände zitterten nicht; etwaiges Lampenfieber angesichts dieses großen Moments war wohl schnell verflogen. Man hörte ein feuchtes Platzen, und mit einem Mal platschte schwarze Schmiere in den Trog unter der Staffelei.

»O Mann«, sagte Sandy. »Ääh! Das stinkt aber wirklich.«

»*Widerlich*«, fügte Tony hinzu. Seine Stimme klang dünn und bestürzt.

Curt achtete nicht darauf. Er öffnete den Unterleib des Wesens und führte dann, wie bei der Obduktion eines Menschen, Y-förmige Schnitte hin zu den Achselhöhlen aus. Dann zog er mit den Zangen die Haut über der Brust beiseite und entblößte dabei eine schwammige, dunkelgrüne Masse hinter einem schmalen, gebogenen Knochen. Sandy hatte so etwas noch nie gesehen.

»Herrgott noch mal, wo ist denn die *Lunge?*«, fragte Tony. Sandy hörte ihn hinter seiner Maske hektisch rasselnd atmen.

»Das Grüne da könnte die Lunge sein«, sagte Curt.

»Sieht eher aus wie –«

»Wie ein Gehirn, ja, ich weiß. Ein grünes Gehirn. Schaun wir uns das doch mal an.«

Curt drehte sein Skalpell um und klopfte mit dem Griff auf den weißen Bogen vor dem mit Rillen durchzogenen grünen Organ. »Wenn das Grüne ein Gehirn ist, dann hat es die Evolution zum Schutz mit einem Keuschheitsgürtel versehen statt mit einem Safe drum herum. Gib mir die Schere, Sandy. Die kleinere.«

Sandy reichte sie ihm und beugte sich dann wieder über

den Sucher der Videokamera. Er hatte, wie angewiesen, ganz nah rangezoomt und bekam alles schön deutlich drauf.

»Ich schneide ... jetzt.«

Curt schob die untere Klinge der Schere unter den gebogenen Knochen und knipste ihn so einfach durch wie eine Paketschnur. Der Knochen sprang auf wie eine Rippe, und in diesem Moment wurde die Oberfläche der grünen, schwammigen Masse in der Brust des Wesens weiß und zischte auf wie ein Autokühler. Ein eindringlicher Pfefferminz- und Nelkengeruch erfüllte die Luft. Zu dem Zischen kam auch noch ein dickflüssiges Blubbern. Es hörte sich an, als ginge jemand mit einem Strohhalm einem Milkshake auf den Grund.

»Sollen wir hier abhaun?«, fragte Tony.

»Zu spät.« Curt beugte sich über die geöffnete Brust des Wesens. Aus der schwammigen Masse rannen nun Tröpfchen einer weißlich grünen Flüssigkeit. Curt war mehr als nur fasziniert – er war gebannt. Als Sandy ihn so sah, konnte er das mit dem Mann verstehen, der sich freiwillig selbst mit Gelbfieber infiziert hatte, und auch das mit Marie Curie, die sich beim Hantieren mit radioaktivem Material Krebs geholt hatte. »Ich bin der Tod, der alles raubt, der Zerstörer der Welten«, hatte Robert Oppenheimer bei der ersten Detonation einer Atombombe in der Wüste Neumexikos gemurmelt, nur um dann, förmlich ohne Teepause dazwischen, mit der Entwicklung der Wasserstoffbombe zu beginnen. *Denn diese Neugier nimmt einen gefangen,* dachte Sandy. *Und es ist es doch eher ein Gerücht – oder vielleicht nichts weiter als ein Märchen –, dass sie sich jemals befriedigen ließe.*

»Was macht es da?«, fragte Tony. Sandy dachte, dass der Sarge, seinem Blick da über der rosafarbenen Atemmaske nach zu urteilen, die Antwort schon recht genau kannte.

»Es verwest«, sagte Curt. »Hast du das gut drauf, Sandy? Ist mein Kopf nicht im Weg?«

»Alles tipptopp«, erwiderte Sandy mit leicht erstickter Stimme. Der Geruch nach Pfefferminze und Nelke hatte erst fast erfrischend gewirkt, doch nun klebte er ihm in der Kehle wie der Geschmack von Schmieröl, und der Kohlgestank kam wieder durch. Sandy war schwummeriger denn je zumute, und jetzt fingen seine Eingeweide an zu rebellieren. »Ich würde aber nicht mehr zu lange machen, sonst ersticken wir noch hier drin.«

»Mach die Tür zur Kellertreppe auf«, sagte Curt.

»Aber du hast doch gesagt –«

»Los, mach, was er sagt«, befahl ihm Tony, und Sandy ging los. Als er wiederkam, fragte Tony Curt gerade, ob er der Meinung sei, das Durchtrennen des Knochens habe die Verwesung beschleunigt.

»Nein«, sagte Curt. »Das kam wohl eher daher, dass ich das schwammige Zeug mit der Schere berührt habe. Was da aus dem Buick kommt, scheint uns nicht besonders gut zu vertragen, was?«

Dem widersprachen weder Tony noch Sandy. Die grüne, schwammige Masse sah mittlerweile weder nach einem Gehirn noch nach einer Lunge noch nach sonst etwas aus; es war nur noch ein eiternder, verwesender Beutel in der offenen Brust des Kadavers.

Curt sah kurz zu Sandy hinüber. »Wenn das Grüne da das Gehirn war, was ist dann wohl in dem Kopf? Das lässt der Forscherseele keine Ruhe.« Und ehe einem von ihnen klar wurde, was er da tat, stieß Curt die Klinge des kürzeren Skalpells in das glasig blickende Auge des Wesens.

Ein lautes PLOPP ertönte. Das Auge fiel in sich zusammen und lief, wie eine abscheuliche Träne, in einem Stück aus der Augenhöhle. Tony schrie unwillkürlich entsetzt auf. Sandy stieß einen leisen Schrei aus. Das zerstochene Auge landete auf der pelzigen Schulter des Wesens und platschte dann in den Trog. Kurz darauf zischte es auf und wurde weiß.

»Hör auf«, hörte Sandy sich sagen. »Das ist sinnlos. Wir erfahren hier gar nichts, Curtis. Es gibt da nichts zu erfahren.«

Curtis hörte ihn anscheinend nicht einmal. »Du liebe Scheiße«, murmelte er. »Ach, du liebe Scheiße.«

Dunkelrotes, faseriges Zeug quoll aus der leeren Augenhöhle. Es sah aus wie Zuckerwatte oder Glaswolle. Es quoll hervor, bildete einen amorphen Knoten, wurde dann weiß und verflüssigte sich wie zuvor schon das grüne Zeug.

»Hat das noch gelebt?«, fragte Tony. »Hat das noch gelebt, als du –«

»Nein, das war nur der Druckabfall«, sagte Curt. »Da bin ich mir sicher. Das Zeug ist nicht lebendiger als Rasierschaum aus der Dose. Hast du alles draufgekriegt, Sandy?«

»O ja. Was auch immer das soll.«

»Gut. Schaun wir uns noch den Bauch an, und dann sind wir fertig.«

Nach dem, was dann geschah, war für mindestens einen Monat an guten Schlaf nicht mehr zu denken. Sandy döste immer nur kurz ein, um dann gleich wieder nach Luft schnappend zu erwachen, mit dem deutlichen Gefühl, dass etwas, das er nicht genau sehen konnte, auf seiner Brust hockte und ihm die Luft abdrückte.

Curt zog die Haut über dem Unterleib beiseite und bat Tony, sie festzustecken, erst links, dann rechts. Das gelang Tony auch, aber nicht ohne Schwierigkeiten; jetzt war Feinarbeit erforderlich, und beide näherten sie ihr Gesicht dem Einschnitt. So aus der Nähe musste der Gestank fürchterlich sein, dachte Sandy.

Ohne sich umzusehen, griff Curt nach einer der Tensor-Lampen und drehte sie etwas, damit der Einschnitt noch heller ausgeleuchtet wurde. Sandy sah einen verdrehten dunkelrotbraunen Strang – die Eingeweide – und dahinter einen bläulich grauen Beutel.

»Einschnitt«, murmelte Curt und fuhr mit der Klinge seines Skalpells über die unebene, pralle Oberfläche des Beutels. Der platzte auf, und schwarze Jauche spritzte Curt ins Gesicht, färbte seine Wangen und klatschte auf seine Atemmaske. Schwarze Jauche spritzte auch auf Tonys Handschuhe. Die beiden Männer zuckten schreiend zurück, während Sandy erstarrt hinter der Videokamera stand und ihm die Kinnlade herunterklappte. Aus dem schnell abschwellenden Beutel quoll eine Flut grober schwarzer Kügelchen, die jeweils in eine graue Membran gehüllt waren. Für Sandy sahen sie wie Fliegenkadaver aus, die in Spinnweben eingesponnen waren. Dann sah er, dass jedes dieser Kügelchen ein glasig blickendes Auge hatte und dass alle diese Augen *ihn* anzustarren schienen, und da verlor er die Nerven. Schreiend wich er von der Kamera zurück. Auf das Schreien folgte ein Würgen. Einen Moment später kotzte er sich das Hemd voll. Später konnte sich Sandy kaum daran erinnern; die fünf Minuten nach Curts letztem Einschnitt waren fast vollständig aus seinem Gedächtnis gelöscht, und dafür war er sehr dankbar.

Das Erste, woran er sich nach diesem Filmriss wieder erinnerte, war Tony, der sagte: »Geht wieder rauf, hört ihr? Wir haben hier unten alles im Griff.« Und nah an seinem linken Ohr flüsterte Curt eine weitere Version davon und versicherte Sandy, es sei alles in Ordnung, immer schön flockig, alles in Butter.

Alles in Butter: Das lockte Sandy zurück aus seinem kurzen Urlaub im Land der Hysterie. Doch wenn alles in Butter war, wieso atmete Curt dann so schnell? Und wieso war seine Hand auf Sandys Arm so kalt? Auch durch den Gummihandschuh hindurch (den Curt immer noch nicht ausgezogen hatte) konnte Sandy das spüren.

»Ich hab mich übergeben«, sagte Sandy und spürte, wie ihm die Röte in die Wangen stieg. Er konnte sich nicht erinnern, sich jemals so beschämt und entmutigt gefühlt zu haben. »Mein Gott, ich hab mich ja richtig voll gekotzt.«

»Ja«, sagte Curt. »Du hast gereihert wie ein Weltmeister. Aber das macht nichts.«

Sandy atmete tief durch und verzog dann das Gesicht, als sich sein Magen zusammenkrampfte und er sich fast noch mal übergeben hätte. Sie standen im Flur, doch auch hier draußen war der Kohlgestank noch sehr penetrant. In diesem Moment wurde ihm klar, wo genau im Flur sie standen – vor dem Krimskramsschrank, aus dem er das Verlängerungskabel geholt hatte. Die Schranktür stand offen. Sandy konnte sich zwar nicht daran erinnern, vermutete aber, dass er aus dem Lagerraum hierher geflohen war. Vielleicht hatte er in den Schrank klettern, die Tür hinter sich zumachen und sich dort im Dunkeln hinkauern wollen. Das kam ihm, auf eine zugegebenermaßen makabere Weise, lustig vor, und er kicherte kurz schrill auf.

»So ist gut«, sagte Curt und hörte sich so zufrieden an wie eine Mutter, deren Kind sich gerade zum ersten Mal selbst die Schuhe zugebunden hat. Er tätschelte Sandy den Arm und war schockiert, als Sandy vor der Berührung zurückwich.

»Nicht«, sagte Sandy. »Diese Pampe ... diese Schmiere –«

Er konnte nicht zu Ende sprechen; seine Kehle war wie zugeschnürt. Stattdessen zeigte er auf Curts Hand. Curts Handschuhe waren mit dem Schleim beschmiert, der aus dem schwangeren Uterus des toten Wesens gespritzt war, und etwas davon hatte nun auch Sandy am Arm. Auf Curts Atemmaske, die er heruntergezogen hatte und die ihm nun vor der Kehle hing, waren ebenfalls Flecken und Streifen davon. Auf der Wange hatte er eine schwarze Kruste, die wie Schorf aussah.

Jenseits der offen stehenden Tür zum Lagerraum, am

anderen Ende des Korridors, stand Tony unten an der Treppe und sprach mit vier oder fünf gaffenden, nervösen State Troopern. Mit Handbewegungen versuchte er, sie wieder die Treppe hochzuscheuchen, aber sie ließen sich nicht darauf ein.

Sandy ging bis zur Tür des Lagerraums und blieb dort stehen, damit sie ihn alle sehen konnten. »Es geht mir gut, Jungs – mir geht's gut, euch geht's gut, allen geht's gut. Geht wieder rauf und kriegt euch ein. Wenn wir das hier geklärt haben, könnt ihr euch alle das Video anschaun.«

»Wollen wir das denn?«, fragte Orville Garrett.

»Wahrscheinlich eher nicht«, sagte Sandy.

Die Trooper gingen wieder nach oben. Tony, dessen Wangen aschfahl waren, drehte sich zu Sandy um und nickte ihm zu. »Danke.«

»Das war doch das Mindeste. Ich hab Panik gekriegt, Boss. Tut mir schrecklich Leid.«

Diesmal klopfte Curt ihm auf die Schulter, statt ihn nur zu tätscheln, und Sandy wäre fast wieder zurückgeschreckt, doch dann sah er, dass sich der Junge die schmutzigen Handschuhe ausgezogen hatte.

»Da warst du nicht der Einzige«, sagte Curt. »Tony und ich sind gleich hinter dir her. Du warst nur zu sehr von der Rolle, um das zu merken. Wir haben vor lauter Panik Huddies Kamera umgerannt. Hoffentlich ist sie nicht kaputt. Wenn doch, müssen wir wohl den Hut rumgehen lassen und ihm eine neue kaufen. Komm, schaun wir uns das mal an.«

Die drei gingen durchaus entschlossenen Schritts zurück zum Lagerraum, doch dann mochte ihn keiner von ihnen betreten. Zum einen lag das an dem Gestank – wie nach vergammelter Kohlsuppe. Vor allem aber lag es daran, dass sie wussten, dass das Fledermauswesen noch immer da drin war, an das Korkbrett geheftet, aufgeschlitzt und unbeschreiblich widerlich. Es musste weggeräumt werden wie die Opfer der Verkehrsunfälle am Wochenende, wo einem, wenn man dort hinkam, der Geruch von Blut, geplatzten Gedärmen, vergossenem Benzin und brennendem Gummi wie ein verhasster alter Bekannter vorkam, der nie aus der Stadt wegziehen würde. Wenn man das roch, wusste man, dass jemand tot war oder so gut wie tot, dass jemand anderes weinen und schreien würde, dass man auf der Straße einen Schuh finden würde – hoffentlich keinen Kinderschuh, aber viel zu oft war es dann doch ein Kinderschuh. So ging es Sandy dabei. Man fand sie auf der Straße oder am Straßenrand, bei den entstellten Leichen, die Gott ihnen mit dem Spruch *Hier, jetzt kommt mal damit klar* hinschleuderte – Knochen, die aus Hosen oder Hemden ragten, Köpfe, die halb in den Nacken gedreht waren, aber trotzdem noch sprachen (und schrien), heraushängende Augen, eine blutende Mutter, die einem ein blutendes Kind hinhielt wie eine kaputte Puppe und dabei sagte: *Lebt sie noch? Können Sie bitte mal nachsehn? Ich kann das nicht; ich trau mich nicht.* Auf den Sitzen waren immer Blutlachen und an dem, was von den Fenstern übrig war, blutige Fingerabdrücke. Wenn auf der Straße auch Blut war, dann ebenfalls pfützenweise, und im blinkenden roten Licht der Einsatzfahrzeuge wurde es lila, und man musste die Straße wieder säubern von dem Blut und dem Kot und den Glassplittern, oh ja, denn Mr. Normalbürger und seine Familie wollten so was nicht sehen, wenn sie am nächsten Sonntagmorgen zur Kirche fuhren.

Das alles ging Sandy Dearborn durch den Sinn, als sie dort vor dem Eingang zum Lagerraum standen. Das hatte zwar alles nichts damit zu tun, in anderem Licht besehen dann aber doch.

»Wir müssen das wegmachen«, sagte der Sarge. »Das wisst ihr ja.«

Sie wussten es. Und trotzdem regte sich keiner von ihnen.

Und was, wenn ein paar von denen noch am Leben sind?, fragte sich Sandy. Das war eine lachhafte Idee, denn das Fledermausding hatte über sechs Wochen lang in einer Plastiktüte in einer geschlossenen Kühlbox gelegen – aber es reichte nicht zu wissen, dass so eine Idee lachhaft war. Alle Logik hatte, zumindest vorläufig, ihre Macht eingebüßt. Wenn man es mit einem einäugigen Vieh zu tun hatte, das sein Gehirn (sein *grünes* Gehirn) in der Brust trug, kam einem die ganze Logik an sich lachhaft vor. Sandy konnte sich nur zu gut vorstellen, wie die schwarzen Kügelchen in ihrer hauchzarten Hülle auf dem kleinen Tisch anfingen zu pulsieren und sich wie lethargische Springbohnen zu bewegen, während ihnen der grelle, warme Lichtschein der Tensor-Lampen wieder Leben einhauchte. Klar, das war leicht vorstellbar. Und sie würden Töne von sich geben. Ein leises Fiepen oder vielleicht auch ein Wimmern wie schlüpfende Vögel oder frisch geborene Ratten. Aber er war ja schließlich als Erster rausgerannt, und da konnte er wenigstens auch der Erste sein, der wieder hineinging.

»Kommt«, sagte Sandy und ging in den Lagerraum. »Bringen wir's hinter uns. Und dann verbringe ich den restlichen Abend unter der Dusche.«

»Da wirst du dich anstellen müssen«, sagte Tony.

Und so räumten sie die Sauerei weg, wie sie auch auf der Straße schon so viele Sauereien weggeräumt hatten. Insgesamt dauerte es gut eine Stunde. Es fiel ihnen zwar schwer, damit anzufangen, aber als die Sache dann erledigt war, waren sie schon fast wieder die Alten. Am meisten half ihnen der Ventilator dabei, wieder ins Lot zu kommen. Als sie die Tensor-Lampen ausgeschaltet hatten, konnten sie ihn anschließen, ohne befürchten zu müssen, dass eine Sicherung raussprang. Und Curt verlangte auch nicht mehr, dass die Lagerraumtür geschlossen blieb. Vermutlich hatte er eingesehen, dass ihre läppische Quarantäne ohnehin längst durchbrochen war.

Der Ventilator konnte den schalen Kohl- und bitteren Pfefferminzgestank nicht ganz vertreiben, blies aber genug davon hinaus in den Flur, um ihre Mägen zu beruhigen. Tony sah sich die Videokamera an und meinte, anscheinend sei sie nicht beschädigt.

»Früher ist dieser japanische Kram ständig kaputtgegangen«, sagte er. »Aber die Zeiten sind wohl vorbei. Curt, willst du dir noch irgendwas unterm Mikroskop ansehen? Falls ja, können wir noch etwas hier bleiben, nicht wahr, Sandy?«

Sandy nickte, obwohl er alles andere als begeistert von dem Vorschlag war. Es war ihm immer noch unsagbar peinlich, dass er gekotzt hatte und weggelaufen war, und er glaubte, das noch nicht ganz wettgemacht zu haben.

»Nein«, sagte Curt. Er klang erschöpft und entmutigt. »Die Scheiß-Gummibärchen, die da rausgefallen sind, waren ein Wurf. Das schwarze Zeug war wahrscheinlich Blut. Und der Rest? Ich wüsste doch eh nicht, was ich da sehe.«

Er war nicht nur entmutigt, sondern geradezu verzweifelt, aber das wurde Tony und Sandy erst später klar. Es ging Sandy in einer der schlaflosen Nächte auf, die er sich gerade eingehandelt hatte. Er lag im Schlafzimmer seines kleinen Hauses in East Statler Heights auf dem Bett, die Hände hinterm Kopf verschränkt, die Nachttischlampe brannte, das Radio war leise gestellt, und an Schlaf war überhaupt nicht zu denken. Da begriff er, womit Curt damals zum ersten Mal seit dem Auftauchen des Buick und vielleicht überhaupt zum ersten Mal im Leben konfrontiert worden war: dass er mit ziemlicher Sicherheit nie erfahren würde, was er wissen wollte, was er sich einredete, wissen zu *müssen*. Sein ganzer Ehrgeiz hatte darin bestanden, etwas zu entdecken. Aber na und? Kannste knicken, wie sie als Kinder immer gesagt hatten. In den Vereinigten

Staaten wimmelte es von verbissen trainierenden Grundschülern, die einem sagen würden, ihr ganzer Ehrgeiz bestünde darin, eines Tages Basketballprofi zu werden. Und in den allermeisten Fällen sah ihr weiteres Leben dann letztlich erheblich banaler aus. Für die meisten Menschen kommt irgendwann der Zeitpunkt, an dem ihr Traum ausgeträumt ist und ihnen klar wird, dass sie die Lippen nicht spitzen, um die Glücksfee, die ihnen hold zulächelt, auf den Mund zu küssen, sondern um die bittere Pille zu schlucken, die ihnen das Leben verabreicht hat. War das nicht der Punkt, an dem Curtis Wilcox jetzt angelangt war? Sandy sah es so. Sein Interesse an dem Buick würde wahrscheinlich bestehen bleiben, aber mit jedem Jahr, das verging, würde sich dieses Interesse zusehends als das entpuppen, was es in Wirklichkeit war – ganz normale Polizeiarbeit. Überwachen und observieren, Berichte schreiben (in Tagebücher, die seine Frau später verbrennen würde) und hin und wieder die Sauerei wegmachen, wenn der Buick wieder mal ein Monster zur Welt gebracht hatte, das kurz noch um sein Leben rang und dann starb.

Ach ja: und ab und zu eine schlaflose Nacht überstehen. Aber die brachte der Job ja ohnehin mit sich, nicht wahr?

Curt und Tony lösten das Monster vom Korkbrett und steckten es wieder in die Plastiktüte. Dorthin kamen auch, bis auf zwei, die schwarzen Kügelchen, die sie mit einem Fingerabdruckpinsel in die Tüte kehrten. Diesmal achtete Curt darauf, dass der Verschluss auch richtig zu war. »Ist Arky noch da?«, fragte er.

Tony sagte: »Nein. Er wollte noch bleiben, aber ich habe ihn nach Hause geschickt.«

»Geht dann einer von euch bitte mal hoch und sagt Orv oder Buck Bescheid, sie sollen den Verbrennungsofen auf dem Hof anfeuern? Und jemand muss auch einen Topf Wasser aufsetzen. Einen großen.«

»Mache ich«, sagte Sandy, warf die Kassette aus Huddies Videokamera aus und ging dann nach oben.

Während Sandy weg war, nahm Curt Abstriche von dem zähflüssigen schwarzen Zeug, das aus dem Bauch und dem Uterus des Wesens gedrungen war. Er nahm auch welche von der weißen Flüssigkeit aus dem Organ in der Brust. Die Abstriche wickelte er in Frischhaltefolie ein und steckte sie dann in eine weitere Plastiktüte. Die beiden noch übrigen ungeborenen Wesen, die in ihre winzigen Flügel gehüllt waren (und so irritierend mit ihrem einen Auge glotzten), kamen in einen dritten Plastikbeutel. Curt erledigte das geschickt, aber ohne Begeisterung, ganz wie er es an einem Tatort getan hätte.

Die Proben und der aufgeschnittene Kadaver des Fledermauswesens landeten schließlich in dem ramponierten grünen Aktenschrank, den George Morgan später immer als »die Nebenattraktion der Troop D« bezeichnete. Als das Wasser auf dem Herd kochte, gestattete Tony zwei Troopern, in den Keller zu kommen. Die fünf Männer streiften dicke Gummihandschuhe für die Küchenarbeit über und schrubbten jeden Quadratzentimeter, den sie erreichen konnten. Die unerwünschten organischen Überbleibsel wanderten, gemeinsam mit den Feudeln, Gummihandschuhen, Atemmasken und Hemden in einen Plastikbeutel, und der Plastikbeutel wanderte in den Verbrennungsofen, und der Rauch stieg zum Himmel auf, Gott, der Vater ... in Ewigkeit, amen.

Sandy, Curtis und Tony duschten – und zwar so lange und so heiß, dass sie dabei den Wasserspeicher im Keller nicht nur einmal, sondern gleich zweimal leerten. Anschließend saßen sie dann mit rosigen Wangen und frisch gekämmt (was eher ein Scherz war, denn sie hatten alle kurzes Haar) auf der Raucherbank und schauten schweigend hinüber zum Schuppen B.

»Wir haben 'ne Menge von dieser Scheiße abgekriegt«,

sagte Tony schließlich. »Wirklich 'ne Menge.« Über ihnen hing der Mond im letzten Viertel wie ein polierter Stein. Sandy spürte ein Zittern in der Luft. Der Herbst steht vor der Tür, dachte er. »Wenn wir krank davon werden –«

»Ich glaube, wenn man krank davon würde, wären wir schon krank«, sagte Curt. »Wir haben Glück gehabt, richtigen Dusel. Habt ihr euch im Badezimmerspiegel mal eure Augen angeguckt?«

Natürlich hatten sie das. Ihre Augen waren gerötet und blutunterlaufen, als hätten sie den ganzen Tag lang gegen einen Buschbrand angekämpft.

»Ich glaube, das geht wieder weg«, sagte Curt. »Aber es war vermutlich eine verdammt gute Idee, Atemmasken zu tragen. Die schützen zwar nicht vor Krankheitserregern, aber wenigstens haben wir nichts von dem schwarzen Zeug in den Mund gekriegt. Ich schätze mal, das hätte ziemlich scheußliche Folgen gehabt.«

Da hatte er Recht.

Jetzt: *Sandy*

Die Sandwiches waren alle. Der Eistee auch. Ich sagte zu Arky, er solle sich zehn Dollar aus dem Eventualfonds nehmen (der oben im Schrank in einem Glas aufbewahrt wurde) und zu Finn's Cash and Carry fahren. Zwei Sechserträger Cola und einer mit Root Beer würden wahrscheinlich bis zum Ende der Geschichte reichen.

»Aber dann verpass ich doch das mit dem Fisch«, sagte Arky.

»Arky, das mit dem Fisch weißt du doch. Du kennst die ganze Geschichte. Komm, hol uns was Kaltes zu trinken. Bitte.«

Er ging, warf seinen Dodge an und brauste damit viel zu schnell vom Parkplatz. Wer so fuhr, handelte sich schnell mal einen Strafzettel ein.

»Erzähl weiter«, sagte Ned. »Was ist dann passiert?«

»Tja«, sagte ich. »Warte mal ... Der alte Sarge ist Großvater geworden. Das war das eine. Und das kam wahrscheinlich viel früher, als ihm lieb war. Das Kind war unehelich, großes Trara in der Familie, aber schließlich haben sich alle wieder eingekriegt, und das Mädchen ist dann aufs Smith gegangen, was für so eine junge Dame genau das richtige College ist, soweit ich weiß. Der Sohn von George Morgan hat beim Tee-Ball einen Homerun geschafft, und George ist fast geplatzt vor Stolz. Das war, glaube ich, zwei Jahre, bevor er die Frau überfahren und sich dann umgebracht hat. Die Frau von Orvie Garrett hatte eine Blutvergiftung im Fuß und hat ein paar Zehen dabei verloren. 1984 hat Shirley Pasternak bei uns angefangen –«

»1986«, murmelte Shirley.

»Genau, '86«, sagte ich und tätschelte ihr Knie. »Ungefähr zu der Zeit hatten wir in Lassburg einen schlimmen Brand. Ein paar Kinder hatten im Keller eines Wohnblocks mit Streichhölzern rumgespielt. Unbeaufsichtigt. Wenn einer meint, die Amish wären verrückt, weil sie so leben, wie sie leben, muss ich immer an den Brand in Lassburg denken. Neun Menschen sind dabei umgekommen, darunter auch, bis auf eins, die Kinder im Keller. Der Junge, der gerettet wurde, wäre wahrscheinlich am liebsten auch tot. Der muss jetzt so sechzehn sein, in dem Alter, wo Jungen normalerweise anfangen, sich für Mädchen zu interessieren, und sieht jetzt wahrscheinlich aus wie das Biest in *Die Schöne und das Biest*. Die großen Sender haben nicht darüber berichtet – ich habe da so die Theorie, dass Hausbrände mit mehreren Todesopfern nur an Weihnachten für die Nachrichten interessant sind –, aber für die Gegend hier war es schlimm genug, schönen Dank auch, und Jackie O'Hara hat sich fürchterlich die Hände verbrannt, als er da geholfen hat. Ach, und dann hatten wir da einen Trooper – James Dockery hieß er –«

»Docker*ty*«, sagte Phil Candleton. »*Ty*. Aber das sei dir verziehen, Sarge. Der war nur ein oder zwei Monate lang hier. Dann hat er sich nach Lycoming versetzen lassen.«

Ich nickte. »Jedenfalls hat dieser Dockerty bei einem Backwettbewerb mit seinen so genannten goldbraunen Würstchenteilchen den dritten Platz belegt. Alle haben sich mordsmäßig über ihn lustig gemacht, aber ihm war das schnurz.«

»*Vollkommen* schnurz«, meinte auch Eddie J. »Der hätte bleiben sollen. Der hätte gut hierher gepasst.«

»In diesem Jahr haben wir beim Picknick am vierten Juli das Tauziehen gewonnen, und –«

Ich sah den Ausdruck auf dem Gesicht des Jungen und lächelte ihn an.

»Du glaubst, ich will dich auf den Arm nehmen, Ned, aber dem ist nicht so. Ehrlich nicht. Ich will bloß, dass du das verstehst. Das mit dem Buick war nicht das Einzige, was hier passiert ist. Ja, es gab sogar Zeiten, da haben wir überhaupt nicht mehr daran gedacht. Jedenfalls die meisten von uns. Und lange Zeit fiel es einem auch leicht, nicht mehr daran zu denken. Lange Zeit stand der Wagen da einfach nur rum und hat keinen Mucks gemacht. Und währenddessen kamen und gingen die Kollegen. Dockerty war gerade lang genug hier, um den Spitznamen ›Chef Prudhomme‹ abzukriegen. Der junge Paul Loving, der sich am Labor Day letztes Jahr das Knie verstaucht hat, ist wegversetzt worden und wurde dann drei Jahre später wieder hierher zurückversetzt. Es ist hier nicht so ein ewiges Kommen und Gehen wie anderswo, aber in geringerem Maße halt doch. Seit dem Sommer 1979 haben hier wahrscheinlich insgesamt siebzig Trooper gearbeitet –«

»Ach was, viel mehr«, sagte Huddie. »Da kommst du locker auf hundert, wenn du die Versetzungen mitzählst und die Leute, die jetzt hier arbeiten. Die paar üblen Kandidaten nicht zu vergessen.«

»Ja, ein paar üble Kandidaten waren dabei, aber die meisten von uns haben einfach nur anständig ihre Arbeit gemacht. Und, Ned, hör mal: Dein Vater und Tony Schoondist haben an diesem Abend etwas gelernt, als dein Vater das Fledermauswesen aufgeschnitten hat. Und ich habe auch etwas gelernt. Manchmal gibt es nichts rauszukriegen, oder es ist unmöglich, es rauszukriegen, oder es gibt keinen Grund, es auch nur zu versuchen. Ich habe mal einen Film gesehen, in dem ein Mann erklärt hat, warum er in der Kirche eine Kerze anzündet, obwohl er eigentlich gar kein guter Katholik mehr ist. ›Mit dem Unendlichen ist nicht zu spaßen‹, hat er gesagt. Vielleicht war es das, was wir gelernt haben.

Ab und an gab es Erdbeben im Schuppen B. Manchmal nur ein kleines Zittern, manchmal auch ein Mordstheater. Aber der Mensch gewöhnt sich nun mal an alles, auch an Dinge, die er nicht versteht. Wenn ein Komet am Himmel erscheint, faselt alle Welt vom Jüngsten Tag und den Reitern der Apokalypse, aber lass den Kometen mal ein halbes Jahr lang da bleiben: Dann achtet überhaupt keiner mehr drauf, und alle sagen: Na und? So war's doch auch an Silvester 2000, weißt du noch? Alle hatten fürchterliche Angst, dass uns der Himmel auf den Kopf fällt und sämtliche Computer versagen; und ein paar Tage später ging alles weiter wie gewohnt. Ich will doch nur, dass du die Dinge siehst, wie sie sind. Dass du –«

»Erzähl mir von dem Fisch«, sagte er, und da verspürte ich wieder diese Verärgerung. Er wollte nicht hören, was ich ihm alles zu sagen hatte – so sehr ich das auch wollte und so viel Mühe ich mir auch gab. Er hörte sich das an, was er hören wollte, und schaltete beim Rest auf Durchzug. Das ist wohl die große Teenagerkrankheit. Und er hatte das gleiche Leuchten in den Augen wie sein Vater, als Curt sich damals mit dem Skalpell in der Hand über das Fledermauswesen gebeugt hatte. (*Ich schneide jetzt* – manchmal höre ich immer noch im Traum, wie Curtis Wilcox das sagt.) Aber nicht genau das Gleiche. Denn der Junge war nicht nur neugierig, sondern auch wütend. Stinksauer.

Meine Wut rührte daher, dass er sich weigerte, sich alles anzuhören, was ich ihm zu sagen hatte, dass er die Frechheit besaß, sich auszusuchen, was er hören wollte. Woher kam das? Was steckte dahinter? Dass seine Mutter belogen worden war, und zwar nicht nur einmal, sondern im Laufe der Jahre immer und immer wieder? Dass er selbst belogen worden war, wenn auch nur, indem man ihm etwas verschwiegen hatte? War er wütend auf den Buick? Er wusste doch sicherlich, dass nicht der *Buick* seinen Vater umgebracht hatte – Bradley Roach war es gewesen, der ihn an der Seite eines am Straßenrand haltenden Sattelzugs totgemangelt und dabei eine Blutspur hinterlassen hatte, die drei Meter breit und so hoch wie ein State Trooper gewesen war, etwa 1,88 in Curtis Wilcox' Fall. Ihm waren dabei die Kleider nicht nur vom Leib gerissen, sondern unter dem Kreischen der Bremsen auch noch umgekrempelt worden, während die ganze Zeit über WPND im Radio lief, der Eigenwerbung nach »West-Pennsylvanias Countrysender Nummer eins«; was außer Countrymusik hätte es denn auch sein sollen bei einer angetrunkenen Dumpfbacke wie Roach? Daddy sang Bass, und Momma sang Tenor, als die Münzen aus Curt Wilcox' Hosentasche gerissen wurden und sein Penis ausgerupft wurde wie Unkraut und seine Eier zu rotem Brei püriert wurden und sein Kamm und sein Portemonnaie auf der gelben Straßenmarkierung landeten; Bradley Roach war an all dem schuld, und vielleicht traf auch noch Dicky's Convenience in Statler eine gewisse Schuld, weil sie ihm das Bier verkauft hatten, und vielleicht auch noch die Brauerei selbst, die in ihrer Reklame niedliche sprechende Frösche und lustige Biertrinker im Baseballstadion zeigte und keine Leichen, die mit heraushängenden Eingeweiden am Straßenrand lagen, oder vielleicht konnte man auch noch Bradleys DNA die Schuld daran geben, einem kleinen Doppelhelixknäuel, das Bradley vom ersten Schluck an eingeflüstert hatte *Trink weiter, trink weiter* (denn manche Menschen sind nun mal so veranlagt, sind wie Kofferbomben, die jederzeit in die Luft gehen können, auch wenn das für die Toten und Verletzten keinerlei Trost ist). Oder vielleicht war auch Gott schuld daran – Gott, der stets ein beliebter Prügelknabe ist, weil Er keine frechen Antworten gibt und nie für die Meinungsseite eine Kolumne schreiben würde. Aber nicht der Buick. Wie man es auch drehte und wendete – der Buick hatte mit Curts Tod nichts zu tun. Er hatte meilenweit weg im Schuppen B gestanden, groß und prachtvoll und unschuldig, auf Weißwandreifen, die keinen Schmutz annahmen und in deren Profil auch nicht der kleinste Kiesel haften blieb, ja, nicht mal (soweit wir das beurteilen konnten) ein Sandkorn. Er hatte dort einfach nur gestanden und sich um seine eigenen Angelegenheiten gekümmert, während Trooper Wilcox am Straßenrand der State Route 32 verblutet war. Aber wenn er in diesem Moment auch nur einen Hauch Kohlgestank ausgestoßen hatte – was dann? Dachte der Junge etwa –

»Ned, der Buick hat ihn nicht mit einem Strahl oder so was in den Tod getrieben, falls du dir so was vorstellst«, sagte ich. »So was macht er nicht.« Ich musste ein wenig über mich selber lachen, weil ich das mit solcher Gewissheit gesagt hatte, weil ich mich angehört hatte, als wüsste ich das mit Sicherheit, als wüsste ich, was den Roadmaster betraf, überhaupt irgendwas mit Sicherheit. »Er hat eine Anziehungskraft und vielleicht sogar eine Art Stimme, wenn er mal wieder in einer ... tja, wie soll ich sagen? ...«

»Aktiven Phase ist«, schlug Shirley vor.

»Ja. Wenn er mal wieder in einer aktiven Phase ist. Dann hört man das Summen, und manchmal hört man das auch im Kopf ... wie einen Ruf ... aber dass das ganz bis zur State Road 32, bis zur alten Jenny-Tankstelle reichen sollte? Undenkbar.«

Shirley sah mich an, als wäre ich jetzt ein klein wenig übergeschnappt, und tatsächlich kam ich mir auch ein bisschen so vor. Was machte ich denn hier eigentlich? Versuchte ich, meinen Ärger über diesen unglücklichen, vaterlosen Jungen wegzudiskutieren?

»Sandy? Ich will das mit dem Fisch hören.«

Ich sah erst Huddie an, dann Phil und Eddie. Alle drei

zuckten sie bedauernd mit den Achseln. *Kinder!*, sollte das bedeuten. *Was kannst du da schon tun?*

Es zu Ende erzählen: Das konnte ich tun. Meinen Ärger beiseite lassen und es zu Ende erzählen. Ich hatte es mir selber eingebrockt, und jetzt würde ich es auch auslöffeln.

»Also gut, Ned. Ich erzähle dir, was du hören willst. Aber wirst du wenigstens bedenken, dass das hier die ganze Zeit über eine Polizeikaserne war? Wirst du versuchen, daran zu denken, dass der Buick – ob du das nun glaubst oder nicht und ob es dir nun *gefällt* oder nicht – für uns irgendwann etwas ganz Alltägliches wurde, wie das Berichteschreiben oder wie das Aussagen vor Gericht oder wie das Fußmattenschrubben bei den Streifenwagen, wenn wieder mal einer draufgekotzt hat, oder wie Steve Devoes Polenwitze? Denn das ist wichtig.«

»Klar. Erzähl mir von dem Fisch.«

Ich lehnte mich an die Wand und sah hoch zum Mond. Wenn ich gekonnt hätte, hätte ich Ned liebend gern sein altes Leben wiedergegeben. Ich hätte ihm die Sterne vom Himmel geholt. Dieser ganze Schmus. Aber *er* wollte nur von dem verdammten Fisch hören.

Was soll's. Da hab ich's ihm halt erzählt.

Damals

Nichts Schriftliches: Das war Tony Schoondists Anordnung, und sie wurde befolgt. Dennoch wussten alle, was zu tun war und an wen man sich zu wenden hatte, wenn es um den Buick ging. Das war auch nicht schwierig. Man erstattete entweder Curt, dem Sarge oder Sandy Dearborn Bericht. Das waren die Buick-Jungs. Sandy nahm an, dass er schlicht deswegen zu diesem Triumvirat gehörte, weil er an der berüchtigten Obduktion teilgenommen hatte. Es lag ganz sicherlich nicht daran, dass ihn mit diesem Ding eine besondere Neugier verbunden hätte.

Sandy ging davon aus, dass sich Curt trotz Tonys Schreibverbot Notizen über den Buick machte – Aufzeichnungen und Spekulationen. Wenn dem so war, tat er es sehr diskret. Währenddessen traten die Temperaturstürze und Energieentladungen – die Lightshows – immer seltener auf. Anscheinend verließen das Ding allmählich die Lebensgeister.

Zumindest hofften sie das.

Sandy machte sich keine Notizen und hätte über die Abfolge der Ereignisse nichts Verlässliches sagen können. Wenn das denn je mal anstand, würden ihm die im Laufe der Jahre aufgenommenen Videokassetten dabei helfen, doch trotzdem würden Lücken und ungeklärte Fragen bleiben. Nicht alle Lightshows wurden gefilmt, und auch wenn sie gefilmt wurden, ähnelten sie einander doch sehr.

Von 1979 bis ’83 fanden sie gut ein Dutzend Mal statt. Die meisten waren eher bescheiden. Ein paar Mal waren sie so bombastisch wie die erste und einmal sogar noch bombastischer. Diese größte – die größte aller Zeiten – gab es dann 1983. Die dabei gewesen waren, nannten 1983 manchmal immer noch »Das Jahr des Fischs«, als wären sie Chinesen.

Von ’79 bis ’83 stellte Curt eine Reihe von Experimenten an und ließ, wenn die Temperatur sank, diverse Pflanzen und Tiere in dem Buick oder in der Nähe des Buick zurück, doch letztlich kam dabei nichts anderes heraus als bei dem Versuch mit Jimmy und Roslyn: Manchmal verschwand etwas und manchmal nicht. Das Ergebnis ließ sich nicht vorhersagen; es wirkte alles vollkommen willkürlich.

Als es in dem Schuppen wieder mal kälter wurde, ließ Curt neben dem linken Vorderreifen des Roadmasters ein Meerschweinchen in einem Plastikeimer zurück. Als die Temperatur vierundzwanzig Stunden nach Ende des violetten Feuerwerks wieder normales Niveau erreichte, hoppelte das Meerschweinchen immer noch einigermaßen vergnügt in dem Eimer herum. Vor einer anderen Lightshow stellte Curt einen Käfig mit zwei Fröschen unter den Buick. Nach dem Ende der Lightshow waren beide noch da. Am Tag drauf aber war ein Frosch verschwunden.

Und noch einen Tag später fehlte auch der zweite.

Dann gab es da das berühmte Kofferraumexperiment von 1982. Das war Tonys Idee. Curt und er setzten sechs Kakerlaken in einem durchsichtigen Plastikbehälter in den Kofferraum des Buick. Das war kurz nach dem Ende einer Feuerwerksshow, und in dem Buick war es noch so kalt, dass sie ihren Atem in der Luft sehen konnten, als sie sich über den Kofferraum beugten. Drei Tage vergingen, und jeden Tag sah einer von ihnen im Kofferraum nach (und band sich dazu ein Seil um die Taille, und alle fragten sich, was ein Seil denn gegen etwas ausrichten sollte, das in der Lage gewesen war, Jimmy aus seinem Mäusegehege zu entführen, ohne dessen Klappen zu öffnen … oder auch die Frösche aus ihrem verschlossenen Käfig). Am ersten Tag ging es den Schaben gut und am zweiten und dritten auch. Am vierten Tag gingen Curt und Tony hin, um sie zu holen – ein weiteres fehlgeschlagenes Experiment, alles musste neu überdacht werden. Bloß dass die Kakerlaken futsch waren – so kam es Curt jedenfalls vor, als er den Kofferraum öffnete.

»Nein, warte!«, rief Curt. »Da sind sie! Ich sehe sie! Die rennen da rum wie irre!«

»Wie viele?«, rief Tony zurück. Er stand vor der Schuppentür und hielt das andere Ende des Seils. »Sind noch alle da? Wie sind sie denn aus der *Kiste* rausgekommen, Curtis?«

Curtis zählte statt der sechs nur vier, aber das musste nicht viel bedeuten. Kakerlaken brauchen kein verhextes Auto, um zu verschwinden; das können sie ganz gut alleine, wie jeder weiß, der mal eine mit einem Pantoffel gejagt hat. Und es war ganz offensichtlich, wie sie aus dem Plastikbehälter herausgelangt waren. Er war zwar immer noch verschlossen, hatte jetzt aber an der Seite ein gut zwei Zentimeter großes rundes Loch. Für Curt und den Sarge sah es wie ein großkalibriger Einschuss aus. Von dem Loch gingen keine Risse aus, was darauf hindeuten mochte, dass es mit viel Schwung hineingestanzt oder *-gebrannt* worden war. Keine Antworten. Nur Trugbilder. Wie üblich. Und dann kam im Juni 1983 der Fisch.

Es war schon mindestens zweieinhalb Jahre her, dass die Troop D den Buick tagtäglich observiert hatte, denn irgendwann im Winter 1979/80 hatte man beschlossen, dass man sich des Wagens wegen, entsprechende Vorsichtsmaßnahmen vorausgesetzt, keine großen Sorgen machen musste. Eine geladene Schusswaffe ist zweifellos gefährlich, aber man muss sie nicht rund um die Uhr bewachen, um zu verhindern, dass sich aus ihr ein Schuss löst. Es reicht normalerweise, wenn man sie für Kinder unzugänglich aufbewahrt.

Tony kaufte eine Autoplane, damit nicht irgendjemand, der auf den Hof kam, zufällig in den Schuppen blickte, den Wagen sah und Fragen stellte (1981 hatte ein Mann vom kommunalen Fuhrpark, ein Buick-Liebhaber, ihn kaufen wollen). Die Videokamera blieb auf dem Stativ draußen in der kleinen Hütte, in eine Plastiktüte gehüllt, um sie vor Feuchtigkeit zu schützen, und auch der Stuhl blieb dort (und ein ziemlich hoher Stapel Zeitschriften darunter), aber Arky nutzte den Raum zusehends als Gartenschuppen. Beutelweise Torf und Dünger, palettenweise Grassoden und stapelweise Blumentöpfe und Pflanzschalen machten der Überwachungsausrüstung für den Buick zusehends den Raum streitig. Die Hütte diente nur noch kurz vor, während und kurz nach einer Lightshow ihrem ursprünglichen Zweck.

Der Juni war im Jahr des Fischs einer der schönsten Frühsommermonate, an die sich Sandy erinnern konnte. Das Gras war grün und saftig, die Vögel zwitscherten überall, und die Luft war von einer zarten Hitze erfüllt, so wie beim ersten richtigen Kuss eines jugendlichen Liebespaars. Tony Schoondist hatte Urlaub und besuchte seine Tochter an der Westküste (diejenige, deren uneheliches Kind für so viel Ärger gesorgt hatte). Der Sarge und seine Frau wollten sich mit ihr aussöhnen, ehe die Verbindung ganz abbrach. Wahrscheinlich keine schlechte Idee. Huddie Royer leitete während seiner Abwesenheit die Troop D, aber Curtis Wilcox – der nun kein Polizeischüler mehr war – hatte zweifellos das Sagen, wenn es um den Buick ging. Und eines Tages in diesem wunderbaren Juni kam Buck Flanders deswegen zu ihm.

»Es wird kälter im Schuppen B«, sagte er.

Curtis hob die Augenbrauen. »Das ist nichts Neues, oder?«

»Nein«, sagte Buck. »Aber ich habe noch nie erlebt, dass die Temperatur so schnell sinkt. Fünf Grad seit heute Morgen.«

Daraufhin eilte Curt zum Schuppen, und seine Augen strahlten wieder vor Aufregung. Als er durch eins der Fenster im Tor guckte, fiel ihm zuerst die Plane auf, die Tony gekauft hatte. Sie lag zusammengeknüllt wie ein beiseite geschobener Teppich auf der Fahrerseite des Buick am Boden. Es war nicht das erste Mal, dass das passiert war; es war, als bebte (oder zuckte) der Buick gelegentlich und schüttelte dabei die Nylonplane ab wie eine Dame mit einer Schulterbewegung ihre Stola. Die Nadel des runden Thermometers zeigte sechzehn Grad Celsius an.

»Hier draußen sind es vierundzwanzig Grad«, sagte Buck. Er stand neben Curt. »Ich hab auf dem Thermometer drüben bei der Vogeltränke nachgeschaut, ehe ich zu dir gekommen bin.«

»Also ist die Temperatur sogar um *acht* Grad gesunken, nicht nur um fünf.«

»Tja, als ich zu dir gegangen bin, waren es noch achtzehn Grad. So schnell wird es da drin kälter. Als wäre … irgendeine Kältefront im Anzug oder so. Soll ich Huddie von der Streife rufen?«

»Nein, den wollen wir nicht stören. Stell einen Wachplan auf. Lass dir von Matt Babicki dabei helfen. Schreib oben drüber … äh … ›Dienstplan Wagenwäsche‹. Für den Rest des Tages sollen immer zwei Männer den Buick bewachen, und heute Nacht auch. Es sei denn, Huddie hat was dagegen oder die Temperatur steigt wieder.«

»Okay«, sagte Buck. »Willst du bei der ersten Schicht dabei sein?«

Das wäre Curt sehr gerne gewesen – ihm schwante, dass

etwas passieren würde –, aber er schüttelte den Kopf. »Ich kann nicht. Ich hab einen Gerichtstermin, und dann ist da noch diese Lasterfalle in Cambria.« Tony hätte geschrien und sich den Kopf gehalten, hätte er gehört, dass Curt die Lkw-Waage am Highway 9 als Lasterfalle bezeichnete, aber im Grunde war es das. Denn irgendjemand transportierte von New Jersey aus Heroin und Kokain über diese Strecke, und man ging davon aus, dass es in der Ladung einiger selbständiger Fernfahrer versteckt war. »Also eigentlich hab ich mehr zu tun als ein einarmiger Tapezierer. So ein Mist!«

Er schlug sich mit der Faust aufs Bein und schirmte sein Gesicht dann wieder seitlich mit den Händen ab, um durch das Fenster in den Schuppen zu spähen. Außer dem Roadmaster war dort nichts zu sehen. Zwei Sonnenlichtstreifen kreuzten sich auf der langen, dunkelblauen Motorhaube des Wagens, wie Spots, die ein obskures Kunstobjekt anstrahlten.

»Sag Randy Santerre Bescheid. Und hab ich Chris Soder nicht irgendwo hier rumhocken sehen?«

»Ja. Eigentlich hat er Feierabend, aber bei ihm zu Hause sind seine beiden Schwägerinnen aus Ohio immer noch zu Besuch, und er ist zum Fernsehn hergekommen.« Etwas leiser fügte er hinzu: »Ich will dir ja nicht reinreden, Curt, aber meiner Meinung nach sind das beides Flachpfeifen.«

»Mag sein, aber das hier schaffen die schon. Müssen sie einfach. Sag ihnen, sie sollen mir regelmäßig Bericht erstatten. Code D, wie üblich. Und ich rufe an, wenn ich bei Gericht fertig bin.«

Curt warf noch einen letzten, geradezu qualvollen Blick auf den Buick, ging dann zurück in die Kaserne, rasierte sich und bereitete sich für seine Zeugenaussage vor. Nachmittags würde er dann mit ein paar Jungs von der Troop G auf der Ladefläche irgendwelcher Laster nach Koks suchen, immer in der Hoffnung, dass niemand eine automatische Waffe auf ihn richtete. Etwas früher hätte er bestimmt noch jemanden gefunden, der für ihn eingesprungen wäre, aber dafür war es jetzt zu spät.

Stattdessen bewachten Soder und Santerre den Buick, und sie hatten nichts dagegen. Flachpfeifen stört so etwas nicht. Sie standen vor der Hütte, rauchten, unterhielten sich, schauten gelegentlich nach dem Buick (Santerre war zu jung, um zu wissen, was er da zu erwarten hatte, und er blieb dann sowieso nicht mehr lange bei der Pennsylvania State Police), erzählten einander Witze und genossen das schöne Wetter. Der Juni war in diesem Jahr so prachtvoll, dass auch Flachpfeifen das schöne Wetter einfach genießen mussten. Irgendwann löste Buck dann Randy Santerre ab; und kurz darauf löste Orville Garrett Chris Soder ab. Als Sandy um drei in der Kaserne eintraf, um auf dem freien Stuhl des Sergeant Commanding Probe zu sitzen, kam auch Curtis Wilcox endlich wieder und löste Buck am Schuppen B ab. Die Temperatur im Schuppen war mittlerweile um weitere fünf Grad gesunken, und allmählich verstopften Trooper, die freihatten, mit ihren Privatfahrzeugen den Parkplatz hinten auf dem Hof. Es hatte sich herumgesprochen. Code D.

Gegen vier Uhr steckte Matt Babicki seinen Kopf zur Tür des Sergeantbüros herein und teilte Sandy mit, dass sein Funkgerät kaum noch etwas hereinbekäme. »Atmosphärische Störungen, Boss. Schlimmer denn je.«

»Mist.« Sandy schloss die Augen, rieb sie sich mit den Fingerknöcheln und wünschte sich Tony herbei. Er war zum ersten Mal als Sergeant Commanding eingesprungen und freute sich über die befristete Gehaltserhöhung, nicht aber über diesen Ärger. »Nervereien mit dem verdammten Wagen. Das hat mir gerade noch gefehlt.«

»Nimm's nicht zu schwer«, sagte Matt. »Er wird ein

wenig Funken sprühen, und hinterher ist alles wieder normal. Auch der Funkverkehr. So läuft das doch normalerweise, oder?«

Ja, so lief es normalerweise. Und wegen des Buick machte sich Sandy eigentlich auch keine großen Sorgen. Aber was war, wenn ein Streifenwagen im Einsatz in Schwierigkeiten geriet, während der Funkverkehr lahm gelegt war? Wenn jemand Code 33 melden musste – *Brauche dringend Verstärkung* – oder Code 47 – *Schickt einen Krankenwagen* – oder schlimmstenfalls Code 10-99 – *Officer in Not?* Sandy hatte über ein Dutzend Jungs da draußen, und in diesem Moment fühlte er sich, als müsste er sie alle huckepack tragen.

»Hör mir zu, Matt. Nimm meinen Wagen – das ist die 17 – und fahr damit den Hügel runter. Da unten dürftest du keine Störungen mehr haben. Sag allen D-Troopern, die gerade unterwegs sind, Bescheid, dass die Leitstelle der Basis vorübergehend außer Betrieb ist. Code D.«

»Ach, Sandy! Ist das nicht 'n bisschen –«

»Ich hab jetzt keine Zeit, mir dein Genöle anzuhören«, sagte Sandy. Noch nie waren ihm PCO Babickis Lahmarschigkeit und ewiges Gejammer derart auf die Nerven gegangen wie jetzt. »Mach es einfach.«

»Aber dann bin ich nicht hier, wenn –«

»Nein, das bist du wahrscheinlich nicht.« Sandy wurde jetzt ein klein wenig lauter. »Das musst du unbedingt in deine PP-Liste aufnehmen, ehe du sie beim Kaplan einreichst.«

Matt wollte noch etwas sagen, doch als er Sandys Gesichtsausdruck sah, hielt er lieber den Mund. Zwei Minuten später sah Sandy ihn am Steuer von Wagen 17 den Hügel hinunterfahren.

»Gut«, murmelte Sandy. »Und komm so schnell nicht wieder, du kleiner frecher Scheißer.«

Sandy ging hinaus zum Schuppen B, wo sich schon eine kleine Menschenmenge eingefunden hatte. Größtenteils waren es Trooper, aber auch ein paar Jungs vom Fuhrpark in schmierfleckigen grünen Overalls, ihrer Berufsuniform, waren dabei. Nachdem sie vier Jahre lang mit dem Buick gelebt hatten, hatte eigentlich keiner von ihnen mehr Angst vor dem Wagen, und trotzdem waren die Leute an diesem Tag ziemlich nervös. Wenn man an einem warmen Sommertag mitangesehen hatte, wie es in einem Raum, dessen Tür nur gelegentlich geöffnet wurde, zehn Grad kälter wurde, lag der Gedanke schon ziemlich nahe, dass da irgendwas Großes bevorstand.

Curt war schon so lange wieder zurück, dass er eine ganze Reihe von Experimenten hatte vorbereiten können. Auf dem Vordersitz des Buick hatte er einen Schuhkarton mit einigen Grillen abgestellt. Der Froschkäfig stand auf der Rückbank. Diesmal war es nur ein Frosch, dafür aber ein großer: ein dicker Ochsenfrosch mit vorquellenden, gelbschwarzen Augen. Dann hatte er auch noch den Blumenkasten abgenommen, der vor Matt Babickis Bürofenster hing, und ihn in den Kofferraum des Buick gestellt. Und nicht zuletzt war er mit Mister Dillon im Schuppen Gassi gegangen und hatte den Wagen, mit dem Hund an der Leine, einmal umrundet, nur um zu sehen, was passieren würde. Orvie Garrett gefiel das gar nicht, aber Curt hatte ihn überredet. Curt war zwar in vieler Hinsicht noch ein wenig grün hinter den Ohren, aber wenn es um den Buick ging, konnte er so aalglatt taktieren wie ein gewiefter Zocker.

Während der Runde mit Mister D passierte diesmal zwar nichts, aber es war offensichtlich, dass ihr Maskottchen eigentlich viel lieber an jedem anderen Punkt der Erde gewesen wäre. Er ließ sich nur mit Mühe um den Wagen herum zerren, hielt Kopf und Schwanz gesenkt und röchelte hin und wieder leise. Er sah sich den Buick zwar an, betrachtete aber auch alles andere da drinnen, so als hätte sich das, was ihn an dem Pseudoauto so störte, mittlerweile ausgebreitet und den gesamten Schuppen verseucht.

Als Curt den Hund hinausführte und Orville die Leine wiedergab, sagte er: »Irgendwas geht da vor sich. Er spürt es, und ich spüre es auch. Aber es ist anders als sonst.« Als er Sandy sah, wiederholte er das: anders als sonst.

»Ja«, sagte Sandy und deutete dann mit einer Kopfbewegung auf Mister D. »Diesmal heult er nicht.«

»Noch nicht«, sagte Orville. »Komm, D, gehn wir wieder in die Kaserne. Hast du gut gemacht. Kriegst gleich ein Leckerchen.« Curt warf er noch einen letzten vorwurfsvollen Blick zu. Mister Dillon trabte brav neben Trooper Garretts rechtem Bein und musste nicht mehr mit der Leine bei Fuß gehalten werden.

Gegen zwanzig nach vier fing der Fernseher oben im Aufenthaltsraum an zu spinnen. Um zwanzig vor fünf war die Temperatur im Schuppen B auf zehn Grad Celsius gesunken. Als sie bei sieben Grad angelangt war, rief Curtis Wilcox: »Es geht los! Ich kann es hören!«

Sandy war reingegangen, um nach der Leitstelle zu sehen (der Funk war mittlerweile vollkommen ausgefallen, ein einziges wüstes Rauschen), und kam, als Curt das rief, gerade zurück auf den Parkplatz, wo so viel Personal herumstand, dass man hätte meinen können, auf dem Wohltätigkeitsbasar der Polizei oder auf dem Volksfest zugunsten von Kindern mit Muskeldystrophie zu sein, das sie alljährlich im Juli veranstalteten. Sandy lief los und schob sich durch den Pulk der Schaulustigen, die alle den Kopf reckten, um zur Schuppentür hineinzuschauen, die unfasslicherweise immer noch weit offen stand. Auch Curt war dabei und stand direkt davor. Kälteschwaden drangen aus dem Schuppen, was er aber nicht zu spüren schien. Seine Augen waren weit aufgerissen, und als er sich zu Sandy umdrehte, sah er aus, als würde er tagträumen. »Siehst du das? Sandy, *siehst du das?*«

Natürlich sah er das: ein wabernder violetter Lichtschein, der aus den Wagenfenstern und der Ritze rund um den Kofferraumdeckel drang und wie ein radioaktives Fluidum an den Seiten des Buick hinabfloss. In dem Wagen konnte Sandy die Sitze und das übergroße Lenkrad noch deutlich erkennen. Es waren nur noch Umrisse, Silhouetten. Das übrige Wageninnere war in kaltes lilafarbenes Licht getaucht, das greller schien als das aus einem Hochofen. Das Summen war laut und wurde immer lauter. Es ging Sandy durch Mark und Bein, und fast wünschte er, taub zu sein. Aber das hätte auch nichts genützt, denn dieses Geräusch hörte man anscheinend nicht nur mit den Ohren, sondern mit dem ganzen Körper.

Sandy riss Curt zurück auf den Parkplatz, packte den Türknauf und wollte die Tür zuschlagen. Curt hielt ihn am Handgelenk zurück. »Nein, Sandy! Nicht! Ich will es sehen! Ich will –«

Sandy machte sich mit einem Ruck los. »Spinnst du? Wir haben *Vorschriften* für solche Fälle, verdammt noch mal. Das solltest du doch am besten wissen! Du hast sie doch mit ausgearbeitet, Mann!«

Als Sandy die Tür zuknallte und Curt damit den Blick auf den Buick nahm, zuckten Curts Augenlider, und er schüttelte sich, als wäre er aus tiefem Schlaf erwacht. »Okay«, sagte er. »Stimmt, Boss. Tschuldige.«

»Schon gut.« Aber das meinte er nicht ernst. Denn der verdammte Idiot wäre dort einfach im Türrahmen stehen geblieben, da hatte Sandy keinerlei Zweifel. Er wäre dort stehen geblieben und hätte sich braten lassen, wenn das Ding Lust gehabt hätte, ihn zu braten.

»Ich muss meine Schutzbrille holen«, sagte Curt. »Die hab ich im Kofferraum. Ich hab noch welche zur Reserve, die besonders dunkel sind, eine ganze Kiste voll. Willst du eine?« Sandy hatte immer noch den Eindruck, dass Curt nicht so ganz hellwach war und nur so tat, wie man es manchmal machte, wenn mitten in der Nacht jemand anrief.

»Klar, gern. Aber wir sind vorsichtig, ja? Denn diesmal sieht es richtig schlimm aus.«

»*Großartig* sieht es aus!«, sagte Curt, und sein überschwänglicher Tonfall war Sandy ein bisschen unheimlich, beruhigte ihn aber auch ein wenig. Wenigstens hörte sich Curt nicht mehr wie ein Schlafwandler an. »Aber ja, Mutter – wir halten uns an die Vorschriften und sind höllisch vorsichtig.«

Er lief zu seinem Wagen – nicht zu seinem Streifenwagen, sondern zu seinem Privatauto, dem restaurierten Bel-Aire, den sein Sohn dann später fahren würde – und machte den Kofferraum auf. Er wühlte immer noch in den Kisten und Schachteln, die er da hinten drin hatte, als der Buick explodierte.

Er explodierte nicht im eigentlichen Sinne des Wortes, aber für das, was er da tat, schien es keinen treffenderen Ausdruck zu geben. Die an diesem Tag dabei waren, vergaßen es nie, sprachen später aber, auch unter sich, nur bemerkenswert selten darüber, denn die Furcht einflößende Pracht und die schiere *Kraft*, die dahinter steckte, waren unmöglich in Worte zu fassen. Allenfalls konnten sie sagen, dass es die Junisonne überstrahlt und den Schuppen förmlich durchscheinend gemacht, in einen Geist seiner selbst verwandelt hatte. Es war unfassbar, dass schlichtes Glas zwischen diesem Licht und der Außenwelt bestehen konnte. Das pulsierende Strahlen drang durch die Bretterwände des Schuppens wie Wasser durch Käseleinen; die Umrisse der Nägel zeichneten sich wie die Rasterpunkte eines Zeitungsfotos ab oder wie die dunkelroten Blutströpfchen auf einer frischen Tätowierung. Sandy hörte Carl Brundage rufen: *Diesmal fliegt er bestimmt in die Luft!* Und hinter sich, in der Kaserne, hörte er Mister Dillon in panischer Angst heulen.

»Trotzdem wollte er raus und dabei sein«, erzählte Orville Sandy später. »Ich hab ihn oben in den Aufenthaltsraum gebracht, so weit wie möglich weg von dem verdammten Schuppen, aber das hat gar nichts geändert. Er hat es mitgekriegt. Hat es gehört, denk ich mal – hat es summen hören. Und dann hat er das Fenster gesehen. Großer Gott! Wenn ich ihn nicht schnell gepackt hätte, wäre er bestimmt direkt durchs Fenster gesprungen, erster Stock hin oder her. Er hat mich voll gepisst, und das hab ich erst 'ne halbe Stunde später überhaupt gemerkt, solche Angst hatte ich.«

Orville schüttelte, ernst und nachdenklich blickend, den Kopf.

»So was hab ich bei einem Hund noch nie erlebt. *Noch nie.* Sein ganzes Fell war gesträubt, und er hatte Schaum vorm Maul und *solche* Stielaugen. *Gott.*«

Curt kam währenddessen mit einem Dutzend Schutzbrillen angelaufen. Die Trooper setzten sie auf, aber auch damit war es unmöglich, zu dem Buick hineinzuschauen; es war sogar unmöglich, sich den Fenstern auch nur zu nähern. Und da war auch wieder diese eigenartige Stille, obwohl sie alle meinten, eigentlich mitten in einem Getöse stehen und Donner, Erdrutsche und Vulkanausbrüche hören zu müssen. Doch da die Tür und die Tore des Schuppens geschlossen waren, hörten sie (im Gegensatz zu Mister D) nicht einmal das Summen. Schuhsohlen scharrten, und jemand räusperte sich, und in der Kaserne heulte Mr. Dillon, und Orvie Garrett versuchte ihn zu beruhigen, und aus dem offen stehenden Fenster der Leitstelle (dem nun, Curts wegen, der Blumenkasten fehlte) hörte man das Rauschen aus Matt Babickis Funkgerät. Aber sonst nichts.

Curt ging zum Schuppentor wie jemand, der sich gegen einen Sturm anstemmte, mit gesenktem Kopf und erhobenen Händen. Zweimal versuchte er, den Kopf zu heben und in den Schuppen B zu sehen, aber es gelang ihm nicht.

Es war einfach zu hell. Sandy packte ihn an der Schulter und musste sich sehr zurückhalten, um ihm nicht ins Ohr zu brüllen. Es war nicht nötig zu brüllen, aber in dieser Situation war einem einfach danach.

»Hör auf, da reingucken zu wollen. Das kannst du nicht. Jedenfalls noch nicht. Das brennt dir die Augen aus dem Kopf.«

»Was ist das, Sandy?«, flüsterte Curt. »Was um Himmels willen ist das?«

Sandy konnte nur den Kopf schütteln.

Der Buick führte eine halbe Stunde lang die Lightshow aller Lightshows auf, verwandelte den Schuppen B in eine Art Feuerball, schoss parallele Lichtstrahlen aus allen Fenstern und blitzte und blitzte – ein knallbunter Neon-Hochofen, der weder Hitze noch Geräusche von sich gab. Wäre währenddessen irgendjemand aus der Familie von Mr. Normalbürger dort aufgetaucht – wer weiß, was der gedacht und hinterher erzählt und wie viel man ihm davon abgekauft hätte; aber es *kamen* keine Außenstehenden hinzu. Und um halb sechs konnten die Trooper schon wieder einzelne Blitze erkennen, als erschöpfte sich die Energiequelle allmählich, die dieses Phänomen speiste. Es erinnerte Sandy daran, wie ein Motorrad ruckelte und spuckte, wenn der Tank fast leer war.

Curt näherte sich vorsichtig wieder den Fenstern. Er musste sich zwar ducken, wenn wieder ein Blitz herausschoss, konnte aber zwischendurch kurz in den Schuppen sehen. Sandy ging zu ihm, duckte sich bei den grelleren Blitzen ebenfalls (*Wir sehen wahrscheinlich aus wie bei irgendeinem abstrusen Drill,* dachte er) und kniff die Augen zu, die trotz drei Schichten Polarisationsglas in der Schutzbrille geblendet waren.

Der Buick wirkte vollkommen intakt und unverändert. Die Plane lag wieder dünenförmig davor, von keinerlei

Feuer angesengt. Arkys Werkzeuge hingen unberührt an der Wand, und hinten in der Ecke lagen immer noch die zusammengeschnürten Zeitungsbündel. Es hätte nur eines Streichholzes bedurft und dieser trockene Haufen alter Nachrichten wäre in Flammen aufgegangen, aber das ganze grelle, violette Licht hatte nicht mal eine einzige Costco-Werbebeilage auch nur an den Rändern angekohlt.

»Siehst du eines der Tiere, Sandy?«

Sandy schüttelte den Kopf, trat einen Schritt zurück und nahm die Schutzbrille ab, die Curt ihm geliehen hatte. Er gab sie an Andy Colucci weiter, der darauf brannte, in den Schuppen zu sehen. Sandy ging zurück zur Kaserne. Der Schuppen B würde anscheinend wohl doch nicht in die Luft fliegen, und er war der Dienst habende Sergeant Commanding und hatte jetzt zu tun.

Auf der Eingangstreppe zur Hintertür blieb Sandy stehen und sah sich noch einmal um. Trotz der Schutzbrillen näherten sich Andy und die anderen nur sehr zögerlich der Fensterreihe im Schuppentor. Da gab es nur eine Ausnahme: Curtis Wilcox. Er stand direkt davor – als fürchtete er weder Tod noch Teufel, wie Sandys Mutter vielleicht gesagt hätte –, so nah er nur konnte, und beugte sich sogar noch vor, um noch näher ranzukommen, drückte die Schutzbrille doch tatsächlich an die Fensterscheibe und wandte den Kopf nur jedes Mal leicht zur Seite, wenn ein besonders greller Blitz aufzuckte, was jetzt nur noch gut alle zwanzig Sekunden geschah.

Sandy dachte: *Der bringt es fertig und ruiniert sich damit die Augen. Er wird mindestens schneeblind dabei.* Doch dem war nicht so. Anscheinend konnte er die Blitze vorhersehen, hatte sich ihrem Rhythmus angepasst. Von dort, wo Sandy am anderen Ende des Parkplatzes stand, sah es tatsächlich so aus, als würde Curt ein, zwei Sekunden vor jedem Blitz das Gesicht abwenden. Und wenn es dann blitzte, wurde er für einen Moment zu seinem eigenen

Schattenriss, ein erstarrter, fremdartig wirkender Tänzer, der sich vor einem violetten Lichtmeer abzeichnete. Es gruselte Sandy bei diesem Anblick. Ihm kam es so vor, als sähe er sowohl etwas Reales als auch Irreales. Später dachte Sandy dann, dass sich Curt, wenn es um den Buick ging, ähnlich eigenartig verhielt wie Mister Dillon. Er heulte zwar nicht wie der Hund oben im Aufenthaltsraum, stand aber anscheinend in Verbindung mit dem Ding, war auf der gleichen Wellenlänge. Er *tanzte* mit dem Buick – so kam es Sandy damals und so kam es ihm auch später noch vor.

Er tanzte mit dem Buick.

Um zehn nach sechs an diesem Abend erkundigte sich Sandy über Funk bei Matt Babicki unten am Fuß des Hügels, was los sei. Nichts sei los, sagte Matt (*Nichts, Oma* – so hörte es sich für Sandy an), und Sandy beorderte ihn zurück in die Kaserne. Wenn er immer noch wolle, könne er sich dann gerne kurz mal den alten Buick ansehen. Matt raste los wie der Blitz. Als er ein paar Minuten später wiederkam, wirkte er enttäuscht.

»*Das* hab ich schon mal gesehen«, sagte er und überließ es Sandy, darüber nachzugrübeln, wie beschränkt und undankbar doch die meisten Menschen waren, wie schnell ihre Sinne abstumpften und das Wunderbare alltäglich erscheinen ließen. »Die Jungs sagen, vor einer Stunde sei er so richtig ausgeklinkt, aber beschreiben konnte das keiner.« Es wunderte Sandy nicht, dass Matt so verächtlich klang. In der Welt eines Leitstellenbeamten ließ sich *alles* beschreiben, musste und konnte die Kartografie der ganzen Welt in Zifferncodes dargelegt werden.

»*Mich* brauchst du da nicht anzugucken«, sagte Sandy. »Ich kann dir nur eins sagen: Es war sehr hell.«

»Hell. Aha.« Matt warf ihm einen Blick zu, der wohl besagen sollte: *Nicht nur eine Oma, sondern auch noch eine* Versager-*Oma*. Dann ging er in die Kaserne.

Gegen sieben Uhr hatte sich der Fernsehempfang der Troop D (stets ein wichtiger Gesichtspunkt, wenn man nicht draußen im Einsatz war) wieder normalisiert. Auch die Elektronik der Leitstelle funktionierte wieder. Mister Dillon hatte wie üblich einen großen Napf Hundefutter gefressen und lungerte nun in der Küche herum, stets auf Essensreste aus, also war auch mit ihm alles wieder normal. Und als Curt um Viertel vor acht beim Sergeantbüro hereinschaute, um Sandy zu sagen, dass er in den Schuppen gehen und nach seinen Versuchsobjekten sehen wolle, hatte Sandy keine Idee, wie er ihn davon hätte abhalten können. Sandy leitete an diesem Abend die Troop D, keine Frage, aber wenn es um den Buick ging, hatte Curt genauso viel zu sagen wie er, vielleicht sogar ein wenig mehr. Und außerdem hatte sich Curt schon das verdammte gelbe Seil um die Taille gebunden. Der Rest hing aufgewickelt an seinem Unterarm.

»Das ist keine gute Idee«, sagte Sandy. Näher kam er einem Nein nicht.

»Quark.« Das war 1983 Curts Lieblingswort. Sandy konnte es nicht ausstehen. Er fand, es hörte sich rotznäsig an.

Er blickte über Curts Schulter und sah, dass sie allein waren. »Curtis«, sagte er, »du hast eine Frau zu Hause, und als wir uns das letzte Mal darüber unterhalten haben, hast du gesagt, sie sei vielleicht schwanger. Hat sich da was geändert?«

»Nein, aber sie war auch noch nicht beim –«

»Also hast du auf jeden Fall eine Frau und vielleicht bald auch ein Kind. Und wenn sie diesmal nicht schwanger ist, ist sie's wahrscheinlich beim nächsten Mal. Das ist schön. Genauso sollte das sein. Und ich verstehe nicht, warum du das alles wegen dieses verdammten Buick aufs Spiel setzen willst.«

»Ach, Mann, Sandy – das setze ich doch jedes Mal aufs

Spiel, wenn ich in einen Streifenwagen steige und losfahre. Jedes Mal, wenn ich aussteige und eingreife. Das ist in diesem Beruf nun mal so.«

»Das ist was anderes, und das weißt du genau, also hör auf mit den philosophischen Debatten. Weißt du nicht mehr, was mit Ennis passiert ist?«

»Doch, das weiß ich«, sagte er, und Sandy glaubte es ihm, aber Ennis Rafferty war damals schon seit fast vier Jahren verschwunden. Das war in gewisser Weise genauso kalter Kaffee wie die alten Zeitungen draußen im Schuppen B. Und was hatte sich in jüngerer Zeit getan? Tja, die Frösche waren nur Frösche gewesen. Jimmy mochte zwar nach einem US-Präsidenten benannt worden sein, war im Grunde aber auch nur eine Wüstenspringmaus gewesen. Und Curtis hatte sich schon das Seil umgebunden. Mit dem Seil war das ja alles gar kein Problem. *Na klar,* dachte Sandy, *es ist ja auch noch nie ein Kind mit Schwimmflügeln in einem Schwimmbecken ertrunken.* Hätte Curtis gelacht, wenn er ihm das gesagt hätte? Nein. Denn Sandy saß an diesem Abend auf dem Chefsessel, war der Dienst habende Sergeant Commanding, das sichtbare Symbol der Pennsylvania State Police. Aber Sandy dachte, dass Curt trotzdem belustigt gewirkt hatte. Doch hatte Curtis nicht bedacht, dass das Seil nie auf die Probe gestellt worden war und dass es, wenn ihn die in dem Buick verborgene Macht unbedingt haben wollte, vielleicht nur eines allerletzten violetten Blitzes bedurfte, und auf dem Betonboden würde nur noch ein gelbes Seil liegen, mit einer leeren Schlaufe am Ende; mach's gut, Partner, und viel Glück auf allen deinen Wegen; noch so eine Katze, die im großen Nirgendwo ihre Neugier stillen wollte. Aber Sandy konnte ihm nicht befehlen, es zu lassen, wie er Matt Babicki befohlen hatte, den Hügel hinabzufahren. Er konnte sich höchstens mit ihm streiten, und es war Blödsinn, sich mit jemandem zu streiten, der so strahlend abenteuerlustig blickte. Da konnte man allenfalls für viel böses Blut sorgen, aber den anderen überzeugen, dass man im Recht war, konnte man nicht.

»Und ich soll das Seil halten?«, fragte Sandy. »Du wolltest doch irgendwas von mir, und mich nach meiner Meinung fragen, war's doch bestimmt nicht.«

»Würdest du das tun?«, fragte Curt mit einem Grinsen. »Das wäre nett.«

Sandy ging mit ihm nach draußen und hielt das Seil, wobei er sich die Rolle um den Ellenbogen hängte, und Dicky-Duck Eliot stand hinter ihm und war bereit, seine Gürtelschlaufen zu packen, falls Sandy hineingezogen werden sollte. Der Dienst habende SC stand da im Türrahmen des Schuppens B, stützte sich zwar nicht ab, war aber bereit, sich abzustützen, falls irgendwas Eigenartiges passieren sollte, biss sich auf die Unterlippe und atmete ein wenig zu schnell. Sein Puls fühlte sich nach gut hundertzwanzig an. Er spürte immer noch die Kälte im Schuppen, obwohl die Temperatur schon längst wieder gestiegen war; der Frühsommer hatte sich aus dem Schuppen B zurückgezogen, und an der Tür schlug einem eine muffige Kälte entgegen, wie wenn man im November in seiner Jagdhütte ankam und der Ofen mitten im Raum so tot war wie ein Gott, an den keiner mehr glaubte. Die Zeit verstrich sehr langsam. Sandy wollte Curt schon fragen, ob er denn ewig da drin bleiben würde, sah dann aber auf seine Armbanduhr und musste feststellen, dass erst vierzig Sekunden vergangen waren. Er sagte Curt dann aber doch, dass er nicht um den Buick herumgehen solle. Die Gefahr war zu groß, dass sich das Seil verhedderte.

»Ach, und Curtis – geh da weg, wenn du den Kofferraum aufmachst!«

»Verstanden.« Er klang fast so belustigt und nachsichtig wie ein Junge, der seinen Eltern versprach, nicht zu schnell zu fahren, auf der Party keinen Alkohol zu trinken und auf die anderen aufzupassen, o Mann, ja, klar, aber immer doch. Alles nur, damit sie so lange zufrieden waren, bis er endlich abhauen durfte, und dann … ab geht die Luzie!

Er öffnete die Fahrertür des Buick und beugte sich über das Lenkrad. Sandy wappnete sich für den *Ruck*, mit dem er jetzt durchaus rechnete. Diese Ahnung musste sich auch auf Dicky übertragen haben, denn Sandy spürte, wie der seine Gürtelschlaufen packte. Curt fasste hinein, fasste noch weiter und hob dann den Schuhkarton mit den Grillen heraus. Er spähte durch die Luftlöcher. »Sieht so aus, als wären sie alle noch da«, sagte er und klang ein wenig enttäuscht.

»Man sollte doch meinen, die wären verbrutzelt«, sagte Dicky-Duck. »Bei dem ganzen Feuer.«

Aber da war kein Feuer gewesen – nur Licht. An den Schuppenwänden war kein einziger Brandfleck, und das Thermometer, das sahen sie, zeigte dreizehn Grad an, und diesem Messwert nicht zu trauen führte nicht weiter, da ihnen aus dem Schuppen muffige Kälte entgegenkam. Dennoch wusste Sandy, wie Dicky Eliot das meinte. Wenn einem von dem blendend grellen Licht noch der Kopf dröhnte und einem die letzten Nachbilder noch vor den Augen schwirrten, war es schwer zu glauben, dass ein paar Grillen, die sich am Nullpunkt der Lichteruption befunden hatten, das alles unversehrt überstanden hatten.

Doch das hatten sie. Und zwar alle, wie sich dann herausstellte. Wie auch der Ochsenfrosch, nur dass seine gelbschwarzen Augen nun trüb aussahen. Er war zwar noch da, aber als er dann loshüpfte, hüpfte er direkt an die Käfigwand. Er war erblindet.

Curt öffnete den Kofferraum und wich dabei zurück, eine fast balletthafte Bewegung, die die meisten Polizisten beherrschen. Sandy machte sich an der Tür wieder bereit, hielt mit beiden Händen das durchhängende Seil und wappnete sich für den Fall, dass es sich spannte. Dicky-Duck packte wieder seine Gürtelschlaufen. Und wieder geschah nichts.

Curt beugte sich über den Kofferraum.

»Kalt hier drin!«, rief er. Seine Stimme klang hohl und eigenartig fern. »Und da ist auch wieder dieser Geruch, dieser Kohlgestank. Und es riecht auch nach Pfefferminze. Und ... warte mal ...«

Sandy wartete. Als nichts folgte, rief er nach Curt.

»Ich glaube, das ist Salz«, sagte Curt. »Fast wie Meersalz. Das hier ist der Ausgangspunkt, direkt hier im Kofferraum. Da bin ich mir sicher.«

»Und wenn es die Lost Dutchman Mine ist – ist mir egal«, sagte Sandy. »Ich will, dass du da rauskommst. Auf der Stelle.«

»Nur noch einen Augenblick.« Er beugte sich weiter über den Kofferraum, und Sandy rechnete schon fast damit, dass er vornüberkippen würde, als ob ihn irgendwas hineinzog. Aber dann war er doch nicht so dumm und hob einfach nur Matt Babickis Blumenkasten heraus. Er drehte sich um und hielt ihn hoch, damit Sandy und Dicky ihn sehen konnten. Die Blumen sahen unversehrt aus. Ein paar Tage später gingen sie dann ein, aber das hatte keine übernatürlichen Ursachen; sie waren im Kofferraum des Wagens erfroren, wie sie auch erfroren wären, hätte Curtis sie längere Zeit in einen Gefrierschrank gestellt.

»Bist du noch nicht fertig?« Sandy merkte, dass er sich schon wie die olle Oma Dearborn anhörte, aber er konnte einfach nicht anders.

»Doch, schätze mal schon.« Curtis klang enttäuscht. Sandy zuckte zusammen, als Curt den Kofferraumdeckel zuknallte, und hinten an seiner Hose spannten sich Dickys Finger. Sandy hatte das Gefühl, dass der alte Dicky-Duck drauf und dran gewesen war, ihn von der Tür weg und mit dem Hintern voran auf den Parkplatz zu zerren. Dann ging

Curt langsam auf sie zu, den Froschkäfig, den Schuhkarton und den Blumenkasten übereinander gestapelt auf den Armen. Sandy wickelte das Seil auf, damit Curt nicht darüber stolperte.

Als Curt draußen war, nahm Dicky den Käfig und betrachtete verwundert den blinden Ochsenfrosch. »Das ist echt die Krönung«, sagte er.

Curt löste die Schlinge von seiner Taille, kniete sich dann auf den Boden und machte den Schuhkarton auf. Mittlerweile hatten sich vier oder fünf andere Trooper bei ihnen eingefunden. Die Grillen hüpften heraus, sobald Curt den Deckel hob, aber Curtis und Sandy konnten sie noch zählen. Es waren acht, wie auch der nutzlose Motor des Buick da drüben acht Zylinder hatte. Acht – dieselbe Anzahl von Grillen wie vor dem Experiment.

Curt blickte empört und enttäuscht. »Nichts«, sagte er. »Und das kommt jedes Mal dabei heraus. Wenn es da irgendeine Formel gibt – irgendeine Binominalverteilung oder eine Gleichung zweiten Grades oder so was –, dann sehe ich sie nicht.«

»Dann solltest du es vielleicht aufgeben«, sagte Sandy.

Curt senkte den Kopf und sah den Grillen nach, die, jede für sich, über den Parkplatz hüpften. Sie gingen ihrer jeweiligen Wege, und keine je von Mathematikern erdachte Gleichung konnte vorhersagen, wo sie im Einzelnen abbleiben würden. Curt hatte immer noch die Schutzbrille am Hals hängen. Er nestelte kurz daran herum und sah dann Sandy an. Er hatte einen starren Zug um den Mund. Die Enttäuschung war aus seinem Blick gewichen, und stattdessen war da wieder die alte, förmlich irre Abenteuerlust.

»Ich glaube nicht, dass ich schon so weit bin«, sagte er. »Da muss es doch …«

Sandy wartete, und als Curt nicht weitersprach, fragte er ihn: »Was muss es da geben?«

Doch Curtis schüttelte nur den Kopf, als könnte – oder wollte – er das nicht sagen.

Drei Tage vergingen. Sie warteten auf ein weiteres Fledermauswesen oder einen erneuten Laub-Wirbelsturm, aber auf diese Lightshow folgte unmittelbar nichts; der Buick stand einfach nur da. Es war ruhig in der Gegend von Pennsylvania, für welche die Troop D zuständig war, vor allem während der Nachmittagsschicht, und Sandy Dearborn war das nur recht so. Noch einen Tag, dann hatte er zwei Tage frei. Und wenn er wiederkam, saß Tony Schoondist wieder auf dem Chefsessel, wo er auch hingehörte. Die Temperatur im Schuppen B hatte sich immer noch nicht der Außentemperatur angeglichen, aber es fehlte nicht mehr viel. Sie war auf achtzehn Grad gestiegen, und achtzehn Grad hielt die Troop D mittlerweile für sicheres Terrain.

Während der ersten achtundvierzig Stunden nach der großen Lightshow hatten sie rund um die Uhr jemanden da draußen gehabt. Als nach vierundzwanzig Stunden noch nichts passiert war, fingen einige Männer an, sich über die vielen Überstunden zu beklagen, und Sandy konnte es ihnen nicht verdenken. Es waren natürlich unbezahlte Überstunden ohne Freizeitausgleich. Es ging nicht anders. Wie hätten sie wegen der Überwachung des Schuppens in Scranton Überstundenlisten einreichen sollen? Was hätten sie in der Spalte **ANLASS** eintragen sollen?

Curt Wilcox war zwar nicht gerade begeistert, dass die Rund-um-die-Uhr-Überwachung aufgehoben wurde, fügte sich aber den Realitäten. In einer kurzen Besprechung mit dem stellvertretenden SC einigte man sich darauf, den Buick eine Woche lang stichprobenweise zu observieren, was hauptsächlich die Trooper Dearborn und Wilcox erledigen würden. Und falls Tony das nicht gefiel, wenn er aus dem sonnigen Kalifornien heimkehrte, konnte er es ja immer noch ändern.

Und dann kam dieser Sommerabend kurz vor der Sonnenwende; es war acht Uhr und die Sonne war noch nicht untergegangen, sondern hing rot und prall über den Short Hills und warf mit ihrem letzten Licht lange Schatten. Sandy war in seinem Büro und tüftelte den Dienstplan fürs Wochenende aus, und mittlerweile saß er schon sehr bequem auf dem Chefsessel. Manchmal konnte er sich gut vorstellen, dauerhaft Platz darauf zu nehmen, und auch an diesem Sommerabend ging es ihm so. *Ich glaube, ich könnte diesen Job machen* – das ging ihm gerade durch den Sinn, als George Morgan in Wagen 11 die Auffahrt hochkam. Sandy winkte ihm kurz zu und lächelte, als George daraufhin seine breite Hutkrempe kurz antippte: Grüß dich, Kollege.

George fuhr während dieser Schicht Streife, war aber zufällig gerade in der Nähe und wollte auf dem Hof tanken. In den Neunzigerjahren bestand diese Möglichkeit für die Pennsylvania State Trooper nicht mehr, aber 1983 konnte man seinen Sprit noch daheim zapfen und dem Bundesstaat so ein paar Pennies sparen. Er hängte den Zapfhahn in den Tankstutzen, stellte auf langsame Automatik und schlenderte hinüber zum Schuppen B, um mal hineinzuschaun.

Drinnen brannte Licht (das ließen sie immer an), und da stand er, der weiße Elefant der Troop D, der Buick Baujahr '58, und sein Chrom schimmerte, und er sah nicht so aus, als hätte er je einen State Trooper verschlungen, einen Frosch geblendet oder ein Fledermauswesen ausgespuckt. George, dem noch ein paar Jahre bis zu seiner persönlichen Ziellinie blieben (zwei Dosen Bier und dann die Pistole in den Mund, bis hinter den Gaumen vorgeschoben, damit es auf jeden Fall klappte – wenn ein Polizist sich umbringen will, kriegt er das normalerweise auch hin), stand dort am Schuppentor, wie sie es alle von Zeit zu Zeit taten, und nahm die Haltung ein, die sie bei dieser Gelegenheit anscheinend alle einnahmen, entspannt und breitbeinig wie ein Schaulustiger am Rande einer Großbaustelle in der Stadt, die Hände auf den Hüften (Pose A) oder die Arme vor der Brust verschränkt (Pose B) oder, an besonders hellen Tagen, mit den Händen seitlich das Gesicht abschirmend (Pose C). Es ist eine Haltung, die ausdrückt, dass der betreffende Schaulustige ein Mann ist, der für vieles eine Lösung weiß, ein Durchblicker und Universalfachmann, der viel Zeit hat, über Steuern, Politik oder die Frisuren der Jugend zu diskutieren.

George schaute kurz hinein und wollte eben schon kehrtmachen, als drinnen ein dumpfer, wuchtiger Schlag ertönte. Dem folgte eine lange Stille (eine so lange Stille, dass er, wie er Sandy später erzählte, schon glaubte, er habe sich das Geräusch nur eingebildet), und dann gab es einen zweiten Knall. George sah, wie sich der Kofferraumdeckel des Buick in der Mitte kurz ein wenig hob. Er ging zur Schuppentür und wollte der Sache nachgehen. Dann fiel ihm wieder ein, womit er es hier zu tun hatte – mit einem Auto, das ab und zu Menschen verschluckte. Er blieb stehen und sah sich nach jemandem um, nach Unterstützung, konnte aber niemanden entdecken. Es ist nie ein Polizist zur Stelle, wenn man mal einen braucht, das wussten ja sogar die Normalbürger. Er überlegte noch, allein in den Schuppen zu gehen, dachte dann aber an Ennis – der nach vier Jahren immer noch nicht zum Abendessen heimgekehrt war – und lief stattdessen zur Kaserne.

»Komm mal bitte, Sandy.« George stand außer Atem und ängstlich blickend an der Tür. »Ich glaube, einer dieser Idioten hat einen anderen Idioten im Kofferraum dieser verdammten Landplage im Schuppen B eingesperrt. Soll wohl 'n Scherz sein.«

Sandy starrte ihn wie vom Donner gerührt an. Er konnte (oder wollte vielleicht auch) nicht glauben, dass *irgend-*

jemand, und sei es dieser Trottel Santerre, zu so etwas fähig wäre. Aber Menschen waren durchaus zu so etwas in der Lage, das wusste er. Und er wusste auch noch etwas: Oft meinten sie es, so unglaublich das auch erschien, nicht einmal böse.

George hielt die Verblüfftheit des stellvertretenden SC fälschlicherweise für Unglauben. »Ich kann mich irren, aber ich schwör's dir: Ich will dich nicht reinlegen. Irgendwas klopft an den Kofferraumdeckel. *Von innen.* Hört sich an wie eine Faust. Ich wollte schon alleine reingehen, hab's mir dann aber anders überlegt.«

»Das war klug von dir«, sagte Sandy. »Komm, gehn wir.«

Sie eilten aus dem Büro, und Sandy sah nur noch kurz in der Küche nach und brüllte zum Aufenthaltsraum hoch. Keiner da. Irgendjemand war doch immer in der Kaserne – warum denn jetzt ausgerechnet nicht? Weil nie ein Polizist zur Stelle ist, wenn man mal einen braucht – darum. Herb Avery hatte an diesem Abend Leitstellendienst, und wenigstens der war da und kam zu ihnen.

»Soll ich jemanden von der Streife zurückrufen, Sandy? Kann ich machen, wenn du willst.«

»Nein.« Sandy sah sich um und versuchte sich zu erinnern, wo er das Seil zuletzt gesehen hatte. Wahrscheinlich war es in der kleinen Hütte am Schuppen, es sei denn, irgendein Vollidiot hatte es, wie eigentlich nicht anders zu erwarten, mit nach Hause genommen, um damit irgendwas hochzuhieven. »Gehn wir, George.«

Die beiden überquerten im roten Licht des Sonnenuntergangs den Parkplatz und warfen fast endlos lange Schatten dabei. Erst gingen sie zum Schuppentor, um sich die Sache mal anzusehen. Der Buick stand da, wie er immer dagestanden hatte, seit ihn der alte Johnny Parker hineingeschleppt hatte (Johnny war mittlerweile in Rente und überstand die Nächte nur noch mit einer Sauerstoffflasche neben dem

Bett, rauchte aber wacker weiter), und warf seinen Schatten auf den Betonboden.

Sandy wollte sich schon abwenden und in der Hütte nach dem Seil suchen, als erneut ein Schlag ertönte. Laut und dumpf, aber nicht sehr energisch. Der Kofferraumdeckel erbebte und dellte sich kurz in der Mitte. Für Sandy sah es so aus, als hätte die Federung des Roadmaster tatsächlich gezittert.

»Da! Siehst du?«, sagte George. Er wollte noch etwas hinzufügen, aber da sprang der Kofferraumdeckel des Buick auf und der Fisch plumpste heraus.

Es war natürlich genauso wenig ein Fisch, wie das Fledermauswesen eine Fledermaus gewesen war, aber Sandy und George erkannten auf Anhieb, dass es nicht dazu geschaffen war, an Land zu leben; auf der Seite, die sie sehen konnten, hatte es nicht nur eine Kieme, sondern vier parallel angeordnete Schlitze in einer Haut, die den Farbton dunkel angelaufenen Silbers hatte. Es hatte einen zottigen, membranartigen Schwanz. Mit einem letzten, krampfhaften Zucken hatte es sich aus dem Kofferraum befreit. Seine hintere Hälfte beugte und spannte sich, und Sandy dachte, dass es damit wahrscheinlich ausgeschlagen hatte. Ja, das war klar, aber wie etwas derart Großes jemals in den geschlossenen Kofferraum des Buick gepasst hatte, kapierten sie beide nicht. Denn was da mit einem Klatschen auf dem Betonboden von Schuppen B gelandet war, hatte die Ausmaße eines Sofas.

George und Sandy hielten sich aneinander fest wie Kinder und kreischten los. Für einen Moment *waren* sie wieder Kinder, war jeder erwachsene Gedanke aus ihren Hirnen gedrängt. In der Kaserne fing Mister Dillon an zu bellen.

Das Wesen lag da auf dem Boden und war genauso wenig ein Fisch wie ein Wolf ein Haustier war – auch wenn er so ähnlich aussah wie ein Hund. *Dieser* Fisch war in jedem Fall nur bis zu seinen violetten Kiemenschlitzen ein Fisch. Wo bei einem Fisch der Kopf gewesen wäre – etwas, das beruhigenderweise wenigstens Augen und ein Maul gehabt hätte –, hatte das hier einen großen Knäuel nackter, rosafarbener Dinger, die für Tentakeln zu dünn und steif und für Haare zu dick waren. Jedes Einzelne lief in einen schwarzen Knoten aus, und Sandys erster schlüssiger Gedanke war: *Eine Garnele – die obere Hälfte ist so eine Art Garnele, und das Schwarze sind die Augen.*

»Was ist denn?«, rief jemand. »Was ist da los?«

Sandy drehte sich um und sah Herb Avery auf der Hintertreppe. Er blickte ganz wild und hatte seine Ruger gezogen. Sandy machte den Mund auf, aber zunächst kam nur ein leises, feuchtes Keuchen heraus. George hatte sich nicht mal umgedreht; er glotzte immer noch durchs Fenster, und die Kinnlade war ihm heruntergeklappt.

Sandy atmete tief durch und setzte neu an. Was ein Ruf werden sollte, kam nur heraus wie das Keuchen nach einem Schlag in die Magengrube, aber immerhin. »Alles in Ordnung, Herb. Alles in Butter. Geh wieder rein.«

»Und wieso habt ihr dann –«

»Geh rein!« *Na, das war doch schon ein bisschen besser,* dachte Sandy. »Geh rein, Herb. Und steck die Waffe weg.«

Herb sah zu seiner Pistole hinunter, als wäre er sich bis dahin gar nicht bewusst gewesen, dass er sie gezogen hatte. Er steckte sie wieder in sein Holster und sah Sandy mit einem Blick an, als wollte er fragen, ob er sich da sicher sei. Sandy machte scheuchende Handbewegungen und dachte: *Oma Dearborn sagt, du sollst wieder reingehen, verdammt noch mal!*

Herb ging und rief Mister D zu, er solle endlich mit dem blöden Gebelle aufhören.

Sandy wandte sich zu George um, der kalkweiß geworden war. »Es hat geatmet, Sandy – oder versucht zu atmen.

Die Kiemen haben sich bewegt, und die Seite hat sich gehoben und gesenkt. Jetzt hat es aufgehört.« Seine Augen waren weit aufgerissen, wie bei einem Kind, das gerade einen Autounfall miterlebt hatte. »Ich glaube, es ist tot.« Seine Lippen zuckten. »Mann, ich *hoffe*, es ist tot.«

Sandy sah hinein. Erst war er sicher, dass George sich irrte: Das Ding war noch am Leben. Es atmete immer noch oder versuchte zu atmen. Dann wurde ihm klar, was er da sah, und er befahl George, die Videokamera aus der Hütte zu holen.

»Was ist mit dem Seil?«

»Das Seil brauchen wir nicht. Wir gehen da nicht rein – jedenfalls noch nicht. Aber hol die Kamera. So schnell du kannst.«

George ging, nicht sehr sicher auf den Beinen, um den Schuppen herum. Der Schock steckte ihm in allen Gliedern. Sandy blickte wieder hinein und schirmte sich dabei vor dem roten Licht des Sonnenuntergangs die Augen seitlich mit den Händen ab. Im Schuppen regte sich durchaus etwas, aber es war kein Leben, was sich da regte. Es war Dunst, der von der silberfarbenen Flanke und aus den dunkelroten Kiemenschlitzen des Wesens aufstieg. Das Fledermausding war nicht verwest, aber das Laub war schnell verrottet. Dieses Ding hier zersetzte sich nun wie das Laub, und Sandy hatte das Gefühl, dass die Verwesung, einmal begonnen, schnell fortschreiten würde.

Auch dort draußen vor dem verschlossenen Tor konnte er es riechen. Ein säuerlicher, wässriger Kohl-, Gurken- und Salzgestank, der Gestank einer Brühe, die man vielleicht jemandem einflößen würde, den man erst so richtig krank machen wollte.

Von der Seite stieg weiter Dunst auf; er kam auch aus dem wirren Knäuel rosafarbener Schnüre, das anscheinend den Kopf des Wesens bildete. Sandy meinte, ein leises Zischen zu hören, wusste aber, dass das ebenso gut auch Einbildung sein konnte. Dann tat sich in den gräulich silberfarbenen Schuppen ein schwarzer Schlitz auf, der sich vom zerfledderten Nylon des Schwanzes bis zur hintersten Kieme erstreckte. Eine schwarze Flüssigkeit, wahrscheinlich das gleiche Zeug, das Arky und Huddie auch unter dem Kadaver des Fledermauswesens gefunden hatten, begann herauszutropfen – träge zunächst, doch dann schon ein wenig schneller. Jetzt konnte Sandy eine ominöse Wölbung erkennen, die sich hinter dem Schlitz in der Haut bildete. Das war nun ebenso wenig Einbildung wie das Zischen. Der Fisch verweste nicht nur, nein, er *verging*. Er erlag irgendeiner unvorstellbaren Druckänderung oder Änderung seiner gesamten Umwelt. Sandy musste an etwas denken, das er mal gelesen hatte (vielleicht hatte er es auch in einer *National Geographic*-Sendung im Fernsehen gesehen): dass nämlich manche Tiefseewesen, wenn man sie aus ihrem Lebensraum heraufzerrte, einfach platzten. Etwas Ähnliches sah er jetzt hier, glaubte er.

»*George!*«, brüllte er aus voller Kehle. »*Mann, beeil dich!*«

George kam um die Ecke des Schuppens gehastet, das Stativ oben haltend, wo die Alubeine zusammentrafen. Das Objektiv der Videokamera starrte über seine Faust hinweg, sah im letzten roten Licht des Tages aus wie der Augapfel eines Betrunkenen.

»Ich hab das Stativ nicht abgekriegt«, keuchte er. »Da ist irgendein Riegel oder Schloss dran, und wenn ich Zeit hätte, mir das mal anzusehn – oder vielleicht hab ich das Scheißding auch falsch rum gedreht –«

»Macht nichts.« Sandy riss ihm die Videokamera aus der Hand. Es war kein Problem, dass das Stativ dran war; die Beine waren seit Jahren auf die Höhe der Fenster in den Schuppentoren eingestellt. Ein Problem gab es erst, als Sandy die Kamera anschaltete und in den Sucher sah. Statt eines Bildes sah er dort in roten Lettern BATTERIE FAST LEER.

»Hagel und Granaten! So ein Murks! Lauf noch mal in die Hütte, George! Guck auf dem Regal mit den Leerkassetten nach! Hol die andere Batterie!«

»Aber ich will doch sehen, was –«

»Mir egal! Los!«

George rannte zurück. Der Hut saß ihm schief auf dem Kopf, was einen eigenartig flotten Eindruck machte. Sandy drückte auf den Aufnahmeknopf seitlich an der Kamera, wusste nicht, was er da bekommen würde, hoffte aber auf irgendwas. Doch als er wieder in den Sucher sah, verblasste nun auch noch die Batterieanzeige.

Curt bringt mich um, dachte er.

Er sah eben noch rechtzeitig wieder durchs Schuppenfenster, um den Albtraum mitzubekommen. Das Ding riss von vorne bis hinten auf und gab jetzt eine wahre Flut schwarzer Flüssigkeit von sich, die sich, wie bei einem verstopften Abfluss, über den Boden verteilte. Dann platzten widerliche Eingeweide hervor, schwabbelnde Beutel aus gelblich rotem Glibber. Die meisten davon platzten auf und fingen an zu dampfen, als sie mit der Luft in Berührung kamen.

Sandy wandte sich ab, drückte sich eine Hand vor den Mund, bis er sicher sein konnte, dass er sich nicht erbrechen würde, und rief dann: »Herb! Wenn du dir das immer noch ansehn willst, ist jetzt *die* Gelegenheit! Komm so schnell du kannst!«

Wieso sein erster Einfall darin bestanden hatte, Herb Avery herbeizurufen, wusste Sandy später nicht zu sagen. In diesem Moment aber kam ihm das absolut vernünftig vor. Hätte er nach seiner Mutter gerufen, dann hätte ihn das auch nicht gewundert. Manchmal lassen einen Vernunft und Logik eben einfach im Stich. In diesem Moment wollte er Herb dabeihaben. Die Leitstelle durfte nie unbesetzt sein, das war eine Grundregel, die jeder bei der Polizei auf dem Lande kannte. Aber Regeln waren dazu da, gebrochen zu werden, und Herb würde in seinem ganzen Leben nie wieder so etwas sehen, keiner von ihnen würde das, und wenn Sandy es schon nicht auf Video aufnehmen konnte, hatte er so doch wenigstens einen Zeugen. Zwei, wenn George je wiederkam.

Herb kam aus der Kaserne gerannt, als hätte er die ganze Zeit über an der Hintertür gestanden und durch die Fliegengaze zugeschaut. In dem roten Licht sprintete er über den fast verwaisten Parkplatz. Er sah ebenso ängstlich wie lebhaft interessiert aus. Als er dort ankam, raste George gerade mit Volldampf um die Schuppenecke und fuchtelte mit einer frischen Batterie für die Videokamera. Er sah aus wie ein Quizshowkandidat, der gerade den großen Preis gewonnen hatte.

»O Mann, was ist denn das für ein Gestank?«, fragte Herb und hielt sich eine Hand vor Mund und Nase und war nach *Mann* kaum noch zu verstehen.

»Der Gestank ist noch nicht mal das Schlimmste«, sagte Sandy. »Schau's dir lieber an, solange es noch da ist.«

Beide schauten sie hinein und schrien vor Ekel auf. Der Fisch war mittlerweile in ganzer Länge aufgeplatzt und sank in sich zusammen – sank in die schwarze Flüssigkeit, die anscheinend sein Blut war. Weiße Schwaden stiegen von dem Kadaver und den Eingeweiden auf, die aus dem klaffenden Riss geplatzt waren. Der Dunst war so dicht wie der Rauch, der von einem schwelenden, feuchten Laubhaufen aufstieg. Bald hüllte er den Buick ein, bis der Roadmaster nur noch ein Geisterauto war.

Hätte es mehr zu sehen gegeben, dann hätte Sandy vielleicht noch länger an der Kamera herumgefummelt, hätte die Batterie vielleicht erst mal falsch herum eingelegt oder den ganzen Apparat in seiner täppischen Hast umgestoßen und kaputtgemacht. Doch dass dort, so sehr er sich auch beeilte, kaum noch etwas zu filmen war, hatte eine beruhigende Wirkung auf ihn, und er setzte die Batterie auf Anhieb richtig herum ein. Als er nun wieder in den Sucher blickte, bekam er ein helles, deutliches Bild, auf dem aber nicht viel zu sehen war: ein sich auflösendes amphibisches Wesen, das möglicherweise ein fantastisches Seeungetüm auf dem Trockenen war, möglicherweise aber auch nur eine Fischvariante des Riesen von Cardiff, die auf einem versteckten Block Trockeneis lag. Auf der Kassette, die er an diesem Abend aufnahm, kann man etwa zehn Sekunden lang recht deutlich das rosafarbene Gewirr erkennen, das den Kopf der Amphibie bildete, und dazu einige sich schnell verflüssigende rote Klumpen vor dem Kadaver; ferner sieht man etwas, das wie schmutziger Meerschaum aussieht, aus dem Schwanz des Wesens quellen und in einem trägen Bächlein über den Betonboden rinnen. Dann ist das Wesen, das zuckend aus dem Kofferraum des Buick geplumpst war, größtenteils verschwunden, nur noch ein Schatten im Nebel. Auch der Wagen ist kaum noch zu sehen. Der offen stehende Kofferraum aber ist trotz des Dunstes noch zu erkennen und sieht aus wie ein weit aufgesperrtes Maul. Kommt näher, Kinder, seht euch dieses lebendige Krokodil an!

George trat würgend und kopfschüttelnd beiseite. »Mann, dieser *Gestank!*«

Sandy dachte wieder an Curt, der ausnahmsweise gleich nach Feierabend nach Hause gefahren war. Michelle und er hatten Großes vor: ein Abendessen im Cracked Platter in Harrison und anschließend einen Film im Kino. Das Essen war vermutlich mittlerweile vorbei, und jetzt saßen sie wahrscheinlich im Kino. Und in welchem? Es gab drei im näheren Umkreis. Hätten sie Kinder gehabt statt dieser Vision eines Babys, dann hätte Sandy bei ihnen zu Hause anrufen und den Babysitter fragen können. Aber hätte er das denn getan? Vielleicht nicht. Nein, wahrscheinlich nicht. Curt war im Laufe der vergangenen anderthalb Jahre etwas ruhiger geworden, und Sandy hoffte, das würde so weitergehen. Er hatte Tony des Öfteren sagen hören, dass man bei jeder Polizeieinheit, die etwas taugte, den Wert eines Mannes am besten anhand der aufrichtigen Antwort auf eine einzige Frage einschätzen könne: Wie läuft es bei dir zu Hause? Es war eben nicht nur ein gefährlicher, sondern auch ein *verrückter* Job, der einem jede Menge Gelegenheit bot, die allerschlimmsten Dinge mitzuerleben. Damit ein Polizist diese Arbeit über lange Zeit gut und vor allem *fair* erledigen konnte, brauchte er einen Halt. Curt hatte Michelle und (vielleicht) demnächst ein Kind. Es war besser, wenn er nur dann zur Kaserne brauste, wenn es unbedingt nötig war, vor allem, wenn er wegen der Gründe auch noch lügen musste. Eine Ehefrau nahm tollwütige Füchse und kurzfristige Dienstplanänderungen nicht ewig einfach so hin. Er würde wütend darüber sein, dass man ihn nicht gerufen hatte, und noch wütender würde er sein, wenn er die vermurkste Videoaufzeichnung sah, aber damit würde Sandy zurechtkommen. Er musste damit zurechtkommen. Schließlich trug er die Verantwortung.

Am nächsten Tag war es kühl, und eine frische Brise wehte. Sie machten beim Schuppen B beide Tore auf und lüfteten ihn gut sechs Stunden lang durch. Dann gingen vier Trooper mit Schläuchen hinein, angeführt von Sandy und Trooper Wilcox, der eine steinerne Miene zur Schau trug. Sie spritzten den Betonboden ab und spülten die letzten verwesenden Klumpen des Fischs ins hohe Gras hinter dem Schuppen. Im Grunde war es genau das Gleiche wie bei der Fledermaus, nur dass die Sauerei größer war und hinterher weniger vorzuzeigen blieb. Letztlich ging es dabei mehr um Curtis Wilcox und Sandy Dearborn als um die Überreste dieses großen unbekannten Fischs.

Curt war wirklich stinksauer, dass man ihn nicht gerufen hatte, und die beiden Polizeibeamten führten eine ausgesprochen lebhafte Diskussion über dieses Thema – und auch über andere Themen –, als sie dann einen Ort gefunden hatten, an dem ihnen niemand zuhören konnte. Es war der Parkplatz hinter dem Tap, wo sie nach dem Reinigungseinsatz ein Bier getrunken hatten. In der Kneipe hatten sie sich noch normal unterhalten, aber sobald sie draußen waren, wurden sie immer lauter. Bald ließen sie einander nicht mehr ausreden, und das führte, wie das meistens so ist, dazu, dass sie einander anbrüllten.

Mann, ich fass es nicht, dass du mich nicht gerufen hast.

Du hattest frei, du warst mit deiner Frau aus, und außerdem gab es sowieso nichts zu sehn.

Das hättest du mich doch wohl selber –

Dafür blieb keine –

– entscheiden lassen können, Sandy –

– keine Zeit! Es ist alles so schnell –

Dann hättest du wenigstens ein halbwegs anständiges Video für die Akten –

Was für Akten denn, Curtis? Hä? Wer führt denn hier eine Akte?

Da standen die beiden schon Nase an Nase, hatten die Fäuste geballt und waren tatsächlich drauf und dran, sich zu prügeln. Es gibt Momente im Leben, die keine Rolle spielen, und es gibt wichtige Momente im Leben, und dann gibt es da die Momente – vielleicht ein Dutzend Mal im Leben –, in denen alles auf der Kippe steht. Als er da auf dem Parkplatz den Jungen, der kein Junge mehr war, den Polizeischüler, der kein Polizeischüler mehr war, verdreschen wollte, wurde Sandy bewusst, dass er an einem solchen Moment angelangt war. Er mochte Curt, und Curt mochte ihn. Sie hatten in den vergangenen Jahren gut zusammengearbeitet. Aber wenn das hier auch nur noch einen Schritt weiter ging, würde sich das alles ändern. Alles hing davon ab, was er als Nächstes sagte.

»Es hat gestunken wie ein Korb voller Nerze.« Das war

es, was er sagte. Diese Bemerkung flog ihm von irgendwoher zu. »Sogar draußen noch.«

»Woher willst du denn wissen, wie ein Korb voller Nerze stinkt?« Curt musste lächeln, nur ganz flüchtig.

»Sagen wir mal: dichterische Freiheit.« Jetzt lächelte auch Sandy, aber ebenfalls nur ganz flüchtig. Jetzt stimmte die Richtung, aber aus dem Gröbsten waren sie noch nicht heraus.

»Hat es schlimmer gestunken als die Schuhe von dieser Nutte? Der aus Rocksburg?«

Sandy lachte los. Curt lachte mit. Und mit einem Mal stand es nicht mehr auf der Kippe.

»Komm mit rein«, sagte Curt. »Ich geb dir noch 'n Bier aus.«

Sandy wollte kein Bier mehr trinken, stimmte aber zu, denn dabei ging es nicht um Bier, sondern um Schadensbegrenzung und darum, das Kriegsbeil zu begraben.

Als sie wieder drinnen in einer Ecknische saßen, sagte Curt: »Ich habe in diesen Kofferraum reingefasst, Sandy. Ich habe ihn abgeklopft.«

»Ich auch.«

»Und ich hab auch druntergelegen. Das ist kein Zaubertrick, keine Kiste mit doppeltem Boden.«

»Und selbst wenn es so wäre: Das war kein weißes Kaninchen, das da gestern rausgekommen ist.«

Curtis sagte: »Damit Dinge verschwinden, müssen sie nur in der *Nähe* sein. Aber wenn Dinge auftauchen, kommen sie immer aus dem Kofferraum. Stimmst du mir da zu?«

Sandy dachte darüber nach. Es hatte zwar keiner von ihnen das Fledermauswesen aus dem Kofferraum des Buick flattern sehen, aber der Kofferraum hatte offen gestanden. Und was die Blätter anging: Ja, Phil Candleton hatte gesehen, wie sie herausgewirbelt kamen.

»Stimmst du mir zu?« Er klang jetzt ungeduldig, und

sein Tonfall besagte, dass Sandy ihm einfach zustimmen *musste*, so offensichtlich war das.

»Wahrscheinlich ist es so, aber wir haben noch nicht genug Beweise, um uns da hundertprozentig sicher sein zu können«, erwiderte Sandy schließlich.« Ihm war klar, dass ihn diese Aussage in Curts Augen hoffnungslos dröge wirken ließ, aber so sah er das nun mal. »›Eine Schwalbe macht noch keinen Sommer.‹ Hast du den Spruch schon mal gehört?«

Curt schob die Unterlippe vor und schnaubte verärgert. »›Das ist doch klar wie Kloßbrühe.‹ Hast du *den* Spruch schon mal gehört?«

»Curt –«

Curt hob die Hände, wie um zu sagen: Nein, nein, sie müssten nicht wieder auf den Parkplatz und da weitermachen, wo sie aufgehört hatten. »Ich verstehe, was du damit meinst. Okay? Ich teile deine Meinung nicht, aber ich kann sie nachvollziehen.«

»Okay.«

»Aber sag mir mal eins: Wann werden wir denn mal genug Beweise haben, um zu Schlussfolgerungen kommen zu können? Nicht über das alles, Gott bewahre, aber vielleicht über ein paar der wichtigeren Punkte. Woher die Fledermaus und der Fisch gekommen sind, zum Beispiel. Also, wenn ich *das* klären könnte, wäre ich doch schon zufrieden.«

»Wahrscheinlich nie.«

Curt hob die Hände zu der von Zigarettenrauch verfärbten Kassettendecke und ließ sie dann wieder auf den Tisch plumpsen. »Aaah! Ich *wusste*, dass du das sagen würdest! Ich könnte dich er*würgen*, Dearborn!«

Sie sahen einander über den Tisch hinweg an und über die Biere, die keiner von ihnen hatte trinken wollen, und Curt fing an zu lachen. Sandy lächelte. Das Lächeln wuchs sich zu einem Grinsen aus. Und dann lachte auch er.

Jetzt: *Sandy*

An dieser Stelle unterbrach mich Ned. Er wolle reingehen und seine Mutter anrufen, sagte er. Ihr sagen, dass alles in Ordnung sei und er nur mit Sandy, Shirley und ein paar anderen in der Kaserne zu Abend esse. Sie belügen, mit anderen Worten. Wie auch schon sein Vater sie belogen hatte.

»Rührt euch nicht vom Fleck«, sagte er noch, als er schon an der Tür war. »Keinen Zentimeter.«

Als er weg war, sah Huddie mich an. Sein breites Gesicht wirkte nachdenklich. »Meinst du wirklich, es ist eine gute Idee, ihm das alles zu erzählen, Sarge?«

»Als Nächstes wird er sich die ganzen alten Videos ansehn wolln«, sagte Arky. »Ein Videoabend in der Hölle.«

»Ich weiß nicht, ob es eine gute Idee ist oder nicht«, sagte ich leicht gereizt. »Ich weiß bloß, dass es jetzt ein bisschen zu spät für einen Rückzieher ist.« Dann stand ich ebenfalls auf und ging in die Kaserne.

Ned telefonierte noch. »Wo gehst du hin?«, fragte er. Er hatte die Augenbrauen zusammengezogen, und ich musste wieder daran denken, wie ich mit seinem Vater Nase an Nase draußen vor dem Tap gestanden hatte, der schmierigen kleinen Kneipe, die Eddie Js zweite Heimat geworden war. Curt hatte an diesem Abend die Augenbrauen genauso zusammengezogen. Der Apfel fällt nicht weit vom Stamm.

»Nur auf die Toilette«, sagte ich. »Ganz ruhig, Ned, du bekommst schon, was du willst. Jedenfalls alles, was es da gibt. Aber du musst aufhören, auf die Pointe zu lauern. Es gibt keine Pointe.«

Ich ging aufs Klo und schloss die Tür hinter mir, ehe er etwas entgegnen konnte. Und dann empfand ich gut fünfzehn Sekunden lang pure Erleichterung. Wie Bier kann man auch Eistee nicht kaufen, nur mieten. Als ich wieder rauskam, saß niemand mehr auf der Raucherbank. Sie waren alle zum Schuppen B gegangen und schauten hinein. Jeder hatte ein Fenster für sich in dem Schuppentor, das zur Rückseite der Kaserne wies, und alle standen sie da in der altbekannten Pose wie Schaulustige an einer Großbaustelle. Nur dass es mir mit dieser Pose mittlerweile genau umgekehrt geht: Wenn ich heute an Leuten vorbeikomme, die vor einem Bauzaun oder an der Absperrung vor einem Baggerloch stehen, muss ich immer zuerst an den Schuppen B und den Buick 8 denken.

»Na, was gibt's da Spannendes zu sehn?«, rief ich ihnen zu.

Anscheinend nichts. Arky kam als Erster wieder, dicht gefolgt von Huddie und Shirley. Phil und Ned blieben noch ein wenig länger dort, und Curts Sohn kam als Letzter zurück zur Kasernenseite des Parkplatzes. Auch hier fiel der Apfel wieder nicht weit vom Stamm. Curtis war immer am längsten vor den Fenstern stehen geblieben. Wenn er denn Zeit dazu hatte. Er *nahm* sich aber nie extra Zeit dafür, denn der Buick hatte nie Vorrang. Wäre dem so gewesen, dann hätten wir uns mit ziemlicher Sicherheit an diesem Abend vor dem Tap geschlagen, statt die Sache mit einem Lachen beizulegen. Wir vertrugen uns wieder, weil es schlecht für die Troop gewesen wäre, wenn wir uns geprügelt hätten, und die Troop war ihm immer wichtiger als alles andere – als der Buick, seine Frau und seine Familie, als er dann eine hatte. Ich weiß noch, dass ich ihn mal gefragt habe, worauf er in seinem Leben am stolzesten sei. Das war so um 1986 herum, und ich hatte erwartet, er würde sagen, auf seinen Sohn. Seine Antwort aber lautete: *Darauf, dass ich diese Uniform trage.* Ich konnte das nachvollziehen, aber, ehrlich gesagt, entsetzte mich diese Antwort auch ein wenig. Aber das war seine Rettung, verstehn Sie? Der Stolz auf die Arbeit, die er leistete, und die Uniform, die er trug, gab ihm einen Halt, ohne den ihn der Buick möglicherweise aus dem Gleichgewicht gebracht und in eine wahnhafte Besessenheit getrieben hätte. Aber war der Dienst bei der Polizei nicht auch die Ursache für seinen Tod? Doch, vermutlich schon. Aber dazwischen lagen viele gute Jahre. Und jetzt war da dieser Junge, der einem Sorgen machte, weil er diese Arbeit, die ihm Halt gegeben hätte, nicht hatte. Er hatte nur eine Menge Fragen und glaubte naiverweise, er würde die Antworten darauf allein deshalb schon bekommen, weil er sie unbedingt hören wollte. *Quatsch mit Soße,* wie sein Vater vielleicht gesagt hätte.

»Es ist noch 'n Tick kälter geworden da drin«, sagte Huddie, als wir uns alle wieder gesetzt hatten. »Muss nichts bedeuten, aber vielleicht hat er ja noch ein oder zwei Überraschungen in petto. Wir halten besser mal die Augen offen.«

»Und was ist dann passiert, nachdem ihr euch fast geschlagen hättet?«, fragte Ned. »Und erzähl mir jetzt bitte nichts von Anrufen und Funksprüchen und irgendwelchen Routinedingen. Damit kenne ich mich aus. Schließlich lerne ich in der Leitstelle.«

Aber was lernte er dort? Was wusste er denn im Grunde, nachdem er mit offizieller Erlaubnis einen Monat lang in der Leitstelle gesessen hatte, mit dem Funkgerät dort und den Computern und Modems? Die Routine bei diesem Job und wie man funkte und telefonierte – ja, das hatte er sich schnell angeeignet, und er hörte sich unglaublich professionell an, wenn er sich am roten Telefon mit *State Police Statler, Troop D, PCO Wilcox am Apparat, was kann ich für Sie tun?* meldete –, aber wusste er auch, dass jeder Anruf und jeder Funkspruch Glied einer Kette war? Dass diese Ketten überall waren und mit jedem neuen Glied stärker wurden? Wie sollte man von einem jungen Mann, und sei er noch so klug, erwarten, das zu wissen? Das sind die Ketten, die wir im Leben schmieden, um mal ein Zitat von Jacob Marley abzuwandeln. Wir schmieden sie, wir tragen sie, und manchmal verbinden sie uns auch. Im Grunde hatte sich George Morgan nicht in seiner Garage erschossen; im Grunde hatte er sich in so einer Kette verfangen und sich daran aufgehängt. Das aber erst, nachdem er uns geholfen hatte, an einem brutal heißen Sommertag nach dem Tanklasterunglück in Poteenville Mister Dillon zu begraben.

Mit Funksprüchen und Anrufen hatte es nichts zu tun, dass Eddie Jacubois seine Freizeit immer mehr im Tap verbrachte; mit Polizeiroutine hatte es nichts zu tun, dass Andy Colucci seine Frau betrog, sich in flagranti erwischen ließ, sie um eine zweite Chance anflehte und keine bekam; und es gab keine Funk-Codes dafür, dass Matt Babicki ging und Shirley Pasternak kam. Es gibt halt einfach Dinge, die man nicht erklären kann, solange man nicht von diesen Ketten weiß, von denen manche die Liebe schmiedet und manche der pure Zufall. Wie Orville Garrett da weinend am eben zugeschütteten Grab von Mister Dillon kniete, das Halsband darauf legte und sagte: *Es tut mir so Leid, Partner, es tut mir so Leid.*

Oder auch die Nachfolgerauslese für den Posten des Sergeant Commanding, die Ende der Achtziger anfing, und das recht unverhohlene Konkurrenzgerangel zwischen Curt und mir, das damit einherging. Einer von uns beiden würde wahrscheinlich die Leitung der Troop D übernehmen, wenn Tony Schoondist in Ruhestand ging, und dieser Posten konnte sich als erste Sprosse einer Karriereleiter erweisen, die direkt nach Scranton führte. Die Frage war bloß, wem Tony dieses Angebot zuerst unterbreiten würde. Denn schließlich: Wer zuerst kommt, mahlt zuerst.

Aber war denn das alles wichtig für meine Geschichte? Ich fand schon. Der Junge sah das offensichtlich anders. Ich versuchte ihm immer wieder das Drumherum klarzumachen, aber er wies jeden dieser Zusammenhänge zurück, genau wie die Reifen des Buick alles abwiesen – ja, nicht mal der kleinste Kieselsplitter blieb in ihrem Profil hängen. Wenn man so ein Steinchen hineinsteckte, fiel es zehn oder fünfzehn Sekunden später unweigerlich wieder heraus. Tony hatte dieses Experiment gemacht; ich hatte es gemacht; der Vater dieses Jungen hatte es immer und immer wieder gemacht, oft vor laufender Videokamera. Und jetzt saß dieser Junge selber hier, in Zivil, und hatte keine graue Uniform, die ein Gegengewicht zu *seinem* Interesse an dem Buick gebildet hätte; hier saß er und wies auch noch im Angesicht des zweifellos gefährlichen Achtzylinderwunders seines Vaters alle Zusammenhänge zurück und wollte die Geschichte aus dem Kontext und aus ihrer Historie gerissen hören, aus allen Verkettungen gelöst. Er wollte nur das hören, was ihm in den Kram passte, und bildete sich in seinem Zorn ein, ein Recht darauf zu haben. Ich fand, dass er sich da irrte, und war einigermaßen sauer auf ihn, aber ich sage Ihnen ganz aufrichtig, dass ich ihn trotzdem liebte. Er war seinem Vater so ähnlich, verstehn Sie? Das ging bis zu diesem wilden, abenteuerlustigen Blick in seinen Augen.

»Den nächsten Teil kann ich dir nicht erzählen«, sagte ich. »Ich war nicht dabei.«

Ich wandte mich Huddie, Shirley und Eddie J zu. Alle schauten sie beklommen. Eddie sah mir nicht mal in die Augen.

»Was meint ihr?«, sagte ich. »PCO Wilcox will nichts

von Routinedingen hören, sondern nur die Geschichte.« Ich warf Ned einen ironischen Blick zu, den er entweder nicht verstand oder nicht verstehen wollte. »Oder vielleicht will er im Grunde auch nur eine Zusammenfassung der Geschichte und die spannendsten Szenen.«

»Sandy, was –«, setzte Ned an, aber ich hob wie ein Verkehrspolizist die Hand. Ich hatte dieser Sache Tür und Tor geöffnet, wahrscheinlich schon damals, als ich ihn zum ersten Mal den Rasen vor der Kaserne hatte mähen sehen und ihn nicht nach Hause geschickt hatte. Er wollte die Geschichte hören. Na gut, dann sollte er sie hören, und dann war das endlich erledigt.

»Der Junge wartet. Wer von euch hilft ihm weiter? Und ich will *alles* hören. Eddie.«

Er zuckte zusammen, als hätte ich ihm einen Klaps verpasst, und sah mich nervös an.

»Wie hieß der Typ noch? Der mit den Cowboystiefeln und der Nazi-Halskette?«

Eddie zwinkerte entsetzt. Sein Blick fragte, ob das mein Ernst sei. Über diesen Typ sprachen wir nicht, hatten wir jedenfalls bisher nicht gesprochen. Manchmal sprachen wir über den Tag des Tanklasterunglücks und lachten darüber, wie Herb und der andere Typ versucht hatten, bei Shirley gut Wetter zu machen, indem sie ihr hinten auf dem Hof einen Blumenstrauß pflückten (das war kurz bevor die Kacke dann so richtig am Dampfen war), aber nicht über den Typ mit den Cowboystiefeln. Nicht über ihn. Niemals. Aber jetzt, gottverdammich, würden wir über ihn sprechen.

»Leppler? Lippman? Lippier? Es war doch so was in der Richtung, nicht wahr?«

»Er hieß Brian Lippy«, sagte Eddie schließlich. »Ich kannte ihn ein bisschen von früher.«

»Tatsächlich?«, sagte ich. »Das wusste ich ja noch gar nicht.«

Ich fing mit dem nächsten Teil der Geschichte an, aber Shirley Pasternak erzählte dann, sobald sie darin vorkam, auch erstaunlich viel davon. Sie sprach mit einem warmen Tonfall, sah Ned dabei unverwandt in die Augen und legte eine Hand auf seine. Es wunderte mich nicht, dass sie es war, die weitererzählte, und es wunderte mich auch nicht, dass sich Huddie dann einschaltete und abwechselnd mit ihr weitermachte. Was mich aber doch wunderte, war, dass auch Eddie J sich zu Wort meldete und große Teile der Geschichte erzählte. Er sprach zunächst leise und zögerlich, aber als er zu der Stelle kam, wo er entdeckte, dass dieses Arschloch Lippy das Fenster eingetreten hatte, klang seine Stimme schon kräftig und stet, wie die eines Mannes, der sich an alles erinnerte und sich entschlossen hatte, nichts zu verheimlichen. Dabei blickte er weder Ned noch mich noch die anderen an. Er sah die ganze Zeit lang nur zu dem Schuppen hinüber, der ab und zu Monster gebar.

Damals

Im Sommer 1988 war der Buick 8 längst ein allgemein anerkannter Bestandteil des Lebens der Troop D geworden und gehörte einfach dazu, wie alles andere auch. Und wieso auch nicht? Wenn genug Zeit und guter Wille vorhanden sind, kann jede Missgeburt Teil einer jeden Familie werden. Und eben das war in den neun Jahren geschehen, seit der Mann im schwarzen Mantel (»Öl ist okay!«) und Ennis Rafferty verschwunden waren.

Das Ding führte von Zeit zu Zeit immer noch seine Lightshows auf, und auch Curt und Tony führten von Zeit zu Zeit weitere Experimente durch. 1984 probierte Curtis in dem Buick eine Videokamera aus, die sich ferngesteuert einschalten ließ (nichts geschah). 1985 versuchte Tony etwas Ähnliches mit einem Audiorekorder, einem Spitzenmodell von Wollensak (er bekam ein leises, an- und abschwellendes Summen drauf und in der Ferne Krähengeschrei, sonst aber nichts). Es gab noch ein paar weitere Tierversuche. Einige Versuchstiere starben, aber keins verschwand.

Im Großen und Ganzen wurde es ruhiger um den Buick. Wenn sich noch einmal Lightshows ereigneten, waren sie längst nicht mehr so kraftvoll wie die ersten Male (von der Mordsshow von 1983 ganz zu schweigen). Die meisten Schwierigkeiten bereitete der Troop D damals jemand, der überhaupt nichts von dem Buick wusste. Edith Hyams (auch bekannt als »Der Drache«) sprach weiterhin mit der Presse (wenn die Presse denn mal geneigt war zuzuhören) über das Verschwinden ihres Bruders. Sie beharrte immer noch darauf, es sei kein normales Verschwinden gewesen (woraufhin Sandy und Curt darüber nachgrübelten, was genau denn ein »normales Verschwinden« wäre). Ferner beharrte sie darauf, dass Ennis' Kollegen Mehr Wussten Als Sie Sagten. In diesem Punkt hatte sie natürlich vollkommen Recht. Curt Wilcox sagte verschiedentlich, wenn der Buick der Troop D je schaden würde, dann sei es das Werk dieser Frau. Doch wegen der Wirkung auf die Öffentlichkeit unterstützten Ennis' ehemalige Kollegen sie auch weiterhin. Eine bessere Versicherung hatten sie nicht, das wussten sie alle. Nach einer ihrer Pressekampagnen sagte Tony: »Kümmert euch nicht drum, Jungs; die Zeit arbeitet für uns. Denkt immer daran und lächelt einfach weiter.« Und damit hatte er Recht. Mitte der Achtziger riefen sie die meisten Pressevertreter schon nicht mehr zurück. Sogar WKML, der unabhängige Regionalsender, in dessen »Action-News um fünf« immer mal wieder berichtet wurde, im Lassburg Forest sei der Bigfoot gesichtet worden, und der mit so wohl überlegten Meldungen aufwartete wie **KREBS DURCH LEITUNGSWASSER: BALD AUCH IN IHRER STADT?**, verlor allmählich das Interesse an Edith.

Noch dreimal tauchte aus dem Kofferraum des Buick etwas auf. Einmal waren es sechs große, grüne Käfer, die nichts ähnelten, was man bei der Troop D je gesehen hatte. Curt und Tony blätterten einen ganzen Nachmittag lang an der Horlicks University ganze Stapel insektenkundlicher Fachbücher durch und entdeckten auch dort nichts Vergleichbares. Ja, schon diesen grünen Farbton hatte keiner von der Troop D jemals gesehen, obwohl niemand erklären konnte, was genau das Besondere daran war. Carl Brundage prägte dafür den Begriff »Kopfschmerzgrün«. Die Käfer hätten nämlich, sagte er, die gleiche Farbe wie die Migräneanfälle, die er manchmal bekam. Sie waren alle tot, als sie auftauchten. Wenn man mit einem Schraubenzieher an ihren Panzer klopfte, hörte es sich an, als wäre er ein Metallstück auf einem Holzblock.

»Willst du versuchen, sie zu sezieren?«, fragte Tony Curt.

»Willst *du*'s versuchen?«

»Nicht unbedingt, nein.«

Curt betrachtete die Käfer da im Kofferraum – die meisten lagen mit den Beinen nach oben auf dem Rücken – und seufzte. »Ich auch nicht. Was sollte das auch?«

Und daher wurden die Käfer nicht bei laufender Kamera an ein Korkbrett gesteckt und seziert, sondern kamen in eine Plastiktüte, und die Tüte wurde datiert und wanderte dann in den ramponierten grünen Aktenschrank im Keller. Nach der verheerend verlaufenen Obduktion des Fledermauswesens hatte Curt eingesehen, dass er hinterher wahrscheinlich genauso ahnungslos dastünde wie zuvor. Dass die außerirdischen Käfer unangetastet und nicht untersucht vom Kofferraum des Buick in den Aktenschrank im Keller wandern durften, war für ihn ein weiterer Schritt, es hinzunehmen. Doch trotzdem leuchtete in seinen Augen noch ab und zu der alte faszinierte Blick auf. Tony oder Sandy sahen ihn dann an einem der Schuppentore stehen und hineinspähen, und meistens hatte er dann dieses Strahlen in den Augen. Sandy nannte das in Gedanken immer »Curts verrückter Katzenblick«, aber das erzählte er niemandem, nicht mal dem alten Sarge. Die anderen verloren allmählich das Interesse an den Totgeburten des Buick, Trooper Wilcox aber nie.

Bei Curtis führte Vertrautheit nie zu Geringschätzung.

An einem kalten Februartag des Jahres 1984, gut fünf Monate nach dem Auftauchen der Käfer, schaute Brian Cole beim Büro des SCs herein. Tony Schoondist war in Scranton und versuchte dort zu erklären, warum er den ihm zugewiesenen Etat für 1983 nicht vollständig ausgegeben hatte (es brauchte nur ein oder zwei knausrige SCs, und alle anderen sahen wie maßlose Verschwender aus), und Sandy Dearborn hatte den Chefsessel übernommen. Mittlerweile saß er auf diesem Sessel recht bequem.

»Ich glaube, du solltest mal mitkommen zum Schuppen, Boss«, sagte Brian. »Code D.«

»Und was für ein Code D, Brian?«

»Der Kofferraum steht offen.«

»Bist du sicher, dass er nicht nur so aufgesprungen ist? Das letzte Feuerwerk war vor Weihnachten. Normalerweise –«

»Normalerweise kommt erst ein Feuerwerk, ich weiß. Aber es sind schon seit einer Woche so um die dreizehn Grad da drin. Und außerdem kann man da was sehen.«

Das brachte Sandy auf die Beine. Er spürte, wie die altbekannte Angst ihre dicken Finger um sein Herz legte und zudrückte. Vielleicht wieder eine Sauerei, die es wegzumachen galt. Ja, wahrscheinlich. *Bitte, lieber Gott, nicht noch mal einen Fisch,* dachte er. *Bitte nichts, was wir mit Atemmasken vor dem Gesicht da rausspritzen müssen.*

»Meinst du, es könnte noch am Leben sein?«, fragte Sandy. Er fand, dass er sich ganz ruhig und gelassen anhörte, obwohl er das überhaupt nicht war. »Was du da gesehen hast – sieht es auch, als –«

»Es sieht aus wie eine entwurzelte Pflanze«, sagte Brian. »Teilweise hängt es aus dem Kofferraum. Ich sag dir was, Boss: Es sieht ein bisschen aus wie eine weiße Lilie.«

»Matt soll Curtis von der Streife zurückrufen. Seine Schicht ist sowieso bald rum.«

Curt bestätigte den Code D, sagte Matt, er sei gerade auf der Sawmill Road und werde in einer Viertelstunde in der Basis eintreffen. So blieb Sandy genug Zeit, das gelbe

Seil aus der Hütte zu holen und mit einem billigen, aber recht guten Fernglas, das sie ebenfalls in der Hütte aufbewahrten, einen ausführlichen Blick in den Schuppen B zu werfen. Er konnte Brian nur zustimmen. Das schmutzig weiße und dunkelgrüne Ding, das da aus dem Kofferraum hing, sah am ehesten noch einer welken, eingehenden weißen Lilie ähnlich.

Curt fuhr vor, hielt schräg vor der Zapfsäule und trabte dann zu den Fenstern im Schuppentor, wo Sandy, Brian, Huddie, Arky und ein paar andere schon in den bekannten Schaulustigenposen standen. Sandy reichte ihm das Fernglas, und nachdem Curt noch ein klein wenig am Scharfstellrad gedreht hatte, stand er dann fast eine geschlagene Minute lang da und blickte hinein.

»Und?«, fragte Sandy, als Curt schließlich das Fernglas sinken ließ.

»Ich gehe rein«, erwiderte Curt; eine Antwort, die Sandy nicht im Mindesten überraschte; schließlich hatte er ja schon das Seil geholt. »Und wenn es sich nicht aufbäumt und versucht mich zu beißen, werde ich es knipsen, filmen und eintüten. Ich brauche bloß fünf Minuten, um mich vorzubereiten.«

Er brauchte nicht mal fünf Minuten. Als er wieder aus der Kaserne kam, trug er über seiner Uniform einen Friseurkittel und Gummigaloschen. Auf dem Kopf hatte er eine Badekappe und an den Händen »Aids-Handschuhe«, wie sie bei der PSP mittlerweile dazu sagten. Vor dem Hals baumelte eine kleine Sauerstoffmaske aus Plastik, die für etwa fünf Minuten reichte. In der Hand hielt er eine Polaroidkamera. Einen grünen Müllsack hatte er sich in den Hosenbund gestopft.

Huddie hatte die Videokamera vom Stativ geschraubt und richtete sie nun auf Curt, der *très fantastique* aussah, wie er mit der blauen Badekappe und den roten Galoschen beherzt über den Parkplatz schritt (und noch fantastischer sah er aus, als Sandy ihm das gelbe Seil um die Taille gebunden hatte).

»Wunderschön siehst du aus!«, rief Huddie und spähte weiter durch den Kamerasucher. »Deine Fans beten dich an! Wink ihnen zu!«

Curtis Wilcox winkte brav den ihn anbetenden Fans zu, und einige von ihnen sahen sich in den Tagen nach seinem plötzlichen Tod diese Videokassette noch einmal an und mussten, während sie über sein lächerliches und doch liebenswürdiges Aussehen lachten, gegen die Tränen ankämpfen.

Aus dem offenen Fenster der Leitstelle sang ihm Matt Babicki mit erstaunlich kräftiger Tenorstimme hinterher: *»Hug me ... you sexy thing! Kiss me ... you sexy thing!«*

Curt steckte die ganzen Neckereien weg, aber sie waren für ihn auch nebensächlich. Das Gelächter seiner Kameraden kam ihm vor wie etwas, das man zufällig im Nebenzimmer hörte. Er hatte wieder dieses Leuchten in den Augen.

»Das ist nicht besonders schlau, was wir hier machen«, sagte Sandy, als er die Seilschlaufe um Curts Taille festgezurrt hatte. Doch im Grunde hoffte er nicht mehr, Curt noch umstimmen zu können. »Wahrscheinlich sollten wir lieber abwarten und sehn, was sich tut. Wir sollten sichergehen, dass es das jetzt war und da nicht noch mehr kommt.«

»Ich mach das schon«, sagte Curt geistesabwesend. Er hörte kaum zu. Größtenteils hatte er sich in sich selbst zurückgezogen und hakte im Geiste an einer Checkliste ab, was jetzt zu tun war.

»Kann schon sein«, sagte Sandy. »Aber vielleicht werden wir allmählich ein bisschen leichtsinnig mit dem Ding.« Er wusste nicht, ob das stimmte, und sprach es nur aus, um zu sehen, wie es sich anhörte. »Bloß weil bisher keinem von uns was passiert ist, glauben wir mittlerweile, dass auch keinem was passieren kann. Jeder Löwenbändiger würde dir sagen, dass das eine ganz schlechte Taktik ist.«

»Keine Bange«, sagte Curt und wies dann – anscheinend ohne den Widerspruch zu bemerken – die anderen Männer an, ein paar Schritte zurückzutreten. Dann ließ er sich von Huddie die Videokamera geben, schraubte sie auf das Stativ und befahl Arky, das Tor zu öffnen. Arky drückte auf den Knopf der Fernbedienung an seinem Gürtel, und das Tor hob sich ratternd.

Curt hängte sich den Gurt der Polaroidkamera um den Ellenbogen, damit er die Hand für das Stativ der Videokamera frei hatte, und betrat dann den Schuppen B. Einen Moment lang blieb er auf halber Strecke zwischen dem Tor und dem Buick stehen und tastete nach der Sauerstoffmaske unter seinem Kinn, damit er sie aufsetzen konnte, falls es im Schuppen derart stank wie am Tag des Fischs.

»Gar nicht so schlimm«, sagte er. »Es riecht nur etwas süßlich. Vielleicht ist das ja wirklich eine Lilie.«

Nein, das war es nicht. Wie auch die anderen Dinge, die aus dem Kofferraum des Buick gekommen waren, ähnelte es nichts, was sie je gesehen hatten. Die trompetenförmigen Blüten – es waren drei – waren so bleich und fahl wie die Hände eines Leichnams und fast durchsichtig. In jeder war ein dunkelblauer Klecks, der wie Gelee aussah. Und in dem Gelee steckten kleine Kerne. Die Stiele sahen eher nach Baumzweigen aus. Ihre grüne Oberfläche war überzogen von einem Netz aus Rissen und Unebenheiten. Darauf breiteten sich braune Flecken aus, die wie Pilzbefall wirkten. Die Stiele endeten in einem von Wurzeln durchzogenen schwarzen Erdklumpen. Als Curt sich das näher ansah (den Männern draußen gefiel es gar nicht, wie er sich dabei über den offen stehenden Kofferraum beugte, denn es sah viel zu sehr danach aus, als würde er seinen Kopf in den Rachen eines Krokodils stecken), sagte er, er könne wieder diesen Kohlgestank riechen. Nur schwach, aber doch unverkennbar.

»Und ich sag dir was, Sandy: Da ist auch wieder dieser Salzgeruch. Ich war oft auf Cape Cod, und diesen Geruch kenne ich.«

»Meinetwegen kann es auch nach Trüffeln und Kaviar riechen. Komm endlich da raus«, erwiderte Sandy.

Curt lachte – *die dumme olle Oma Dearborn!* –, zog sich aber doch zurück. Er stellte das Stativ so auf, dass die Videokamera in den Kofferraum gerichtet war, schaltete sie an und knipste noch ein paar Polaroidbilder.

»Komm rein, Sandy. Guck dir das an.«

Sandy ließ es sich durch den Kopf gehen. Schlechte Idee, *ganz* schlechte Idee. Eine *dumme* Idee, da gab es keinen Zweifel. Und als er sich dessen klar war, gab er Huddie das Seil und ging hinein. Er schaute sich die welken Blumen im Kofferraum des Buick an (und auch die eine, die über den Rand hing und die Brian Cole gesehen hatte), und ein leichtes Frösteln überkam ihn.

»Ich weiß«, sagte Curt so leise, dass ihn die Trooper draußen nicht hören konnten. »Es tut richtig weh, wenn man das sieht, nicht wahr? Es ist, als ob jemand mit den Fingernägeln über eine Tafel kratzt.«

Sandy nickte. Genau das war's.

»Aber was löst diese Reaktion aus?«, fragte Curt. »Ich komme einfach nicht drauf. Du?«

»Nein.« Sandy leckte sich die Lippen, die mit einem Mal ganz trocken waren. »Aber ich glaube, es ist der Gesamteindruck. Das Weiß macht schon viel aus.«

»Das Weiß. Die Farbe.«

»Ja. Eklig. Wie der Bauch einer Kröte.«

»Oder wie Spinnweben in Blumen«, sagte Curt.

Sie sahen einander kurz an und versuchten zu lächeln, aber es gelang ihnen mehr schlecht als recht. Die State-Police-Poeten, die Trooper Robert Frost und Walt Whitman.

Als Nächstes würden sie das verdammte Ding noch mit einem Sommertag vergleichen. Aber man musste es einfach versuchen, denn anscheinend konnte man das, was man da sah, nur begreifen, indem man es wie ein Dichter auffasste.

Sandy gingen auch noch andere, etwas weiter hergeholte Vergleiche durch den Kopf. Weiß wie eine Hostie im Mund einer toten Frau. Weiß wie eine Pilzinfektion unter der Zunge. Weiß vielleicht wie der Schaum der Schöpfung jenseits der Grenzen des Universums.

»Dieses Zeug kommt von einem Ort, von dem wir nicht das Geringste wissen«, sagte Curtis. »Unsere Sinne sind überhaupt nicht in der Lage, es zu erfassen. Und darüber zu reden ist eigentlich lächerlich – da könnte man genauso gut versuchen, ein vierseitiges Dreieck zu beschreiben. Schau mal da, Sandy. Siehst du das?« Er zeigte auf einen trockenen, braunen Fleck unter einer dieser lilienartigen, fahlen Blüten.

»Ja, das sehe ich. Sieht wie ein Brandfleck aus.«

»Und es wird größer. Die ganzen Flecken werden größer. Und schau mal da an der Blüte.« Ein weiterer brauner Fleck, der sich deutlich sichtbar ausbreitete und ein immer größeres Loch in die zarten, weißen Blütenblätter fraß. »Es zersetzt sich. Es geht nicht so ein wie die Fledermaus und der Fisch, aber trotzdem stirbt es, nicht wahr?«

Sandy nickte.

»Ziehst du bitte mal den Müllsack aus meinem Gürtel und hältst ihn auf?«

Sandy tat wie gebeten. Curt fasste in den Kofferraum und packte die Pflanze gleich oberhalb des Wurzelgeflechts. In diesem Moment wehte ein Hauch des wässrigen, fauligen Kohl- und Gurkengestanks zu ihnen hoch. Sandy wich einen Schritt zurück, hielt sich eine Hand vor den Mund, versuchte nicht zu würgen und würgte dann doch.

»Halt den Sack auf, Mann!«, rief Curt mit erstickter Stimme. Es hörte sich an, als hätte er einen tiefen Zug aus einem Joint genommen und wollte den Rauch nun so lange wie möglich in der Lunge behalten. »Mann, das fühlt sich vielleicht eklig an! Auch durch die Handschuhe noch!«

Sandy hielt den Müllsack auf und schüttelte ihn lose. »Dann beeil dich!«

Curt warf die verrottende Lilienpflanze hinein, und sogar das Geräusch, mit dem sie innen an dem Plastiksack hinabglitt, war irgendwie entsetzlich – wie das leise Kreischen von etwas, das zwischen zwei Brettern eingezwängt wurde und fast lautlos erstickte. Keiner ihrer Vergleiche traf zu, aber jeder schien kurz ein Licht auf das zu werfen, was im Grunde unbegreiflich war. Sandy Dearborn fand keine Worte dafür, wie vollkommen abstoßend diese Leichenlilien waren. Sie und alle Fehlgeburten des Buick. Wenn man zu lange darüber nachdachte, wurde man womöglich tatsächlich wahnsinnig dabei.

Curt wollte sich schon die behandschuhten Hände an seinem Hemd abwischen, ließ es dann aber doch bleiben. Stattdessen beugte er sich über den Kofferraum des Buick und rieb sie kurz an der braunen Matte darin ab. Dann zog er sich die Handschuhe aus, wies Sandy mit einer Geste an, den Müllsack noch mal zu öffnen, und warf sie auf die Lilien. Der Gestank drang wieder heraus, und Sandy musste daran denken, wie ihm seine Mutter, als sie schon ganz von Krebs zerfressen war und keine Woche mehr zu leben hatte, einmal ins Gesicht gerülpst hatte. Sein instinktiver, aber nur halbherziger Versuch, diese Erinnerung zu verdrängen, ehe sie ihm ganz ins Bewusstsein dringen konnte, nützte nichts.

Bitte, ich will nicht, dass mir schlecht wird, dachte Sandy. *O bitte nicht!*

Curt sah noch einmal nach, dass die Polaroidfotos, die

er geschossen hatte, noch in seinem Hosenbund steckten, und knallte dann den Kofferraumdeckel des Buick zu. »Haun wir ab hier, Sandy. Was meinst du?«

»Ich sage: Das ist die beste Idee, die du dieses Jahr hattest.«

Curt zwinkerte ihm zu. Es war so ein richtiges Klugscheißerzwinkern, das nur seine Blässe und der Schweiß etwas verdarb, der ihm über Stirn und Wangen lief. »Da es erst Februar ist, will das nicht viel besagen. Komm, gehn wir.«

Vierzehn Monate später, im April 1985, veranstaltete der Buick eine zwar nur kurze, aber gewaltige Lightshow – es war die grellste seit dem Jahr des Fischs. Die schiere Gewalt des Ereignisses widersprach Curts und Tonys Theorie, dass die Kraft, die von dem Roadmaster ausging oder durch ihn hindurchströmte, allmählich schwächer wurde. Die Kürze des Ereignisses aber schien *für* diese Theorie zu sprechen. Letztlich konnte man sich selbst aussuchen, was man davon halten wollte. Nichts Neues also.

Zwei Tage später, als sich die Temperatur im Schuppen bei sechzehn Grad eingependelt hatte, sprang der Kofferraumdeckel des Buick auf, und ein roter Stab flog heraus, wie von Druckluft angetrieben. Arky Arkanian war in diesem Moment gerade im Schuppen, hängte eben seinen Pfostenlochbohrer an die Wand und bekam einen Mordsschreck. Der rote Stab prallte an einen Deckenbalken, knallte auf das Dach des Buick, rollte herab und landete auf dem Boden. Hallo, Fremder.

Der Neuankömmling war knapp zwanzig Zentimeter lang, unregelmäßig geformt, so dick wie das Handgelenk eines Mannes und hatte am einen Ende mehrere Astlöcher. Andy Colucci, der ihn zehn Minuten später mit einem Fernglas betrachtete, beschloss, dass die Astlöcher Augen waren und dass es sich bei dem, was an der Seite wie Rillen oder Risse wirkte, in Wirklichkeit um ein Bein handelte, das vermutlich im Todeskampf eingezogen worden war. Das war kein Stab, dachte Andy, sondern eine Art rote Eidechse. Wie schon der Fisch, die Fledermaus und die Lilie machte es auch dieses Wesen nicht lange.

Diesmal war Tony Schoondist dran, in den Schuppen zu gehen und das Ding einzusammeln, und an diesem Abend erzählte er im Tap mehreren Troopern, er habe es kaum über sich gebracht, es anzurühren. »Das Scheißding hat mich angestarrt«, sagte er. »So kam es mir jedenfalls vor. Ob es nun tot war oder nicht.« Er schenkte sich ein Glas Bier ein und trank es in einem Zug aus. »Hoffentlich war's das jetzt«, sagte er. »Das hoffe ich wirklich.«

Doch diese Hoffnung erfüllte sich natürlich nicht.

Damals: *Shirley*

Es ist schon komisch, dass einem manchmal erst mal nur Kleinigkeiten einfallen, wenn man sich an einen bestimmten Tag erinnert. Dieser Freitag war wahrscheinlich der schrecklichste Tag meines Lebens – ich konnte anschließend ein halbes Jahr lang nicht mehr gut schlafen und habe zehn Kilo abgenommen, weil ich eine Zeit lang auch nichts mehr herunterbekam –, aber wenn ich an diesen Tag denke, fällt mir zuerst etwas Nettes ein. Es war der Tag, an dem mir Herb Avery und Justin Islington einen Strauß Feldblumen geschenkt haben. Das war kurz bevor das Chaos ausbrach.

Die beiden waren bei mir schlecht angeschrieben. Sie hatten meinen nagelneuen Leinenrock ruiniert – beim Rumalbern in der Küche. Ich hatte nichts damit zu tun, hab mich da rausgehalten und mir nur eine Tasse Kaffee geholt. Ich hab nicht aufgepasst, und genau das darf man bei Männern nicht machen, denn, weißt du, eine Zeit lang sind sie ganz normal, und dann entspannt man sich und wiegt sich vielleicht sogar in dem Glauben, sie wären im Grunde ganz vernünftig, aber dann rasten sie plötzlich aus. Herb und dieser Islington kamen wie die Pferde in die Küche galoppiert – das war eine Woche vor dem Tanklasterunglück, musst du wissen – und brüllten wegen irgendeiner Wette rum. Justin hat Herb an den Kopf und die Schultern geboxt und gebrüllt: *Du musst blechen, Schwei-*

nebacke! Du musst blechen!, und Herb hat geschrien: *Das war doch nur ein Scherz! Du weißt doch ganz genau, dass ich nicht um Geld spiele! Lass mich in Ruhe!* Aber beide haben sie gelacht. Wie die Irren. Justin hing Herb schon halb auf dem Rücken, hielt ihn am Hals fest und tat so, als wollte er ihn würgen. Herb hat versucht, ihn abzuschütteln, und keiner von ihnen hat in meine Richtung geschaut oder auch nur bemerkt, dass ich da in meinem nagelneuen Rock vor der Kaffeemaschine stand. Das ist ja bloß PCO Pasternak, weißt du – die gehört hier zum Inventar.

»Passt doch auf, ihr Flegel!«, hab ich gerufen, aber da war es schon zu spät. Sie hatten mich angerempelt, ehe ich meine Tasse absetzen konnte, und schon war ich mit Kaffee voll gespritzt. Dass meine Bluse was abgekriegt hat, hat mich nicht groß gestört, das war ein altes Ding, aber der Rock war nagelneu. Und *hübsch.* Am Abend zuvor hatte ich noch eine halbe Stunde lang den Saum umgenäht.

Ich hab geschrien, und da haben sie endlich aufgehört zu schubsen und zu boxen. Justin hatte immer noch ein Bein um Herbs Hüfte geschlungen und hielt ihn immer noch am Hals gepackt. Herb sah mich an, und sein Mund stand weit offen. Er war ja eigentlich ein netter Kerl (über Islington kann ich nicht viel sagen, der wurde zur Troop K nach Media versetzt, ehe ich ihn richtig kennen lernte), aber wie er so mit aufgesperrtem Mund dastand, sah Herb Avery aus wie der hinterletzte Dorftrottel.

»Shirley, Herrgott!«, sagte er. Er hat sich immer wie Arky angehört, fällt mir da ein; der gleiche Akzent, nur nicht ganz so stark. »Ich hab dich ja gar nicht gesehn.«

»Das wundert mich nicht«, sagte ich. »Wenn er da versucht, auf dir zu reiten, als wärst du ein Pferd beim Kentucky Derby.«

»Tut's weh?«, fragte Justin.

»Und ob das wehtut«, sagte ich. »Dieser Rock hat bei J.C. Penny fünfunddreißig Dollar gekostet, und ich habe ihn heute zum ersten Mal bei der Arbeit an, und jetzt ist er im Eimer. Da kannst du wohl glauben, dass das wehtut.«

»O Mann, jetzt beruhig dich doch, es tut uns ja Leid«, sagte Justin. Er besaß sogar noch die Frechheit, sich ganz gekränkt anzuhören. Das ist auch typisch Mann: Wenn sie sagen, es tut ihnen Leid, erwarten sie, dass man sofort wieder das liebe Frauchen ist, denn damit ist ja alles wieder gut. Dann ist es ganz egal, ob sie ein Fenster eingeworfen, das Rennboot in die Luft gejagt oder das Collegegeld für die Kinder in Atlantic City beim Blackjack verzockt haben. Das geht dann immer so: *Ich hab doch* gesagt, *es tut mir Leid. Musst du da jetzt gleich ein Kapitalverbrechen draus machen?*

»Shirley –«, fing Herb an.

»Nicht jetzt, Schätzchen, nicht jetzt«, sagte ich. »Haut jetzt bloß hier ab. Geht mir aus den Augen.«

Trooper Islington hatte sich währenddessen schon eine Hand voll Servietten vom Küchentresen geschnappt und fing an, vorn meinen Rock abzutupfen.

»Hör auf!«, hab ich gesagt und sein Handgelenk gepackt. »Was glaubst du, wo du hier bist? Im Streichelzoo, oder was?«

»Ich dachte bloß ... falls es noch nicht eingezogen ist ...«

Ich fragte ihn, ob er denn überhaupt keine Kinderstube habe, und da fing er gleich an: *Ach Gott, wenn du* so *drauf bist;* völlig eingeschnappt und beleidigt.

»Tu dir selbst einen Gefallen«, hab ich gesagt, »und geh jetzt sofort raus, sonst kriegst du gleich diese Kaffeekanne hier an den Kopf.«

Und raus sind sie, eher geschlichen als gegangen, und haben eine ganze Zeit lang einen großen Bogen um mich gemacht, Herb ganz betreten und Justin Islington immer noch mit diesem verdatterten, gekränkten Blick im Gesicht – *Ich hab doch* gesagt, *dass es mir Leid tut. Was willst du denn noch? Soll ich dir die Füße küssen?*

Und dann, eine Woche später – genauer gesagt: an dem Tag, an dem dann die Hölle losbrach –, kamen sie um zwei Uhr nachmittags in die Leitstelle, Justin vorne weg mit dem Blumenstrauß und Herb hinterher. Es sah aus, als ob er sich förmlich hinter ihm versteckt hatte, nur falls ich mit Briefbeschwerern nach ihnen schmeiße.

Also, ich bin nicht besonders nachtragend. Das kann dir jeder sagen, der mich kennt. Ein oder zwei Tage lang vielleicht, aber dann ist das passé. Und die beiden sahen auch richtig süß aus, wie zwei kleine Jungs, die sich bei der Lehrerin dafür entschuldigen wollen, dass sie in Gemeinschaftskunde hinten in der letzten Reihe randaliert haben. Das ist auch so was, womit einen die Männer immer wieder rumkriegen: dass sie sich förmlich vom einen Augenblick zum nächsten von großmäuligen Flegeln, die sich in der Kneipe wegen absolutem Blödsinn – *Baseballergebnissen,* um Himmels willen! – gegenseitig aufschlitzen, in wahre Engel verwandeln, die einem Bild von Norman Rockwell entsprungen sein könnten. Und ehe man sich's versieht, wollen sie einem dann anschließend meist an die Wäsche.

Justin hielt mir den Blumenstrauß hin. Den hatten sie auf der Wiese hinter der Kaserne gepflückt. Gänseblümchen und Sonnenhut und solche Sachen. Auch Löwenzahn, wenn ich mich recht erinnere. Aber das machte es ja gerade so süß und entwaffnend. Wären es Treibhausrosen gewesen, die sie in der Stadt gekauft hätten, und nicht dieser Kinder-Blumenstrauß, dann wäre ich vielleicht noch ein bisschen länger sauer gewesen. Denn das war ein *guter* Rock, und ich kann's nicht ausstehen, die Dinger umzunähen.

Justin Islington ging voran, weil er so gut aussah mit seinen blauen Augen und der schwarzen Locke, die ihm in die Stirn fiel, wie so ein richtiger Footballheld. Das sollte mich erweichen und hat es dann schließlich auch. Wie er mir so die Blumen hinhielt. *Es tut uns so Leid, Frau Lehrerin.* In dem Blumenstrauß steckte sogar ein kleiner weißer Umschlag.

»Shirley«, sagte Justin ganz ernst, aber mit diesem süßen Augenzwinkern, »wir wollen uns wieder mit dir vertragen.«

»Ja«, sagte Herb, »Ich find's schrecklich, dass du sauer auf uns bist.«

»Ich auch«, sagte Justin. Ob er das ernst meinte, wusste ich nicht so recht, aber bei Herb war ich mir da sicher, und das war mir genug.

»Also gut«, hab ich gesagt und die Blumen genommen. »Aber wenn ihr das noch mal macht –«

»Machen wir nicht!«, sagte Herb. »Das kommt nie wieder vor!« Das sagen die Männer natürlich immer. Und jetzt sag mir nicht, ich wär zu abgebrüht. Ich kenne mich bloß aus.

»Wenn doch, ziehe ich euch die Hammelbeine lang.« Ich sah Islington mit hochgezogener Augenbraue an. »Da du ja auch sonst keine Kinderstube hast, hat dir das deine Mutter wahrscheinlich nie gesagt, aber mit einer Entschuldigung kriegt man keinen Kaffeefleck aus einem Leinenrock.«

»Dann guck doch mal in den Umschlag«, sagte Justin und versuchte immer noch, mich mit seinen schönen blauen Augen zu blenden.

Ich stellte die Vase auf meinen Schreibtisch und zog den Umschlag aus den Gänseblümchen. »Daraus sprüht mir doch jetzt kein Niespulver ins Gesicht oder so was in der Richtung?«, fragte ich Herb. Das war nur ein Scherz, aber er schüttelte ganz ernst den Kopf. Wenn man ihn so sah, konnte man sich kaum vorstellen, wie er jemals jemandem einen Strafzettel verpassen konnte, ohne dass es ihm großen Kummer bereitete. Aber Trooper sind draußen auf der Straße natürlich anders. Das müssen sie sein.

Ich machte den Umschlag auf und rechnete schon mit einer kleinen Hallmark-Karte mit einer weiteren Version von *Es tut mir Leid*, diesmal in blumigen Versen, doch stattdessen fand ich einen zusammengefalteten Zettel. Ich zog ihn raus und faltete ihn auseinander, und da war es ein Geschenkgutschein von J.C. Penny über fünfzig Dollar.

»Ach nein«, sagte ich. Mit einem Mal war ich den Tränen nah. Das ist übrigens auch so was mit den Männern: Wenn sie einen gerade so richtig anwidern, können sie einen mit irgendeiner unnötigen großzügigen Geste umhauen, und mit einem Mal ist man dann, so dumm das auch ist, nicht mehr sauer, sondern schämt sich, dass man je schlecht von ihnen denken konnte. »Aber das wäre doch nicht –«

»Doch, das war nötig«, sagte Justin. »Es war dumm, so in der Küche rumzualbern.«

»Saudumm«, sagte Herb. Er nickte ganz energisch und ließ mich dabei nicht aus dem Blick.

»Aber das ist zu viel!«

Islington sagte: »Nach unserer Rechnung nicht. Wir mussten den Ärgerfaktor mit einbeziehn, verstehst du, und auch den Schmerz, weil du dich ja verbrannt hast –«

»Ich habe mich gar nicht verbrannt. Der Kaffee war nur lau–«

»Du nimmst das jetzt, Shirley«, sagte Herb sehr bestimmt. So ganz der knallharte Mr. State Trooper war er noch nicht wieder, aber auf dem besten Weg dahin. »Da gibt's keine Diskussion.«

Ich war ihnen wirklich dankbar, und ich werde das nie vergessen. Was dann später geschah, war so schrecklich, weißt du, dass es schön ist, etwas zu haben, das dieses Grauen ein wenig ausgleicht, eine ganz normale, freundliche Geste, wie die beiden Dussel, die nicht nur für den Rock bezahlt haben, den sie ruiniert haben, sondern auch noch für die Unannehmlichkeiten und den Ärger. Und dass sie mir dann auch noch Blumen geschenkt haben. Wenn ich an das andere denken muss, versuche ich auch immer an die beiden Jungs zu denken. Und an die Blumen, die sie hinten auf der Wiese gepflückt haben.

Ich bedankte mich, und sie gingen nach oben, wahrscheinlich, um Schach zu spielen. Im Spätsommer gab's hier immer ein Schachturnier, und der Sieger hat eine kleine Bronzeklobrille bekommen, die »Scranton Cup« hieß. Das hat dann alles aufgehört, als Lieutenant Schoondist in den Ruhestand ging. Als sie gingen, blickten sie wie Männer, die ihre Pflicht getan hatten. Und in gewisser Weise hatten sie das auch. Ich sah das jedenfalls so, und ich konnte mich jetzt revanchieren, indem ich ihnen von dem, was von dem Geschenkgutschein noch übrig blieb, wenn ich einen neuen Rock gekauft hatte, eine große Schachtel Pralinen kaufte oder Handwärmer für den Winter. Handwärmer waren praktischer, aber vielleicht etwas zu hausbacken. Ich war ja schließlich ihre Kollegin, nicht ihre Mutter. Handwärmer konnten ihnen ihre Frauen kaufen.

Ihr kleines Friedensangebot war hübsch arrangiert, sie hatten sogar, wie richtige Floristen, ein wenig Grün dazugesteckt, aber das Wasser hatten sie vergessen. Die Blumen arrangieren und dann das Wasser vergessen: So sind die Männer. Ich nahm die Vase und wollte gerade damit in die Küche gehen, als sich George Stankowski über Funk meldete. Er hustete und hörte sich völlig verängstigt an. Und jetzt sage ich dir mal was, das du unter den großen Wahrheiten des Lebens abspeichern kannst: Es gibt nur eines, was einem Police Communications Officer noch mehr Angst einjagt, als wenn sich ein Trooper draußen im Einsatz über Funk verängstigt anhört, und das ist, wenn ein 29-99 gemeldet wird. Code 99 bedeutet *Alle nötigen Maßnahmen einleiten.* Code 29 … na, wenn du nachschlägst, findest du unter »29« nur ein Wort. Und zwar: *Katastrophe.*

»Wagen vierzehn für Basis. Code 29-99. Verstanden? Wiederhole: 29-99.«

Ich stellte die Vase mit den Feldblumen ganz vorsichtig wieder auf meinen Schreibtisch. Dabei hatte ich eine sehr lebhafte Erinnerung: Wie ich aus dem Radio von John Lennons Tod erfahren habe. Damals habe ich meinem Vater gerade Frühstück gemacht. Ich wollte es ihm hinstellen und dann schnell los, weil ich schon spät dran war für die Schule. Ich hielt mir gerade eine Glasschüssel vor den Bauch, in der ich mit einem Schneebesen Eier quirlte. Als es im Radio hieß, John Lennon sei in New York erschossen worden, habe ich die Glasschüssel genauso vorsichtig abgestellt wie später dann die Vase.

»Tony!«, rief ich quer durch die Kaserne, und als sie mich hörten (oder eher meinen *Ton*), hielten alle mit dem inne, was sie gerade machten. Oben verstummte das Gespräch. »Tony! George Stankowski meldet einen 29-99!« Und dann griff ich zum Mikro und sagte, ja, verstanden, bitte kommen.

»Ich bin auf der County Road 46 in Poteenville«, sagte George. Im Hintergrund hörte ich ein Prasseln, das sich wie Feuer anhörte. Tony stand schon in der Leitstelle und Sandy Dearborn auch, noch in Zivil, die Dienstschuhe in der Hand. »Ein Tanklaster ist mit einem Schulbus zusammengestoßen und in Brand geraten. Der *Tanklaster* brennt, aber auch die vordere Hälfte des Busses, verstanden?«

»Verstanden.« Ich hörte mich ganz ruhig an, aber meine Lippen waren mit einem Mal taub.

»Das ist ein Chemietanklaster von Norco West, verstanden?«

»Verstanden: Norco West.« Ich schrieb es groß auf den Block neben dem roten Telefon. »Gefahrensymbole?«

»Ah, die Warntafeln kann ich nicht erkennen, da ist zu viel Rauch, aber da kommt weißes Zeug raus, das Feuer fängt, und das läuft über die Straße und in den Straßengraben, verstanden?« George hustete wieder in sein Mikro.

»Verstanden«, sagte ich. »Atmest du Dämpfe ein, George? Du hörst dich nicht gut an. Bitte kommen.«

»Ah, bestätige – Dämpfe. Aber mir geht's gut. Das Problem …« Doch ehe er weitersprechen konnte, musste er wieder husten.

Tony nahm mir das Mikro aus der Hand. Er tätschelte mir zum Lob die Schulter, konnte es aber einfach nicht mehr aushalten, nur zuzuhören. Sandy zog sich die Schuhe an. Jetzt kamen alle zur Leitstelle. Es war kurz vor Schichtwechsel, und deshalb waren eine ganze Menge Leute da. Sogar Mister Dillon kam aus der Küche und wollte sehen, was die ganze Aufregung sollte.

»Das Problem ist die *Schule*«, sagte George, als er weitersprechen konnte. »Die Grundschule Poteenville ist nur zweihundert Meter entfernt.«

»Die Schule fängt erst in einem Monat wieder an, George. Du –«

»Halt, halt. Kann ja sein, aber ich sehe Kinder.«

Hinter mir murmelte jemand: »Die machen da Handarbeitskurse. Meine Schwester bringt den Neun- und Zehnjährigen das Töpfern bei.« Ich weiß noch, dass ich ein entsetzlich flaues Gefühl im Magen bekam, als ich das hörte.

»Was auch immer da ausläuft – ich stehe gegen den Wind«, fuhr George fort. »Die Schule aber nicht. Ich wiederhole: Die Schule nicht. Verstanden?«

»Verstanden, Wagen vierzehn«, sagte Tony. »Hast du Feuerwehrunterstützung?«

»Negativ. Aber ich höre Sirenen.« Wieder hustete er. »Ich war praktisch dabei, als das passiert ist, habe den Knall gehört, deshalb war ich als Erster hier. Das Gras brennt, und das Feuer bewegt sich auf die Schule zu. Ich sehe Kinder auf dem Spielplatz, die stehen da und gucken.

Ich höre die Alarmsirene der Schule, also wird sie wohl gerade evakuiert. Ich kann nicht sehen, ob die Dämpfe schon bis dahin reichen, aber wenn nicht, ist es bald so weit. Schick die Kavallerie, Boss! Schick alles, was Räder hat! Das hier ist definitiv Code 29.«

Tony: »Gibt es Verletzte im Bus, Wagen vierzehn? Siehst du irgendwelche Verletzten? Bitte kommen.«

Ich sah auf die Uhr. Es war Viertel nach zwei. Wenn wir Glück hatten, war der Bus gerade erst gekommen, um die Kinder vom Töpfern abzuholen.

»Der Bus ist anscheinend leer. Bis auf den Fahrer. Ich kann ihn sehen, wie er überm Lenkrad hängt. Oder vielleicht ist es auch eine Frau. Das ist die Hälfte vom Bus, die brennt, und ich würde sagen, der Fahrer ist tot, verstanden?«

»Verstanden, Wagen vierzehn«, sagte Tony. »Kannst du irgendwie zu den Kindern kommen?«

Hust-hust-hust. Er hörte sich schlimm an. »Bestätige, Basis, am Fußballplatz gibt's eine Zufahrt, die direkt zur Schule führt. Verstanden?«

»Dann komm in die Gänge«, sagte Tony. Er war nie besser als an diesem Tag, so entschlossen wie ein General auf dem Schlachtfeld. Die Dämpfe erwiesen sich später als doch nicht so giftig, und was da brannte, war größtenteils ausgelaufenes Benzin, aber das wusste in diesem Moment natürlich keiner. George Stankowski war in diesem Moment nur klar, dass Tony soeben möglicherweise sein Todesurteil unterzeichnet hatte. So ist das halt manchmal bei diesem Job.

»Verstanden, Basis, ich fahre los.«

»Wenn sie Gas abkriegen, steckst du sie in deinen Wagen, setzt sie auf die Motorhaube, den Kofferraum und aufs Dach. Da können sie sich am Blaulicht festhalten. Hol so viele raus, wie du kannst, verstanden?«

»Verstanden, Basis. Ende.«

Klick. Und dieser letzte Klick klang sehr laut.

Tony sah sich um. »Ihr habt's gehört: Code 29-99. Alle verfügbaren Wagen rücken aus. Wer bis drei auf seinen Wagen warten muss, holt sich ein Magnet-Blaulicht aus dem Lager und fährt mit seinem Privatauto. Shirley, schick alle Einsatzfahrzeuge hin, die du erreichen kannst.«

»Jawohl, Sir. Soll ich auch die Bereitschaft rufen?«

»Noch nicht. Huddie Royer, wo bist du?«

»Hier, Sarge.«

»Du hältst hier die Stellung.«

Dagegen protestierte Huddie nicht mit großen Gesten, er sagte nichts von wegen, er wolle mit den anderen los und Kinder vor Giftgas und Feuer retten. Er sagte nur: Jawohl, Sir.

»Frag bei der Feuerwehr von Pogus County nach, was sie im Einsatz haben, finde raus, was Lassburg und Statler schicken, ruf beim OER in Pittsburgh an und bei allen, die dir sonst noch einfallen.«

»Wie wär's mit Norco West?«

Tony schlug sich nicht mit der Hand vor die Stirn, aber es fehlte nicht viel. »Klar, natürlich.« Dann ging er zur Tür, Curt neben ihm und die anderen gleich hinterher, und Mister Dillon wollte die Nachhut bilden.

Huddie hielt ihn am Halsband zurück. »Heute nicht, mein Junge. Du bleibst hier, bei Shirley und mir.« Mister D machte sofort Platz; er war ein braver Hund. Dennoch sah er den davonfahrenden Männern sehnsüchtig nach.

Mit einem Mal war es ganz leer hier, und wir waren nur noch zu zweit – oder zu dritt, wenn man D mitzählte. Aber das fiel uns nicht groß auf, denn es gab viel zu tun. Vielleicht habe ich bemerkt, dass Mister D aufgestanden und zur Hintertür gegangen ist, am Fliegengitter geschnuppert und ganz leise gejault hat. Vielleicht habe ich das bemerkt, aber vielleicht hab ich's mir auch bloß im Nachhinein eingebildet. Und wenn ich das bemerkt habe, habe ich mir wahrscheinlich gedacht, er wäre enttäuscht, dass man ihn nicht mitgenommen hatte. Heute glaube ich, er hat gespürt, dass sich im Schuppen B irgendwas tat. Ich glaube, er wollte uns darauf aufmerksam machen.

Ich hatte aber keine Zeit, mich um den Hund zu kümmern. Ich hatte nicht mal die Zeit, aufzustehen und ihn in der Küche einzuschließen, wo er aus seinem Wassernapf hätte trinken können und sich dann hingelegt hätte. Ich wünschte, ich hätte mir die Zeit dazu genommen; der arme, alte Mister D hätte noch sieben Jahre gelebt, vielleicht sogar zehn. Aber das wusste ich natürlich nicht. In diesem Moment wusste ich nur, dass ich rausfinden musste, wer wo im Einsatz war. Ich musste sie alle nach Poteenville schicken, wenn es irgendwie ging. Und während ich damit beschäftigt war, saß Huddie am Schreibtisch des Sergeants und war derart hektisch am Telefonieren, dass man meinen konnte, er würde gerade das Geschäft seines Lebens machen.

Ich schaffte es, alle im Einsatz befindlichen Fahrzeuge umzuleiten – alle bis auf Wagen 6, der schon fast hier war (»Sind in zwei Sekunden in der Basis«, war sein letzter Funkspruch). George Morgan und Eddie Jacubois hatten hier noch jemanden abzuliefern, ehe sie nach Poteenville konnten. Bloß dass Wagen 6 an diesem Tag natürlich nie nach Poteenville fuhr. Nein, nach Poteenville kamen Eddie und George an diesem Tag nicht mehr.

Damals: *Eddie*

Schon komisch, wie das Gedächtnis funktioniert. Erst hab ich den Typ überhaupt nicht erkannt, der da aus dem umgebauten Ford Pick-up stieg. Für mich war das bloß ein Ganove, der rote Augen hatte, ein Kreuz falsch herum als Ohrring trug und an seiner Halskette ein silbernes Hakenkreuz hängen hatte. An die Aufkleber erinnere ich mich. Man gewöhnt sich an, die Aufkleber zu lesen, die sich die Leute ans Auto pappen; die lassen meistens tief blicken. Ich weiß, das hört sich komisch an, aber es stimmt – da kannst du jeden Streifenpolizisten fragen. VORSICHT! ICH HÖRE AUF STIMMEN! stand da links hinten auf der Stoßstange, und rechts stand: ICH FRESSE AMISH. Er war wackelig auf den Beinen, und das wahrscheinlich nicht nur, weil er schick verzierte Cowboystiefel mit hohen Absätzen trug. Die roten Augen, die unter seinem zottigen schwarzen Haar hervorschauten, deuteten darauf hin, dass er high war. Das Blut auf seiner Hand und auf dem rechten Ärmel seines T-Shirts deutete darauf hin, dass er was Fieses genommen hatte. Angel Dust, hab ich getippt. Das war hier damals groß in Mode. Dann kam Speed. Heute ist es Ecstasy, und diese Pillen würde ich persönlich verteilen, wenn ich dürfte. Das ist wenigstens mal ’ne sanfte Droge. Möglicherweise hatte er auch gegast – was die Kinder heute Schnüffeln nennen. Aber ich erkannte ihn erst, als er sagte: »Ja, verdammt noch eins, das ist ja der dicke Eddie.«

Da fiel's mir wie Schuppen von den Augen. Brian Lippy. Wir kannten uns von der Statler High; er war in dem Schuljahrgang über meinem. Auch damals hat er schon gedealt. Und jetzt stand er hier am Straßenrand und schwankte auf den hohen Absätzen seiner schicken Cowboystiefel, und Jesus hing ihm kopfüber am Ohr, und er hatte ein Naziabzeichen am Hals und brunzdumme Aufkleber an der Stoßstange seines Autos.

»Hallo, Brian. Kommst du bitte mal von dem Wagen weg?«, sagte ich.

Wenn ich sage, dass der Wagen umgebaut war, meine ich damit, dass es so eine richtige Assikiste war. Er stand am Rand der Humboldt Road, keine anderthalb Meilen von der Kreuzung mit der Jenny-Tankstelle entfernt ... bloß dass die Tankstelle damals schon seit zwei oder drei Jahren geschlossen war. Genau gesagt, hing der Wagen schon fast im Straßengraben. Mein alter Kumpel Brian Lippy war so *richtig* rechts rangefahren, als George das Blaulicht angemacht hatte; noch ein Anzeichen dafür, dass er nicht gerade nüchtern war.

Ich war froh, dass ich an diesem Tag George Morgan dabeihatte. Meistens ist es schon in Ordnung, alleine zu fahren, aber wenn man auf einen Typen trifft, der Schlangenlinien fährt, weil er die ganze Zeit über seinem Beifahrer welche scheuert, ist es doch nett, einen Partner dabeizuhaben. Und das mit dem *Schlagen*, das hab ich gesehn, Mann – als Lippy an unserem Standort vorbeifuhr und als wir ihm dann folgten. Der rechte Arm des Fahrers schoss immer wieder vor, und seine rechte Faust traf immer wieder den Kopf des Beifahrers, und bis George dann das Blaulicht anmachte, war er damit einfach zu beschäftigt, um zu merken, dass ihm die Bullen schon fast am Auspuffrohr hingen. Du kriegst die Tür nicht zu, wie Ennis Rafferty immer gesagt hat, einfach Zucker. Und sofort fährt mein alter Kumpel Brian rechts ran und fast in den Graben, als hätte er sein ganzes Leben lang damit gerechnet, dass ihm so was mal passiert, und so war's in gewisser Hinsicht wohl auch.

Wenn's nur um Hasch oder Tranquilizer geht, mach ich mir nicht solche Sorgen. Das ist wie Ex. Dann faseln sie: »Hey, Mann, was ist? Hab ich was falsch gemacht? Komm, lass dich umarmen.« Aber so Zeug wie Angel Dust und PCP macht die Leute verrückt. Auch Kleberschnüffler drehn schon mal durch. Das hab ich schon erlebt. Und außerdem war da ja noch die Beifahrerin. Dass es eine Frau war, machte die Sache möglicherweise noch schlimmer. Auch wenn er sie grün und blau geschlagen hatte, hieß das noch längst nicht, dass sie nicht doch gefährlich werden konnte, wenn sie sah, wie wir ihrem Lieblingsneandertaler Handschellen anlegten.

Währenddessen ging mein alter Kumpel Brian nicht, wie gebeten, von dem Wagen weg. Er blieb einfach stehen und grinste mich an, und warum ich ihn nicht auf Anhieb erkannt hatte, war mir ein Rätsel, denn auf der Statler High war er einer dieser Jungs gewesen, die einem das Leben zur Hölle machen konnten, wenn sie einen auf dem Kieker hatten. Vor allem, wenn man ein bisschen dicklich oder verpickelt war, und ich war beides. Bei der Army hab ich dann abgenommen – das ist das einzige Diätprogramm, das ich kenne, wo man für die Teilnahme auch noch bezahlt wird –, und die Pickel gingen irgendwann von selber weg, wie das meistens so ist, aber damals auf der High School war ich ein gefundenes Fressen für diesen Typen gewesen. Auch deshalb war ich froh, George dabeizuhaben. Wenn ich allein gewesen wäre, wäre mein alter Freund Brian vielleicht auf die Idee gekommen, dass er mich nur böse anzuschauen brauchte, um mich ganz klein mit Hut werden zu lassen. Und je zugedröhnter er war, desto eher hätte er sich das eingebildet.

»Gehn Sie von dem Wagen weg, Sir«, sagte George mit

seinem ausdruckslosen Trooper-Tonfall. Wenn man ihn so am Straßenrand zu irgendeinem Normalbürger sprechen hörte, hätte man nie geglaubt, dass er sich am Baseballplatz heiser brüllen konnte, wenn er die Kinder anwies, einen Ball, der ins Infield sollte, gefälligst sachte zu schlagen und den Kopf gesenkt zu halten, wenn sie von Base zu Base liefen. Oder wie er vor dem Spiel mit ihnen auf der Bank rumalbern konnte, um sie locker zu machen.

Von Georges Hemden hatte Lippy nie in der Stillarbeitsstunde die Schlaufe hinten abgerissen, und vielleicht ging er deshalb vom Wagen weg, als George ihn dazu aufforderte. Dabei schaute er auf seine Stiefel und hörte auf zu grinsen. Wenn Typen wie Brian Lippy aufhören zu grinsen, folgt dann meistens diese leicht benebelte Verdrießlichkeit.

»Wollen Sie Schwierigkeiten machen, Sir?«, fragte George. Er hatte seine Waffe noch nicht gezogen, hatte aber schon die Hand am Griff. »Dann sagen Sie's gleich. Das spart uns beiden Ärger.«

Lippy sagte nichts. Er schaute nur auf seine Stiefel.

»Er heißt Brian?«, fragte mich George.

»Brian Lippy.« Ich blickte zu dem Pick-up hinüber. Durch das Heckfenster konnte ich die Beifahrerin sehen, die immer noch in der Mitte saß und nicht zu uns hinschaute. Sie hatte den Kopf gesenkt. Ich dachte schon, er hätte sie bewusstlos geschlagen, doch dann hob sie eine Hand zum Mund, und aus ihrem Mund kam Zigarettenrauch.

»Brian, ich habe Sie gefragt, ob Sie Schwierigkeiten machen wollen. Antworten Sie mir jetzt laut und deutlich wie ein großer Junge, damit ich Sie hören kann.«

»Kommt drauf an«, sagte Brian und hob dabei die Oberlippe, um es so richtig höhnisch wirken zu lassen. Ich ging zu dem Pick-up, um meinen Teil der Arbeit zu erledigen. Als mein Schatten Brians Stiefelspitzen streifte, zuckte er zusammen und trat einen Schritt zurück, als wäre es kein Schatten gewesen, sondern eine Schlange. Er war eindeutig high, und das sah mir immer mehr nach Angel Dust oder PCP aus.

»Ihren Führerschein und die Fahrzeugpapiere, bitte«, sagte George.

Brian beachtete ihn nicht. Er sah jetzt wieder mich an. »*Ed*die, der *Blä*ser, der *Blä*ser vom *Dienst*«, sagte er. Diesen Sprechgesang hatten er und seine Freunde damals auf der High School immer angestimmt, wenn sie mich sahen. Auf der Statler High hatte er allerdings noch keine umgedrehten Kruzifixe und keine Hakenkreuze getragen; die hätten ihn nach Hause geschickt, wenn er mit so einer Scheiße angekommen wäre. Aber dass er mich jetzt wieder so ansprach, ging mir gewaltig auf den Zeiger. Es war, als hätte er hinter irgendeiner Tür einen alten, staubigen, längst vergessenen Schalter entdeckt, der aber immer noch unter Saft stand.

Und er wusste das. Er sah es und fing an zu grinsen. »Der fette Eddie, der Bläser vom Dienst. Wie vielen Jungs hast du im Duschraum einen runtergeholt? Oder bist du gleich auf die Knie und hast ihnen einen abgekaut? Eddie, der Bläser vom Dienst. Und jetzt der große Mister Wichtig, was?«

»Halten Sie jetzt mal den Mund, Brian?«, sagte George. »Sonst fliegt Ihnen noch 'ne Fliege rein.« Er nahm die Handschellen von seinem Gürtel.

Als Brian Lippy das sah, hörte er wieder auf zu grinsen. »Was haben Sie denn damit vor?«

»Wenn Sie mir nicht auf der Stelle Ihre Fahrzeugpapiere aushändigen, werde ich Ihnen Handschellen anlegen, Brian. Und wenn Sie sich wehren, kann ich Ihnen zweierlei garantieren: eine gebrochene Nase und anderthalb Jahre in Castlemora, weil Sie sich der Festnahme widersetzt haben. Könnte auch mehr werden, je nach dem, welchen Richter Sie kriegen. Also, was meinen Sie?«

Brian zog sein Portemonnaie aus seiner Gesäßtasche. Es war ein schmieriges altes Ding, auf dem pfuscherhaft das Logo irgendeiner Rockband – Judas Priest, glaube ich – eingebrannt war. Wahrscheinlich mit einem Lötkolben. Er fummelte in den einzelnen Fächern herum.

»Brian«, sagte ich.

Er blickte hoch.

»Weil ich so nett bin, hab ich das eben überhört. Und dick bin ich übrigens schon seit einer ganzen Weile nicht mehr.«

»Du nimmst wieder zu«, sagte er. »So ist das bei dicken Jungs immer.«

Ich lachte schallend los. Ich konnte es mir nicht verkneifen. Er hörte sich an wie irgendein halbgarer Pseudoexperte in einer Talkshow. Er warf mir einen finsteren Blick zu, in dem aber auch eine gewisse Unsicherheit lag. Er war mir nicht mehr über, und das sah er jetzt ein.

»Ich verrate dir ein kleines Geheimnis«, sagte ich. »Die Schulzeit ist vorbei, mein Freund. Das hier ist dein richtiges, dein wahres Leben. Ich weiß, es fällt dir schwer, das zu glauben, aber gewöhn dich besser dran. Hier geht es nicht mehr nur um Nachsitzen. *Das hier ist ernst.*«

Daraufhin glotzte er mich nur dumm an. Er schnallte es einfach nicht. Das tun sie nie.

»Brian, ich will jetzt unverzüglich Ihre Papiere sehen«, sagte George. »Legen Sie sie mir auf die Hand.« Und dann streckte er eine Hand aus, den Handteller nach oben. Nicht sehr klug, könnte man meinen, aber George Morgan war schon lange bei der State Police, und seiner Einschätzung nach hatten wir die Lage jetzt im Griff – wenigstens so weit, dass er meinem alten Freund Brian nun doch keine Handschellen anlegen musste, um ihm zu zeigen, wer hier das Sagen hatte.

Ich ging zu dem Wagen und blickte dabei kurz auf meine Armbanduhr. Es war halb zwei. Es war heiß. Die Grillen zirpten im Gras am Straßenrand. Ab und zu fuhr ein Auto vorbei, und die Leute bremsten ab und gafften. Es ist immer nett, wenn man selbst nicht derjenige ist, den die Bullen da angehalten haben. Da kommt so richtig gute Laune auf.

Die Frau da in der Fahrerkabine hatte ihr linkes Knie an Brians verchromten Hurst-Steuerknüppel gestemmt. Typen wie Brian bauen sich so was ein, damit sie sich dann ein Hurst-Schild ins Fenster kleben können, glaube ich. Neben die von Fram und Pennzoil. Sie sah aus wie um die zwanzig und hatte leicht fettiges, schulterlanges, brünettes Haar, das nach Lockenschere aussah. Jeans und ein weißes Tanktop. Kein BH. Dicke rote Pickel auf den Schultern. Auf dem einen Arm hatte sie AC/DC tätowiert und auf dem anderen BRIAN MY LOVE. Ihre Fingernägel waren bonbonrosa lackiert, aber ganz abgekaut und rissig. Und ja: da war auch Blut. Blutige Rotze hing ihr aus der Nase. Auf den Wangen hatte sie Blutflecken, die wie kleine Muttermale aussahen. Und auch ihre aufgeplatzten Lippen, ihr Kinn und ihr Top waren blutig. Sie hatte den Kopf gesenkt, sodass ihre Haare ihr Gesicht teilweise verbargen. Und die ganze Zeit über paffte sie hektisch, entweder eine Marlboro oder eine Winston. Damals, ehe Kippen teurer wurden und die ganzen Assis auf Billigmarken umstiegen, konnte man sich fast drauf verlassen. Und wenn Marlboro, dann immer die Schachtel, nie das Papierpäckchen. Ich hab so viele von denen gesehen. Manchmal haben sie ein Baby, und die Typen reißen sich ein bisschen zusammen deswegen; aber meistens ist es einfach nur Pech für das Baby.

»Hier«, sagte sie und hob ihr rechtes Bein ein wenig. Darunter steckte ein Stück Papier, kanariengelb. »Der Fahrzeugschein. Ich sag ihm immer, er soll sich den ins Portemonnaie stecken oder ihn ins Handschuhfach tun, aber der fliegt hier immer irgendwo rum, zwischen den Mickey-Dee-Kassetten und dem anderen Müll.«

Sie hörte sich nicht stoned an, und in der Fahrerkabine waren auch keine Bierbüchsen oder Schnapsflaschen zu sehen. Das hieß natürlich nicht, dass sie nüchtern war, aber es war doch schon mal ein Schritt in die richtige Richtung. Sie hörte sich auch nicht so an, als würde sie ausfallend werden, aber das kann sich natürlich ändern. Ganz schnell.

»Wie heißen Sie, Ma'am?«

»Sandra.«

»Und weiter?«

»McCracken.«

»Können Sie sich ausweisen, Miss McCracken?«

»Ja.«

»Dann tun Sie's bitte.«

Neben ihr auf dem Sitz lag eine kleine Unterarmtasche aus Kunstleder. Sie machte sie auf und suchte darin herum. Sie tat das langsam, aber deshalb kam sie mir nicht stoned vor. Wie sie sich so über die Tasche beugte, war ihr Gesicht nicht mehr zu sehen. Man sah nur noch das Blut auf ihrem Oberteil, aber nicht mehr das auf ihrem Gesicht; man sah die geschwollenen Lippen nicht, die ihren Mund aussehen ließen wie eine aufgeschnittene Pflaume, und man sah auch das Veilchen nicht mehr, das sich um eines ihrer Augen bildete.

Und hinter mir hörte ich: »Scheiße, nein, ich steige da nicht ein. Wie kommen Sie darauf, Sie hätten das Recht, mich da reinzustecken?«

Ich sah mich um. George hielt die Hintertür des Streifenwagens auf. Ein Limousinenchauffeur hätte das nicht höflicher hinbekommen. Nur dass Limousinen hinten keine Türen haben, die man von innen nicht aufbekommt und deren Fenster man nicht runterkurbeln kann; und da ist auch kein Drahtgitter zwischen hinten und vorne. Und in Limousinen stinkt es hinten auch nicht immer leicht nach Kotze. Ich habe noch keinen Streifenwagen gefahren – na gut, als wir die neuen Caprices kriegten: da eine Woche lang oder so –, in dem es nicht ständig schwach nach Kotze gestunken hätte.

»Ich bilde mir ein, das Recht dazu zu haben, weil Sie *festgenommen* sind, Brian. Habe ich Ihnen nicht gerade Ihre Rechte verlesen?«

»Aber *weshalb* denn, Mann? Ich bin nicht zu schnell gefahren!«

»Stimmt, Sie waren zu sehr damit beschäftigt, sich an Ihrer Freundin auszulassen, um so richtig Gas zu geben, aber Sie sind rücksichtslos gefahren und haben andere Verkehrsteilnehmer gefährdet. Dazu kommt noch Körperverletzung – das wollen wir nicht vergessen. Also steigen Sie ein.«

»Mann, Sie können –«

»Steigen Sie ein, Brian, oder ich lege Ihnen die Handschellen gewaltsam an. Und zwar so, dass es wehtut.«

»Das will ich sehn.«

»Wollen Sie, ja?«, fragte George, und seine Stimme war trotz der Stille an diesem schläfrigen Nachmittag fast nicht zu hören.

Brian Lippy wurden zwei Dinge klar. Erstens, dass George das tun konnte, und zweitens, dass George es auch tun *wollte*. Und Sandra McCracken würde es mitansehen. Es war nicht gut, wenn man seine Tussi sehen ließ, wie einem Handschellen angelegt wurden. Es war schon schlimm genug, wenn sie sah, wie man festgenommen wurde.

»Sie hören von meinem Anwalt«, sagte Brian Lippy und setzte sich hinten in den Streifenwagen.

George knallte die Tür zu und sah mich an. »Wir hören von seinem Anwalt.«

»Wie ich das hasse«, sagte ich.

Die Frau stupste mir mit irgendwas an den Arm. Ich drehte mich um und sah, dass es ihr Führerschein war.

»Hier«, sagte sie. Sie sah mich an. Es war nur ein kurzer Moment, ehe sie sich wieder abwandte, weiter in ihrer Tasche wühlte und ein paar Papiertaschentücher hervorkramte, aber dieser Moment reichte mir, um festzustellen, dass sie tatsächlich nüchtern war. Seelisch tot, aber nüchtern.

»Trooper Jacubois, der Fahrer des Wagens gibt an, sein Fahrzeugschein befände sich in der Fahrerkabine«, sagte George.

»Ja, ich habe ihn.«

George kam zu mir an die albern aufgemotzte hintere Stoßstange des Pick-up – VORSICHT! ICH HÖRE AUF STIMMEN! ICH FRESSE AMISH –, und ich reichte ihm den Fahrzeugschein.

»Macht sie's?«, fragte er leise.

»Nein«, sagte ich.

»Sicher?«

»Ziemlich.«

»Versuch's trotzdem«, sagte George und ging zurück zum Streifenwagen. Mein ehemaliger Mitschüler brüllte auf ihn ein, als George sich zum Fahrerfenster hineinbeugte und das Mikro nahm. George ignorierte ihn, ging in die Sonne und zog das Mikrokabel auf ganze Länge aus. »Zentrale, hier ist Wagen sechs, bitte kommen.«

Ich ging zurück zur offenen Beifahrertür des Pick-up. Die Frau hatte die Zigarette in dem überquellenden Aschenbecher ausgedrückt und sich eine neue angesteckt. Sie war wieder hektisch am Paffen. Unter ihrem Lockenschopf kamen Rauchwölkchen hervor.

»Miss McCracken, wir nehmen Mr. Lippy mit aufs Revier, zur Troop D. Ich möchte, dass Sie uns folgen.«

Sie schüttelte den Kopf und tupfte mit den Taschentüchern ihr Gesicht ab. Dabei senkte sie eher den Kopf, als die Taschentücher ans Gesicht zu heben, und ihr Haar verbarg ihr Gesicht so noch mehr. Die Hand, in der sie die

Zigarette hielt, lag nun auf ihrem Hosenbein, und der Rauch stieg in einer geraden Säule auf.

»Ich möchte, dass Sie uns folgen, Miss McCracken«, sagte ich so freundlich wie ich nur konnte. Es sollte mitfühlend und verständnisvoll und vertraulich klingen. So soll man das machen, sagen einem die Seelenklempner und Familientherapeuten, aber was wissen die denn schon? Ich kann diese ganzen Blödmänner nicht ausstehen, ja, das ist die hässliche Wahrheit. Die kommen aus der Mittelschicht, riechen nach Haarspray und Deo und erzählen einem was von häuslicher Gewalt und mangelndem Selbstwertgefühl, aber von so Gegenden wie Lassburg County haben sie keinen blassen Schimmer, von Gegenden, die einfach abgemeldet sind, seit es mit der Kohle zu Ende ist und der Stahl nur noch aus Japan und China kommt. Hört eine Frau wie Sandra McCracken überhaupt zu, wenn man mitfühlend und verständnisvoll und vertraulich mit ihr spricht? Früher vielleicht mal. Aber mittlerweile wohl nicht mehr. Hätte ich ihr andererseits die Haare aus dem Gesicht gestrichen, sodass sie mich hätte ansehen müssen, und hätte sie angeschrien: ›DU KOMMST MIT! DU KOMMST MIT UND ZEIGST IHN WEGEN KÖRPERVERLETZUNG AN! DU KOMMST MIT, DU DUMME VERPRÜGELTE SCHLAMPE! DU WILLFÄHRIGE FOTZE! DU WIRST SCHON SEHN, DASS DU MITKOMMST!‹, dann hätte das möglicherweise schon anders ausgesehen. Das hätte vielleicht gezogen. Man muss ihre Sprache sprechen. Die Seelenklempner und Therapeuten – die wollen das nicht hören. Die weigern sich zu glauben, dass es so eine Sprache überhaupt gibt. Die weigern sich zu glauben, dass es Frauen gibt, die einen nicht ernst nehmen und einem überhaupt nicht zuhören, solange man sie nicht Schlampe oder Fotze nennt. Oder vielleicht geht das auch einfach nur auf die Ohren, wenn man ständig so voll gedröhnt ist.

Sie schüttelte wieder den Kopf. Sah mich nicht an. Sie rauchte und sah mich nicht an.

»Ich möchte gern, dass Sie mitkommen und Mr. Lippy wegen Körperverletzung anzeigen. Ihnen bleibt im Grunde nichts anderes übrig, denn wir haben gesehen, wie er Sie geschlagen hat. Mein Partner und ich sind direkt hinter Ihnen gefahren, und wir konnten das gut sehen.«

»Ich *muss* das nicht«, sagte sie, »und Sie können mich nicht dazu zwingen.« Sie verbarg ihr Gesicht immer noch hinter ihrer fettigen, brünetten Mähne, hörte sich aber ruhig und selbstsicher an. Sie wusste, dass wir sie nicht zwingen konnten, ihn anzuzeigen, denn sie hatte so etwas schon mal erlebt.

»Wie lange wollen Sie sich das noch gefallen lassen?«, fragte ich.

Keine Antwort. Den Kopf gesenkt. Das Gesicht verborgen. Wie sie schon mit zwölf den Kopf gesenkt und das Gesicht verborgen hatte, wenn der Lehrer sie was Schwieriges fragte oder sich die anderen Mädchen über sie lustig machten, weil sie eher als die anderen Brüste bekam, große Brüste. Deshalb lassen sich diese Mädchen die Haare lang wachsen: um sich dahinter zu verstecken. Aber dass ich das wusste, machte mich nicht geduldiger ihr gegenüber. Nein, eher ungeduldiger. Denn, weißt du, in dieser Welt musst du selber zusehen, dass du nicht unter die Räder kommst. Vor allem, wenn du nicht so hübsch bist.

»Sandra.«

Ihre Schultern bewegten sich ein wenig, als ich sie bei ihrem Vornamen nannte. Mehr nicht. Mann, diese Frauen machen mich vielleicht wütend. Wie schnell die aufgeben. Die kriegen einfach den Arsch nicht hoch.

»Sandra, sehn Sie mich an.«

Sie wollte nicht, aber sie würde schon noch. Sie war's gewöhnt, Männern zu gehorchen. Das war gewissermaßen ihre Lebensaufgabe.

»Drehen Sie den Kopf her, und sehen Sie mich an.«

Sie drehte den Kopf in meine Richtung, schaute aber weiterhin zu Boden. Ihr Gesicht war immer noch blutig. Es war kein schlechtes Gesicht. Wahrscheinlich *war* sie sogar ein wenig hübsch, wenn sie nicht gerade verdroschen worden war. Und sie sah auch nicht so dumm aus, wie man gemeint hätte. So dumm, wie sie gern gewesen wäre.

»Ich will nach Hause«, sagte sie mit leiser Kleinmädchenstimme. »Ich hatte Nasenbluten, und ich muss mich waschen.«

»Ja, ich weiß. Und wie kam das? Sind Sie gegen eine Tür gelaufen? Das war's doch bestimmt, nicht wahr?«

»Ja, genau. Gegen eine Tür.« Nicht ein Fünkchen Aufsässigkeit in ihrem Blick. Keine Spur von der ICH FRESSE AMISH-Einstellung ihres Freundes. Sie wartete einfach nur ab, bis es vorüber war. Diese Plauderei am Straßenrand war nicht das wahre Leben. Geschlagen zu werden – das war das wahre Leben. Die Rotze und das Blut und die Tränen hochzuziehen und zu schlucken wie Hustensaft. »Ich bin den Flur lang gegangen und wollte aufs Klo, und Brian, ich wusste nicht, dass er da drin war, und mit einem Mal ist er rausgekommen, und die Tür –«

»Wie lange noch, Sandra?«

»Wie lange was noch?«

»Wie lange wollen Sie diese Scheiße noch schlucken?«

Ihre Augen wurden etwas größer. Weiter nichts.

»So lange, bis er Ihnen sämtliche Zähne ausschlägt?«

»Ich möchte nach Hause.«

»Wenn ich im Statler Memorial nachfrage – wie oft werde ich dann auf Ihren Namen stoßen? Denn Sie laufen ja ständig gegen irgendwelche Türen, nicht wahr?«

»Warum lassen Sie mich nicht in Ruhe? Ich habe Ihnen nichts getan.«

»So lange, bis er Ihnen den Schädel einschlägt?«

»Ich habe auch Schlüssel für den Wagen, sehn Sie?« Sie

zog sie aus ihrer Tasche und ließ sie vor meiner Nase baumeln.

»So lange, bis er Sie umbringt?«

»Ich will nach Hause, Officer.«

Ich würde gerne sagen: *Da war mir klar, dass ich sie nicht dazu bewegen konnte,* aber das wäre gelogen, denn das war mir von Anfang an klar gewesen. Sie würde bis zum Sanktnimmerleinstag da hocken oder bis ich so sauer würde, dass ich etwas tat, was mich hinterher in Schwulitäten bringen würde. Sie zu schlagen beispielsweise. Denn ich hätte sie gerne geschlagen. Wenn ich sie geschlagen hätte, hätte sie mir wenigstens mal zugehört.

Ich habe immer ein Etui mit Visitenkarten hinten in der Hosentasche. Ich nahm es raus und blätterte es durch, bis ich fand, was ich suchte. »Diese Frau wohnt in Statler Village. Sie hat schon mit hunderten jungen Frauen wie Ihnen gesprochen und vielen geholfen. Wenn Sie nichts bezahlen können für die Beratung, ist das kein Problem. Sie regelt das für Sie. Okay?«

Ich hielt ihr die Visitenkarte vors Gesicht. Als sie sie nicht nahm, ließ ich sie auf den Sitz fallen. Dann ging ich zurück zum Streifenwagen, den Fahrzeugschein holen. Brian Lippy saß mitten auf der Rückbank, hatte das Kinn auf den Ausschnitt seines T-Shirts gesenkt und starrte unter seinen Augenbrauen zu mir hoch. Er sah aus wie ein durchgeknallter Napoleonverschnitt.

»Hast du was erreicht?«, fragte mich George.

»Nee«, sagte ich. »Die hat noch nicht genug Spaß gehabt.«

Mit dem Fahrzeugschein ging ich zurück zu dem Pickup. Sie war ans Steuer gerutscht. Der große Achtzylindermotor brummte. Sie hatte die Kupplung durchgetreten und die rechte Hand auf den Knauf des Schaltknüppels gelegt. Abgekaute rosa Fingernägel auf Chrom. Wenn Gegenden wie das ländliche Pennsylvania eine eigene Flagge hätten, könnte man das darauf abbilden. Oder vielleicht ein Sixpack Iron-City-Bier und eine Schachtel Winston.

»Fahren Sie vorsichtig, Miss McCracken«, sagte ich und gab ihr den Fahrzeugschein wieder.

»Ja«, sagte sie und fuhr los. Sie hätte gerne noch eine dicke Lippe riskiert, wagte es aber nicht, denn sie war gut dressiert. Der Pick-up ruckelte erst noch ein wenig – sie kam mit dem Schaltgetriebe nicht so gut klar, wie sie vielleicht gedacht hatte –, und sie ruckelte mit. Vor und zurück, und ihre Haare flogen. Mit einem Mal sah ich wieder Lippy vor mir, wie er Schlangenlinien fuhr, mit der Linken sein eines Besitzstück steuerte und mit der Rechten sein anderes Besitzstück schlug, und da wurde mir schlecht. Kurz bevor sie es endgültig in den zweiten Gang schaffte, flatterte auf der Fahrerseite etwas Weißes aus dem Fenster. Es war die Visitenkarte, die ich ihr gegeben hatte.

Ich ging zurück zum Streifenwagen. Brian saß immer noch mit dem Kinn auf der Brust da und starrte mich unter gesenkten Augenbrauen an wie ein durchgeknallter Napoleon. Vielleicht auch eher Rasputin. Ich stieg auf der Beifahrerseite ein. Mir war sehr heiß, und ich war müde, und um die Sache abzurunden, stimmte Brian jetzt auch noch hinter mir an: »*Ed*die, der *Blä*ser, der *Blä*ser vom *Dienst* –«

»Ach, halt die Schnauze«, sagte ich.

»Komm doch her und stopf mir das Maul, Fat Eddie. Wieso kommst du nicht nach hinten und versuchst es mal?«

Mit anderen Worten: Wieder mal ein wunderbarer Tag bei der PSP. Der Typ würde spätestens abends um sieben wieder in dem Dreckloch hocken, das sein Zuhause war, und ein Bier zischen, während im Fernsehen *Glücksrad* lief. Ich sah auf meine Armbanduhr – es war 13.44 Uhr – und griff dann zum Mikro. »Wagen sechs für Zentrale.«

»Ich höre, Wagen sechs«, meldete sich Shirley sofort, ruhig wie eine kühle Brise. Shirley, die gleich von Islington und Avery Blumen bekommen würde. In Poteenville, auf der County Road 46, gut zwanzig Meilen von unserem Standort entfernt, war gerade ein Norco-West-Tanklaster mit einem Schulbus zusammengestoßen und hatte dabei Mrs. Esther Mayhew, die Busfahrerin, getötet. George Stankowski war nahe genug dran gewesen, um den Zusammenprall zu hören, und da sage noch einer, es sei nie ein Bulle zur Stelle, wenn man mal einen braucht.

»Zentrale, wir haben einen Code 15-17, verstanden?« Mit anderen Worten: Arschloch hoppgenommen und unterwegs nach Hause.

»Verstanden, Wagen sechs. Haben Sie eine Person festgenommen oder mehrere? Bitte kommen.«

»Bestätige: eine Person.«

»Hier ist Fettsack Nummer eins, over and out«, sagte Brian. Er brach in Gelächter aus – das hohe, glucksende Gelächter eines langjährigen Kiffers. Er fing auch an, mit seinen Cowboystiefeln auf den Boden zu stampfen. Bis zur Kaserne würden wir eine halbe Stunde brauchen. Ich hatte so das Gefühl, es würde eine lange Fahrt werden.

Damals: *Huddie*

Ich legte im Büro des SC auf und trabte in die Leitstelle, wo Shirley immer noch schwer damit beschäftigt war, Trooper nach Westen umzuleiten. »Norco sagt, es ist flüssiges Chlor«, berichtete ich ihr. »Das wäre eine Chance. Chlor ist zwar schlimm, aber normalerweise nicht tödlich.«

»Und die sind sicher, dass es das ist?«, fragte Shirley.

»Zu neunzig Prozent. Das ist es, was sie befördern. Man sieht diese Tanklaster ja ständig zur Wasseraufbereitungsanlage fahren. Gib das weiter, und fang bei George S an. Und was um Gottes willen hat denn der Hund?«

Mister Dillon war wieder an der Hintertür und stieß seine Nase immer wieder unten gegen das Fliegengitter. Dabei jaulte er aus tiefer Kehle. Die Ohren hatte er angelegt. Während ich zusah, rammte er seine Schnauze so heftig in die Gaze, dass sie sich ausbeulte. Er jaulte auf, wie um zu sagen: *Mann, tut das weh*.

»Keine Ahnung«, sagte Shirley in einem Tonfall, der klarmachte, dass sie jetzt keine Zeit für Mister Dillon hatte. Streng genommen, hatte ich auch keine. Trotzdem sah ich ihm noch einen Moment lang zu. Ich hatte Jagdhunde sich so aufführen sehen, wenn sie im Wald hinterm Haus ein großes Tier witterten – einen Bär oder Wolf. Doch in den Short Hills hat es schon vor dem Vietnamkrieg keine Wölfe mehr gegeben, und auch Bären sind hier ausgesprochen selten. Hinter dieser Fliegentür befand sich nur der

Parkplatz. Und natürlich der Schuppen B. Ich schaute auf die Uhr über der Küchentür. Es war 14.12 Uhr. Ich konnte mich nicht erinnern, dass ich die Kaserne je derart verwaist erlebt hatte.

»Zentrale für Wagen vierzehn. Wagen vierzehn, hören Sie?«

George meldete sich, immer noch hustend. »Wagen vierzehn.«

»Es ist Chlor, Wagen vierzehn, Norco West ist sich da ziemlich sicher. Flüssiges Chlor.« Sie schaute zu mir herüber, und ich hob den Daumen. »Das reizt die Atemwege, aber es ist nicht –«

»Stopp, stopp.« Und dann: Hust, hust.

»Ich höre, Wagen vierzehn.«

»Zentrale, vielleicht ist es Chlor, vielleicht aber auch nicht. Was es auch ist – es brennt, und große weiße Schwaden ziehen davon hier herüber. Ich bin hier am Ende der Zufahrtsstraße, der am Fußballplatz. Die Kinder husten schlimmer als ich, und mehrere Leute liegen am Boden, darunter auch eine Frau. Gegenüber stehen zwei Schulbusse. Ich werde versuche, die Leute mit einem davon hier wegzubringen. Ende.«

Ich nahm Shirley das Mikro aus der Hand. »George, hier ist Huddie. Laut Norco brennt da wahrscheinlich nur das Benzin, das noch zusätzlich zu dem Chlor ausläuft. Du kannst die Kinder auch zu Fuß in Sicherheit bringen, verstanden?«

Darauf kam eine klassische George-Stankowski-Entgegnung, stur und unbeirrbar. Für das, was er an diesem Tag tat, wurde er dann später wegen Leistungen, die weit über die bloße Pflichterfüllung hinausgingen, belobigt – vom Gouverneur, glaube ich –, und ein Foto von ihm war in der Zeitung. Seine Frau rahmte die Belobigung ein und hängte sie in den Hobbyraum. Ich glaube, George hat nie so recht verstanden, was das ganze Theater sollte. Seiner Meinung nach hatte er nur das getan, was in diesem Moment klug und vernünftig war. Wenn es je so etwas wie den richtigen Mann am richtigen Ort gegeben hat, dann war es George Stankowski an diesem Tag vor der Grundschule Poteenville.

»Mit dem Bus ist besser«, sagte er. »Das geht schneller. Hier Wagen vierzehn, ich melde mich ab.«

Bald darauf war die Sache in Poteenville für Shirley und mich erst mal kein Thema mehr; da hatten wir dann selber genug um die Ohren. Aber falls es dich interessiert: Trooper George Stankowski schaffte es in einen der Busse, die er gesehen hatte, indem er mit einem Stein eine Falttür einschlug. Er startete den Blue Bird mit Platz für vierzig Fahrgästen mit einem Reserveschlüssel, der auf der Sonnenblende des Fahrers klebte, und lud schließlich vierundzwanzig hustende, weinende, rotäugige Kinder und zwei Lehrerinnen ein. Viele der Kinder umklammerten immer noch die unförmigen Pötte, Vasen und Aschenbecher, die sie gerade getöpfert hatten. Drei Kinder waren bewusstlos, eins wegen einer allergischen Reaktion auf die Chlordämpfe. Die anderen beiden waren einfach nur vor Angst und Aufregung in Ohnmacht gefallen. Bei einer der Lehrerinnen, Rosellen Nevers, war die Lage ernster: Sie lag, um Luft ringend und halb bewusstlos, auf der Seite und tastete schwächlich an ihrem geschwollenen Hals herum. Ihre Augen traten hervor wie die Dotter pochierter Eier.

»Das ist meine Mommy«, sagte ein kleines Mädchen. Tränen quollen aus ihren großen braunen Augen, aber ihre Tonvase ließ sie nicht los und hielt sie auch so gerade, dass die Ringelblume, die sie hineingesteckt hatte, nicht herausfiel. »Sie hat Assma.«

Da kniete George schon neben der Frau und hatte ihren Kopf über seinem Unterarm nach hinten geneigt, sodass ihre Atemwege so frei wie möglich waren. Ihr Haar hing auf den Beton. »Nimmt sie irgendwas gegen das Asthma, wenn es so schlimm wird?«

»In ihrer Tasche«, sagte das kleine Mädchen mit der Vase. »Muss meine Mommy jetzt sterben?«

»Aber nein«, sagte George. Er zog das Inhalationsgerät aus Mrs. Nevers' Tasche und jagte ihr eine anständige Dosis in den Hals. Sie schnappte keuchend nach Luft, erzitterte am ganzen Leib und setzte sich dann auf.

George trug sie in den Bus und ging dabei hinter den hustenden und weinenden Kindern her. Er setzte Rosellen auf den Platz neben ihrer Tochter und sich ans Lenkrad. Er warf den Bus an und rumpelte damit über den Fußballplatz und an seinem Streifenwagen vorbei zu der Zufahrtsstraße. Als er dann mit dem Blue Bird auf die County Road 46 einbog, sangen die Kinder schon *»Row, row, row your boat«*. Und so wurde Trooper George Stankowski ein richtiger Held, während wir, die wir in der Kaserne geblieben waren, fast um den Verstand gekommen wären.

Und ums Leben.

Damals: *Shirley*

Georges letzte Meldung an die Leitstelle lautete: *Hier Wagen vierzehn, ich melde mich ab*. Ich trug das ein und sah dann auf die Uhr, um die Zeit zu notieren. Es war 14.23 Uhr, das weiß ich noch genau. Und ich weiß auch noch, dass Huddie neben mir stand und mir eine Hand auf die Schulter gelegt hatte – wohl um mir ohne viele Worte zu sagen, dass George und die Kinder es schon schaffen würden. 14.23 Uhr: Da brach die Hölle los. Und zwar im wahrsten Sinne des Wortes.

Mister Dillon fing an zu bellen. Es war nicht das Kläffen aus voller Kehle, das er sich normalerweise für Rehe aufhob, die die Wiese hinter der Kaserne erkundeten, und für Waschbären, die sich schnuppernd an unsere Eingangstreppe vorwagten, sondern ein lautes, rhythmisches Aufjaulen, das ich noch nie gehört hatte. Es hörte sich an, als hätte er sich einen Dorn oder eine Glasscherbe eingetreten.

»Was hat er denn?«, fragte Huddie.

D ging steifbeinig ein paar Schritte von der Fliegentür zurück und sah dabei ein wenig wie ein Rodeopferd beim Kälberfangen aus. Ich glaube, ich ahnte schon, was jetzt kommen würde, und Huddie ahnte es wohl auch, aber wir konnten es beide einfach nicht fassen. Und wir hätten ihn sowieso nicht aufhalten können. So brav er sonst auch war – ich glaube, Mister Dillon hätte uns gebissen, hätten wir es versucht. Er jaulte immer noch rhythmisch auf, und Schaum tropfte ihm aus der Schnauze. Seine Augen traten hervor und sahen aus wie braune Murmeln.

Ich weiß noch, dass mich in diesem Moment ein Lichtstrahl blendete. Ich blinzelte, und der Lichtstrahl strich über die Wand. Das war Wagen 6; Eddie und George brachten ihren Verdächtigen; aber das alles bemerkte ich kaum. Ich sah nur Mister Dillon.

Er lief, ohne zu zögern oder abzubremsen, mit gesenktem Kopf auf die Fliegentür zu, durchbrach die Gaze und stieß dabei die Tür auf. Die ganze Zeit über gab er dieses schmerzerfüllte Kläffen von sich, das sich fast wie Geschrei anhörte. Gleichzeitig drang mir ein Geruch in die Nase: Meerwasser und verfaultes Gemüse. Man hörte quietschende Bremsen und Gehupe, und jemand schrie: *»Pass auf!«* Huddie lief zur Tür, und ich lief ihm nach.

Damals: *Eddie*

Wir hatten ihn, zumindest vorläufig, davon abgehalten, weiter seine Freundin zu verprügeln. Wir hatten ihm den Tag versaut, indem wir ihn mit zur Kaserne nahmen. Er musste auf der Rückbank hocken, wo ihm die Sprungfedern in den Arsch piekten und er seine schicken Stiefel auf unseren kotzeabweisenden Spezialfußmatten aus Plastik abstellen musste. Aber Brian zahlte uns das heim. Mir vor allem, aber George musste es sich natürlich auch anhören.

Er skandierte abwechselnd seine Version meines Vornamens und stampfte, so heftig er konnte, mit den hohen Absätzen seiner Cowboystiefel auf. Zusammen hatte es was von einem Footballschlachtruf. Und die ganze Zeit über starrte er mich mit gesenktem Kopf durchs Gitter an, und seine kleinen Augen leuchteten zugedröhnt – das sah ich in dem Spiegel, der an der Sonnenblende befestigt war.

»*Ed*die, der *Blä*ser!« Bumm-Bummbumm! »*Ed*die, der *Blä*ser!« Bumm-Bummbumm!

»Hören Sie mal auf damit, Brian?«, meinte George. Wir näherten uns schon der Kaserne – der ziemlich verwaisten Kaserne; da wussten wir mittlerweile, was in Poteenville los war. Shirley hatte uns einiges erzählt, und den Rest hatten wir aus den Funksprüchen der Wagen aufgeschnappt, die dorthin unterwegs waren. »Da tun einem ja die Ohren weh.«

Mehr Ermutigung brauchte Brian nicht.

»*ED*DIE, DER *BLÄ*SER!« BUMM-BUMMBUMM!

Hätte er noch heftiger gestampft, dann hätte er wahrscheinlich das Bodenblech durchgetreten, aber George machte sich nicht noch mal die Mühe, ihn zu bitten, damit aufzuhören. Wenn sie hoppgenommen hinten im Streifenwagen saßen, konnten sie bloß noch versuchen, einem auf die Nerven zu gehen. Das war nichts Neues für mich, aber diese Dumpfbacke, die mir früher in der High-School-Cafeteria die Bücher aus der Hand geschlagen und in der Stillarbeitsstunde die Schlaufen vom Hemd gerissen hatte, dabei zuzuhören, wie sie diese alten Beleidigungen skandierte … Mann, das war schon unheimlich. Wie eine Reise mit der Zeitmaschine.

Ich sagte nichts dazu, aber George verstand das bestimmt. Und als er dann zum Mikro griff und sich bei der Zentrale meldete – »Sind in zwei Sekunden in der Basis«, sagte er –, sprach er eindeutig eher zu mir als zu Shirley. Wir würden Brian an dem Stuhl in der Ecke für die bösen Buben festschließen, ihm den Fernseher anstellen, wenn er wollte, und kurz die ersten Schreibarbeiten erledigen. Dann würden wir nach Poteenville aufbrechen, es sei denn, die Lage dort würde sich mit einem Mal bessern. Shirley konnte das County-Gefängnis anrufen und mitteilen, dass einer ihrer liebsten Unruhestifter bald dorthin unterwegs sei. Doch bis dahin –

»*Ed*die, der *Blä*ser!« Bumm-Bummbumm! »*Ed*die, der *Blä*ser!«

Er brüllte jetzt so laut, dass er rote Wangen bekam und seitlich an seinem Hals die Sehnen hervorstanden. Das war jetzt für ihn kein Spiel mehr; nein, Brian hatte sich in einen regelrechten Koller hineingesteigert. Was für ein Vergnügen würde es sein, ihn loszuwerden.

Wir kamen den Bookin's Hill hoch – George fuhr ein bisschen schneller als unbedingt nötig –, und oben auf dem Hügel war die Troop D. George blinkte und bog ab, vielleicht immer noch etwas schneller als unbedingt nötig. Lippy, der mitbekam, dass er nur noch wenig Zeit hatte, uns auf die Nerven zu gehen, rüttelte jetzt auch noch an dem Gitter zwischen ihm und uns und stampfte weiter mit seinen John-Wayne-Stiefeln.

»Eddie, der Bläser!« Bumm-Bummbumm! Rüttel-Rüttelrüttel!

Wir fuhren die Auffahrt zum Parkplatz hinten auf dem Hof hoch. George bog hinter dem Gebäude scharf links ab. Er wollte vor der Hintertür der Kaserne halten, damit wir den guten alten Brian ohne Fisimatenten reinbefördern konnten.

Und als George um die Ecke bog, hatten wir Mister Dillon direkt vor uns.

»Pass auf!«, schrie George. Ob das an mich gerichtet war oder an den Hund oder an ihn selbst, kann ich nicht sagen. Und wenn ich so daran denke, fällt mir auf, wie sehr es dem Tag ähnelte, an dem er in Lassburg die Frau überfuhr. Es war fast wie eine Generalprobe, nur mit einem entscheidenden Unterschied. Ich frage mich, ob er sich in den letzten Wochen, bevor er sich dann den Lauf seiner Pistole in den Mund schob, nicht dabei ertappt hat, wie er immer wieder dachte: *Den Hund habe ich verfehlt, und die Frau habe ich überfahren.* Vielleicht auch nicht, aber ich an seiner Stelle hätte das bestimmt gedacht. *Den Hund verfehlt und die Frau überfahren. Wie kann man an einen Gott glauben, wenn es nicht andersrum war?*

George stieg voll in die Eisen und hieb mit dem linken Handballen auf die Hupe. Ich wurde nach vorn geschleudert. Mein Sicherheitsgurt rastete ein. Hinten gab es auch Sicherheitsgurte, aber unser Gefangener hatte sich nicht die Mühe gemacht, einen anzulegen, dazu war er viel zu sehr mit seinem Schlachtruf beschäftigt gewesen, und er knallte mit dem Gesicht an das Gitter, das er gepackt hielt. Ich hörte ein Knacken, das sich nach Fingerknöcheln anhörte. Ich hörte auch etwas krachen. Das Knacken kam wahrscheinlich von einem seiner Finger. Das Krachen kam zweifellos von seiner Nase. Ich wusste, wie es sich anhörte, wenn sich jemand die Nase brach, und es klingt immer gleich – wie wenn man Hähnchenknochen zerbricht. Er gab einen gedämpften, erstaunten Schrei von sich. Ein großer Blutspritzer, warm wie eine Wärmflasche, landete auf der Schulter meiner Uniform.

Mr. Dillon entging in diesem Moment dem Tod wahrscheinlich nur um zehn Zentimeter, vielleicht auch nur um fünf, aber er lief weiter, ohne uns auch nur anzusehen, die Ohren angelegt und jaulend und bellend, schnurstracks zum Schuppen B. Und sein Schatten lief schwarz und scharf neben ihm her.

»Oh, Mann, ch bin veletzt!«, rief Brian mit seiner verstopften Nase. *»Ch blute überall!«* Und dann – es ist unglaublich, aber ich schwöre, es ist wahr – fing er an, sich über die Brutalität der Polizei zu beklagen.

George machte die Fahrertür auf. Ich saß einen Moment lang einfach nur da und sah D hinterher. Ich rechnete damit, dass er vor dem Schuppen Halt machen würde. Das tat er aber nicht. Er rannte mit Karacho gegen das Schuppentor und schlug sich dabei fast den Schädel ein. Er fiel auf die Seite und schrie. Bis dahin hatte ich nicht gewusst, dass Hunde schreien können, aber das können sie durchaus. Es hörte sich nicht wie ein Schmerzensschrei an, sondern eher wie ein Schrei der Verzweiflung. Ich bekam Gänsehaut auf den Armen. D stand auf und drehte sich im Kreis, als würde er seinen eigenen Schwanz jagen. Das machte er zweimal und schüttelte dabei den Kopf, wie um ihn wieder klar zu kriegen. Dann rannte er ein zweites Mal gegen das Tor.

»D! Aus!«, schrie Huddie von der Eingangstreppe her. Shirley stand neben ihm. *»Aus, D! Hörst du nicht!«*

Mister D achtete überhaupt nicht auf sie. Ich glaube, er

hätte auch nicht auf Orville Garrett gehört, wäre Orville an diesem Tag da gewesen, und Orv war für D noch am ehesten so was wie ein Herrchen. Er rannte immer wieder, wie verrückt bellend, gegen das Schuppentor an und stieß jedes Mal einen entsetzlichen Verzweiflungsschrei aus, wenn er daran abprallte. Beim dritten Mal hinterließ er einen blutigen Nasenabdruck auf dem weiß lackierten Holz.

Die ganze Zeit über brüllte sich mein alter Kumpel Brian die Lunge aus dem Hals. *»Hilf mir, Jacubois! Ich blute wie ein Schwein! Wo hat dein bescheuerter Kollege denn seinen Führerschein her? Auf dem Rummelplatz gewonnen? Hol mich hier raus! Ah, meine Nase!«*

Ich beachtete ihn nicht, stieg aus dem Streifenwagen und wollte George fragen, ob der Hund wohl tollwütig sei, doch ehe ich den Mund aufbekam, roch ich diesen Gestank: nach Meerwasser und vergammeltem Kohl und noch etwas viel Widerlicherem.

Mister D machte plötzlich kehrt und rannte nach rechts, zur Ecke des Schuppens.

»Aus, D! Aus!«, schrie Shirley. Sie sah, was ich erst eine Sekunde später sah: Die Tür an der Seite des Schuppens stand ein paar Zentimeter weit offen. Ich habe keine Ahnung, ob jemand – Arky vielleicht – sie offen gelassen hatte.

Jetzt: *Arky*

»Das war ich nich. Ich mach die Tür immer zu. Wenn ich das vergessen hätte, hätte mich der alte Sarge zur Sau gemacht. Und Curt vielleicht auch. Die wollten, dass der Schuppen immer zu is.

Das war ihnen *wichtich.*«

Damals: *Eddie*

Oder vielleicht hatte irgendwas von innen sie aufgemacht. Irgendeine Kraft, die von dem Buick ausging – das meine ich wohl damit. Ich weiß nicht, ob es so war oder nicht; ich weiß nur, dass die Tür offen stand. Daher kam der Gestank, und dahin rannte Mister Dillon.

Shirley lief die Treppe runter und Huddie hinterher, und beide riefen sie Mister D zurück. Sie liefen an uns vorbei. George lief ihnen nach, und ich lief George nach.

Zwei oder drei Tage zuvor hatte der Buick eine Lightshow veranstaltet. Ich war nicht dabei gewesen, aber jemand hatte mir davon erzählt, und im Schuppen B war es seit fast einer Woche kälter. Nicht viel, nur zwei oder drei Grad. Es hatte also, mit anderen Worten, ein paar Anzeichen gegeben, aber nichts richtig Spektakuläres. Nichts, weswegen man mitten in der Nacht aufgestanden wäre und seiner Mutter einen Brief geschrieben hätte. Nichts, was uns darauf vorbereitet hätte, was wir dann vorfanden, als wir in den Schuppen kamen.

Shirley war die Erste. Sie rief nach Mister D … und *schrie* dann nur noch. Eine Sekunde später schrie auch Huddie. Mister Dillon bellte jetzt in einer tieferen Tonlage; er kläffte und knurrte abwechselnd. So hören sich Hunde an, wenn sie ein Tier gestellt oder auf einen Baum gejagt haben. George Morgan schrie: »O Gott! O gütiger Gott! Was ist *das* denn?«

Ich ging in den Schuppen, aber nicht sehr weit. Shirley und Huddie standen Schulter an Schulter, und George stand direkt hinter ihnen. Sie versperrten mir den Weg. Es stank infernalisch – ein Gestank, bei dem einem die Augen tränten und man unwillkürlich die Luft anhielt –, aber das merkte ich kaum.

Der Kofferraum des Buick stand wieder mal offen. Hinter dem Wagen, in der anderen Ecke des Schuppens, stand eine dünne, faltige, gelbe Schreckensvision, die einen Kopf hatte, der überhaupt kein Kopf war, sondern ein Gewirr rosafarbener Schnüre, die alle zuckten und sich wanden. Darunter sah man gelbes, runzliges Fleisch. Es war sehr groß, mindestens zwei Meter zehn. Einige der Schnüre schlugen gegen den Deckenbalken, unter dem es stand. Dabei machten sie ein flatterndes Geräusch, wie Motten, die nachts an ein Fenster fliegen, weil sie zu dem Licht wollen, das sie dahinter sehen oder ahnen. Ich habe dieses Geräusch immer noch im Ohr. Manchmal höre ich es im Traum.

Innerhalb dieses Gestrüpps aus hin und her zuckenden rosafarbenen Dingern öffnete und schloss sich etwas in dem gelben Fleisch. Es war schwarz und rund. Vielleicht war das ein Mund. Vielleicht versuchte es zu schreien. Worauf es da stand, kann ich nicht beschreiben. Es ist, als hätte mein Hirn nicht verstanden, was meine Augen da sahen. Das waren keine Beine, da bin ich mir sicher, und ich glaube, es waren auch eher drei als zwei. Sie liefen in schwarzen, gekrümmten Klauen aus. Auf den Klauen wuchsen drahtige Haarbüschel – ja, ich glaube, das war Haar, und in diesen Büscheln hüpften kleine Viecher rum wie Flöhe. Vor der Brust des Wesens hing ein zuckender, grauer Schlauch aus Fleisch, der bedeckt war mit schwarz schimmernden, runden Fleischstücken. Vielleicht waren das Hautblasen. Oder vielleicht waren es, Gott steh mir bei, die Augen von dem Ding.

Und unser Hund stand davor und bellte und knurrte und versprühte den Schaum, den er vor der Schnauze hatte. Er tat, als wollte er nach dem Ding schnappen, und das Ding kreischte ihn aus seinem schwarzen Loch an. Der graue Schlauch zuckte wie ein Arm ohne Knochen oder wie ein Froschschenkel bei einem Elektroschock. Tropfen spritzten heraus und landeten auf dem Schuppenboden. An diesen Stellen stieg sofort Rauch auf, und ich sah, dass sich die Tropfen in den Beton fraßen.

Mister D wich ein wenig zurück, als ihn das Wesen ankreischte, bellte und knurrte aber weiter. Er hatte die Ohren angelegt, und die Augen traten ihm aus dem Kopf. Es kreischte ihn wieder an. Shirley schrie und hielt sich die Ohren zu. Ich konnte das nachvollziehen, glaubte aber nicht, dass es groß helfen würde. Dieses Gekreische schien einem nicht durch die Ohren in den Kopf zu dringen, sondern eher umgekehrt: Es schien im Kopf zu entstehen und dann durch die Ohren nach *draußen* zu dringen, zu entweichen wie Dampf. Ich wollte Shirley schon sagen, sie solle das nicht tun, solle sich nicht die Ohren zuhalten, sonst würde sie noch eine Embolie bekommen oder so was, wenn sie dieses fürchterliche Kreischen nicht rausließe, aber da ließ sie schon von alleine die Hände sinken.

Huddie nahm sie in den Arm, und sie

Damals: *Shirley*

Ich spürte, wie Huddie einen Arm um mich legte, und ich nahm seine Hand. Ich musste mich einfach an etwas Menschlichem festhalten. Wie Eddie das erzählt, hört sich die erste Lebendgeburt des Buick viel zu menschlich an: Es hatte einen Mund inmitten dieser zuckenden, rosafarbenen Dinger, es hatte eine Brust, es hatte so was wie Augen. Ich will nicht sagen, dass das nicht stimmt, aber ich kann auch nicht sagen, dass es stimmt. Ich weiß nicht mal, ob wir es überhaupt richtig gesehen haben; ganz bestimmt nicht mit geschultem Polizistenblick. Dieses Ding war einfach zu fremd; wir konnten es überhaupt nicht einordnen. Ähnelte es einem Menschen? Ein wenig schon – jedenfalls empfanden wir das so. Aber war es *menschlich?* Nicht im Mindesten; das musst du nicht glauben. War es intelligent, hatte es ein Bewusstsein? Das kann man zwar nicht mit Sicherheit sagen, aber: ja, ich glaube schon. Nicht dass es darauf angekommen wäre. Wir waren mehr als nur entsetzt darüber, wie fremd es war. Und neben diesem Entsetzen (oder vielleicht eher darin, so wie die Nuss in der Schale) war da auch Hass. Etwas in mir wollte es wie Mister Dillon anbellen und anknurren. Es hat Wut in mir geweckt, *Feindschaft*, genauso wie Angst und Abscheu. Die anderen Dinge waren bei ihrer Ankunft gestorben. Das hier starb nicht, aber wir wollten, dass es starb. O Mann, wir wollten es unbedingt tot sehen!

Als es zum zweiten Mal kreischte, schien es uns direkt anzusehen. Der Schlauch in der Mitte hob sich wie ein ausgestreckter Arm, der vielleicht signalisieren sollte: *Helft mir! Schafft das bellende Monster hier weg!*

Mister Dillon machte wieder einen Satz nach vorn. Das Ding in der Ecke kreischte zum dritten Mal und wich zurück. Wieder spritzte Flüssigkeit aus dem Rüssel oder dem Arm oder der Nase oder was es auch war. Ein paar Tropfen trafen D, und sofort fing sein Fell an zu rauchen. Er gab jaulende Schmerzensschreie von sich. Doch statt zurückzuweichen, sprang er auf das Ding in der Ecke zu.

Es glitt mit unheimlicher Schnelligkeit beiseite. Mister Dillon biss in eine Falte seiner runzligen, schlaff herabhängenden Haut, und dann war es weg, glitt ruckartig an der Wand hinter dem Buick entlang, kreischte dabei aus dem Loch in seiner gelben Haut, und der Schlauch wippte hin und her. Schwarzer Schleim, wie der, der aus der Fledermaus und dem Fisch gekommen war, tropfte aus der Stelle, an der D es gebissen hatte.

Es schlug gegen das Schuppentor und kreischte vor Schmerz oder Verzweiflung oder beidem. Und dann packte Mister Dillon es von hinten. Er sprang hoch und verbiss sich in die Hautfalten auf dem Rücken des Wesens. Das Fleisch riss mit Ekel erregender Leichtigkeit. Mister Dillon fiel mit zusammengebissenen Zähnen auf den Boden. Von dem Ding löste sich weitere Haut wie lose Tapete. Schwarzer Schleim ... Blut ... was es auch war ... ergoss sich in Ds Gesicht. Er heulte auf, ließ aber nicht von dem ab, was er da hatte, schüttelte sogar den Kopf hin und her, um es noch weiter zu zerfetzen, schüttelte den Kopf wie ein Terrier, der eine Ratte gepackt hat.

Das Ding schrie und gab dann ein Schnattern von sich, das sich fast nach Sprache anhörte. Und ja, die Schreie und auch das sprachähnliche Schnattern schienen einem mitten aus dem Kopf zu kommen, schienen da förmlich zu *entstehen.* Das Ding schlug mit dem Rüssel ans Schuppentor, als wollte es rausgelassen werden, aber es hatte keine Kraft.

Huddie hatte seine Pistole gezogen. Für einen Moment hatte er freie Schussbahn auf die rosafarbenen Schnüre und den gelben Knoten darunter, aber dann wirbelte das Ding herum, immer noch aus dem schwarzen, sich öffnenden und schließenden Loch unter dem rosafarbenen Gestrüpp heulend und schreiend, und stürzte sich auf Mister D. Das graue Ding, das ihm aus der Brust ragte, wickelte sich um Ds Hals, und D jaulte und heulte vor Schmerz. An der Stelle, an der ihn das Ding gepackt hielt, stieg Rauch auf, und dann roch ich verbranntes Fell. Es stank auch immer noch nach gammligem Gemüse und Meerwasser. Der Eindringling lag kreischend und um sich schlagend auf unserem Hund, und seine Beine (wenn das denn Beine waren) schlugen ans Schuppentor und hinterließen dabei nikotinbraune Flecken. Und Mister Dillon stieß einen lang gedehnten Schmerzensschrei nach dem anderen aus.

Huddie zielte. Ich packte sein Handgelenk und drückte es runter. *»Nein! Du triffst D!«* Und dann schob sich Eddie an mir vorbei und stieß mich dabei fast um. Auf ein paar Säcken neben der Tür hatte er ein Paar Gummihandschuhe entdeckt und sie sich angezogen.

Damals: *Eddie*

Dir muss klar sein, dass ich mich an all das nicht so erinnere, wie man sich normalerweise an etwas erinnert. Ich erinnere mich eher daran wie an das böse Ende einer langen Sauftour. Es war nicht Eddie Jacubois, der sich die Gummihandschuhe von den Rasendüngersäcken neben der Tür nahm. Es war jemand, der *träumte*, er wäre Eddie Jacubois. So kommt es mir jedenfalls mittlerweile vor.

Ging es mir dabei um Mister Dillon? Ich würd es gerne glauben, Junge. Mehr kann ich dazu nicht sagen, denn ich weiß es wirklich nicht mehr. Aber wahrscheinlich wollte ich vor allem das kreischende gelbe Ding zum Schweigen bringen, es aus meinem Kopf rauskriegen. Es war widerlich, es da drin zu haben. Es kam mir vor, als würde ich vergewaltigt.

Aber irgendwas muss ich mir dabei gedacht haben, weißt du? Denn ich hab mir Gummihandschuhe angezogen, ehe ich die Spitzhacke von der Wand nahm. Ich weiß noch, dass die Handschuhe blau waren. Da lagen mindestens ein Dutzend Paar auf den Säcken, in allen Farben des Regenbogens, aber ich hab die blauen genommen. Ich hab sie schnell angezogen – so wie die Ärzte in *Emergency Room.* Dann nahm ich die Spitzhacke von der Wand. Ich hab mich an Shirley vorbeigedrängelt und hätte sie fast umgestoßen. Huddie konnte sie gerade noch auffangen. George hat irgendwas geschrien. Ich glaube: »Pass auf mit der Säure!«

Ich kann mich nicht erinnern, Angst gehabt zu haben, und ich kann mich schon gar nicht erinnern, dass ich mir tapfer vorgekommen wäre. Ich empfand nur Abscheu und Empörung. So würde man sich fühlen, wenn man beim Aufwachen einen Blutegel im Mund hätte, der einem das Blut aus der Zunge saugt. Als ich Curtis davon erzählte, hat er dafür einen Ausdruck gebraucht, den ich nie vergessen habe: *Der Einbruch des Grauens ins Alltägliche.* Ja, das war es: Der Einbruch des Grauens ins Alltägliche.

Mr. D, wie er heulte, knurrte, um sich schlug und versuchte, sich zu befreien; das Ding, wie es auf ihm lag und wie die rosafarbenen Schnüre oben drauf waberten wie Seetang in der Brandung; der Gestank von angesengtem Fell; der Salz- und Kohlgestank; das schwarze Zeug, das aus der Bissstelle floss, wie Ölschlamm an den Falten der gelben Haut runterlief und dann auf den Boden platschte; mein Bedürfnis, es zu töten, es auszulöschen, es aus der Welt zu schaffen – das alles schwirrte mir durch den Sinn, *schwirrte* wirklich, als hätte der Schock darüber, was wir im Schuppen B entdeckt hatten, mein Gehirn püriert und dann zu einem Wirbelsturm aufgepeitscht, der mit Zurechnungsfähigkeit oder Wahnsinn, mit Polizeiarbeit oder Selbstjustiz oder Eddie Jacubois nichts mehr zu tun hatte. Wie gesagt: Ich erinnere mich daran, aber nicht so, wie ich mich an normale Dinge erinnere. Eher wie an einen Traum. Und darüber bin ich froh. Es ist schon schlimm genug, dass ich mich überhaupt daran erinnere. Auch wenn ich trinke, geht das nicht weg. Das schiebt es nur ein wenig in den Hintergrund. Und wenn man aufhört zu trinken, ist alles wieder da. Als würde man aufwachen und hätte einen Blutegel im Mund.

Ich lief hin, holte mit der Spitzhacke aus und traf es in der Mitte. Schwarze Schmiere kam heraus, und mir fiel der Titelsong von *The Beverly Hillbillies* ein – *Up from the ground came a-bubblin crude.*

Das Ding schrie und warf sich rückwärts ans Schuppentor. Mister Dillon kam frei und wich zurück, kroch bäuchlings über den Boden. Er bellte vor Wut und heulte vor Schmerz, alles durcheinander. Hinter dem Halsband hatte er einen versengte Furche im Fell. Seine halbe Schnauze war schwarz angesengt, als hätte er sie in ein Lagerfeuer gesteckt. Rauchfähnchen stiegen auf.

Das Ding, das da am Schuppentor lehnte, hob den grauen Schlauch vor seiner Brust, und da waren *tatsächlich* Augen dran. Sie sahen mich an, und ich konnte es nicht ertragen. Ich drehte die Hacke um und schlug mit der breiten Seite zu. Man hörte ein lautes *Reißen,* und ein Teil des Schlauchs fiel auf den Betonboden. Ich hatte dem Ding auch ein Loch in die Brust geschlagen, aus dem massenweise Zeug kam, das wie rosa Rasiercreme aussah, und das blähte sich auf, als stünde es unter Druck. An dem grauen Rüssel – dem abgetrennten Teil, meine ich – verdrehten sich diese ganzen Augen krampfartig, schienen alle in unterschiedliche Richtungen zu gucken. Eine klare Flüssigkeit, das Gift von dem Vieh, glaube ich, tropfte heraus und versengte den Beton.

Dann war George neben mir. Er hatte eine Schaufel. Damit hieb er auf die Ranken auf dem Kopf des Wesens ein. Er stieß die Schaufel bis zum Stiel in das gelbe Fleisch des Wesens. Das Ding schrie. Ich hörte es in meinem Kopf so laut schreien, dass es mir förmlich die Augen aus den Höhlen drückte, fühlte mich wie ein Frosch, den man am Bauch festhält und zudrückt.

Damals: *Huddie*

Ich zog mir auch ein Paar Handschuhe an und schnappte mir auch ein Werkzeug – ich glaube, es war ein Rechen, aber das weiß ich nicht mehr mit Sicherheit. Was es auch war – ich schnappte es mir und lief damit zu Eddie und George. Ein paar Sekunden später (oder vielleicht war es auch eine Minute, ich weiß es nicht, ich hatte mein Zeitgefühl verloren) sah ich mich um, und da war auch Shirley bei uns. Sie hatte sich ebenfalls Handschuhe angezogen und sich Arkys Pfostenlochbohrer genommen. Ihr Haar hatte sich gelöst und hing ihr ums Gesicht. Sie sah aus wie Sheena, die Königin des Dschungels.

Wir hatten alle daran gedacht, Handschuhe anzuziehen, aber wir waren alle verrückt. Völlig durchgeknallt. Wie das Ding aussah, die schnatternden, klagenden, kreischenden *Geräusche*, die es machte, sogar wie Mister D heulte und jaulte – das alles machte uns verrückt. Ich dachte nicht mehr an den umgekippten Tanklaster und daran, dass George Stankowski versuchte, die Kinder in den Schulbus zu setzen und in Sicherheit zu bringen, und auch nicht mehr an den zornigen jungen Mann, den Eddie und George Morgan angebracht hatten. Ich glaube, ich hatte völlig vergessen, dass es auch noch eine Welt außerhalb dieses stinkenden kleinen Schuppens gab. Schreiend holte ich mit dem Rechen aus und schlug damit immer wieder auf das Ding am Boden ein. Die anderen schrien auch. Wir standen im

Kreis und schlugen und prügelten und schnitten es in Stücke; wir schrien es an, es solle endlich sterben, aber es starb nicht; es sah so aus, als würde es niemals sterben.

Wenn ich irgendwas davon vergessen könnte, würde ich am liebsten das hier vergessen: Ganz am Ende, kurz bevor es dann doch starb, hob es den Stumpf vor seiner Brust. Der Stumpf zitterte wie die Hand eines alten Mannes. An dem Stumpf waren Augen, und manche davon hingen mittlerweile an glänzenden Knorpelfäden herab. Das waren vielleicht die Sehnerven. Ich weiß es nicht. Jedenfalls hob sich der Stumpf, und für einen kurzen Moment *sah ich mich selbst* in meinem eigenen Kopf. Ich sah uns alle, wie wir da im Kreis standen und hinunterschauten, und wir sahen wie Mörder aus am Grab ihres Opfers, und ich sah, wie fremdartig wir waren. Wie *grauenhaft* wir waren. In diesem Moment empfand ich die fürchterliche Verwirrung dieses Wesens. Nicht seine Angst, denn es hatte keine Angst. Nicht seine Unschuld, denn es war nicht unschuldig. Es war auch nicht schuldig. Es war nur verwirrt. Wusste es überhaupt, wo es war? Ich glaube nicht. Wusste es, warum Mister Dillon es angefallen hatte und warum wir es umbrachten? Ja, das wusste es. Wir taten das, weil wir so anders waren, so anders und so grauenhaft, dass seine vielen Augen uns kaum sehen konnten, unseren Anblick kaum ertragen konnten, wie wir da schreiend um es herumstanden und darauf einhackten und einschlugen. Und dann hörte es endlich auf, sich zu regen. Der Stumpf des Rüsseldings vor seiner Brust sank wieder. Die Augen zuckten nicht mehr und starrten nur noch. Wir standen keuchend da, Eddie und George Seite an Seite. Shirley und ich standen ihnen gegenüber – auf der anderen Seite des Dings –, und Mister D war hinter uns und hechelte und jaulte. Shirley warf den Pfostenlochbohrer hin, und als er auf den Boden fiel, sah ich, dass noch ein Fetzen von dem gelben Fleisch des toten Wesens daran hing wie ein Brocken verseuchte Erde. Ihr Gesicht war kalkweiß, bis auf zwei leuchtend rote Flecken auf ihren Wangen und einen dritten roten Fleck, der sich auf ihrer Kehle bildete und aussah wie ein Muttermal.

»Huddie«, flüsterte sie.

»Was?«, fragte ich. Ich konnte kaum sprechen, so trocken war meine Kehle.

»Huddie!«

»*Was*, verdammt?«

»Es konnte *denken*«, flüsterte sie. Sie war entsetzt, und Tränen traten ihr in die Augen. »Wir haben ein *denkendes Wesen* umgebracht. Das ist Mord.«

»Ach Quatsch«, sagte George. »Selbst wenn es so wäre – was soll es bringen, jetzt davon anzufangen?«

Jaulend – aber nicht mehr so eindringlich wie zuvor – schob sich Mister Dillon zwischen Shirley und mir durch. Am Hals, am Rücken und auf der Brust hatte er große kahle Stellen im Fell, als hätte er die Räude. Eine Ohrspitze war anscheinend abgesengt. Er reckte den Hals vor und schnupperte an dem Kadaver, der vor dem Schuppentor lag.

»Bring ihn hier raus«, sagte George.

»Nein, das geht schon«, sagte ich.

Als D an dem schlaffen, reglosen Gewirr rosafarbener Ranken auf dem Kopf des Wesens schnupperte, jaulte er noch einmal auf. Dann hob er ein Hinterbein und pinkelte auf den abgetrennten Rüssel oder das Horn oder was es auch war. Als das erledigt war, wich er, immer noch jaulend, zurück.

Ich hörte ein leises Zischen. Der Kohlgestank wurde stärker, und aus dem Fleisch des Wesens wich die gelbe Farbe. Es wurde weiß. Winzige, fast unsichtbare Dampffähnchen stiegen auf. Von diesem Dampf ging der schlimmste Gestank aus. Das Ding hatte angefangen zu verwesen, genau wie die anderen Sachen auch, die aus dem Kofferraum gekommen waren.

»Shirley, geh wieder rein«, sagte ich. »Du hast in der Leitstelle einen Notfall zu regeln.«

Sie blinzelte wie jemand, der erst wieder zu sich kommt. »Der Tanklaster«, sagte sie. »George S. O Gott, das hab ich ja ganz vergessen.«

»Nimm den Hund mit«, sagte ich.

»Ja. Gut.« Sie hielt inne. »Und was ist damit?« Sie wies auf die am Boden liegenden Werkzeuge, mit denen wir das Wesen umgebracht hatten, als es verstümmelt und schreiend am Schuppentor gelehnt hatte. Was hatte es geschrien? Hatte es um Gnade gefleht? Hätte es (oder ein ähnliches Wesen) im umgekehrten Fall einem von uns Gnade widerfahren lassen? Ich glaube nicht ... aber wie sollte ich das denn auch glauben? Denn erst muss man eine Nacht überstehen und dann eine zweite und dann die Nächte eines ganzen Jahres und dann die von zehn. Man muss in der Lage sein, das Licht auszuschalten und in der Dunkelheit zu liegen. Man muss daran glauben, dass man nur getan hat, was sie mit einem selbst auch getan hätten. Man muss sein Denken entsprechend anpassen, denn man weiß, dass man das Licht nicht ewig anlassen kann.

»Ich weiß es nicht, Shirley«, sagte ich. Ich war kaputt, und mir war schlecht von diesem Kohlgestank. »Was spielt das jetzt für eine Rolle? Es wird kein Gerichtsverfahren und keine Untersuchung und nichts Offizielles geben. Geh wieder rein. Du musst dich um die Leitstelle kümmern.«

Sie nickte hastig. »Komm, Mr. Dillon.«

Ich glaubte erst nicht, dass D ihr folgen würde, aber dann tat er es doch und taperte brav Shirleys braunen, flachen Schuhen hinterher. Er jaulte immer noch, und als sie nach draußen gingen, zitterte er am ganzen Leib, als hätte er sich erkältet.

»Wir müssen auch hier raus«, sagte George zu Eddie. Er fing an, sich die Augen zu reiben, merkte dann, dass er noch Handschuhe trug, und zog sie aus. »Wir müssen uns um den Festgenommenen kümmern.«

Eddie schaute so erstaunt wie Shirley, als ich sie daran erinnert hatte, dass sie die Sache in Poteenville regeln musste. »Das Großmaul hab ich ja völlig vergessen«, sagte er. »Der hat sich die Nase gebrochen, George. Das hab ich gehört.«

»Ach ja?«, sagte George. »Na, das tut mir aber Leid.«

Eddie griente. Man sah ihm an, dass er versuchte, es sich zu verkneifen. Doch stattdessen wuchs es sich zu einem Grinsen aus. So ist das manchmal, selbst in den schlimmsten Situationen. *Vor allem* in den schlimmsten Situationen.

»Geht nur«, sagte ich. »Kümmert euch um ihn.«

»Komm mit«, sagte Eddie. »Du solltest hier nicht alleine bleiben.«

»Wieso nicht? Es ist doch tot, oder?«

»Ich meine auch eher *den*«, sagte Eddie und wies mit einer Kopfbewegung auf den Buick. »Mit dem verdammten Auto, das nur so aussieht wie eins, ist was faul, und zwar so richtig faul. Spürst du das nicht?«

»Irgendwas spüre ich«, sagte George. »Aber das kommt wahrscheinlich noch von dem ...« Er deutete auf das tote Wesen, »... dem Ding da.«

»Nein«, sagte Eddie. »Was du da spürst, kommt von dem Scheiß-Buick, nicht von dem toten Ding. Er *atmet* – das ist meine Meinung. Was auch immer dieser Wagen in Wirklichkeit ist – er atmet. Ich glaube, es ist gefährlich hier drin, Hud.«

»Du übertreibst.«

»Quatsch. *Er atmet.* Beim Ausatmen hat er dieses Ding mit dem rosa Kopf ausgestoßen, wie man einen Popel ausstößt, wenn man sich schneuzt. Und jetzt will er einatmen. Ich sage dir, ich spüre das.«

»Ich will mich nur kurz umsehen, ja?«, sagte ich. »Dann nehme ich die Plane und decke ... das da zu.« Mit dem

Daumen zeigte ich auf das, was wir getötet hatten. »Alles, was darüber hinausgeht, kann warten, bis Tony und Curt kommen. Die kennen sich da aus.«

Aber es war unmöglich, ihn zu beruhigen. Er war in heller Aufregung.

»Bis er nicht wieder eingeatmet hat, können wir sie nicht in die Nähe dieses falschen Wagens lassen.« Eddie sah den Buick mit scheelem Blick an. »Und mach dich bereit, dich deswegen zu streiten. Der Sarge wird reinkommen wollen, und Curt wird unbedingt reinkommen wollen, aber du darfst sie nicht reinlassen, weil –«

»Ich weiß«, sagte ich. »Weil er bald wieder einatmet. Du spürst das. Wir sollten für dich eine eigene Achthundertermummer schalten lassen, Eddie. Dann könntest du ein Vermögen damit verdienen, am Telefon aus der Hand zu lesen.«

»Ja, ja, lach du nur. Meinst du, Ennis Rafferty lacht da auch, wo er jetzt ist? Ich sage dir, was ich weiß, ob es dir nun gefällt oder nicht. Er atmet. Das hat er schon die ganze Zeit gemacht. Und wenn er diesmal wieder einatmet, wird's schlimm. Ich sag dir was: George und ich helfen dir mit der Plane. Wir decken das Ding zu, und dann gehen wir gemeinsam hier raus.«

Die Idee gefiel mir nicht, aber ich hätte nicht sagen können, warum. »Eddie, ich schaff das schon. Das schwöre ich dir bei Gott. Und ich will auch noch ein paar Fotos von Mr. ET knipsen, ehe nur noch Steinkrebssuppe davon übrig ist.«

»Hör auf«, sagte George. Er war ein wenig grün im Gesicht.

»Tschuldige. Ich bin in null Komma nichts hier raus. Geht jetzt, Jungs, und kümmert euch um euren Festgenommenen.«

Eddie starrte den Buick an, der da auf seinen großen, glatten Weißwandreifen ruhte und dessen Kofferraum offen stand, sodass er von hinten aussah wie ein Alligator von vorne. »Ich hasse dieses Ding«, sagte er. »Gib mir zwei Cent, und ich –«

Da ging George schon zur Tür, und Eddie folgte ihm und sprach nicht mehr aus, was er für zwei Cent tun würde. Es war aber auch nicht schwer, drauf zu kommen.

Das verwesende Ding stank immer schlimmer, und ich dachte an die kleine Sauerstoffmaske, die Curt getragen hatte, als er die Pflanze untersucht hatte, die wie eine Lilie aussah. Die Maske lag bestimmt noch in der Hütte. Und als ich das letzte Mal nachgesehen hatte, hatte dort auch noch mindestens eine Polaroidkamera gelegen.

Ganz leise hörte ich, wie George auf dem Parkplatz Shirley zurief, ob es ihr gut ginge. Ja, rief sie zurück. Ein oder zwei Sekunden später schrie Eddie Jacubois aus voller Kehle *»SCHEISSE!«* Anscheinend war er wieder ganz der Alte. Er klang stinksauer. Ich vermutete, dass ihr Gefangener, der wahrscheinlich high war und noch dazu eine gebrochene Nase hatte, hinten in den Wagen 6 gekotzt hatte. Eddie, der von unseren Abenteuern im Schuppen noch von der Rolle war, machte wegen etwas ganz Alltäglichem einen Aufstand. Es gibt ja nun weiß Gott Schlimmeres, als dass einem ein Festgenommener den Wagen voll kotzt. Als ich mal bei einem doppelten Auffahrunfall in Patchin war, habe ich den betrunkenen Fahrer, der schuld an dem Ganzen war, hinten in meinen Streifenwagen gesperrt, während ich ein paar Warnsignale aufstellen war. Als ich wiederkam, musste ich feststellen, dass sich der Mann das Hemd ausgezogen und hineingeschissen hatte. Dann hat er einen Ärmel als Spritzdüse verwendet – wie ein Konditor, der eine Torte verziert – und damit seinen Namen auf die beiden hinteren Seitenfenster geschrieben. Er hatte es auch mit dem Heckfenster versucht, aber da war ihm der braune Zuckerguss ausgegangen. Als ich ihn fragte, warum er etwas derart Widerliches gemacht hatte, schaute er mich so schief und hochmütig an, wie das nur langjährige Alkis hinbekommen, und sagte: »Wir leben halt in einer unglaublich widerlichen Welt, Trooper.«

Jedenfalls nahm ich es nicht besonders ernst, dass Eddie da rumschrie, und ging, ohne nach ihm zu sehen, zu der kleinen Hütte. Ich glaubte schon fast, die Atemmaske wäre nicht mehr da, aber dann lag sie da doch auf dem Regal, zwischen einer Schachtel mit leeren Videokassetten und einem Stapel Jagd- und Angelzeitschriften. Irgendein ordnungsliebender Mensch hatte sie sogar in eine Plastiktüte gesteckt, damit sie nicht einstaubte. Als ich sie vom Regal nahm, musste ich daran denken, wie verrückt Curt damals mit diesem Ding vorm Gesicht ausgesehen hatte. Er hatte dazu noch einen Friseurkittel aus Plastik, eine blaue Badekappe und rote Galoschen getragen. *Wunderschön siehst du aus! Deine Fans beten dich an! Wink ihnen zu!*, hatte ich ihm zugerufen.

Ich befestigte die Maske über Mund und Nase und war schon fast sicher, dass das, was da rauskam, nicht atembar sein würde, aber dann war es tatsächlich Luft – zwar sehr, sehr muffig, aber immerhin. Auf jeden Fall angenehmer als der Gestank nach Kohl und Meerwasser da in dem Schuppen. Ich nahm die ramponierte alte Polaroidkamera, die an einem Riemen an einem Nagel hing. Und als ich aus der Hütte ging, meinte ich eine Bewegung zu sehen. Das könnte ich mir aber auch erst im Nachhinein eingebildet haben, das gebe ich gerne zu. Nur so ein Huschen. Das war aber nicht in der Nähe des Schuppens, denn den hatte ich ja vor mir, und ich sah das eher im Augenwinkel. Irgendwas hinten auf der Wiese, im hohen Gras. Wahrscheinlich dachte ich, es wäre Mister Dillon, der sich da rumrollt und versucht, den Gestank von diesem Vieh loszuwerden. Tja, aber der war's nicht. Mister Dillon war da schon nicht mehr nach Rumrollen zumute. Der arme alte D war da schon dabei zu sterben.

Ich ging wieder in den Schuppen und atmete jetzt durch die Maske. Und obwohl ich zuvor nicht gespürt hatte, wovon Eddie da sprach, empfand ich es jetzt ganz deutlich. Es war, als hätten mich die wenigen Momente draußen dafür empfänglich gemacht oder mich darauf eingestimmt. Der Buick gab keine violetten Blitze von sich und leuchtete oder summte auch nicht, er stand einfach nur da, aber er hatte unverkennbar etwas *Lebendiges* an sich. Das spürte man auf der Haut, wie wenn einem eine ganz leichte Brise über die Haare auf dem Unterarm weht. Und ich dachte … das ist jetzt verrückt, aber ich dachte: *Was ist, wenn der Buick so was Ähnliches ist wie das, was ich gerade vor dem Gesicht trage? Was ist, wenn er nichts weiter als eine Atemmaske ist? Was ist, wenn das Ding, das sie trägt, gerade ausgeatmet hat und in ein, zwei Sekunden –*

Selbst mit der Atemmaske trieb mir der Gestank des toten Wesens Tränen in die Augen. Brian Cole und Jackie O'Hara, zwei handwerklich sehr begabte Typen, die damals hier arbeiteten, hatten im Jahr zuvor im Schuppen einen Deckenventilator angebracht, und den schaltete ich im Vorbeigehen ein.

Ich knipste drei Fotos, und dann war der Polaroidfilm alle. Das hatte ich vorher nicht überprüft. Dumm von mir. Ich steckte die Fotos in meine Gesäßtasche, stellte die Kamera auf dem Boden ab und ging dann die Plane holen. Als ich mich bückte, um sie aufzuheben, fiel mir ein, dass ich zwar die Kamera mitgenommen hatte, aber in der Hütte direkt an dem hellgelben Seil vorbeigegangen war, das dort aufgerollt hing. Ich hätte es mitnehmen und mir um die Taille binden sollen. Das andere Ende hätte ich an dem großen Haken befestigt, den Curtis eigens zu diesem Zweck draußen links neben der Schuppentür angebracht hatte. Aber das hatte ich nicht getan. Das Seil war eigentlich zu leuchtend gelb, um es zu übersehen, aber ich hatte es trotzdem nicht bemerkt. Schon komisch, was? Und nun stand ich da und durfte gar nicht allein da drin sein, *war* aber allein. Und ich trug noch nicht mal ein Sicherheitsseil. War direkt daran vorbeigegangen, vielleicht, weil etwas *wollte*, dass ich daran vorbeiging. Auf dem Boden lag ein toter Außerirdischer, und mich fröstelte, und ich spürte, dass sich da irgendwas zusammenbraute. Ich glaube, ich dachte kurz, wenn ich verschwinden würde, könnten meine Frau und Ennis Raffertys Schwester sich zusammentun. Ich glaube, darüber habe ich laut gelacht. Ich erinnere mich nicht mehr genau, aber ich weiß noch, dass mir irgendwas sehr lustig vorkam. Vielleicht die allgemeine Absurdität der Situation.

Das Ding, das wir getötet hatten, war vollkommen weiß geworden. Es dampfte wie Trockeneis. Die Augen auf dem abgetrennten Teil schienen mich immer noch anzustarren, obwohl sie schon schmolzen und zerliefen. Ich hatte Angst wie noch nie im Leben, eine Angst, wie man sie hat, wenn man ganz genau weiß, dass man in Lebensgefahr schwebt. Das Gefühl, dass da gleich etwas einatmen, *einsaugen* würde, war so übermächtig, dass ich Gänsehaut davon bekam. Aber ich grinste auch. Ein breites Grinsen. Ich lachte noch nicht, aber fast. Ich war richtig gut gelaunt. Ich warf die Plane über Mr. ET und ging dann zur Schuppentür. Die Polaroidkamera hatte ich ganz vergessen. Die ließ ich auf dem Betonboden stehen.

Als ich schon fast an der Tür war, sah ich mich noch mal zu dem Buick um. Und irgendeine Kraft zog mich zu ihm. Bin ich mir sicher, dass diese Kraft von dem Wagen ausging? Nein, eigentlich nicht. Es könnte auch einfach nur die Faszination gewesen sein, die tödliche Dinge auf einen ausüben – der Blick in den Abgrund und wie einen die Mündung einer Pistole anschaut wie ein Auge, wenn man sie hin und her dreht. Selbst eine Messerspitze sieht mit einem Mal ganz anders aus, wenn es spät ist und alle anderen im Haus schon schlafen.

Das spielte sich aber alles unterhalb der gedanklichen Ebene ab. In meinen Gedanken hatte ich nur beschlossen, dass ich nicht rausgehen konnte, ohne den Kofferraum des Buick zuzumachen. Das sah einfach … ich weiß nicht … zu sehr danach aus, als würde er gleich einatmen. Oder zubeißen. So was in der Richtung. Ich lächelte immer noch. Vielleicht lachte ich sogar ein wenig.

Ich ging acht Schritte – oder vielleicht waren es auch zwölf. Ja, wahrscheinlich eher zwölf. Ich sagte mir die ganze Zeit, dass es nicht dumm wäre, was ich da tat, dass Eddie J nur eine alte Memme wäre, die Gefühle mit Tatsachen verwechselte. Ich griff nach dem Kofferraumdeckel. Ich wollte ihn einfach nur zuknallen und dann die Biege machen (das sagte ich mir jedenfalls), doch dann schaute ich in den Kofferraum und sagte laut *Mich laust der Affe* oder *Ich fress 'nen Besen* oder so was. Denn auf der schlichten braunen Matte in dem Kofferraum lag etwas. Es sah aus wie ein Transistorradio, so etwa Baujahr 1960. Es ragte sogar ein glänzender Stummel daraus hervor, der vielleicht eine Antenne sein konnte.

Ich griff in den Kofferraum und hob das Ding hoch. Auch darüber lachte ich. Ich kam mir vor wie in einem Traum oder auf irgendeinem Drogentrip. Und die ganze Zeit über wusste ich, dass es mir immer mehr auf den Leib rückte, sich bereitmachte, mich zu verschlucken. Ich hatte keine Ahnung, ob es Ennis auf die gleiche Weise verschluckt hatte, wie es mich gleich verschlucken würde, aber wahrscheinlich schon. Und das kümmerte mich überhaupt nicht. Ich stand da vor dem offenen Kofferraum, hatte kein Seil um die Taille und niemanden, der mich rausziehen konnte, und etwas machte sich bereit, mich aufzusaugen, mich einzuatmen wie Zigarettenrauch. Und es war mir komplett scheißegal. Mich interessierte nur, was ich da im Kofferraum gefunden hatte.

Es könnte irgendein Kommunikationsgerät gewesen

sein – so sah es jedenfalls aus –, aber es könnte auch etwas ganz anderes gewesen sein: die Pillenschachtel des Monsters oder irgendein Musikinstrument oder vielleicht gar eine Waffe. Es war so groß wie eine Zigarettenschachtel, aber viel schwerer. Schwerer auch als ein Transistorradio oder ein Walkman. Es hatte keine Skala, keine Knöpfe oder Regler. Das Material, aus dem es bestand, fühlte sich weder nach Metall noch nach Plastik an und sah auch nicht so aus. Die Oberfläche war fein gemasert, nicht direkt unangenehm, aber organisch, wie Rindsleder. Ich berührte den Stab, der daraus hervorragte, und er verschwand in einem Loch an der Oberseite. Ich berührte das Loch, und der Stab kam wieder raus. Ich berührte den Stab wieder, und diesmal geschah nichts. Es geschah nie mehr was. Obwohl *nie mehr* für das, was wir dann »das Radio« nannten, nicht sehr lange war. Nach gut einer Woche fing seine Oberfläche an, löchrig zu werden und zu korrodieren. Da war es schon in einem luftdicht verschlossenen Plastikbeutel, aber das bremste den Verfall überhaupt nicht. Einen Monat später sah das »Radio« aus, als wäre es mindestens achtzig Jahre lang Wind und Regen ausgesetzt gewesen. Und im nächsten Frühjahr waren davon nur noch ein paar graue Schnipsel unten in einer Plastiktüte übrig. Die Antenne – wenn es denn eine war – bewegte sich nie wieder, nicht einen einzigen Millimeter.

Ich dachte daran, wie Shirley gesagt hatte, *Wir haben ein denkendes Wesen umgebracht,* und wie George entgegnet hatte, das sei Quatsch. Aber es war kein Quatsch. Die Fledermaus und der Fisch hatten nichts dabeigehabt, das wie ein Transistorradio ausgesehen hatte, denn es waren Tiere gewesen. Der heutige Besucher aber – den wir mit Werkzeugen in Stücke gehackt hatten, die wir von der Wand genommen hatten – war kein Tier gewesen. Wie abscheulich er uns auch vorgekommen war und wie instinktiv wir ihn auch – wie soll man sagen, tja: – verstoßen hatten, hatte Shirley doch Recht gehabt: Es war ein denkendes Wesen gewesen. Wir hatten es trotzdem umgebracht, hatten es in Stücke gehackt, obwohl es da schon auf dem Betonboden lag, sich ergebend den Stumpf seines abgetrennten Rüssels hob und kreischend um Gnade flehte, obwohl es wissen musste, dass wir es nicht verschonen würden, nicht verschonen *konnten.* Aber das war es nicht, was mich entsetzte. Was mich entsetzte, war eine Vision, wie es auf der anderen Seite abgelaufen war. Ich sah Ennis Rafferty, wie er mitten unter Wesen wie das hier fiel, Viecher mit einem gelben Knoten als Kopf und einem Gewirr rosafarbener Schnüre darüber, die vielleicht Haare waren. Ich sah ihn dort sterben unter ihren fuchtelnden, mit Säure gefüllten Rüsseln und ihren Klauen, wie er versuchte, um Gnade zu flehen, und an einer Luft erstickte, die er kaum atmen konnte. Und als er dann tot vor ihnen lag und schon anfing zu verwesen – hatte ihm da einer die Waffe aus dem Holster gezogen? Hatten sie dagestanden, unter einem außerirdischen Himmel in irgendeiner unvorstellbaren Farbe, und ihn sich betrachtet? Hatten sie seine Pistole ebenso bestaunt wie ich das »Radio«? Hatte einer von ihnen gesagt, *Wir haben ein denkendes Wesen umgebracht,* und jemand anderes entgegnet, *Ach, Quatsch?* Und als ich über diese Dinge nachdachte, dachte ich auch, dass ich den Schuppen auf der Stelle verlassen sollte, es sei denn, ich wollte diesen Fragen persönlich auf den Grund gehen. Was tat ich also? Was tat ich als Nächstes? Ich habe das noch nie jemandem erzählt, aber jetzt ist es auch egal; es wäre doch blöde, so viel zu erzählen und dann irgendwas zu verschweigen.

Ich beschloss, in den Kofferraum zu steigen.

Ich hatte schon genau vor Augen, wie ich das tun würde. Da war jede Menge Platz; du weißt ja, wie geräumig der Kofferraum bei so einem alten Auto ist. Als Kinder haben wir zu Buicks und Cadillacs und Chryslern immer

»Mafia-Autos« gesagt, einfach nur, weil ihr Kofferraum groß genug war für zwei Polacken oder drei Spaghettifresser. Jede Menge Platz. Der alte Huddie Royer würde reinsteigen, sich seitlich hinlegen, nach oben greifen und den Deckel zuziehen. Ganz vorsichtig, damit es nur ganz leise klick machte. Und dann würde er da in der Dunkelheit liegen, durch die Atemmaske muffige Luft einatmen und sich das »Radio« vor die Brust halten. Es war nicht mehr viel drin in der kleinen Druckluftflasche, aber es würde reichen. Der alte Huddie würde sich einfach zusammenkuscheln und da liegen und lächeln und ... schon bald ...

Würde etwas Interessantes passieren.

Ich habe seit Jahren nicht mehr daran gedacht, höchstens vielleicht in diesen Träumen, an die man sich beim Erwachen nicht mehr erinnern kann und von denen man nur weiß, dass sie schlimm waren, weil einem das Herz pocht und man einen trockenen Mund hat und einen Geschmack auf der Zunge wie von einer durchgebrannten Sicherung. Zum letzten Mal habe ich bewusst daran gedacht, wie ich damals vor dem Kofferraum des Buick Roadmasters stand, als ich hörte, dass George Morgan sich das Leben genommen hatte. Ich stellte mir vor, wie er in seiner Garage auf dem Boden saß, vielleicht hörte, wie die Kinder auf dem McClurg Field um die Ecke bei Flutlicht Baseball spielten, und dann, als er sein Bier ausgetrunken hatte, die Pistole hob und sie ansah. Wir hatten da mittlerweile schon Berettas, glaube ich, aber George hatte seine Ruger behalten. Er meinte, sie läge ihm genau richtig in der Hand. Ich stellte ihn mir vor, wie er sie hin und her drehte und ihr ins Auge sah. Pistolen haben ein Auge; das weiß jeder, der mal hineingesehen hat. Ich stellte ihn mir vor, wie er sich den Lauf zwischen die Zähne schob und das Korn hart am Gaumen spürte. Es schmeckte nach Öl. Vielleicht hat er sogar die Zungenspitze in die Mündung gesteckt, wie man das beim Mundstück einer

Trompete macht, bevor man darauf bläst. Er saß da in der Ecke seiner Garage, hatte immer noch den Geschmack seines letzten Biers im Mund und schmeckte jetzt auch das Waffenöl und den Stahl und leckte die Mündung, das Auge, aus dem die Kugel mit doppelter Schallgeschwindigkeit hervorschießt, vorangetrieben von heißen, sich ausdehnenden Gasen. Er saß da und roch das Gras, das unter dem Rasenmäher klebte, und ein wenig vergossenes Benzin. Er hörte die Kinder auf dem Baseballfeld jubeln. Er dachte daran, was er gefühlt hatte, als er mit einem zwei Tonnen schweren Streifenwagen von Ford die Frau überfahren hatte, der Knall und dann das Rumpeln, wie er Blutstropfen auf der Windschutzscheibe auftauchen sah wie das Hereinbrechen eines biblischen Fluchs, und wie er es klappern hörte, weil sich etwas in einem seiner Radkästen verfangen hatte, das sich anhörte wie ein Flaschenkürbis und sich dann später als ein Turnschuh der Frau erwies. Das alles stellte ich mir vor, und so war das, glaube ich, für ihn, denn ich weiß, wie es für mich war. Ich wusste, es würde schrecklich ausgehen, aber das war mir egal, denn es würde auch irgendwie lustig sein. Deshalb lächelte ich. Ich wollte nicht weg. Und ich glaube, George wollte das auch nicht. Wenn man sich wirklich dazu entschließt, ist es letztlich so, wie wenn man sich verliebt. Es ist wie eine Hochzeitsnacht. Und ich hatte mich dazu entschlossen.

Doch dann rettete mich ein Schrei – und zwar von Shirley. Erst hörte ich sie nur kreischen, und dann verstand ich auch, was sie schrie. *»Hilfe! Bitte! Helft mir! Bitte, bitte, helft mir!«*

Es war, als wäre ich durch eine Ohrfeige aus einer Trance erwacht. Ich trat zwei große Schritte von dem Kofferraum des Buick zurück, schwankte dabei wie ein Betrunkener und konnte überhaupt nicht fassen, was ich da eben fast getan hatte. Dann schrie Shirley wieder, und ich hörte Eddie rufen: »*Was hat er denn, George? Was passiert da mit ihm?*«

Ich machte kehrt und lief aus dem Schuppen.

Tja. Gerade noch mal davongekommen.

Damals: *Eddie*

Draußen war es so viel angenehmer, dass es mir, als ich hinter George herlief, fast so vorkam, als wäre das im Schuppen B alles nur ein Traum gewesen. Es gab doch ganz bestimmt keine Monster, denen rosafarbene Schnüre aus dem Kopf wuchsen und die einen Rüssel mit Augen dran hatten und behaarte Klauen. Nein, die Realität, das war unser Festgenommener auf der Rückbank von Wagen 6, der flotte, seine Freundin verprügelnde Kotzbrocken Brian Lippy – einen herzlichen Applaus für ihn bitte, meine Damen und Herren. Ich hatte immer noch Angst vor dem Buick – sogar mehr denn je – und war mir sicher, dass es einen sehr guten Grund für die Angst gab, bloß dass er mir nicht mehr einfiel. Und das war eine Erleichterung.

Ich trabte los, um George einzuholen. »Hey, Mann, ich hab mich da drin vielleicht 'n bisschen gehen lassen. Wenn ich –«

»Mist«, sagte er und blieb so abrupt stehen, dass ich fast auf ihn aufgelaufen wäre. Er stand am Rand des Parkplatzes, hatte die Fäuste geballt und auf die Hüften gestemmt. »Guck dir das an.« Dann rief er: »Shirley! Alles klar mit dir?«

»Ja!«, rief sie zurück. »Aber Mister D ... ach, du je, das Funkgerät. Ich muss ran.«

»Das ist ja wohl die Höhe«, sagte George leise.

Ich stellte mich neben ihn, und da sah ich, was ihn so aus der Fassung brachte. Das rechte hintere Seitenfenster von Wagen 6 war herausgebrochen worden, zweifellos von einem Paar Cowboystiefel mit hohen Absätzen. Zwei, drei Tritte hätten da nicht gelangt, ja, vielleicht nicht mal ein Dutzend, aber wir hatten meinem alten Schulfreund Brian ja auch viel Zeit gelassen, sich dabei mächtig ins Zeug zu legen. Jetzt aber mal mit Schmackes!, wie meine alte Mutter immer gesagt hat. Der Sonnenschein spiegelte sich in den tausenden Glaskrümeln, die in einem Haufen auf dem Asphalt lagen. Von Monsieur Brian Lippy aber fehlte jede Spur. *»SCHEISSE!«*, schrie ich und fuchtelte doch tatsächlich mit den Fäusten in Richtung Wagen 6.

Wir hatten einen brennenden Chemietanklaster in Pogus County; wir hatten ein totes Monster, das in unserem Schuppen verweste; und jetzt hatten wir auch noch ein entflohenes Neonazi-Arschloch. Und eine geplatzte Fensterscheibe an einem Streifenwagen. Du denkst vielleicht, verglichen mit dem Rest sei das nicht so schlimm, Junge, aber das denkst du bloß, weil du noch nie diese Formulare ausfüllen musstest, angefangen bei »24-A-24, Beschädigtes Eigentum der PSP«, bis hin zu »Vollständiger Bericht über den Zwischenfall, Füllen Sie alle relevanten Felder aus«. Ich möchte gerne mal wissen, warum man nicht mal ein paar schöne Tage hintereinander hat, an denen jeweils nur eine Sache schief geht. Meiner Erfahrung nach passiert das nie. Meiner Erfahrung nach passiert lange gar nichts, und eines Tages kommt es dann so richtig dicke. Und das war so ein Tag. Schlimmer geht's nimmer.

George ging zum Wagen 6. Ich ging neben ihm her. Er hockte sich hin, nahm das Walkie-Talkie von seinem Koppel und stocherte mit der Gummiantenne in dem zerplatzten Sicherheitsglas herum. Dann hob er etwas auf. Es war der Kruzifixohrring unseres Kumpels. Anscheinend hatte er ihn verloren, als er aus dem Auto geklettert war.

»Scheiße«, sagte ich noch mal, aber leiser. »Wo ist er wohl hin?«

»Tja, bei Shirley ist er nicht. Dafür klingt sie zu munter. Und das ist auch gut so. Aber sonst? Die Straße rauf, die Straße runter, über die Straße, über die Wiese in den Wald. Eins davon – such's dir aus.« Er stand auf und betrachtete die leere Rückbank. »Das ist übel, Eddie. Das könnte ein richtiges Kackorama werden. Das ist dir doch klar, oder?«

Es war nie gut, wenn ein Gefangener ausbrach, aber Brian Lippy war kein John Dillinger, und das sagte ich ihm auch.

George schüttelte den Kopf, als hätte ich da was nicht verstanden. »Wir wissen nicht, was er *gesehen* hat. Oder?«

»Hä?«

»Vielleicht gar nichts«, fuhr er fort und strich mit dem Schuh durch die Glassplitter. Sie klickten und knirschten. Auf einigen waren Blutströpfchen. »Vielleicht ist er *nicht* Richtung Schuppen abgehauen. Aber dann wäre er natürlich zur Straße gekommen, und selbst wenn er hackedicht wäre, würde er das lieber vermeiden, denn wenn ihn irgendein gerade kommender Kollege sieht – blutüberströmt und mit Glassplittern im Haar –, würde er ihn gleich wieder festnehmen.«

Ich war an diesem Tag nicht der Schnellste, das geb ich gerne zu. Oder vielleicht stand ich auch immer noch unter Schock. »Ich verstehe nicht so ganz, was du –«

George hatte den Kopf gesenkt und die Arme vor der Brust verschrankt. Er rührte immer noch mit dem Fuß in den Glassplittern herum. »Also ich an seiner Stelle wäre auf die Wiese gelaufen. Ich hätte mich durch die Wälder zum Highway durchgeschlagen, mich vielleicht an einem der Bäche da gewaschen und hätte dann versucht, per Anhalter weiterzukommen. Aber was wäre gewesen, wenn mich bei meiner Flucht irgendwas abgelenkt hätte? Wenn ich aus dem Schuppen Schreie und Schläge gehört hätte?«

»Oh«, sagte ich. »O Gott. Du meinst doch nicht im Ernst, der wäre stehen geblieben und hätte geguckt, was wir machen, oder?«

»Wahrscheinlich nicht. Aber ist es denkbar? Durchaus. Die menschliche Neugier sollte man nie unterschätzen.«

Da musste ich daran denken, was Curt immer über neugierige Katzen sagte. »Ja, aber wer auf Gottes weiter Welt würde ihm denn jemals glauben?«

»Wenn es im *American* stünde«, sagte George schleppend, »würde Ennis' Schwester ihm vielleicht glauben. Und das wäre schon mal ein Anfang, nicht wahr?«

»Mist«, sagte ich. Ich dachte darüber nach. »Dann lassen wir Shirley wohl besser einen Rundruf an alle Streifen rausgeben.«

»Warten wir erst mal ab, bis die Jungs die Lage in Poteenville einigermaßen im Griff haben. Und wenn der Sarge dann kommt, erzählen wir ihm alles – auch was Lippy vielleicht gesehen hat – und zeigen ihm das, was davon im Schuppen B noch übrig ist. Wenn Huddie ein paar halbwegs anständige Fotos macht ...« Er sah sich um. »Wo steckt der überhaupt? Der müsste doch längst schon wieder draußen sein. O Gott, hoffentlich –«

In diesem Moment fing Shirley an zu schreien: »*Hilfe! Bitte! Helft mir! Bitte, bitte, helft mir!*«

Im gleichen Augenblick kam Mister Dillon durch das Loch heraus, das er in die Gazetür gerissen hatte. Er schwankte wie ein Betrunkener und hatte den Kopf gesenkt. Rauch stieg von seinem Fell auf. Anscheinend kam auch Rauch aus seinem Kopf, aber zunächst konnte ich nicht sehen, woher genau; sein ganzer Kopf rauchte – das war mein erster Eindruck. Auf der ersten der drei Stufen der Hintertreppe verlor er das Gleichgewicht und fiel auf die Seite. Dabei drehte er den Kopf ruckartig hin und her. Er bewegte sich wie die Leute in alten Stummfilmen. Ich sah zwei dünne Rauchfahnen aus seinen Nasenlöchern kommen. Das erinnerte mich an die Frau, die in Lippys Pick-up gesessen hatte, und daran, wie der Rauch ihrer Zigarette in einer schmalen Säule aufgestiegen war, die sich unter dem Dach der Fahrerkabine aufgelöst hatte. Auch seine Augen rauchten und sahen eigenartig knorpelig und weiß aus. Er erbrach einen Schwall rauchendes Blut, halb zersetztes Gewebe und kleine, weiße, dreieckige Dinge. Erst einen Moment später wurde mir klar, dass es seine Zähne waren.

Damals: *Shirley*

Auf allen Kanälen ging es drunter und drüber, aber niemand meldete sich bei der Basis. Wieso sollten sie auch, wenn sie alle entweder bei der Grundschule Poteenville waren oder dorthin unterwegs? Wenigstens hatte George Stankowski die Kinder aus dem Rauch gerettet, das bekam ich mit. Die freiwillige Feuerwehr Poteenville hatte, unterstützt von Feuerwehren aus Statler County, die Grasbrände rund um die Schule mittlerweile im Griff. Das Feuer war tatsächlich durch brennenden Diesel und nicht durch leicht entzündbare Chemikalien ausgelöst worden. Der Tanklaster hatte flüssiges Chlor geladen, das hatte sich mittlerweile bestätigt. Das war alles nicht schön, aber längst nicht so schlimm, wie es hätte sein können. Anscheinend liefen die Dinge da drüben in die richtige Richtung.

George rief mir von draußen zu und fragte, ob mit mir alles in Ordnung sei. Das fand ich nett von ihm, und ich rief zurück, es ginge mir gut. Ein, zwei Sekunden später fluchte Eddie lauthals. Ich fühlte mich die ganze Zeit über eigenartig, war gar nicht ich selbst, war wie jemand, der nach einem großen Umbruch – dem Tod eines Freundes, schlechten Nachrichten vom Arzt, einer Kriegserklärung – mit seinen täglichen Pflichten weitermacht.

Mister D stand mit gesenktem Kopf an der Tür der Leitstelle und jaulte mich an. Ich dachte, dass ihm wahrscheinlich die verbrannten Stellen in seinem Fell wehtaten. Auch an der Schnauze hatte er überall kleine Verbrennungen. Ich beschloss, dass ihn jemand – am besten wohl Orv Garrett – zum Tierarzt bringen musste, wenn sich die Lage hier ein wenig beruhigt hatte. Das würde bedeuten, dass man sich irgendeine Erklärung dafür ausdenken musste, wie er sich diese Verbrennungen zugezogen hatte. Wahrscheinlich keine leichte Aufgabe.

»Willst du Wasser, mein Großer?«, fragte ich. »Das willst du doch bestimmt, nicht wahr?«

Er jaulte wieder, wie um zu sagen, ja, Wasser sei jetzt eine sehr gute Idee. Ich ging in die Küche, nahm seinen Wassernapf und füllte ihn an der Spüle. Ich hörte ihn hinter mir übers Linoleum tapsen, drehte mich aber erst zu ihm um, als ich den Napf voll hatte.

»Hier hast du –«

Weiter kam ich nicht, denn als ich ihn sah, fiel mir der Napf aus der Hand, und ich spritzte mir dabei die Fußknöchel nass. Er zitterte am ganzen Leib – nicht als ob ihm kalt wäre, sondern als ob er unter Strom stünde. Und Schaum tropfte ihm aus dem Maul.

Er hat Tollwut, dachte ich. *Das Ding hat D mit Tollwut angesteckt.*

Er schaute aber nicht tollwütig, nur verwirrt und gequält. Sein Blick schien mich anzuflehen, ihm zu helfen. Ich war der Mensch, ich hatte das Sagen, also müsste ich ihm doch auch irgendwie helfen können.

»D?«, fragte ich. Ich hockte mich auf ein Knie und hielt ihm eine Hand hin. Ich weiß, das hört sich dumm an – leichtsinnig –, aber in diesem Moment war mir einfach danach. »D, was ist? Was fehlt dir denn? Armer alter Junge, was hast du denn?«

Er kam zu mir, aber nur sehr langsam, und jaulte und zitterte bei jedem Schritt. Als er näher kam, sah ich etwas Entsetzliches: Kleine Rauchfahnen stiegen aus den Verbrennungen an seiner Schnauze auf. Auch die verbrannten

Stellen in seinem Fell rauchten, und Rauch kam auch aus seinen Augenwinkeln. Ich sah, wie seine Augen heller wurden, als würde sie von innen ein Nebel trüben.

Ich legte ihm eine Hand auf den Kopf. Als ich spürte, wie heiß er war, schrie ich auf und riss meine Hand zurück, als hätte ich versehentlich eine heiße Herdplatte berührt. Mister D tat, als wollte er nach mir schnappen, aber ich glaube, er meinte es nicht so. Er wusste bloß nicht, was er sonst tun sollte. Dann machte er kehrt und tapste aus der Küche.

Ich stand auf, und für einen Moment wurde mir ganz schwummerig. Wenn ich mich nicht am Küchentresen festgehalten hätte, wäre ich wohl umgefallen. Dann ging ich ihm nach (und schwankte dabei selbst ein wenig) und sagte: »D? Komm wieder her, Hundchen.«

Er war schon halb durch den Raum. Als er meine Stimme hörte, sah er sich noch einmal zu mir um, und da sah ich … ach, da sah ich, wie Rauch aus seinem Maul und seiner Nase kam und auch aus seinen Ohren. Er hob die Lefzen, und für einen Moment kam es mir so vor, als wollte er mir zulächeln, wie Hunde das manchmal tun, wenn sie sich freuen. Dann erbrach er sich. Das meiste, was da rauskam, war nicht sein Futter, sondern seine Innereien. Und die rauchten.

In dem Moment hab ich geschrien. »*Hilfe! Bitte! Helft mir! Bitte, bitte, helft mir!*«

Mister D wandte sich ab, als würde mein Geschrei seinen armen, heißen Ohren wehtun, und wankte dann weiter. Er muss das Loch in der Gaze gesehen haben, so weit war sein Augenlicht wohl noch intakt, denn er steuerte darauf zu und schlüpfte hindurch.

Ich lief ihm schreiend nach.

Damals: *Eddie*

»*Was hat er denn, George?*«, rief ich. Mister Dillon hatte sich wieder hochgerappelt. Er drehte sich langsam um, und von seinem Fell und seiner Schnauze stiegen graue Rauchschwaden auf. »*Was passiert da mit ihm?*«

Shirley kam raus, die Wangen tränennass. »Helft ihm!« rief sie. »Er verbrennt innerlich!«

Huddie kam dazu, keuchend wie nach einem Wettlauf. »Was zum Teufel ist denn los?«

Dann sah er es. Mister Dillon war wieder zusammengebrochen. Wir gingen vorsichtig seitlich auf ihn zu. Auf der anderen Seite kam Shirley die Treppe herunter. Sie war als Erste bei ihm.

»Fass ihn nicht an!«, sagte George.

Shirley hörte nicht auf ihn und legte eine Hand auf Ds Nacken, hob sie aber sofort wieder. Sie sah uns an, und ihr standen Tränen in den Augen. »Er brennt innerlich«, sagte sie.

Jaulend versuchte Mister Dillon wieder aufzustehen. Er schaffte es nur mit den Vorderbeinen und kroch so über den Parkplatz zu der Stelle, wo Curts Bel-Aire und Dicky-Duck Eliots Toyota standen. Mittlerweile *musste* er blind sein; er hatte nur noch kochenden Glibber in den Augenhöhlen. Er zog sich mit den Vorderpfoten vorwärts und schleppte seinen Hinterleib nach.

»O Gott«, sagte Huddie. »Seht euch das an.«

»Helft ihm!«, schrie Shirley. Jetzt liefen ihr Tränen übers Gesicht, und ihre Stimme war so tränenerstickt, dass man sie kaum verstand. »Bitte, um Himmels willen, kann nicht einer von euch ihm helfen?«

Da hatte ich ganz deutlich ein Bild vor Augen. Ich sah mich den Schlauch holen, den Arky immer aufgerollt unter den Wasserhahn an der Außenmauer hängte. Ich sah, wie ich den Hahn aufdrehte, dann mit dem Schlauch zu Mister D lief, ihm die Messingdüse ins Maul stopfte und Wasser in seinen Hals spritzte, der jetzt nur noch ein Schornstein war. Ich sah, wie ich ihn löschte.

Dann ging George zu dem sterbenden Wrack, das unser Kasernenhund gewesen war, und zog dabei seine Pistole. D kroch immer noch sinnloserweise auf eine Stelle zwischen Curts Bel-Aire und Dicky-Ducks Toyota zu, in eine immer dichtere Rauchwolke gehüllt. Wie lange noch, fragte ich mich, bis der Brand nach außen durchdrang und er in Flammen aufging wie einer dieser buddhistischen Mönche, die man während des Vietnamkriegs im Fernsehen sah, wenn sie sich selbst verbrannten.

George blieb stehen und hob seine Pistole, damit Shirley sie sehen konnte. »Das ist das Einzige, was wir machen können. Meinst du nicht auch?«

»Ja, schnell«, sagte sie hastig.

Jetzt: *Shirley*

Das war für mich der schlimmste Teil der ganzen Geschichte: Eddie erzählen zu hören, wie ich George zugestimmt hatte, dass Mister Dillon nur noch eine Kugel helfen könne. Ich wandte mich an Ned. Er saß mit gesenktem Kopf da, und das Haar fiel ihm in die Stirn. Ich nahm sein Kinn und hob es, damit er mich ansehen musste. »Das war das Einzige, was wir tun konnten«, sagte ich. »Das siehst du doch ein, oder?«

Einen Moment lang antwortete er nicht, und mir wurde schon mulmig zumute. Dann nickte er.

Ich sah zu Sandy Dearborn hinüber, aber er sah mich nicht an. Er sah Curtis' Sohn an, und selten habe ich ihn so bekümmert gesehen.

Dann erzählte Eddie weiter, und ich lehnte mich zurück und hörte zu. Es ist schon komisch, wie zum Greifen nah einem die Vergangenheit manchmal vorkommt. Manchmal kommt es einem so vor, als müsste man nur die Hand ausstrecken und könnte sie berühren. Bloß

Bloß wer will das schon?

Damals: *Eddie*

Am Schluss hatte es dann nichts Melodramatisches mehr. Da war nur ein Trooper in grauer Uniform, dessen breite Hutkrempe seine Augen abschirmte, und er bückte sich und streckte die Hand aus, wie um ein weinendes Kind zu trösten. Er setzte die Mündung der Ruger auf das rauchende Ohr des Hundes und drückte ab. Ein lauter Knall ertönte, und D fiel tot auf die Seite. Sein Fell rauchte immer noch, als hätte er eine heiße Quelle geschluckt.

George steckte die Waffe wieder ins Holster und trat einen Schritt zurück. Dann hielt er sich die Hände vors Gesicht und schrie etwas. Ich weiß nicht, was es war. Seine Stimme war zu gedämpft. Huddie und ich gingen zu ihm. Shirley auch. Wir nahmen ihn in den Arm. So standen wir da mitten auf dem Parkplatz, mit dem Wagen 6 hinter uns und dem Schuppen B rechts von uns, und unser braver Kasernenhund, der nie jemandem was zuleide getan hatte, lag tot zu unseren Füßen. Wir konnten riechen, wie es in ihm kochte, und ohne etwas zu sagen, gingen wir alle weiter nach rechts, gegen den Wind, schlurften dabei eher als zu gehen, denn wir wollten einander noch nicht loslassen. Keiner sagte etwas. Wir warteten ab, ob er tatsächlich in Flammen aufging, aber anscheinend wollte ihn das Feuer nicht mehr oder konnte jetzt, da er tot war, nichts mehr mit ihm anfangen. Er schwoll etwas an, und dann kam aus seinem Innern ein grausiges Geräusch, so ähnlich, als ob man eine Papiertüte platzen lässt. Das war vielleicht seine Lunge. Dann lichtete sich der Rauch allmählich.

»Das Ding aus dem Buick hat ihn vergiftet, nicht wahr?«, fragte Huddie. »Es hat ihn gebissen und dabei vergiftet.«

»Quatsch – vergiftet«, sagte ich. »Das verfickte rosahaarige Scheißteil hat ihm 'ne *Brandbombe* reingeknallt.« Dann fiel mir wieder ein, dass Shirley dabei war und dass sie es nicht mochte, wenn ich so redete. »Tschuldige«, sagte ich.

Aber sie hatte mich anscheinend gar nicht gehört. Sie sah immer noch wie gebannt Mister D an. »Was machen wir jetzt?«, fragte sie. »Hat jemand eine Idee?«

»Ich nicht«, sagte ich. »Die Lage ist völlig außer Kontrolle.«

»Nicht unbedingt«, sagte George. »Hast du das Ding da drin zugedeckt, Hud?«

»Ja.«

»Na, das ist doch schon mal ein Anfang. Und wie steht es drüben in Poteenville, Shirley?«

»Die Kinder sind außer Gefahr. Die Busfahrerin ist tot, aber wenn man bedenkt, wie schlimm es anfangs wirkte, würde ich sagen …« Sie verstummte. Sie presste die Lippen so fest zusammen, dass sie fast nicht mehr zu sehen waren, und ihre Kehle zuckte. Dann sagte sie: »Entschuldigt mich, Jungs.«

Sie ging steifbeinig zur Ecke der Kaserne und drückte sich dabei eine Hand vor den Mund. Sie hielt sich den Mund zu, bis wir sie nicht mehr sehen konnten – nur noch ihren Schatten –, und dann hörte man sie dreimal laut und feucht husten. Wir drei standen vor dem rauchenden Hundekadaver und sagten nichts, und nach ein paar Minuten kam sie wieder, totenbleich, und wischte sich den Mund mit einem Papiertaschentuch ab. Sie sprach genau da weiter, wo sie aufgehört hatte, als hätte sie sich zwischendurch nur kurz geräuspert oder nach einer Fliege geschlagen. »Würde ich sagen, dass es ganz gut aussieht. Die Frage ist bloß, wie es hier aussieht.«

»Hol Curt oder den Sarge ans Funkgerät«, sagte George. »Curt reicht auch, aber Tony wäre besser, denn der ist vernünftiger, wenn es um den Buick geht. Seht ihr das nicht auch so?«

Huddie und ich nickten. Shirley nickte auch. »Sag ihm, du hast einen Code D, und er soll so schnell herkommen, wie er kann. Er sollte wissen, dass es kein Notfall ist, aber verdammt nah dran an einem Notfall. Und sag ihm auch, dass wir möglicherweise einen Kubrick haben.« Das ist noch so ein Slangausdruck, den (soweit ich weiß) nur D-Trooper verstehen. »Kubrick« steht für »2001«, und 2001 ist der PSP-Code für »entflohener Gefangener«. Ich hatte davon gehört, diesen Code aber nie selbst gebraucht.

»Kubrick. Verstanden«, sagte Shirley. Jetzt, da sie Anordnungen bekam, wirkte sie wieder ruhiger. »Willst du –«

Es gab einen lauten Knall. Shirley schrie auf, und wir drehten uns alle zum Schuppen um und griffen dabei nach unseren Waffen. Dann lachte Huddie. Die Schuppentür war zugeweht.

»Geh rein, Shirley«, sagte George. »Hol den Sarge her. Wir kriegen das in den Griff.«

»Und Brian Lippy?«, fragte ich. »Keine Fahndung?«

George seufzte. Nahm seinen Hut ab. Rieb sich den Nacken. Sah zum Himmel. Setzte seinen Hut wieder auf. »Ich weiß es nicht«, sagte er. »Aber wenn eine Fahndung rausgeht, werden nicht wir sie rausgeben. Das muss der Sarge entscheiden. Dafür kriegt er ja schließlich mehr Kohle als wir.«

»Genau«, sagte Huddie. Da er jetzt sah, dass wir den schwarzen Peter weiterschoben, wirkte er ein wenig entspannter.

Shirley machte kehrt und schaute sich dann noch einmal um. »Deckt ihn zu, ja?«, sagte sie. »Der arme, alte Mister D. Deckt ihn mit irgendwas zu. Es tut mir im Herzen weh, ihn so zu sehen.«

»Gute Idee«, sagte ich und ging los zum Schuppen.

»Eddie?«, sagte Huddie.

»Ja?«

»In der Hütte ist ein Stück Plane, das groß genug dafür ist. Nimm das. Geh nicht in den Schuppen.«

»Wieso nicht?«

»Weil mit dem Buick immer noch irgendwas vor sich geht. Es ist schwer zu sagen, was genau, aber wenn du da reingehst, kommst du vielleicht nicht wieder raus.«

»Schon klar«, sagte ich. »Du musst mich nicht groß überzeugen.«

Ich holte die Plane aus der Hütte. Es war nur ein dünnes, blaues Ding, aber es reichte. Auf dem Rückweg blieb ich am Schuppentor stehen und schaute hinein. Dabei hielt ich mir eine Hand seitlich ans Gesicht, um was sehen zu können. Ich wollte auf das Thermometer schauen; und ich wollte auch sicherstellen, dass mein alter Schulfreund Brian nicht da drin herumschlich. Das tat er nicht, und die Temperatur war anscheinend um ein Grad gestiegen. Nur eines hatte sich geändert: Der Kofferraum war zu.

Das Krokodil hatte sein Maul geschlossen.

Jetzt: *Sandy*

Shirley, Huddie, Eddie – es war eigenartig schön, abwechselnd ihren Stimmen zu lauschen. Es war, als würden sie mit verteilten Rollen ein seltsames Theaterstück sprechen. Eddie sagte, das Krokodil habe sein Maul geschlossen, und dann verstummte er. Ich wartete darauf, dass eine andere Stimme weitererzählte, und als das nicht geschah und auch Eddie nicht weitersprach, wusste ich, dass es zu Ende war. Ich wusste das, aber Ned Wilcox wusste es nicht. Oder vielleicht wusste er es und wollte es bloß nicht wahrhaben.

»Und?«, fragte er, und seine Stimme hatte wieder diesen fast unverhohlen ungeduldigen Ton.

Was ist passiert, als ihr das Fledermauswesen seziert habt? Erzählt mir von dem Fisch. Erzählt mir alles. Aber – und das ist wichtig – erzählt mir eine Geschichte, *eine mit einem Anfang, einem Mittelteil und einem Schluss, der alles erklärt. Denn das habe ich verdient. Und kommt mir nicht mit euren Ausflüchten und vagen Sprüchen. Das will ich nicht hören. Das lehne ich ab. Ich will eine Geschichte*

Er war jung, was einiges erklärte, und es ging um etwas, das, wie man so sagt, nicht von dieser Welt war, und auch das erklärte viel ... aber da war noch etwas, und das war gar nicht schön. Dieses egoistische, verbissene Nachbohren. Und er bildete sich ein, ein Recht dazu zu haben. Trauernde verwöhnt man gern. Ist Ihnen das schon mal aufgefallen? Und dann gewöhnen sie sich daran.

»Was und?«, fragte ich. Ich hatte meinen am wenigsten ermunternden Tonfall aufgesetzt. Aber das nützte auch nichts.

»Was ist passiert, als Sergeant Schoondist und mein Vater wiederkamen? Habt ihr Brian Lippy gekriegt? Hatte er was gesehen? Hat er was *ausgeplaudert?* Mann, ihr könnt doch jetzt nicht einfach aufhören!«

Da täuschte er sich. Wir konnten einfach aufhören, wann immer wir wollten; aber das steckte ich ihm nicht (zumindest noch nicht) und sagte ihm stattdessen: »Nein, Brian Lippy haben wir nie gekriegt; Brian Lippy ist bis zum heutigen Tag ein Kubrick.«

»Wer hat den Bericht geschrieben?«, fragte Ned. »Du, Eddie? Oder Trooper Morgan?«

»George«, sagte er, und ein Grinsen spielte um seine Lippen. »Der konnte so was schon immer besser als ich. Hat auf dem College Schreibseminare besucht. Er hat immer gesagt, jeder State Trooper, der was taugt, müsste auch die Grundlagen der Schriftstellerei beherrschen. Als wir an diesem Tag nicht mehr weiterwussten, hat George die Ruhe bewahrt, nicht wahr, Huddie?«

Huddie nickte.

Eddie stand auf, hielt sich das Kreuz und streckte sich dann, bis wir es knacken hörten. »Ich muss nach Hause, Leute. Vielleicht zisch ich unterwegs im Tap noch 'n Bier. Vielleicht auch zwei. Bin ganz ausgedörrt vom vielen Erzählen.«

Ned sah ihn erstaunt, wütend und vorwurfsvoll an. »Du kannst doch jetzt nicht einfach so abhauen!«, rief er. »Ich will die ganze Geschichte hören!«

Und Eddie, der allmählich seinen Kampf verlor, nicht wieder der dicke Eddie zu werden, sprach aus, was ich wusste und was auch die anderen wussten. Dabei sah er Ned nicht unbedingt freundlich an. »Das hast du schon, Junge. Du weißt es bloß noch nicht.«

Ned sah ihm nach und wandte sich dann uns übrigen zu. Nur Shirley erwiderte seinen Blick mit Mitgefühl. Ich glaube, der Junge tat ihr Leid.

»Was soll das heißen – ich hätte die ganze Geschichte gehört?«

»Bis auf ein paar Anekdoten war es das«, sagte ich. »Und die sind nur Variationen desselben Themas. Ungefähr so interessant wie die letzten Krümel in einer Schale Popcorn.

Was Brian Lippy angeht – in dem Bericht, den George schrieb, steht: ›Die Trooper Morgan und Jacubois sprachen mit dem Mann und stellten fest, dass er nüchtern war. Der Mann bestritt, seine Freundin geschlagen zu haben, und Trooper Jacubois ermittelte, dass seine Freundin diese Aussage bestätigte. Der Mann wurde dann wieder auf freien Fuß gesetzt.‹«

»Aber Lippy hatte doch bei ihrem Streifenwagen ein Fenster eingetreten!«

»Stimmt, und George und Eddie konnten unter diesen Umständen ja wohl kaum Geld für die Reparatur anfordern.«

»Also?«

»Also kam das Geld für die neue Fensterscheibe wahrscheinlich aus dem Eventualfonds. Dem Buick-8-Eventualfonds, wenn du's ganz genau wissen willst. Den bewahren wir immer noch an der gleichen Stelle auf wie damals – in einer Kaffeedose in der Küche.«

»Ja, da kam das her«, sagte Arky. »Die arme alte Kaffeedose hat im Laufe der Jahre ganz schön was hergeben müssen.« Er stand auf und streckte sich ebenfalls. »Ich muss los, Jungs und Mädels. Im Gegensatz zu einigen von euch habe ich auch noch ein Privatleben. Aber bevor ich gehe: Willst du noch was wissen, Neddie? Über diesen Tag damals?«

»Alles, was du mir erzählen magst.«

»Sie haben D begraben. Und gleich daneben haben sie die Werkzeuge vergraben, mit denen sie das Vieh erschlagen hatten, das ihn vergiftet hat. Darunter auch meinen Pfostenlochbohrer, und für *den* hab ich nie eine Entschädigung aus der Kaffeedose gekriegt!«

»Weil du eben kein PP-Formular ausgefüllt hast«, sagte Shirley. »Ich weiß, diese Schreibarbeiten sind echt lästig, aber ...« Sie zuckte mit den Achseln, wie um zu sagen: *So geht's nun mal zu in der Arbeitswelt.*

Arky sah sie an und runzelte argwöhnisch die Stirn. »PP? Was ist denn das für 'n Formular?«

»Das ist die ›Persönliches Pech‹-Liste«, erklärte ihm Shirley mit vollkommen ernster Miene, »die du jeden Monat ausfüllst und an den Kaplan schickst. Mein Gott, so einen norwegischen Holzkopf wie dich hab ich ja noch nie gesehen. Haben sie dir bei der Armee denn gar nichts beigebracht?«

Daraufhin gab Arky ihren Händen einen Klaps, lächelte aber dabei. Er hatte im Laufe der Jahre schon viele Neckereien einstecken müssen, glauben Sie mir – sein Akzent forderte das geradezu heraus. »Ach, geh mir doch.«

»Bist ihr auf den Leim gegangen, Arky«, sagte ich. Ich lächelte ebenfalls. Ned lächelte nicht. Ned sah aus, als wären die Scherze und Neckereien – unsere Methode, allmählich wieder zum Alltag zurückzukehren – glatt an ihm vorbeigegangen.

»Wo warst du, Arky?«, fragte er. »Wo warst du, als das alles passiert ist?« Uns gegenüber warf Eddie seinen Pickup an und schaltete die Scheinwerfer ein.

»Im Urlaub«, sagte Arky. »Auf der Farm meines Bruders in Wisconsin. Also diese Sauerei musste wer anders wegmachen.« Das sagte er mit großer Befriedigung.

Eddie fuhr vorbei und winkte uns zu. Wir winkten zurück, Ned auch. Aber er blickte immer noch bekümmert.

»Ich muss auch los«, sagte Phil. Er trat seine Zigarette

aus, stand auf und schnallte seinen Gürtel enger. »Junge, belass es dabei: Dein Dad war ein ausgezeichneter Polizist und hat der Troop D Ehre gemacht.«

»Aber ich will doch wissen –«

»Es spielt keine Rolle, was du wissen willst«, sagte Phil freundlich. »Er ist tot, und du bist am Leben. Das sind die Tatsachen, wie Joe Friday immer gesagt hat. Nacht, Sarge.«

»Nacht«, sagte ich und sah Arky und Phil nach, die gemeinsam über den Parkplatz gingen. Der Mond schien mittlerweile schon so hell, dass ich sehen konnte, dass keiner der beiden auch nur einen kurzen Blick zum Schuppen B hinüberwarf.

Blieben nur noch Huddie, Shirley und ich. Und der Junge natürlich. Curtis Wilcox' Sohn, der zu uns gekommen war, Rasen gemäht, Laub geharkt und Schnee geräumt hatte, wenn es für Arky draußen zu kalt war; Curts Junge, der aus der Footballmannschaft ausgestiegen und stattdessen zu uns gekommen war, um zu versuchen, seinen Vater gewissermaßen noch ein wenig länger am Leben zu erhalten. Ich erinnerte mich daran, wie er sein Annahmeschreiben vom College hochgehalten hatte wie ein Wettkampfrichter bei der Olympiade seine Wertung, und angesichts dessen, was er alles durchgemacht und wie viel er verloren hatte, schämte ich mich, dass ich wütend auf ihn war. Aber er war nicht der einzige Junge in der Geschichte der Menschheit, der seinen Vater verloren hatte, und wenigstens hatte es ein Begräbnis gegeben und stand der Name seines Vaters auf der Gedenktafel vor der Kaserne, neben denen von Corporal Brady Paul, Trooper Albert Rizzo und Trooper Samuel Stamson, der in den Siebzigerjahren umgekommen war und bei der PSP manchmal auch »Pumpgun-Trooper« genannt wurde. Bis zu Stamsons Tod beförderten wir unsere Pumpguns in Halterungen unterm Wagendach – wenn man seine Waffe brauchte, musste man nur hochfassen und hatte sie zur Hand. Trooper Stamson kam bei einem Auffahrunfall ums Leben, als er auf dem Standstreifen des Turnpike hielt und sich Notizen machte. Der Kerl, der auf ihn auffuhr, war betrunken und hatte beim Aufprall knapp hundertsiebzig Sachen drauf. Der Streifenwagen wurde zusammengequetscht. Der Benzintank explodierte nicht, aber Trooper Stamson wurde von seiner eigenen Gewehrhalterung geköpft. Seit 1974 bewahren wir unsere Pumpguns in einer Halterung unterm Armaturenbrett auf, und seit 1973 steht Sam Stamsons Name auf der Gedenktafel. »Auf dem Stein«, wie wir sagen. Ennis Rafferty wird in den Akten als vermisst geführt, und deshalb steht sein Name nicht auf dem Stein. Die offizielle Story über Trooper George Morgan lautet, er sei beim Reinigen seiner Waffe ums Leben gekommen (eben jener Ruger, die Mister Dillon von seinen Qualen erlöste), und da er nicht im Dienst starb, steht sein Name ebenfalls nicht auf dem Stein. Man kam nicht auf den Stein, wenn man nur *infolge* des Dienstes starb; darauf hat mich Tony Schoondist einmal hingewiesen, als er sah, dass ich die Namen betrachtete. »Und das ist wahrscheinlich auch besser so«, sagte er. »Sonst hätten wir ein Dutzend Gedenktafeln hier draußen.«

Gegenwärtig ist der jüngste Name auf dem Stein der von Curtis K. Wilcox. *Juli 2001. In Erfüllung seiner Pflicht.* Es war nicht schön, nur den in Granit gemeißelten Namen seines Vaters zu haben, wenn man doch unbedingt den Vater selbst haben wollte, aber es war immerhin etwas. Ennis' Name hätte dort auch eingemeißelt sein sollen. Dann hätte seine zickige Schwester herkommen und ihn sich ansehen können. Aber dem war nicht so. Und was war *ihr* geblieben? Der Ruf, eine alte Hexe zu sein – das war ihr geblieben. Sie hatte uns all die Jahre lang geplagt, und es war unmöglich, sie zu mögen, aber Mitleid konnte man schon mit ihr haben. Sie stand letztendlich mit noch weniger da als dieser Junge, der wenigstens sicher wusste, dass sein Vater tot war und dass er nicht eines Tages betreten grinsend wieder ankommen und eine wilde Geschichte auftischen würde, die seine leeren Taschen erklären sollte und seine Bräune und warum ihm das Wasserlassen so höllisch wehtat.

Ich hatte kein gutes Gefühl bei dem, was wir an diesem Abend getan hatten. Ich hatte gehofft, die Wahrheit würde Ned helfen (sie mache einen frei, hat mal jemand gesagt – wahrscheinlich ein Idiot), und nun schwante mir, dass sie alles eher noch schlimmer gemacht hatte. Die Befriedigung ihrer Neugier mochte ja vielleicht Katzen wieder zum Leben erwecken, aber auf Ned Wilcox' Gesicht konnte ich keinerlei Befriedigung entdecken. Ich sah dort lediglich hartnäckige, eher erschöpfte als gestillte Neugierde. Den gleichen Blick hatte ich von Zeit zu Zeit auf Curtis' Gesicht gesehen, meistens, wenn er in dieser Bauzaunpose an einem der Tore von Schuppen B stand – breitbeinig, mit der Stirn am Fensterglas, die Augen etwas zugekniffen und einen nachdenklichen Zug um den Mund. Aber ist das, was über Blutsbande weitergereicht wird, nicht die stärkste Kette überhaupt? Was da an Gutem und Schlechtem und Katastrophalem von einer Generation auf die nächste übergeht?

Ich sagte: »Soweit bekannt ist, hat sich Brian Lippy einfach nur nach neuen Weidegründen umgesehen. Das könnte sogar stimmen, wir haben nie was Gegenteiliges gehört. Und das hat alles auch seine guten Seiten: Dass er verschwunden ist, hat seiner Freundin möglicherweise das Leben gerettet.«

»Das bezweifle ich«, grummelte Huddie. »Ihr nächster Macker war bestimmt wieder so ein Brian Lippy, bloß mit 'ner anderen Haarfarbe. Die suchen sich doch immer wieder Typen aus, die sie verprügeln. Ohne die blauen Flecken am ganzen Körper wüssten die doch gar nicht, wer sie sind.«

»Sie hat ihn nie vermisst gemeldet. Das kann ich dir sagen«, meinte Shirley. »Jedenfalls ist nichts in der Richtung über meinen Schreibtisch gegangen, und ich bekomme sämtliche Vermisstenmeldungen hier aus der Gegend zu Gesicht. Und auch keiner seiner Verwandten hat ihn vermisst gemeldet. Ich weiß ja nicht, was aus ihr geworden ist, aber er war so ein typischer Fall von ›Ein Glück, das wir den los sind‹.«

»Aber *du* glaubst doch nicht, dass er einfach nur aus dem Auto geklettert und weggelaufen ist, oder?«, fragte Ned Huddie. »Schließlich warst du doch dabei.«

»Nein«, sagte Huddie, »das glaube ich tatsächlich nicht. Aber was ich glaube oder nicht, spielt keine Rolle. Der Sarge hatte schon Recht, als er uns damals den ganzen Abend lang den springenden Punkt bei der Sache eingebläut hat: *Wir wissen es nicht.*«

Es war, als hätte der Junge ihn nicht gehört. Er wandte sich wieder an mich: »Was ist mit meinem Dad, Sandy? Was hat mein Dad geglaubt, wo Brian Lippy geblieben ist?«

»Tony und er waren der Ansicht, dass Brian durch den Kaninchenbau ins Wunderland beziehungsweise mit dem Wirbelsturm nach Oz gelangt war, dass er also, mit anderen Worten, genau da gelandet ist, wo auch Ennis Rafferty und Jimmy, die Springmaus, gelandet sind. Und was das Wesen angeht, das sie damals erschlagen haben –«

»Das Mistding ist schnell verwest«, sagte Shirley in forschem, das Thema abhakendem Tonfall. »Es gibt Fotos davon, und du kannst sie dir gern alle angucken, wenn du willst, aber was darauf zu sehen ist, könnte alles Mögliche sein, auch ein Jux. Man sieht darauf nicht, wie es ausgesehen hat, als es vor Mister D weggelaufen ist – wie schnell es war und wie laut es gekreischt hat. Im Grunde sieht man gar nichts darauf. Und wir können es dir auch nicht so erzählen, dass du es verstehst. Das sieht man dir schon am Gesicht an. Weißt du, warum die Vergangenheit die Vergangenheit ist, Schätzchen?«

Ned schüttelte den Kopf.

»Weil das eben nicht geht.« Sie schaute in ihre Zigarettenschachtel, und anscheinend gefiel es ihr, was sie da sah, denn sie nickte, steckte sie in ihre Handtasche und stand auf. »Ich fahre heim. Ich habe zwei Katzen, die ich schon vor drei Stunden hätte füttern müssen.«

Ja, so war Shirley – Shirley, das uramerikanische Girlie, wie Curt sie immer genannt hatte, wenn er sie ein bisschen triezen wollte. Kein Ehemann (kurz nach der High School hatte sie mal einen gehabt), keine Kinder, zwei Katzen und ungefähr zehntausend Kuscheltiere. Sie war mit der Troop D verheiratet. Ein wandelndes Klischee, mit anderen Worten, und wenn einem das nicht passte, war man selber schuld.

»Shirl?«

Es klang wehleidig, und sie drehte sich zu ihm um. In diesem Moment hörte Ned sich nicht wie achtzehn an, sondern so jung wie seine beiden Schwestern.

»Was denn, mein Schatz?«

»Mochtest du meinen Vater?«

Sie legte ihm ihre Hände auf die Schultern, bückte sich und drückte Ned einen Kuss auf die Stirn. »Ich habe ihn geliebt. Und dich liebe ich auch. Wir haben dir alles erzählt, was wir wissen, und es war nicht einfach. Ich hoffe, es hilft.« Sie hielt inne. »Ich hoffe, es war genug.«

»Das hoffe ich auch«, sagte er.

Shirley drückte seine Schultern. Dann ließ sie ihn los und erhob sich. »Hudson Royer? Würden Sie eine Dame bitte zu ihrem Wagen geleiten?«

»Aber mit Vergnügen«, sagte er und hakte sich bei ihr ein. »Sehn wir uns morgen, Sandy? Hast du immer noch Frühschicht?«

»Ja«, sagte ich. »Morgen wieder in alter Frische.«

»Dann solltest du wohl besser mal nach Hause fahren und 'ne Runde schlafen.«

»Mache ich gleich.«

Er und Shirley gingen. Ned und ich saßen auf der Bank und sahen ihnen nach. Wir winkten ihnen zu, als sie vorbeifuhren – Huddie in seinem großen alten New Yorker und Shirley in ihrem kleinen Subaru mit dem »ÜBERHOLEN SIE RUHIG. WIR SCHNEIDEN SIE RAUS. IHRE FEUERWEHR«-Aufkleber hinten drauf. Als ihre Rücklichter um die Ecke der Kaserne verschwunden waren, nahm ich meine Zigarettenschachtel heraus und schaute ebenfalls hinein. Es war noch eine drin. Die würde ich rauchen und dann mit dem Rauchen aufhören. Dieses reizende Märchen erzählte ich mir nun schon seit mindestens zehn Jahren.

»Und es gibt wirklich nichts mehr, was du mir noch erzählen könntest?«, fragte Ned in kleinlautem, desillusioniertem Ton.

»Nein. Für ein Theaterstück taugt das nicht, was? Es fehlt der dritte Akt. Tony und dein Dad haben in den fünf Jahren danach noch ein paar Experimente durchgeführt und schließlich auch Bibi Roth in die Sache eingeweiht. Dein Vater hat Tony dazu überredet, und ich konnte wie üblich nichts dagegen machen. Ehrlich gesagt: Nach Brian Lippys Verschwinden und Mister Dillons Tod war ich dagegen, noch irgendwas mit dem Buick anzustellen. Ich fand, wir sollten ihn nur im Auge behalten und gelegentlich beten, dass er entweder auseinander fallen oder dahin verschwinden würde, wo er hergekommen war. Ach ja, und wir sollten alles töten, was aus dem Kofferraum kam und noch lebendig genug war, um im Schuppen rumzulaufen und nach einem Ausgang zu suchen.«

»Ist das denn jemals passiert?«

»Noch so ein rosahaariger ET, meinst du? Nein.«

»Und Bibi? Was hat der gesagt?«

»Er hat sich angehört, was Tony und dein Dad ihm erzählt haben, hat sich den Wagen noch mal angeguckt und ist dann weggefahren. Er hat ihnen gesagt, er sei zu alt, um sich mit etwas zu befassen, das so fern ab seines Weltverständnisses liege. Er sagte, er wolle den Buick aus seinem Gedächtnis verbannen, und hat Tony und Curt eindringlich gebeten, das auch zu tun.«

»Aber um Himmels willen, er war doch Wissenschaftler! Das Ding hätte ihn doch *faszinieren* müssen!«

»Dein *Vater* war der Wissenschaftler«, sagte ich. »Zwar nur ein Amateurwissenschaftler, aber ein guter. Die Dinge, die aus dem Buick kamen, und seine Begierde, etwas über den Buick zu erfahren – das hat ihn zum Wissenschaftler gemacht. Als er zum Beispiel das Fledermauswesen seziert hat, war das zwar verrückt, hatte aber durchaus auch etwas Heldenhaftes, genau wie die Gebrüder Wright, als die zum ersten Mal mit ihrem kleinen, selbst gebastelten Flugzeug gestartet sind. Bibi Roth hingegen ... Bibi war ein Handwerker mit Mikroskop. So hat er sich manchmal selbst bezeichnet, und zwar voller Stolz. Er war jemand, der sich ganz bewusst auf ein einziges Wissensgebiet eingeschränkt und einen kleinen Bereich ganz hell ausgeleuchtet hat. Handwerker hassen Geheimnisse. Wissenschaftler – zumal *Amateur*wissenschaftler – stürzen sich darauf. Dein Vater war ein zwiegespaltener Mensch. Als Polizist waren ihm Geheimnisse verhasst. Als Buickologe aber ... tja, sagen wir einfach nur: als Buickologe war er ein ganz anderer Mensch.«

»Und welchen der beiden mochtest du lieber?«

Ich dachte darüber nach. »Das ist, als würde ein Junge seine Eltern fragen, wen sie mehr lieben – ihn oder seine Schwester. Das ist keine faire Frage. Aber Curt, der Forscher, hat mir immer Angst gemacht. Und Tony auch ein wenig.«

Der Junge saß da und dachte darüber nach, überlegte vielleicht, ob er das glauben konnte oder nicht. Oder ob er es glauben wollte.

»Es sind noch ein paar Dinge aufgetaucht«, sagte ich. »1991 hatten wir einen Vogel mit vier Flügeln.«

»*Vier –!*«

»Ja, vier. Er flog herum, prallte an die Wände und fiel tot zu Boden. Im Herbst 1993 sprang nach einer Lightshow der Kofferraum auf und war halb voll mit Erde. Curt wollte sie drin lassen und sehen, was damit geschehen würde, und zuerst war Tony damit einverstanden, aber dann fing die Erde an zu stinken. Ich wusste nicht, dass Erde verfaulen kann, das wusste wohl keiner von uns, aber anscheinend geht das durchaus, wenn es nur die richtige Erde ist. Und deshalb ... das ist verrückt, aber wir haben die Erde vergraben. Ist das zu fassen?«

Er nickte. »Und hat mein Dad die Stelle im Auge behalten, wo ihr sie vergraben habt? Das hat er doch bestimmt, oder? Nur um zu sehen, was da wachsen würde.«

»Ich glaube, er hat auf ein paar von diesen eigenartigen Lilien gehofft.«

»Und? Kamen welche?«

»Nein, da ist nichts gewachsen. Die Erde aus dem Kofferraum haben wir ganz in der Nähe der Stelle vergraben, an der auch Mister D und die Werkzeuge liegen.«

»Und das Monster? Was ist damit passiert?«

»Was sich davon noch nicht in Schleim verwandelt hatte, haben wir im Verbrennungsofen verbrannt. Und an der Stelle, wo wir die Erde vergraben haben, wächst immer noch nichts. Jedes Frühjahr sprießt da ein wenig was, aber bisher ist es immer wieder eingegangen. Aber ich schätze mal, das wird sich irgendwann ändern.«

Ich steckte mir meine letzte Zigarette an.

»Gut anderthalb Jahre nach der Erde kam noch mal so eine rote Stock-Eidechse. Tot. Und das war's. Es ist immer noch ein Erdbebengebiet da drin, aber die Erdbeben sind heutzutage nicht mehr so stark. Es wäre nun ebenso unklug, achtlos mit dem Buick umzugehen, wie es unklug wäre, achtlos mit einem alten Gewehr umzugehen, nur weil es Rost angesetzt hat und der Lauf mit Dreck verstopft ist. Aber wenn man die nötige Vorsicht walten lässt, geht wahrscheinlich keine große Gefahr davon aus. Und eines Tages – das hat dein Dad geglaubt, das hat Tony geglaubt, und ich glaube das auch – wird dieser alte Wagen auseinander fallen. Ganz plötzlich, genau wie die Wunderkutsche in dem Gedicht von O. W. Holmes.«

Er sah mir flüchtig in die Augen, und mir wurde klar, dass er keine Ahnung hatte, von welchem Gedicht ich da sprach. Mit der Bildung geht es eindeutig bergab. Dann sagte er: »Ich kann es spüren.«

Etwas an seinem Tonfall erschreckte mich sehr, und ich sah ihn ernst an. Er sah immer noch jünger aus als achtzehn, fand ich. Ein kleiner Junge, weiter nichts, der mit Turnschuhen an den Füßen, übereinander geschlagenen Beinen und Sternenlicht auf dem Gesicht dasaß. »Kannst du das, ja?«, fragte ich.

»Ja. Du nicht?«

Vermutlich hatten alle Trooper, die im Laufe der Jahre hier gearbeitet hatten, diese Anziehungskraft gespürt. Sie hatten sie gespürt, wie Küstenbewohner die Gezeitenströme spüren, die ihrem Leben einen Rhythmus vorgeben. An den meisten Tagen und in den meisten Nächten hatten wir es ebenso wenig wahrgenommen, wie man normalerweise bewusst seine Nase wahrnimmt – als Umriss, der auf einer Seite alles begrenzt, was man sieht. Manchmal aber wurde die Anziehungskraft stärker, und dann tat sie einem gewissermaßen weh.

»Also gut. Sagen wir mal, ich spüre es auch. Huddie hat es ganz gewiss gespürt. Was glaubst du, was mit ihm passiert wäre, wenn Shirley damals nicht im richtigen Moment geschrien hätte? Was glaubst du, was mit ihm passiert wäre, wenn er, wie er es vorhatte, in den Kofferraum gestiegen wäre?«

»Diese Geschichte hattest du noch nicht gehört, nicht wahr, Sandy?«

Ich schüttelte den Kopf.

»Das hab ich gemerkt. Sonderlich überrascht hast du aber trotzdem nicht gewirkt.«

»Bei dem Buick überrascht mich gar nichts mehr.«

»Meinst du, er hatte das wirklich vor? Sich da reinzulegen und den Deckel zuzuziehen?«

»Ja. Aber ich glaube, *er* hatte nichts damit zu tun. Das ist diese Anziehungskraft, die von dem Wagen ausgeht. Früher war sie stärker, aber sie ist immer noch da.«

Darauf erwiderte er nichts. Er saß nur da und schaute hinüber zum Schuppen B.

»Du hast meine Frage noch nicht beantwortet, Ned. Was glaubst du, was mit ihm passiert wäre, wenn er da reingestiegen wäre?«

»Ich weiß es nicht.«

Eine durchaus vernünftige Antwort, nehme ich mal an – ganz sicherlich die Antwort eines Kindes; das sagen die ein Dutzend Mal am Tag –, aber mir gefiel sie trotzdem überhaupt nicht. Er war zwar aus der Footballmannschaft ausgestiegen, hatte aber anscheinend das Ausweichen und sich Wegducken nicht verlernt. Ich sog Rauch ein, der nach heißem Heu schmeckte, und stieß ihn wieder aus. »Du weißt es nicht.«

»Nein.«

»Nach dem, was mit Ennis und Jimmy und wahrscheinlich auch Brian Lippy passiert ist, weißt du es immer noch nicht.«

»Es ist nicht immer alles verschwunden, Sandy. Denk zum Beispiel an die andere Springmaus. Rosalie oder Roslyn oder wie sie auch hieß.«

Ich seufzte. »Wie du meinst. Ich geh jetzt ins Country Way und esse einen Cheeseburger. Du bist herzlich eingeladen mitzukommen, aber nur, wenn wir das Thema wechseln und über was anderes reden.«

Er überlegte es sich und schüttelte dann den Kopf. »Ich glaube, ich fahr nach Hause. Ich muss nachdenken.«

»Okay, aber sag deiner Mutter nicht, worüber du da nachdenkst.«

Da schaute er fast ulkig entsetzt. »Natürlich nicht!«

Ich lachte und klopfte ihm auf die Schulter. Seine Miene hatte sich aufgeheitert, und mit einem Mal konnte ich ihn wieder mögen. Und was seine Fragen anbelangte und sein kindisches Beharren darauf, die Geschichte müsse einen Schluss haben und dieser Schluss irgendeine Lösung bieten – das würde die Zeit schon richten. Vielleicht hatte ich von meinen Antworten auch zu viel erwartet. Die Lebensimitate, die man im Fernsehen und Kino sieht, flößen einem den Glauben ein, das menschliche Leben bestünde nur aus Offenbarungen und plötzlichen Sinneswandeln; und wenn man dann erwachsen ist, ist einem dieser Glaube schon fast in Fleisch und Blut übergegangen. Solche Dinge kommen sicherlich von Zeit zu Zeit mal vor, aber größtenteils stimmt das doch einfach nicht. Das glaube ich nicht nur – das weiß ich. Die Veränderungen im Leben kommen auf leisen Sohlen. So gesehen, wirkte die ganze Sache mit der neugierigen Katze, die schließlich doch noch Befriedigung erlangte, einigermaßen absurd. In der wirklichen Welt wird nur selten etwas zu Ende erzählt. Wenn mich die dreiundzwanzig Jahre mit dem Buick 8 auch sonst nichts gelehrt hatten, so doch wenigstens das. Curts Sohn wirkte in diesem Moment, als hätte er einen Schritt in die richtige Richtung gemacht. Vielleicht sogar zwei. Und wenn mir das für einen Abend nicht genug war, dann war das mein Problem.

»Du kommst morgen, nicht wahr?«, fragte ich.

»In alter Frische, Sarge.«

»Dann solltest du das Nachdenken vielleicht besser verschieben und stattdessen ein wenig schlafen.«

»Ich kann's ja mal probieren.« Er berührte kurz meine Hand. »Danke, Sandy.«

»Nichts zu danken.«

»Wenn ich mich blöde angestellt habe –«

»Das hast du nicht.« Er hatte sich durchaus ein wenig blöde angestellt, aber ich glaube, er konnte eben nicht anders. Ich hätte mich in seinem Alter wahrscheinlich noch viel blöder angestellt. Ich sah ihn zu dem restaurierten Bel-Aire gehen, den sein Vater ihm hinterlassen hatte, einem Wagen, der ungefähr aus dem gleichen Baujahr stammte wie der in unserem Schuppen, der aber längst nicht so *lebendig* war. Auf halber Strecke blieb er auf dem Parkplatz stehen und sah hinüber zum Schuppen B. Ich hatte den glimmenden Stummel meiner Zigarette schon vor den Lippen und hielt inne, um zu sehen, was Ned tun würde.

Er ging zum Auto statt zum Schuppen. Gut. Ich nahm noch einen letzten Zug aus meinem köstlichen Todesröhrchen, wollte es schon austreten, steckte es dann aber doch in den großen Aschenbecher, wo schon gut zweihundert andere Kippen aufrecht stehend gestorben waren. Die anderen konnten ihre Zigaretten gern austreten, wenn der Aschenbecher voll war – Arky fegte sie klaglos weg –, aber ich ließ das besser bleiben. Schließlich war ich der Sarge, der Mann auf dem Chefsessel.

Ich ging in die Kaserne. Stephanie Colucci saß in der Leitstelle, trank eine Cola und las eine Zeitschrift. Als sie mich sah, setzte sie die Cola ab und strich sich den Rock über den Knien glatt.

»Was gibt's Neues, Süße?«, fragte ich.

»Nicht viel. Die Störungen legen sich, wenn auch nicht so schnell wie normalerweise nach so einem ... nach so was halt. Es reicht aber, um über die Lage auf dem Laufenden zu bleiben.«

»Und wie ist die Lage?«

»Wagen neun kümmert sich um ein brennendes Auto auf dem I-87, an der Ausfahrt neun. Laut Mac ist der Fahrer ein Vertreter, der unterwegs nach Cleveland war. Er ist sternhagelvoll, verweigert aber einen Atemalkoholtest. Wagen sechzehn hat Verdacht auf Einbruch in Statler Ford. Jeff Cutler hat Vandalismus in der Statler Middle School, aber da assistiert er nur; darum kümmert sich die örtliche Polizei.«

»War's das?«

»Paul Loving ist mit seinem Streifenwagen nach Hause gefahren. Sein Sohn hat einen Asthmaanfall.«

»Du könntest vergessen, das im Protokoll zu erwähnen.«

Steffie warf mir einen vorwurfsvollen Blick zu, als müsste ich sie auf derartige Selbstverständlichkeiten ja wohl kaum hinweisen. »Was tut sich im Schuppen B?«

»Nichts«, sagte ich. »Also, nicht viel. Normalisiert sich wieder. Ich bin dann mal weg. Falls irgendwas sein sollte ...« Ich verstummte leicht entsetzt.

»Sandy?«, sagte sie. »Stimmt was nicht?«

Falls irgendwas sein sollte, ruf Tony Schoondist an, hätte ich fast gesagt, als wären diese zwanzig Jahre nie vergangen und als säße der alte Sarge jetzt nicht im Pflegeheim sabbernd vor der Glotze.

»Nein, schon gut«, sagte ich. »Falls irgendwas sein sollte, ruf Frank Soderberg an. Der hat heute Bereitschaft.«

»Sehr wohl, Sir. Einen schönen Abend noch.«

»Danke, Steff. Dir auch.«

Als ich nach draußen ging, fuhr der Bel-Aire langsam zur Ausfahrt, und eine von Neds Lieblingsbands – Wilco oder vielleicht auch die Jayhawks – plärrte aus den extra großen Autoboxen. Ich winkte ihm zu, und er winkte zurück und lächelte mir auch freundlich zu. Ich konnte es wieder kaum glauben, dass ich so wütend auf ihn gewesen war.

Ich ging zum Schuppen und stellte mich am Tor in der altbekannten breitbeinigen Pose auf, in der man sich immer wie ein Republikaner vorkam, der drauf und dran war, eine Schmährede über einheimische Sozialschmarotzer und ausländische Amerikahasser zu halten. Ich schaute hinein. Dort stand es, das Verhängnis der Troop D, reglos und stumm unter dem Deckenlicht, groß und prachtvoll auf seinen Weißwandreifen, und warf einen Schatten, als ob gar nichts sei. Ein viel zu großes Lenkrad. Ein schmutzabweisendes Äußeres, in dem Kratzer wieder verheilten – mittlerweile dauerte das zwar länger, aber es war immer noch so. *Öl ist okay!*, hatte der Mann gerufen, ehe er um die Ecke verschwunden war; das waren seine letzten Worte in dieser Angelegenheit gewesen; und dort stand er nun noch immer – wie ein Kunstgegenstand, den man in einer aufgegebenen Galerie vergessen hatte. Auf den Armen bekam ich Gänsehaut, und ich spürte, wie sich mein Sack straffte. Mein Mund fühlte sich an, als hätte ich trockenen Mull auf der Zunge; ein Gefühl, das ich aus sehr brenzligen Situationen her kannte. Wenn einem der Arsch auf Grundeis geht, wie Ennis Rafferty immer gesagt hatte. Er summte nicht, er leuchtete nicht, und das Thermometer stand auch wieder bei siebzehn Grad, aber dennoch spürte ich, wie er mich zu sich zog, hörte ich ihn flüstern, ich solle hereinkommen. Er könne mir schöne Dinge zeigen, flüsterte er, zumal wir jetzt alleine seien. Als ich den Wagen so ansah, wurde mir eines klar: Ich war wütend auf Ned gewesen, weil ich Angst um ihn gehabt hatte. Ja, das war's. Als ich ihn so sah und mitten im Kopf – und auch im Bauch und Unterleib pochend – seine gezeitengleiche Anziehungskraft spürte, war das mit einem Mal ganz einfach zu verstehen. Der Buick gebar Monster. Ja. Aber manchmal wollte man dennoch zu ihm hineingehen, wie man auch manchmal in einen Abgrund sehen wollte oder in die Mündung einer Pistole, bis sich dieses Loch am Ende des Laufs dann in ein Auge verwandelte. In ein Auge, das einen ansah. Es war sinnlos zu versuchen, solche Momente mit Vernunft zu bestehen oder den neurotischen Reiz zu ergründen, der von den Monstern, die manchmal kamen, ausging; nein, am besten trat man einfach von dem Abgrund zurück, steckte die Pistole wieder ins Holster und verließ schnellstens die Kaserne. Bloß weg vom Schuppen B. Bis man außer Reichweite dieser sanft flüsternden Stimme war. Manchmal ist weglaufen das einzig Vernünftige.

Trotzdem blieb ich dort noch einen Moment lang stehen, spürte das vage Pochen in meinem Kopf und um mein Herz herum und schaute hinein zu dem nachtblauen Buick Roadmaster. Dann machte ich kehrt, atmete tief die Abendluft ein und sah hoch zum Mond, bis ich mich wieder gesammelt hatte. Dann ging ich zu meinem Wagen, stieg ein und fuhr davon.

Im Country Way war nicht viel los. So ist das heutzutage immer, sogar freitag- und samstagabends. Die Restaurants draußen bei Wal-Mart und im neuen Einkaufszentrum werden die in der Stadt ebenso sicher ruinieren, wie das neue Multiplexkino am Highway 32 das alte Gem in der Stadt ruiniert hat.

Wie jedes Mal sahen mich die Leute an, als ich hereinkam. Aber sie schauten da natürlich eher nach meiner Uniform als nach mir. Zwei Typen – ein Deputy und ein Staatsanwalt – begrüßten mich und schüttelten mir die Hand. Der Staatsanwalt fragte, ob ich mich nicht zu ihm und seiner Frau setzen wolle, und ich lehnte dankend ab und sagte, ich sei noch mit jemandem verabredet. Bei dem Gedanken, mit Leuten zusammenzusitzen und an diesem Abend noch mehr reden (oder auch nur plaudern) zu müssen, wurde mir schlecht.

Ich setzte mich in eine kleine Nische hinten im Hauptraum, und Cynthia Garris kam meine Bestellung aufnehmen. Sie war ein hübsches, blondes Ding mit großen, schönen Augen. Als ich hereingekommen war, hatte sie gerade einen Eisbecher gemacht, und es rührte mich, dass sie, nachdem sie das Eis serviert hatte und bevor sie mit der Speisekarte zu mir kam, den obersten Knopf an ihrer Uniform geöffnet hatte, sodass ich das kleine Silberherz sehen konnte, das sie an einer Halskette trug. Ich wusste nicht, ob sie das meinetwegen machte oder nur wegen meiner Uniform. Ich hoffte, meinetwegen.

»Hallo, Sandy! Wo warst du denn in letzter Zeit? Im Olive Garden? Im Outback? Im Macaroni Grille?« Gespielt verächtlich rümpfte sie die Nase.

»Nein, ich hab zu Hause gegessen. Was gibt's denn heute als Tagesgericht?«

»Hähnchen mit Soße, gefüllte Muschelnudeln mit Fleischsoße – meiner bescheidenen Meinung nach beides ein bisschen schwer so spät am Abend – und gebratenen Schellfisch. Für einen Dollar mehr so viel du essen magst. Kennst du ja.«

»Ich glaube, ich nehme nur einen Cheeseburger und ein Iron City zum Runterspülen.«

Sie notierte das auf ihrem Block und sah mich dann eindringlich an. »Geht's dir gut? Du siehst müde aus.«

»Ich bin auch müde. Hast du heute Abend jemanden von der Troop D gesehen?«

»George Stankowski war vorhin hier. Aber sonst bist du der Einzige, Schätzchen. Der einzige Polizist, meine ich. Tja, die Typen da drüben …« Sie zuckte mit den Achseln, wie um zu sagen, das seien ja keine richtigen Polizisten. Wie der Zufall wollte, stimmte ich da mit ihr überein.

»Falls der Laden überfallen wird, halte ich die Räuber auch alleine auf.«

»Wenn die mir ein anständiges Trinkgeld geben, können die den Laden gern ausrauben, du Held«, sagte sie. »Ich hol dir dein Bier.« Und weg war sie, und ihr knackiger Po schwang unter dem weißen Nylon hin und her.

Pete Quinland, der ursprüngliche Inhaber dieser Ranzbude, lebte schon lange nicht mehr, aber die Mini-Jukeboxes, die er in den Nischen hatte anbringen lassen, waren noch da. Seine Wahl traf man aus einer Art Katalog, an dessen Seiten oben kleine Chromhebel zu Umblättern angebracht waren. Diese antiken Geräte funktionierten nicht mehr, aber man konnte es sich kaum verkneifen, an den Hebeln herumzuspielen, die Seiten umzublättern und die Songtitel auf den kleinen rosafarbenen Etiketten abzulesen. Gut die Hälfte davon stammte von Petes Lieblingssänger, waren Mitschnipp-Evergreens wie *Witchcraft* und *Luck Be a Lady Tonight*. **FRANK SINATRA** stand auf den Etiketten, und darunter, in kleinerer Schrift: THE NELSON RIDDLE ORCH. Der Rest waren alte Rock- und Popsongs, die man sofort vergaß, wenn sie wieder aus den Charts verschwanden, und die anscheinend auch die Oldiesender nie spielten, obwohl sie doch eigentlich Sendezeit dafür haben mussten; wie oft konnte man sich *Brandy (You're a Fine Girl)* schließlich schon anhören, ehe man anfing zu schreien? Ich blätterte den Jukeboxkatalog durch und schaute mir Stücke an, die keine eingeworfene Münze mehr hervorlocken würde. Die Zeit bleibt nicht stehen, mein Lieber; wenn du still bist, kannst du sie reuig weiterschlurfen hören.

Falls sich irgendjemand nach dem Buick erkundigt, sagt ihr, wir hätten ihn beschlagnahmt. Das hatte der alte Sarge gesagt, als wir uns an jenem Abend hier im Hinterzimmer versammelt hatten. Da hatten wir die Kellnerinnen schon rausgeschickt und zapften unser Bier selbst und auf eigene Rechnung, und die ging anschließend bis auf den letzten Penny auf. Eine Frage der Ehre, und wieso auch nicht? Wir waren schließlich ehrenhafte Männer und taten unsere Pflicht so, wie wir sie verstanden. Und daran hat sich nichts geändert. Denn wir sind die Pennsylvania State Police, die wahren Helden der Straße. Wie Eddie immer gesagt hat – als er noch jünger und dünner war: Das ist nicht nur ein Job, das ist ein Abenteuer.

Ich blätterte weiter. Da stand *Heart of Glas* von **BLONDIE**.

Diese Sache könnt ihr gar nicht vertraulich genug behandeln. Noch so ein weises Wort von Tony Schoondist, gesprochen, während der Zigarettenqualm in blauen Schwaden zur Decke stieg. Damals rauchten *alle*, Curt war vielleicht die einzige Ausnahme, und jetzt schau sich einer an, was es ihm geholfen hatte. Sinatra sang aus den Deckenlautsprechern *One For My Baby*, und vom warmen Büfett her kam der süße Duft von gegrilltem Schweinefleisch. Der alte Sarge war immer sehr dafür gewesen, Dinge vertraulich zu behandeln, zumindest was den Buick anging, bis sich sein Hirn dann auf Französisch empfohlen hatte – erst nur Hirnzellen-Infanterietrupps, die sich im Schutz der Dunkelheit davonschlichen, dann ganze Züge und schließlich am helllichten Tage komplette Regimenter. *Was vertraulich bleibt, kann einem nicht schaden,* hatte er einmal in seinem Büro zu mir gesagt – das war so um die Zeit, als klar wurde, dass ich und nicht Curt seinen Posten übernehmen würde; o Großvater, was hast du für einen großen Sessel. Bloß dass ich mich an diesem Abend alles andere als vertraulich verhalten hatte, nicht wahr? Ja, ich hatte den Mund aufgemacht und alles ausgeplaudert. *With a little help from my friends*, wie es in dem Song so schön heißt. Wir hatten die ganze Geschichte einem Jungen erzählt, der immer noch ins Spiegelkabinett der Trauer gesperrt war. Der trotz seiner Trauer vor verständlicher Neugierde förmlich platzte. Ein verlorener Junge? Vielleicht. Im Fernsehen gehen Geschichten wie Neds immer glücklich aus, aber ich kann Ihnen sagen: Das Leben in Statler, Pennsylvania, hat verdammt wenig Ähnlichkeit mit einem schönen Weihnachtsmehrteiler. Ich hatte mir eingeredet, es würde schon nicht schief gehen, aber jetzt wusste ich nicht mehr, ob dem wirklich so war. Man fängt ja schließlich nicht mit etwas an, wenn man von vornherein mit einem Fehlschlag rechnet, nicht wahr? Nein. Man fängt damit an, weil man glaubt, es würde schon gelingen, und in sechs von zehn Fällen tritt man dabei auf einen im hohen Gras liegenden Rechen, und der Stiel knallt einem, rumms, mitten vor die Stirn.

Erzähl mir, was passiert ist, als ihr die Fledermaus seziert habt. Erzähl mir von dem Fisch.

Hier war *Pledging My Love* von **JOHNNY ACE**.

Jedes Mal, wenn ich – oder einer der anderen – versucht hatte anzudeuten, dass es dabei vor allem darum ginge, dass er lernte loszulassen, hatte er das einfach beiseite geschoben und nichts davon hören wollen. Fast verwunderlich, dass er uns nicht unsere Rechte verlesen hatte, denn war es nicht förmlich ein Verhör gewesen, bei dem es um alte Geschichten ging, aus einer Zeit, als sein Vater noch am Leben war? Noch *jung* war?

Mir war immer noch schlecht. Das Bier, das Cynthia brachte, konnte ich trinken, die Kohlensäure tat mir vielleicht gut, aber einen Cheeseburger essen? Nein, wohl eher nicht. Der Abend, an dem Curt das Fledermauswesen seziert hatte, lag zwar Jahre zurück, aber jetzt dachte ich daran, wie er gesagt hatte, *Das lässt der Forscherseele keine Ruhe* und dann das Skalpell in das Auge gestoßen hatte. Das Auge war mit einem lauten Plopp in sich zusammengefallen und wie eine schwarze Träne aus der Augenhöhle gelaufen. Tony und ich hatten geschrien, und wie sollte ich mit diesem Bild vor Augen denn jetzt einen Cheeseburger essen? *Hör auf, das ist sinnlos,* hatte ich gesagt, aber er hatte nicht aufgehört. Dem Vater war damals mit der offensichtlichen Wahrheit ebenso wenig beizukommen wie nun dem Sohn. *Schaun wir uns noch den Bauch an, und dann sind wir fertig,* hatte er gesagt, aber er war *nie* damit fertig geworden. Immer wieder hatte er da seine Nase reingesteckt und versucht, alles zu erforschen, und zum Dank für seine Mühe hatte ihn der Buick getötet.

Ich fragte mich, ob der Junge das wusste. Ich fragte mich, ob ihm klar war, dass der Buick Roadmaster 8 seinen Vater ebenso zweifelsfrei auf dem Gewissen hatte wie Huddie, George, Eddie, Shirley und Mister Dillon das kreischende Monster auf dem Gewissen hatten, das 1988 aus dem Kofferraum des Wagens gekommen war.

Hier war *Billy Don't Be A Hero* von **BO DONALDSON AND THE HEYWOODS**. Längst aus den Hitlisten und unseren Herzen verschwunden.

Erzähl mir von der Fledermaus, erzähl mir von dem Fisch, erzähl mir von dem Außerirdischen mit den rosafarbenen Schnüren auf dem Kopf, von dem denkenden Wesen, von dem Wesen, das so etwas wie ein Radio bei sich hatte. Und erzähl mir von meinem Vater, denn ich muss mit ihm ins Reine kommen. Natürlich muss ich das, ich sehe ja jedes Mal, wenn ich vor dem Spiegel stehe und mich rasiere, sein Leben in meinem Gesicht und seinen Geist in meinen Augen. Erzähl mir alles ... aber erzähl mir nicht, es gäbe da keine Antworten. Wage es nicht. Das will ich nicht hören. Das erkenne ich nicht an.

»Öl ist okay«, murmelte ich und blätterte dann die Metallriegel oben auf der Mini-Jukebox ein wenig schneller weiter. Ich hatte Schweiß auf der Stirn. Mein Magen fühlte sich schlimmer an denn je. Wie gerne hätte ich geglaubt, es läge an einer Grippe oder Lebensmittelvergiftung, aber dem war nicht so, das war mir klar. »Öl ist spitzenmäßig.«

Hier waren *Indiana Wants Me* und *Green-Eyed Lady*

und *Love Is Blue*. Songs, die mir wohl irgendwie entgangen waren. *Surfer Joe* von **THE SURFARIS**.

Erzähl mir alles, beantworte mir alles, gib mir eine Erklärung dafür.

Der Junge hatte genau gewusst, was er wollte, das musste man ihm lassen. Und er hatte mit der ungehemmten Selbstbezogenheit eines Verlorenen und Trauernden danach gefragt.

Nur einmal nicht.

Er hatte angesetzt, nach etwas zu fragen ... und es sich dann anders überlegt. Worum war es dabei gegangen? Ich kramte und kramte in meinem Gedächtnis, aber es entglitt mir immer wieder. In einem solchen Fall bringt es nichts, es erzwingen zu wollen. Man muss es aufgeben, dann fällt es einem schon irgendwann wieder ein.

Ich blätterte an der defekten Jukebox vor und zurück. Rosafarbene Etiketten wie kleine Zungen.

Polk Salad Annie von **TONY JOE WHITE**, und *Erzähl mir von dem Jahr des Fischs.*

When von den **KALIN TWINS**, und *Erzähl mir von eurer Versammlung, erzähl mir alles – bis auf das eine, bei dem dein Polizistenhirn vielleicht argwöhnisch würde –*

»Hier ist dein Bier –«, setzte Cynthia Garris an, und dann hörte ich sie überrascht nach Luft schnappen.

Ich sah von den Metallriegeln zu ihr hoch (die unter Glas hin und her blätternden Seiten hatten mich mittlerweile schon fast hypnotisiert). Sie sah mich fasziniert und entsetzt an. »Sandy – hast du Fieber, Schätzchen? Dir *fließt* der Schweiß ja nur so runter.«

Und da fiel es mir ein. Als wir ihn von dem Picknick am Labor Day 1979 erzählt hatten. *Je mehr wir geredet haben, desto mehr haben wir getrunken,* hatte Phil Candleton gesagt. *Ich hatte zwei Tage lang Kopfschmerzen.*

»Sandy?« Cynthia stand mit einer Flasche Iron City und einem Glas da. Sie hatte immer noch den obersten Knopf ihrer Uniform geöffnet, um mir ihr Herz zu zeigen. Sozusagen. Sie war da und war doch nicht da. Sie war Jahre entfernt von der Stelle, an der ich gerade war.

Das ganze Gerede und dann keine einzige Schlussfolgerung, hatte ich gesagt, und dann waren wir zu anderen Themen übergegangen – unter anderem zu den Geschwistern O'Day –, und dann hatte der Junge plötzlich gefragt … hatte begonnen zu fragen …

Sandy, bei diesem Picknick: Habt ihr da über …

Und dann war er verstummt.

»Habt ihr da überlegt, es zu zerstören?«, sagte ich. »Das ist die Frage, die er nicht ausgesprochen hat.« Ich sah zu Cynthia Garris' ängstlich besorgtem Gesicht hoch. »Er wollte es fragen und hat es dann nicht ausgesprochen.«

Hatte ich geglaubt, Curts Sohn wäre nach dieser Gutenachtgeschichte einfach so nach Hause gefahren? Hatte ich geglaubt, er gäbe so einfach auf? Gut eine Meile jenseits der Kaserne waren mir Schweinwerfer entgegengekommen. Sie waren schnell, aber nicht gesetzeswidrig schnell in Richtung Kaserne unterwegs gewesen. Waren das die Scheinwerfer von Curt Wilcox' Bel-Aire gewesen, und hatte Curt Wilcox' Sohn am Steuer gesessen? Hatte er gewendet und war zurückgefahren, sobald er sicher sein konnte, dass wir weg waren?

Ja, dachte ich.

Ich nahm die Flasche Iron City von Cynthias Tablett und sah dabei wie in einem Traum zu, wie sich mein Arm ausstreckte und meine Hand den Flaschenhals packte. Ich spürte die kalte Flaschenmündung an den Zähnen und dachte an George Morgan, wie er in seiner Garage auf dem Boden gehockt und das Gras unter dem Rasenmäher gerochen hatte. Dieser schöne grüne Geruch. Ich trank das Bier in einem Zug. Dann stand ich auf und legte einen Zehner auf Cynthias Tablett.

»Sandy?«

»Ich kann nicht zum Essen bleiben«, sagte ich. »Ich hab in der Kaserne was vergessen.«

Im Handschuhfach meines Privatwagens hatte ich immer ein batteriebetriebenes Magnet-Blaulicht dabei, und das befestigte ich auf dem Wagendach, sobald ich aus der Stadt raus war. Ich beschleunigte auf hundertdreißig und vertraute darauf, dass mir mit dem Blaulicht niemand in die Quere kommen würde. Es war nicht viel Verkehr. An Wochentagen gehen die Leute hier im Westen Pennsylvanias normalerweise früh schlafen. Es waren nur vier Meilen zur Kaserne, aber die Fahrt schien eine Stunde zu dauern. Ich musste daran denken, wie mir jedes Mal das Herz in die Hose gerutscht war, wenn Ennis' Schwester – der Drache – unter ihrer geschmacklosen, rot gefärbten Heuhaufenfrisur in die Kaserne gekommen war. Ich dachte dann immer: *Raus hier! Du bist zu nah dran!* Und die mochte ich nicht mal. Wie viel schlimmer wäre es, wenn ich mich Michelle Wilcox stellen musste, zumal, wenn sie ihre Zwillingstöchter mitbrachte?

Ich fuhr zu schnell die Auffahrt hoch, genau wie Eddie und George dreizehn Jahre zuvor, damit sie ihren unangenehmen Gefangenen loswerden und nach Poteenville aufbrechen konnten, wo anscheinend gerade alles in Flammen aufging. Die Titel alter Songs – *I Met Him On a Sunday, Ballroom Blitz, Sugar Sugar* – klimperten mir sinnloserweise durch den Kopf. Völliger Blödsinn, aber immer noch besser, als zu überlegen, was ich tun würde, wenn der Bel-Aire wieder da war und niemand drin saß; was ich tun würde, wenn Ned Wilcox vom Angesicht der Erde verschwunden war.

Wie ich es im Grunde gewusst hatte, *war* der Bel-Aire wieder da. Ned hatte ihn dort geparkt, wo zuvor Arkys Pick-up gestanden hatte. Und es war niemand drin. Das sah ich, als das Licht meiner Scheinwerfer den Wagen streifte. Die Songtitel waren sofort vergessen. An ihre Stelle trat eine kaltblütige Entschlossenheit – diese Art von Entschlossenheit, die mit leeren Händen und ohne Pläne kommt und bereit ist zu improvisieren.

Der Buick hatte Curts Sohn in seine Gewalt gebracht. Noch während wir dort mit ihm gesessen hatten, unsere ganz eigene Art der Totenwache für seinen Vater abgehalten und uns bemüht hatten, seine Freunde zu sein, hatte der Wagen seine unsichtbare Hand ausgestreckt und ihn gepackt. Und wenn es noch eine Chance gab, ihn zurückzuholen, tat ich gut daran, sie nicht zu versieben, indem ich jetzt zu viel nachdachte.

Steff, die sich wahrscheinlich wunderte, dass sie statt eines richtigen Blaulichts nur ein kleines, rundes sah, guckte zur Hintertür heraus. »Wer ist das? Wer ist da?«

»Ich bin's, Steff.« Ich stieg aus und ließ das Blaulicht an. Wenn nach mir jemand kam, würde er so wenigstens nicht auf meinen Wagen auffahren. »Geh wieder rein.«

»Was ist denn?«

»Nichts.«

»Das hat *er* auch gesagt.« Sie deutete auf den Bel-Aire und schloss dann die Tür hinter sich.

Ich lief im Schein des Blaulichts zum Tor von Schuppen B – so viele stressige Momente meines Lebens habe ich bei diesem Licht erlebt. Jeder Normalbürger, der mit Blaulicht überholt oder angehalten wird, bekommt Angst. Aber die haben keine Ahnung, welche Wirkung dieses Licht manchmal auf uns hat, was wir im Schein dieses Lichts schon alles gesehen haben.

Wir ließen im Schuppen immer Licht brennen, aber jetzt war es heller dort drin als nur von der Nachtbeleuchtung, und die Tür an der Seite stand offen. Ich überlegte, dorthin zu laufen, rannte dann aber weiter geradeaus. Zuallererst wollte ich einen Blick aufs Spielfeld werfen.

Am meisten fürchtete ich, weiter nichts zu sehen als den

Buick. Als ich dann hineinsah, entdeckte ich etwas, das noch viel Furcht einflößender war. Der Junge saß hinter dem übergroßen Lenkrad des Roadmasters, und seine Brust war eingeschlagen. Wo sein Hemd gewesen war, klaffte nur noch ein leuchtend rotes Loch. Ich bekam weiche Knie, und dann wurde mir klar, dass es doch kein Blut war, was ich da sah. *Vielleicht* nicht. Dazu war es zu gleichmäßig geformt. Eine gerade rote Linie verlief unter dem runden Ausschnitt seines blauen T-Shirts … und dann Ecken … rechtwinklige Ecken …

Nein, kein Blut.

Der Benzinkanister von Arkys Rasenmäher.

Ned bewegte sich hinter dem Lenkrad, und eine seiner Hände kam in Sicht. Sie bewegte sich langsam, wie im Traum. Er hielt eine Beretta. Hatte er die Pistole seines Vaters die ganze Zeit über im Kofferraum des Bel-Aire aufbewahrt? Vielleicht gar im Handschuhfach?

Aber das spielte jetzt keine Rolle. Er saß mit Benzin und einer Schusswaffe in dieser Todesfalle. Was dich nicht umbringt, macht dich härter, dachte ich. Ich wäre nie auf die Idee gekommen, dass Ned buchstäblich beides zugleich erreichen wollte.

Er sah mich nicht. Eigentlich hätte er mich sehen müssen: Mein weißes, verängstigt blickendes Gesicht, das eins der dunklen Fenster ausfüllte, musste von dort, wo er saß, bestens zu sehen sein; und eigentlich hätte er auch den Lichtschein des Blaulichts auf meinem Wagendach sehen müssen. Aber er sah beides nicht. Er war ebenso hypnotisiert wie Huddie Royer damals, als der beschlossen hatte, in den Kofferraum des Roadmasters zu steigen und den Deckel hinter sich zuzuziehen. Ich spürte ihn sogar draußen, diesen gezeitengleichen Puls, diese *Lebendigkeit*. Es waren sogar Worte zu hören. Vielleicht bildete ich mir das nur ein, aber das kommt eigentlich aufs Gleiche hinaus, denn es war der Puls, der diese Worte erzeugte, der Pulsschlag, den wir alle von Anfang an in der Umgebung des Buick gespürt hatten – manche von uns, der Vater dieses Jungen beispielsweise, deutlicher als die anderen.

Komm rein oder bleib draußen, sprach die Stimme in meinem Kopf mit eisiger Gleichgültigkeit. *Ich schlucke einen oder zwei, und dann schlafe ich. So viel Schaden richte ich noch an, und dann habe ich erst mal genug. Einen oder zwei – mir ist das egal.*

Ich sah zu dem runden Thermometer am Balken hoch. Die rote Nadel hatte sechzehn Grad angezeigt, ehe ich ins Country Way gefahren war, und nun war die Temperatur wieder auf vierzehn Grad gesunken. Ich konnte förmlich zusehen, wie die Nadel noch weiter sank, und mit einem Mal kam mir eine beängstigend lebhafte Erinnerung in den Sinn.

Es hatte sich auf der Raucherbank abgespielt. Ich hatte geraucht, und Curt hatte nur so dagesessen. Die Raucherbank spielte eine seltsam wichtige Rolle, seit sechs Jahre zuvor das Rauchen in der Kaserne untersagt worden war. Dorthin gingen wir, um Ermittlungsnotizen abzugleichen, um Dienstplanprobleme zu lösen und um Pensions- und Versicherungsfragen zu diskutieren. Auf der Raucherbank hatte mir Carl Brundage erzählt, dass seine Frau ihn verlassen und die Kinder mitnehmen werde. Seine Stimme hatte nicht gebebt, aber beim Sprechen waren ihm Tränen über die Wangen gelaufen. Tony hatte dort zwischen Curt und mir auf der Bank gesessen (»Jesus und die beiden Räuber«, hatte er mit einem süffisanten Lächeln gesagt) und uns mitgeteilt, dass er mich, wenn ich denn wolle, als Nachfolger für den Posten des Sergeant Commanding vorschlagen werde. Das leichte Funkeln in seinen Augen hatte mir verraten, dass er wusste, dass ich nur zu gerne wollte. Curtis und ich hatten genickt und nicht viel dazu gesagt. Und auf der Raucherbank hatten Curt und ich auch unser letztes Gespräch über den Buick 8 geführt. Wie kurz vor seinem Tod war das gewesen? Schaudernd fiel mir ein, dass es an eben jenem Tag gewesen sein mochte. Das hätte auf jeden Fall erklärt, wieso ich es so schrecklich fand, dass diese Erinnerung derart lebhaft war.

Denkt es?, hatte Curt gefragt. Ich erinnerte mich an die grelle Morgensonne auf seinem Gesicht und – glaube ich – an den Pappbecher mit Kaffee in seiner Hand. *Passt es auf? Wartet es auf seine Chance? Sucht es sich den richtigen Moment aus?*

Ich bin fast sicher: nein, hatte ich erwidert, aber diese Antwort hatte mir gar nicht gefallen. Denn »fast« ist schließlich himmelweit von »ganz« entfernt, und nur das Wörtchen »wenn« hat einen noch vageren Klang.

Aber es hat mit der größten Horrorshow gewartet, bis mal kaum jemand in der Kaserne war, hatte Neds Vater nachdenklich gesagt. Er hatte seinen Kaffee abgestellt, damit er seinen Stetson in den Händen drehen konnte, eine alte Angewohnheit von ihm. Wenn ich mich mit dem Tag nicht irrte, wurde ihm dieser Hut keine fünf Stunden später vom Kopf geschlagen und blutbefleckt ins Gestrüpp geschleudert, wo man ihn später zwischen McDonald's-Müll und weggeworfenen Coladosen fand. *Als hätte es das gewusst. Als könnte es denken. Beobachten. Abwarten.*

Ich hatte gelacht. Ein leises, schroffes »Haha«, das nicht sonderlich belustigt klang. Ich sagte ihm, was dieses Thema anginge, sei er meschugge. Ich sagte: *Als Nächstes erzählst du mir noch, der Buick hätte einen Strahl oder so was ausgesandt, der dafür gesorgt hat, dass der Tanklaster damals mit dem Schulbus zusammengestoßen ist.*

Und dann hatte ich Neds Frage gestellt. Ich hatte gefragt –

Ganz tief in meinem Kopf ertönte sehr leise eine Alarmglocke. Ich trat von dem Fenster zurück und hielt mir die Hände vors Gesicht, als könnte ich dieses verheerende Pulsieren abblocken, indem ich mir einfach den Blick auf den

Buick versperrte. Und den Blick auf Ned, der da hinter dem übergroßen Lenkrad so blass und verloren aussah. Der Wagen hatte ihn in seine Gewalt gebracht, und jetzt hatte der Wagen auch mich kurz in seine Gewalt gebracht, hatte versucht, mich mit alten, unnützen Erinnerungen abzulenken. Ob er bewusst auf eine Gelegenheit gewartet hatte, sich Ned zu schnappen, spielte keine Rolle. Entscheidend war, dass die Temperatur dort drin schnell sank, ja *fiel*, und wenn ich noch etwas unternehmen wollte, musste ich mich sputen.

Vielleicht solltest du Verstärkung holen, flüsterte die Stimme in meinem Kopf. Sie klang wie meine Stimme, war es aber nicht. *Vielleicht ist noch jemand in der Kaserne. An deiner Stelle würde ich nachsehen. Nicht dass mich das groß interessieren würde. Noch einmal Schaden anzurichten, ehe ich wieder schlafe – darauf kommt es mir an. Das ist so ziemlich das Einzige, was mich interessiert. Und wieso? Weil ich es kann, Mann. Nur weil ich es kann.*

Das mit der Verstärkung klang vernünftig. Ich hatte weiß Gott eine Heidenangst davor, ganz allein in den Schuppen B zu gehen und mich dem Buick in seinem gegenwärtigen Zustand zu nähern. Was mich dann doch auf Trab brachte, war die Erkenntnis, dass ich schuld an allem war. Ich hatte die Büchse der Pandora geöffnet.

Ich lief um die Ecke zur Hütte und blieb an der Schuppentür nicht stehen, obwohl es dort mächtig nach Benzin stank. Ich wusste, was er getan hatte. Die Frage war jetzt bloß, wie viel von dem Benzin er unter den Wagen gekippt hatte und wie viel noch in dem Kanister war.

Die Hüttentür war mit einem Vorhängeschloss gesichert. Seit Jahren hatte es niemand mehr zugeschnappt und der Stahlbügel des Schlosses hing nur in der Krampe am Türrahmen, um zu verhindern, dass die Tür aufwehte. Auch in dieser Nacht war das Schloss nicht eingerastet, das schwöre ich. Es war zwar nicht taghell vor der Hütte, aber aus der offen stehenden Schuppentür drang so viel Licht, dass ich das Schloss deutlich sehen konnte. Und als ich danach fasste, schnappte der Bügel mit einem leisen *Klick* zu. Ich sah das ... und spürte es auch. Für einen kurzen Moment fokussierte sich der Puls in meinem Kopf darauf. Es wirkte wie ein angestrengtes Keuchen.

Ich habe zwei Schlüsselbunde: einen beruflichen und einen privaten. An dem Polizeischlüsselbund hingen etwa zwanzig Schlüssel, und ich wandte einen Trick an, den mir Tony Schoondist vor langer Zeit mal beigebracht hatte. Ich ließ die Schlüssel wie Mikadostäbchen wirr durcheinander auf meinen Handteller fallen und tastete sie dann einfach ab, ohne hinzusehen. Das funktioniert nicht immer, aber diesmal funktionierte es, wahrscheinlich weil der Schlüssel zum Vorhängeschloss der Hütte der zweitkleinste am Bund war; kleiner war nur noch der Schlüssel zu meinem Spind im Keller, und der hat einen rechteckigen Griff.

Jetzt hörte ich, wie es anfing zu brummen. Es war ganz leise, wie von einem unterirdischen Motor, aber es war unverkennbar.

Ich nahm den Schlüssel, den meine Finger gefunden hatten, und stieß ihn in das Vorhängeschloss. Der Stahlbügel schnappte hoch. Ich riss das Schloss aus der Krampe und ließ es fallen. Dann öffnete ich die Hüttentür und ging hinein.

In dem kleinen Vorratsraum herrschte eine muffige, aufgestaute Wärme, wie man sie von Dachböden und Kabuffs her kennt, die bei großer Hitze lange nicht gelüftet wurden. Es kam nur noch selten jemand hierher, aber die Dinge, die sich im Laufe der Jahre hier angesammelt hatten, waren noch da (bis auf Farben und Verdünner – entflammbare Flüssigkeiten hatte man wohlweislich entfernt), und ich sah sie dort im schummrigen Licht: stapelweise Zeitschriften, wie Männer sie gerne lesen (Frauen glauben, wir würden uns am liebsten nackte Frauen ansehen, aber die meisten von uns betrachten wohl viel lieber irgendwelche Geräte). Der Küchenstuhl mit der mit Klebeband geflickten Sitzfläche. Das billige Polizeifunkgerät von Radio Shack. Die Videokamera, deren Batterie zweifellos leer war, und auf dem Regal daneben die alte Schachtel mit Leerkassetten. An einer Wand klebte ein Autoaufkleber: HELFEN SIE GEISTIG BEHINDERTEN MENSCHEN. LADEN SIE EINEN FBI-AGENTEN ZUM MITTAGESSEN EIN. Es roch staubig. In meinem Kopf pochte der Puls, die Stimme des Buick, immer stärker.

Von der Decke hing eine Glühbirne, und an der Wand war ein Lichtschalter, aber ich versuchte nicht mal, Licht zu machen. Mir schwante, dass entweder die Birne kaputt war oder ich mir an dem Schalter einen Mordsschlag holen würde.

Die Tür fiel hinter mir zu und sperrte den Mondschein aus. Das war eigentlich unmöglich, denn sonst schwang die Tür immer nur auf. Das wussten wir alle. Deshalb steckten wir ja das Vorhängeschloss in die Krampe. Doch heute Abend geschahen Zeichen und Wunder. Die Kraft in dem Buick wollte, dass ich in der Dunkelheit steckte. Vielleicht glaubte sie, das würde mich aufhalten.

Aber nichts da. Ich hatte schon gesehen, wonach ich suchte: das aufgerollte gelbe Seil, das neben zwei vergessenen Startkabeln an der Wand unter dem Scherzaufkleber hing. Und ich sah auch noch etwas anderes. Etwas, das Curt Wilcox kurz nach dem Auftritt des Außerirdischen mit den peitschenden rosafarbenen Schnüren auf dem Kopf neben die Videokamera auf das Regal gestellt hatte.

Ich nahm es, steckte es mir hinten in die Hosentasche und schnappte mir dann das Seil. Dann hastete ich aus der Hütte. Eine dunkle Gestalt ragte vor mir auf, und fast hätte ich geschrien. Einen wahnwitzigen Moment lang war ich mir sicher, es sei der Mann mit dem schwarzen Mantel und dem schwarzen Hut – der mit dem deformierten Ohr und dem russischen Akzent. Doch als der schwarze Mann dann etwas sagte, war sein Akzent eher der von Lawrence Welk.

»Der Junge ist wiedergekommen«, flüsterte Arky. »Ich war schon halb zu Hause, und da bin ich, Jesses noch eins, noch mal umgekehrt. Irgendwie hab ich das gewusst. Ich –«

Ich unterbrach ihn, sagte ihm, er solle aus dem Weg gehen, und lief dann, mit dem Seil über dem Arm, zurück um die Ecke des Schuppens.

»Geh da nich rein, Sarge!«, sagte Arky. Er wollte es wohl eigentlich rufen, aber vor Angst bekam er kaum etwas raus. »Er hat Benzin ausgekippt, und er hat eine Pistole, das hab ich gesehn.«

Ich blieb vor der Tür stehen, nahm das Seil von meinem Arm und fing an, es an dem starken Haken dort festzubinden. Doch dann gab ich die Seilrolle stattdessen Arky.

»Sandy, spürst du das?«, fragte er. »Und das Funkgerät spinnt auch wieder; nur noch Rauschen; ich hab Steff durchs Fenster fluchen hören.«

»Egal. Bind das Seil los. Von dem Haken.«

»Hä?«

»Du hast doch gehört.«

Ich behielt die Schlinge in der Hand, trat in sie hinein, zog sie zu meiner Taille hoch und zerrte sie zu. Es war ein Henkerknoten, von Curt persönlich geknüpft, und die Schlinge ließ sich leicht zuziehen.

»Sarge, das kannst du nich machen.« Arky packte meine Schulter, aber nicht sehr fest.

»Bind es los, und halt es fest«, sagte ich. »Aber geh auf keinen Fall in den Schuppen. Falls wir …« Aber ich wollte nicht sagen: *Falls wir verschwinden;* wollte diese Worte nicht aus meinem Munde hören. »Falls irgendwas passiert, soll Steff einen Code D rausgeben, sobald sich die Störungen legen.«

»O Gott! Bist du wahnsinnig? Spürst du das denn nicht?«

»Doch«, sagte ich und betrat den Schuppen. Beim Gehen schüttelte ich das Seil, damit es sich nicht verhedderte. Ich kam mir vor wie ein Taucher, der sich in nie versuchte Tiefen vorwagte und dabei an seinem Luftschlauch nestelte, nicht weil er meinte, das würde irgendwas nützen, sondern bloß, damit er beschäftigt war und nicht an das dachte, was da knapp außerhalb der Reichweite seiner Lampe in der Schwärze schwimmen mochte.

Der Buick 8, unser kleines Geheimnis, stand dick und prächtig auf seinen Weißwandreifen da und brummte aus seinen tiefsten Tiefen. Das Pulsieren war stärker als das Brummen, und jetzt, da ich im Schuppen war, merkte ich, dass er seine halbherzigen Versuche aufgab, mich draußen zu halten. Statt mich mit seiner unsichtbaren Hand wegzustoßen, zog er mich nun zu sich hin.

Der Junge saß am Steuer und hatte den Benzinkanister auf dem Schoß. Seine Wangen und seine Stirn waren weiß, und die Haut dort war gespannt und schimmerte. Als ich auf ihn zukam, drehte er roboterhaft langsam den Kopf, bis er mich ansah. Seine großen Augen blickten finster. Es war der stumpfe Blick von jemandem, der entweder mit Drogen voll gepumpt oder verheerend verwundet war. Das einzige Gefühl, das seinen Augen noch anzusehen war, war eine entsetzliche, matte Starrköpfigkeit, das jugendliche Beharren darauf, es müsse eine Lösung geben und er müsse die Lösung erfahren – er habe ein Recht darauf. Und eben das hatte der Buick natürlich ausgenutzt. Das hatte er gegen ihn ausgespielt.

»Ned.«

»An deiner Stelle würde ich hier rausgehen, Sarge.« Er sprach langsam und wohl artikuliert. »Es bleibt nicht mehr viel Zeit. Es kommt. Es hört sich an wie Schritte.«

Da hatte er Recht. Plötzlich packte mich das Entsetzen. Das Brummen stammte vielleicht von irgendeiner Art Maschine. Das Pulsieren war mit ziemlicher Sicherheit eine Art Telepathie. Aber das hier war etwas anderes, ein drittes Phänomen.

Da kam etwas.

»Ned, bitte. Du kannst nicht verstehen, was dieses Ding ist, und du kannst es ganz bestimmt nicht töten. Du kannst dich höchstens wegsaugen lassen wie Dreck von einem Staubsauger. Und dann sind deine Mutter und deine Schwestern ganz allein. Willst du das – dass sie ganz allein mit tausend Fragen dastehen, die ihnen keiner beantworten kann? Es fällt mir schwer zu glauben, dass der Junge, der zu uns gekommen ist, weil er seinem Vater nahe sein wollte, sich derart egoistisch verhalten könnte.«

Da zuckten seine Augen kurz wie bei jemandem, der sich sehr konzentrierte und irgendwo nebenan Lärm hörte. Dann blickte er wieder gelassen. »Dieser verdammte Wagen hat meinen Vater umgebracht«, sagte er ganz ruhig, ja geduldig.

Das war nicht zu bestreiten. »Also gut, vielleicht hat er das. Vielleicht ist er an dem, was deinem Vater zugestoßen ist, in gewisser Weise ebenso schuld wie Bradley Roach. Aber bedeutet das, dass er dich jetzt auch umbringen soll? Was ist das hier, Ned? Bist du die Gratiszugabe?«

»*Ich* werde *ihn* umbringen«, sagte er, und endlich durchbrach etwas die oberflächliche Gelassenheit seines Blicks. Es war mehr als nur Wut. Es grenzte an Wahnsinn, so kam es mir vor. Er hob die Hände. In der einen hielt er die Waffe. In der anderen hatte er jetzt einen Gasanzünder. »Kurz bevor es mich wegsaugt, stecke ich diese verdammte Schleuse in Brand. Das wird das Tor auf dieser Seite für immer zuschlagen. Das ist der erste Schritt.« Er sprach mit der unheimlichen, unwillkürlichen Arroganz der Jugend, seiner selbst absolut sicher, dass das noch keinem Menschen vor ihm eingefallen sei. »Und wenn ich lebend durchkomme, bringe ich alles um, was mich auf der anderen Seite erwartet. Das ist der zweite Schritt.«

»Was dich da *erwartet?*« Mir wurde klar, wie komplett verblendet er war, und es verschlug mir die Sprache. »Oh, Ned! O Gott!«

Das Pulsieren wurde stärker, und auch das Brummen wurde lauter. Ich spürte die unnatürliche Kälte, die die aktiven Phasen des Buick kennzeichnete. Und ich sah violettes Licht erst in der Luft über dem Lenkrad erstrahlen und dann über dessen Oberfläche gleiten. Es kam. Es kam. Vor zehn Jahren wäre es längst da gewesen. Vor fünf vielleicht auch. Jetzt brauchte es ein wenig länger.

»Erwartest du da eine Begrüßungsparty, Ned? Glaubst du, die schicken den erlauchten Präsidenten der Gelbhäutigen und Rosahaarigen oder den Kaiser des Paralleluniversums, und der empfängt dich dann und überreicht dir den Schlüssel der Stadt? Glaubst du, die machen sich solche Mühe? Für wen denn? Für einen Jungen, der die Tatsache nicht akzeptieren kann, dass sein Vater tot ist, und mit seinem eigenen Leben nicht weitermachen kann?«

»Sei still!«

»Weißt du, was ich glaube?«

»Es ist mir egal, was du glaubst!«

»Ich glaube, das Letzte, was du sehen wirst, wird gar nichts Besonderes sein. Vielleicht kannst du noch ein paar Fledermäuse abknallen, ehe du an dem erstickst, was die da drüben atmen.«

In seinem Blick zeigten sich wieder leichte Zweifel. Etwas in ihm wollte à la George Morgan einfach Schluss machen. Aber da war auch noch etwas anderes in ihm, etwas, dem die Pitt zwar mittlerweile ziemlich egal war, das aber dennoch weiterleben wollte. Und über beidem – darüber, darunter und drum herum – war dieser alles verbindende Puls und die leise rufende Stimme. Es war nicht mal verführerisch. Es *zerrte* nur an einem.

»Sarge! Komm da raus!«, rief Arky.

Ich beachtete ihn nicht und behielt Curts Sohn im Blick. »Ned, schalt doch mal dein Gehirn ein, das dich bis hierher gebracht hat. *Bitte.*« Ich schrie ihn nicht an, sondern wurde nur etwas lauter, um das immer eindringlichere Brummen zu übertönen. Und gleichzeitig berührte ich das, was ich mir hinten in die Hosentasche gesteckt hatte.

»Das Ding, in dem du sitzt, mag ja lebendig sein, aber deshalb ist es noch längst nicht wert, dass du dich damit abgibst. Es unterscheidet sich nicht groß von einer Venusfliegenfalle oder Kannenpflanze – siehst du das denn nicht? Du kannst an diesem Ding keine Rache nehmen. Es ist hirnlos.«

Sein Mund fing an zu zittern. Das war schon mal ein Anfang, aber ich wünschte, er würde die Waffe fallen lassen oder sie wenigstens senken. Und da war auch noch der Gasanzünder. Es war zwar nur ein mechanischer, aber das war schlimm genug; ich stand vor der Fahrertür des Buick mitten im Benzin, und von den Dämpfen tränten mir die Augen. Das violette Leuchten breitete sich jetzt langsam auf den unechten Armaturenreglern aus und füllte den Tachometer, der jetzt aussah wie die Blase in einer großen Wasserwaage.

»Es hat meinen Daddy umgebracht!«, schrie Ned mit kindlicher Stimme, aber er schrie nicht mich an. Er fand nichts, was er anschreien konnte, und eben das trieb ihn zur Weißglut. *»Er war drauf und dran, der nächste SC zu werden, diesen Schreibtischjob zu kriegen, das hast du mir selbst gesagt, aber dann hat er abgelehnt!«*

»Nein, Ned. Das Angebot hat er nie bekommen, denn Tony wusste, dass er es nicht angenommen hätte. Das wussten wir alle. Letztendlich hat dein Vater akzeptiert, dass er den Buick nie verstehen oder kontrollieren oder nutzbar machen würde. Er konnte nichts weiter tun, als ihn zu beobachten und dafür zu sorgen, dass er keinen Schaden anrichtete. Er hat lange gebraucht, bis er das einsah, aber letztlich hat er es eingesehen. Und er hat beschlossen, dass er als normaler Trooper besser dazu in der Lage ist. Ein SC muss viel zu oft von der Kaserne weg. Tony war ständig unterwegs, war bei Sitzungen in Scranton, hat vor irgendwelchen Kommissionen ausgesagt und Ansprachen vor Vereinen gehalten. Curtis kannte dieses Leben und wollte es nicht. Mensch, wenn er SC geworden wäre, hätte er sich womöglich in einer Kaserne am anderen Ende von Pennsylvania wiedergefunden. So was passiert ständig, wenn man auf der Karriereleiter aufsteigt. Entscheidend ist doch: Er wollte den Job nicht, aber ich wollte ihn. Ich muss dir was sagen, Ned: Wenn dieser bescheuerte Witz von einem Auto lachen könnte –«

»Hör auf!« Tränen rannen ihm herunter.

»Wenn er lachen könnte, würde er jetzt lachen. Er hat den Vater nicht so gekriegt, wie er wollte – nicht so wie Ennis und Brian Lippy –, aber jetzt hat er eine hervorragende Chance, den Sohn zu kriegen. Wenn Curt das sehen könnte, wenn er das wüsste, würde er sich im Grabe umdrehen. Alles, was er immer befürchtet hat, alles, was er unbedingt verhindern wollte. Und das alles passiert noch mal. Seinem eigenen Sohn.«

»Hör auf! Hör auf!«

Ich bückte mich und schob mein Gesicht in das violette Leuchten und die wabernde Kälte. Ich näherte mich mit meinem Gesicht Neds Gesicht. Sein Widerstand schmolz endlich dahin. Es fehlte nicht mehr viel. Ich zog die Dose, die ich aus der Hütte mitgenommen hatte, aus meiner Gesäßtasche, hielt sie mir ans Bein und sagte: »Er hört es bestimmt jetzt lachen, Ned, und er weiß, dass es zu spät –«

»*Nein!*«

»– dass er nichts mehr dagegen unternehmen kann. Überhaupt nichts.«

Er hob die Hände, um sich die Ohren zuzuhalten, die Waffe in der linken und den Gasanzünder in der rechten, und den Benzinkanister balancierte er auf seinen Oberschenkeln. Seine Unterschenkel verloren sich schon in einem lavendelfarbenen Nebel, das Licht stieg hoch wie Wasser in einem Brunnen, und es war keine Glanzleistung – ich hatte ihn nicht so vollständig aus dem seelischen Gleichgewicht gebracht, wie mir lieb gewesen wäre –, aber es musste reichen. Mit dem Daumen löste ich die Kappe von der Sprühdose, hatte gerade noch einen Sekundenbruchteil Zeit, mich zu fragen, ob auf dem Mistding, nachdem es jahrelang unbenutzt in der Hütte auf dem Regal gestanden hatte, überhaupt noch Druck drauf war, und dann sprühte ich ihm das Tränengas ins Gesicht.

Ned heulte überrascht und vor Schmerz auf, als das Spray seine Augen und Nase erreichte. Sein Zeigefinger krampfte sich um den Abzug der Beretta seines Vaters. Der Knall war ohrenbetäubend in dem Schuppen.

»HERRGOTT!«, hörte ich Arky draußen rufen. Mir klangen die Ohren.

Ich packte den Türgriff, und in diesem Moment schnappte der kleine Sicherungszapfen ganz von allein ein, genau wie der Bügel des Vorhängeschlosses an der Hütte. Ich griff durch das offene Fenster und boxte dem zuckenden Jungen den Benzinkanister vom Schoß. Er fiel in das trübe, lavendelfarbene Licht, das vom Wagenboden aufstieg, und verschwand. Ganz kurz sah ich ihn *hinabstürzen*, als hätte ich ihn in einen Abgrund geschleudert. Aus der Pistole löste sich wieder ein Schuss, und ich spürte das Sausen der Kugel. Es war nicht sehr nah – er feuerte immer noch blindlings auf das Dach des Buick und war sich wahrscheinlich gar nicht bewusst, dass er schoss –, aber es ist immer zu nah, wenn man das Sausen einer Kugel spüren kann.

Ich tastete innen an der Tür herum, fand endlich den Türgriff und zog daran. Wenn sich der nicht bewegen ließ, wusste ich nicht, was ich tun sollte – Ned war zu groß und schwer, um ihn durch den Fensterrahmen zu ziehen –, aber er bewegte sich, und die Tür ging auf. Dabei ging von dort, wo einmal das Bodenblech des Roadmasters gewesen war, ein greller, violetter Blitz aus, der Kofferraum sprang auf, und der Sog begann erst so richtig. *Von einem Staubsauger wie Dreck aufgesogen werden,* hatte ich gesagt, aber ich hatte ja keine Ahnung gehabt, wovon ich da sprach. Das Pulsieren wuchs mit einem Mal zu einem heftigen, arrhythmischen Pochen an, wie die Wellen vor einem Tsunami, der alles vernichten wird. Es war wie ein umgekehrter Wind, der sog, statt zu wehen, der einem die Augen aus den Höhlen und die Haut vom Gesicht saugen wollte, und dabei bewegte sich auf meinem Kopf kein einziges Haar.

Ned schrie. Seine Hände sanken plötzlich herab, als wären an seinen Handgelenken unsichtbare Schnüre befestigt und als risse jetzt jemand von unten daran. Er sank in seinen Sitz – bloß dass der Sitz eigentlich gar nicht mehr da war. Der Sitz verschwand, löste sich in der flackernd aufsteigenden violetten Lichtblase auf. Ich packte Ned unter den Achseln und zog ihn heraus, ging erst einen Schritt rückwärts und dann einen zweiten. Dabei stemmte ich mich gegen die unglaubliche Kraft an, die mich in den violetten Rachen saugen wollte, der einmal das Wageninnere des Buick gewesen war. Ich fiel auf den Rücken, und Ned landete auf mir. Benzin durchnässte meine Hosenbeine.

»Zieh uns raus!«, schrie ich Arky an. Ich strampelte, versuchte von dem Buick und dem sich daraus ergießenden Licht wegzurutschen. Meine Füße fanden keinen Halt und spritzten nur Benzin auf.

Ned wurde so heftig zu der offenen Fahrertür *gezerrt,*

dass er mir fast aus den Armen gerissen wurde. Gleichzeitig spürte ich, wie sich das Seil um meine Taille spannte. Ich umklammerte Neds Brust stärker, und wir wurden mit einem Ruck nach hinten gezogen. Er hielt immer noch die Waffe, aber als ich hinsah, schoss sein Arm hoch und die Pistole flog ihm aus der Hand. Das pulsierende violette Licht im Innern des Buick schluckte sie, und als sie verschwand, meinte ich zu hören, wie sie noch zweimal abgefeuert wurde. In diesem Moment schien der Sog um uns herum etwas schwächer zu werden. Vielleicht gelang uns die Flucht, wenn wir jetzt auf der Stelle die Bühne verließen.

»*Zieh!*«, schrie ich Arky an.

»Boss, ich zieh schon so stark, ich –«

»Zieh *stärker!*«

Es gab wieder einen heftigen Ruck, der mir die Luft abschnürte, als sich Curts Henkerknoten um meine Taille zusammenzog. Dann kam ich auf die Beine und stolperte dabei gleichzeitig rückwärts, während ich den Jungen immer noch vor mir gepackt hielt. Er keuchte, und seine Augen waren zugeschwollen, als wäre er ein Boxer, der schon zwölf Runden lang was auf die Schnauze bekommen hatte. Ich glaube, er sah nicht, was dann als Nächstes geschah.

Das Innere des Buick war verschwunden, war von violettem Licht ausgehöhlt. Ein unbeschreiblicher, unfasslicher Durchgang hatte sich geöffnet. Ich sah durch eine infizierte Kehle in eine andere Welt. Vielleicht wäre ich dort so lange starr vor Schreck stehen geblieben, dass mich der Sog wieder gepackt und mich – uns beide – hineingezogen hätte, doch dann schrie Arky schrill: »Hilf mir, Steff! Um Gottes willen! Komm her und hilf mir!« Und das muss sie auch getan haben, denn ein, zwei Sekunden später wurden Ned und ich nach hinten gezerrt wie zwei Fische am Haken.

Ich fiel wieder auf den Rücken und schlug mir den Kopf. Das Pulsieren und das Brummen waren miteinander verschmolzen, hatten sich zu einem Gebrüll vereint, das mir ein Loch ins Hirn zu bohren schien. Der Buick blinkte jetzt wie eine Neonreklame, und ein Schwall grüner Käfer wirbelte aus dem lodernd leuchtenden Kofferraum. Sie landeten auf dem Boden, krabbelten noch ein wenig und starben dann. Der Sog packte uns wieder und zog uns auf den Buick zu. Er war wie eine fürchterlich starke Unterströmung. Vor und zurück, vor und zurück.

»Hilf mir!«, schrie ich Ned ins Ohr. *»Du musst mir helfen, oder wir werden aufgesogen!«* Mittlerweile glaubte ich, wir würden so oder so aufgesogen, ob er mir nun half oder nicht.

Er war geblendet, aber nicht taub und hatte beschlossen, dass er weiterleben wollte. Er stieß sich mit den Füßen so kräftig ab, wie er konnte, und seine wegrutschenden Turnschuhe spritzten Benzin auf. Gleichzeitig zogen Arky und Stephanie Colucci noch einmal kräftig an dem Seil. Wir flogen rückwärts fast zwei Meter auf die Tür zu, aber dann packte uns wieder die Unterströmung. Es gelang mir, das durchhängende Seil um Neds Brust zu schlingen und ihn so auf Gedeih und Verderb an mich zu binden. Dann rutschten wir wieder weg, und der Buick gewann den ganzen Boden zurück, den wir zuvor gewonnen hatten, und sogar noch mehr. Er zog uns langsam, aber unaufhaltsam zu sich. Ich bekam keine Luft und hatte einen klaustrophobischen Druck auf der Brust. Zum Teil kam das von der Schlinge. Zum Teil war es das Gefühl, dass eine riesige, unsichtbare Hand an mir zerrte. Ich wollte nicht dorthin zurück, aber wenn ich dem Wagen noch näher kam, würde ich dort landen. Würden wir beide dort landen. Je näher wir kamen, desto stärker wurde die Kraft, die uns zog. Bald würde sie das gelbe Nylonseil zerreißen wie einen feuchten Faden. Wir beide würden, immer noch aneinander gebunden, wegfliegen. In den kranken, violetten Rachen würden wir fliegen und in das, was dahinter lag.

»*Letzte Chance!*«, schrie ich. »*Zieht bei drei! Eins ... zwei ... DREI!*«

Arky und Stephanie, die Schulter an Schulter draußen vor der Tür standen, gaben alles. Ned und ich, wir stießen uns mit den Füßen ab. Wir sausten rückwärts, diesmal ganz bis zur Tür, doch dann packte uns die Kraft wieder und zog uns so unaufhaltsam zu sich, wie ein Magnet Eisenspäne anzieht.

Ich drehte mich auf die Seite. »Ned, der Türrahmen! *Halt dich am Türrahmen fest!*«

Er streckte blind den linken Arm aus. Seine Hand tastete herum.

»Rechts von dir, Junge!«, schrie Steff. »*Rechts!*«

Er fand den Türpfosten und packte ihn. Hinter uns stieß der Buick wieder einen monströsen violetten Blitz aus, und ich spürte, wie der Sog noch zunahm. Es war wie eine schreckliche neue Form von Schwerkraft. Das Seil um meine Brust hatte sich in ein Stahlband verwandelt, und ich bekam überhaupt keine Luft mehr. Ich spürte, wie meine Augen vortraten und meine Zähne vibrierten. Meine Eingeweide schienen ein Pfropfen unten in meiner Kehle zu sein. Das Pulsieren füllte mein Gehirn aus und brannte jeden bewussten Gedanken weg. Ich rutschte wieder auf den Buick zu, und die Absätze meiner Schuhe schabten über den Betonboden. Gleich würde ich auf ihn zugleiten, und einen Augenblick später wurde ich in ihn hinein*fliegen*, wie ein Vogel, der in ein Düsentriebwerk gesogen wurde. Und der Junge würde mit mir fliegen, wahrscheinlich noch mit Splittern des Türpfostens unter den Fingernägeln. Er *musste* mit mir fliegen. Meine Kettenmetapher war buchstäbliche Realität geworden.

»Sandy! Nimm meine Hand!«

Ich reckte den Hals, sah mich um und war nicht unbedingt erstaunt, Huddie Royer zu erblicken – und Eddie hinter ihm. Sie waren zurückgekommen. Sie hatten dafür etwas länger gebraucht als Arky, aber sie waren da. Und das nicht etwa, weil Steff ihnen einen Code D durchgegeben hätte; sie waren mit ihren Privatfahrzeugen unterwegs gewesen, und das Funkgerät der Kaserne war sowieso vorübergehend lahm gelegt. Nein, sie waren einfach so gekommen.

Huddie kniete im Eingang und hielt sich mit einer Hand fest, damit er nicht hineingesogen wurde. Das Haar auf seinem Kopf bewegte sich nicht, und sein Hemd kräuselte sich nicht, aber dennoch schwankte er wie im Sturm vor und zurück. Eddie hockte hinter ihm und schaute über Huddies linke Schulter. Wahrscheinlich hielt er Huddie am Gürtel fest, aber das konnte ich nicht sehen. Huddie streckte mir seine freie Hand hin, und ich griff nach ihr wie ein Ertrinkender. Ich kam mir auch vor wie ein Ertrinkender.

»Und jetzt *zieht,* verdammt!«, knurrte Huddie Arky, Eddie und Steff Colucci an. Das violette Licht aus dem Buick blitzte in ihren Augen. »Zieht, was ihr könnt.«

Sie zogen mit aller Kraft, und wir flutschten aus dem Schuppen wie ein Korken aus einer Flasche und landeten alle wild durcheinander auf Huddie. Ned keuchte, hatte sein Gesicht an meinen Hals gelehnt, und seine Wange und seine Stirn brannten mir auf der Haut wie Ascheglut. Ich spürte etwas Feuchtes: seine Tränen.

»Au, Sarge, Mann, nimm deinen Ellenbogen aus meiner *Nase!*«, schrie Huddie mit gedämpfter, empörter Stimme.

»Macht die Tür zu!«, rief Steff. »Schnell, macht sie zu, ehe noch was Schlimmes rauskommt!«

Da waren bloß ein paar harmlose grüne Käfer, aber trotzdem hatte sie Recht. Denn das Licht war schlimm genug. Diese violetten Blitze.

Wir lagen immer noch wirr durcheinander auf dem Asphalt, Arme hingen unter Knien fest, Füße klemmten unter Oberkörpern, und Eddie hatte sich irgendwie ebenso in dem Seil verfangen wie Ned und rief Arky zu, es habe sich um seinen Hals geschlungen und drücke ihm die Luft ab, und Steff kniete neben ihm und versuchte unter eine der hellgelben Schlaufen zu greifen, während Ned an mir keuchte und mit den Armen fuchtelte. Es war niemand da, der die Tür hätte zumachen können, aber dennoch knallte sie zu, und ich streckte den Kopf in einem Winkel hoch, der nur bei schierer Panik möglich ist, denn plötzlich war ich mir sicher, es wäre einer von *ihnen*, der ungesehen durchgekommen war und es uns nun ein wenig heimzahlen wollte, dass wir den anderen damals abgeschlachtet hatten. Und ich *sah* es auch, einen Schatten auf der weiß gestrichenen Seitenwand des Schuppens. Dann bewegte er sich, und der, der den Schatten warf, trat hervor, und im Dämmerlicht erkannte ich die Kurven einer Frau.

»Auf halber Strecke hatte ich so ein Gefühl«, sagte Shirley mit zittriger Stimme. »Ein ganz schlimmes Gefühl. Und da dachte ich mir, die Katzen können noch ein bisschen warten. Hör auf, um dich zu schlagen, Ned. Du machst alles nur noch schlimmer.«

Ned hielt augenblicklich still. Shirley bückte sich und befreite Eddie mit einer geschickten Handbewegung aus der Schlaufe um seinen Hals. »Na, siehst du«, sagte sie, und dann ließen ihre Beine sie im Stich. Shirley Pasternak sank auf den Asphalt und fing an zu weinen.

Wir brachten Ned in die Kaserne und wuschen ihm in der Küche die Augen aus. Die Haut um die Augen war angeschwollen und rot, und sie selbst waren schlimm blutunterlaufen, aber er sagte, sein Sehvermögen habe nicht gelitten. Als Huddie zwei Finger hob, antwortete der Junge korrekt. Auch bei vieren.

»Es tut mir Leid«, sagte er mit geschwollenem Hals und verstopfter Nase. »Ich weiß nicht, warum ich das gemacht habe. Doch, das weiß ich schon, ich *wollte* es tun, aber nicht jetzt ... nicht heute –«

»Pscht«, machte Shirley. In ihrer hohlen Hand schöpfte sie frisches Wasser und wusch ihm damit weiter die Augen aus. »Nicht sprechen.«

Aber er ließ sich nicht aufhalten. »Ich wollte nach Hause und darüber nachdenken, wie ich gesagt habe.« Seine verquollenen, fürchterlich blutunterlaufenen Augen starrten mich an, und dann waren sie verdeckt, als Shirley noch eine Hand voll warmes Wasser darüber laufen ließ. »Und ehe ich mich's versah, war ich wieder hier, und ich weiß nur noch, dass ich dachte: ›Ich muss das heute Nacht ein für alle Mal erledigen.‹ Und dann ...«

Doch er wusste nicht, was dann passiert war; an alles Weitere erinnerte er sich nur sehr verschwommen. Ich musste ihm nicht einmal in die blutunterlaufenen, verwirrten Augen schauen, um das zu wissen. Ich hatte ihn schließlich gesehen, wie er mit dem Benzinkanister auf dem Schoß am Steuer des Roadmasters gesessen und blass und weggetreten und verloren ausgesehen hatte.

»Es hat dich in seine Gewalt gebracht«, sagte ich. »Es hatte schon immer eine Art Anziehungskraft, konnte sie aber noch nie bei jemandem so einsetzen wie bei dir. Aber als es dich gerufen hat, haben auch wir das gehört. Auf unsere Weise. Es ist jedenfalls nicht deine Schuld, Ned. Wenn überhaupt jemand Schuld daran hat, dann ich.«

Er richtete sich an der Spüle auf, tastete umher und griff nach meinen Unterarmen. Sein Gesicht war tropfnass, und das Haar klebte ihm in der Stirn. Eigentlich sah er ziemlich lustig aus. Wie bei einer Slapstick-Taufe.

Steff, die bisher den Schuppen von der Hintertür aus im Blick behalten hatte, kam zu uns. »Es hört schon wieder auf.«

Ich nickte. »Es hat seine Chance verpasst. Vielleicht seine letzte Chance.«

»Schaden anrichten«, sagte Ned. »Das wollte es. Das habe ich in meinem Kopf gehört. Oder vielleicht habe ich mir das auch nur eingebildet.«

»Dann habe ich mir das auch eingebildet«, sagte ich. »Aber vielleicht ging es heute Abend auch noch um mehr.«

Ehe ich noch etwas sagen konnte, kam Huddie mit einem Erste-Hilfe-Kasten aus dem Bad. Er stellte ihn auf den Küchentresen, machte ihn auf und nahm ein Töpfchen Salbe heraus. »Reib dir das um die Augen, Ned. Es macht nichts, wenn du was davon in die Augen kriegst. Das wirst du kaum merken.«

Wir standen da und sahen zu, wie er sich die Salbe um die Augen schmierte – in Kreisen, die im Neonlicht der Küche schimmerten. Als er damit fertig war, fragte Shirley ihn, ob es jetzt besser sei. Er nickte.

»Dann komm noch mal mit raus«, sagte ich. »Es gibt da noch etwas, was ich dir erzählen muss. Ich hätte es dir schon früher erzählt, aber ich hab nicht mehr daran gedacht, bis ich dich dann in dem verdammten Auto sitzen sah. Der Schock hat wohl dafür gesorgt, dass es mir wieder eingefallen ist.«

Shirley sah mich stirnrunzelnd an. Sie war zwar nie Mutter gewesen, aber es war mütterliche Strenge, was ich da auf ihrem Gesicht sah. »Nicht heute Abend«, sagte sie. »Siehst du denn nicht, dass der Junge erst mal genug hat? Einer von euch muss ihn nach Hause bringen und sich für seine Mutter irgendeine Geschichte ausdenken – Curtis' Lügen hat sie immer geglaubt, also nehme ich mal an, dass sie euch auch glaubt, wenn ihr euch nicht gegenseitig widersprecht –, und dann muss er ins Bett.«

»Es tut mir Leid, aber ich glaube, das kann nicht warten«, sagte ich.

Sie blickte mir streng ins Gesicht und sah wohl, dass ich zumindest *glaubte*, die Wahrheit zu sagen, und also gingen wir alle wieder raus zur Raucherbank, und während wir dem ersterbenden Feuerwerk im Schuppen zusahen – die zweite Show an diesem Abend, aber sie machte nicht mehr viel her –, erzählte ich Ned noch eine Geschichte aus den alten Zeiten. Ich sah sie vor mir wie eine Szene in einem Theaterstück, zwei Gestalten auf einer fast leeren Bühne, zwei Gestalten unter einem einzigen, sehr hellen Scheinwerfer, zwei Männer

Damals: *Curtis*

Zwei Männer sitzen im Licht der Sommersonne auf der Raucherbank, und einer der beiden wird bald tot sein – was das menschliche Leben angeht, hat jede Kette am Ende eine Schlinge, und Curtis Wilcox ist schon fast bei seiner angelangt. Das Mittagessen wird seine letzte Mahlzeit sein, und keiner der beiden weiß das. Dieser zum Tode Verurteilte sieht zu, wie sich der andere eine Zigarette ansteckt, und würde selbst auch gern eine rauchen, aber er hat es sich abgewöhnt. Es sei rausgeschmissenes Geld, hat ihm Michelle immer vorgehalten, aber vor allem will er seine Kinder aufwachsen sehen. Er will miterleben, wie sie ihren Schulabschluss machen, will noch die Haarfarbe ihrer Kinder sehen. Er hat auch Pläne für seinen Ruhestand, Michelle und er haben viel darüber gesprochen, über das Wohnmobil, mit dem sie nach Westen fahren wollen, wo sie sich dann vielleicht niederlassen, aber nun wird er früher und allein und in den endgültigen Ruhestand versetzt werden. Und das Rauchen hätte er sich gar nicht abgewöhnen müssen, aber so was weiß man ja nie. – Jetzt ist die Sommersonne noch angenehm. Später wird es heiß werden, ein heißer Tag zum Sterben, aber noch ist es angenehm, und das Ding da drüben ist ruhig. Es bleibt jetzt immer länger ruhig. Und wenn sich mal ein Erdbeben ereignet, ist es nicht mehr so stark. Es lässt langsam nach – das denkt der zum Tode verurteilte State Trooper. Doch manchmal spürt Curtis immer noch seinen Herzschlag und hört seine leisen Rufe, und er weiß, dass man weiter darauf aufpassen muss. Das ist sein Job, und er ist ein schlichter Trooper geblieben, um das tun zu können. Seinen Partner hat der Buick 8 damals bekommen, und nun wird Curt klar, dass der Buick in gewisser Hinsicht auch ihn bekommen hat. Er hat sich nie in seinem Kofferraum eingeschlossen, wie Huddie Royer es 1988 fast getan hatte; und er hat ihn auch nicht bei lebendigem Leib verschluckt, wie er es wahrscheinlich mit Brian Lippy gemacht hatte; aber bekommen hatte er ihn dennoch. Der Buick ist in seinen Gedanken stets gegenwärtig. Er hört ihn flüstern, wie ein Fischer noch im Schlaf die See flüstern hört. Und auch ein Flüstern ist eine Stimme, und etwas, das eine Stimme hat, kann –

Er wendet sich an Sandy Dearborn und fragt: »Passt es auf? Wartet es auf seine Chance? Sucht es sich den richtigen Moment aus?«

Dearborn – die alten Hasen nennen ihn hinter seinem Rücken immer noch »der neue Sarge« – muss nicht fragen, worüber sein Freund da redet. Wenn es um das Ding im Schuppen B geht, sind sie alle eines Sinnes, und manchmal glaubt Curtis, es rufe auch noch denen zu, die sich von der Troop D haben wegversetzen lassen oder bei der PSP aufgehört und einen anderen, weniger gefährlichen Beruf ergriffen haben; manchmal glaubt er, es habe sie alle gezeichnet, genau wie die Amish in ihren schwarzen Kleidern und schwarzen Einspännern gezeichnet sind oder wie einem der Priester am Aschermittwoch ein Aschenkreuz auf die Stirn streicht oder wie Kettensträflinge, die einen nicht enden wollenden Graben ausheben, gezeichnet sind.

»Ich bin fast sicher: nein«, sagt der neue Sarge.

»Aber es hat mit der größten Horrorshow gewartet, bis mal kaum jemand in der Kaserne war«, sagt der Mann, der sich das Rauchen abgewöhnt hat, damit er sehen kann,

wie seine Kinder aufwachsen und ihm Enkelkinder schenken. »Als hätte es das gewusst. Als könnte es denken. Beobachten. Abwarten.«

Der neue Sarge lacht – ein belustigtes Lachen, in dem nur ein Hauch Geringschätzung mitklingt. »Was dieses Thema angeht, bist du echt meschugge. Als Nächstes erzählst du mir noch, der Buick hätte einen Strahl oder so was ausgesandt, der dafür gesorgt hat, dass der Tanklaster damals mit dem Schulbus zusammengestoßen ist.«

Trooper Wilcox hat seinen Kaffeebecher auf der Bank abgestellt, damit er seinen Hut abnehmen kann – seinen Stetson. Er fängt an, ihn an der Krempe im Kreis zu drehen, eine alte Angewohnheit von ihm. Ihnen schräg gegenüber hält Dicky-Duck Eliot vor der Zapfsäule und betankt dann den Wagen 12. Er sieht sie auf der Bank und winkt ihnen zu. Sie winken zurück, aber der Mann mit dem Hut – dem grauen State-Trooper-Stetson, der nur Stunden später im Gestrüpp zwischen Limodosen und Imbissmüll enden wird – behält dabei den neuen Sarge im Blick. Sein Blick fragt, ob man das ausschließen könne, ob man überhaupt irgendwas *ausschließen könne.*

Der Sarge sagt gereizt: »Wieso beseitigen wir ihn dann nicht einfach? Damit ein für alle Mal Schluss damit ist. Wir schleppen ihn auf die Wiese, kippen Benzin rein, bis es zu den Fenstern wieder rausläuft, und stecken ihn dann einfach an.«

Curts ansonsten ausgeglichener Blick kann sein Entsetzen nicht ganz verbergen. »Das wäre vielleicht das Gefährlichste, was wir überhaupt damit tun können«, sagt er. »Vielleicht will es sogar, dass wir das tun. Vielleicht soll es genau das provozieren. Wie viele Kinder haben nicht schon Finger verloren, weil sie im Gestrüpp was gefunden haben, von dem sie nicht wussten, dass es eine Sprengkapsel war, und dann mit einem Stein draufgeschlagen haben?«

»Das ist was anderes.«

»Woher willst du das wissen?«

Und der neue Sarge, der weiß, dass Curtis (trotz allem, was er selber darüber denkt oder sich einredet) besser dafür qualifiziert war, auf dem Chefsessel zu landen, und der später denken wird: Mein Hut hätte es sein sollen, der da schließlich blutig am Straßenrand lag, *kann darauf nichts erwidern. Denn der Mann, der da neben ihm sitzt, hat mehr als nur eine Gehaltserhöhung ausgeschlagen, damit ihn der Bundesstaat Pennsylvania nicht von dem Buick 8 trennen kann; er hat ein ganzes künftiges Leben aufgegeben, das ihn und seine Familie nach Scranton oder ganz bis nach Washington DC hätte führen können. Angesichts dessen wäre es gemein, ihm zu widersprechen, und außerdem: Wer weiß? Vielleicht hat er ja Recht. Kinder sprengen sich durchaus mit Sprengkapseln die Finger weg oder bringen mit Pistolen, die sie im Schreibtisch ihrer Eltern finden, jüngere Geschwister um, oder stecken mit Hilfe einer alten Zündkerze, die sie in der Garage entdecken, ihr Elternhaus in Brand. Denn sie wissen nicht, womit sie da spielen.*

»Mal angenommen«, sagt der Mann, der es nie zum Sergeant bringen wird, »der Buick ist eine Art Ventil wie in der Druckregulierung eines Tauchers. Je nach dem, was der Taucher macht, saugt sie mal Luft an und stößt sie mal Luft aus. Aber sie kann nur so viel Luft durchlassen, wie das Ventil darin durchlässt.«

»Ja, aber –«

»Oder stell es dir anders vor. Nimm mal an, es atmet wie ein Mensch, der am Grunde eines Sumpfs liegt und durch ein Schilfrohr Luft holt, damit man ihn nicht entdeckt.«

»Ja, gut, aber –«

»Jedenfalls geht alles nur in kleinen Atemzügen rein und raus; es müssen *kleine Atemzüge sein, weil die Röhre,*

durch die sie gehen, so eng ist. Vielleicht hat sich das Ding, das das Ventil oder Schilfrohr benutzt, in einen Zustand vorübergehender Leblosigkeit versetzt, in so etwas wie Schlaf oder Hypnose, sodass es mit wenig Atemluft überleben kann. Und jetzt stell dir mal vor, da kommt irgend so ein Idiot an und wirft so viel Dynamit in den Sumpf, dass er ihn damit trockenlegt und das Schilfrohr überflüssig wird. Oder wenn du es dir als Ventil vorstellst: Stell dir vor, das Ventil wird weggesprengt. Willst du das riskieren? Willst du riskieren, dass es so viel Luft bekommt, wie es will?«

»Nein«, sagt der neue Sarge kleinlaut.

Curtis sagt: »Buck Flanders und Andy Colucci hatten genau das mal vor.«

»Red keinen Blödsinn.«

»Doch, das stimmt«, entgegnet Curtis ganz ruhig. »Andy hat gesagt, wenn ein paar State Trooper nicht mit einer kleinen Fahrzeugbrandstiftung durchkommen könnten, sollten sie lieber den Dienst quittieren. Sie hatten sogar schon einen Plan ausgeheckt. Sie wollten die Farbe und den Verdünner in der Hütte dafür verantwortlich machen. Selbstentzündung, Wusch, alles futsch. Und außerdem meinte Buck, würde bei so was doch niemand Brandstiftung vermuten. Schließlich ist es ja nur ein alter Schuppen mit einer alten Buick-Karosse drin.«

Der Sergeant Commanding schweigt. Es hat ihm die Sprache verschlagen.

»Ich glaube, es hat zu ihnen gesprochen«, sagt Curt

»Gesprochen.« Er versucht das zu verstehen. »Zu ihnen gesprochen.«

»Ja.« Curt setzt seinen Hut wieder auf, hakt sich den Riemen unters Kinn, wie sie es bei warmem Wetter immer tun, und richtet die Krempe, ohne hinzusehen. Und dann sagt er zu seinem alten Freund: »Willst du behaupten, es hätte noch nie zu dir gesprochen, Sandy?«

Der neue Sarge macht den Mund auf, um zu sagen, natürlich habe es das nicht, aber der andere Mann sieht ihm in die Augen, und sein Blick ist streng. Letztlich antwortet der SC nicht darauf.

»Das kannst du nicht. Denn es spricht – zu dir, zu mir, zu uns allen. Am lautesten hat es zu Huddie gesprochen, an dem Tag, an dem das Monster kam, aber wir hören es auch, wenn es nur flüstert. Nicht wahr? Und es spricht ununterbrochen. *Sogar, wenn es schläft. Also ist es wichtig, dass man nicht darauf hört.«*

Curt steht auf.

»Unsere Aufgabe besteht nur darin, darauf aufzupassen. Das weiß ich jetzt. Wenn es lange genug durch dieses Ventil oder Schilfrohr oder was es auch ist atmen muss, wird es früher oder später ersticken. Und vielleicht macht es ihm gar nichts aus. Vielleicht wird es mehr oder weniger im Schlaf sterben. Aber nur, wenn man es nicht reizt. Und das heißt vor allem, dass man dem Wagen nicht so nahe kommen darf, dass er einen schnappen kann. Es bedeutet aber auch, dass man ihn in Ruhe lassen muss.«

Er geht los; sein Leben rinnt ihm wie Sand durch die Finger, und keiner der beiden weiß es; und dann bleibt er noch einmal stehen und sieht sich zu seinem alten Freund um. Sie haben zwar die Polizeiausbildung nicht gemeinsam absolviert, sind aber gemeinsam in diese Arbeit hineingewachsen, und jetzt sitzt sie ihnen sozusagen wie angegossen. Gute Männer, die die lästigsten Pflichten erledigen – so hat es der alte Sarge in bierseliger Laune mal formuliert.

»Sandy.«

Sandy sieht ihn mit einem Blick an, der fragt: Was denn nun noch?

»Mein Sohn spielt dieses Jahr in der American Legion, hab ich dir das schon erzählt?«

»Erst etwa zwanzigmal.«

»Der Trainer hat einen kleinen Sohn, ungefähr drei Jahre alt. Und als ich letzte Woche hingefahren bin, um Ned abzuholen, sah ich ihn, wie er da auf dem Platz kniete und mit dem kleinen Jungen Werfen übte. Und da hab ich mich wieder ganz von neuem in meinen Sohn verliebt, Sandy. Genauso wie damals, als ich ihn zum ersten Mal, in ein Tuch gewickelt, auf dem Arm gehalten habe. Ist das nicht komisch?«

Sandy findet das nicht komisch. Er hält es für eine schlichte menschliche Tatsache.

»Der Trainer hatte Trikots ausgeteilt, und Ned hatte seins an, und er hockte da auf einem Knie und warf dem kleinen Jungen von unten die Bälle zu, und ich schwöre dir, er war das Reinste, auf das je ein Sommerhimmel hinabgeguckt hat.« Und dann sagt er

Jetzt: *Sandy*

Aus dem Schuppen drang ein fahler, fast zartlilafarbener Blitz. Dem folgte Dunkelheit ... dann noch ein Blitz ... dann wieder Dunkelheit ... und dann blieb es dunkel.

»Ist es vorbei?«, fragte Huddie und beantwortete die Frage dann selbst: »Ja, ich glaube, es ist vorbei.«

Ned achtete nicht darauf. »Was?«, fragte er mich. »Was hat er dann gesagt?«

»Was jeder sagt, wenn die Dinge daheim zum Besten stehen«, sagte ich. »Er hat gesagt, er sei ein glücklicher Mensch.«

Steff war gegangen, um sich um ihr Mikro und den Computermonitor zu kümmern, aber die anderen waren noch da. Ned beachtete sie überhaupt nicht. Seine verschwollenen Augen mit den roten Lidern ließen mich nicht aus dem Blick. »Hat er sonst noch was gesagt?«

»Er hat erzählt, du hättest in der Woche davor gegen Rocksburg Railroad zwei Runs erzielt und ihm beim zweiten zugewinkt, als du grade an der dritten Base warst. Das hat ihm gefallen. Er hat gelacht, als er das erzählt hat. Er hat gesagt, du würdest den Ball an einem schlechten Tag besser sehen als er jemals an seinen besten. Er hat aber auch gesagt, du müsstest bei Groundballs besser aufpassen, wenn du ernsthaft Third Baseman spielen wolltest.«

Der Junge sah zu Boden und haderte mit sich. Wir sahen alle weg, damit er etwas mehr für sich war. Schließlich sagte er: »Er hat immer von mir verlangt, nicht so schnell aufzugeben, aber genau das hat er bei diesem Wagen getan. Bei diesem verdammten Buick. Er hat aufgegeben.«

Ich sagte: »Das war eine bewusste Entscheidung. Das ist etwas anderes.«

Er ließ sich das durch den Kopf gehen und nickte dann. »Na gut.«

Arky sagte: »Jetzt geh ich aber *wirklich* nach Hause.« Doch bevor er ging, tat er noch etwas, das mir unvergesslich blieb: Er beugte sich vor und küsste Ned auf die geschwollene Wange. Ich war bestürzt über die Zärtlichkeit dieser Geste. »Gute Nacht, Junge.«

»Gute Nacht, Arky.«

Wir sahen ihn in seinem Dodge davonfahren, und dann sagte Huddie: »Ich fahre Ned mit seinem Chevy nach Hause. Wer fährt hinterher und bringt mich anschließend zu meinem Wagen zurück?«

»Ich«, sagte Eddie. »Aber wenn du ihn reinbringst, warte ich draußen. Das tu ich mir nicht an, wenn Michelle Wilcox ausflippt.«

»Das wird sie nicht«, sagte Ned. »Ich sage ihr, ich hätte die Dose auf dem Regal entdeckt und mich dann aus Versehen selbst mit Tränengas eingesprüht.«

Das gefiel mir. Es klang nach einer schlüssigen Erklärung. Genauso eine Geschichte hätte der Vater dieses Jungen auch erzählt.

Ned seufzte. »Aber morgen früh sitze ich dann beim Augenarzt in Statler Village. Das ist der Nachteil dabei.«

»Das tut schon nicht weh«, sagte Shirley. Sie küsste ihn ebenfalls, und zwar auf den Mundwinkel. »Gute Nacht, Jungs. Und diesmal kommt keiner wieder.«

»Amen«, sagte Huddie. Wir sahen ihr nach. Sie war zwar schon Mitte vierzig, aber wenn sie ihr Fahrgestell in Bewegung setzte, gab es immer noch viel zu sehen. Selbst im Mondschein. (*Erst recht* im Mondschein.) Ich hege so die vage Vermutung, Shirley Pasternak habe Ned, ehe er im Herbst dann auf die Pitt ging, noch das eine oder andere beigebracht. Aber vielleicht habe ich auch nur damals *Frühling einen Sommer lang* einmal zu oft gesehen.

Und dann fuhr sie an uns vorüber; ein knappes Winken und dann nur noch die Rücklichter.

Dunkelheit im Schuppen B. Keine Rücklichter dort und auch kein Feuerwerk. Für heute Abend war es vorbei, und eines Tages würde es dann endgültig vorbei sein. Aber ich konnte immer noch den schläfrigen Pulsschlag in meinem Kopf spüren, ein gezeitengleiches Wispern, das ein verständliches Flüstern sein konnte, wenn man wollte.

Was ich gesehen hatte.

Was ich gesehen hatte, als ich den Jungen, von dem Spray geblendet, in den Armen gehalten hatte.

»Willst du mitkommen, Sandy?«, fragte Huddie.

»Nee. Ich sitze hier noch ein bisschen und fahre dann nach Hause. Wenn Michelle Schwierigkeiten macht, soll sie mich anrufen. Hier oder bei mir zu Hause, das ist egal.«

»Mom wird keine Schwierigkeiten machen«, sagte Ned.

»Und was ist mit dir?«, fragte ich. »Wirst du noch Schwierigkeiten machen?«

Er zögerte und sagte dann: »Das weiß ich nicht.«

Das war in mancher Hinsicht die beste Antwort, die er geben konnte, fand ich. Und er bekam noch Extrapunkte für seine Ehrlichkeit.

Sie gingen los. Huddie und Ned gingen zu dem Bel-Aire. Eddie ging zu seinem eigenen Wagen, blieb dabei kurz an meinem Auto stehen, nahm das Magnet-Blaulicht vom Dach und warf es auf den Sitz.

Ned blieb an der hinteren Stoßstange seines Wagens noch einmal stehen und drehte sich zu mir um. »Sandy.«

»Was ist?«

»Hatte er denn wirklich überhaupt keine Vorstellung davon, wo das Ding herkommt? Was es ist? Wer der Mann im schwarzen Mantel war? Ist *keinem* von euch jemals irgendwas dazu eingefallen?«

»Nein. Wir haben immer mal wieder darüber spekuliert, aber niemand hatte je eine Idee, die auch nur einigermaßen schlüssig geklungen hätte. Jackie O'Hara hat den Nagel wohl auf den Kopf getroffen, als er sagte, der Buick sei wie ein Puzzleteil, das nirgends reinpasst. Man zerbricht sich den Kopf darüber, wendet es hin und her und versucht es überall einzupassen, und eines Tages dreht man es mal um und sieht, dass es hinten rot ist, und die anderen Puzzleteile sind auf der Rückseite alle grün. Kannst du mir folgen?«

»Nein«, sagte er.

»Na, dann denk mal drüber nach«, sagte ich. »Denn du wirst damit leben müssen.«

»Wie soll ich *das* denn machen?« Er klang nicht mehr wütend. Seine Wut war verraucht. Jetzt wollte er nur noch Ratschläge hören. Gut.

»Du weißt doch auch nicht, wo *du* herkommst und hingehen wirst, oder?«, fragte ich ihn. »Und trotzdem lebst du damit. Reg dich nicht allzu sehr darüber auf. Es reicht, wenn du eine Stunde pro Tag mit dem Schicksal haderst und Gott verfluchst.«

»Aber –«

»Buicks gibt es überall«, sagte ich.

Als sie fort waren, kam Steff heraus und bot mir eine Tasse Kaffee an. Ich lehnte dankend ab. Ich fragte sie, ob sie eine Zigarette für mich habe. Sie sah mich ziemlich schockiert an und erinnerte mich daran, dass sie nicht rauchte. Als säße sie in einer Mautstelle mit dem Schild außen dran: FÜR BUICK ROADMASTER GILT AB HIER EINE UMLEITUNG. Ach, wenn wir doch nur in so einer Welt lebten.

»Fährst du nach Hause?«, fragte sie.

»Bald.«

Sie ging wieder rein. Ich saß allein auf der Raucherbank. Ich hatte Zigaretten im Wagen, mindestens ein halbes Päckchen im Handschuhfach, war aber gerade zu faul aufzustehen. Und wenn ich dann aufstünde, fuhr ich wohl am besten gleich los. Ich konnte auf der Heimfahrt eine rauchen und mir zu Hause dann irgendwas in der Mikrowelle warm machen – das Country Way hatte mittlerweile geschlossen, und ich bezweifelte, dass sich Cynthia Garris freuen würde, mich dort in nächster Zeit zu sehen. Ich hatte ihr einen ziemlichen Schrecken eingejagt, und wenn sie das nächste Mal an meinen Tisch kam, war ihre Uniform wahrscheinlich bis obenhin zugeknöpft. Obwohl ihr Schrecken nicht vergleichbar gewesen war mit dem, der mich gepackt hatte, als mir endlich klar wurde, was Ned höchstwahrscheinlich plante. Und dieser Schrecken war noch gar nichts verglichen mit dem Entsetzen, das ich empfunden hatte, als ich in das aufsteigende grellviolette Licht sah, während der Junge geblendet in meinen Armen hing und ich das stete Poch-Poch-Poch hörte, ein Geräusch wie das sich nähernder Schritte. Ich hatte hinabgeschaut wie in einen Brunnen, aber gleichzeitig auch nach oben, auf eine Anhöhe ... als hätte irgendein Prisma mein Gesichtsfeld geteilt. Es war wie der Blick durch ein Periskop, das gewissermaßen mit grellem Licht ausgekleidet war. Ich sah sehr deutlich – es wird mir immer unvergesslich bleiben –, und was ich sah, war auf fantastische Weise fremd. Gelbes Gras, bräunlich an den Spitzen, bedeckte einen felsigen Hang, der sich vor mir erhob und dann an einem Felsvorsprung endete. Grüne Käfer krabbelten im Gras, und seitlich wuchsen diese wachsweißen Lilien. Hinter den Felsvorsprung konnte ich nicht sehen, aber ich sah den Himmel. Er war dräuend lilafarben, voller Wolken und von Blitzen durchzuckt. Ein prähistorischer Himmel. Darunter kreiste etwas in losen Scharen. Vielleicht waren es

Vögel. Oder Fledermäuse wie die, die Curtis versucht hatte zu sezieren. Sie waren zu weit entfernt, um das zu erkennen. Und es geschah ja auch alles sehr schnell. Ich glaube, hinter dem Felsvorsprung war ein Ozean; aber ich weiß nicht, wie ich darauf komme; vielleicht nur wegen des Fischs, der damals aus dem Kofferraum des Buick geplumpst war. Oder wegen des salzigen Geruchs. In der Umgebung des Roadmaster hatte es immer leicht nach Salz gerochen.

Am unteren Rand meines Fensters (wenn man es denn so nennen wollte) lag ein silbriges Ornament an einer dünnen Kette im Gras: Brian Lippys Hakenkreuz. Das Silber war an der Luft angelaufen. Ein Stückchen weiter lag ein Cowboystiefel mit Stickereien und hohem Absatz. Das Leder war größtenteils von einem schwarzgrauen Moos überwuchert, das wie Spinnweben aussah. Der Stiefel war an der Seite aufgerissen, und aus diesem schartigen Riss schimmerte ein gelber Knochen hervor. Kein Fleisch; nach vierzehn Jahren in dieser ätzenden Luft konnte ja auch nichts mehr davon übrig sein. Doch ich bezweifle, dass allein die Verwesung dafür verantwortlich war. Ich glaube, Eddie Js alter Schulfreund wurde gefressen. Wahrscheinlich bei lebendigem Leibe. Während er schrie, wenn er dafür denn genug Luft bekam.

Und am oberen Rand meines Fensters lagen noch zwei Gegenstände. Der erste war ein Hut, ebenfalls besprenkelt von diesem schwarzgrauen Moos; es wuchs längs des Hutbands und auch oben in der Falte. Es war nicht genau so einer, wie wir ihn heute tragen – die Uniform hat sich seit den Siebzigerjahren ein wenig gewandelt –, aber es war doch eindeutig ein Stetson der Pennsylvania State Police. Er war nicht weggeweht, weil ihn jemand oder etwas mit einem groben Holzpflock am Boden befestigt hatte. Als hätte Ennis Raffertys Mörder auch nach dem Tod des Eindringlings aus einer anderen Welt noch Angst vor ihm gehabt und hätte sein hervorstechendstes Kleidungsstück angepflockt, damit er nicht auferstand und nachts wie ein durstiger Vampir umherschlich.

Neben dem Hut lag – rostig und vom struppigen Gras fast verborgen – seine Dienstwaffe. Nicht die automatische Beretta, die wir heute haben, sondern die Ruger, die auch George Morgan benutzt hatte. Hatte auch Ennis damit Selbstmord begangen? Oder hatte er etwas kommen sehen und noch im Sterben darauf geschossen? Hatte er die Waffe überhaupt abgefeuert?

Das war unmöglich festzustellen, und ehe ich noch genauer hinsehen konnte, rief Arky Steff um Hilfe und wurde ich mit Ned, der wie eine große Puppe in meinen Armen hing, nach hinten gerissen. Ich sah nichts mehr, aber wenigstens eine Frage war nun beantwortet. Beide, Ennis Rafferty und Brian Lippy, waren dort gelandet.

Wo auch immer *dort* war.

Ich stand von der Bank auf und ging ein letztes Mal zum Schuppen. Und dort stand er, nachtblau und nicht ganz koscher, und warf einen Schatten, als ob gar nichts sei. *Öl ist okay!*, hatte der Mann im schwarzen Mantel Bradley Roach zugerufen, und dann war er verschwunden und hatte nur diese unheimliche Visitenkarte aus Stahl zurückgelassen.

Während des letzten lustlosen Trockengewitters hatte sich der Kofferraum irgendwann von selbst geschlossen. Gut ein Dutzend tote Käfer lagen über den Boden verstreut. Die wurden wir morgen wegräumen. Es hatte keinen Sinn, sie aufzuheben, zu fotografieren oder sonst irgendwas mit ihnen anzustellen; die Mühe machten wir uns nicht mehr. Ein paar Jungs würden sie in dem Ofen hinten auf dem Hof verbrennen. Diese Aufgabe würde ich delegieren. Das Delegieren von Aufgaben gehört auch dazu, wenn man auf dem Chefsessel sitzt, und das ist gar nicht schlecht. Die einen kriegen die Drecksarbeit und die anderen die Rosinen. Können sie sich darüber beschweren? Nein. Können sie es auf ihre PP-Liste setzen und an den Kaplan weiterreichen? Ja. Was auch immer das bringt.

»Wir können länger warten als du«, sagte ich zu dem Ding im Schuppen. »Ja, das können wir.«

Es stand reglos auf seinen Weißwandreifen da, und mitten in meinem Kopf flüsterte der Puls: Vielleicht.

... aber vielleicht auch nicht.

Später

Nachrufe sind eine sittsame Angelegenheit, nicht wahr? Ja. Hemd immer schön reingesteckt, Rock bis übers Knie. *Unerwartet verstorben.* Das kann alles bedeuten – dass einer auf dem Klo einem Herzinfarkt erlegen ist oder dass er nachts im Bett von einem Einbrecher erstochen wurde. Aber Polizisten wissen meistens, wie es wirklich war. Manchmal *will* man es nicht wissen, zumal wenn es um einen der eigenen Männer geht, aber man weiß es. Denn wir sind meistens als Erste zur Stelle mit unseren Blaulichtern und den Funkgeräten an unseren Koppeln, die für Normalbürger nur unverständliches Gebrabbel von sich geben. Für die meisten Leute, die *unerwartet versterben*, sind unsere Gesichter die ersten, die sie mit ihren starr blickenden Augen nicht mehr sehen können.

Als Tony Schoondist uns ankündigte, er werde in Ruhestand gehen, weiß ich noch, dass ich dachte: *Na endlich. Er ist wirklich nicht mehr der Jüngste. Und er steht in letzter Zeit auch ziemlich oft auf dem Schlauch.* Jetzt, im Jahr 2006, bereite ich mich so langsam selber auf meinen Abgang vor, und wahrscheinlich denken ein paar der Jüngeren jetzt genau das Gleiche: Nicht mehr der Jüngste, steht oft auf dem Schlauch. Aber meistens fühle ich mich eigentlich so wie früher, gut im Saft und jederzeit zu einer Doppelschicht bereit. Wenn mir auffällt, dass ich mittlerweile mehr graue als schwarze Haare habe und auch meine Stirn viel höher geworden ist, glaube ich meistens unwillkürlich, das sei ein Fehler, ein bürokratisches Versehen, das sich korrigieren ließe, wenn man nur die zuständigen Stellen darauf aufmerksam machte. Es kann doch wohl nicht sein, denke ich, dass ein Mann, der sich so durch und durch wie fünfundzwanzig fühlt, aussieht wie Mitte fünfzig. Doch wenn dann ein paar schlechte Tage kommen, weiß ich, dass es kein Versehen ist, sondern das Fortschreiten der Zeit; ihr reuiges Weiterschlurfen. Aber hat es je wieder einen so schlimmen Moment gegeben wie damals, als ich Ned am Steuer des Buick Roadmasters sah?

Ja. Einen.

Shirley hatte Dienst, als der Anruf kam – ein schwerer Autounfall auf der State Route 32, nahe der Kreuzung Humboldt Road. Mit anderen Worten: dort, wo früher die Jenny-Tankstelle war. Shirley war kalkweiß im Gesicht, als sie damit kam und dann an meiner offenen Bürotür stand.

»Was ist?«, fragte ich. »Was um Himmels willen hast du denn?«

»Sandy … der Mann, der das gemeldet hat, sagt, das Fahrzeug sei ein alter rotweißer Chevrolet. Er sagt, der Fahrer sei tot.« Sie schluckte. »›Es hat ihn zerlegt‹, hat er gesagt.«

Das kümmerte mich nicht. Das kümmerte mich erst später, als ich es mir dann ansehen musste. »Dieser Chevrolet – weißt du, welches Modell?«

»Danach habe ich nicht gefragt, Sandy. Ich hab's einfach nicht übers Herz gebracht.« Ihr standen Tränen in den Augen. »Aber wie viele alte rotweiße Chevrolets gibt es denn schon in Statler County?«

Ich fuhr mit Phil Candleton zum Schauplatz des Unfalls und betete, der Chevy möge sich als Malibu oder Biscayne erweisen, als irgendwas, bloß nicht als Bel-Aire mit »MY 57« auf dem Nummernschild. Aber genau der war es.

»Scheiße«, sagte Phil leise und bestürzt.

Er war damit an einen Pfeiler der Betonbrücke gerast, die den Redfern Stream überspannt: keine fünf Minuten Fußmarsch von der Stelle entfernt, an der der Buick 8 aufgetaucht und Curtis umgekommen war. Der Bel-Aire hatte Sicherheitsgurte, aber er hatte seinen nicht angelegt. Und es gab auch keine Brems- oder Schleuderspuren.

»O gütiger Gott«, sagte Phil. »Das ist nicht gerecht.«

Nein, nicht gerecht und auch kein Unfall. Obwohl dann in seinem Nachruf, wo man das Hemd reinsteckt und knielange Röcke trägt, nur stand, er sei *unerwartet verstorben*, was auch stimmte. O ja.

Schaulustige bremsten schon ab, um das zu beglotzen, was da mit dem Gesicht nach unten auf dem schmalen Fußgängerweg vor der Brücke lag. Irgendein Arschloch knipste sogar ein Foto. Am liebsten wäre ich ihm nachgelaufen und hätte ihm seine beschissene kleine Einwegkamera in den Hals gestopft.

»Stell ein paar Umgehungsschilder auf«, sagte ich zu Phil. »Carl soll dir dabei helfen. Leitet den Verkehr über die County Road um. Ich decke ihn zu. Was für eine Scheiße! *O Gott!* Und wer sagt das seiner Mutter?«

Phil sah mich nicht an. Wir wussten beide, wer es seiner Mutter sagen würde. Später an diesem Tag biss ich dann in den sauren Apfel und erfüllte eine der unappetitlichsten Aufgaben, die dieser Posten mit sich bringt. Anschließend ging ich mit Shirley, Huddie, Phil und George Stankowski ins Country Way. Ich weiß nicht, wie es den anderen ging, aber ich ging nicht über Los und zog auch keine zweihundert Dollar ein; nein, der alte Sandy knallte sich ohne weitere Umstände die Birne zu.

Von diesem Abend sind mir nur zwei deutliche Erinnerungen geblieben. Die eine ist, dass ich Shirley versuchte zu erklären, wie eigenartig das früher mit den kleinen Jukeboxes im Country Way war, dass sie nämlich genau die

Songs enthielten, an die man sich erst wieder erinnerte, wenn man hier ihre Titel las. Sie kapierte es nicht.

Dann erinnere ich mich nur noch daran, wie ich auf die Toilette ging, um mich zu übergeben. Hinterher, während ich mir kaltes Wasser ins Gesicht spritzte, sah ich mich in einem unebenen Stahlspiegel an. Und da wusste ich mit absoluter Sicherheit, dass es sich bei dem alternden Gesicht, das mich aus dem Spiegel ansah, um keinen Fehler handelte. Der Fehler hatte darin bestanden zu glauben, der Fünfundzwanzigjährige, der in meinem Hirn weiterzuleben schien, wäre irgendwie real.

Ich erinnerte mich daran, wie Huddie gerufen hatte: *Sandy, nimm meine Hand!* Und dann waren wir beide, Ned und ich, mit den anderen draußen auf den Asphalt gestürzt und waren in Sicherheit gewesen. Als ich daran dachte, fing ich an zu weinen.

Unerwartet verstorben – dieser Quatsch mag ja für den *County American* gut sein, aber Polizisten wissen, wie es wirklich war. Wir machen die Sauerei weg, und wir kennen die Wahrheit.

Natürlich gingen alle, die dienstfrei hatten, zu der Beerdigung. Er war zwar kein Polizist, aber doch einer von uns. Hinterher fuhr George Stankowski seine Mutter nach Hause, und ich fuhr mit Shirley zurück zur Kaserne. Ich fragte sie, ob sie zu dem Empfang ginge – was die Iren Totenwache nennen –, und sie schüttelte den Kopf.

Also rauchten wir draußen auf der Raucherbank eine letzte Zigarette und sahen dem jungen Trooper zu, der zu dem Buick hineinschaute. Er stand da in der altbekannten, breitbeinigen »Verflucht seien die Demokraten, kennen Sie schon den mit dem Vertreter, der …«-Pose, die wir alle einnahmen, wenn wir in den Schuppen B spähten. Wir lebten zwar in einem neuen Jahrhundert, aber sonst hatte sich nicht viel geändert.

»Es ist so ungerecht«, sagte Shirley. »So ein junger Mann –«

»Was soll denn *das* jetzt?«, fragte ich. »Eddie J war Ende vierzig … vielleicht sogar schon fünfzig. Seine Mutter ist fast *achtzig!*«

»Du weißt, wie ich das meine. Er war zu jung dafür, so was zu tun.«

»Das war George Morgan auch«, sagte ich.

»Ob der …?« Sie deutete mit einer Kopfbewegung auf den Schuppen B.

»Das glaube ich nicht. Nein, das lag nur an seinem Leben. Er hat sich eine Zeit lang mordsmäßig zusammengerissen, um trocken zu bleiben. Das war kurz nachdem er Curts alten Bel-Aire von Ned gekauft hatte. Eddie hatte den Wagen schon immer gemocht, und Ned konnte ihn nicht mit zur Pitt nehmen, jedenfalls nicht im ersten Semester. Er hätte nur bei ihm zu Hause in der Auffahrt gestanden –«

»– und Ned brauchte das Geld.«

»Als Collegestudent aus einer Einelternfamilie? Jeden Penny. Also hat er gleich eingewilligt, als Eddie ihn fragte. Eddie hat ihm dreitausendfünfhundert Dollar dafür bezahlt –«

»Drei zwei«, sagte Shirley mit der Sicherheit einer Frau, die es wirklich wusste.

»Drei zwei, drei fünf, was auch immer. Jedenfalls glaube ich, dass der Bel-Aire für Eddie so was wie einen neuen Lebensabschnitt verkörperte. Er ging nicht mehr ins Tap; ich glaube, er ging stattdessen zu den Anonymen Alkoholikern. Das war die gute Zeit. Und Eddies gute Zeit dauerte ungefähr zwei Jahre an.«

Auf der anderen Seite des Parkplatzes drehte sich der Trooper, der in den Schuppen B geguckt hatte, um, entdeckte uns und kam zu uns herüber. Die Haut auf meinen Armen prickelte. In der grauen Uniform sah der Junge –

der eigentlich kein Junge mehr war – seinem verstorbenen Vater verblüffend ähnlich. Das war wohl nicht weiter sonderbar, sondern schlicht genetisch bedingt. Unheimlich wurde es erst durch den großen Hut. Er hielt ihn in beiden Händen und drehte ihn immer im Kreis herum.

»Eddie fing ungefähr zu der Zeit wieder das Saufen an, als der da beschloss, das College sei doch nichts für ihn«, sagte ich.

Ned Wilcox hatte die Pitt verlassen und war nach Statler heimgekehrt. Ein Jahr lang übernahm er Arkys Job. Arky war da schon in Rente und wieder nach Michigan gezogen, wo sie sich bestimmt alle so anhörten wie er (ein beängstigender Gedanke). Als Ned einundzwanzig wurde, bewarb er sich und absolvierte die Prüfungen. Und jetzt, mit zweiundzwanzig, war er Polizeischüler bei uns.

Auf halber Strecke blieb Curts Sohn auf dem Parkplatz stehen und sah sich noch einmal zu dem Schuppen um. Er drehte immer noch seinen Stetson in den Händen.

»Gut schaut er aus, nicht wahr?«, murmelte Shirley.

Ich setzte meine Alter-Sarge-Miene auf – ein wenig unnahbar und verächtlich. »Na ja, ganz ordentlich. Shirley, hast du eine Ahnung, was für ein Gezeter seine Mutter gemacht hat, als sie schließlich mitkriegte, was er vorhatte?«

Shirley lachte und drückte ihre Zigarette aus. »Noch wütender war sie, als sie rausfand, dass er den Bel-Aire seines Vaters an Eddie Jacubois verkaufen wollte – hat mir Ned jedenfalls erzählt. Aber mal im Ernst, Sandy: Sie musste doch mit so was rechnen. Schließlich war sie mit einem Trooper verheiratet. Und wahrscheinlich wusste sie doch, dass er eigentlich hierher gehörte. Aber Eddie – wohin gehörte der? Wieso konnte er einfach nicht mit dem Trinken aufhören?«

»Tja, die ewige Frage«, sagte ich. »Manche meinen, es sei eine Krankheit wie Krebs oder Diabetes. Vielleicht haben sie Recht.«

Als Eddie dann jeden Tag mit einer Schnapsfahne zum Dienst erschien, nahmen wir das nicht lange hin; dafür war die Lage zu ernst. Als er sich weigerte, einen vierwöchigen Entzug in der von der PSP in solchen Fällen favorisierten Einrichtung zu machen, wurde er vor die Wahl gestellt: selber den Dienst quittieren oder mit Pauken und Trompeten gefeuert werden. Eddie hatte den Dienst quittiert und nur etwa halb so viel Pension bekommen, wie ihm zugestanden hätte, wenn es ihm gelungen wäre, den Job noch drei Jahre lang zu behalten – gegen Ende der Laufbahn wird da noch ganz schön was draufgesattelt. Und ich konnte seine Entscheidung ebenso wenig nachvollziehen wie Shirley. Wieso hatte er nicht mit dem Trinken aufgehört? Wieso hatte er sich, mit so einem Anreiz vor Augen, nicht einfach gesagt: *Drei Jahre lang bleibe ich trocken, und wenn ich mich dann pensionieren lasse, bade ich in Bourbon?* Es war mir schleierhaft.

Das Tap wurde Eddie Js zweite Heimat. Das Tap und der alte Bel-Aire. Er hielt ihn außen immer auf Hochglanz und innen picobello sauber – bis zu dem Tag, an dem er dann in ihm mit schätzungsweise hundertdreißig Sachen an den Brückenpfeiler knallte. Da hatte er mittlerweile eine Menge Gründe für diese Tat – er war kein glücklicher Mensch –, aber die Frage stellte sich doch, ob nicht auch andere Dinge dabei eine Rolle gespielt hatten. Vor allem fragte ich mich, ob er gegen Ende seines Lebens dieses Pulsieren gehört hatte, das gezeitengleiche Flüstern, das einem vorkam wie eine Stimme mitten im Kopf.

Nur zu, Eddie! Mach es! Dir bleibt doch sowieso nichts anderes übrig, oder? Tritt noch etwas fester aufs Gaspedal, und dann reiß das Steuer nach rechts. Mach schon! Los! Richte eine kleine Sauerei an, die deine Kumpels dann wegmachen müssen.

Ich dachte an den Abend, an dem wir hier auf dieser Bank gesessen hatten. Der junge Mann, den ich gerade ansah, war damals vier Jahre jünger gewesen und hatte gebannt gelauscht, als Eddie erzählt hatte, wie er damals Brian Lippys aufgemotzten Pick-up angehalten hatte. Der Junge hatte zugehört, als Eddie von seinem Versuch erzählt hatte, Lippys Freundin dazu zu bewegen, etwas an ihrer Lage zu ändern, ehe ihr Freund sie grün und blau schlug oder gar umbrachte. Letztlich kam es ironischerweise dann ganz anders. Soweit ich weiß, ist das malträtierte Mädchen als Einzige der vier Personen, die sich damals am Straßenrand trafen, noch am Leben. Ja, es gibt sie noch. Ich fahre zwar nicht mehr oft Streife, aber von Zeit zu Zeit gehen Papiere mit ihrem Namen und Fotos über meinen Schreibtisch, und auf jedem neuen Bild sieht sie schon mehr wie die abgewrackte, nach Bier stinkende Fünf-Dollar-Nutte aus, die sie, wenn kein Wunder geschieht, eines Tages sein wird. Sie ist mehrfach vorbestraft wegen Trunkenheit am Steuer und Erregung öffentlichen Ärgernisses, und eines Nachts ist sie im Krankenhaus gelandet, nachdem sie sich bei einem Sturz einen Arm und eine Hüfte gebrochen hatte. Vermutlich hatte ihr da jemand wie Brian Lippy die Treppe hinuntergeholfen. Denn die suchen sich *wirklich* immer wieder die gleichen Typen aus. Sie hat zwei oder drei Kinder bei Pflegeeltern. Also ja: Sie ist noch da, aber ist sie noch am Leben? Wenn Sie das Leben nennen, muss ich Ihnen sagen, dass George Morgan und Eddie J vielleicht doch die richtige Idee hatten.

»Ich werd mal abzwitschern«, sagte Shirley und stand auf. »Mir reicht's für heute. Kommst du allein zurecht?«

»Ja«, sagte ich.

»Hey, er ist an diesem Abend damals wiedergekommen, nicht wahr? Das ist doch schon mal was.«

Sie musste mir nicht erläutern, was sie damit meinte. Ich nickte lächelnd.

»Eddie war ein guter Junge«, sagte Shirley. »Er konnte

ja vielleicht die Finger nicht vom Schnaps lassen, aber er war wirklich der Gutherzigste von allen.«

Ich sah zu, wie sie zu Ned ging und sich kurz mit ihm unterhielt. *Und du bist* die *Gutherzigste von allen, Shirl,* dachte ich.

Sie küsste Ned kurz auf die Wange, legte ihm dabei eine Hand auf die Schulter und stellte sich auf die Zehen, und dann ging sie zu ihrem Wagen. Ned kam herüber zur Bank. »Alles klar mit dir?«, fragte er.

»Ja, mir geht's gut.«

»Und die Beerdigung ...?«

»Was soll's, es war halt eine Beerdigung. Ich war schon auf angenehmeren, und ich war schon auf schlimmeren. Ich war froh, dass der Sarg geschlossen war – nicht nur wegen seinen Verletzungen, sondern auch, weil ich es nicht ertragen hätte, ihn da in einem normalen Anzug liegen zu sehen und nicht in seiner Uniform.«

Bei Curtis hatte das Bestattungsunternehmen mehr Arbeit gehabt und der Sarg war offen gewesen. Man hatte gesehen, dass er massiv geschminkt war, aber man hatte auch seine Uniform gesehen, und das war gut. Meistens bin ich eher für offene Särge. Ich glaube, es fällt einem schwerer, sich zu verabschieden, wenn man sich nur von einer Mahagonikiste verabschieden kann.

»Sandy, kann ich dir mal was zeigen? Da drüben?« Er deutete mit einer Kopfbewegung auf den Schuppen B.

»Klar.« Ich stand auf. »Sinkt die Temperatur?« Das wäre mal was Neues gewesen. Seit zwei Jahren war es da drin höchstens mal zwei Grad kälter als draußen gewesen. Die letzte Lightshow lag sechzehn Monate zurück und hatte nur aus einem kurzen, fahlen Flackern bestanden.

»Nein«, sagte er.

»Steht der Kofferraum offen?«

»Der ist fest verschlossen.«

»Was ist es dann?«

»Das würde ich dir lieber zeigen.«

Ich musterte ihn kurz. Bis dahin war ich so in Gedanken versunken gewesen, dass ich gar nicht mitbekommen hatte, wie aufgeregt er war. Und dann ging ich mit entschieden gemischten Gefühlen – vor allem wohl Neugier und dunklen Vorahnungen – mit dem Sohn meines alten Freundes über den Parkplatz. Er stellte sich breitbeinig an einem Fenster auf und ich an dem daneben.

Zunächst sah ich nichts Ungewöhnliches; der Buick stand dort, wie er seit mehr oder weniger einem Vierteljahrhundert dort stand. Es waren weder Blitze noch fremde Artefakte zu sehen. Die rote Nadel des Thermometers stand bei wenig bemerkenswerten einundzwanzig Grad.

»Und?«, fragte ich.

Ned lachte erfreut. »Du hast es genau vor der Nase und siehst es nicht! Ausgezeichnet! Ich hab es erst auch nicht gesehen. Ich wusste, dass sich irgendwas verändert hatte, aber ich wusste nicht, was.«

»Worüber redest du?«

Er schüttelte, immer noch lächelnd, den Kopf. »Nein, Sir, Sergeant. Das sage ich nicht. Du bist der Boss, und du bist auch einer von den drei Polizisten, die damals dabei waren und immer noch dabei sind. Du hast es direkt vor der Nase, sieh einfach nur mal hin.«

Ich schaute wieder hinein, kniff erst die Augen etwas zu und schirmte sie mir dann mit der Hand ab – diese altbekannte Geste. Es half, aber was sah ich da? Irgendwas war da, da hatte er schon Recht, aber was war es? Was hatte sich verändert?

Ich musste wieder an den Abend damals denken, als ich im Country Way in dem Katalog der defekten Jukebox geblättert und versucht hatte, auf die alles entscheidende Frage zu kommen, die Ned dann doch nicht gestellt hatte. Ein paar Mal war ich fast drauf gekommen, und dann war es mir wieder entglitten. In solchen Fällen bringt es nichts, es erzwingen zu wollen. So hatte ich das damals gesehen, und so sah ich das immer noch.

Statt also den Buick weiterhin mit meinem Polizistenblick zu mustern, sah ich nicht mehr so genau hin und ließ meine Gedanken schweifen. Mir fielen natürlich wieder die Titel alter Songs ein, die anscheinend auch die Oldiesender nicht mehr spielten, wenn es mit ihrer flüchtigen Beliebtheit mal vorbei war. *Society's Child* und *Pictures of Matchstick Men* und *Quick Joey Small* und –

– und bingo! Da war es. Wie er gesagt hatte: direkt vor meiner Nase. Für einen Moment verschlug es mir den Atem.

Da war ein Sprung in der Windschutzscheibe.

Ein zarter, silbriger Riss zog sich auf der Fahrerseite zickzackförmig von oben nach unten durch das Glas.

Ned klopfte mir auf die Schulter. »Wusste ich doch, dass du drauf kommst, Sherlock.«

Ich wandte mich zu ihm um, wollte etwas sagen und blickte dann vorher doch noch mal in den Schuppen, um sicherzugehen, dass ich auch wirklich gesehen hatte, was ich mir einbildete, gesehen zu haben. Doch, das hatte ich. Der Riss sah aus wie erstarrtes Quecksilber.

»Wann ist das passiert?«, fragte ich ihn. »Weißt du das?«

»Ich knipse alle achtundvierzig Stunden oder so ein Polaroidfoto davon«, sagte er. »Zur Sicherheit werde ich noch mal nachsehen, aber ich fress 'nen Besen, wenn der Riss auf dem letzten Foto schon zu sehen war. Das ist also irgendwann zwischen Mittwochnachmittag und Freitagnachmittag um …« Er sah auf seine Armbanduhr und strahlte mich dann an. »… um Viertel nach vier passiert.«

»Es könnte sogar passiert sein, während wir auf Eddies Beerdigung waren«, sagte ich.

»Durchaus möglich, ja.«

Wir schauten noch eine Weile schweigend hinein. Dann

sagte Ned: »Ich habe das Gedicht gelesen, von dem du erzählt hast. Das über die Wunderkutsche.«

»Ja?«

»Ja, und es ist ziemlich gut. Sehr lustig.«

Ich trat von dem Fenster zurück und sah ihn an.

»Es wird jetzt schnell gehen – wie in dem Gedicht«, sagte er. »Als Nächstes platzt ein Reifen ... oder der Auspuff fällt ab ... oder ein Chromteil. Kennst du das, wenn man im Januar auf einem zugefrorenen See steht und hören kann, wie das Eis knarrt und kracht?«

Ich nickte.

»Genauso wird das sein.« Seine Augen strahlten, und mir kam ein kurioser Gedanke: dass ich Ned Wilcox zum ersten Mal seit dem Tod seines Vater wirklich glücklich erlebte.

»Meinst du?«

»Ja. Aber statt krachendem Eis wird man brechende Schrauben hören und splitterndes Glas. Die Kollegen werden wie in alten Zeiten aufgereiht an den Fenstern hier stehen ... aber jetzt werden sie zusehen, wie etwas zerbricht und sich löst und abfällt. Bis schließlich das ganze Ding nur noch Schrott ist. Sie werden sich fragen, ob ganz zum Schluss noch ein letzter Blitz kommt, wie zum Abschluss des Feuerwerks am vierten Juli immer noch so ein Blumenstrauß aus Raketen kommt.«

»Und wird es einen Blitz geben? Was glaubst du?«

»Ich glaube, die Zeit der Feuerwerke ist vorbei. Ich glaube, wir werden nur noch einmal laut Stahl klirren hören, und dann können wir die Reste zur Schrottpresse bringen.«

»Bist du sicher?«

»Nee«, sagte er und lächelte. »Sicher *kann* man da nicht sein. Das habe ich von dir und Shirley und Phil und Arky und Huddie gelernt.« Er hielt inne. »Und von Eddie J. Aber ich werde aufpassen. Und früher oder später ...« Er hob eine Hand, betrachtete sie, ballte sie zur Faust und wandte sich dann wieder seinem Fenster zu. »Früher oder später.«

Ich wandte mich wieder meinem Fenster zu und hielt mir gegen den Sonnenschein die Hände seitlich ans Gesicht. Ich spähte zu dem Ding hinein, das aussah wie ein Buick Roadmaster 8. Der Junge hatte vollkommen Recht.

Früher oder später.

Bangor, Maine
Boston, Massachusetts
Naples, Florida
Lovell, Maine
3. April 1999 – 11. Mai 2001

Nachbemerkung

Mir sind dann und wann schon Ideen in den Schoß gefallen – das geht vermutlich jedem Schriftsteller so –, aber bei dem *Buick* war es kurioserweise umgekehrt: In diesem Fall fiel ich förmlich der Idee in den Schoß. Das ist schon eine kurze Nachbemerkung wert, finde ich, zumal, wenn sie zu einer wichtigen Danksagung hinleitet.

Meine Frau und ich verbrachten den Winter 1999 auf Longboat Key in Florida. Dort bosselte ich an der Schlussfassung des Kurzromans *Das Mädchen* herum und schrieb sonst kaum etwas Erwähnenswertes. Und ich hatte auch für das Frühjahr nicht vor, noch etwas zu schreiben.

Ende März flog Tabby von Florida aus heim nach Maine. Ich fuhr mit dem Auto. Ich hasse das Fliegen, bin ein begeisterter Autofahrer und hatte außerdem eine ganze Wagenladung Einrichtungsgegenstände, Bücher, Gitarren, Computer, Kleider und Papiere zu befördern. Am zweiten oder dritten Tag meiner Fahrt fand ich mich im Westen Pennsylvanias wieder. Ich musste tanken und fuhr mitten auf dem Lande vom I-87 ab. Am Ende der Ausfahrt kam ich zu einer (nein, keiner Jenny-, sondern:) Conoco-Tankstelle. Dort gab es doch tatsächlich einen Tankwart, der die Zapfsäulen bediente. Gratis gab es bei ihm sogar noch ein wenig halbwegs nettes Geplauder dazu.

Ich ließ ihn machen und ging auf die Toilette. Anschließend spazierte ich zur Rückseite der Tankstelle. Dort kam ich an einen recht steilen Abhang, der mit Autoschrott übersät war und an dessen Fuß ein rauschender Bach floss. Es lag immer noch ein wenig schmutziger Schnee. Ich ging den Hang ein Stück hinab, um den Bach besser sehen zu können, und da rutschte ich aus und fiel hin. Ich schlitterte gut drei Meter weit und konnte mich dann an einer rostigen Lasterachse festhalten. Hätte ich die nicht gepackt, wäre ich wohl ins Wasser gestürzt. Und dann? Tja, wer weiß ...

Ich zahlte mein Benzin (der Tankwart hatte, glaube ich, von meinem kleinen Missgeschick nichts mitbekommen) und fuhr zurück auf den Highway. Und während ich so fuhr, grübelte ich über meinen Ausrutscher nach und fragte mich, was wohl passiert wäre, wenn ich in den Bach gestürzt wäre (der vor lauter Schmelzwasser zumindest zeitweilig ein kleiner Fluss war). Wie lange hätte mein Wagen voller Einrichtungsgegenstände und bunter Kleidung aus Florida an den Zapfsäulen gestanden, ehe der Tankwart unruhig geworden wäre? Wen hätte er gerufen? Wie lange hätte es gedauert, bis man mich gefunden hätte, wenn ich ertrunken wäre?

Dieser kleine Zwischenfall ereignete sich gegen zehn Uhr morgens, und als ich an diesem Nachmittag nach New York kam, hatte ich die Geschichte, die Sie gerade gelesen haben, schon ziemlich deutlich vor Augen. Ich habe früher einmal gesagt, dass es bei der ersten Fassung einer Geschichte nur um die Handlung gehen sollte. Wenn sie eine tiefere Bedeutung hat, sollte die sich dann organisch aus der Geschichte selbst ergeben. Diese Geschichte wurde – nehme ich mal an – zu einer Betrachtung über die Unergründlichkeit mancher Ereignisse im Leben und darüber, dass es unmöglich ist, einen Sinn für diese Ereignisse zu finden. Für die erste Fassung brauchte ich zwei Monate. Da war mir schon klar, dass ich mir massenhaft Probleme auflud, indem ich über zwei Dinge schrieb, von denen ich keine Ahnung hatte: das westliche Pennsylvania und die Pennsylvania State Police. Doch ehe ich in diesen Fragen etwas unternehmen konnte, erlitt ich selbst einen Verkehrsunfall und mein Leben änderte sich von Grund auf. Nach diesem Sommer 1999 konnte ich im Grunde froh sein, dass ich überhaupt noch am Leben war. Erst über ein Jahr später dachte ich wieder an diese Geschichte, und es dauerte noch länger, bis ich daran weiterarbeiten konnte.

Die Koinzidenz, die darin besteht, dass ich ein Buch voller grässlicher Verkehrszwischenfälle geschrieben und kurz darauf selbst einen erlitten habe, ist mir natürlich nicht entgangen, aber ich habe mich bemüht, das nicht allzu ernst zu nehmen. Auf keinen Fall glaube ich, dass die Ähnlichkeit zwischen dem, was Curtis Wilcox im *Buick*, und dem, was mir im wahren Leben zugestoßen ist, auf irgendeine böse Vorahnung schließen lässt. (Und schließlich habe ich es ja auch überlebt.) Ich kann jedoch aus eigener Anschauung bezeugen, dass ich mir das meiste richtig vorgestellt hatte: Wie Curtis wurden auch mir Münzen aus der Hosentasche und die Uhr vom Arm gerissen. Die Baseballmütze, die ich trug, fand sich später im Wald wieder, mindestens zwanzig Meter von der Stelle des Zusammenpralls entfernt. Ich habe aber nichts an der Geschichte geändert, um meine eigenen Erlebnisse darin widerzuspiegeln. Das meiste, was ich wollte, war in der ersten Fassung schon vorhanden. Die Fantasie ist ein mächtiges Werkzeug.

Es ist mir nie in den Sinn gekommen, die Handlung dieses Romans nach Maine zu verlagern, obwohl ich mich in Maine am besten auskenne (und dort am liebsten bin). Ich habe in Pennsylvania an einer Tankstelle gehalten, bin in Pennsylvania auf den Arsch gefallen, und in Pennsylvania kam mir auch die Idee zu diesem Roman. Ich war der Meinung, dass die sich daraus ergebende Geschichte auch in Pennsylvania angesiedelt bleiben sollte, trotz der Schwierigkeiten, die das mit sich brachte. Nicht dass es nicht auch

Vorteile hatte. So konnte ich etwa mein fiktives Statler gleich hinter Rocksburg ansiedeln, dem Schauplatz von K.C. Constantines fabelhafter Romanserie über den kleinstädtischen Polizeichef Mario Balzic. Falls Sie diese Geschichten noch nicht gelesen haben, sollten Sie sich den Gefallen tun. Die Saga über Chief Balzic und seine Familie ist wie *Die Sopranos*, nur umgekehrt, aus der Polizeiperspektive erzählt. Und außerdem ist der Westen Pennsylvanias die Heimat der Amish, deren Lebensweise ich ein wenig eingehender erkunden wollte.

Dieses Buch hätte ich ohne die Hilfe von Trooper Lucien »Lou« Southard von der Pennsylvania State Police nie fertig stellen können. Lou hat das Manuskript gelesen, nicht allzu laut über die vielen Schnitzer darin gelacht und mir acht Seiten mit Anmerkungen und Berichtigungen geschickt, die man ohne jede Peinlichkeit in jedem Handbuch für Schriftsteller abdrucken könnte (das fängt schon damit an, dass Trooper Southard in großer, leicht lesbarer Blockschrift schreibt). Er nahm mich zu mehreren Kasernen der Pennsylvania State Police mit, stellte mir drei PCOs vor, die so freundlich waren, mir zu zeigen, was sie tun und wie sie es tun (zuallererst gaben sie das Kennzeichen meines Dodge Pick-up in ihren Computer ein – zu meiner Erleichterung stand er auf keiner Fahndungsliste) und führte mir alle möglichen Ausrüstungsgegenstände der State Police vor.

Vor allem aber nahmen mich Lou und einige seiner Kollegen zum Mittagessen in ein Restaurant im Lande der Amish mit, wo wir riesige Sandwiches aßen, krügeweise Eistee tranken und sie mich mit Anekdoten aus dem Polizistenleben versorgten. Einige dieser Geschichten waren lustig, andere waren schrecklich, und manche waren beides zugleich. Nicht alle diese Geschichten sind in den *Buick* eingegangen, aber einige, in angemessen fiktionalisierter Form, durchaus. Man war sehr freundlich zu mir, und dankenswerterweise ging niemand zu schnell. Damals humpelte ich nämlich noch an einer Krücke durch die Gegend.

Danke, Lou – und danke auch allen Troopern, die in Butler Dienst tun –, dass Sie mir geholfen haben, mein Pennsylvania-Buch auch in Pennsylvania spielen zu lassen. Aber vor allem danke ich Ihnen, dass Sie mich damit vertraut gemacht haben, was genau State Trooper eigentlich tun.

Und welchen Preis sie dafür zahlen, es gut zu tun.